KB123479

19세기 경상우도 학자들 下

최석기·김현진·구경아·강현진
구진성·권난희·김성희

보고사

책머리에

　이 책은 19세기 후반 경상우도 출신 학자들의 생애를 기록한 전기 자료 중 하나를 택하여 번역하고 간단한 해제를 붙여 편찬한 것이다.

　경상우도 남명학파는 인조반정 이후 정치적으로 몰락하여 17세기 후 반부터는 학술적으로도 매우 침체되었다. 그중 일부는 남인이나 서인으로 편입하여 율곡학파와 퇴계학파에 귀속되어서 자기 정체성을 찾지 못하였다. 이런 분위기는 약 2세기 가까이 지속되었다. 그러다 19세기 후반 한주(寒洲) 이진상(李震相) 문하의 한주학단이 형성되고, 성호학통을 계승한 성재(性齋) 허전(許傳)이 김해 부사(金海府使)로 내려오자 지역 인사들이 대거 그의 문하에 나아가 성재학단이 형성되었다. 한편 노론계 학자들은 전라도 장성 출신 노사(蘆沙) 기정진(奇正鎭)의 문하에 나아가 이 지역에 노사학단이 형성되었다. 그 외에도 퇴계학맥, 기호학맥 등에 속한 다양한 성향의 학자들이 배출되었다. 그런데 이들은 모두 이 지역에 뿌리를 내린 남명사상을 기반으로 하여 당색이나 학맥에 크게 구애받지 않고 상호 교유하였다.

　이들 중에는 자기 학파의 설을 고수하는 학자도 있었지만, 종래의 설만을 고수하지 않고 통섭의 시각에서 새로운 설을 제기하면서 활발한 학술활동을 하였다. 예컨대 이 지역 남인계 학자들은 남명과 퇴계를 동등하게 존숭하여 남명학과 퇴계학을 융합하는 학풍을 조성하였다. 이러한 현상은 우리 학술사에서 주목해 볼 만한 사안이다. 이 지역 학자들이 비록 실학사상이나 개화사상으로까지 나아가지는 못했지만, 성리학적 내부에서 현실세계의 변화에 대응하여 사상체계를 새롭게 구축하려 한 측면이 있기 때문이다. 이 책은 이러한 점에 착안하여 19세기 경상우도 지역 학자들을 발굴하여 알리는 데 일차적 목적을 두었다.

경상대학교 남명학연구소에서는 이러한 조선 후기 경상우도 지역 학술동향에 주목하여 알려지지 않은 학자를 발굴 조명하는 한편, 이들의 문집을 번역하여 지역문화 발전에 기여하는 일을 꾸준히 해오고 있다. 이를 위해 나는 한국고전번역원 거점연구소 협동번역사업을 시작하던 2011년부터 차세대 번역자를 양성하기 위해 고전강독클러스터를 운영하였다. 나는 이들과 함께 강독을 하면서 번역문을 일일이 수정하는 일을 매주 한 차례씩 하였다. 그 결과물로 2012년 『남명(南冥) 조식(曺植)의 문인들』이라는 책을 출간하였고, 그 해 말 두 번째로 『19세기 경상우도 학자들(上)』을 출간하였으며, 2014년 『19세기 경상우도 학자들(中)』을 출간하였다. 그리고 또 2년 가까운 기간 강독을 하여 『19세기 경상우도 학자들(下)』를 세상에 내놓게 되었다.

이 책에 수록된 인물은 1850년에 출생한 권규집(權奎集)부터 1912년에 출생한 성재기(成在祺)까지 총 64명이다. 이 책에는 장지연(張志淵)·정제용(鄭濟鎔)·한유(韓愉)·하겸진(河謙鎭)·조긍섭(曺兢燮)·권재규(權載奎)·김황(金榥) 등 19세기 말부터 20세기 초까지 경상우도 지역에서 활동한 주요 인물이 다수 포함되어 있어 구한말 이 지역의 인물과 학술을 이해하는 데 도움을 줄 것이다.

『19세기 경상우도 학자들』 상·중·하 3책에 수록된 인물을 모두 합하면 총 150명이 된다. 이들은 19세기 후반부터 20세기 전반까지 경상우도 지역 출신으로 이 지역에서 활동한 이름난 학자들이다. 이 가운데는 전국적으로 명성을 얻은 곽종석(郭鍾錫) 같은 대학자들도 여럿 포함되어 있다. 따라서 이 3책은 이 시기 경상우도 지성사를 대표하는 인물들의 집합체라고 해도 과언이 아닐 것이다.

이 책은 이러한 인물들의 생애와 사상을 개괄적으로 이해하는 데 도움을 줄 것이며, 지방 문화를 창달하고 지방학을 연구하는 데도 활용가치가 높을 것이다. 또한 이 지역 학자들의 생애를 한눈에 볼 수 있기 때문에 동시대를 살면서 어떤 지향을 했는지를 비교 고찰할 수 있을 것이다.

어려운 여건 속에서도 묵묵히 강독에 임해준 김현진·강현진·구경아·구진성·권난희·김성희 동학의 학문적 열의에 그저 감사할 따름이다. 아무쪼록 꾸준히 정진하여 훌륭한 번역가와 연구자로 성장하길 바란다. 또한 어려운 출판환경 속에서도 이 책을 내 주신 보고사 김흥국 사장님과 직원 여러분께 깊이 감사를 드린다.

2016년 8월 1일
경상대학교 남명학관 산해실에서
최석기가 삼가 쓰다

19세기 慶尙右道 학자들(下) 傳記資料 目錄

【범례】

1. 이 표는 19세기 경상우도 학자들의 전기 자료 목록이다.
2. 해당 항목에 저자명을 기록하되 경우에 따라 제목도 함께 기록했다.
3. 번역 대상은 **진하게** 표시하였다.
4. 번역 대상 중 일부 전기 자료는 약전(略傳)으로 대체하였다.

연번	인물명(생몰년)	문집명	묘갈명	행장	묘지명	기타	비고
1	權奎集 (1850-1916)	兼山集				**家狀 : 權寧國**	
2	金相頊 (1857-1938)	勿窩集	金鴻洛	李柄璘	金熙達		
3	柳遠重 (1861-1943)	西岡集	**權載奎**				
4	金克永 (1863-1941)	信古堂集				略傳 : 金在洙墓表 敍述 : 金丙秀 **遺事略 : 許泂**	
5	鄭載星 (1863-1941)	苟齋集	**河謙鎭**	金榥	金在華	行錄 : 梁崔薰	
6	朴熙珵 (1864-1918)	貞山集	**權載奎**	朴熙邦			
7	李尙鎬 (1864-1919)	愚山集	**河禹善**	金在洙		墓表 : 金榥	
8	張志淵 (1864-1921)	韋庵集	尹喜求				

9	朴泰亨 (1864-1925)	艮嵒集	**權載奎**	曺在學		遺事：韓右東	
10	鄭濟鎔 (1865-1907)	溪齋集	**曺兢燮**	河謙鎭 韓愉		言行事狀 遺事	
11	宋鎬坤 (1865-1929)	靖山集	**河謙鎭**	金永善	柳遠重	遺事：宋圭用	
12	鄭漢溶 (1866-1935)	直齋集	**權載奎**	崔元植	李敎宇	家狀：鄭珉鎔	
13	韓愉 (1868-1911)	愚山集			河祐植		
14	崔東翼 (1868-1912)	晴溪集	**曺兢燮**	崔道燮			
15	河啓洛 (1868-1933)	玉峰集	**權載奎**	河謙鎭		家狀：河龍煥	
16	崔道燮 (1868-1933)	聽江集	**金東鎭**		權相圭	行錄：崔養燮	
17	李鎔 (1868-1940)	老溪集	**成煥赫**			行錄：李允直 書行錄後：河龍煥	
18	鄭海榮 (1868-1946)	海山集	**金榥**	金鎭文		行錄：鄭在東	
19	南廷瑀 (1869-1947)	立巖集	**權龍鉉**		金榥	事狀：權友鉉	
20	金基鎔 (1869-1947)	幾軒集	**金榥**	金在洙			
21	曺庸相 (1870-1930)	弦齋遺草	權載奎	盧普鉉	李敎宇		
22	李炳憲 (1870-1940)	眞菴集		權道溶			行狀略 대체
23	南昌熙 (1870-1945)	夷川集		金榥			行狀略 대체
24	河謙鎭 (1870-1946)	晦峯集	成煥赫	河龍煥	李一海	年譜	
25	權載奎 (1870-1952)	而堂集	**權龍鉉**	朴泰坤			

8

26	姜庸燮 (1871-1918)	松山集	河謙鎭	姜在夏	崔瓊秉		
27	安鼎呂 (1871-1939)	晦山集	金榥				
28	金大洵 1872-1907	餘齋遺稿	金永蓍	朴憲脩	金榥		
29	姜台秀 (1872-1949)	愚齋集	權道溶	河寅	成煥赫	家狀：姜必秀 遺事：張在翰	
30	曹兢燮 (1873-1933)	深齋集 巖棲集				家傳：成純永 墓表：李玄圭	
31	金在植 1873-1940	修齋集	崔寅巑			行錄：金麟煥	
32	朴憲脩 (1873-1959)	立庵集		金榥			行狀略 대체
33	河泳台 (1875-1936)	寬寮集	河謙鎭	金榥		家狀：河晦根	
34	河祐植 (1875-1943)	澹山集	閔丙承		權龍鉉	家狀：河恂鳳	
35	李瑢秀 (1875-1943)	性菴集	河謙鎭	李鉉郁	金鎭文	家狀：李丙烈	
36	李泰植 (1875-1951)	壽山集	金榥			行術：李經	
37	金永蓍 (1875-1952)	平谷集	許洞	李淳宰		行錄：金麟煥	
38	姜璲桓 (1876-1929)	雪嶽集	河謙鎭	金在洙		行錄：姜炳觀 墓表：金銖	
39	沈洌 (1876-1941)	愼菴遺稿	李教燿	沈相福			
40	河經洛 (1876-1947)	濟南集	金榥	李鉉德			
41	權道溶 (1877-1963)	秋帆文苑				秋帆先生傳 ：許性憲	略傳 대체
42	沈鶴煥 (1878-1945)	蕉山集	金榥	南勝愚	盧根容	家狀：沈載弼	

43	李鍾弘 (1879-1936)	毅齋集	權載奎	郭鍾千	李教宇		
44	李鉉郁 (1879-1948)	東庵集	李冀洙	李鉉德	成煥赫	遺事：李瑋浩	
45	曺秉憙 (1880-1925)	晦窩集	金榥			狀略：河寓敬	
46	柳潛 (1880-1951)	澤齋集	許洞	李憲柱			
47	郭潚 (1881-1927)	謙窩集	金在洙	鄭載星	李垕		
48	朴熙純 (1881-1952)	健齋遺稿	宋瓊煥	鄭泰守			
49	金鎭文 (1881-1957)	弘菴集	金榥	朴憲脩		遺事：金在洙	
50	崔兢敏 (1883-1970)	愼菴集	金榥	成在祺	許洞	家狀：崔寅巑 遺事：河貞根	
51	文存浩 (1884-1957)	吾岡集	權相圭	金榥	李基元	遺事：金鍾浩	
52	安種和 (1885-1937)	約齋集	河謙鎭	安種斗			
53	鄭德永 (1885-1956)	韋堂遺藁	金榥	李炳穆		行錄：朴雨喜	
54	李炳和 (1889-1955)	頤堂集	李一海	李炳穆			
55	河貞根 (1889-1973)	默齋集	金榥	成在祺	李憲柱	家狀：河萬觀 遺事：李炳穆	
56	河龍煥 (1892-1961)	雲石集		權泰根		墓銘表：金榥	
57	河禹善 (1894-1975)	澹軒集	曺圭喆	河東根	鄭直敎	家狀：河有揖	
58	郭鍾千 (1895-1970)	靜軒集	李禮中	郭鍾安	崔養燮		
59	鄭道鉉 (1895-1977)	廣菴集	鄭瓛錫	朴仁緒			

60	金棍 1896-1978	重齋集	李憲柱	金丙秀	金秉武		
61	南廷浩 1898-1948	靖齋集	成煥赫	李一海	郭鍾千	家狀：南正熙	
62	權龍鉉 1899-1987	秋淵集	朴孝秀	權玉鉉			略傳 대체
63	權宅容 1903-1987	惕窩遺稿	河東根	權寧執	鄭直教		
64	成在祺 1912-1979	定軒集	許洞 金昌鎬	崔寅巑		遺事：崔寅巑 遺事：河東根	

차 례

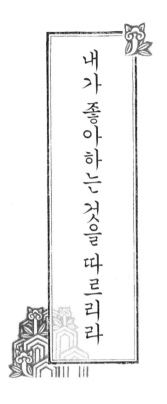

내가 좋아하는 것을 따르리라

권규집(權奎集) : 1850~1916. 초명은 태로(泰魯), 자는 학규(學揆), 호는 겸산(兼山)이며, 본관은 안동이다. 현 경상남도 산청군 단성(丹城)에서 태어나 거주하였다. 어려서부터 부친 권박용(權璞容)에게 수학하였고, 곽종석(郭鍾錫)·권상적(權相迪)·성채규(成采奎)·박상태(朴尙台) 등과 교유하였다.
저술로 4권 2책의 『겸산집』이 있다.

겸산(兼山) 권규집(權奎集)의 가장(家狀)

권영국(權寧國)[1] 지음

공의 휘는 규집(奎集), 초명은 태로(泰魯)이며, 자는 학규(學撰)이다. 고려 때 태사(太師)를 지낸 휘 행(幸)이 권씨의 시조이다. 중간에 문탄공(文坦公) 한공(漢功)과 충헌공(忠憲公) 중달(仲達)이 고려 말에 현달하였다. 우리 조선의 명종·선조 때에 안분당(安分堂) 선생 휘 규(逵)는 유일(遺逸)로 천거되어 능참봉에 제수되었으나 나아가지 않고서 산림에 아름다운 자취를 남겼다. 이 분이 네 아들을 두었는데, 이름은 문현(文顯)·문저(文著)·문임(文任)·문언(文彦)이다.

이 당시 집안에서는 모두 세(世)자로 항렬을 삼았는데, 안분당 선생이 특별히 정자(程子)가 사문(斯文)을 흥기한 의도를 취하여 문(文)자를 항렬로 삼았다. 문임은 일찍 남명(南冥) 조식(曺植) 선생의 문하에 나아가 '이윤(伊尹)의 지향에 마음을 두고 안연(顏淵)의 학문을 배운다'는 요지를 들을 수 있었다. 진사에 합격하고 문과에 급제했으며 검열(檢閱)에 천거되었는데, 이분이 공의 12대조이다.

고조부는 휘가 계추(啓樞), 증조부는 휘가 헌탁(憲鐸)이고, 조부는 휘가 재칭(在稱) 호는 죽오(竹塢)이며, 부친은 휘가 박용(璞容)이고 호는 중계(中溪)인데 모두 은덕(隱德)이 있었다. 중계공이 연안 이씨(延安李氏) 이성규(李成奎)의 딸에게 장가들어 철종 경술년(1850) 12월 1일 단성(丹城) 문

산(文山)의 옛집에서 공을 낳았다. 공은 눈과 눈썹이 수려했으며 재주가
명민하고 해박하였다.

나라의 제도는 경술(經術)에 밝고 과문(科文)을 잘하는 것으로 인재를
등용하였는데, 비록 탁월한 재주와 경륜(經綸)할 수 있는 학문이 있더라
도 과거에 급제하지 않으면 출사하여 군주를 섬겨 그 온축된 역량을 다
펼칠 방법이 없었다. 공은 일찍부터 입신양명의 지향을 가지고 공령문
(功令文)을 갈고 닦아 문장에 육체²가 있었는데, 시(詩)에 더욱 뛰어났다.
고종 계유년(1873) 24세의 나이에 한양에 올라가 을유년(1885)까지 모두
13년 동안 수도의 빛나는 문물을 본 것이 몇 번이었는지는 알 수 없으나
끝내 급제하지는 못했다. 이는 대개 문장을 가지고 인재를 뽑는다지만
문장 또한 헛된 도구였기 때문이다.

이듬해 병술년(1886) 부친을 모시고 진산(榛山) 아래로 이거하여 겸산
(兼山)이라 자호하였는데, 대개 간지(艮止)의 뜻을 취한 것이다.³ 이 해
6월에 부친이 세상을 떠나고 4년 뒤 경인년(1890) 9월에 모친이 또 돌아
가시니, 이때부터 명예의 길에는 더욱 뜻이 없어져 은거하며 제자들을
가르쳤다. 만년에 우연히 눈병을 얻어 눈으로 책을 볼 수 없었으나 오히
려 입으로 가르치는 일은 그만두지 않았다. 융희(隆熙) 기원후 10년 병진
년(1916) 2월 27일에 침소에서 세상을 떠났으니 향년 67세였다. 고을 서
쪽 석대산(石臺山) 감좌(坎坐) 언덕에 장사지냈다.

공은 어릴 때부터 부친 중계공의 가르침을 받아 독서할 적에는 회초
리를 들 필요가 없었고 부모님을 모실 적에는 얼굴빛이 온화하였다. 문

---

2 육체 : 과거시험의 여섯가지 문체인 시(詩)·부(賦)·표(表)·책(策)·논(論)·의(疑)를 말
  한다.
3 겸산(兼山)이라……것이다 : 『주역』 「간괘(艮卦)」에서 적시에 물러나고 나아가는 것을
  간지(艮止)라고 하였다. 간괘는 산[☶]이 포개진 모습이므로 '겸산'이라 자호하였다.

산(文山)에 가서 스승에게 배울 적에는 글방과 집의 거리가 꽤 멀었지만 새벽이면 반드시 의관을 정제하고 부모님께 문안을 드렸다. 물러나 책을 대할 적에는 글읽는 소리가 종일토록 이어졌고 밤에도 또한 한결같았는데, 이와 같이 공부한 것이 여러 해가 되었다.

약관의 나이에 징사(徵士) 곽면우(郭俛宇)[4] 선생과 우의가 좋아 서로 문장을 논하고 도리에 침잠하였는데, 면우 선생과 정축년(1877)·무인년(1878) 간에 주고받은 편지를 보면 그 한두 단서를 알 수 있다. 또한 해려(海閭) 권상적(權相迪),[5] 회산(晦山) 성채규(成采奎),[6] 학산(鶴山) 박상태(朴尙台)[7]와 같은 고을의 선배들과 과거시험장에 나아가 한 시대에 명성을 날렸다. 그러나 공이 연마하여 성취한 것은 당시의 문장에 그칠 뿐이 아니었다. 한양에 갔을 적에 일찍이 성재(性齋) 허 문헌공(許文憲公)[8]에게 폐백을 갖추어 배알하였고, 또한 판서 강난형(姜蘭馨)[9] 공, 석산(石山) 이승보(李承輔)[10] 대감 등과 교유하였는데, 여러 공들이 모두 공의 문학과

---

4 곽면우(郭俛宇) : 곽종석(郭鍾錫, 1846-1919)이다. 자는 명원(鳴遠), 호는 면우·유석(幼石), 본관은 현풍(玄風)이다. 이진상(李震相)에게 수학하였다. 저술로 182권 63책의 『면우집』 등이 있다.
5 권상적(權相迪) : 1822-1900. 자는 율원(聿元), 호는 해려, 본관은 안동(安東)이다. 허전(許傳)에게 수학하였다. 저술로 6권 3책의 『해려집』이 있다.
6 성채규(成采奎) : 1812-1891. 자는 천거(天擧), 호는 회산, 본관은 창녕이다. 저술로 5권 2책의 『회산집』이 있다.
7 박상태(朴尙台) : 1838-1900. 자는 광원(光遠), 호는 학산, 본관은 밀양이다. 저술로 6권 3책의 『학산집』이 있다.
8 허 문헌공(許文憲公) : 허전(1797-1886)이다. 자는 이로(而老), 호는 성재(性齋), 시호는 문헌, 본관은 양천(陽川)이다. 1864년 김해 부사에 부임하였다. 저술로 45권 23책의 『성재집』과 『사의(士儀)』 등이 있다.
9 강난형(姜蘭馨) : 1813-? 자는 방숙(芳叔), 본관은 진주이다. 한양에 거주했다. 1848년 문과에 급제하였고 형조 판서를 지냈다.
10 이승보(李承輔) : 1814-1881. 자는 치강(稚剛), 호는 석산, 시호는 문헌(文憲) 본관은 전주이다. 1845년 문과에 급제하여 1871년 이조 판서에 이르렀다. 저술로 8권의 『석산유고』가 있다.

전아함을 칭찬하였다.

아! 공이 비록 벼슬길에 뜻을 두었으나 더불어 교유한 인물들이 모두 당세의 훌륭한 공경(公卿)이나 어진 선비들이었으며, 외척의 권세가에게 찾아가 머무른 적도 고을 수령에게 명예를 구한 적도 없었다. 이 때문에 낮은 벼슬자리도 얻지 못했으나 평생 후회가 없었다.

일찍이 과거시험[11]을 위한 학문은 사람의 일생을 그르친다고 여겨 방향을 바꾸어 고향으로 돌아와 자신이 좋아하는 것을 따랐는데, 이교(異教)가 성행하여 자신을 따르는 사람이 적었다. 또한 눈병으로 고생하여 옛 학업을 충분히 익혀 새로운 지식을 더욱 극진히 할 수 없었으니, 이것이 한스러운 일이었다.

공은 육경(六經)과 사서(四書)에 대해서는 그 유파를 섭렵하고 근원을 거슬러 가지 않은 것이 없었는데, 『맹자』와 『시경』에 대해서는 더욱 조예가 깊었고, 『맹자』를 깊이 연구하여 도설(圖說)[12]을 지어 자신의 지향을 드러냈다. 때때로 베개를 베고 문득 『시경』 네다섯 줄을 암송하였는데, 곁에 있는 사람들은 공이 꿈을 꾸는 것임을 알지 못했다. 학생들이 글의 첫머리 한두 구절을 거론하면, 공은 그 전문을 자기 말처럼 암송하였다. 비록 「탕(蕩)」 8장이나 「비궁(閟宮)」 9장처럼 어렵고 심오한 부분도 한 글자도 틀림이 없었는데, 사람들이 때로는 공이 거짓으로 눈멀었다고 하는 줄 의심하였다.

평소에 명분과 이치에 관한 담론을 달갑게 여기지 않았다. 공이 남려(南黎) 허공(許公)[13]을 제사지낸 글에 "심즉리설(心卽理說)은 맹자의 성선

---

11 과거시험 : 원문의 '쌍기(雙冀)'는 후주(後周)사람인데, 고려 광종 때 귀화하여 과거제도를 건의하였다.

12 도설(圖說) : 『겸산집』 권3 잡저 「경학도설(經學圖說)」을 가리킨다.

13 허공(許公) : 허유(許愈, 1833-1904)이다. 자는 퇴이(退而), 호는 후산(后山)·남려(南黎)이고, 본관은 김해이다. 경상남도 합천군 가회면 오도리에서 태어났다. 이진상에게 수학

(性善)에서 근원한다."라고 하였고, 일찍이 말하기를 "맹자는 옛 성현인데, 성선의 설은 정자(程子)·주자(朱子)가 출현한 뒤로 크게 정립되었다. 주옹(洲翁)[14]은 지금 사람인데 심즉리설의 '즉리(卽理)' 두 글자가 어찌 시비가 없을 수 있겠는가. 반드시 뒷날의 군자를 기다려야 할 것이다."라고 하였다. 또 말하기를 "리(理)는 본체이기도 하고 작용이기도 하다."라고 하였으니, 문의가 평이하고 순조롭다. 아! 또한 공이 온축한 바를 엿볼수 있다.

공이 지은 시문(詩文)은 가슴속의 풍부한 식견들을 그대로 서술한 것으로 심하게 의도하여 지은 글이 아니다. 공이 어떤 대상을 만났을 적에 만나는 곳에서 특별히 생각이 나서 그대로 쓴 시축이 있으니, 볼만하다. 남을 위해 글을 짓는 일을 좋아하지 않았고 짓더라도 원고를 만들지는 않았는데, 이 때문에 남아 있는 글이 거의 없다. 지금 수록하는 몇 편의 글들은 다만 남의 집에 전하는 만사(挽詞)·제문(祭文)일 뿐이다. 눈이 먼 뒤로 쓴 여러 작품들은 한번 입으로 불러 준 내용을 누군가에게 대신 쓰게 한 것일 뿐인지라 아울러 문집에 꼭 수록할 필요는 없으나, 이 또한 한 집안과 한 사람의 역사가 되기에 충분하니 대략 남겨둔다.

공은 전주 최씨 최후진(崔垕鎭)의 딸이자 소호(蘇湖) 최균(崔均)의 후손에게 장가들었다. 최씨는 공보다 2년 뒤인 무오년(1918)에 별세했고, 공의 묘소 왼쪽에 부장했다. 3남 3녀를 낳았는데, 아들은 유현(壄鉉)·장현(璋鉉)·규현(珪鉉)이고, 딸은 황정희(黃正熙)·유주형(柳周馨)·이모(李某)에게 시집갔다.

하였다. 저술로 19권 9책의 『후산집』이 있다.
14 주옹(洲翁): 이진상(李震相, 1818-1886)이다. 자는 여뢰(汝雷), 호는 한주(寒洲), 본관은 성산(星山)이다. 저술로 49권 25책의 『한주집』과 22권 10책의 『이학종요(理學綜要)』가 있다.

불초한 나는 어릴 적부터 공에게 글을 배워 덕의(德義)에 감화되었고 가르침을 입어 깨우친 점이 많았지만, 이제는 공의 학덕에 대해 그 만분의 일도 알 수 없다. 그래서 우선 사람들이 함께 본 공의 모습을 가지고 말한다.

공은 어버이의 장례를 치를 적에는 예(禮)를 상세히 갖추었으나 슬퍼하는 마음이 그보다 더했다. 아우에게는 우애로웠는데 간절한 마음으로 면려하면서도 소탈하여 화락하였다. 손님과 벗들에게 응대할 적에는 논의가 빼어나고 시원스러웠으나 겸손과 공손으로 그들을 대하였다. 고을 사람들을 대할 적에는 곧은 말로써 그들을 깨우쳤고 완곡한 말로 그들을 타일러서, 처음에는 비록 두려워하고 꺼렸지만 끝내는 한마음으로 정성스럽게 복종하였다. 선조의 덕을 선양할 적에는 자신의 분수에 따라 힘을 다하여 먼길 가는 수고를 꺼리지 않았다.

경서(經書)와 사서(史書)를 널리 보아 문리가 정밀하고 명백하며 구두가 분명하여, 비록 어린 아이라도 알기 쉬웠다. 그러나 공이 자득한 점은 비록 노숙한 학자라 할지라도 억지로 변론해서 굴복시키기 힘들었다. 후생들을 가르칠 적에는 재질에 맞추어 지도하였는데, 질책하기보다 칭찬을 많이 해서 그들이 발돋움해서 성취하여 자립하기를 기대하였다. 친족과 고을의 수재들이 조금 문행(文行)을 갖춘 것은 대체로 모두 공의 힘이다.

유현(壄鉉)이 장차 문장가에게 묘지문이나 묘갈문을 요청하려고 하면서 불초한 나에게 공의 행적을 초안하게 하였다. 대략 위와 같이 기술하니, 이를 훌륭한 문장가가 취사선택해주기를 기다린다.

을축년(1925) 1월 재종제 권영국(權寧國)이 삼가 지음.

家狀

權寧國 撰

公諱奎集, 初曰泰魯, 字學揆。高麗 權太師, 諱幸, 其得姓祖也。中世有文坦公 漢功、忠憲公 仲達, 顯於麗季。至我明、宣際, 有安分堂先生, 諱逵, 以遺逸, 除寢郎, 不就, 賁跡邱園。有四子, 名之曰: 文顯、文著、文任、文彦。時宗黨, 皆以世字爲行, 而先生則特取程子興起斯文之意也。文任早遊南冥 曺先生之門, 得聞伊、顔志學之旨。進士文科, 薦檢閲, 寔公之十二世祖也。

高祖諱啓樞, 曾祖諱憲鐸, 祖諱在稱, 號竹塢, 考諱璞容, 號中溪, 并有隱德。中溪公娶延安李氏 成奎女, 以英孝王庚戌十二月初一日, 生公于丹城之文山舊第。眉目瑩秀, 才謂敏博。

國制以明經科文用人, 雖有超卓之材、經綸之學, 不由科第, 無以出身事君盡其蘊抱。公早有立揚之志, 治功令文, 文有六體, 而尤長於詩。高宗癸酉, 公年二十四, 遊漢師, 至乙酉, 首尾十三年, 觀光者不知幾度, 而竟屈於有司。蓋以文用才, 而文亦虛具也。

明年丙戌, 奉先公, 移卜于榛山, 自號蒹山, 蓋取艮止之義也。是年六月, 先公下世, 後四年庚寅九月, 母夫人又沒, 自是益無意於名途, 林居敎訓。晚年偶得眼眚目, 不能看書, 而猶口授不廢。隆熙紀元後十年丙辰二月二十七日, 考終于寢, 享年六十七。葬縣西石臺負坎之原。

公幼服中溪公義方, 讀書不須夏楚, 侍側容色婉愉。及就傅于文山, 書塾距家稍間, 晨必衣帶整飭, 進省親堂。退對方冊, 終日伊吾, 夜亦如之, 如是者, 凡數年。

弱冠時, 與郭徵士 俛宇先生友善, 簸弄文章, 浸灌道理, 觀於先生丁戊往復, 可見其一二端緒矣。又與鄉先進, 如權海閭 相迪、成晦山 采奎、朴鶴山 尙台, 馳聘於場屋之間, 鳴於一時。然其所磨礱成就者, 非止時文而已也。遊洛嘗贄謁性齋 許文憲公, 又交判書姜公 蘭馨、石山 李台 承輔諸公, 皆以文雅推詡。

嗚呼! 公雖以榮進爲意, 而所與遊從者, 皆當世賢公卿仁士友, 未嘗趑趄於戚畹, 干譽於州郡。是以不得一命, 而終身無悔。嘗以爲雙冀之學誤人一生, 方回車復路, 從吾所好, 而異敎鴟張, 從我者寡。又苦阿睹, 不復能溫理舊業益致新知, 是可恨也。

公於六經之文、四子之書, 無不涉其流溯其源, 而尤深於《孟子》、《詩經》, 就《孟子》書中, 作圖說以見志。時或枕上輒誦《詩經》四五行, 傍人不知其爲夢也。學子擧篇首一兩句, 則誦全文如己言。雖如《蕩》八《閟》九之艱奧, 不差一字, 人或疑其托盲也。

雅不屑名理之談。而其祭南黎 許公先生之文曰: "心理原於《孟子》性善。" 嘗曰: "孟子古聖賢也, 而性善之說, 待程、朱出而大定。洲翁今人也, '卽理'二字, 安得無是非? 必也, 俟後之君子。" 又曰: "理體理用。" 文義平順。吁! 亦可見其所蘊也。

所著詩文, 直寫胸中之富, 而不甚經意。其遇境處, 別起思想, 有機軸, 可觀。不喜爲人作文字, 作亦不起草, 由是所貯無幾。今收錄者若干篇, 只是人家挽祭。而盲廢後諸作, 直一時口呼而倩筆耳, 不必幷收, 而亦足爲一家一人之史也, 故略存之。

公娶全州崔氏 㽓鎭女, 蘇湖諱均之後也。後公二年戊午卒, 附公墓左。生三男三女, 男: 㙾鉉、璋鉉、珪鉉, 女適黃正熙、柳周馨、李某。

不肖自幼受讀于公, 薰沐德義, 蒙被敎詔, 多所發明者, 而今不能識其萬一。姑卽其人所共見者而言之。執親之喪, 節文詳備, 而哀戚過之。友于弟切偲而湛樂。應對賓友, 論議英爽, 而濟之以謙恭。處於鄕黨, 直言以警之, 婉辭以諭之, 始雖畏憚, 而卒乃翕然誠服。至於先德揄揚, 隨分盡力, 不憚涉遠。泛看經史, 文理精白, 句讀分明, 雖童子易見易知。其所獨見處, 雖老宿强辯難屈。敎迪後進, 隨材抑揚, 而揚踰於抑, 冀其跂及而成立。族黨鄕秀之稍有文行者, 蓋皆公之力也。㙾鉉將謨誌碣於作家, 使不肖草志行。大略如右, 以俟秉管者之裁擇焉。

乙丑肇春, 再從弟寧國謹撰。

❖ 원문출전

權奎集,『兼山集』卷4 附錄, 權寧國 撰,「家狀」(경상대학교 문천각 古(오림) D3B 권177)

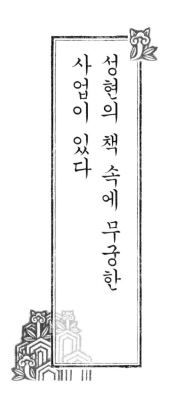

성현의 책 속에 무궁한
사업이 있다

김상욱(金相頊) : 1857-1938. 자는 인숙(仁叔), 호는 물와(勿窩), 본관은 상산(商山)이다. 현 경상남도 창원시 동읍 석산리에서 태어났다. 김흥락(金興洛)·이종기(李種杞)·장복추(張福樞)에게 수학하였다.
저술로 8권 4책의 『물와집』이 있다.

물와(勿窩) 김상욱(金相頊)의 묘지명 병서

김희달(金熙達)[1] 지음

공의 휘는 상욱(相頊), 자는 인숙(仁叔), 호는 물와(勿窩)이다. 김씨의 세계(世系)는 신라 경주에서 나왔다. 고려 때 휘 수(需)가 상산(商山 : 尙州)에 채읍을 받으니, 자손들이 이로 인해 상산을 관향으로 삼았다. 여러 대를 내려와 휘 후(後)는 보문각 직제학(寶文閣直提學)을 지냈다. 후는 고려 말에 단구(丹邱 : 丹城)에 은둔하여 망국의 절의를 지키며 자정(自靖)하였고, 문장과 절의로 세상에 명성을 떨쳤다. 본조에 들어와 휘 팽수(彭壽)는 목사를 지냈고 판윤에 추증되었으며, 창녕에서 김해로 이거하였다. 손자 휘 명윤(命胤)에 이르러 또 창원(昌原)으로 옮겼다. 명윤은 승지를 지냈는데, 선조 임진왜란 때 원종공신으로 녹훈되었고, 병조 판서에 추증되었으며, 도봉서원(道峰書院)[2]에 제향되었다. 호는 동산(東山)이며, 공의 10세조이다.

고조부의 휘는 이극(履極), 증조부의 휘는 호신(護臣)이고, 조부 휘 종엽(宗燁)은 호가 안락당(安樂堂)이다. 부친 휘 세원(世源)은 성품이 효성스럽고 우애가 있었으며, 남에게 베풀기를 좋아하여 능히 집안을 윤택하게 하였다. 모친 영산 신씨(靈山辛氏)는 신지백(辛志伯)의 딸로 판서 신

---

1 김희달(金熙達) : 호는 계산(桂山), 본관은 서흥(瑞興)이다. 김굉필의 후손이다. 조유찬 (曺有贊)에게 수학하였다.

2 도봉서원(道峰書院) : 현 경상남도 창원시 의창구 동읍 석산리에 있다. 1755년 김명윤을 제향하기 위해 세운 도봉사(道峰祠)가 1844년 서원으로 승격되었다.

사천(辛斯蔵)의 후손인데, 부녀자의 덕이 있었다. 철종 정사년(1857) 12월 24일 석산리(石山里)³ 집에서 공을 낳았다.

공은 타고난 자품이 도에 가까워서 가르치거나 감독하지 않아도 스스로 부지런히 공부하였다. 또래 아이들을 따라 놀지 않았고 어른들의 말씀 듣기를 좋아하였다. 그래서 성년이 되기도 전에 이미 도를 구할 뜻을 갖고 있었다. 어떤 술사가 공에게 천문·지리·복서(卜筮)·산수 등의 학문을 하도록 권하니, 공은 달가워하지 않으며 "내가 바라는 것은 공맹(孔孟)·정주(程朱)의 진정한 학문을 배우는 것이니, 내 뜻이 어찌 그런 데 있겠습니까?"라고 하였다. 일찍이 어버이의 명으로 과거공부에 종사하였으나 이는 본래 공의 뜻이 아니었다. 그래서 여러 차례 아뢰어 허락을 받아 과거시험에 응시하지 않을 것을 결심하였다. 공의 삼종조(三從祖) 통정공(通政公)이 과거시험을 치도록 힘껏 권하자, 공은 "성현의 책 속에 절로 무궁한 사업이 있습니다."라고 하였다.

마침내 서산(西山) 김흥락(金興洛)⁴ 선생에게 제자의 예를 표하니, 선생은 손수 격언 8절을 써서 공을 장려하였다. 임진년(1892) 영천(靈川) 관동(館洞)⁵에서 만구(晚求) 이종기(李種杞)⁶ 선생을 배알하고서 『대학』·『논어』·『맹자』의 의심나는 뜻을 물었다. 또 사미헌(四未軒) 장복추(張福樞)⁷

3 석산리(石山里): 현 경상남도 창원시 동읍 석산리이다.
4 김흥락(金興洛): 1827-1899. 자는 계맹(繼孟), 호는 서산, 본관은 의성(義城)으로, 김성일(金誠一)의 주손(冑孫)이다. 류치명(柳致明)에게 수학하였다. 저술로 32권 16책의 『서산집』이 있다.
5 영천(靈川) 관동(館洞): 영천은 고령(高靈)의 옛 이름으로, 현 경상남도 고령군 관동 마을이다.
6 이종기(李種杞): 1837-1902. 자는 기여(器汝), 호는 만구·다원거사(茶園居士), 본관은 전의(全義)이다. 저술로 20권 10책의 『만구집』이 있다.
7 장복추(張福樞): 1815-1900. 자는 경하(景遐), 호는 사미헌, 본관은 인동(仁同)이다. 조부 장주(張儔)에게 수학하였다. 1890년 현 경상북도 칠곡군 기산면에 녹리서당(甪里書堂)을 세워 학문과 후진 양성에 전념하였다. 저술로 11권 6책의 『사미헌집』이 있다.

선생을 배알하고서 격물치지의 요체에 대해 여쭈었다. 이로부터 공은 실천이 더욱 진실하고 적확하였으며, 조예가 더욱 고상하고 분명하였다.

신묘년(1891) 공은 향천(鄕薦)에 뽑혔는데, 그 조목에 "스승을 따라 학문을 독실히 하고, 상을 치를 때는 예를 극진히 하였다."라고 하였다. 병신년(1896)에 창녕(昌寧) 화왕산(火旺山) 속 노동리(魯東里)로 이거하였다. 나의 스승 조성재(曺惺齋)⁸ 옹도 이웃에 함께 살았다. 이때 내가 조부 벽계공(碧桂公)의 명을 받들어 처음으로 공을 배알하였다. 그 뒤 20년이 지나 공은 또 우리 마을로 이거하였다. 이웃이 된 지 10여 년 동안 산수가 좋은 누대에 모시고 올랐으며, 꽃이 핀 날과 달이 뜬 밤에 시를 읊조리며 돌아왔는데, 공에게 장려를 받은 적이 한 두 번이 아니었다. 때때로 은근히 가르쳐주시기를 "근래에 사장(詞章)이 도를 해치는 것이 이단보다 심한 점이 있다."라고 하셨는데, 지금 그 말씀을 생각해보면 공이 도를 걱정하신 것이 절실했음을 알 수 있다.

신미년(1931) 겨울에 공은 또 진양의 내평(內坪)⁹으로 이거하였는데 한가로이 은거하며 여생을 마칠 의중이 있었기 때문이다. 병자년(1936) 12월 24일에 세상을 떠났으니, 향년 80세였다. 정축년(1937) 봄 창원(昌原) 석산리 도곡(道谷)의 선영 아래 경좌(庚坐) 언덕에 반장하였다. 초취 부인 안동 권씨(安東權氏)는 자식이 없었다. 재취 부인 전의 이씨(全義李氏)는 부녀자의 덕이 있었다. 1남 5녀를 낳았는데, 아들은 용희(容熙)이고, 딸은 김병세(金炳世)·이확로(李碻魯)·권화술(權華述)·조용하(趙鏞夏)·배진희(裵震熙)에게 시집갔다. 용희의 아들은 재균(載均)과 학균(學均)이고, 딸은 정갑

---

8 조성재(曺惺齋) : 조유찬(曺有贊, 1860-1934)이다. 자는 충가(忠可), 호는 성재·회산(晦山), 본관은 창녕(昌寧)이다. 장복추(張福樞)·김흥락(金興洛)에게 수학하였다. 저술로 7권 3책의 『성재집』이 있다.

9 내평(內坪) : 현 경상남도 진주시 내동면 내평 마을이다.

영(鄭甲永)과 이재식(李載湜)에게 시집갔고, 막내는 어리다. 김병세의 아들은 김인식(金璘埴)이고, 이확로의 아들은 이준세(李浚世)이고, 권화술의 아들은 권○○(權○○)이고, 조용하의 아들은 조대제(趙大濟)·조철제(趙喆濟)·조덕제(趙德濟)·조계제(趙季濟)·조태제(趙泰濟)이고, 배진희의 아들은 배기환(裵基煥)·배기은(裵基殷)이다.

어느 날 재균이 나에게 묘지명을 청하였다. 돌아보건대 나는 인망이 가볍고 글 솜씨가 졸렬하여 실로 묘지명을 지을 만한 사람이 아니다. 그러나 평소 공이 나를 돌보아주신 점을 생각하니 한사코 사양할 수 없다.

명은 다음과 같다.

동산공의 훌륭한 후손이고	東山賢裔
금계10 선생의 빼어난 제자라네	金溪高足
남긴 글이 있어 세상에 전하니	有遺草而傳世
포백숙속11이라 할 만하네	可謂布帛菽粟
백대가 지나도 없어지지 않으리니	至百世而不朽
변변찮은 내 말을 어찌 기다리리	奚待余言之碌碌

경자년(1960) 입추절에 서흥(瑞興) 김희달(金熙達)이 삼가 지음.

---

10 금계(金溪) : 현 경상북도 안동시 서후면 금계리로, 김홍락이 살았던 곳이다.

11 포백숙속(布帛菽粟) : 옷감이나 곡식 등 의식주에 필요한 물품으로, 실생활에 절실한 학문과 뛰어난 덕을 소유하였다는 말이다. 『송사(宋史)』 권427 「정이열전(程頤列傳)」에 "정이가 마침내 공맹(孔孟)이 전하지 못한 학문을 터득하여 뭇 유자들의 영수가 되었는데, 그가 말한 뜻을 보면 모두 포백숙속과 같았다.[卒得孔孟不傳之學, 以爲諸儒倡, 其言之旨, 若布帛菽粟然.]"라고 한 데서 나왔다.

墓誌銘 幷序

金熙達 撰

公諱相項, 字仁叔, 勿窩號也。金氏系出新羅。麗朝有諱霈, 食采商山, 子孫因貫焉。累傳至諱後官寶文閣直提學。麗末遯于丹邱, 罔僕自靖, 文章節義名於世。入本朝, 諱彭壽官牧使, 贈判尹, 自昌寧移居金海。至孫諱命胤, 又移昌原。官承旨, 以宣廟壬辰原從勳, 贈兵判, 享道峰書院。號東山, 公之十世祖也。高祖諱履極, 曾祖諱護臣, 祖諱宗燁, 號安樂堂。考諱世源, 性孝友, 喜施而能潤屋。妣靈山辛氏, 志伯女, 判書斯藏后, 有婦德。哲廟丁巳十二月二十四日, 生公于石山里第。

天資近道, 不煩敎督, 而能自勤勵。不隨同隊遊戲, 而喜聞長者言論。未及成年, 已有求道之志。有術客勸之以天文、地理、卜書、算數之學, 則不肯曰: "吾所願則學孔、孟、程、朱眞正事業, 豈在是也?" 嘗以親命從事擧業, 然非素志也。屢稟得命, 決意不赴。其三從祖通政公力勸之, 則曰: "聖賢書中, 自有無窮事業。"

遂束脩于西山 金先生, 先生手書格言八節以獎之。壬辰拜晩求 李先生于靈川 館洞, 問《大學》、《論》、《孟》疑義。又拜四未 張先生, 問格物致知之要。自是踐履益眞的, 造詣益高明。

辛卯, 入鄕薦, 其目曰: "從師篤學, 居喪盡禮。" 丙申, 移居昌寧 火旺山中魯東里。吾先師曺惺齋翁亦同隣焉。于斯時也, 熙達奉王大人碧桂公命, 始獲拜焉。其後二十年, 公又移寓鄙里。芳隣十餘載, 山水樓臺, 獲陪登臨, 花朝月夕詠歸, 蒙獎不可一二數。有時殷勤誨之曰: "近來詞章之害道, 有甚於異端。" 至今思之, 可知公之憂道之切也。

辛未冬, 又移居晉陽 內坪, 有優遊卒歲之意。以丙子十二月二十四日考終, 享年八十。丁丑春, 返葬于昌原 石山 道谷先塋下庚坐。配安東權氏, 無育。繼配全義李氏, 有婦德。生一男容熙, 女適: 金炳世、李碻魯、權華述、趙鏞夏、裵震熙。容熙男: 載均、學均, 女: 鄭甲永、李載滉, 季幼。金男璘埴, 李男浚世, 權男○○, 趙男：大濟、喆濟、德濟、季濟、泰濟, 裵男：基煥、基殷。日載均請余墓誌。顧望輕文拙, 實非所當。而念平素蒙眷, 不可固辭。

銘曰: "東山賢裔, 金溪高足。有遺草而傳世, 可謂布帛菽粟。至百世而不朽, 奚待余言之碌碌?"

庚子立秋節, 瑞興 金熙達謹撰。

❖ **원문출전**

金相頊, 『勿窩集』 卷8 附錄, 金熙達 撰, 「墓誌銘幷序」(경상대학교 문천각 古 D3B H김51ㅁ)

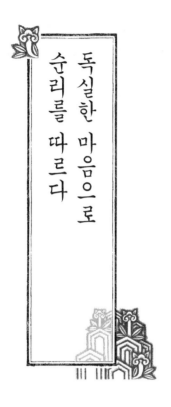

독실한 마음으로
순리를 따르다

류원중(柳遠重) : 1861-1943. 자는 희여(希興)이고, 호는 우헌(愚軒)·서강(西岡)이다. 본관은 진주(晉州)이고, 출생지는 현 경상남도 합천군 삼가면이다. 정재규(鄭載圭)에게 수학하였다. 정면규(鄭冕圭)·권운환(權雲煥) 등과 교유하였다.
저술로 22권 12책의 『서강집』이 있다.

서강(西岡) 처사 류원중(柳遠重)의 묘갈명 병서

권재규(權載奎)[1] 지음

선사 노백헌(老柏軒)[2] 선생은 담헌(澹軒)[3]에게 학문을 전수 받아 영남에서 그 도를 창도하였다. 사류들 중 그 문하에 종유하는 사람들이 많았는데 농산(農山) 정면규(鄭冕圭)[4] · 명호(明湖) 권운환(權雲煥)[5] · 서강(西岡) 류원중(柳遠重)이 가장 뛰어난 학자였다. 농산과 명호는 이미 세상을 떠났고 노영광(魯靈光)[6]처럼 우뚝하게 서강만이 홀로 남아있었는데, 계미년(1943) 1월 27일 운명하였으니 향년 83세였다. 창동(倉洞 : 陜川)의 백등

---

1 권재규(權載奎) : 1870-1952. 자는 군오(君五), 호는 송산(松山) · 이당(而堂), 본관은 안동이다. 경상남도 산청군 단성면 강루리(江樓里) 교동(校洞)에서 태어났다. 저술로 46권 23책의 『이당집』이 있다.
2 노백헌(老柏軒) : 정재규(鄭載圭, 1843-1911)이다. 자는 영오(英五) · 후윤(厚允), 호는 노백헌 · 애산(艾山), 본관은 초계(草溪)이며, 현 경상남도 합천군 쌍백면 육리(陸里) 묵동(墨洞)에 거주하였다. 기정진에게 수학하였다. 저술로 49권 25책의 『노백헌집』이 있다.
3 담헌(澹軒) : 기정진(奇正鎭, 1798-1879)이다. 담헌은 기정진이 학문을 강론하던 담대헌(澹對軒)으로, 후에 고산서원(高山書院)으로 편액하였다.
4 정면규(鄭冕圭) : 1850-1916. 자는 주윤(周允), 호는 농산, 본관은 초계(草溪)이다. 현 경상남도 합천군 쌍백면 육리 묵동에서 태어났다. 종형 정재규의 권유로 기정진에게 수학하였다. 저술로 15권 8책의 『농산집』이 있다.
5 권운환(權雲煥) : 1853-1918. 자는 순경(舜卿), 호는 명호, 본관은 안동이다. 저술로 19권 10책의 『명호집』이 있다.
6 노영광(魯靈光) : 마지막 남은 원로 석학(碩學)을 뜻한다. 영광은 한 경제(漢景帝)의 아들인 공왕(恭王)이 산동성 곡부(曲阜)에 건립한 영광전(靈光殿)을 가리키는데, 후한(後漢) 왕연수(王延壽)가 지은 「노영광전부서(魯靈光殿賦序)」에 "서경(西京)의 미앙(未央)과 건장(建章) 등 궁전이 모두 파괴되어 허물어졌는데도, 영광전만은 우뚝 홀로 서 있었다.[靈光巋然獨存]"라는 글이 있다.

산(柏嶝山) 자좌 오향(子坐午向) 언덕에 장사지냈다. 공의 아들 근수(瑾秀)가 그 친척 류원수(柳遠洙)에게 공의 행장을 써달라고 요청하고, 묘갈명은 나에게 부탁하였다.

생각해보면 공이 살아계실 때 웃으면서 나에게 말씀하기를 "그대 나이가 나보다 적으니 나의 묘갈명을 그대는 사양할 수 없을 것일세."라고 한 적이 있었는데 아, 지금 생각해보니 그것은 예언이었구나! 이에 나는 늙고 어리석은 것을 무릅쓰고 다음과 같이 서술한다.

공의 휘는 원중(遠重), 자는 희여(希與), 호는 서강(西岡)이다. 세계는 내가 일찍이 찬술한 부친 만회공(晚悔公)의 묘표7에 실려 있어 여기에 다시 쓰지 않는다. 만회의 휘는 화식(華植)으로 선비다운 행실이 있었다. 모친은 선산 김씨(善山金氏) 김치한(金致漢)의 딸이다.

공은 어려서부터 걸음걸이에 법도가 있었고, 책을 읽으면 능히 그 뜻을 이해하였다. 10세에 모친이 세상을 떠나자 부친은 민자건(閔子騫)의 계모의 일8을 떠올리고 다시는 장가들지 않고 몸소 취사를 하며 공이 학문에 전념하게 하였다. 공은 감동하고 분발하여 더욱 독실히 공부하여 15세가 되기 전에 경서와 제자서를 모두 통달하였다.

20세에는 합천 삼가(三嘉) 물계리(勿溪里)로 가서 노백헌 선생을 집지하여 배알하였다. 노백헌 선생은 공의 타고난 자질이 안온하고 지향이 부지런하고 독실한 것을 사랑하여 담헌 선생에게 얻은 도를 전해주었다. 공은 언덕과 산을 짊어진 듯 두려워하며 각고의 노력으로 공부하여 날

---

7 내가……묘표:『이당집(而堂集)』권36「만회재류공묘표(晚悔齋柳公墓表)」에서 세계(世系)에 대해 진강군(晉康君)에 봉해진 휘 정(挺)의 후손이라고 언급하였다.

8 민자건(閔子騫)의……일 : 민자건의 계모가 추운 겨울에도 여름 옷을 입힌 것을 알고 민자건의 아버지가 부인을 내쫓으려고 하자, 민자건이 "어머니가 나가면 아버지와 저와 동생들이 곤란을 겪게 되니, 저만 참으면 된다."라고 하면서 아버지를 설득했다. 계모는 잘못을 뉘우치고 자식처럼 잘해 주었다.

마다 학문에 진보가 있었다.

삼가 현감 신두선(申斗善) 공이 학문을 일으키는 데 뜻을 두고서 고을 향교에 허후산(許后山)[9]과 노백헌 두 선생을 초청하였다. 두 선생은 강주(講主)로서 강석에 나아가 온 고을의 재주가 뛰어난 사류들을 모아 시험하였는데, 공은 맨 먼저 뽑혀 자신을 지킴이 단정하고 엄격하며 학습에 대한 견해가 정밀하고 명정하다고 칭찬을 받았다.

병신년(1896) 단발령이 내리자 노백헌 선생은 의병을 일으켜 저항하려는 모의를 하였다. 공은 스승과 함께 일을 주선하였으나 단발령이 철회되어[10] 결국 무위에 그쳤다. 얼마 뒤 채리(茝里)[11]에 가서 면암(勉菴) 최익현(崔益鉉) 선생을 배알하고 수십 일을 머무르며 강학을 하고 질정한 것이 매우 많았다. 또 원계(遠溪)[12]로 연재(淵齋) 송병선(宋秉璿)[13] 선생을 찾아뵙고 화양(華陽)의 지결[14]을 강학하였다.

을사늑약이 체결되려고 하자 조정과 재야에 있는 사람들이 모두 분노하고 한탄하였다. 노백헌 선생이 여러 동지들을 이끌고 한양으로 올라가 대궐문 앞에서 호소하면서 간쟁하려고 하였는데 공도 따라갔다. 중도에 늑약이 성사되었다는 소식을 듣고서 노백헌 선생을 모시고 곧바로

---

9 허후산(許后山) : 허유(許愈, 1833-1904)이다. 자는 퇴이(退而), 호는 후산·남려(南黎)이고, 본관은 김해이다. 현 경상남도 합천군 가회면 오도리에서 태어났다. 이진상에게 수학하였다. 저술로 19권 9책의 『후산집』이 있다.
10 단발령이 철회되어 : 아관파천 이후 단발의 강제 시행이 철회되었다.
11 채리(茝里) : 현 경기도 포천군 신북면 가채리이다.
12 원계(遠溪) : 송병선이 현 전라북도 무주군 설천면 두길리의 구천동(九千洞)에 서벽정(棲碧亭)을 짓고 후학을 가르치던 곳을 가리키는 듯하다.
13 송병선(宋秉璿) : 1836-1905. 자는 화옥(華玉), 호는 동방일사(東方一士)·연재, 본관은 은진(恩津)이며, 충청남도 회덕(懷德) 출신이다. 송시열의 9세손이다. 1905년에 국권피탈에 통분하여 자결하였다. 저술로 53권 23책 『연재집』이 있다.
14 화양(華陽)의 지결 : 송시열의 학문을 말한다. 화양은 충청북도 괴산군 화양동에 있던 화양서원을 가리킨다.

정산(定山)[15]으로 향하여 면암 선생과 함께 전국의 유생들에게 포고문을 돌려[16] 노성(魯城)[17]의 궐리사(闕里祠)[18]에서 만나기로 약속하고 일을 주선하는 계획을 세웠는데 일이 성사되지 않아 마침내 돌아왔다.

이에 가솔들을 데리고 가호리(佳湖里)[19] 산 속으로 들어갔는데 대개 그 지역이 조용하고 깊기도 하고 또 족당 돈재(敦齋) 류상대(柳相大)[20]가 살고 있어 서로 의지가 되어서였다. 배우러 오는 학자들이 매우 많았는데 공은 조리와 규약을 엄정히 세워 반드시 준수하게 하였고 심신을 수렴하여 성찰하고 극치(克治)하는 것으로 근본을 삼았다.

묘적법(墓籍法)[21]이 시행될 적에 공이 말하길 "원수의 문적에 나의 이름도 기록할 수 없는데 하물며 부모와 조상의 묘를 문적에 올리겠는가."라고 하고서 온 집안사람들과 약속하고 굳건히 저항하며 따르지 않았다. 고종이 승하하자 예제에 따라 상복을 입었다.[22] 혹 상복을 입는 것이 부당하다고 말하는 사람이 있으면 반복 논변하여 그렇지 않은 점을 밝혔다.

───────────────

15 정산(定山) : 현 충청남도 청양의 옛 이름이다.

16 노백헌……돌려 : 정재규는 1905년 을사늑약이 체결되자 영·호남 선비들에게 포고문(布告文)을 보내고 각국 공관에 알려 만국공법에 호소하며 왜와 담판하기를 촉구하였고, 1906년 충남 논산 궐리사에서 면암 최익현을 만나 의거를 도모했다.

17 노성(魯城) : 현 충청남도 논산시 노성면이다.

18 궐리사(闕里祠) : 공자의 영정이 봉안된 사당으로, 현 충청남도 논산시 노성면 교촌리에 있다.

19 가호리(佳湖里) : 현 경상남도 합천군 용주면 가호리이다.

20 류상대(柳相大) : 1864~1935. 자는 선일(善一), 호는 돈재, 본관은 진주(晉州)이다. 현 경상남도 합천군 용주면 가호리에서 태어났다. 저술로 9권 5책의 『돈재집』이 있다.

21 묘적법(墓籍法) : 1915년에 시행된 묘적 관리법으로 묘의 잔디를 입혔는지 여부, 인가(人家) 수, 토질, 수목의 종류와 수, 논밭, 도로, 등고선, 묘지 형태, 분묘 여부, 사망자 이름, 성별, 가족관계 등을 상세히 기록케 하였다.

22 고종이……입었다 : 『국조오례의』에 따른 조선 왕실의 장례 기간은 5개월이다. 고종이 승하하자 일제가 일본식 장례로 치르라고 명령하였다. 이에 일본식으로 빈소를 차리고 일본의 국장의식에 따라 장례가 치러졌다. 고종은 1월 22일에 승하하였는데 3월 3일에 발인을 하였으니, 장례 기간이 한 달 반을 넘기지 못하였다.

공의 아들 근수(瑾秀)가 독립을 부르짖은 일로 대구 감독에 3년 동안 구금되었는데, 가업이 이로 인하여 탕진되고 재난이 많았다. 공은 다른 사람들이 감당할 수 없는 처지에 놓였는데도 대처하는 마음이 태연하였다. 당시 이단의 종교들이 성행하여 독서종자(讀書種子)가 거의 사라졌는데, 공이 깊이 걱정하고 탄식하며 후생을 이끌고 학문으로 나아가게 하였다. 애써 설명하면서 사정(邪正)과 시비(是非)를 명확히 제시하여 한 가닥 전함이라도 부지하기를 기약하였다.

공은 집안에서의 행실이 잘 갖추어져 상중에 있는 3년 동안 웃지 않았다. 초하루와 보름 분묘를 살필 적에는 눈물을 흘리며 반드시 땅에 엎드렸다. 기일이 되면 그달이 끝나도록 연회에 참석하지 않았다. 출입할 적에는 부부간에 반드시 서로 절을 하였다. 종제에게는 여러 번 땅을 나눠주어 살길을 마련해주었고, 친척이나 친구 중 궁핍한 사람은 힘이 닿는 데까지 도와주었다. 사람들을 대할 적에는 온화하고 화락하게 대하였으며, 어리거나 천한 사람이라도 차별이 없었다. 그러나 혹여 윤리강상에 관련한 죄를 짓거나 삿된 무리에 몸을 들여놓은 자는 곧 바른 말로 척결하여 끊어버리고 용서하지 않았다.

공은 사람됨이 화락하고 명석하고 순수하며, 침착하고 굳건하며 독실하였다. 한번 주리(主理)의 참된 가르침을 듣고서는 마음을 보존하고 행실을 지키며 일에 대처하고 세상사에 응수함이 한결같이 리에 근본한다는 것을 알았다. 침잠하고 연구하여 그 정밀한 이치를 극진히 하고, 깊은 물가에 임한 듯 살얼음을 밟는 듯 전전긍긍하면서 그 실사(實事)를 실천하였다. 진실로 오래도록 노력하여 도의 경지에 나아가 덕이 완성되는 데에 이르렀다.

평생 가장 존모한 분은 퇴계 선생이었다. 퇴계 선생의 유집을 아침저녁으로 완미 독서하여 반드시 그 기상과 심법을 체득하고자 하였다. 리기심성(理氣心性)의 심오한 이치에 대해서 그 전수받은 대로 더욱더 연구하였는데, 편지글 속에 드러난 것이 매우 많다.

그중에 태극(太極)에 동정(動靜)이 있다는 것, 명덕(明德)은 리(理)이지 기(氣)가 아니라는 것,[23] 심(心)과 성(性)은 나누어 둘이 될 수 없다는 것, 지각하는 것은 지지사(知之事)·심지덕(心之德)으로 기로써 말할 수 없다는 것, 인물성(人物性)은 리일분수(理一分殊)지만 분(分)은 리의 본분이 된다는 것, 상제(上帝)는 리가 주재하는 것이지 지극히 신묘한 기가 아니라는 것을 논한 것 및 기타 인심(人心)과 도심(道心)에 관한 논변, 기질지성(氣質之性)과 본연지성(本然之性)에 관한 논변은 모두 정밀하고 확실하며 조리가 잘 드러나 분명하고 합당하였다.

또 예에도 조예가 깊어 상례(常禮)와 변례(變禮)를 짐작하여 조금도 구차하게 하지 않았다. 중화와 이적의 구분에 엄격하여 외국에서 생산된 물건은 하나도 입거나 쓰지 않았고 당색에 대해서는 너그러이 개의치 않아 논의가 매우 공평하고 정대하였다.

부인은 정선 김씨(旌善金氏) 김규대(金揆大)의 딸이다. 인애롭고 효순하고 현숙하고 지혜로워 부모와 형제자매가 모두 감복하였다. 1남 1녀를 두었는데 아들이 근수(瑾秀)이고 딸은 최재린(崔在麟)에게 시집갔다. 손자는 해창(海昌)·해문(海汶)·해규(海奎)이다. 해문과 해규는 근수의 부실이 낳았는데 자란 뒤에 족보에 올렸다. 손녀는 박규건(朴奎乾)·김호순(金灝洵)·송인채(宋寅寀)·윤종학(尹鍾學)에게 시집갔다.

나는 공과 50년 동안 교유하였는데 만년에는 더욱 깊어졌다. 매번 공을 보면 지란(芝蘭)처럼 향기롭고 옥설(玉雪)처럼 깨끗하고 송백(松柏)처

---

23 명덕(明德)은……것 : 전우(田愚)가 주장한 명덕즉기(明德卽氣)에 대한 대론으로 명덕즉리(明德卽理)를 주장한 것으로 보인다. 북송의 장재(張載)는 태허즉기(太虛卽氣)라고 하며 기가 곧 우주의 법칙이고 리는 다만 모이고 변하며 흩어지는 법칙이라고 생각하였다.

럼 곧았다. 포용력은 크고 학문을 논변함은 정밀한 점이 있었지만 겸양
하여 무능한 듯이 하였다. 나는 마음속으로 공경하고 탄복하여 미칠 수
없을 것이라 생각하였다.

　명은 다음과 같다.

세상이 어지럽자 사류들은 은거하여	世亂士隱
오직 학문에만 힘을 쏟았네	所務惟學
이에 재야의 산림에	于時林下
훌륭한 석학이 많아졌네	盖多鴻碩
그러나 그들이 배우는 바는	然其所學
참되고 바르기가 어려웠네	眞正爲難
참되고 바르지 않는다면	苟不眞正
도에 무슨 상관 있으리	於道何關
아 공의 타고난 자질은	嗟公之資
자연스럽게 도에 가까웠네	天然近道
또 도가 있는 분에게 나아가	又就有道
지결을 일찍 얻어 들었네	旨訣得早
만 가지로 다른 것도 근본은 하나여서	萬殊一本
그 본체가 주밀하게 갖추어지고	其體森具
하나의 근본이 만 가지로 달라져서	一本萬殊
그 작용이 밝게 드러나 있네	其用昭布
하늘에 있건 사람에게 있건	在天在人
온전히 하나의 이치이니	渾然一理
궁구하고 연구하였고	是究是硏
실천하고 또 실천하였네	是踐是履
한결같은 마음 독실하여	一心慥慥
팔순에 이르도록 지켜왔네	以至八耋
순리를 보존하여 죽을 때까지 편안히 여겼으니	存順沒寧
공이 아니면 그 누가 할 수 있었으리	非公伊孰

내 말이 거짓이 아님은   余言不誣
백세 뒤에도 질정할 수 있으리라   百世可質

西岡處士 柳公 墓碣銘 幷序

權載奎 撰

先師老柏軒先生, 得澹軒之傳, 以倡明於嶠南. 士之遊其門者多, 而農山 鄭公、明湖 權公、西岡 柳公, 最其秀也. 農山、明湖旣沒, 西岡獨存歸然若魯之靈光, 竟以癸未之正月二十七日考終, 壽八十有三. 葬倉洞柏嶝山枕子原. 其孤瑾秀, 屬其族遠洙狀公平生, 而徵墓道之刻於余. 念公在世, 笑謂余曰: "子年後於我, 我之墓石, 子不得辭." 噫! 以今觀之, 其讖語也歟! 乃强其耄昏而序之曰: 公諱遠重, 字希輿, 西岡號也. 世系余所嘗撰, 其大人晚悔公墓文載焉, 此不復著. 晚悔諱華植, 有儒行. 妣善山金氏 致漢女.

公自幼, 步趨有度, 讀書能解旨義. 十歲母夫人棄背, 大人公念閔子騫異母之事, 不再聘, 而躬自執爨, 俾公專學. 公感奮益篤, 未成童, 悉通經子. 旣冠贄謁老柏先生於勿溪. 先生愛其天資穩藉志意勤篤, 告之以所得於澹軒者. 公惕然如負丘山, 刻苦用工, 日有長進.

知縣申公 斗善, 銳意興學, 延許后山及老柏二先生於縣學. 主臨講席, 而聚課一邑才俊之士, 公首先被選, 以持守端嚴, 見解精明, 見稱.

丙申剃令, 柏翁謀起義而抗之. 公與同周旋, 令寢遂已. 旣而往謁勉菴 崔先生於蘆里, 留止數句, 講質甚多. 又謁淵齋 宋先生於遠溪, 講華陽旨訣.

乙巳勒約, 朝野憤惋. 柏翁率諸同志, 欲赴京叫閽以爭之, 公亦從焉. 中途聞約已成, 遂陪柏翁, 直向定山, 同勉翁文告八域章甫, 約會魯城之闕里祠爲旋幹計, 事不諧, 遂歸. 於是, 挈家入佳湖山中, 蓋以其地靜深,

而又有族黨敦齋 相大相依也。來學者甚衆, 公嚴立條約, 必使循蹈, 而以收斂身心省察克治爲主本。

及墓籍之變, 公曰: "自身猶不可籍於讐夷, 況籍父祖之墓乎!" 約一門, 堅拒不從。高宗昇遐, 服喪如禮。或有言不當服者, 則反覆論辨, 以明其不然。

瑾秀以唱獨立事, 拘繫達狴三年, 家業因而蕩殘, 患厄多。有人不可堪者, 而處之夷然。時夷敎懷襄, 讀書種子幾乎殄絶, 公深憂永歎, 引進後生。苦口說與, 明示邪正是非, 期扶一線之傳。

公內行純備, 居喪三年, 不見齒。朔望省墳, 涕淚必著地。當忌終其月, 不赴宴會。出入, 夫婦必相拜。於從弟屢割地以資生, 族戚故舊之窮乏者, 隨力助救。接人, 溫和樂易, 無間少賤。而其或罪關倫綱, 身入邪黨者, 則正言斥絶, 不少假借。

公爲人, 愷悌明粹, 沈毅篤實。而一聞主理眞訣, 知所以存心持躬處事酬世, 一本於理。沈潛硏窮, 以致其精, 戰兢臨履, 以踐其實。眞積力久, 以至道造而德成矣。平生最慕退陶先生。尊閣遺集, 昕夕玩讀, 必欲體其氣像心法。至若理氣心性之奧, 因其所受, 而益復硏究, 著於書牘之間者, 甚多。

其論太極之有動靜, 明德之是理而非氣, 心性之不可分而爲二, 知覺之是知之事心之德而不可以氣言, 人物性之爲理一分殊而分是理之本分, 上帝之是理之主宰而非至神之氣, 其他人道心, 氣質本然性之辨, 皆精薇條暢, 鑿鑿中窾。又深於禮, 斟酌常變, 毫忽不苟。嚴於華夷, 凡係異國物産, 一不服用。於黨目, 曠然無意, 論議甚平正也。

配旌善 金揆大女。仁孝淑哲, 六親咸服。擧男女各一, 男卽瑾秀, 女適崔在麟。孫男: 海昌, 海汶, 海奎, 副室出, 長升嫡。女爲朴奎乾、金灝洵、宋寅寀、尹鍾學妻。

余與公託契五十年, 晩益深矣。每見公薰如芝蘭, 潔如玉雪, 貞如松柏。有包容之大, 錙銖之精, 而謙然若無能焉。心竊敬服, 而不可及也。

銘曰: "世亂士隱, 所務惟學。于時林下, 蓋多鴻碩。然其所學, 眞正爲難。苟不眞正, 於道何關? 嗟公之資, 天然近道。又就有道, 旨訣得早。萬殊一本, 其體森具, 一本萬殊, 其用昭布。在天在人, 渾然一理, 是究是硏, 是踐是履。一心惶惶, 以至八耋。存順沒寧, 非公伊孰? 余言不誣, 百世可質。"

❖ 원문출전

權載奎, 『而堂集』 卷42, 「西岡處士柳公墓碣銘幷序」 (경상대학교 문천각 古(계남) D3B 권72○)

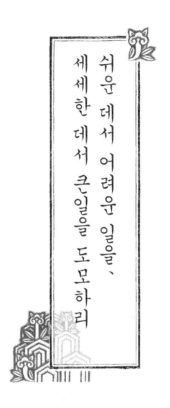

쉬운 데서 어려운 일을, 세세한 데서 큰일을 도모하리

김극영(金克永) : 1863-1941. 자는 순부(舜孚), 호는 매서(梅西), 본관은 의성(義城)이다. 김황(金榥)의 부친이다. 현 경상남도 진주시 지수면 승산리에서 태어났다. 1910년 합천 황매산 만암촌으로 이거하여 성지동(聖智洞)에 매서서실(梅西書室)을 짓고 강학하였다. 1928년 산청군 신등면 평지리 물산 마을로 이거하여 신고당(信古堂)을 지어 후생들을 가르쳤다. 경상우도 지역 곽종석(郭鍾錫)·이상규(李祥奎)·송호곤(宋鎬坤)·하겸진(河謙鎭)·송준필(宋浚弼) 등과 교유하였다.
저술로 4권 2책의 『신고당유집일고(信古堂遺輯逸藁)』가 있다.

신고당(信古堂) 김극영(金克永)의 유사략

허형(許洞)[1] 지음

신고당(信古堂) 김 선생의 휘는 극영(克永), 자는 순부(舜孚), 본관은 문소(聞韶)[2]이다. 동강(東岡) 선생 문정공(文貞公)[3]이 11세조이다. 이후 대대로 훌륭한 인물이 배출되어 우리나라의 명문가가 되었다. 부친 굉진(宏鎭)은 유행(儒行)으로 세상에 알려졌다. 철종(哲宗) 계해년(1863) 10월 13일 선생은 진주(晉州) 승산리(勝山里)[4] 집에서 태어났다.

선생은 외모가 단정하고 눈은 맑았다. 목소리는 쩌렁쩌렁하여 마치 쇠를 두드리고 돌을 치는 듯하였다. 뛰어난 재주와 빼어난 기상을 지녔다. 집이 가난해도 글읽기를 좋아하여, 13세[5] 때 경전과 역사서를 박람하였다. 15세 때 양친이 세상을 떠나 가산이 더욱 영락하였지만, 곤궁한 것에 좌절하지 않고 의지를 다져 독서를 폐하지 않았다. 25세 때 부인 심씨(沈氏)[6]에게 장가들어 비로소 가정을 이루었다.

---

1 허형(許洞) : 1908-1995. 자는 낙경(樂卿), 호는 진암(振菴), 본관은 김해이다. 김황(金榥)에게 수학하였다. 현 경상남도 합천군 가회면 오도리에 살다가 만년에 진주로 이거하였다. 저술로 10권 1책의 『진암집』이 있다.
2 문소(聞韶) : 현 경상북도 의성(義城)의 옛이름이다.
3 문정공(文貞公) : 김우옹(金宇顒, 1540-1603)이다. 자는 숙부(肅夫), 호는 동강(東岡), 시호는 문정, 본관은 의성이다. 조식(曺植)에게 수학하였다. 저술로 21권 11책의 『동강집』 등이 있다.
4 승산리(勝山里) : 현 경상남도 진주시 지수면 승산리이다.
5 13세 : 『예기』 「내칙(內則)」에 "나이가 13세 되면, 음악을 배우고 시를 외우며, 작시에 맞추어 춤을 춘다.[十有三年, 學樂誦詩, 舞勺.]"라고 하였다.
6 부인 심씨(沈氏) : 1871-1947. 본관은 청송(靑松)이며 심귀택(沈龜澤)의 딸이다.

일찍이 경세(經世)의 큰 계획이 있어서 말씀하기를 "쉬운 데서 어려운 일을 도모하고 세세한 데서 큰일을 도모하는 것이 나의 지향이다."라고 하였다. 먼저 집안을 경영할 적에는 일을 보는 것이 정밀하였으며, 중요한 사무가 있으면 헤아려 조처하는 데 부당함이 있지 않았다. 몇 년 되지 않아 가산이 자못 풍족해지고, 온갖 일이 정리되었다. 그 다음 고을에 뜻을 펴고자 할 적에는 『남전향약(藍田鄕約)』[7]과 백록동서원(白鹿洞書院)의 학규(學規)[8]를 본떠 향약을 만들었는데, 손수 절목을 초안하고 제정하여 한 면(面)에 시행하였다. 또한 군(郡) 전체에 건의하여 차례차례 실적이 나타나려고 하였는데, 마침 을사년(1905) 나라의 변고[9]를 만나 결국 폐지되어 성과를 보지 못하였다.[10]

경술국치를 당하자 가족을 데리고 황매산(黃梅山)[11] 깊은 골짜기 만암촌(晩岩村)에 들어가 거주하였는데, 선생은 골짜기가 더 깊지 않은 것을 한스러워하였다. 만암촌 북쪽 수궁(數弓)[12] 쯤 떨어진 곳에 산이 더 높고 골짜기가 더 깊은 성지동(聖智洞)이란 곳이 있었는데, 가시나무를 베어 내고 바위를 깎아 몇 칸의 정사를 짓고 '매서서실(梅西書室)'이라 편액하였다. 두 아들을 데리고 들어가 머물면서 손수 밥을 지어 먹고 밤낮으로 고인의 글을 읽었다.

---

7 남전향약(藍田鄕約) : 『여씨향약(呂氏鄕約)』을 말한다.
8 백록동서원(白鹿洞書院)의 학규(學規) : 백록동서원은 중국 강서성 여산(廬山)에 있는데, 송나라 주희(朱熹)가 지남강군(知南康軍)으로 재직할 때 중건하였다. 당시 오륜(五倫)·오교(五敎)·수신(修身)·처사(處事)·접물(接物)의 학규를 만들었는데, 후세의 전범이 된다.
9 나라의 변고 : 을사늑약(乙巳勒約)을 가리킨다.
10 결국……못하였다 : 을사늑약에 의해 일제가 통감부(統監府)와 이사청(理事廳)을 설치하여 내정을 장악했기 때문인 듯하다.
11 황매산(黃梅山) : 현 경상남도 합천군 대병면과 가회면 및 산청군 차황면에 걸쳐 있는 산이다.
12 수궁(數弓) : 활 쏘는 거리의 두세 배를 가리킨다.

원근에서 찾아와 배우는 자들이 구름처럼 모여들었는데, 선생은 제생들에게 훈계하기를 "사람이 세상에 태어나 옛 성현처럼 되기를 스스로 기약하지 않고 부귀와 명리의 길에 분주하여, 그 경시할 것으로써 중시할 것을 얽어매니 어찌 슬프지 않겠는가."라고 하였다. 또 말씀하기를 "그대들은 이미 학문을 하기로 명분을 내걸었으니, 먼저 시간을 아낄 줄 알아야 한다. 도간(陶侃)[13]이 사람들에게 말하기를 '우 임금은 성인인데도 촌음(寸陰)을 아꼈으니, 보통사람들은 마땅히 분음(分陰)을 아껴야 한다.'[14]라고 하였는데, 이 말이 가장 합당한 깊은 식견이다."라고 하였다.

선생은 날마다 일과를 감독하는 것 외에도 매양 성심(省心)과 수기(修己), 제가와 치국, 고금의 성쇠, 인물의 선악에 대해 차근차근 말씀하며 제생들이 깨닫기를 기대하였다. 날마다 그들과 함께 그런 식으로 강학했지만, 매양 그 말씀을 새롭게 하여 듣는 사람들로 하여금 귀를 기울이게 하였다.

선생은 경전 가운데 『주역』·『춘추』·『맹자』 및 『자치통감강목』[15]을 가장 좋아하였다. 『주역』을 읽은 횟수가 만 번을 넘어 역수와 시운을 잘 살펴보았다. 과거를 통해 미래를 추측할 적에는 『춘추』와 『자치통감강목』에 근거하여, 그 법도를 가지고 일에 나아가 의리를 논하여 변별해서 취사선택하는 기준을 삼았다. 매양 『맹자』를 송독할 때마다 탄식하며 말씀하기를 "공명과 이익을 추구하던 전국시대에 인(仁)과 의(義)를 높게 창도하며 한번 세상이 다스려지는 운수를 만나 백대 천대의 후손들로 하여금 이적과 금수가 되는 것을 면하게 하였으니, 그 공이 과연

---

13 도간(陶侃) : 259-334. 동진(東晉)의 명장(名將)이다. 자는 사행(士行), 시호는 환(桓)이다. 근면역행(勤勉力行)한 행실로 유명하다.

14 우 임금은……한다 : 『진서(晉書)』 「도간전(陶侃傳)」에 "後轉荊州刺史, 嘗語人曰, 大禹聖人, 乃惜寸陰, 至於吾人, 當惜分陰."이라고 하였다.

15 자치통감강목 : 송나라 주희가 편찬한 책으로 『통감강목』이라고도 한다.

어떠하겠는가? 나는 맹자의 제자가 되기를 원하노라."라고 하였다. 또 말씀하기를 "후생 한 사람을 가르치면 크게는 한 세상과 한 나라에 관계되고, 작게는 한 고을과 한 마을에까지 그 효용을 드러내지 않음이 없을 것이다. 비록 대소는 같지 않지만, 궁구해 보면 보탬이 되는 바가 없는 것은 아니다."라고 하였다. 제자백가 중에서는 『장자』를 가장 좋아하였는데, 세상의 융통성 없는 선비와 꽉 막힌 인사가 변통할 줄 모르는 것을 보면 『장자』를 인용하여 통쾌하게 깨우쳐준 것이 많았다.

장남은 건(楗)이다. 막내는 황(榥)인데, 유림의 중망을 받은 것은 바른 도리[16]로 가르침을 받았기 때문이다. 만년에 내당동(內塘洞)으로 이거하여[17] 신고당(信古堂)을 짓고, 막내아들에게 명하여 생도들을 가르치게 하였다. 내당동과 법물(法勿)[18] 마을은 같은 리(里)에 속해 있는데, 법물 마을에는 이름난 석학이 많다고 일컫는다. 선생은 법물 마을에 사는 여러 공들과 고금의 일을 강론하며 소요하고 자적(自適)하다가 신사년(1941) 10월 13일에 별세하였는데, 태어난 날과 같은 날이었다. 선생은 병상에서 3년 동안 누워있었다. 문안하는 사람들이 날마다 넘쳐났는데, 선생은 몸이 괴로운 것에 대해서는 한 마디도 하지 않고 말을 하면 시대를 아파하고 도를 걱정하여 조금이라도 시속(時俗)을 구원하기를 생각하였다. 지금까지도 선생의 그 일을 이야기하는 사람들이 매우 많다.

아! 선생은 참으로 당대에 뛰어난 인물이라 말할 수 있으니, 어찌 도를 믿는 것이 독실하여 죽음에 이르러서도 변치 않은 분이 아니겠는가.

---

16 바른 도리 : 『춘추좌씨전』 은공(隱公) 3년 조에 현대부(賢大夫) 석작(石碏)이 "자식을 사랑한다면 바른 도리로 가르쳐서 잘못된 길로 빠져들지 않게 해야 한다.[愛子, 敎之以義方, 弗納于邪.]"라고 위 장공(衛莊公)에게 충간한 말이 나온다.
17 만년에……이거하여 : 1928년 66세에 내당으로 이거하였는데, 내당은 현 경상남도 산청군 신등면 평지리 물산 마을이다.
18 법물(法勿) : 현 경상남도 산청군 신등면 평지리 법물 마을이다.

나는 선생의 문하에서 가르침을 받아 당시에 보고 들은 것과 내 마음속
에 느낀 점을 대략 모아 유사를 만들었는데, 세교(世敎)에 관계되지 않는
것은 빼버렸다. 선생의 유집이 세상에 전해지니, 독자들이 자세히 살펴
보면 선생의 전모를 거의 알 수 있을 것이다.

을사년(1965) 4월[19]에 문인 허형(許洞)이 삼가 지음.

遺事略

許洞 撰

信古堂 金先生, 諱克永, 字舜孚, 聞韶人。東岡先生 文貞公爲十一世祖。
自後連世炳菀, 爲吾東名家。考曰"宏鎭", 以儒行, 聞于世。哲宗癸亥十
月十三日, 先生生于晉州 勝山里第。

貌端潔, 眼淸瀅。聲韻鏗鏘, 如敲金擊石。有高才英氣。家貧好讀書, 舞
勺通經史。十五喪考妣, 家益杌落, 不以窮苦挫沮, 厲志無廢。二十五聘夫
人沈氏, 始立室家。

嘗有經世大圖曰: "圖難於易, 爲大於細, 是吾志也。" 先乃經始于家, 則
見事精審, 機務之來, 揆度無有不當。不幾年, 家頗豐裕, 百度就整。次欲
展試于鄕, 則倣古藍田、鹿洞遺規, 設爲鄕約, 而手自草定節目, 行之一
面。且將登諸一郡, 方次第有成績, 而適値乙巳國變, 遂廢不終。

庚戌國倂, 挈家入居黃梅深峽晩岩村, 先生恨不益深。村之北數弓許,
有山益高而谷益邃, 曰"聖智洞", 鋤莉鑿岩, 而立數間精舍, 扁之曰"梅西
書室" 率二子入處, 自炊以食, 日夜讀古人書。

---

19 4월: 원문의 '수요절(秀葽絶)'은 4월을 가리키는 말로, 『시경』 빈풍(豳風) 「칠월(七月)」에
    "4월에는 강아지풀이 패고 5월에는 말매미가 우네.[四月秀葽, 五月鳴蜩.]"라고 하였다.

　遠近來學者雲集, 先生訓諸生曰: "人生于世, 不以古聖賢人自期待, 役役乎富貴名利之途, 以其所輕, 累其所重, 豈不可哀乎?" 又曰: "諸生既名爲學, 當先知光陰之可惜. 陶侃語人曰: '大禹聖人, 乃惜寸陰, 至於衆人, 當惜分陰.' 此言最宜深識也." 遂日督課之外, 每於省心修己、齊家治國、古今盛衰、人物臧否, 諄諄然口授之, 期必開曉. 日與之然, 而每新其言, 使聽者傾耳.

　先生於經傳, 最好《周易》、《春秋》、《孟子》、《綱目》. 讀《周易》, 數過萬遍, 善考觀數運. 因往推來, 據《春秋》、《綱目》, 以之就事論義, 爲辨別取捨之裁. 每誦《孟子》, 歎息而言曰: "於戰國功利之世, 高唱仁義, 以當一治之運, 而使千百世, 免於夷狄禽獸, 其功果何如哉? 吾願爲孟子弟子." 又曰: "敎養一箇後生, 大者關係一世一國, 小則乃至於一鄉一里, 莫不見其用效. 雖大小不同, 究非爲無所補也." 於諸子, 最喜《莊子》, 見世之拘儒曲士不知變者, 則多援引《莊子》, 以通曉之.

　長子曰"楗". 季子曰"楗", 負儒林重望, 由義方之敎也. 晚年移居于內塘洞, 立信古堂, 命季子, 授生徒. 內塘與法勿同里, 法勿號多名碩. 先生與諸公, 講論今古, 逍遙自適, 以辛巳十月十三日考終, 與生辰同値. 先生三年淹於病床. 診問者戶屢日盈, 不一言及身之苦, 而開口輒傷時憂道, 思欲救一半分. 至今談先生其事者, 甚多.

　嗚乎! 先生眞可謂命世人物, 而豈非信道篤而至死不變者耶? 泂受敎于先生門下, 略捃聞見于當日及所感於中者, 著爲遺事, 其不關係于世敎者闕焉. 先生遺輯, 行于世, 讀者詳焉, 則庶幾得先生之全貌也夫.

　乙巳秀葽節, 門生許泂敬識.

❖ 원문출전

金克永, 『信古堂遺輯逸藁』 附錄3, 許泂 撰, 「遺事略」(경상대학교 문천각 古(아천) D3B 김18ㅅ)

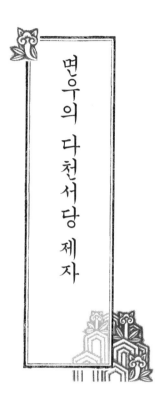

면우의 다천서당 제자

정재성(鄭載星) : 1863-1941. 자는 취오(聚五), 호는 구재(荀齋), 본관은 진주이며, 현 경상남도 거창군 가북면 중촌리에서 태어나 거주하였다. 이진상(李震相)과 곽종석 (郭鍾錫)에게 수학하였다. 곽종석을 수행해 고종을 배알하러 간 적이 있으며, 영희전 참봉(永禧殿參奉) 등 여러 벼슬에 제수되었다.
저술로 14권 7책의 『구재집』이 있다.

구재(苟齋) 정재성(鄭載星)의 묘갈명

하겸진(河謙鎭)[1] 지음

　옛날 나는 가야산(伽倻山) 자락의 다전(茶田)으로 곽 징군(郭徵君)[2] 선생을 여러 번 찾아뵈었다. 다전에는 취오(聚五)라는 자를 가진 정재성(鄭載星) 군이 있었는데, 선생 문하의 제자였다. 취오는 배우기를 폭넓게 하였고 기억력이 뛰어났으며, 문장력이 있었고 아울러 당대에 시급히 해야 하는 일에도 통달하였다.

　21세에 한주(寒洲) 이 선생(李先生)[3]을 배알하고 집지하여 이학(理學)의 지결을 들었다. 또 장사미헌(張四未軒),[4] 이만구(李晩求),[5] 윤교우(尹膠宇)[6]의 문하를 드나들며 강론하고 질의하는 일이 많았는데, 여러 선생들이

1　하겸진(河謙鎭) : 1870-1946. 자는 숙형(叔亨), 호는 회봉(晦峯), 본관은 진양(晉陽)이다. 곽종석(郭鍾錫)에게 수학하였다. 저술로 50권 26책의 『회봉집』과 30권 3책의 『동유학안』이 있다.

2　곽 징군(郭徵君) : 곽종석(郭鍾錫, 1846-1919)이다. 자는 명원(鳴遠), 호는 면우(俛宇), 본관은 현풍(玄風)이다. 저술로 182권 63책의 『면우집』이 있다.

3　한주(寒洲) 이 선생(李先生) : 이진상(李震相, 1818-1886)이다. 자는 여뢰(汝雷), 호는 한주, 본관은 성산(星山)이다. 저술로 45권 22책의 『한주집』이 있다.

4　장사미헌(張四未軒) : 장복추(張福樞, 1815-1900)이다. 자는 경하(景遐), 호는 사미헌, 본관은 인동(仁同)이다. 저술로 11권 6책의 『사미헌집』이 있다.

5　이만구(李晩求) : 이종기(李種杞, 1837-1902)이다. 자는 기여(器汝), 호는 만구·다원거사(茶園居士), 본관은 전의(全義)이며, 현 경상북도 고령에 거주하였다. 저술로 25권 14책의 『만구집』이 있다.

6　윤교우(尹膠宇) : 윤주하(尹胄夏, 1846-1906)이다. 자는 충여(忠汝), 호는 교우, 본관은 파평(坡平)이다. 이진상(李震相)의 문인으로, 주문팔현(洲門八賢)의 한 사람이다. 저술로 20권 10책의 『교우집』이 있다.

모두 크게 될 인물이라 기대하였다. 곽 징군 선생과 이웃하며 살게 된
뒤로는 아침저녁으로 가르침을 받으며 그 곁을 떠나지 않았는데, 그런
뒤로 학문이 더욱 진보하였다.

나는 예전부터 군과 사이가 좋았는데, 이때에 이르러 곽 징군을 누차
찾아뵙는 일 때문에 교유가 더욱 친밀해졌다. 징군은 취오가 독서하는
서실의 이름을 '구재(苟齋)'라고 써주었는데, 취오가 나에게 그 뜻을 풀어
주기를 요청하여 취오를 위해 그 기문을 지었으니, 또한 징군의 의중이
었다.

계묘년(1903)에 징군이 소명을 받아 한양에 들어갔는데, 취오도 수행하
여 갔다. 고종 황제가 조정의 신하에게 취오의 명석함을 듣고 그를 알아
주어, 특별히 정릉 참봉(貞陵參奉)에 제수하였다. 곧이어 영희전 참봉(永禧
殿參奉), 조경묘 참봉(肇慶廟參奉), 경기전 참봉(慶基殿參奉)에 차례로 임명
하였다.[7]

취오는 젊었을 적에 한양에 유람을 간 적이 있는데, 명성이 공경들
사이에 널리 퍼졌다. 그러나 취오는 홀로 능히 자신의 지향을 높게 하며
지조를 지켜 곤궁하더라도 때를 얻으려 하지 않았으니, 대체로 이는 밖
에서 이르는 것은 사모할 바가 아니었기 때문이다. 비록 그렇지만 출처
에 어찌 일정하게 정해진 것이 있겠는가. 그는 마음속으로 이것은 임금
이 내린 것이요 특별한 운수여서 사양할 수 없다고 여겼다. 그래서 여러
달 동안 봉직하기를 오직 신중히 하였다. 소를 올려 일본 사신을 면대하
여 시사를 논의하기를 요청하였고,[8] 또한 향약(鄕約)을 반포하여 시행하

---

7 곧이어……임명하였다 : 『승정원일기』 1903년에서 1904년 사이의 기록에 정재성의 임명
   과 관련된 자세한 내용이 있다.
8 소를……요청하였고 : 정재성의 문인 최훈교(崔薰教)가 쓴 행록에 "일본 사신을 목베기
   를 요청했다.[請誅日使]"라는 기록이 있다.

기를 요청하였으나, 모두 받아들여지지 않았다.

이윽고 시사가 더욱 크게 변하여 말할 수 없는 지경에 이르자, 그날로 통곡하고 곧바로 귀향하였다. 이후로 당세의 일에 마음을 접어 문을 닫아걸고 고요히 수양하면서, 오직 배우러 오는 자들을 가르치는 것을 자신의 임무로 삼았다.

간간이 춘함재(春艦齋)나 다천서당(茶川書堂)에 거처하면서 학규와 과정을 정하여 상벌을 시행했는데, 배우러 오는 이들이 날로 늘어나 재실에 다 수용할 수 없을 지경이었다. 다천서당은 곽 징군이 돌아가신 뒤에 고을의 인사들이 징군을 추모하여 지은 것인데, 당시 외부의 압력이 매우 심하여 어떤 이는 운영하기가 어렵다고 여겼으나, 취오가 힘써 일을 주관하였다.

기사년(1929)에 동쪽으로 유람하였는데, 상주(尙州)를 경유하여 예안(禮安)까지 가서 도산서원(陶山書院)에 알묘하고, 남쪽으로 덕산(德山)에 이르러 남명(南冥) 선생 묘소에 배알했다. 그리고 거제(巨濟)를 경유하여 바닷가로 가서 이 충무공(李忠武公)의 유적을 둘러보았다.

무인년(1938)에는 금강산(金剛山)을 유람하였는데, 20여일 동안 산과 바다를 두루 구경하였다. 이 당시 취오의 나이가 이미 76세였다. 정자(程子)가 말하기를 "배우지 않으면 곧 늙고 쇠한다."라고 하였는데, 군은 이미 늙은 몸으로 험지를 두루 다니며 천리 유람을 하였는데도 그 기운이 쇠하지 않았으니, 이것이 어찌 학문의 힘이 아니겠는가. 3년 뒤 신사년(1941)에 군이 졸하고 용산(龍山)의 불암(佛巖)에 장례를 치렀는데, 참석한 사림의 수가 천여 명이었다. 계미년(1943) 가천촌(加川村) 뒤 간좌(艮坐) 언덕으로 이장했다.

군의 선대는 본관이 진양이다. 은열공(殷烈公) 휘 신열(臣烈)과 문충공(文忠公) 휘 천익(天益)은 모두 공덕이 있어『고려사』에 실려 있다. 조선조에 들어 와 대대로 높은 벼슬이 이어졌다. 휘 필달(必達)은 성균관 사예(司藝)를 지냈으며 팔송(八松) 선생으로 불렸다. 조부는 도은(道殷)이고, 부친은 태주(泰柱)이며, 모친은 달성 서씨(達城徐氏), 밀양 박씨(密陽朴氏), 영천 이씨(永川李氏)이다.

부인은 진주 강씨(晉州姜氏)로 4남 2녀를 두었는데, 아들은 영호(齡鎬)·원호(原鎬)·준호(峻鎬)·성호(誠鎬)이며, 딸은 김동식(金東植)·변양식(卞亮植)에게 시집갔다. 영호의 아들은 원필(源芯)이다. 원호(原鎬)의 아들은 영학(永學)인데 일찍 죽었으며, 사위는 조철규(曺圭哲)이다. 준호의 아들은 원우(源宇)이고, 사위는 류재화(柳在華)이다. 성호의 아들은 원로(源魯)와 원조(源兆)이다.

성호 군은 나를 부친의 벗이라 여겨, 그의 종형 인호(仁鎬)와 유생 신원성(愼元晟)을 보내 내게 묘갈명을 짓도록 하였다.

명은 다음과 같다.

박학하면서도 능히 간결하여 깊은 조예를 얻었고　　博而能簡得深造
통달하면서도 능히 개결하여 좋아하는 바를 따랐네　通而能介從所好
아침저녁 자주 굶어 형색은 고목처럼 말랐는데　　　朝晡屢空形枯槁
형색은 말랐지만 정신은 그처럼 빛났네　　　　　　雖則枯槁其光耀
가야산의 한 자락에 푸르름이 다하지 않으리니　　　伽山一抹青未了
스승과 제자가 서로 만난 일은 영원히 이어지리　　　師生相得永終古

진산(晉山) 하겸진(河謙鎭)이 지음.

墓碣銘

河謙鎭 撰

昔年, 余屢拜郭徵君先生 伽倻之茶田。茶田有鄭君 載星, 字聚五, 先生之門弟子也。聚五博學强記, 有文辭, 兼通時務。二十一, 贄謁寒洲 李先生, 聞理學宗旨。又從張四未、李晩求、尹膠宇之門, 多所講質, 諸先生皆期以遠大。及至與徵君接隣, 朝夕薰炙, 不離其側, 然後學益進。

余亦舊與君好也, 及是, 以徵君之故, 而交益密。徵君書聚五讀書之室, 曰"苟齋", 聚五要余演其義爲之記, 亦徵君意也。

癸卯年間, 徵君被召入京, 聚五從以行。帝聞於廷臣而知之, 特除貞陵參奉。尋又移拜永禧殿、肇慶廟、慶基殿參奉。聚五少時, 薄遊京師, 名聲赫然公卿間。獨能抗志自守, 困不得時, 蓋外至非所慕也。雖然出處何常之有? 其心以爲此君賜也異數不可辭。累月, 奉職惟謹。疏請面對且使論事, 又請頒行鄕約, 皆不報。已而時事益大變, 至有不可言者, 卽日痛哭徑歸。自是之後, 絶意當世, 杜門養靜, 惟以敎授來學爲己任。

間處春艦齋、茶川書堂, 定學規課以賞罰, 來者日衆, 齋舍至不能容。茶川者, 徵君歿後, 鄕人士追慕徵君而作, 時外禁方嚴, 或者爲難之, 而聚五力主之。

己巳東遊, 自商山往禮安, 謁陶山廟, 南至德山, 拜南冥先生墓。由巨濟入海, 觀李忠武公故蹟。戊寅, 遊金剛山, 周覽山海卄數日。是時聚五年已七十六。程子有言曰: "不學便老而衰。"君旣老而涉險爲千里之役, 其氣不衰, 豈非學問之力也哉? 後三年辛巳, 君卒, 葬龍山 佛巖, 士林會者千餘人。癸未, 改窆加川村後艮坐之原。

君之先本晉陽人。殷烈公 臣烈, 文忠公 天益, 皆有功德, 載《麗史》。入我朝, 世有簪纓。諱必達, 官司藝, 稱八松先生。大父道殷, 考泰柱, 妣達城徐氏、密陽朴氏、永川李氏。配晉州姜氏, 四男: 齡鎬、原鎬、峻鎬、誠鎬, 二女: 金東植、卞亮植。齡鎬男, 源芝。原鎬男, 永學蚤夭, 壻曺圭哲。峻鎬男, 源宇, 壻柳在華。誠鎬男: 源魯、源兆。

誠鎬君謂余爲父友, 遣其從兄仁鎬及儒生愼元晟, 俾爲銘。

銘曰:"博而能簡得深造, 通而能介從所好。朝晡屢空形枯槁, 雖則枯槁
其光耀。伽山一抹靑未了, 師生相得永終古。"

晉山 河謙鎭撰。

❖ 원문출전

鄭載星,『苟齋集』卷14 附錄, 河謙鎭 撰,「墓碣銘」(경상대학교 문천각 古(미지) D3B
정72ㄱ)

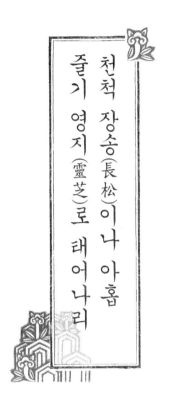

천척 장송(長松)이나 아홉

줄기 영지(靈芝)로 태어나리

박희정(朴熙珵) : 1864-1918. 자는 옥여(玉汝), 호는 정산(貞山), 본관은 밀양이다. 현 경상남도 산청군 신안면 진태(進台) 마을에서 태어났다. 정재규(鄭載圭)에게 수학하였다. 최익현(崔益鉉)이 산청을 유람할 때 종유하였고 기우만(奇宇萬)이 신안정사(新安精舍)에서 『노사집(蘆沙集)』을 간행할 때 왕래하였는데, 두 사람이 개결한 선비라 인정하였다. 정면규(鄭冕圭)·권운환(權雲煥) 등과 교유하였다.
저술로 3권 1책의 『정산집』이 있다.

정산(貞山) 박희정(朴熙玾)의 묘갈명 병서

권재규(權載奎)[1] 지음

　　노백헌(老柏軒) 정 선생(鄭先生)[2]이 물계(勿溪)[3] 가에서 도를 강론할 때 사류들이 그 문하에서 많이 배출되었다. 강개하고 결백하여 헐벗고 굶주리며 곤궁한 가운데서도 항상 고결하여 천길 절벽 같은 우뚝한 기상을 지녀 동문들에게 추중을 받은 사람은 정산(貞山) 박옥여(朴玉汝)가 바로 그런 분이다. 대개 똑같이 사류(士類)가 되었지만 그 성품이 한결같지 않으니, 관대하고 후덕하며 너그러운 성품을 가진 사람이 있고, 강개하고 결백하여 꼿꼿한 성품을 가진 사람이 있다. 관대하고 후덕한 자는 사람들이 그에게 많이 나아가고, 강개하고 결백한 자는 사람들이 대부분 그를 꺼린다. 그러나 도도한 세파 속에서 능히 자립하여 넘어지지 않을 사람을 논한다면 관대하고 후덕한 사람은 지조가 있는 강개하고 결백한 사람만 못하다. 이것이 성인의 문하에서 근후한 사람을 허여하지 않고, 단지 광자(狂者)와 견자(狷者)[4]를 취한 까닭일 것이다.

1　권재규(權載奎) : 1870-1952. 자는 군오(君五), 호는 송산(松山)·이당(而堂), 본관은 안동이다. 경상남도 산청군 단성면 강루리(江樓里) 교동(校洞)에서 태어났다. 저술로 46권 23책의 『이당집』이 있다.

2　정 선생(鄭先生) : 정재규(鄭載圭, 1843-1911)이다. 자는 영오(英五)·후윤(厚允), 호는 노백헌, 본관은 초계(草溪)이다. 기정진(奇正鎭)의 문하에 나아가 배웠으며, 「외필변변(猥筆辨辨)」 등을 지어 스승 기정진의 학설을 반박하던 논의에 대해 변론하였다. 저술로 49권 25책의 『노백헌집』이 있다.

3　물계(勿溪) : 현 경상남도 합천군 쌍백면 물계 마을로, 정재규의 고향이다.

4　광자(狂者)와 견자(狷者) : 광자는 뜻이 높은 반면 행동이 미치지 못하는 사람을 말하고, 견자는 지식은 부족하지만 행동을 잘 단속하는 사람을 말한다. (『論語』「子路」 第21章)

아! 정산이 우리 곁을 떠나간 지 벌써 8년이나 되었다. 이욕(利欲)은 날마다 하늘에까지 넘쳐나고, 염치(廉恥)는 날마다 땅을 쓸어버린 듯 사라지고 있다. 이른바 독서하고 학문한다는 자들 또한 입지가 견고하지 않은 자가 많아 시류(時流)에 동화되고 더러운 세속에 영합하여 이욕만 즐기고 부끄러움이 없는 무리가 점점 되어 가니, 이러한 때에 더욱 우리 정산을 그리는 마음이 그지없다.

박군의 집안사람인 박희방(朴熙邦)·박희도(朴熙道)·박희순(朴熙純)이 그들의 친구 심상복(沈相福)과 논의하기를 "어찌 차마 정산의 학문을 이 세상에서 다 없어지게 하겠는가. 이는 우리들의 책임이다."라고 하고는 곧장 흩어져 있는 그의 글을 모아서 모두 몇 권으로 만들어 간행하였다. 또 비석에 새길 글을 나에게 청하였다. 내 돌아보건대 일찍이 박군에게 사랑을 받은 것이 동문의 벗들보다 뒤처지지 않으니 어찌 거절할 수 있겠는가. 이에 다음과 같이 서문을 쓴다.

박군의 휘는 희정(熙珵)이고 본관은 밀양인데, 여러 대 동안 단성(丹城)에서 살았다. 박씨(朴氏)는 신라의 왕족으로 고려시대에는 고관대작이 끊이지 않았다. 그런데 우리 태조가 조선을 건국한 뒤 충숙공(忠肅公) 휘 익(翊)은 다섯 차례 부름을 받았지만 나아가지 않고 자신을 깨끗하게 지키며 일생을 마쳤으니, 세상 사람들이 '송은(松隱) 선생'이라 일컬었다. 이분이 졸당(拙堂) 박총(朴聰)을 낳았는데 포은(圃隱) 정몽주(鄭夢周) 선생의 문하에서 수학하였고, 천거되어 정랑(正郎)이 되었다. 4대를 내려와 만수당(萬樹堂) 박인량(朴寅亮)은 망우당(忘憂堂) 곽재우(郭再祐)를 따라 창의하여 원종공신에 녹훈되었다. 이분이 박군의 10세조이다.

증조부는 박치지(朴致祉), 조부는 박상홍(朴尙洪)이다. 부친은 박두수(朴斗洙)이고, 모친은 해주 정씨(海州鄭氏)와 여흥 민씨(驪興閔氏)인데 박군은 민씨 소생이다.

박군은 나면서부터 영특하였다. 글방에 나아가 책을 받고는 날마다 돌아앉아 수백 자를 외웠는데, 글자의 뜻이나 글귀의 의미가 조금이라도 마음속에 분명하지 않은 점이 있으면 그냥 넘어가지 않고 자주 질문하니, 글방 선생이 매우 괴로워하였다. 얼마 지나지 않아 문리가 크게 진보되어 종종 물어보지 않아도 저절로 이해하였다.

장성해서는 경서와 역사서 및 제자백가에 크게 힘을 쏟아, 의리의 중요한 부분이나 핵심처를 분명히 분석하지 않음이 없었다. 고금의 치란(治亂)·현사(賢邪)의 잘잘못으로부터 명물제도·산천형승에 이르기까지 다 펼쳐놓고서 하나하나 지적해 일러주는 것이 마치 손바닥 위에 올려놓고 보여주는 것처럼 분명하였다.

문장을 지을 적에는 안목이 고상하고 기개가 고결하여, 험준한 산봉우리를 그대로 그려내는 것 같아 실용에 적합하지 않을지라도 평범하고 익숙한 표현으로 일상적인 문투를 섞어 쓰지 않으려고 하였다. 이 때문에 그의 입에서 나오는 문장은 기상이 높고 고결하였으니, 대개 그 사람됨과 같았다.

얼마 뒤 노백헌 선생을 종유하면서 글짓기에 해박한 것이 진유(眞儒)가 되기에는 부족하다는 것을 알고는 곧바로 자신을 의탁하여 가르침을 청하였다. 선생은 리(理)를 주로 하여 기(氣)를 제어하며 체(體)를 밝혀 실용에 이바지하는 학문으로써 정성스럽게 말씀해 주었다. 박군은 그 말을 듣고 환히 마음으로 깨달았으니, 잠들어 있던 사람이 깨어난 것과 같았다. 이에 지엽적인 것을 그만두고 한 근원으로 나아가는 학문에 종사하여 자기가 터득한 것을 가지고 선생에게 질문하였는데, 선생은 종종 특별한 인정을 해주었다.

농산(農山) 정면규(鄭冕圭),[5] 명호(明湖) 권운환(權雲煥)[6] 공들은 동문의 선배인데도 박군을 만나면 그때마다 마음을 기울여 율려(律呂)처럼 조화롭게 끊임없이 서로 정담을 나누었다.

　면암(勉菴) 최익현(崔益鉉) 선생이 남쪽 지역을 유람할 때 박군이 여러 날을 모시고 종유하였고, 송사(松沙) 기우만(奇宇萬)[7] 공이 신안정사(新安精舍)[8]에서 『노사집(蘆沙集)』[9]을 간행하기 위해 와서 머물 때 박군이 시종 왕래하면서 주선하였다. 두 공이 모두 진심으로 박군을 대우하면서 개결한 선비라고 인정하였다.

　박군의 평소 생활은 매우 초라하고 담박하였지만, 손님이나 벗이 찾아올 때마다 술을 대접하였다. 술기운이 오르면 헌걸차게 좌중으로 나아가 담론하였는데, 풍도가 온 좌중을 경도시켰다. 제생을 가르칠 적에는 엄숙하게 법도가 있어서 제생들이 걸음걸이 하나도 마음대로 할 수 없었다. 그래서 우리 고을의 학자들이 엄격하게 가르치는 사람을 말할 적에는 반드시 박군을 손꼽았다.

　박군은 고종 갑자년(1864)에 태어나 무오년(1918) 12월 11일에 진태(進台)에 있는 선대 서재에서 세상을 떠났으니, 향년 55세였다. 본군 뒷동네 안곡산(安谷山) 인좌(寅坐) 언덕에 장사지냈다.

　박군의 용모는 얼굴이 희고 키가 컸다. 한 평생 운명이 기구하여 세상

5　정면규(鄭冕圭) : 1850-1916. 자는 주윤(周允), 호는 농산, 본관은 초계(草溪)이다. 현 경상남도 합천군 쌍백면 육리(陸里) 묵동(墨洞)에서 태어났다. 종형 정재규(鄭載圭)를 따라 학문에 정진하여 기정진의 학문을 계승하였다. 저술로 15권 8책의 『농산집』이 있다.
6　권운환(權雲煥) : 1853-1918. 자는 순경(舜卿), 호는 명호, 본관은 안동이다. 현 경상남도 산청군 신안면 월명산 아래에 거주하였다. 정재규에게 수학하였다. 저술로 19권 10책의 『명호집』이 있다.
7　기우만(奇宇萬) : 1846-1916. 자는 회일(會一), 호는 송사, 본관은 행주(幸州)이다. 현 전라남도 화순 출신이며, 기정진의 손자이다. 저술로 54권 26책의 『송사집』이 있다.
8　신안정사(新安精舍) : 현 경상남도 산청군 단성면 강루리에 있다. 주자와 송시열을 봉안하고 있다. 이곳에서 경상우도 학자들이 『노사집』 간행을 주선하였다.
9　노사집(蘆沙集) : 기정진(1798-1879)의 문집으로, 30권 17책이다. 기정진의 자는 대중(大中), 호는 노사, 본관은 행주이고, 현 전라북도 순창 출신이다.

의 온갖 고난과 역경을 모두 겪지 않음이 없었지만 박군은 편안하게 받아들이면서 근심하는 안색이 없었다. 그러나 남들이 이익을 따르고 의리를 잊어버리는 것을 보면 개나 돼지 같이 비루하게 여겼다.

어버이를 섬길 적에는 효도하였는데, 가난하여 봉양할 것이 없게 되어서는 모시고 송계산(松溪山) 속으로 들어가서 낮에는 밭을 갈고 땔나무를 해오고 매일 밤 닭이 울 때까지 독서를 하니, 부모는 가난함을 잊고 지냈다. 상을 치를 때는 애통해하는 것이 이웃 마을 사람들을 감동시켰다. 아우 한 명이 있었는데 몹시 사랑하여 밤에는 꼭 함께 잤고, 하나라도 입맛에 맞는 것을 얻으면 꼭 함께 맛보았다. 친척과 친구에 대해 곡진하여 진심에서 나오는 정성이 있었으니, 인륜에 돈독한 점이 또한 이와 같았다.

부인 안동 권씨(安東權氏)는 권종하(權淙夏)의 딸로 2남을 두었는데, 박남규(朴南奎)와 박정규(朴正奎)이다.

명은 다음과 같다.

온 세상에 가득한 무한한 곤액도	滿世間無量厄
정산의 마음 속 기상을 뺏지 못했네	不能奪貞山方寸氣
그러니 우뚝한 그의 기상은	惟此落落其氣
반드시 형체 따라 땅에 묻히지 않으리라	必不隨形魄而委地
구양수가 말했지 금옥의 정기가 되었거나	歐陽氏所謂爲金玉之精
천 척 장송으로 자라났거나	不然生長松之千尺
아홉 줄기 영지로 태어날 사람이라고[10]	産靈芝而九莖者
이 말이 어찌 석만경[11]에게만 해당되리오	豈獨石曼卿也哉

---

10 금옥의……사람이라고 : 구양수(歐陽脩)가 석만경을 평한 말로 『구양문충집(歐陽文忠集)』 권50 「제석만경문(祭石曼卿文)」에 보인다.

11 석만경 : 석연년(石延年, 994-1041)이다. 송나라의 문학가이자 서법가로, 북송(北宋)의 변방 정책에 대해 주견이 있어서 평시에 군대를 훈련하여 변란에 대비하자고 주장하였다. 저술로 『석만경시집』이 있다.

아   嗚呼
한 때의 곤궁함은 짧지만   一時之窮厄短
백 대의 명성은 길이 이어지네   百世之令名長
박군의 행적을 돌에 새겨 사람들에게 알리니   刻之石而詔人兮
정산의 기상은 영원토록 없어지지 않으리라   貞山永永不亡

을축년(1925) 중양절에 안동 권재규(權載奎)가 지음.

墓碣銘 幷序

權載奎 撰

老柏軒 鄭先生講道于溪上, 士多出其門。有亢介明潔, 在寒餓窮厄之中, 而常落落, 有千仞氣特, 爲同門之所推重者, 朴貞山 玉汝父其人焉。蓋均之爲士, 而其品不一, 有寬厚而優優者矣, 有介潔而亭亭者矣。寬厚者, 人多就之; 介潔者, 人多違之。然若論其衆流滔滔之中, 能自立而不蹉跌者, 則寬厚者未若介潔者之有骨肋也。此聖門所以不與謹厚, 而特取夫狂狷者歟。

嗚呼! 貞山之棄朋友, 已八年于玆矣。利欲日益滔天, 廉恥日益掃地。所謂"讀書問學"者, 亦多立脚不住, 稍稍爲同流合汚嗜利無恥之輩, 於是乎, 益思吾貞山不已也。

君之族黨有熙邦、熙道、熙純者, 與其友人沈相福謀曰: "豈忍使貞山盡亡於世間耶? 此吾輩之責也。" 卽掇拾其咳垂之流散者, 都爲若干卷, 付剞劂氏。又以墓道之刻, 屬不佞。不佞顧嘗見愛於君, 不在同門諸友後, 烏得以辭諸? 乃序之曰:

君諱熙珵, 貫密陽, 而爲丹城人者累世。朴氏以新羅王族, 在麗軒冕不絶。而我太祖革命之際, 有忠肅公 翊, 五徵不就, 自靖以終, 世稱'松隱先生'。是生拙堂 聰, 遊圃隱 鄭先生門, 薦爲正郎。四傳而萬樹堂 寅亮, 從郭忘憂倡義, 錄原從勳。寔君十世祖也。曾大父致祉, 大父尙洪。父斗洙, 母驪興閔氏, 前母海州鄭氏。

君生而穎悟。就塾受書, 日背誦數百字, 字義句旨, 稍有未瑩於心, 屢質不舍, 塾師甚苦之。未幾, 文理大進, 往往不待問而自解。

及長, 大肆力於經史百家, 義理肯綮關鍵處, 靡不昭析。張皇古今理亂、賢邪得失, 以至名物制度、山川形勝, 歷落指陳, 如示諸掌。爲文章, 眼高而氣潔, 寧崔峛生割, 而不適於用, 不肯平凡軟熟, 以混常調。是以其發於口者, 蒼峭皎潔, 蓋如其人焉。

旣而, 從老柏軒先生遊, 知淹博文章不足爲眞儒, 卽委身而請敎。先生諄諄告之, 以主理御氣明體實用之學。君融然心諭, 如寐者之得醒。於是, 刊其枝葉, 從事乎一源之地, 而以其所得, 質之先生, 先生往往特許之。

農山 鄭公、明湖 權公, 同門之先進, 而遇輒倒胸, 亹亹相得, 如律呂。勉菴先生 崔公之南爲也, 君陪遊屢日, 松沙 奇公之以刊集來留新安也, 君往來始終。兩公皆傾心遇之, 許以介士。

君平居, 蕭然枯淡, 而每賓友至, 呼樽。氣酣則頎頎然坐于中牀談論, 風致能傾一座。敎諸生, 斬斬有法度, 一步不得放過。吾鄕學者, 言敎授之嚴, 必數君焉。

君以高宗甲子生, 戊午十二月十一日卒于進台之先齋, 得年五十五。葬在本郡後洞安谷山寅坐之原。

君狀貌白而長。一生命窮, 凡天下之鹹酸苦辛尖斜奇險, 無所不至, 而君安而受之, 無戚戚色。視人之徇利而忘義者, 鄙如犬彘焉。事親孝, 貧無以爲養, 則奉入松溪山中, 晝而耕樵, 夜讀書, 每至鷄鳴, 父母忘其貧窶。遭喪哀戚, 動隣里。有一弟愛甚, 夜必同被, 得一適口味, 必同嘗。於族戚知舊, 繾綣有血誠, 其篤於人倫, 又如此。配安東權氏, 淙夏女, 擧二男: 南奎、正奎。

　　銘曰: "滿世間無量厄, 不能奪<u>貞山</u>方寸氣。惟此落落其氣, 必不隨形魄
而委地。<u>歐陽氏</u>所謂'爲金玉之精, 不然生長松之千尺, 産靈芝而九莖'者,
豈獨<u>石曼卿</u>也哉? 嗚呼! 一時之窮厄短, 百世之令名長。刻之石而詔人兮,
<u>貞山</u>永永不亡。"

　　乙丑重陽節, <u>安東 權載奎</u>撰。

❖ 원문출전

朴熙珵,『貞山集』卷3 附錄, 權載奎 撰, 「墓碣銘幷序」(경상대학교 문천각 古(오림)
D3B 박98ㅈ)

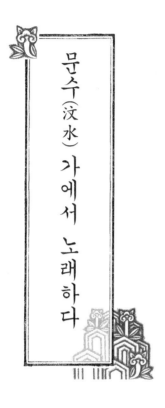

문수(汶水) 가에서 노래하다

이상호(李尙鎬) : 1864-1919. 자는 주응(周應), 호는 우산(愚山), 본관은 합천(陜川)
이다. 현 경상남도 산청군 단성면 묵곡리에서 태어났다. 김인섭(金麟燮)에게 수학하였
고, 권상적(權相迪)·박상태(朴尙台)·이도묵(李道默)·이상규(李祥奎)·이석영(李錫永)·
조호래(趙鎬來) 등과 교유하였다. 1911년 산청군 단성면 문천(汶川) 가에 집을 짓고 여생
을 보냈다.
저술로 3권 1책의 『우산유고』가 있다.

우산(愚山) 이상호(李尙鎬)의 묘갈명

하우선(河禹善)[1] 지음

이공 상호는 자가 주응이며	李公尙鎬字周應
호는 우산이고 본관은 합천이네	愚山其號江陽氏
시조 알평이 표암봉에 탄강하였으니[2]	肇祖謁平降瓢巖
옛 신라 원훈으로 일컬어지는 분이네	古稱新羅元勳是
합천을 관향으로 한 선조는 휘가 개이니	貫封有祖諱曰開
이때부터 영남의 이름난 집안이 되었네	自是山南著名族
판서 지낸 휘 운호가 단성으로 들어가	判書云皓入丹邱
문과에 급제한 후 대대로 혁혁하였네	文學科甲連世赫
청향당[3] 선생 이 집안 출신인데	有若淸香出其門
조선 중기 유현으로 일컬어졌네	國朝中葉稱儒賢
남명 선생은 네 가지가 같은 벗[4]이라 허여하고	冥師已許四同友
퇴계 선생과는 편지와 시를 서로 주고받았네	陶山書句遞相傳
청향당 선생의 조카인 죽각옹[5]은	淸香從子竹閣翁

1 하우선(河禹善) : 1894-1975. 자는 자도(子導), 호는 담헌(澹軒), 본관은 진양(晉陽)이다. 조부는 하응로(河應魯)이고, 부친은 하재도(河載圖)이다. 곽종석(郭鍾錫)에게 수학하였다. 저술로 11권 5책의 『담헌집』이 있다.
2 시조……탄강하였으니 : 알평(謁平)은 경주 이씨(慶州李氏)의 시조로, 초기 사로육촌(斯盧六村) 중의 하나인 알천양산촌(關川楊山村)의 촌장이었다. 하늘에서 강림하여 표암봉(瓢巖峯)에 내려왔다고 한다. 신라의 국가형성에 주도적 역할을 하였다.
3 청향당(淸香堂) : 이원(李源, 1501-1569)이다. 자는 군호(君浩), 호는 청향당, 본관은 합천이다. 조식(曺植)·이황(李滉)과 교유하였다. 벼슬길에 나아가지 않고 학문에 전념하였다. 저술로 2권 1책의 『청향당실기』가 있다.
4 네……벗 : 조식의 시 「화청향당시(和淸香堂詩)」에서 나온 말로, 같은 해(1501)에 같은 경상도에서 태어나 마음이 같고 덕이 같은 벗이라 칭한 것이다.

학문이 순정하고 행의가 아름다웠네	學文醇正行誼茂
이분이 공의 구대조로 이름난 선조인데	是公九世爲名祖
배산서원[6]에 모셔져 향사가 이어지네	腏食培山聯俎豆
칠대조 휘 정석은 호가 국헌으로	至諱廷奭號菊軒
일찍 겸재[7]에게 나아가 오래 수학했네	早從謙齋薰炙久
필법은 타고나 종요와 왕희지[8]를 따랐고	筆法天成追鍾王
성과 도에 관한 학설은 스승에게 배웠네	性道等說師所授
고조부 휘 석창은 호가 사우당이고	高祖錫昌四友堂
증조부는 휘 한인, 조부는 휘 이간이네	曾祖漢仁祖頤幹
부친 규환은 덕을 숨겨 드러내지 않았고	禰諱珪煥隱不顯
외조부는 민씨로 여흥이 본관이네	外祖閔姓驪興貫
공은 홍릉 갑자년[9]에 태어났으니	洪陵甲子髮膚下
단성 묵곡이 공이 태어난 곳이네	丹邱默谷懸弧地
성품이 통민하고 걸음걸이 안정되어	資性通敏步履安
고을 장로들이 보고서 감탄하였네	鄕中長老見嗟異
겨우 여섯 살 때 부친을 여의었는데	年甫六歲父見背
영원한 이별에 하늘 향해 통곡하였네	永阻顔色顧天泣
일찍이 숙부와 모친에게 가르침 받아	蚤被亞庭母氏訓
독려하지 않아도 스스로 뜻을 세웠네	不煩繩督能自立

---

5 죽각옹(竹閣翁) : 이광우(李光友, 1529-1619)이다. 자는 화보(和甫), 호는 죽각, 본관은
   합천이다. 조식(曺植)에게 수학하였고, 동문들과 덕천서원을 건립하였다. 저술로 2권 1책
   의 『죽각집』이 있다.
6 배산서원(培山書院) : 도천서원(道川書院)에 제향된 이원(李源)과 이광우(李光友)를 따
   로 모시기 위해 세운 서원으로, 현 경상남도 산청군 단성면 사월리에 있다. 서원철폐령으
   로 철거되었다가 1919년에 새로 지어 배산서당이라 하였다.
7 겸재(謙齋) : 하홍도(河弘度, 1593-1666)이다. 자는 중원(重遠), 호는 겸재, 본관은 진양
   이다. 외조부 이광우(李光友)와 하수일(河受一)에게 수학하였다. 여러 차례 천거되었지
   만 나아가지 않고 강학과 후학양성에 힘을 쏟았다. 저술로 12권 6책의 『겸재집』이 있다.
8 종요(鍾繇)와 왕희지(王羲之) : 종요(151-230)는 위(魏)나라 때 사람으로, 팔분(八分)·
   해서(楷書)·행서(行書)에 뛰어났다. 왕희지(307-365)는 동진(東晉) 때 사람으로, 예서
   (隸書)를 잘 썼으며 해·행·초의 3체를 예술적인 서체로 완성하였다.
9 홍릉 갑자년 : 1864년이다.

스승을 찾아가 배우느라 동분서주하여	往從塾師西復東
양영재와 광매재[10]에서 글공부를 하였네	養英室處光梅棲
늦게서야 스승을 찾아가 가르침 받으니	晚乃就正師事地
고을의 노숙한 유학자인 김단계[11]였네	鄉邦老宿金端磎
천인성명의 깊은 뜻을 질문하고 토론했는데	質討天人性命奧
공부가 정미해지자 많은 이들이 추중하였네	工夫精詣衆所推
때때로 지팡이와 짚신 챙겨 문밖을 나서서	有時杖屨戶外出
맑은 강을 오르내리며 낚시터에서 노닐었네	上下清江遊釣磯
종유한 이 모두 당대의 이름난 분들인데	遊從皆極一時選
시를 지어 회포 풀며 돌아가길 잊었네	吟弄敍抱渾忘歸
문사가 지극히 아름답고 의경이 고아하여	詞極綺麗性所嫺
문수 가에서 노래한 것마다 책이 되었네[12]	汶上風謠動成帙
선조 국헌의 유고가 상자에 남아 있어	菊祖遺文滯巾笥
적으나마 수집하여 간행을 도모하였네	零星蒐粹謀付劂
살림살이는 매양 가난할 때가 많았지만	居家每多簞瓢妻
문 앞에는 어진 벗들로 오히려 가득했네	門前賢友猶軮軮
기미년[13] 여름 사월 초이튿날에	黃羊夏四月初二
향년 오십 육세로 세상을 떠나셨네	五十六壽中途折
화현[14]의 간좌 언덕이 공의 묘소인데	禾峴艮坂卽其藏
넉 자의 높다란 봉분이 만들어졌네	四尺崒如堂斧成
공의 배필은 진양 하씨와 전주 최씨로	晉陽河與完山崔

---

10 양영재와 광매재 : 양영재는 현 경상남도 산청군 단성면에 있었던 건물로, 이씨 집안의 가숙(家塾)이고, 광매재는 단성면에 있던 촌숙(村塾)이다.

11 김단계(金端磎) : 김인섭(金麟燮, 1827~1903)이다. 자는 성부(聖夫), 호는 단계, 본관은 상산(商山)이다. 류치명(柳致明)에게 수학하였다. 현 경상남도 진주시 집현면에 대암정사(大嵒精舍)를 짓고 후학을 양성하였다. 저술로 18권 10책의 『단계집』이 있다.

12 문수……되었네 : 문수(汶水)는 문천(汶川)으로, 현 산청군 단성면 사월리와 묵곡리 부근을 흐르는 남강(신안강 하류)을 가리킨다. 문천 주변에 사는 사람들의 시를 모아 만든 『문상풍요(汶上風謠)』에 이상호의 시 20수가 실려 있다.

13 기미년 : 1919년이다.

14 화현 : 현 경상남도 산청군 생비량면 화현리이다.

하경남과 최한철이 장인의 성함이네	慶南漢澈妻父名
하씨 부인은 두 딸 외에는 자식이 없고	河有二女更無育
최씨 부인은 세 아들과 딸 하나 낳았네	崔氏三男一女生
세 아들은 장남 종주와 차남 형주	三男鍾柱亨柱外
당숙의 후사로 출계한 강주이네	康柱出系堂父后
김택순, 류승태, 권태경이 사위이고	金柳及權爲三壻
장남 종주에겐 병수라는 아들이 있네	長房有子曰炳壽
종주가 김공[15]이 지은 행장을 받들고서	長房手奉金公狀
두세 차례 찾아와 묘갈명을 부탁하였네	再三醪屬貞珉鏤
나는 외람되이 죽각옹의 외손으로서	我忝竹翁外後裔
외가의 선대 생각하니 정이 두텁다네	先渭之思情所厚
하물며 공의 행의와 행적은 부절 같아	矧公行治如符節
그 교화 여전히 집안에 남아 있음에랴	其敎尙在家庭間
대강을 약술하여 비석에 기록하니	略述梗槪書諸石
영원토록 사라지지 않아 우러러보리	千秋不泐要人覷

경자년(1960) 가을 상순에 진산(晉山 : 晉陽) 하우선(河禹善)이 지음.

墓碣銘

河禹善 撰

李公 尙鎬字周應, 愚山其號江陽氏。肇祖謁平降瓢巖, 古稱新羅元勳
是。貫封有祖諱曰"開", 自是山南著名族。判書云皓入丹邱, 文學科甲連
世赫。有若淸香出其門, 國朝中葉稱儒賢。冥師已許四同友, 陶山書句遞
相傳。淸香從子竹閣翁, 學文醇正行誼茂。是公九世爲名祖, 朓食培山聯

---

15 김공(金公) : 행장을 쓴 김재수(金在洙)를 가리킨다.

俎豆。至諱廷奭號菊軒, 早從謙齋薰炙久。筆法天成追鍾、王, 性道等說師所授。高祖錫昌 四友堂, 曾祖漢仁祖頤斡。禰諱珪煥隱不顯, 外祖閔姓驪興貫。洪陵甲子髮膚下, 丹邱 默谷懸弧地。資性通敏步履安, 鄕中長老見嗟異。年甫六歲父見背, 永阻顔色顧天泣。蚤被亞庭母氏訓, 不煩繩督能自立。往從塾師西復東, 養英室處光梅棲。晚乃就正師事地, 鄕邦老宿金端磎。質討天人性命奧, 工夫精詣衆所推。有時杖屨戶外出, 上下淸江遊釣磯。遊從皆極一時選, 吟弄敍抱渾忘歸。詞極綺麗性所嫻, 汶上風謠動成峽。菊祖遺文滯巾笥, 零星蒐粹謀付劂。居家每多簞瓢婁, 門前賢友猶鞅轍。黃羊夏四月初二, 五十六壽中途折。禾峴艮坂卽其藏, 四尺宰如堂斧成。晉陽河與完山崔, 慶南、漢澈妻父名。河有二女更無育, 崔氏三男一女生。三男鍾柱、亨柱外, 康柱出系堂父后。金、柳及權爲三壻, 長房有子曰炳壽。長房手奉金公狀, 再三醪屬貞珉鏤。我忝竹翁外後裔, 先渭之思情所厚。矧公行治如符節, 其敎尙在家庭間。略述梗槪書諸石, 千秋不泐要人覰。

　　庚子菊秋上澣, 晉山 河禹善撰。

❖ 원문출전

李尙鎬, 『愚山遺稿』 卷3 附錄, 河禹善 撰, 「墓碣銘」 (경상대학교 문천각 古(물천) D3B 이51ㅇ)

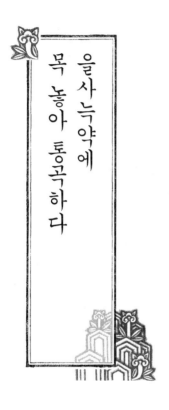

을사늑약에
목 놓아 통곡하다

장지연(張志淵) : 1864-1921. 초명은 지윤(志尹), 자는 순소(舜韶), 호는 위암(韋庵)·
숭양산인(嵩陽山人), 본관은 인동(仁同)이다. 장현광(張顯光)의 후손으로, 현 경상북도
상주(尙州)에서 출생하였다. 1894년 진사시에 합격하였고, 1898년 김택영(金澤榮) 등과
함께 『대한예전(大韓禮典)』 10책을 편찬하였다. 1905년 을사늑약을 당하자 황성신문에
부당함을 알리는 논설을 게재하였다. 1909년 경남일보(慶南日報) 주필을 역임하여 진주
로 이거하였다. 이후 『동국역사』·『대동시선』·『조선유교연원』 등 다수의 저작을 편집·
간행하였다.
저술로 12권 1책의 『위암문고』·『장지연전서』가 있다.

숭양산인(嵩陽山人) 장지연(張志淵)의 묘갈명

윤희구(尹喜求)[1] 지음

숭양산인(嵩陽山人) 장 선생(張先生)이 세상을 떠난 이듬해(1922), 선생의 여러 자식들이 행장을 가지고 나에게 찾아와 묘갈명을 부탁하며 말하기를 "선친의 유언입니다."라고 하였다. 아! 공의 묘갈명은 내가 감히 지을 수도 없고 또한 차마 거절할 수도 없으나, 내가 공을 모른다고 말할 수는 없다.

광무(光武)[2] 초기에 조정에서 사례소(史禮所)[3]를 설치하고 박학한 선비를 선발하였는데, 공과 내가 포의(布衣)의 신분으로 그 일에 참여하였다. 얼마 뒤에 그만두라는 명이 내려왔지만,[4] 공은 오히려 『대한예전(大韓禮典)』 10권을 끝내 완성하여 올렸다. 만년에 『문헌비고(文獻備考)』를 정리하도록 명을 받았을 때에도, 공과 내가 또 그 일에 참여하였다. 나는 처음부터 끝까지 그 일에 시달렸지만 공은 곧 사절하고 떠나셨으니, 그런 뒤에야 나는 공의 지향을 알 수 있었다.

공의 본관은 옥산(玉山)이고, 문강공(文康公) 여헌(旅軒)[5] 선생의 후예로

---

1 윤희구(尹喜求) : 1867~1926. 자는 주현(周玄), 호는 우당(于堂), 본관은 해평(海平)이다. 장지연과 함께 『대한예전(大韓禮典)』 편찬에 참여하였고, 뒤에 『증보문헌비고』를 증수하였으며, 1916년에는 장지연·오세창(吳世昌)과 함께 『대동시선(大東詩選)』을 교열하였다. 저술로 『우당시초』 1책과 『우당문초』 2책이 있다.

2 광무(光武) : 1897년부터 1907년까지 사용된 대한제국 연호이다.

3 사례소(史禮所) : 1897년에 조선 왕조 역대 임금의 치적을 정리하기 위해 설치한 역사 편찬 기관이다. 1897년 7월 1일 장지연·윤희구 등이 사례소 보조 인원으로 선발되었다.

4 얼마……내려왔지만 : 사례소는 1898년 10월 25일 경비 문제로 폐지되었다.

서 유학이 본디 가학이었고, 재주와 기상이 또한 뭇사람들 보다 빼어났다. 경술에 근본하지 않은 적이 없어서, 성현의 경지에 이르기는 어렵지 않다고 여겼다. 얼마 뒤 천하의 일이 크게 변하자 비분강개하며 발분하여 공명을 스스로 세우려고 생각하였으나 알아주는 사람이 없었으니, 공의 고고한 뜻을 당시에는 펼 수 없었다. 가는 곳마다 매번 크게 성내며 동석한 사람들에게 욕을 하니, 비록 권세가들이나 어질고 빼어난 장자라고 할지라도 모두 삼가며 공을 피했다. 어떤 사람은 술 때문이라고 하였지만, 사실은 술 때문에 그런 것이 아니었다. 공이 일찍이 크게 취해 내 팔을 잡고서 웃으며 말하기를 "나는 당신에게 욕을 하지 않을 테니 두려워하지 마시오."라고 하였다. 나는 이 때문에 그 이유를 알게 되었다.

공의 휘는 지연(志淵), 자는 순소(舜韶), 자호는 위암(韋庵), 별호는 숭양산인이다. 일찍이 내부랑(內部郎)이 되었으며 통정대부의 품계에 올랐으나, 공이 의도한 것은 아니었다. 그래서 아는 사람이든 모르는 사람이든, 관직명으로 부르지 않고 '장 선생(張先生)'이라고 불렀다.

조부의 휘는 기원(璣遠)이고, 부친의 휘는 용상(龍相)이다. 모친 문화 유씨(文化柳氏)는 유성림(柳成霖)의 딸이다. 태황제(太皇帝 : 高宗) 원년(1864) 겨울 10월에 공은 상주(尙州)의 동곽(東郭)에서 태어났다. 어려서부터 매우 총명하고 뛰어났다. 입학하기 전에도 『천자문』을 능히 알았다. 관례를 치르고 난 뒤에는 읽은 책들이 무려 만 권이나 되었고, 문장을 지을 적에는 곧장 수천 자의 말을 써 내려갔다. 과거공부에 부지런히 힘써 몇 차례 향시에 합격한 뒤, 드디어 갑오년(1895) 진사시에 합격하였다.

고향으로 돌아오자마자 동학난이 일어났다. 관찰사의 중군(中軍)이 번갈아 예의로 맞이하면서 "공은 비록 서생이지만 시무(時務)를 아는 분"

5 여헌(旅軒) : 장현광(張顯光, 1554~1637)이다. 자는 덕회(德晦), 호는 여헌, 본관은 인동(仁同)이며, 시호는 문강이다. 저술로 23권 12책의 『여헌집』 등이 있다.

이라고 하였다. 을미년(1895) 의병이 일어나 사방에 격문(檄文)을 돌렸는데, 격문이 공의 손에서 나왔다.

정유년(1897) 만인소(萬人疏)를 올려 임금이 러시아 공사관에 오래 머물러서는 안 된다고 말하고 두 번째 소를 올려 빨리 대호(大號)를 정해야 한다고 하였는데, 이 상소문이 모두 공의 손에서 나왔다. 공은 당시 매우 젊었지만 많은 사람들에게 중망을 얻었다. 관직을 사양한 뒤에 황성신문사(皇城新聞社)의 사장이 되어 국가의 정수를 밝게 드러내고 공분(公憤)을 격렬하게 일으켰는데, 꿋꿋하여 조금도 기가 꺾이지 않았다.

을사늑약을 당하자 붓을 휘둘러 그 일을 사실대로 써내려 갔는데, 그 글을 '시일야방성대곡(是日也放聲大哭)'이라고 제목을 붙였다. 그날 밤에 인쇄하여 배포하니, 독자들이 크게 놀랐다. 이때에 장 선생의 이름이 천하를 떠들썩하게 하였다. 결국 감옥에 구금되어 오랜 시간이 지나서야 석방되었다.

이때부터 시사가 날로 잘못되어 가는 것을 보고서, 세 치의 붓으로 국내외의 사람들에게 사실을 알리려는 마음이 더욱 생겨났다. 이에 당시 일 중에 마땅히 말해야 하는데 감히 말할 수 없었던 사건과 천하 사람들이 반드시 알아야 하는 일들을 열거하여 모두 기록해 두었다. 또 육로로 전달되기 어려울까 염려하여 바로 원고를 나누어 저고리와 바지 속에 끼워 넣었다. 그리고는 부산에서 배를 타고 출발하여 블라디보스토크[海蔘威]에 이르러 해조사(海朝社)라는 곳에 들어갔다. 조금씩 원고를 바지저고리에서 꺼내 묶어서 일을 완성시키고자 하였는데, 해조사가 곧 폐업하여 성공하지 못했다. 끝내 중국으로 가서 회수(淮水)를 경유하여 돌아왔으니, 이때가 융희(隆熙) 4년(1910)이었다.

공은 울적해 하며 스스로 즐기는 일이 없었다. 어떤 때는 술을 맘껏 마시느라 여러 날 식사를 하지 않기도 하고, 어떤 때는 등불을 밝히고 책을 쓰느라 새벽까지 꼿꼿이 앉아 있기도 하였다. 점점 병을 얻어 마침내 신유년(1921) 11월 2일에 마산(馬山) 집에서 세상을 떠났다. 창원군(昌原郡) 구산면(龜山面) 독마산(犢馬山) 언덕에 장사를 지냈다.[6] 장례가 끝난 뒤에 공을 종유한 여러 인사들이 숭문계(嵩文契)를 만들어 기록하여 잊지 말자고 하였다.

공이 편찬한 글은 매우 많았다. 내용은 질박하여 부화한 말이 없었고 경세제민의 도구가 될 만한 것이 많았으며 그렇지 않으면 측은한 마음을 은근히 일으키는 글들이었으니, 대저 공허한 말에 비할 바가 아니었다. 김우림(金于霖)이 전을 지었는데[7] 매우 상세하니, 대개 사실을 기록한 것이라고 한다.

부인 숙부인(淑夫人) 이씨(李氏)는 이준목(李準穆)의 딸이다. 세 아들을 낳았는데, 장남 재식(在軾)은 부친의 풍모를 닮았다. 차남은 재철(在轍)은 재주가 있었으나 요절하였다. 삼남은 재륜(在輪)이다.

손자 경장(庚長) 군이 그의 조부가 위독할 때 하신 말씀을 내게 전하기를 "나를 아는 이는 오직 우당(于堂)이 있을 뿐이다."라고 하였다는데, 우당은 나이다. 내가 공을 종유한 지 30년이니, 공에 대해 아는 내용이 반드시 이 정도로 그칠 것은 아니지만 내 문장이 매우 투박하고 거치니 여기에서 끝낸다. 아! 부끄럽구나.

명은 다음과 같다.

---

6 장사를 지냈다: 장지원의 묘소는 현 경상남도 창원시 마산 합포구 현동에 있다.
7 김우림(金于霖)이……지었는데: 우림은 김택영(金澤榮, 1850~1927)의 자이다. 김택영의 『소호당집(蘇湖堂集)』 보유(補遺) 권2에 1907년 무렵에 지은 「장지연사략(張志淵事略)」이 실려 있다.

천하가 크다고 말들 하지만	謂天下大
충분히 용납된 적이 없었고	曾不足容
큰 뜻을 거두고 돌아셨으니	斂而歸之
네 척의 봉분만이 남았네	四尺之封
풀지 못한 울적한 한으로	鬱未化者
밝은 기운이 하늘을 밝히는데	光氣燭天
오히려 공의 글이 남아 있으니	尙有其書
그와 더불어 영원히 살리라	與之永年

嵩陽山人 墓碣銘

尹喜求 撰

嵩陽山人 張先生沒明年, 諸孤以其狀來屬余銘曰: "先人之治命也。"嗚呼! 銘吾不敢亦不忍, 抑不可謂不知公者。光武初, 朝廷實史禮所, 簡博學之士, 公與余, 以布衣與焉。未幾報罷, 而公猶卒成《禮典》十卷, 上之。及季年詔修《文獻備考》, 公與余, 又與焉。余則浮沈終始, 而公乃辭去, 然後公之志, 可知已。

公玉山人, 爲旅軒 文康先生之後, 儒固家學, 材氣且軼群。未嘗不本原經術, 謂聖賢不難到。旣而天下事大變, 慷慨發憤, 思欲功名自立, 而無所於遇, 則落落不可一世。所至輒叱吒罵座, 雖權貴人、賢豪長者, 咸謹避之。或曰: "酒也。"然其實非酒也。嘗大醉扼余腕笑曰: "吾不汝罵, 毋恐也。"余以故知之。

公諱志淵, 字舜韶, 自號韋庵, 亦曰嵩陽山人。嘗爲內部郎, 至通政階, 然非其志也。故知與不知, 不官稱"張先生"云。

祖考諱璣遠, 考諱龍相。妣文化柳氏 成霖女。太皇帝元年冬十月, 公生于尙州 東郭。自幼聰穎特異。未上學, 能識《千字》。旣冠, 所讀書, 無慮

萬卷, 爲文章, 立就千百言。黽勉功名, 數發解, 遂中甲午進士。纔旋里,
東匪亂作。觀察使中軍, 迭以禮邀之, 謂"公雖書生乎而識時務者。"乙未
義旅起, 傳檄四方, 而檄出於公。

丁酉, 上萬人疏, 言至尊不宜久御客館, 再上疏, 言早正大號, 而疏皆出
於公。公時尙少, 而厭衆望也。旣辭官, 爲皇城新聞社長, 闡國粹, 激公
忿, 矯然不一毫挫也。

乙巳約成, 奮筆直書其事, 而題之曰《是日也放聲大哭》。卽夜印布, 見
者大驚。於是張先生之名, 噪天下矣。遂拘諸獄, 久之得釋。

自是見時事日非, 愈欲以三寸管, 鼓動中外。乃條時事之當言而不敢言
者, 及不可不使天下聞之者, 盡行箚錄。又慮塗路難致, 輒割裂藁紙, 夾襦
袴中間。行自釜山航海, 至海蔘威。投所謂海朝社者。稍稍出而綴之, 冀
有所就, 而社旋廢不果。遂之中國, 泛淮而歸, 則爲隆熙四年矣。

公邑邑不自聊。或縱酒累日不食, 或籌燈著書, 兀然坐至曙。滋得疾,
竟以辛酉十一月二日, 沒于馬山僑舍。葬昌原郡龜山面犢馬山原。旣葬,
從游諸人士, 爲設嵩文之契, 紀不忘也。所纂編甚富, 質而去華, 多經世之
具, 否亦隱揚惻怛, 大抵非空言比耳。金于霖爲作傳頗悉, 蓋實錄云。

配淑夫人李氏, 準穆女。生三子, 長曰在軾, 有父風。次在轍, 才而夭。
次在輪。孫男庚長君爲言, 其先人疾革語曰: "知我者, 唯于堂在耳", 于堂
者余也。從公游三十年, 所知公者, 未必止於是, 而文甚樸訥, 則止於是。
嗚呼! 負負矣。

銘曰: "謂天下大, 曾不足容, 斂而歸之, 四尺之封。鬱未化者, 光氣燭
天, 尙有其書, 與之永年。"

❖ 원문출전

尹喜求, 『于堂文鈔』上, 「嵩陽山人墓碣銘」(국립중앙도서관 위창 古3648-61-4)

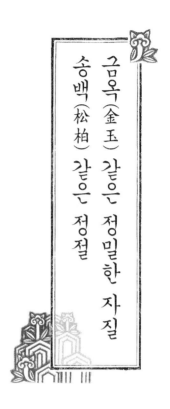

금옥(金玉) 같은 정밀한 자질

송백(松柏) 같은 정절

박태형(朴泰亨) : 1864-1925. 자는 윤상(允常), 호는 간암(艮嵒), 본관은 함양(咸陽)
이다. 현 경상남도 진주시 진성면 동산리에서 태어났다. 송병선(宋秉璿)에게 수학하였
다. 진주 월아산 아래에 모로정(慕魯亭)을 짓고 강학하였다. 조재학(曺在學)·하경락(河
經洛)·권명희(權命熙) 등과 교유하였다.
저술로 11권 5책의 『간암집』이 있다.

간암(艮嵒) 박태형(朴泰亨)의 묘갈명 병서

권재규(權載奎)[1] 지음

문충공(文忠公) 연재(淵齋) 송 선생(宋先生)[2]의 문하에 뜻을 돈독히 하고 위기지학을 하여 고인의 참되고 바른 경지에 곧장 나아가서 거짓으로 가득한 말세에 우뚝 선 자가 있었으니, 바로 박태형(朴泰亨) 군이다.

군의 자는 윤상(允上), 호는 간암(艮嵒)인데 세상을 떠난 지 벌써 24년이 되었다. 그의 문인 남정호(南廷浩)[3]와 강정수(姜貞秀)가 군의 지기였던 우당(迂堂) 조재학(曺在學)[4]이 지은 행장을 가지고 와서 나에게 묘갈명을 부탁하였다. 나는 군과 서로 친숙하진 않았지만 일찍부터 흠모하고 본받고자 하였기에 늙고 혼미하다는 이유로 사양할 수 없었다.

살펴보건대, 함양 박씨는 신라의 왕자에게서 비롯되었으며 고려시대 예부 상서를 지낸 휘 선(善)이 족보에 등재되어 있는 시조이다.[5] 응천군

---

1 권재규(權載奎) : 1870-1952. 자는 군오(君五), 호는 송산(松山)·이당(而堂), 본관은 안동이다. 현 경상남도 산청군 단성면 강루리(江樓里) 교동(校洞)에서 태어났다. 저술로 46권 23책의 『이당집』이 있다.

2 송 선생(宋先生) : 송병선(宋秉璿, 1836-1905)이다. 자는 화옥(華玉), 호는 연재, 시호는 문충, 본관은 은진(恩津)이다. 송시열(宋時烈)의 9세손이다. 현 충청북도 옥천군 군북면 이지당(二止堂)과 전라북도 무주군 설천면의 서벽정(棲碧亭)에서 영호남의 선비들과 교유하였다. 을사늑약에 반대하며 음독 자결하였다. 저술로 53권 24책의 『연재집』이 있다.

3 남정호(南廷浩) : 1898-1948. 자는 인선(仁善), 호는 정재(靖齋), 본관은 의령이다. 박태형의 외조카이자 문인이다. 박태형 사후에 하겸진(河謙鎭)의 문하에 들어갔다. 저술로 6권 4책의 『정재집』이 있다.

4 조재학(曺在學) : 1861-1943. 자는 공습(公習), 호는 우당, 본관은 창녕이다. 의령 출신의 독립운동가로 최익현 휘하에서 활동하였다. 저술로 4권 2책의 『우당유고』가 있다.

5 함양……시조이다 : 함양 박씨의 시조는 신라 경명왕(景明王)의 셋째 아들 박언신(朴彦

(凝川君) 휘 신유(臣莠)는 이연년(李延年)의 난을 평정하였고, 문제공(文齊公) 휘 충좌(忠佐)[6]는 학문과 지절이 있어 그 일이 『고려사』에 실렸다. 본조에 와서는 참의를 지낸 휘 구(矩)가 효행으로 정려를 받았다. 증조부는 박경오(朴慶五), 조부는 박동길(朴東吉), 부친은 박덕성(朴德成)이다. 모친 진양 강씨는 강상주(姜相珠)의 딸이다.

군은 고종 갑자년(1864) 임신 14개월 만에 태어났다. 체격이 훤칠하고 얼굴빛은 검고 눈썹은 칼날처럼 치켜 올라가 있었다. 어릴 적부터 어른처럼 의젓하였으며, 처음 배울 때는 노둔했지만 매우 부지런히 공부하여 점점 총명해졌다. 사서(四書)와 육경(六經)을 천 번씩 읽어 자기 말처럼 암송하고, 한 마디 말과 한 가지 행동에도 반드시 법도를 따르고자 하였다. 이에 원계(遠溪)[7]의 연재(淵齋) 선생을 찾아뵙고 제자의 예를 갖추었다. 선생이 그의 공부를 가늠해보고는 크게 학문을 이어받을 그릇임을 알아서, 매우 총애하며 남달리 여겨 이름과 자호를 내려주었다.[8]

모친은 성품이 엄격하여 섬기기에 어려웠으나 능히 모친의 뜻에 순응하여 기쁘게 해드렸으며, 아내 이씨가 어머니에게 용납되지 못하는 점이 있었지만 결국 공의 효성에 감화되었다. 부모님 상을 당해서는 매우 엄중하게 예를 집행하였고, 상복을 벗자마자 바로 사당을 세웠다. 위로 4대까지 신주를 만들어 삭망제(朔望祭)와 시제를 올렸는데 모두 예법에 맞았다. 한마을에 사는 집안사람들 중에는 가난하면서 어리석은 자들이

信)이다. 그 이후의 세계(世系)가 문헌에 남아 있지 않아, 고려의 박선을 시조로 하고 함양을 관향으로 하여 세계를 계승하였다.

6 박충좌(朴忠佐) : 1287-1349. 자는 자화(子華), 호는 치암(恥菴), 시호는 문제이며, 본관은 함양이다. 이제현(李齊賢, 1287-1367)과 함께 백이정(白頤正, 1247-1323)에게 수학하였다. 『고려사』 「열전」에 실려 있다.

7 원계(遠溪) : 현 충청북도 옥천군에 있는 시내 이름이다.

8 이름과……내려주었다 : 박태형의 원래 이름은 박태충(朴泰充)이고 자는 문행(文幸)이었다. 송병선이 이름을 태형(泰亨), 자를 윤상(允常), 호를 간암(艮嵒)으로 지어 주었다.

많았다. 하루는 집안 사람들을 모아놓고 맹세하는 글 한 편을 지었는데, 선거령(仙居令)이 세속 사람들을 효유한 것[9] 같았다. 그 내용을 반복해서 상세히 설명해주고, 매월 초하루마다 반드시 모여 그 상과 벌을 실행하였다. 몇 년 지나지 않아 문중이 크게 변화하여, 집집마다 모르는 사람이 없어서 사람들이 모두 삼가고 조심하였다.

원근에서 배우러 오는 자들이 매우 많았다. 군은 자질이 둔한 사람이나 민첩한 사람이나 가리지 않고 반드시 『소학』과 『주자가례』를 입문서로 삼은 다음 경서를 읽게 하였다. 몸소 솔선수범하여 가르쳤고 지극정성으로 이끌어주었다. 그러므로 제생들은 감화되어 더욱 학문에 매진하여, 말과 행동은 이치에 맞게 법칙이 있었으며 길흉사의 예법에 능숙하지 않은 사람이 없었다. 월아산(月牙山)[10] 아래에 모로정(慕魯亭)을 짓고 매월 세 차례 강론을 열고는 반복해서 학문을 논변하였다. 봄가을로 향음주례·향사례·사상견례(士相見禮)를 행하여 제생들을 고무시켜 한 지방 사류들의 내면과 외향이 조화롭게 다듬어졌다.

단발령이 내려지자 제생들을 엄격히 단속하여 죽음을 무릅쓰고 따르지 않게 하였다. 상투를 자르고 가르침을 청하는 자가 있으면 거절하고 받아주지 않았다. 글을 지어 집안사람들에게 자제들을 신식 학교에 보내지 말라고 알렸는데, 그 말이 엄중하고 명확했으며 간곡하여 글자마다 뼈에 사무쳤다. 외국에서 생산된 모든 물건은 아무리 작은 것이라도 집에 들이지 않았는데, 심지어 곡식 종자까지도 그렇게 하였다.

화양동(華陽洞) 만동묘(萬東廟)[11]는 한 줄기 대명의리가 깃들어 있는

---

9 선거령(仙居令)이……것 : 고령(古靈)의 진양(陳襄)이 선거(仙居)의 수령이 되어 백성들을 교화시킨 일을 말한다. (『小學』「嘉言」第5)

10 월아산(月牙山) : 현 경상남도 진주시 금산과 문산에 걸쳐 있는 산이다.

11 만동묘(萬東廟) : 현 충청북도 괴산군 청천면 화양리에 있다. 명나라 신종(神宗)을 위해 세운 사당이다.

곳이었는데 형세가 보전되지 못하게 되니 군이 자신의 임무로 여겨 정성을 다하고 힘을 다해 제수 비용을 마련하고 기울어진 기둥과 무너진 담장을 혼자 힘으로 보수하였다. 예전부터 면암(勉庵) 최익현(崔益鉉) 선생을 우리나라 의리를 지키는 으뜸 인물로 여겼었는데, 선생이 남쪽으로 내려오자 배알하고 가르침을 청하고서 더욱 더 존중하고 흠모하였다.

고종황제가 갑자기 붕어하시자, 군은 놀라 통곡을 그치지 않았으며 상복을 입고서 매우 삼갔다. 상복 입는 것이 마땅하지 않다고 말하는 사람이 있었는데, 군은 그 말이 옳지 못함을 통렬하게 논변하였다. 거적을 덥고 창을 베고 자면서 절대 잊지 않는 의리[12]를 취하여 죽을 때까지 흰 관을 썼다.

영봉 하씨(靈峯夏氏)[13]가 지은 『인도대의록(人道大義錄)』[14]이 있다. 군이 그 책을 보고 깜짝 놀라서 우리의 도를 크게 해친다고 여겨 다른 사람들과 편지를 주고받으며 조목조목 변론하였는데 수천 자나 되었다. 세유들이 명리설에 대해 인(仁)과 지(智)의 이견을 말하면서 서로 공격하며 스스로 도를 보위한다고 여기는 것에 대해서는, 군은 마음속으로 매우 옳지 않다고 생각하여 비록 동문이라 하더라도 서로 일절 교류하지 않았다.

62세 되던 해인 을축년(1925) 12월 29일에 세상을 떠났다. 다음 해 2월에 모로정 옆 신좌(辛坐) 언덕에 장사지냈다.

---

12 거적을……의리 : 국상을 부모상과 같이 마음을 다해 치르는 의리를 뜻한다. 『예기』 「상대기(喪大記)」에 "부모님 상에는 흙을 바르지 않은 여막에 거처하면서 거적을 덮고 흙덩이를 베고 자며, 상사와 관련된 일이 아니면 말하지 않는다.[父母之喪, 居倚廬不塗, 寢苫枕塊, 非喪事不言.]"라고 하였다.

13 영봉 하씨(靈峯夏氏) : 청나라 하진무(夏震武, 1854-1930)이다. 본명은 하운천(夏雲川), 자는 백정(伯定), 호는 척암(滌庵)이다. 현 중국 절강성 부양시 이산진(里山鎭)인 영봉(靈峯)에 거주하여 '영봉 선생'으로 불렸다. 저술로 『영봉선생집』, 『인도대의록』 등이 있다.

14 인도대의록(人道大義錄) : 하진무가 짓고 남성길(男成吉)이 집주하였다. 1923년 중각본에 왕유한(王維翰)의 후서(書後)가 있다.

군은 충실하고 미덥고 강직하고 굳센 자질로 일찍이 '순 임금은 어떤 사람이며 나는 어떤 사람인가?'[15]라는 지향을 가지고 각고의 노력과 굳은 인내심으로 공부하면서 위기지학으로 도를 구하는 데 마음을 쏟았다. 차라리 모르는 것이 있을지언정 아는 것은 실행하지 않음이 없었으며, 차라리 실행하지 않음이 있을지언정 실행함은 독실하지 않음이 없었다. 엄정하고 공손하며 공경하고 경외하는 데 그 마음을 보존하고, 법도와 표준에 그 몸을 세웠다. 일을 논할 적에는 의(義)와 이(利)의 분별을 명확하게 하였고, 세상에 처할 적에는 중화(中華)와 이적(夷狄)의 구별을 엄격히 하였다. 사서와 육경은 도가 깃들어 있는 책이라 여겨 젊어서부터 노년에 이르기까지 잘 적에도 생각하고 먹을 적에도 음미하였는데 죽은 뒤에야 그만두었다.

아! 공자께서 '도를 독실하게 믿고 배우기를 좋아하여, 죽음으로써 도를 지켜 도를 잘 보존한다.'[16]라고 말씀하셨는데, 군이 바로 그런 사람이 아니겠는가! 군은 저술을 즐기지 않았다. 세상을 떠난 후 문인들이 남긴 글을 수집하여 문집 10권을 만든 것이 세상에 전해진다. 부인 이씨는 딸 둘을 두었는데, 강봉구(姜琫九)와 구연대(具然大)가 사위이다. 부실 강씨는 1남 1녀를 두었다. 아들 박사정(朴士楨)은 군이 세상을 떠날 때 겨우 두 살이었다. 딸은 남진희(南進熙)에게 시집갔다.

명은 다음과 같다.

사람들 모두 나는 지혜롭다 하지만   人皆曰予知
앵무새처럼 되뇌이는 것일 뿐이네   鸚鵡焉而已
사람들 모두 나는 재능 있다 하지만   人皆曰予能

---

15 순……사람인가:『맹자』「등문공 상」에 나온다.
16 도를……보존한다:『논어』「태백」에 나온다.

짜여진 틀대로 따라할 뿐이라네	楦麟焉而已
말은 행동에서 나오고	言出於行
행동은 성심에 근본 하는 법	行本於誠
한 줄기 명자국과 손자국 남기려면[17]	摑血捧痕
곧고 균평한 법도를 따라야 하네	繩直準平
금과 옥 같은 정밀한 자질	金玉之精
소나무와 잣나무 같이 곧은 정절	松柏之貞
이 세상을 돌아 보건대	眷言斯世
누가 이런 평에 합당하리	誰當是評
아! 나는 말하네	嗚乎吾謂
간암 선생이 그분이라고	艮嵒先生

기축년(1949) 정월에 안동 권재규(權載奎)가 지음.

墓碣銘 幷序

權載奎 撰

宋淵齋 文忠先生之門, 有篤志實學, 直趨古人眞正之域, 而特立乎季代
虛僞之中者, 曰"朴君 泰亨". 字允常, 號艮嵒, 旣沒之二十有四年。門人
南廷浩、姜貞秀, 以君知己曹迁堂 在學所撰狀, 徵墓道之文於不佞。不
佞於君, 縱未相熟, 艷仰則夙矣, 不可以耄昏辭。

按朴氏 咸陽人, 肇自新羅王子, 而高麗禮部尙書諱善, 爲登譜之祖。至
凝川君諱臣蕤, 平李延年亂, 文齊公諱忠佐, 有學有志節, 事載《麗史》。

---

17 한……남기려면 : 자신의 행동에 대해 확실한 결과를 거두기 위해 노력한다는 의미이다.
『주자대전』 권45 「답양자직(答楊子直)」에 '한 번 몽둥이로 치면 한 줄기 명자국이 생기고,
한 번 손바닥으로 치면 핏빛 손자국이 남는다.[一棒一條痕, 一摑一掌血.]'라고 하였다.

入本朝, 參議諱矩, 以孝旌。曰慶五、曰東吉、曰德成, 曾祖、祖、考諱。
而妣晉陽 姜相珠女。

君以高宗甲子, 在娠十四月而生。體幹俊偉, 面如鐵而眉如劍。爲兒儼
若老成, 就學始魯而勤甚, 漸通慧。四子六經, 讀以千數, 誦如己言, 一言
一動, 必要循蹈規矩。於是贄謁淵齋先生於遠溪。先生叩其學, 知其爲大
受, 甚寵異之, 錫以名與字號。

母夫人性嚴難事, 克順致悅, 妻李氏有不能容者, 而竟至感化。及丁外
內憂, 執禮甚嚴, 服闋乃立祠堂。追造四世神主, 朔薦時祭, 一一如禮。宗
族之在里閈者, 多貧竆且貿貿。一日會宗族, 作約誓一篇, 如仙居令諭俗
文。反復詳說, 每朔必會, 而行其賞罰。未幾年, 一門丕變, 家無不給, 而
人皆謹飭。

遠近來學者, 甚衆。君不擇鈍敏, 必以《小學》、《家禮》爲入頭, 而次及
於經子。率先身教, 至誠導迪。是以諸生感欣勇進, 言談擧止, 循循有則,
而吉凶有事, 禮無不熟。乃築慕魯亭于月牙山下, 月三開講, 反復論辨。春
秋行鄉飲、鄉射、士相見禮, 以風動之, 一方彬彬。

及其剃緇之變, 嚴束諸生, 使之矢死不從。有以是貌而請敎者, 則拒而
不受。文告諸族, 勿令子弟入新校, 其言嚴明懇惻, 字字次骨。凡係異國
物産, 一毫不入於家, 以至穀種亦然。

華陽之萬東廟, 是一線華脈之所寄, 而勢將不保, 則君以身擔任, 殫誠
拮据, 以爲粢盛之資, 傾棟頹垣, 獨力修補。嘗以爲勉菴 崔先生, 吾東義
理宗主, 及其南下, 拜謁請敎而特加尊慕。

高宗倉卒崩逝, 君驚痛不已, 服喪甚謹。人有言不當服者, 君痛辨其不
義。取寢苫枕戈之義, 終身戴白。

靈峯 夏氏, 有《人道大義錄》。君見之駭然, 以爲大害吾道, 往復條辨,
至累千言。至若世儒之於名理說, 話以仁智異見, 互相攻擊, 自以爲衛道
者, 心甚不韙, 雖在同門, 一不相涉焉。以六十二年之乙丑十二月二十九
日卒。明年二月日, 葬于慕魯亭傍負辛原。

君以忠信剛毅之資, 早有"舜何予何"之志, 刻苦堅忍以用工, 爲己求道
以專心。寧有不知, 知無不行; 寧有不行, 行無不篤。存此心於嚴恭寅畏
之中, 立此身於規矩準繩之內。論事焉, 切切乎義利之辨; 處世焉, 凜凜
乎華夷之分。謂四子六經, 是道之所寓, 自少至老, 寢夢食嚥, 斃而後已。

嗚乎! 夫子所謂"篤信好學, 守死善道"者, 君非其人也歟! 君不喜著述。
旣沒, 門人收輯爲十卷, 行于世。<u>李氏</u>擧二女, 姜瑋九、<u>具然大</u>, 壻也。副
室姜氏, 一男一女。男<u>士植</u>, 君觀化時, 纔二歲。女適<u>南進熙</u>。

銘曰: "人皆曰予知, 鸚鵡焉而已。人皆曰予能, 楦麟焉而已。言出於行,
行本於誠。摑血捧痕, 繩直準平。金玉之精, 松柏之貞。眷言斯世, 誰當
是評? 嗚乎吾謂, <u>艮嵒先生</u>。"

己丑元月日, <u>安東</u> <u>權載奎</u>撰。

❖ 원문출전

朴泰亨,『艮嵒文集附錄』上, 權載奎 撰,「墓碣銘幷序」(경상대학교 문천각 古 D3B
H박832ㄱ)

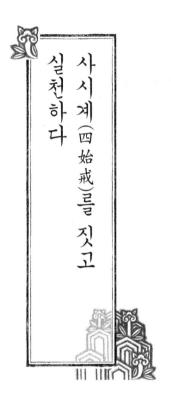

사시계(四始戒)를 짓고
실천하다

정제용(鄭濟鎔) : 1865-1907. 자는 형로(亨櫓), 호는 계재(溪齋), 본관은 연일(延日)이다. 현 경상남도 산청군 삼장면 석남리에서 태어나, 산청군 단성면 남사 마을에서 살았다. 허유(許愈)와 곽종석(郭鍾錫)에게 배웠다. 최숙민(崔琡民)·김진호(金鎭祜)·정재규(鄭載圭)·조원순(曺垣淳) 등과 교유하였다.

저술로 8권 4책의 『계재집』이 있는데, 1909년 산청군 단성면 사양정사(泗陽精舍)에서 간행하였다.

계재(溪齋) 정제용(鄭濟鎔)의 묘갈명 병서

조긍섭(曺兢燮)[1] 지음

계재 처사(溪齋處士) 정형로(鄭亨櫓) 군이 정미년(1907) 겨울 11월 2일 기축일에 세상을 떠났다. 을축년(1865)에 태어나 43년이 지난 뒤였다. 앞서 내 친구 삼산(三山)[2]의 송자경(宋子敬)[3] 또한 질병으로 일어나지 못하였다. 두 사람 모두 강우지역의 중망 받는 학자로, 같은 해에 태어나 같은 해에 세상을 떠났다. 아! 어찌 이리 가혹하고 괴이하단 말인가.

자경의 장례에 형로가 만사 「매산 삼장(梅山三章)」[4]을 지어 곡하였다. 그 종장에 읊기를 "우뚝한 황매산은 태곳적 그대론데, 큰 덕을 지닌 분이 어찌 만수를 누리지 못하였나. 도는 곤궁해지고 세월 또한 저물어 가는데, 믿기 어려운 것이 천심이라지만 어찌 가서 하소연하지 않으리오[梅山巖巖 振古不渝 碩人溫溫 胡不遐福 道之窮矣 歲且云暮 難諶者天 曷不往愬]"라고 하였는데, 그 말이 매우 슬펐다. 아! 누가 생각이나 했던가, 그의 붓이 채 마르기도 전에 문득 조금도 기다려주지 않을 줄을. 이 어찌

---

1 조긍섭(曺兢燮) : 1873-1933. 자는 중근(仲謹), 호는 심재(深齋), 본관은 창녕(昌寧)이다. 저술로 41권 20책의 『심재집』과 37권 17책의 『암서집(巖西集)』 등이 있다.

2 삼산(三山) : 경상남도 합천군의 익견산(岳堅山), 금성산(金城山), 허굴산(墟堀山)을 아울러 이르는 말이다.

3 송자경(宋子敬) : 송호언(宋鎬彦, 1865-1907)이다. 자는 자경, 호는 이재(履齋), 본관은 은진(恩津)이다. 송정렴(宋挺濂)의 후손이다. 현 경상남도 합천군 대병면(大幷面)에서 태어났다. 이진상(李震相)에게 수학하였다. 저술로 형 송호문(宋鎬文)의 시와 함께 실린 『유하연방집(柳下聯芳集)』이 있다.

4 매산 삼장(梅山三章) : 『계재집』 권1에 「매산삼장곡송자경(梅山三章哭宋子敬)」이라는 제목으로 실려 있다.

말이 너무 지극하여 스스로 조짐이 된 것이 아니겠는가.

나는 은거지에 곤궁하게 살고 있어서 경조사에 백리 길을 갈 수가 없었다. 자경의 상이 끝나고 나서야 비로소 만사를 지어 그를 애도했는데, 마음에 늘 부담감이 있는 듯하였다. 그런데 지금 형로의 아들들이 내가 아버지의 친구라는 이유로 멀리서 찾아와 묘갈명을 구하였다. 한유(韓愉)[5]와 하겸진(河謙鎭)[6] 두 선생이 행장을 먼저 지었으니, 나 또한 어찌 차마 거절하겠는가. 이윽고 탄식하며 말하기를 "아! 세상이 극도로 쇠퇴하여 바른 사람을 내 만날 수 없으니, 선을 좋아하고 학문을 좋아하는 자를 만난다면 괜찮을 것이다. 정형로 군과 같은 사람은 어찌 참으로 쉽게 만날 수 있는 사람이겠는가. 만나기 어려운 사람인데 갑자기 떠났으니, 내가 천명을 어찌하겠는가."라고 하였다.

형로는 문충공(文忠公) 포은(圃隱) 선생의 후손이다. 태어나면서부터 성품이 단정하고 정성스럽고 온화하고 명랑하여, 그를 보면 그가 효도하고 우애하고 충실하고 겸양한 사람임을 알 수 있었다. 어려서 아버지를 여의어 집안일이 다사다난했지만, 능히 윗사람을 받들고 아랫사람을 접하며 좌우로 일을 주선하며 크게 다스리고 세세히 살피는 데에 모두 문채와 절도가 있어 친척과 빈객들이 탄복하지 않음이 없었다. 틈나는대로 책을 읽으며 의리를 탐구하여 요체를 끝까지 궁구해서 실천하는 데 드러내려고 하였다.

일찍이 「사시계(四始戒)」[7]를 지었는데 "수기(修己)는 망령되이 말하지 않는 것에서 시작하고, 처세(處世)는 무도한 짓을 보복하지 않는 것에서

5 한유(韓愉) : 1868-1911. 자는 희녕(希寗), 호는 우산(愚山), 본관은 청주(淸州)이다. 저술로 31권 16책의 『우산집』이 있다.
6 하겸진(河謙鎭) : 1870-1946. 자는 숙형(叔亨), 호는 회봉(晦峯)·외재(畏齋), 본관은 진양(晉陽)이다. 저술로 50권 26책의 『회봉집』이 있다.
7 사시계(四始戒) : 『계재집』 권4 잡저에 실려 있다.

시작하며, 학문은 익숙하게 완미하는 것에서 시작하고, 논의는 스스로 옳다고 여기지 않는 데서 시작한다."라고 하였다. 이것이 그가 평생토록 실천한 것이다.

종유하며 섬긴 분들은 모두 한 시대의 어질고 노숙한 분들이었는데, 이분저분 찾아다니며 학문을 갈고 닦아 세월을 허비함이 없었다. 그런데 후산(后山) 허공(許公)[8]과 면우(俛宇) 곽공(郭公)[9]에 대해서만은 유독 스승의 예로 섬겼고 두 선생도 평범한 학생으로 그를 훈육하지 않아 주고받은 편지에 심오한 말씀과 은미한 가르침이 많았다.

형로는 삼가고 기민하며 예를 좋아하였다. 관례나 혼례 같은 옛 의례에 대해 사람들은 태만하고 기피하여 극진히 하지 않는 자들이 많았는데, 그는 반드시 절차에 따라 그 예를 행하였다. 무릇 향리에서 유종(儒宗)의 제문을 지을 일이 있을 적에 형로가 참석하지 않음이 없었다. 형로가 발언하여 사람들이 거스를 수 없는 경우도 있었고, 사람들이 말하여도 형로에게 의지해서 일을 완성한 경우도 있었는데, 그 필경에는 순조롭게 다스려지지 않은 것이 없었다. 그러나 그 공적을 돌릴 적에는 겸양하여 자신에게 공이 미칠까를 오직 두려워하였다.

세상의 도가 무너지고 신교가 횡행한 뒤로, 평소 재주가 있다고 알려진 학자들조차 대부분 휩쓸려 빠져들었다. 그러나 형로만은 홀로 의연히 흔들리지 않고 더욱 구학문을 익히며 "가령 살아서는 중화인이 되고 죽어서는 중화의 귀신이 된다면 충분하다."라고 하였다. 이단의 학설을

---

8 허공(許公) : 허유(許愈, 1833-1904)이다. 자는 퇴이(退而), 호는 후산·남려(南黎), 본관은 김해(金海)이다. 현 경상남도 합천군 삼가면 오도리에서 출생하였다. 저술로 27권 10책의 『후산집』이 있다.

9 곽공(郭公) : 곽종석(郭鍾錫, 1846-1919)이다. 자는 명원(鳴遠)·연길(淵吉), 호는 면우, 본관은 현풍(玄風)이다. 현 경상남도 산청군 단성면 사월리에서 태어났다. 저술로 182권 63책의 『면우집』이 있다.

가지고 찾아오는 자가 있으면, 곧바로 정색하고 거절하여 결코 함께 어울리지 않았다.

형로는 기상이 은혜롭고 안색이 평온하였는데, 마음 또한 그 용모와 같았다. 남을 만날 때는 생각한 뒤에 말하였고, 함부로 대드는 사람이 있더라도 편안히 받아들였다. 나는 그와 함께 오래도록 교유하였지만 그의 가슴속에 이처럼 강직하고 우뚝하게 지키는 것이 있는 줄 몰랐다. 그러니 이른바 '유순하고 아름다운 것이 법칙이 되었네'[10]라고 한 것과 '인자는 반드시 용기가 있다'[11]라고 한 것이 어찌 공을 이른 말이 아니겠는가.

형로는 휘가 제용(濟鎔)이고 정씨(鄭氏)로, 본관은 연일(延日)이다. 문충공(文忠公)의 손자 휘 보(保)는 사헌부 감찰(司憲府監察)을 지냈는데, 광해군 때 직언으로 연루되어[12] 단성(丹城)으로 이사하였다. 휘 훤(暄)은 호가 학포(學圃)이며 유일(遺逸)로 천거되어 현감을 지냈는데, 비로소 진주에 거주하였다. 증조부는 휘가 학채(學采)이고, 조부는 휘가 환준(煥駿)이며, 부친 휘 석기(碩基)는 효행으로 동몽교관(童蒙教官)에 추증되었다. 모친 진양 류씨(晉陽柳氏)는 류성희(柳聖禧)의 딸이다.

형로는 진양 하씨(晉陽河氏) 사인 하두원(河斗源)의 딸과 혼인하여 3남 1녀를 낳았다. 아들은 인영(仁永)·덕영(德永)·하영(夏永)이며, 딸은 아직 혼인하지 않았다. 자식들이 백곡(柏谷) 신안동(新安洞) 간좌(艮坐) 언덕에

---

10 유순하고⋯⋯되었네 : 『시경』 「증민(烝民)」에 "중산보의 덕은, 유순하고 아름다움이 법칙이 된지라, 위의가 훌륭하고 안색이 훌륭하다.[仲山甫之德, 柔嘉維則, 令儀令色.]"라고 하였다.

11 인자는⋯⋯있다 : 『논어』 「헌문」 14장에 "인자는 반드시 용기가 있으나, 용자는 반드시 인이 있는 것은 아니다.[仁者必有勇, 勇者不必有仁.]"라고 하였다.

12 광해군⋯⋯연루되어 : 단종 때 병자옥사에 연루된 사육신의 억울함을 신원해 달라는 직언을 올렸다. 광해군은 충신의 후손이라는 이유로 감사(減死)시켰다.(『계재집』 권6 부록, 「행장」, "諱保, 我端廟時監察, 以伸救六臣坐丙子獄. 光廟曰, 忠臣後也, 特命減死.")

예로써 장사지내고 면우공에게 그 묘지명을 청하여, 이에 어버이의 상례를 후하게 할 수 있었다.

　명은 다음과 같다.

맹자가 악정자를 평하면서	鄒聖有稱
두 가지의 중간, 네 가지의 아래[13]라고 했네	二中四下
쇠한 말세를 돌아보니	若稽衰末
그대 같은 이 또 누가 있겠는가	誰與等者
아, 형로 그대는	猗歟亨櫓
좋은 자질로 태어나 잘 길러졌네	旣栽旣殖
어찌 오직 가까이서 훈도되어	豈惟近炙
도끼자루를 찾는 법칙 멀리 했으리[14]	寔遠柯則
살아서는 덕이 있는 이웃이 되었고	存爲德鄰
죽어서는 사람들 탄식을 일으켰네	殄興人嗟
빗돌은 없어질 수 있겠지만	有石可泯
그 덕은 갈아낼 수 없으리	俾不胥磨

　창산(昌山 : 昌寧) 조긍섭(曺兢燮)이 지음.

---

13 두……아래: 『맹자』 「진심 하(盡心下)」 25장에, 맹자가 사람들이 좋아할 만한 것을 선인(善人)이라 하고, 자기 몸에 선을 소유한 것을 신인(信人)이라 하고, 선을 충실히 가지고 있는 것을 미인(美人)이라 하고, 충실하여 빛남이 있음을 대인(大人)이라 하고, 대인이면서 저절로 화(化)한 것을 성인(聖人)이라 하고, 성인이어서 측량할 수 없는 것을 신인(神人)이라 한다고 말하였는데, 악정자(樂正子)는 두 가지[선인·신인]의 중간, 네 가지[미인·대인·성인·신인]의 아래라고 평가하였다.

14 도끼자루를……했으리: 『시경』 빈풍 「벌가(伐柯)」에 "도끼 자루를 들고 도끼 자루를 만드는 이여, 그 방법은 먼데 있지 않구나.[伐柯伐柯, 其則不遠.]"라고 했는데, 가까운 데에서 법도를 구했다는 말이다.

墓碣銘 幷序

曺兢燮 撰

溪齋處士 鄭君 亨櫓, 以丁未冬十一月二日己丑歿世。距其生乙丑, 得年四十三。先是予友三山 宋子敬亦以疾不起。二君皆江表人譽, 同年生卒亦如之。噫! 何其酷而異也? 子敬之葬也, 亨櫓賦《梅山三章》以哭之。其亂曰: "梅山巖巖, 振古不渤, 碩人溫溫, 胡不遐福? 道之窮矣, 歲且云暮, 難諶者天, 曷不往愬?" 其言絶悲。嗚呼! 孰謂其筆未燥而奄然不少須? 豈亦言之深至而自爲之兆歟? 予窮居畏處, 慶弔不能百里。子敬之終喪, 始爲辭以誄之, 心常如有所負。今鄭氏諸孤以予爲父友, 遠求墓道之銘。而以韓、河二子所爲狀先焉, 予又何忍負? 已而歎曰: "嗟呼! 世之衰極矣, 正人吾不得而見之矣, 得見樂善好學者斯可矣。若斯人者, 豈誠易得耶? 得之艱而喪之遽, 吾如天何哉?"

亨櫓, 文忠公 圃隱先生之後也。生而端慤溫朗, 望之知其爲孝友忠讓人。少孤而家蠱叢穰, 能上承下接, 左右酬酢, 鉅理細察, 咸有文節, 宗戚賓旅靡不懷服。間則諷簡探義, 究致要歸, 期欲著之於行。嘗著《四始戒》曰: "修己始不妄語, 處世始不報無道, 學問始熟玩, 論議始不自是。" 此其平生所受用者。其所從事盡一時賢宿, 周旋刮劘, 無虛月日。而於后山 許公、俛宇 郭公, 獨事以師禮, 乃二先生不以諸生畜之, 所往復多奧言微指。

亨櫓謹敏好禮。如冠昏古儀, 人多怠畏不能盡, 而必依節次行之。凡鄉里有宗儒俎豆文字之擧, 未嘗無亨櫓。有發自亨櫓而人不能違者, 卽人發之而有藉亨櫓以成者, 其畢也罔不允治。至歸以功能, 則欿然惟恐其及也。

自世道橫決, 新教肆行, 雖平居名有才學者, 率多披靡染溺。亨櫓獨毅然不撓, 顧益治舊學曰: "使生爲華人, 死爲華鬼足矣。" 有以異說見者, 卽正色拒之, 絶不與通。亨櫓氣惠而色夷, 心如其貌。接人慮而後言, 有橫逆安然受之。予與之遊久, 不知其中有剛特之守如此也。豈所謂'柔嘉維則', '仁者之必勇'歟?

亨櫓諱濟鎔, 鄭氏本延日人。文忠公有孫曰"保", 司憲府監察, 光廟時以直道坐徙丹城。至諱暄號學圃, 以遺逸官縣監, 始居于晉。曾祖諱學采, 祖諱煥駿, 考諱碩基, 以孝贈童蒙教官。妣晉陽柳氏, 父曰聖禧。亨櫓娶晉陽河氏士人斗源女, 生三男一女。男: 仁永、德永、夏永, 女未行。諸孤旣以禮葬于柏谷 新安洞負艮之原, 請倪宇公誌其壙, 是可以不儉其親矣。

銘曰: "鄒聖有稱, 二中四下。若稽衰末, 誰與等者? 猗歟亨櫓, 旣栽旣殖。豈惟近炙, 寔遠柯則? 存爲德鄰, 殄興人嗟。有石可泯, 俾不胥磨。"

昌山 曺兢燮撰。

❖ 원문출전

鄭濟鎔,『溪齋集』卷6 附錄, 曺兢燮 撰,「墓碣銘幷序」(경상대학교 문천각 古(오림) D3B 정73ㄱ)

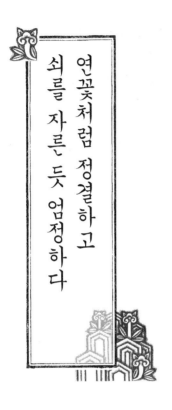

연꽃처럼 정결하고
쇠를 자른 듯 엄정하다

송호곤(宋鎬坤) : 1865~1929. 초명은 덕병(德炳), 자는 직부(直夫), 호는 정산(靖山)·
항재(恒齋), 본관은 은진(恩津)이며, 현 경상남도 합천군 삼가면에 거주하였다. 윤주하
(尹冑夏)·허유(許愈)·곽종석(郭鍾錫)에게 수학하였다. 1905년 을사늑약이 체결되자
지역의 인사들과 더불어 유학을 지키려 노력하였다. 1919년 파리장서 사건으로 합천
감옥에 수감되었다. 1925년 김극영(金克永)·문용(文鏞) 등과 한양으로 가서 『면우집』
간행을 도왔다.
저술로 16권 8책의 『정산집』이 있다.

정산(靖山) 송호곤(宋鎬坤)의 묘갈명 병서

하겸진(河謙鎭)[1] 지음

아! 나의 벗 송직부(宋直夫) 군이 기사년(1929) 12월 9일 향년 65세로 세상을 떠났다. 당시 신법(新法)[2]의 금지가 있어 묘지를 정해 장사지낼 수 없어서, 다음 해인 경오년(1930) 2월 모일[3]에 호리(蒿里)의 언덕에 임시로 장사지냈다.

몇 년 뒤 문인 김영선(金永善)이 군의 아름다운 덕과 행실을 차례대로 기록하여 행장을 만들고서 나에게 묘소의 비석에 새길 글을 요구하였다. 변변치 못한 나는 군의 묘갈명을 짓기에 재주가 부족하여 진실로 차마 지을 수 없다. 그렇지만 군의 평생지기들로 송자경(宋子敬)[4]과 같이 문사에 능한 분들이 거의 모두 세상을 떠나시고 돌아보건대 지금 글을 부탁할 만한 사람이 없으니 내가 어찌 차마 군의 묘갈명을 짓는 일을 사양하겠는가?

군의 휘는 호곤(鎬坤), 초명은 덕병(德炳), 자는 직부(直夫), 호는 항재(恒齋)이다. 만년에 정산서실(靖山書室)을 짓고 찾아와 배우는 자들을 가르쳤

---

1 하겸진(河謙鎭) : 1870-1946. 자는 숙형(叔亨), 호는 회봉(晦峯), 본관은 진양이다. 현 경상남도 진주시 수곡면에 거주하였다. 저술로 50권 26책의 『회봉집』이 있다.

2 신법(新法) : 1912년 조선총독부가 강제로 개인묘지를 일체 금지시키고 공동묘지만을 허용하며 화장을 적극 장려하기 위해 내린 칙령을 가리킨다.

3 모일 : 김영선(金永善)이 지은 「행장」에 의하면 18일이다.

4 송자경(宋子敬) : 송호언(宋鎬彦, 1865-1907)이다. 자는 자경, 호는 이재(履齋), 본관은 은진이며, 현 경상남도 합천군 대병면(大幷面) 출신이다. 송호곤의 동생이다.

는데, 배우는 자들이 '정산(靖山) 선생'이라 불렀다.

　군은 학문을 할 적에는 어려서부터 시속의 문장을 단호히 끊어버리고, 또한 부화하게 수식하거나 성조(聲調)를 다듬는 일을 좋아하지 않았다. 유독 사서(四書)·육경(六經) 및 정자(程子)·주자(朱子)의 글을 매우 좋아하여 스스로를 배양하였다. 이윽고 "학문은 사우(師友)를 의지하지 않을 수 없고, 사우는 넓게 교유하지 않을 수 없으니, 넓게 교류하지 않으면 진실로 그 고루함은 당색에 국한될 것이다."라고 여겼다. 이에 영남과 호남의 선배 대가들을 두루 배알하여 피차에 얽매이지 않았으니 요점은 공평하게 듣고 아울러 관찰하여 그들의 장점을 집성하는 데에 있었다.

　그런 뒤에 마침내 군은 허 참봉(許參奉)[5]과 곽 징군(郭徵君)[6] 두 선생을 귀의처로 삼았다. 두 선생의 주리(主理)의 학문에 대해 세상의 군자들 중에 시끄럽게 배척하는 자들이 많았지만, 군은 더욱 믿고 의심하지 않았다. 그 의리를 부연하여 말씀하기를 "고인이 심(心)을 논할 적에 통체(統體)로써 말한 것이 있고, 본체(本體)로써 말한 것이 있다. 통체는 리와 기를 합한 것이고, 본체는 리일 뿐이다. 이는 곧 맹자가 이른바 '인의지심(仁義之心)[7]'이란 것이고, 정자(程子)가 이른바 '심(心)과 성(性)과 천(天)은 모두 하나의 리(理)'[8]라는 것이며, 주자(朱子)가 이른바 '천리(天理)가

5　허 참봉(許參奉) : 허유(許愈, 1833-1904)이다. 자는 퇴이(退而), 호는 후산(后山)·남려(南黎), 본관은 김해(金海)이다. 현 경상남도 합천군 삼가면 오도리(吾道里)에 출생하였다. 이진상(李震相)에게 수학하였다. 1903년 세 차례 경기전 참봉(慶基殿參奉)에 제수되었으나 부임하지 않았다. 저술로 19권 10책의 『후산집』이 있다.
6　곽 징군(郭徵君) : 곽종석(郭鍾錫, 1846-1919)이다. 자는 명원(鳴遠), 호는 면우(俛宇), 본관은 현풍(玄風)이며, 현 경상남도 산청군 단성(丹城) 출신이다. 이진상에게 수학하였다. 호남의 전우(田愚)·기정진(奇正鎭), 기호의 이항로(李恒老) 등과 교유하였다. 저술로 182권 63책의 『면우집』 등이 있다.
7　인의지심(仁義之心) : 『맹자』 「고자 상」 제8장에 "비록 사람에게 보존된 것인들 어찌 인의지심이 없겠는가?[雖存乎人者, 豈無仁義之心哉.]"라고 하였다.
8　심(心)과……리(理) : 『맹자』 「진심 상」 제1장 주자 주(朱子註)에 "심(心)과 성(性)과 천

사람에게 내재해 있는 전체이다.'⁹라는 것이다."라고 하였다.

또 일찍이 화도 전씨(華島田氏)¹⁰의 『명기문답(明氣問答)』과 중국인 양계초(梁啓超)의 「보교비소이존공론(保敎非所以尊孔論)」의 잘못을 힘써 분변하였는데, 그 말이 조리가 있고 모두 명확한 근거가 있었다.

군은 사리에 통달하고 밝으며 성품이 온화하고 정직하였지만, 평상시에는 어리숙한 듯하여 마치 세상사에 통달하지 않은 것 같았다. 그러나 일의 변화에 응대할 적에는 이치로써 궁구하고 재단하여 늘 좌중의 사람들을 굴복시켰다.

온종일 엄숙한 모습으로 꼿꼿이 앉아서는 몸을 조금도 기대지 않아, 장엄하고 공경한 마음이 가슴속에서 해이하지 않았다. 의복은 여러 번 깁고 집안은 매우 빈한하여 처자식들 모두 굶주린 기색이 있었지만, 그 사양하고 취하고 받고 주는 것에 있어서는 털끝만큼도 구차한 바가 없었다.

나라가 변란¹¹을 당한 뒤 왜인들이 백성의 묘를 입적하라는 명령을 내렸다. 어기는 자는 법에 따라 처리하였는데, 군은 거절하고 입적하지 않았다. 사람들은 혹 이 때문에 군을 위태롭게 여겼지만, 군은 개의치 않았다. 저들도 군을 겁박하면 죽음으로써 항거할 것을 알았으므로, 내

(天)은 모두 하나의 리(理)이다.[心也性也天也, 一理也.]"라고 하였다.

9 천리(天理)가……전체이다: 『주자어류(朱子語類)』 권60, 맹자 십(孟子十) 진심 상(盡心上), 「진기심자장(盡其心者章)」, 제60장에 "問先生盡心說, 曰心者天理在人之全體."라고 하였다.

10 화도 전씨(華島田氏): 전우(田愚, 1841~1922)이다. 자는 자명(子明), 호는 간재(艮齋), 본관은 담양(潭陽)이다. 임헌회(任憲晦)에게 수학하였다. 노론 학자들의 학통을 이어, 이이와 송시열의 사상을 신봉하였다. 주리·주기의 양설의 절충적 이론을 세웠으며, 만년에는 현 전라북도 부안군 계화면의 계화도(界火島)에서 후학을 가르쳤다. 저술로 74권 38책의 『간재집』이 있다. 원문의 '화도(華島)'는 '계화도(界火島)'의 오기인 듯하다.

11 변란: 경술국치를 가리킨다.

버려두고서 문책하지 않았다.

기미년(1919) 봄 곽 선생(郭先生)[12]이 대구 감옥에 구속되었다.[13] 군은 곽 선생의 문도로서 파리장서를 보내는 일에 참여하였고, 또 그 일에 연좌되어 구금되었다가 오랜 뒤에 석방되었다.

나는 일찍이 군의 정산서실(靖山書室) 기문[14]을 지으면서 은(殷)나라의 태사가 '자정(自靖)하여 사람마다 선왕에게 의로움을 바쳐야 한다.'[15]라고 한 말을 인용하여 그 뜻을 밝혔는데, '정(靖)'은 편안히 한다는 뜻이다. 대개 군은 편안할 때나 험난할 때나 한결같이 곤액을 만나더라도 굽히거나 꺾이지 않았으니, 어찌 그 지조와 절개가 강직해서일 뿐이겠는가? 반드시 마음을 편안히 함이 있었기 때문일 것이다. 『초사(楚辭)』에 "그래도 내 마음이 선하게 여기는 바여, 아홉 번 죽더라도 후회하지 않으리라.[亦余心之所善兮 雖九死其猶未悔]"[16]라고 하였으니 군이 후회하지 않았음을 확신하고, 공자께서 말씀하기를 "독실하게 믿고 배우기를 좋아하며 죽음으로 도를 지켜 잘 보위하겠다.[篤信好學 守死善道]"[17]라고 하셨으니 군이 능히 배우기를 좋아하고 또 도를 잘 보위한 것을 확신하겠다.

군의 저술은 파산(巴山)[18]을 유람할 때 지은 것으로는 「인산강의(仁山

---

12 곽 선생(郭先生) : 곽종석을 가리킨다.

13 기미년……구속되었다 : 곽종석은 1919년 3·1운동 뒤 영남과 호서 유생들의 연서(連書)를 받아 파리강화회의에 대한제국의 독립을 호소하는 장서를 작성하여 김창숙(金昌淑)을 통해 발송케 했다. 이 때문에 대구에서 재판을 받고 구속되었다.

14 정산서실(靖山書室) 기문 : 하겸진의 『회봉집』 권32에 실려 있는 「정산재기(靖山齋記)」를 가리킨다.

15 은(殷)나라의……한다 : 『서경』 「미자(微子)」에서, 은나라가 점점 망해 가자 은나라의 종실(宗室)인 미자(微子)가 기자(箕子)와 비간(比干)에게 "스스로 마땅한 의리를 편안하게 여겨 사람마다 스스로 선왕에게 의로운 뜻을 바쳐야 한다.[自靖, 人自獻于先王.]"라고 하였다.

16 그래도……않으리라 : 굴원(屈原)의 「이소(離騷)」에 나온다.

17 독실하게……보위하겠다 : 『논어』 「태백(泰伯)」 제13장에 나온다.

講義)」가 있고, 안봉(安峯)[19]에 있을 때 지은 것으로는 「안봉강록(安峯講錄)」이 있다. 찬정(纂定)한 것으로는 『주서선요(朱書選要)』·『주어절록(朱語節錄)』·「강목분류(綱目分類)」가 있는데, 그 「강목분류」는 곽 선생이 명한 것이었다.[20] 군의 시문집은 문인들이 힘을 모아 간행하기를 도모하였는데, 모두 십수 권이다.

송씨(宋氏)의 선조는 은진(恩津)에서 나왔다. 쌍청당(雙淸堂) 유(愉)는 숨은 덕과 높은 행실로 그 시대 현인들로부터 추중받았다. 4대를 내려와 충순위 세적(世勣)에 이르러서 처음으로 영남의 삼가현(三嘉縣)에 거주하여, 마침내 삼가현 주민이 되었다.

부친은 근룡(根龍)이고, 조부는 상락(祥洛)이다. 증조부는 국명(國明)인데, 호는 휴암(休菴)이다. 모친 영천 최씨(永川崔氏)는 처사 최영승(崔永升)의 딸인데, 『효경』과 『소학』을 대략 통달하여 여사(女士)로 일컬어졌다.

군의 초취 부인 성주 도씨(星州都氏)는 딸 하나를 낳았는데, 의성 김씨(義城金氏) 김희동(金熙東)에게 시집갔다. 재취 부인 진양 하씨(晉陽河氏)는 2남 1녀를 낳았다. 장남 서영(瑞永)은 불행하게도 부친의 상을 마치지 못하고 세상을 떠났으며, 차남 휘영(暉永)은 아직 관례를 하지 않았고, 딸은 어리다. 서영은 1남 1녀를 두었다. 사위 김희동의 아들 셋 또한 모두 어리다.

명은 다음과 같다.

---

18 파산(巴山): 현 경상남도 함안(咸安)의 고호이다.
19 안봉(安峯): 현 경상남도 산청군 신안면 안봉리를 가리킨다.
20 그……것이었다: 「연보」에 의하면 곽종석은 1914년 여름에 「강목분류」를 편집하였다. 이를 통해보면 송호곤이 「강목분류」를 직접 편찬한 것이 아니라, 곽종석의 명으로 편찬 작업에 참여한 것임을 알 수 있다.

사람들은 모두 자신이 지혜롭다고 말하지만	人皆曰予知
마음속이 흙탕물처럼 흐린데도 구별치 못하며	
	方寸之中泥水混而不之別也
사람들은 모두 자신이 재능 있다고 말하지만	人皆曰予能
끝내 급박한 재난을 만나 꺾이지 않는 이 드무네	
	卒然遇禍變之迫鮮有不摧折也
아! 나의 벗 직부는	於維直夫
사고가 정미하고 조예가 깊고 기상이 높아서	其思微其造深其氣揭也
정결하기는 더러워지지 않는 연꽃과 같고	皭乎其若荷衣之不汚
엄정하기는 쇠를 자른 듯했네	而嚴乎其若鐵之截也
옛 친구 그대를 잘 아니	故人知君
어찌 감히 한마디라도 분수에 넘치리	豈敢爲一辭之溢也

진양(晉陽) 하겸진(河謙鎭)이 지음.

墓碣銘 幷序

河謙鎭 撰

嗚呼! 故友宋君 直夫, 以己巳十二月九日, 年六十五而卒。時有新法之禁, 不得卜宅兆葬焉, 明年庚午二月某日, 權厝于蔿里之阡。旣數歲, 門人金永善次君世德行治爲狀錄, 責余以羨道之刻。余不佞不足以銘君, 固亦不忍也。雖然君平生知己能文辭, 如宋子敬諸人, 皆凋謝略盡, 顧今無與爲屬筆者, 余何以忍辭銘君哉?

君諱鎬坤, 初諱德炳, 字直夫, 號恒齋。晚年築靖山書室, 敎授來學, 學者稱"靖山先生。" 君爲學, 自少絶棄時文, 亦不喜華藻聲病。獨深好四子、六經及洛閩之書, 以自培壅。旣乃以爲"學問不可以不資師友, 師友不可以不廣, 不廣則固其固也, 黨目局焉." 於是遍謁嶺 湖先進大家, 不關彼此, 要在公聽幷觀, 而集其長.

然後卒以許參奉、郭徵君二先生爲歸. 二公主理之學, 世之君子, 譁然斥之者衆, 君益信之, 不疑也. 演其義曰: "古人論心, 有以統體說者, 有以本體說者. 統體者, 合理氣也; 本體者, 理而已. 是卽孟子所謂'仁義之心'也; 程子所謂'心也性也天也一理'也; 朱子所謂'天理在人之全體'也." 又嘗力辨葦島 田氏《明氣問答》與夫中州人梁啓超《保敎非尊孔論》之非, 其言鑿鑿, 皆有明據.

君通明溫直, 平居粥粥, 若不通世務. 及其酬酢事變, 以理而究切之, 率常屈其座人. 終日肅容危坐, 體不少倚, 莊敬之心, 不弛于中. 衣百結, 家徒四壁, 妻子皆有菜色, 而其於辭受取予, 一毫無所苟.

國變後, 自彼有民墓籍之令. 違者抵于法, 君拒不入籍. 人或以此危君, 而君不顧. 彼亦知迫之則死也, 故置不問焉.

及己未春, 郭先生被拘達城. 君以郭先生之徒, 而與聞乎其事, 亦坐繫, 久之得釋. 余嘗記君靖山之室, 而引殷師'自靖以獻于先王'之說以明之, 靖安也. 蓋君之夷險, 一致困厄而不屈撓, 豈惟其志節之剛而已? 其必有以安之也.《楚辭》曰: "亦余心之所善兮, 雖九死其猶未悔." 信乎其不悔也; 孔子曰: "篤信好學, 守死善道." 信乎其能好學而且善道也.

君所著遊巴山則有《仁山講義》, 在安峯則有《安峯講錄》. 所纂定有《朱書選要》、《朱語節錄》、《綱目分類》, 其《分類》則郭先生所命也. 詩文集諸徒方謀募力入刊, 總十數卷.

宋氏之先出於恩津. 雙淸堂愉以隱德高行爲時賢推重. 四傳而至忠順衛世勛, 始居嶺之三嘉縣, 遂爲三嘉縣人. 考根龍, 祖祥洛. 曾祖國明, 號休菴. 妣永川崔氏處士永升女, 略通《孝經》、《小學》, 以女士稱. 君初娶星州都氏生一女, 爲義城 金熙東妻. 再娶晉陽河氏擧二男一女. 長男瑞永不幸不勝喪而夭, 次暉永未冠, 女幼. 瑞永一男一女. 金三男亦皆幼.

銘曰: "人皆曰予知, 方寸之中泥水混而不之別也, 人皆曰予能, 卒然遇

禍變之迫鮮有不摧折也。於維<u>直夫</u>, 其思微其造深其氣揭也, 皭乎其若荷
衣之不汚, 而嚴乎其若鐵之截也。故人知君, 豈敢爲一辭之溢也?"

　　<u>晉山</u> <u>河謙鎭</u>撰。

❖ **원문출전**

宋鎬坤,『靖山集』卷16 附錄, 河謙鎭 撰,「墓碣銘幷序」,(경상대학교 문천각 古(면우)
D3B 송95ㅈ)

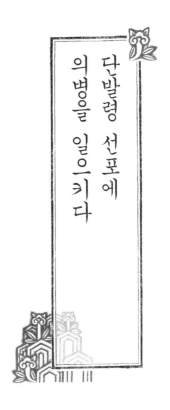

단발령 선포에
의병을 일으키다

정한용(鄭漢鎔) : 1866-1935. 자는 학로(學櫓), 호는 직재(直齋), 본관은 연일(延日)이다. 현 경상남도 하동군 옥종면 정수리에서 태어났다. 1892년 무과에 급제하였다. 을미사변이 일어나자 이듬해 1906년 안의(安義)의 의병장 노응규(盧應奎)와 진주성에서 의병을 일으켰다. 1901년 최익현(崔益鉉)에게 집지하였다. 권운환(權雲煥)·이택환(李宅煥)·한유(韓愉)·하우식(河祐植) 등과 교유하였다.
저술로 3권 1책의 『직재유고』가 있다.

직재(直齋) 정한용(鄭漢鎔)의 묘갈명 병서

권재규(權載奎)[1] 지음

내 벗 직재(直齋) 정군(鄭君)은 사람됨이 겉으로는 꿈틀대는 용과 살아 있는 범처럼 용맹하면서도 마음속은 의리로 근골을 삼았다. 나는 심지가 매우 연약하고 졸렬하여 정군을 만나 활시위와 가죽 같은 도움[2]을 받은 것을 다행으로 여겼는데, 문득 고인이 된 지 벌써 10여 년이 되었다. 매번 절절하게 슬퍼하던 차에 어느 날 그의 아들 화영(驊永)과 태영(駘永)이 군의 종제(從弟) 민용(珉鎔)이 지은 행장을 가지고 나를 찾아왔으니, 묘갈명을 지어 주기를 요청하기 위해서였다. 내가 비록 늙어서 글 짓는 것을 그만두었을지라도 어찌 사양할 수 있겠는가.

군의 휘는 한용(漢鎔), 자는 학로(學櫓)이고, 문충공(文忠公) 포은(圃隱) 선생의 17세손이다. 내가 일찍이 군의 생부인 감역공(監役公)의 묘갈명[3]을 지었는데, 정군의 세계가 거기에 상세하게 기록되었다. 군이 후사로 들어간 집의 증조부는 병마절도사 휘 방채(邦采)이고, 조부는 수군절도

---

1 권재규(權載奎) : 1870-1952. 자는 군오(君五), 호는 송산(松山) · 이당(而堂), 본관은 안동이다. 경상남도 산청군 단성면 강루리(江樓里) 교동(校洞)에서 태어났다. 저술로 46권 23책의 『이당집』이 있다.

2 활시위와……도움 : 활시위와 가죽은 긴장과 이완을 뜻하는 말인데, 여기서는 나약한 자신의 심지를 고치는데 도움이 되었다는 의미이다. 옛날 서문표(西門豹)는 성격이 급했기 때문에 가죽을 허리에 두르고서 느긋한 마음을 가지려 했고, 동안우(童安于)는 성격이 느슨했기 때문에 활시위를 차고서 긴장된 마음을 가지려 했다는 고사가 전한다. (『韓非子』「觀行」)

3 감역공(監役公)의 묘갈명 : 감역공은 정한용의 생부 정철기(鄭喆基)이다. 「감역정공묘갈명병서(監役鄭公墓碣銘幷序)」가 『이당집』 권39에 실려 있다.

사 휘 환승(煥升)이며, 부친은 현감 휘 준기(準基)이고, 모친 안동 권씨는 경상도 우영장(慶尙道右營將) 권봉하(權鳳夏)의 딸이다. 생모 성 부인(成夫人)이 고종(高宗) 병인년(1866)에 군을 낳았다.

군은 어려서부터 영특하였고 타고난 성품이 남보다 뛰어났다. 성장해서는 개연히 입신양명할 뜻을 가져 임진년(1892)에 무과에 급제해 곧바로 승승장구할 것 같았는데 연이어 임용이 지체되었다. 이에 "이는 진실로 운명이다."라고 말하고는, 돌아와 양친을 봉양하였다. 독서하다가 매번 충신과 의사가 목숨을 버리고 절개를 세운 대목에 이르면 그때마다 큰 소리로 낭랑하게 읽으며 두 줄기 눈물을 흘렸다.

갑오년(1894) 동학도가 크게 들끓으니 조정에서는 장차 그들을 소멸하고자 왜인을 불러 국내에 들이려고 하였다. 군이 그 소식을 듣고서 놀라고 분노하며 반드시 큰 화가 있을 것이라고 생각하여 마침내 강태공(姜太公)과 손자(孫子)의 병서[4]를 취해서 무예를 강습하였다. 을미년(1895) 8월 재앙이 중궁전에 미치니,[5] 군은 분개하여 자신을 돌보지 않고 왜적을 토벌할 뜻을 품고서 병신년(1896) 정월 진주성 안에서 의병의 깃발을 꽂고,[6] 안의(安義)의 사인(士人) 노응규(盧應奎)[7]와 진주성을 나누어 점거하여 소의 두 뿔과 같은 형세가 되었다. 한 달 사이에 성세가 크게 떨쳤

4 강태공(姜太公)과……병서(兵書) : 강태공이 지은 『육도(六韜)』와 손자(孫子)의 『손자병법(孫子兵法)』을 말한다.
5 을미년(1895)……미치니 : 1895년 8월에 발생한 명성황후 시해사건을 가리킨다.
6 병신년(1896)……꽂고 : 진주에서 일어난 의병활동을 말한다. 단발령 철폐와 일본군 축출이 목표였으나, 국왕의 명령으로 1896년에 해산하였다.
7 노응규(盧應奎) : 1816-1907. 자는 성오(聖五)·경오(景五), 호는 신암(愼菴), 본관은 광주(光州)이다. 경상남도 함양 출신이다. 허전(許傳)에게 수학하였다. 30세를 전후하여 최익현(崔益鉉)·송병선(宋秉璿)·송근수(宋近洙) 등을 사사하였다. 1895년 명성황후가 시해되자, 1896년 1월 안의(安義)에서 의병을 모집하고 진주성을 공격하여 이를 장악하는 데 성공하였다.

으나, 조정으로부터 '의병을 해산하라. 이 명을 따르지 않으면 중앙군이 또 내려갈 것이다.'라는 칙령이 있어 끝내 뜻을 이루지 못하였다.

신축년(1901) 면암(勉菴) 최 선생(崔先生)[8]이 남쪽으로 내려왔다. 군이 그 소식을 듣고 매우 기뻐하며 길에서 맞이하여 인사드린 뒤 선생을 모시고 집에 이르러 의리에 맞게 처신하고 천명을 확립하는 방법에 대해 들을 수 있었다. 군은 드디어 스승으로 섬기는 예[9]를 행하기로 결정하였다. 옥산(玉山)의 깊은 산골짜기에 집 한 채를 지어두고 날마다 『맹자』를 익숙하게 음미하며 연역하는 것을 일과로 삼았다. 당대 명사들로 명호(明湖) 권운환(權雲煥)[10]·회산(晦山) 이택환(李宅煥)[11]·우산(愚山) 한유(韓愉)[12]·담산(澹山) 하우식(河祐植)[13] 공 등이 모두 군과 더불어 친하게 지내며 이곳에 왕래하면서 학문을 강론하고 토론하였던 사람들이다.

을사늑약이 맺어졌을 때 충정공(忠正公) 민영환(閔泳煥)[14]이 순절했다

---

8 최 선생(崔先生) : 최익현(崔益鉉, 1833-1906)이다. 자는 찬겸(贊謙), 호는 면암, 본관은 경주이다. 1855년 명경과에 급제하여 사헌부 지평, 사간원 정언 등의 관직을 역임하였다. 1876년 소를 올려 일본과 맺은 병자수호조약을 반대하였으며, 이로 인해 흑산도로 유배되었다. 1895년 을미사변의 발발과 단발령을 계기로 항일척사운동에 앞장섰다. 저술로 48권 24책의 『면암집』이 있다.

9 스승으로 섬기는 예 : 원문의 '사일(事一)'은 부모와 임금과 스승을 똑같이 섬기는 도리를 뜻하는 말로, 생삼사일(生三事一)의 준말이다.

10 권운환(權雲煥) : 1853-1918. 자는 순경(舜卿), 호는 명호, 본관은 안동이며, 현 경상남도 산청군 신안면 월명산 아래에 거주하였다. 정재규(鄭載圭)에게 수학하였다. 19권 10책의 『명호집』이 있다.

11 이택환(李宅煥) : 1854-1924. 자는 형락(亨洛), 호는 회산, 본관은 성산(星山)이다. 정재규에게 수학하였다. 저술로 5권 2책의 『회산집』이 있다.

12 한유(韓愉) : 1868-1911. 자는 희령(希甯), 호는 우산, 본관은 청주(淸州)이다. 현 경상남도 산청군 단성면 호리에 거주하였다. 송병선(宋秉璿)·최익현(崔益鉉)·전우(田愚) 등을 종유하였다. 저술로 31권 16책의 『우산집』이 있다.

13 하우식(河祐植) : 1875-1943. 자는 성락(聖洛), 호는 담산·목재(木齋)이며, 본관은 진양(晉陽)이다. 현 경상남도 진주시 대곡면 단목리에 거주하였다. 송병선(宋秉璿)에게 수학하였다. 저술로 8권 4책의 『담산집』이 있다.

14 민영환(閔泳煥) : 1861-1905. 자는 문약(文若), 호는 계정(桂庭), 시호는 충정, 본관은 여

는 소식을 듣고 군은 제문을 지어 찾아 가서 곡하였다. 얼마 뒤 면암 선생이 의병을 일으키다 잡혀서 한양에 있다는 소식을 듣고 그날로 달려가 옥문 밖에서 문후를 드렸다. 대마도에서 면암 선생의 운구가 돌아올 때 부산항으로 가서 맞이하여, 운구를 모시고 본가에 이르러 장사지낸 뒤에 돌아왔다.

군은 스승이 세상을 떠난 때부터 세도를 걱정하는 마음을 더욱 가누지 못하였다. 그래서 종종 동문들과 오래도록 기회를 엿보고 틈을 노리고 있었는데, 문득 저들에게 체포되어 갇힌 것이 두어 달이었다. 그 뒤 조선의 독립을 선언했다는 말을 들었고 이어 상해(上海)에 우리나라 사람이 세운 정권이 있다는 소식을 또 듣고는 기쁨을 스스로 이기지 못해 "죽기 전에 하늘의 해를 볼 수 있겠구나."라고 하였다. 오래지 않아 단발령이 다시 일어났는데 평소 독서하고 의리를 담론하던 자들이 점차 두발을 깎아 오랑캐 머리를 하는 것을 달게 여겼다. 그러자 군이 상심과 탄식을 금치 못하고 말하기를 "한 줄기 중화의 제도가 장차 모조리 없어지려나 보다. 살아서 어찌 차마 저런 모습을 보겠는가."라고 하였다. 을해년(1935) 10월 10일에 세상을 떠났으니 향년 70세였다. 다음 달 양천(陽川)15에 있는 부인의 묘 오른 편 계좌(癸坐) 언덕에 장사지냈다.

군의 외모는 키가 훤칠했으며 타고난 기질은 준엄하였고, 마음을 간직하고 행동을 제어할 적에는 한결같이 효우에 근본 하였다. 생부를 모실 때는 마음을 살피고 안색을 부드럽게 하여 항상 환심을 얻었다. 상을 당해서는 불훼(不毁)의 나이16가 되었는데도 상례를 집행하는 것이 매우

홍(鴻興)이다. 1878년 문과에 급제하였다. 참정 대신, 외무 대신 등을 지냈다. 1905년 을사늑약이 체결되자 죽음으로 항거하였다. 저술로『해천추범(海天秋帆)』·『사구속초(使歐續草)』·『천일책(千一策)』 등이 있다.

15 양천(陽川) : 현 경상남도 하동군 화정리 양천을 가리킨다.
16 불훼(不毁)의 나이 : 어버이 상을 당해서 너무 슬퍼한 나머지 몸을 훼손한 탓으로 불효가

엄숙하였다. 계부(季父) 수재공(守齋公)[17]을 섬길 적에는 나이가 그다지 차이나지 않았지만 존경하는 마음을 바꾸지 않아, 병환에 시중을 들 때는 밤새도록 눈을 부치지 않았다. 계부의 아들 중에 살림이 넉넉하지 않은 사람에게는 토지를 더 주었다. 친형이 일찍 세상을 떠난 것을 애통해 하여 그 이야기만 나오면 반드시 눈물을 흘렸다.

유고 몇 권이 있다. 그 시는 웅건하고 격렬하여 군의 사람됨과 같았다. 부인 창녕 성씨(昌寧成氏)는 성윤(成潤)의 딸로 어진 행실이 있었다. 2남 3녀를 두었는데, 장남 화영(驊永)은 군의 친형의 후사가 되었고, 차남은 태영(駘永)이고, 사위는 손하석(孫夏錫)·권창현(權昌鉉)·한황(韓晃)이다. 태영의 아들은 돈화(燉和)·준화(遵和)·건화(建和)·윤화(允和)이고, 딸은 진양 강씨(晉陽姜氏) 강종기(姜鍾基)에게 시집갔다.

명은 다음과 같다.

우리 고을에 이런 강개한 선비가 있었건만　　　　吾黨有此慷慨士
운수 되돌리기 어려웠으니 어찌할 수 있으랴　　　大運難回可奈何
묘비에 고달픈 그의 충정 소상히 드러냈으니　　　昭揭苦血萬年石
후인들이 이 글을 읽으면 응당 탄식하리라　　　　後人讀之應發嗟

무자년(1948) 5월에 안동 권재규(權載奎)가 지음.

되게 해서는 안 되는 나이라는 뜻이다. 『예기』 「곡례 상(曲禮上)」에 거상(居喪)의 예법에 대해 말하면서 "50세에는 극도로 슬퍼하여 몸을 크게 훼손해서는 안 되고, 60세에는 슬퍼하는 마음을 조금 더 완화하여 몸을 훼손하지 않게 한다.[五十不致毁, 六十不毁.]"라고 하였다. 생부 정철기(鄭喆基)가 1916년에 세상을 떠났으니, 이 때 정한용의 나이는 51세이다.

17 수재공(守齋公): 정봉기(鄭鳳基, 1861-1915)이다. 자는 응선(應善), 호는 수재, 본관은 연일(延日)이다. 최익현에게 수학하였다. 조카 정한용이 1906년 진주성에서 의병을 일으켰을 때 동참하였다. 저술로 10권 5책의 『수재집』이 있다.

墓碣銘 幷序

權載奎 撰

余之友有直齋 鄭君, 其爲人也, 如生龍活虎而中有義理爲筋骨。余甚委拙, 自幸得君爲弦韋之補, 忽爲古人已十餘年矣。每切悽愴, 日其子驥永、駬永以君從父弟珉鎔狀來, 謀其所以銘墓者。余雖老屛文墨, 可辭諸?

君諱漢鎔, 字學櫓, 文忠公 圃隱先生之十七世孫也。余嘗撰君本生考監役公墓文, 世系詳焉。兵馬節制使諱邦采, 水軍節度使諱煥升, 縣監諱準基, 君所後三世, 而妣安東權氏營將鳳夏之女。本生妣成夫人以高宗丙寅生君。

幼而英特, 才性過人。及長, 慨然有立揚志, 壬辰登武科, 若將朝暮驟進, 而連进遭。乃曰: "此固有命。"歸而養親。讀書, 每至忠臣義士授命立節處, 輒高聲朗讀, 雙淚迸落。

甲午, 東匪大熾, 朝廷將欲勦滅, 招倭以入。君聞而駭憤, 謂必有大禍, 遂取太公、孫子書, 講習焉。及至乙未八月, 禍及宮壼, 則君奮不顧身, 有意討復, 以丙申正月建義旗于晉州城中, 與安義士人盧應奎, 分據一城, 爲犄角之勢。旬月之間, 聲勢大振, 自上有勅"解散。不從則京兵又至。"竟不得就。

辛丑, 勉菴 崔先生南下。君聞之喜甚, 迎拜路次, 陪至于家, 得聞處義立命之方。遂定事一之禮。築一屋于玉山深峽中, 日溫繹《鄒書》爲課。一時名士明湖 權公 雲煥、晦山 李公 宅煥、韓愚山 愉、河澹山 祐植, 皆與之相善而往來講討焉。

乙巳僞約, 聞閔忠正 泳煥殉節, 爲文往哭。旣而, 聞勉菴先生擧義被執在京, 卽日奔赴, 承候獄門外。及自馬島柩還, 往迎於釜港, 陪至本第, 葬而後歸。君自喪師門, 尤不勝世道之憂。往往與同門久要覘機乘釁, 旋被彼拘執滯囚者, 數月。其後聞朝鮮獨立之宣言, 繼又聞滬上有我人政權, 則喜不自勝曰: "庶見天日於未死之前耶。"無何, 剃變又起, 平日之讀書談義者, 稍稍亦變甘爲夷形。君傷歎不已曰:“一脈華制將盡滅矣。生何忍見哉?”以乙亥十月十日殁, 壽七十。踰月而葬陽川之夫人墓右枕癸之原。

君狀貌岐嶷, 性氣峻厲, 而宅心制行, 則一本於孝友。其侍本生公, 洞屬惋愉, 恒得歡心。及喪, 年至不毁而執禮甚嚴。事季父守齋公, 年不甚差, 而尊敬之不替。侍疾, 達宵不交睫, 其孤不瞻, 則益之以土田。痛本生兄早世, 語及必流涕。

有遺草若干。其爲詩, 沈雄激烈, 如其人焉。配昌寧 成潤女, 有賢行。二男: 驥永出系本生兄後, 駘永, 孫夏錫、權昌鉉、韓晃, 三女壻也。駘永男: 燉和、遵和、建和、允和, 女適晉陽 姜鍾基。

銘曰:“吾黨有此慷慨士, 大運難回可奈何? 昭揭苦血萬年石, 後人讀之應發嗟。”

戊子五月日, 安東 權載奎撰。

❖ 원문출전

鄭漢鎔,『直齋遺稿』卷3 附錄, 權載奎 撰,「墓碣銘幷序」(경상대학교 문천각 古(우천) D3B 정91ㅈ)

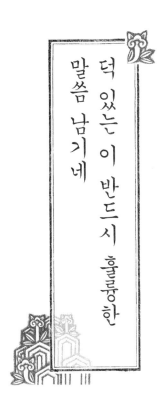

덕 있는 이 반드시 훌륭한 말씀 남기네

한유(韓愉) : 1868-1911. 자는 희령(希寧), 호는 우산(愚山), 본관은 청주(淸州)이다. 현 경상남도 산청군 단성면 호리에 거주하였다. 처숙 조성가(趙性家)에게 학문하는 방법을 배웠고, 송병선(宋秉璿)·최익현(崔益鉉)·전우(田愚) 등을 종유하며 성리학 연구에 힘을 쏟았다. 이도복(李道復)·정제용(鄭濟鎔)·조용숙(趙鏞肅)·하겸진(河謙鎭)·하우식(河祐植)·권재규(權載奎) 등과 교유하였다.
저술로 31권 16책의 『우산집』이 있다.

118

우산(愚山) 한유(韓愉)의 묘지명 병서

하우식(河祐植)[1] 지음

지리산 남쪽 덕천(德川) 가 백곡리(柏谷里)[2]에 근고(近古)의 은덕군자(隱德君子)가 있었으니, 바로 우산(愚山) 한희령(韓希寗) 군이다. 우리 태상황제[高宗] 무진년(1868) 3월 6일에 태어나 신해년(1911) 2월 26일에 졸했으니, 향년 44세였다. 5월에 살던 마을 뒤에 임시로 장사지냈는데, 상복을 입고 곡을 하는 벗들이 매우 많았다. 모두들 서로 조문하며 말하기를 "이 사람이 이런 지경에 이르다니, 사문은 장차 어찌 될 것인가."라고 하였다.

그 이듬해 겨울 진주 옥산(玉山) 동쪽 기슭의 정수리(正水里)[3] 북쪽 사점곡(沙店谷) 유좌(酉坐) 언덕에 이장하였다. 그의 아우 항(恒) 등이 당세에 공을 아는 자는 비록 많지만 가장 깊이 아는 사람은 나만 한 이가 없다고 여겨 묘지명을 부탁하였다. 삼가 생각건대 20년 동안 공을 종유하면서 공이 벗을 권면하고 책선한 것이 지극하지 않음이 없어서 의당 오늘날과 같은 부탁이 있게 된 것이니, 어찌 그 일을 사양하겠는가. 그러나 내 좁은 소견으로는 공의 드넓은 정신세계를 헤아릴 수 있는 바가 아니니, 불두(佛頭)를 더럽힌다[4]는 말이 알맞을 것이다.

---

1 하우식(河祐植) : 1875-1943. 자는 성락(聖洛), 호는 담산(澹山)·목재(木齋), 본관은 진양이다. 송병선(宋秉璿)에게 수학하였다. 저술로 8권 4책의 『담산집』이 있다.
2 백곡리(柏谷里) : 백곡은 원래 진주에 속해 있었는데, 1914년에 백곡면의 5개 동리가 산청군 단성면으로 편입되어 현재 호리, 당산리, 창촌리, 자양리, 백운리, 길리로 분리되었다. 한유가 살던 곳은 호리 인근인 듯하다.
3 정수리(正水里) : 현 경상남도 하동군 옥종면 정수리이다.

대개 우리 동방은 포은(圃隱) 선생이 처음으로 정주학(程朱學)을 창도한 이래 퇴계(退溪)·율곡(栗谷)·우암(尤庵) 세 선생이 나신 뒤에야 온전한 도의 채용과 온축된 리의 정미함이 환히 세상에 크게 밝혀져 성대하게 해외의 소중화(小中華)가 되었다. 그러나 세도가 점점 떨어지고 도학이 분열되어 백가가 다투어 논쟁하고 여러 기예를 가진 이들이 뒤섞여 나왔는데, 근세의 이른바 심리(心理)의 학문⁵이라고 하는 것에 이르러서는 더욱 이치에 가까워 더욱 도를 어지럽혔다.

다행히도 나의 벗 희령을 얻어 당세의 사인들이 천리에 근본한 것은 귀하게 여길 만하고 마음에 근본한 것은 부끄러워할 만하다는 점을 알게 되었다. 그러나 또한 온축한 것을 조금도 펴보지 못하고 중년에 세상을 떠나 율곡과 우암⁶의 사업이 당시처럼 크게 밝혀질 수 있게 하지 못하였으니 식자들의 한이 어떠하겠는가.

공의 휘는 유(愈), 자는 희령(希甯)이고, 본관은 청주(淸州)이다. 시조 위양공(威襄公) 난(蘭)은 고려조의 공신이다. 본조에 들어와 문간공(文簡公)

---

4 불두(佛頭)를 더럽힌다 : '불두착분(佛頭着糞)'에서 나온 말로, 이미 훌륭한 것에 더러운 것을 씌운다는 뜻이다. 『경덕전등록(景德傳燈錄)』의 여회선사 조(如會禪師條)에, 최 상공(崔相公)이 절에 들어가서 참새가 부처의 머리에 똥을 싸는 것을 보고 선사에게 묻기를 "참새도 불성(佛性)이 있는가?"라고 하니, 선사가 대답하기를 "있습니다."라고 하였다. 최 상공이 말하기를 "그렇다면 왜 부처의 머리에 똥을 싸는가?"라고 하니, 선사가 대답하기를 "그렇다면 어찌하여 새매의 머리에는 똥을 싸지 않을까요?"라고 대답한 데서 유래된 말이다. 또 송(宋)나라 구양수(歐陽脩)가 『오대사(五代史)』를 지었는데, 어떤 사람이 서문을 지어 앞머리에 붙이려 하자 왕안석(王安石)이 말하기를 "부처의 머리 위에 어찌 똥을 바른단 말인가."라고 하였다.
5 심리(心理)의 학문 : 이진상(李震相, 1818-1886)의 심즉리설(心卽理說)을 가리킨다. 그는 주기설(主氣說)을 배척하고 주리설(主理說)을 역설하였는데, 심의 본체를 중시하여 '심즉리'를 주장하였다. 그런데 이것이 양명학의 주장과 같다고 오해를 받아 당시 유학계에서 많은 비판을 받았다.
6 율곡과 우암 : 원문의 '담화(潭華)'는 이이(李珥)가 살던 석담(石潭)과 송시열(宋時烈)이 살던 화양(華陽)으로, 이이와 송시열을 각각 지칭한다.

상경(尙敬)과 문정공(文靖公) 계희(繼禧)가 더욱 현달하였다. 그 후 돈암(遯菴) 승리(承利)는 연산군이 임금답지 않음을 보고서 남쪽으로 내려와 진주에 은거하였는데 진주의 한씨가 이분에서 시작되었다. 이로부터 조은(釣隱) 선생 몽삼(夢參), 유오(柳塢) 선생 기석(箕錫)이 문장과 행의로 이름이 났다. 증조부 진형(鎭亨), 조부 재원(在源), 부친 택동(擇東)은 모두 벼슬하지 않았다. 모친 동래 정씨(東萊鄭氏)는 정종덕(鄭宗悳)의 딸이고 은진 송씨(恩津宋氏)는 송기명(宋箕明)의 딸인데, 공은 정씨의 소생이다.

공은 어릴 때부터 지극한 성품을 지녀 비록 노는 일일지라도 부모가 바라지 않는 것은 다시는 한 적이 없었다. 겨우 말을 할 적에도 총명함이 남보다 뛰어났다. 또한 독서하는 것에 부지런하고 민첩하여 한 번 본 것은 잊지 않아서 능히 하루에 수천 개의 글자를 기억하였는데, 소문을 듣고 찾아와 지켜보는 고을의 선배나 덕 있는 어른들로 문 앞에는 신발이 항상 가득하였다. 이때부터 교유하는 이들이 점점 많아지고 문사가 날로 진보하였다.

공은 발분하여 문장과 공업으로 굉박하고 정심하며 성대하기를 자부하였다. 논의는 고금의 일에서 고증하고 경사(經史)와 백가(百家)를 출입하여 문장은 우레처럼 진동하고 바람처럼 불어와서 항상 온 좌중을 깜짝 놀라게 하였다. 명성을 크게 떨치자 당시 어진 사대부들이 모두 사모하여 그와 교유하였다.

공은 일찍이 향시에 여러 번 합격했지만 끝내 사마시에는 합격하지 못했다. 마침내 과거공부를 그만두고 공자·주렴계·주자의 학문에서 돌이켜 구하여 사색하고 독서하면서 명확히 이해하지 못하면 넘어가지 않아, 침식을 거의 잊고서 몰두한 것이 여러 해가 되었다.

처음 공이 젊었을 때 고을의 선생인 월고(月皐) 조성가(趙性家)[7] 공이 공을 보고 기이하게 여겨 아우 조성주(趙性宙)[8]의 딸을 시집보내고 위기지학 하는 것을 가르쳐 주었다. 이때부터 실지에 힘을 쏟아 지와 행이 아울러 진보되고 박학(博學)과 약례(約禮)가 함께 닦였는데 오히려 스스로 만족해 한 적이 없었다. 이에 송연재(宋淵齋),[9] 김중암(金重菴),[10] 최면암(崔勉菴),[11] 전간재(田艮齋)[12]를 좇아서 배웠는데, 여러 선생들이 모두 공을 중하게 여겼다. 그 내면 공부의 독실함은 간재 선생에게서 배운 것이 더욱 많았다고 한다.

공은 깊이 스스로 분발하여 앎이 이미 지극해졌지만 더욱 정밀하기를 구하였고, 실천함이 이미 독실하였지만 더욱 실천에 힘썼다. 다만 옛 성현처럼 되기를 스스로 기약하고서 주자의 책에 더욱 힘을 쏟았다. 공이 일을 논하거나 이치를 논하여 문장으로 드러낸 것은 모두 여기에 근본을 두었다.

공의 저술로는 『주자차의후고(朱子箚疑後考)』, 『어류정선(語類精選)』, 『어류차의연보대전통고(語類箚疑年譜大全通考)』, 『가례고본(家禮考本)』, 『가례보주(家禮補註)』, 『근사록집주(近思錄集註)』, 『소학집해(小學集解)』, 『대학장구혹문주소대전(大學章句或問註疏大全)』, 『중용연부(中庸然否)』, 『율

---

7 조성가(趙性家) : 1824-1904. 자는 직교(直敎), 호는 월고, 본관은 함안이다. 기정진(奇正鎭)에게 수학하였다. 저술로 20권 10책의 『월고집』이 있다.

8 조성주(趙性宙) : 1841-1919. 자는 계호(季豪), 호는 월산(月山), 본관은 함안이다. 기정진에게 수학하였다. 저술로 5권 3책의 『월산유고』가 있다.

9 송연재(宋淵齋) : 송병선(宋秉璿, 1836-1905)이다. 자는 화옥(華玉), 호는 연재, 본관은 은진이며, 충청남도 회덕 출신이다. 송시열의 9세손이다. 저술로 53권 24책의 『연재집』이 있다.

10 김중암(金重菴) : 김평묵(金平默, 1819-1891)이다. 자는 치장(穉章), 호는 중암, 본관은 청풍이다. 이항로(李恒老)·홍직필(洪直弼)에게 수학하였다. 저술로 54권 28책의 『중암집』이 있다.

11 최면암(崔勉菴) : 최익현(崔益鉉, 1833-1906)이다. 자는 찬겸(贊謙), 호는 면암, 본관은 경주이다. 이항로에게 수학하였다. 저술로 46권 23책의 『면암집』이 있다.

12 전간재(田艮齋) : 전우(田愚, 1841-1922)이다. 자는 자명(子明), 호는 간재, 본관은 담양이다. 임헌회(任憲晦)에게 수학하였다. 저술로 74권 38책의 『간재집』이 있다.

서고증(栗書考證)』, 『우암사실(尤菴事實)』, 『심학통편(心學通編)』, 『중흥사의(中興私議)』, 『범학신편(範學新編)』, 『율려신해(律呂新解)』, 『자학신편(字學新編)』, 『건질록(建質錄)』, 『조은연원록(釣隱淵源錄)』, 『조은유오양세연보(釣隱柳塢兩世年譜)』, 『한씨일사(韓氏逸史)』, 『백곡지(柏谷誌)』, 『평거지(平居誌)』가 있다. 또 일찍이 『송자차의(宋子箚疑)』와 『동방유림전(東方儒林傳)』을 지었는데 탈고하지 못하였다. 또 시문과 잡저 30여 권이 있으니, 많다고 하겠다.

믿을 만하도다! '덕이 있는 사람은 반드시 훌륭한 말이 있다'[13]는 것이. 그러나 요약하면 모두 경전에 근거하고 백가를 섭렵하여 주자를 통해 그 지극함을 모아서 율곡과 우암이 남긴 실마리를 연역하고 여러 사람의 사이비(似而非)를 물리친 것이다. 하늘이 공에게 수명을 더 부여하지 않았더라도 이러한 경지에 이르렀으니 그 공이 또한 크도다.

공은 타고난 자질이 매우 뛰어나 마음이 넓고 기상이 호쾌하며 성품이 온후하고 생각이 지혜로웠다. 효성과 우애가 집안에서 행해지고, 진실됨과 신의로써 남들에게 믿음을 주었다. 공이 윗사람을 받들고 아랫사람을 대하며 모든 일에 대처할 적에 사람들은 모두 공의 행동을 보고 들으며 스스로 터득하였다. 그래서 공을 믿고 따르는 사람이 더욱 많았다.

틈이 나면 문득 경치 좋은 산수를 찾아 바람을 쐬고 시를 읊조리며 유유히 속세를 벗어나는 생각을 하였다. 그러나 말세에 태어나 초가집에서 은거하며 그 만분의 일도 펼쳐보지 못하였다. 또한 을사년(1910) 이후로는 두문불출하며 통곡하느라 저술을 일삼지 않았고, 이미 지은 것 또한 버리고서 다시 수습하지 않아 간혹 잃어버린 것이 많으니, 이

---

13 덕이……있다:『논어』「헌문(憲問)」에 "덕이 있는 사람은 반드시 훌륭한 말을 하지만, 훌륭한 말을 하는 사람이 반드시 덕이 있는 것은 아니다.[有德者, 必有言, 有言者, 不必有德.]"라고 하였다.

또한 매우 한스러운 일이다.

공은 2남 3녀를 두었는데, 아들은 승(昇)과 황(晃)이고, 딸은 강대응(姜大應), 허익구(許翼九)에게 시집갔으며, 나머지는 아직 시집가지 않았다. 승은 나의 사위이다. 공이 일찍이 나에게 말하기를 "우계(牛溪) 선생이 율곡 선생에 대해 생시에 '살아서는 마땅히 죄를 같이하고 죽어서는 마땅히 전(傳)을 같이할 것이다'[14]라는 말씀을 남겼는데, 세상을 떠난 후 찬미하고 현양하는 글이 없으니, 이는 천고의 한으로 여길 만합니다."라고 하였다. 아! 이제 공이 떠났으니, 내가 어찌 차마 내 벗의 묘지명을 쓰랴.

명은 다음과 같다.

지향은 어찌 그리도 원대하였던가	志何其長也
운명은 어찌 그리도 곤궁하였던가	命何其窮也
만약 하늘이 변치 않는다면	苟天之不變
이 사람의 공로를 알아줌이 있으리라	尚有以知斯人之爲功也

임자년(1912) 11월 진강(晉康 : 晉陽) 하우식(河祐植)이 삼가 지음.

---

14 살아서는……것이다:『석담일기(石潭日記)』권하 만력 7년 기묘(1579, 선조12) 8월 기록에 의하면, 한 사인(士人)이 성혼(成渾)을 보고 이이(李珥)의 단점을 말하였는데 성혼이 평온히 말하기를 "나와 숙헌(叔獻, 이이의 자)은 살아서는 마땅히 죄를 같이하고 죽어서는 마땅히 전(傳)을 같이할 것이오.[吾與叔獻, 生當同罪, 死當同傳.]"라고 하자, 그 사람이 놀라서 얼굴빛을 바꾸고 달아났다고 한다.

附墓誌銘 幷序

河祐植 撰

方丈之陽, 德川之上, 柏谷之里, 有近古隱德君子者, 曰愚山 韓君 希甯。以我太上皇帝戊辰三月六日生, 辛亥二月二十六日終, 得年四十四。五月權葬于所居村後, 朋友之加麻哭臨者甚衆。咸相弔而言曰: "斯人也, 至於斯, 斯文將柰何?" 其明年冬, 改葬于州之玉山東麓正水里之北沙店谷負酉之原。其弟恒等謂當世之知公者雖衆, 而最其深者莫如祐植, 俾誌其墓。余竊念從公遊二十年, 公之所以勸勉切偲者, 靡不用極, 宜其有今日之託, 則顧何辭於辭? 然蠡管非所以窺測天海, 其穢佛則的矣。

蓋吾東自圃隱先生始倡程、朱之學, 而至我退、栗、尤三先生者作, 然後道之體用之全、理之精微之縕, 煥然大明於世, 蔚爲海外之小中華矣。世級漸降, 道術分裂, 百家爭鳴, 衆技雜進, 而至於近世之所謂心理之學而彌近而彌亂矣。乃幸得吾友希甯焉, 而當世之士乃有以知本天之可貴, 本心之可羞也。然亦不能小展其所蘊, 中身以沒, 使潭、華之業未得如當日之大明, 則有識之恨, 爲何如哉?

公諱愉, 字希甯, 其先淸州人也。始祖威襄公 蘭爲麗朝元勳。入本朝, 文簡公 尙敬、文靖公 繼禧, 尤顯。其後有逖菴 承利者, 見燕山主不辟, 南遯于晉, 晉之韓始此。自是釣隱先生 夢參、柳塢先生 箕錫, 以文行著。曾祖鎭亨, 祖在源, 考擇東, 皆不仕。妣東萊鄭氏 宗悳之女, 恩津宋氏 箕明之女, 公鄭出也。

公幼有至性, 雖遊戲之事, 父母之所不欲, 未嘗復焉。纔能言, 聰明絶人。又勤敏於書, 輒過眼不忘, 能日記數千言, 鄉之先進長德, 聞而來觀者, 戶屨常滿。自是交遊漸廣, 文辭日進。慨然以文章功業, 自負宏深雺霈。論議證據今古, 出入經史百家, 雷厲風發, 率常驚倒其一座。名聲大振, 賢士大夫, 皆慕與之交。公嘗累中鄉選, 而竟屈南省。遂棄擧子業, 返而求之於洙 泗、濂、閩之間, 仰思俯讀, 不明不措, 殆忘寢食者累年。

始公之少也, 鄕先生月皐 趙公見而異之, 妻以弟性宙之女, 因語以爲己
之學。自是遂用力於實地, 知行幷進, 博約交修, 而猶未敢自以爲足。於是
從宋淵齋、金重菴、崔勉菴、田艮齋遊, 諸先生皆器重之。其向裏篤實, 得
於艮翁者爲尤多云。公深自奮勵, 知之已至, 而益求其精; 行之已篤, 而益
力其行。直以古之聖賢自期, 而尤積力於朱子書。其論事論理發爲文章,
皆本之於此。

所著書有《朱子箚疑後考》、《語類精選》、《語類箚疑年譜大全通考》、
《家禮考本》、《家禮補註》、《近思錄集註》、《小學集解》、《大學章句或
問註疏大全》、《中庸然否》、《栗書考證》、《尤菴事實》、《心學通編》、
《中興私議》、《範學新編》、《律呂新解》、《字學新編》、《建質錄》、
《釣隱淵源錄》、《釣隱柳塢兩世年譜》、《韓氏逸史》、《柏谷誌》、《平
居誌》。又嘗著《宋子箚疑》及《東方儒林傳》, 而未及脫藁。又有詩文雜
著三十餘卷, 曰多矣哉。信乎!"有德者之必有言"也。然要皆考據經傳, 梳
洗百家, 會其極於朱子, 以繹潭、華之遺緖, 以斥諸子似是之非。雖其天不
假年, 乃至於此, 而其功則亦大矣。

公天分絶異, 坦蕩豪爽, 溫厚明睿。孝友之行於家, 而誠信孚於人。承接
上下, 酬酢事物, 人皆自得於觀聽之間。而信從者益衆。間則輒風詠山水間,
悠然有塵外想。但其遇世抹摋, 袖手蓬蓽, 旣不得行其萬一。又自乙巳以後,
杜門痛泣, 不事著作, 曁厥已述亦棄不復收, 間多遺逸, 是又重可恨也。

公擧二男三女, 男: 昇、晃, 女適: 姜大應、許翼九, 餘未行。昇, 河氏
壻也。公嘗謂余曰:"生溪先生之於栗翁, 生有'同罪同傳'之語, 而歿無贊
顯之作, 是可爲千古之恨也。"嗚呼! 今已矣, 吾尙忍銘吾友也哉?

銘曰:"志何其長也? 命何其窮也? 苟天之不變, 尙有以知斯人之爲功也。"

玄黓困敦復月, 晉康 河祐植謹識。

❖ 원문출전

韓愉, 『愚山集』卷31 墓誌銘, 河祐植 撰, 「附墓誌銘幷序」(경상대학교 문천각 古(한주) D3B H한67○)

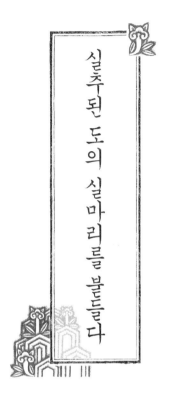

실추된 도의 실마리를 붙들다

최동익(崔東翼) : 1868-1912. 자는 여경(汝敬), 호는 청계(晴溪), 본관은 전주이며, 현 경상남도 고성(固城)에서 태어났다. 김흥락(金興洛)에게 배웠고, 장복추(張福樞)·박치복(朴致馥)·허유(許愈)·이종기(李種杞) 등과 종유하였으며, 장승택(張升澤)·이승희(李承熙) 등과 학술 토론을 하기도 하였다. 김흥락을 통해 이황(李滉)·이상정(李象靖)의 학문을 접했다. 1899년 허유 등과 함께 『남명집』 중간에 참여하였다. 저술로 8권 4책의 『청계집』이 있다.

청계(晴溪) 최동익(崔東翼)의 묘갈명

조긍섭(曺兢燮)[1] 지음

우리나라가 망한 지 3년 되던 임자년(1912) 여름에 청계(晴溪) 거사 최여경(崔汝敬) 군이 동쪽으로 풍악산(楓岳山)을 유람하다가 산 중에서 병을 얻어 수레에 실려 집으로 돌아왔다. 조섭하며 치료하였으나 효험이 없어, 끝내 7월 2일에 자택에서 세상을 떠났으니 향년 45세였다. 그해 9월 27일(병자일)에 고성(固城) 좌이곡(佐耳谷) 선영 아래의 갑좌(甲坐) 언덕에 장사지냈다.

10년 뒤에 군의 큰아들 양섭(養燮)이 그의 족형 도섭(道燮) 씨가 지은 행장을 가지고 나에게 묘갈문을 지어달라고 청했다. 나는 군과 20년 동안 벗으로 지낸 사람인데, 군이 세상을 떠났을 적에 내게 부고가 왔지만, 부친상이 아직 끝나지 않은 까닭에 제때 조문하고 뇌문(誄文)을 보낼 수 없었다. 그런데 지금 이 일을 청하니 차마 사양할 수 있겠는가.

군의 휘는 동익(東翼), 자는 여경(汝敬), 본관은 전주이다. 먼 조상 휘 아(阿)는 고려 때 시중(侍中)을 지냈고 시호는 문성(文成)이다. 조선조에 들어와 휘 수지(水智)는 홍문관 응교로서 명나라에 사신으로 가 천자의 하사품을 받았다. 휘 균(均)은 임진왜란 때 의병을 일으킨 공훈으로 이조판서에 추증되었으며, 시호는 의민(義敏)이다.

증조부 휘 규환(奎煥)은 효행으로 정려가 내려졌고, 동몽교관에 추증

1　조긍섭(曺兢燮) : 1873-1933. 자는 중근(仲謹), 호는 심재(深齋) · 암서(巖棲), 본관은 창녕이다. 저술로 37권 17책의 『암서집』이 있다.

되었다. 조부 휘 상우(祥羽)는 정입재(鄭立齋)² 선생을 스승으로 삼고 류
정재(柳定齋)³ 선생과 벗으로 지냈는데, 명성이 있었다. 부친의 휘는 호
(浩)이고, 모친 능성 구씨(綾城具氏)는 구석주(具錫疇)의 딸이고 승지를 지
낸 구음(具崟)의 6대손이다.

군은 타고난 자질이 매우 아둔했으나, 배우기 시작한 뒤로는 매우 영
특하여 동년배 중에는 군을 앞서는 사람이 없었다. 시를 읊거나 문장을
지을 적에도 그러했다. 관례를 치른 뒤에 인근 고을의 문회(文會)에 참여
하여⁴ 경전을 강론하고 학습했는데, 군이 물음에 답한 내용이 매번 여러
선배들에게 뽑혔다. 당시 모인 사람은 백여 명이었는데, 그중 군이 가장
어렸다.

얼마 후 부친상을 당하였다.⁵ 상이 끝나자 서산(西山) 김 선생을 찾아뵙
고, 배운 것을 질의하였다.⁶ 돌아와서는 또 편지를 보내 공부하는 절도에
대해 상세히 문의하였는데, 김 선생은 여러 번 답신을 보내 면려하였다.
이때부터 안부 인사를 거르는 해가 없었으며, 격려와 인정을 많이 받았다
장사미헌(張四未軒)⁷·박만성(朴晚醒)⁸·이만구(李晚求)⁹와 같은 노성한

----

2 정입재(鄭立齋) : 정종로(鄭宗魯, 1738-1816)이다. 자는 사앙(士仰), 호는 입재, 본관은
   진주이다. 현 경상북도 상주에 거주하였다. 정경세(鄭經世)의 후손이고, 이상정(李象靖)
   에게 수학하였다. 저술로 59권 28책의 『입재집』이 있다.
3 류정재(柳定齋) : 류치명(柳致明, 1777-1861)이다. 자는 성백(誠伯), 호는 정재, 본관은
   전주이다. 저술로 36권 19책의 『정재집』이 있다.
4 문회(文會)에 참여하여 : 당시 삼가 현감의 초빙으로 허유(許愈)가 향교에서 유생들을
   교육하고 있었는데, 최동익이 1885년 겨울 거기에 참여하여 『대학』·『중용』에 관해 질의
   하였다.
5 얼마……당하였다 : 1886년에 있었던 일이다.
6 상이……질의하였다 : 김 선생은 김흥락(金興洛, 1827-1899)이다. 최동익은 1887년 복상
   중에 김흥락에게 편지를 보내 예에 관해 질의하였고, 1888년 상을 마치자 직접 찾아가
   만났으며, 1890년에는 『대학』에 관한 자신의 저술을 보이고 가르침을 청하였다.
7 장사미헌(張四未軒) : 장복추(張福樞, 1815-1900)이다. 자는 경하(景遐), 호는 사미헌, 본
   관은 인동(仁同)이다. 어릴때부터 조부 장주(張儔)에게 수학하였다. 1890년 현 경상북도

학자들은 군이 찾아와 질의하기를 허락하였는데, 원대한 학자가 되리라 기대하지 않는 분이 없었다. 그리고 후산(后山) 허유(許愈),[10] 농산(農山) 장승택(張升澤),[11] 대계(大溪) 이승희(李承熙)[12] 등 제공에게는 명덕설(明德說)·이기설(理氣說)·사단칠정분합설(四端七情分合說) 등을 반복해 논변하였는데, 여러 공들 모두 군이 견해가 정밀하고 핵심을 짚은 점에 대해 감탄하였으나, 지루하게 논쟁이 이어지다가 합의를 보지 못하고 논의를 마쳤다.[13] 그러나 군이 논변한 것은 모두 퇴계(退溪 : 李滉)·대산(大山 : 李象靖)의 정론과 사문(師門)의 바른 지결을 한결같이 따른 것이지, 자신의 견해를 스스로 세운 적은 없었다.

　여러 노성한 선배들이 일시에 세상을 떠나자, 군은 개연히 도가 실추된 실마리를 찾아 붙들어 세울 뜻을 품었다. 논술들을 참고하여 연구하고

칠곡군 기산면에 녹리서당(甪里書堂)을 세워 학문과 후진 양성에 전념하였다. 저술로 11권 6책의 『사미헌집』이 있다.

8　박만성(朴晚醒) : 박치복(朴致馥, 1824-1894)이다. 자는 훈경(薰卿), 호는 만성, 본관은 밀양이다. 현 경상남도 함안에서 태어나 만년에 현 경상남도 합천군 가회면에 거주하였다. 류치명(柳致明)과 허전(許傳)에게 수학하였으며, 저술로 16권 9책의 『만성집』이 있다.

9　이만구(李晚求) : 이종기(李種杞, 1837-1902)이다. 자는 기여(器汝), 호는 만구·다원거사(茶園居士), 본관은 전의(全義)이다. 현 경상북도 고령에 거주하였다. 저술로 20권 10책의 『만구집』이 있다.

10　허유(許愈) : 1833-1904. 자는 퇴이(退而), 호는 후산·남려(南黎), 본관은 김해이다. 현 경상남도 합천군 삼가면 오도리(吾道里)에 출생하였다. 이진상에게 수학하였다. 저술로 21권 10책의 『후산집』이 있다.

11　장승택(張升澤) : 1838-1916. 자는 희백(義伯), 호는 농산, 본관은 인동이다. 장복추에게 수학하였다. 1912년 경상북도 칠곡에 뇌양정사(磊陽精舍)를 짓고 제자를 양성하였다. 저술로 15권 8책의 『농산집』이 있다.

12　이승희(李承熙) : 1847-1916. 자는 계도(啓道), 호는 대계·한계(韓溪), 본관은 성산이며, 현 경상북도 성주 출신이다. 이진상(李震相)의 아들이다. 저술로 42권 20책의 『대계집』이 있다.

13　후산(后山)……마쳤다 : 1906년 최동익은 장승택·이승희 등을 만나 난해한 부분을 질의하였는데, 장승택은 칠정(七情) 중에 중절(中節)한 것이 이발(理發)이라고 하였고, 이승희는 사단칠정이 혼륜(渾淪)하다고 하였다.

더욱 정밀하게 펼쳐내니 선배들을 따라 배운 자들은 들은 내용을 군에게
기꺼이 일러주었다. 또 학규(學規)를 만들었는데, 모두 일상에 절실하고
실천해야 할 규칙들이었다. 길례(吉禮)와 흉례(凶禮) 가운데 의문나는 예
와 변수의 가능성이 있는 예에 대해 더욱 세밀하게 관심을 기울였다.
대개 군의 조예를 논해보건대, 비록 지식의 지극한 부분까지는 도달하지
못한 것 같지만, 그가 남의 스승이 되기에는 부끄러운 점이 없을 것이다.

군은 일찍 부친을 잃고, 모친과 형을 섬기면서 그 도리를 극진히 하였
는데, 가난하게 살면서도 능히 기쁘게 해 드렸다. 이를 미루어 자매나
친척들에게도 각각 그 분수에 맞게 대하였다. 사람을 대할 적에는 남들을
두루 사랑하여 아픈 사람을 보듯 하였고, 함께 일을 도모할 적에는 가부
를 심하게 따지지 않을 듯이 하면서도 평소의 지조는 개결하게 지켰다.

바야흐로 신학(新學)이 퍼져 대중들이 대부분 신학을 따라야 할지 버
려야 할지를 두고 현혹되었는데, 오직 군만이 힘써 신학의 해악을 논변
하였다. 나라가 망한 뒤에는 망연히 갈 곳이 없는 듯이 하였는데, 때때로
글을 쓰고 시를 읊어 그 답답한 마음을 표현했다. 군이 풍악산을 유람한
일도 대개 근심을 풀기 위한 것이었는데, 끝내 그 때문에 생을 마쳤으니
슬퍼할 만하다.

그러나 김 선생이 돌아가신 뒤로 그 문인 중 저명한 자 가운데, 혹
만년의 절개를 실추하거나 혹은 인순고식하며 스스로 학문을 그만두기
도 하였다. 그러니 군과 같이 시종일관 학문을 싫증내지 않으면서 결함
을 보완하고 이치를 크게 밝혀 사문(師門)의 기대를 저버리지 않은 사람
을 찾는다면, 아마도 많지 않을 것이다. 그렇다면 또한 군은 생을 헛되이
보내지 않았다고 말할 수 있겠다. 이것이 이 벗이 굽어보면서 슬퍼하고
우러러보면서 위안을 삼는 것이리라.

군은 함안 조씨(咸安趙氏) 조경식(趙璟植)의 딸에게 장가를 들어 1남

4녀를 두었다. 아들은 양섭(養燮)이고, 딸은 모두 시집갔는데 사위는 이
치규(李寘奎) · 이현종(李鉉鍾) · 김창돈(金昌敦) · 이창규(李昌奎)이다.
　　명은 다음과 같다.

<table>
<tr><td>아, 여경이여</td><td>嗚呼汝敬</td></tr>
<tr><td>하늘은 두터운 자질을 내렸고</td><td>天畀之厚也</td></tr>
<tr><td>집안에 전하는 가르침은 구차하지 않았네</td><td>家傳之不苟也</td></tr>
<tr><td>스승에게 받은 가르침은 산처럼 높았고</td><td>得乎師者皁也</td></tr>
<tr><td>자신에게 징험한 것이 오래갈 수 있었네</td><td>徵諸己者可久也</td></tr>
<tr><td>영원한 것은 군의 지향이요 짧은 것은 군의 생애이며</td><td></td></tr>
<tr><td></td><td>永者志而促者壽也</td></tr>
<tr><td>무덤 지키는 것은 비석이요 그 행적을 쓴 사람은 벗이네</td><td></td></tr>
<tr><td></td><td>守其阡者石而表其蹟者友也</td></tr>
<tr><td>어찌 알았으리 그 이룩한 업적이 영원히 전해질 것임을</td><td></td></tr>
<tr><td></td><td>夫寧知其裒然之業自足垂不朽也</td></tr>
</table>

창산(昌山：昌寧) 조긍섭(曺兢燮)이 지음.

墓碣銘

　惟吾國不祀之三年壬子夏, 晴溪居士 崔君 汝敬, 東遊楓岳, 遘疾於山
中, 輿而還鄉。 調治不效, 竟以七月二日卒于家, 得年四十五。 以其年九
月丙子, 葬于固城 佐耳谷先塋下負甲之原。
　越十年嗣子養燮, 以其族兄道燮氏所撰行狀, 丐余以碣墓之文。 余於君
爲二十年之知舊, 方君之歿也, 赴於余, 而余以父喪未釋, 不能以時致弔誄。

今於是役也, 忍可以辭?

君諱東翼, 汝敬其字, 其先全州人。遠祖曰阿, 高麗侍中文成公。入我朝, 有諱水智, 以弘文應敎, 使明有天子寵賚。至諱均, 以壬辰擧義勳, 贈大冢宰, 謚義敏公。曾祖諱奎煥, 以孝旌, 贈童蒙敎官。祖諱祥羽, 師友鄭立齋、柳定齋先生, 有名。考諱浩, 妣綾城具氏 錫疇女, 承旨釜六世孫也。

君生而重遲, 旣就學則穎銳甚, 同列無前者。吐辭綴文, 亦然。始任冠, 從傍郡文會, 講肆經業, 君所對問, 輒爲諸先輩所進拔。時會者百餘, 君最少也。旋遭父憂。服闋, 謁西山 金先生, 質其所學。歸又以書詳問用功節度, 先生亟答以勉。自是, 候問無虛歲, 多被獎與。

至如張四未軒、朴晚醒、李晚求諸老宿, 皆許納拜質疑, 靡不以遠大期之。而於許后山 愈、張農山 升澤、李大溪 承熙諸公, 則以明德、理氣、四端七情分合等說, 往復論辨, 諸公皆畏其精核, 逡巡以不合了之。然君所辨, 皆一稟溪、湖成說及師門雅旨, 未嘗自立己見也。

及諸老先進, 一時凋喪, 君慨然有尋張墜緖之意。考求論述, 益精以肆, 有從學者, 樂爲罄所聞以告之。又有學規, 皆日用切實行履者。至於吉凶疑變, 尤致意纖曲。蓋論君之所詣, 雖若未竟其知之所至, 然其可以爲人師, 則無愧者矣。

君早孤, 事母兄甚得其道, 居貧而能以爲悅。推而至於姊妹族戚, 各以其分處之。待人汎愛如有傷, 於事若不甚置可否, 而操守介然。

方新學之張也, 衆多眩於從捨, 而君獨力辨其害。及宗社旣淪, 則茫洋若無所之, 時爲述詠, 以宣其湮鬱。其遊楓岳, 蓋亦藉以寫憂, 而竟以是終焉, 可悲也已。

然自金先生之歿, 而門人著名者, 或墮壞晚節, 或因循自廢。求如君之終始無斁, 補苴張皇, 能不墜師門所期眙, 蓋未多見也。則亦可謂不虛其生矣。此朋友之所爲俯而悼仰而慰者歟。

君娶咸安趙氏 璟植女, 有一男四女。男卽養燮, 女皆適人, 李寅奎、李鉉鍾、金昌敦、李昌奎, 其壻也。

銘曰: "嗚呼汝敬, 天畀之厚也, 家傳之不苟也。得乎師者皁也, 徵諸己者可久也。永者志而促者壽也, 守其阡者石而表其蹟者友也。夫寧知其衮然之業自足垂不朽也。"

昌山 曺兢燮撰。

❖ 원문출전

崔東翼, 『晴溪集』卷8 附錄, 曺兢燮 撰, 「墓碣銘」(경상대학교 문천각 古(아천) D3B 최225ㅊ)

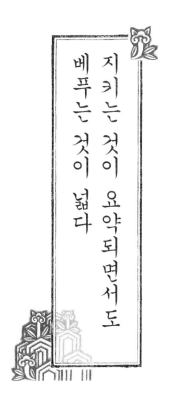

지키는 것이 요약되면서도

베푸는 것이 넓다

하계락(河啓洛) : 1868~1933. 자는 도약(道若), 호는 옥봉(玉峯), 본관은 진양(晉陽)
이다. 현 경상남도 진주시 수곡면에 거주하였다. 곽종석(郭鍾錫)에게 수학하였다. 하겸
진(河謙鎭)·하헌진(河憲鎭)·정제용(鄭濟鎔) 등과 교유하였고, 만년에 만수당(晚修堂)
을 지어 강학하였다. 허유(許愈)·김진호(金鎭祜)·윤주하(尹冑夏)·이승희(李承熙)·
장석영(張錫英) 등과 주고받은 편지가 있다.
저술로 6권 3책의 『옥봉집』이 있다.

옥봉(玉峯) 하계락(河啓洛)의 묘갈명 병서

권재규(權載奎)[1] 지음

진주(晉州) 서쪽에 은일군자가 있었으니, 옥봉(玉峯) 하군(河君)이다. 계유년(1933) 5월 25일 향년 66세로 별세하였다. 군의 평생지기인 회봉(晦峯) 하겸진(河謙鎭)[2]이 행장을 썼는데, 군의 아들 용환(龍煥)이 행장을 가지고 와 나에게 묘갈명을 부탁하였다. 나 또한 일찍부터 군을 잘 아는 사람으로서 사양할 수 없었다.

군의 휘는 계락(啓洛), 자는 도약(道若), 본관은 진양(晉陽)이다. 고려 충신으로 평장사에 추증된 휘 공신(拱辰)이 시조인데, 이때부터 대대로 가문이 빛나고 성대했다. 조선조에 들어와 휘 순경(淳敬)이 성균관 직강으로서 상소를 올려 불교를 배척했으며 벼슬이 봉사에 이르렀다. 송강(松岡)[3] 휘 항(恒)과 모송재(慕松齋)[4] 휘 인상(仁尙) 부자는 나란히 제향되었다.[5] 증조부는 우범(禹範), 조부는 경칠(慶七), 부친은 두원(斗源)이고 모

---

1 권재규(權載奎) : 1870-1952. 자는 군오(君五), 호는 송산(松山)·이당(而堂), 본관은 안동이다. 현 경상남도 산청군 단성면 강루리(江樓里) 교동(校洞)에서 태어났다. 저술로 46권 23책의 『이당집』이 있다.

2 하겸진(河謙鎭) : 1870-1946. 자는 숙형(叔亨), 호는 회봉, 본관은 진양(晉陽)이다. 곽종석에게 수학하였고, 이승희(李承熙)·장석영(張錫英)·송준필(宋浚弼) 등과 교유하였다. 저술로 50권 26책의 『회봉집』과 30권 3책의 『동유학안』이 있다.

3 송강(松岡) : 하항(河恒, 1545-1580)이다. 자는 자상(子常), 호는 송강이다. 현 경상남도 진주시 집현면 단목 마을에 거주하였다. 조식(曺植)에게 수학하였다.

4 모송재(慕松齋) : 하인상(河仁尙, 1571-1635)이다. 자는 임보(任甫), 호는 모송재이다. 하진(河溍)에게 수학하였다. 1613년 생원시에 합격하였고, 1615년 조식의 문묘종사(文廟從祀) 소청(疏請)을 주도하였다.

친은 영일 정씨(迎日鄭氏)이다.

　군은 8세 때에 생모를 여의었고 계모 류씨(柳氏)를 섬길 적에는 능히 순종하여 뜻을 어김이 없었다. 17세에 사촌(沙村) 박규호(朴圭浩)[6]의 종질녀이자 면우(俛宇) 곽종석(郭鍾錫)[7]의 생질녀인 밀양 박씨(密陽朴氏)에게 장가들었다. 군은 이에 면우를 사사하려는 의지를 품었는데, 면우와 사촌은 군에게서 원대하게 기대할 만한 점을 보고 사랑하며 매우 중히 여겼다. 회봉(晦峯)과 극재(克齋) 하헌진(河憲鎭)[8]은 군의 친족이며, 계재(溪齋) 정제용(鄭濟鎔)[9]은 군의 자형이다. 어려서부터 이들을 종유하며 강학하고 토론하면서 조금도 시간을 허비함이 없어서 얻어들은 것이 매우 많았다.

　군은 이전에 창증(脹症)을 얻어 목숨이 거의 위태로운 지경에 이르렀었다. 부친이 군을 불러서 "점술가들은 '기도하면 효험이 있다'하는데 네 생각은 어떠하냐?"라고 하자, 군이 대답하길 "사람의 목숨은 하늘에 달린 것이니, 어찌 저들이 제어할 수 있겠습니까? 하늘이 이미 저를 대장부로 태어나게 했는데, 어찌 갑자기 죽게 내버려두겠습니까?"라고 하니, 부친이 기뻐하며 "그렇다. 내가 시험 삼아 물었을 뿐이다."라고 하셨다. 이후에 실제로 병이 나았다.

---

5 제향되었다 : 현 경상남도 진주시 대평면 내촌리(內村里)의 청계사(淸溪祠)에 제향되었다. 이 청계사는 청계서원이란 이름으로, 현 진주시 본성동에 있다.

6 박규호(朴圭浩) : 1850-1930. 자는 찬여(瓚汝), 호는 사촌, 본관은 밀양이다. 이진상(李震相)·허유(許愈)에게 수학하였다. 이종기(李鐘杞)·이승희(李承熙)·송준필(宋浚弼)·김황(金榥) 등과 교유하였다. 저술로 7권 3책의 『사촌집』이 있다.

7 곽종석(郭鍾錫) : 1846-1919. 자는 명원(鳴遠), 호는 면우, 본관은 현풍(玄風)이며, 현 경상남도 산청군 단성(丹城) 출신이다. 이진상에게 수학하였다. 저술로 182권 63책의 『면우집』이 있다.

8 하헌진(河憲鎭) : 1859-1921. 자는 맹여(孟汝), 호는 극재, 본관은 진양이다. 하재문(河載文)의 아들이다. 저술로 4권 2책의 『극재유집』이 있다.

9 정제용(鄭濟鎔) : 1865-1907. 자는 형로(亨櫨), 호는 계재, 본관은 연일(延日)이다. 허유와 곽종석에게 수학하였다. 저술로 8권 4책의 『계재집』이 있다.

갑오년(1894) 동학란이 크게 일어나자 마을사람들은 흩어지고 도망간 자가 많았지만 군은 동요하지 않고 날마다 어버이를 모시며 곁에서 책을 읽었다. 동학군이 마을에 들이닥쳤을 때에는 대처하는 데 방도가 있었다.

동학란이 평정되자 회봉 및 백촌(栢村) 하봉수(河鳳壽)[10]와 남쪽으로 노량(露梁)에 이르러 이 충무공(李忠武公)에게 제문을 지어 제사지내고, 금산(錦山)에 올라 바다를 바라보며 절경을 유람하였다. 허후산(許后山),[11] 곽면우(郭俛宇)를 모시고 이한주(李寒洲)[12]의 삼봉서당(三峯書堂)[13] 낙성식에 가서 교우(膠宇) 윤주하(尹冑夏)[14]와 대계(大溪) 이승희(李承熙)[15] 등 여러 명유들을 배알하였다. 그리고 무흘산(武屹山)으로 들어가 한강(寒岡)[16] 선생의 유적[17]을 둘러보고, 가야산(伽倻山) 홍류동(紅流洞) 계곡과 가수현(嘉樹縣)의 황계폭포(黃溪瀑布)[18]를 두루 탐방하고 돌아왔다.

---

10 하봉수(河鳳壽) : 1867-1939. 자는 채오(采五), 호는 백촌, 본관은 진양이다. 현 경상남도 진주시 수곡면 사곡에 거주하였다. 곽종석에게 수학하였으며, 권명호(權明湖)·하여해(河汝海) 등과 성리학을 토론하였다. 저술로 10권 4책의 『백촌집』이 있다.

11 허후산(許后山) : 허유(許愈, 1833-1904)이다. 자는 퇴이(退而), 호는 후산·남려(南黎), 본관은 김해이다. 현 경상남도 합천군 가회면 오도리에서 태어났다. 이진상에게 수학하였다. 저술로 19권 9책의 『후산집』이 있다.

12 이한주(李寒洲) : 이진상(李震相, 1818-1886)이다. 자는 여뢰(汝雷), 호는 한주, 본관은 성산(星山)이다. 현 경상북도 성주군 월항면 대산리 한개 마을에서 출생하였다. 숙부 이원조(李源祚)에게 수학하였다. 저술로 45권 22책의 『한주집』이 있다.

13 삼봉서당(三峯書堂) : 경상북도 성주군 월항면 대산리에 있는 서당으로, 이진상을 향사한다.

14 윤주하(尹冑夏) : 1846-1906. 자는 충여(忠汝), 호는 교우, 본관은 파평(坡平)이다. 현 경상남도 거창군 남하면에서 태어나 합천군에 거주하였다. 이진상에게 수학하였으며, 주문팔현(洲門八賢)의 한 사람이다. 저술로 20권 10책의 『교우집』이 있다.

15 이승희(李承熙) : 1847-1916. 일명은 대하(大夏), 자는 계도(啓道), 호는 대계·강재(剛齋)·한계(韓溪), 본관은 성주(星州)이다. 이진상의 아들이다. 저술로 42권 20책의 『대계집』이 있다.

16 한강(寒岡) : 정구(鄭逑, 1543-1620)이다. 자는 도가(道可), 호는 한강, 본관은 청주(淸州)이다. 이황과 조식에게 수학하였다. 저술로 27권 11책의 『한강집』 등이 있다.

17 유적 : 정구가 지은 무흘산방(武屹山房)이다.

이어 백원서숙(百源書塾)을 짓고 깊숙이 들어앉아 외출을 삼가고 전에 배운 것을 체인(體認)하며 십여 년을 노력하여 조예가 매우 정밀해졌다. 퇴계 선생이 쓰신 '징분질욕(懲忿窒慾)', '사무사(思無邪)', '무불경(毋不敬)' 열 자를 모사하여 벽에 걸어두고 아침저녁으로 보면서 성찰하였다. 매달 초하루에는 제생들을 거느리고서 상읍례(相揖禮)를 행하고 「백록동서원규(白鹿洞書院規)」와 「남전향약(藍田鄕約)」을 큰 소리로 읽으면서 분발시켰다.

을축년(1925)에 이주하여 운곡면(雲谷面) 가덕동(加德洞)에 우거하였는데 거주지가 매우 습하고 비좁았으나 편안한 듯이 거처하였다. 만년에는 십여 명의 동지들과 조계산(潮溪山)[19]에 만수당(晩修堂)을 짓고 거처하면서 수시로 한결같이 서로 모여 강학하였다. 군은 평소 천식을 앓고 있었는데 목이 심하게 상하여 들것에 실려 수곡(水谷)의 옛 집으로 돌아왔으나 결국 이 때문에 세상을 떠났다. 다음 달 만수당 동쪽 갑좌(甲坐) 언덕에 장사지냈다.

군은 어버이를 섬길 적에 작은 일이든 큰일이든 혹시라도 자기 마음대로 하는 경우가 없었다. 밤에 잠자리를 돌봐드릴 때에는 반드시 부모님 곁에서 거동이 평안하신지 살펴보았다. 때로는 손으로 온몸을 주물러드리면서 몸이 쇠약하고 마른지를 살폈는데 살결이 거칠면 근심스러운 빛이 얼굴에 드러났다. 상을 당해서는 나이가 예순이 되었는데도 매우 애통해하며 예를 집행함에 게을리하지 않았다. 우곡정(愚谷亭)을 지어 선친의 뜻을 추모하고 윗대 조상들의 선영에 석물을 세우고 제전(祭田)을 마련하였다. 과부가 된 누나를 보살피고 여러 동생들을 돌볼 적에

---

18 가수현(嘉樹縣)의 황계폭포(黃溪瀑布) : 가수현은 현 경상남도 합천군 삼가면이고, 황계폭포는 합천군 용주면 황계리에 있다.
19 조계산(潮溪山) : 현 경상남도 진주시 수곡면 창촌리 조계마을에 있다.

는 은혜와 우애가 모두 돈독했다. 스승의 문하에 일이 있으면 남들보다
더 정성과 힘을 기울였는데, 니동서당(尼東書堂)²⁰ 창건과 스승의 문집
간행에 솔선하여 도와서 능히 일이 이루어지게 하였다.

　군의 사람됨은 지키는 것이 요약되고 실천에 힘써 과장하거나 거짓된
마음이 전혀 없었다. 마음을 보존하고 자신을 처신할 적에는 혹시라도
법도를 어길까 두려워하였고, 집안사람이나 사우(師友)를 대할 때에는
정성껏 도리를 다하려 하였다. 학문을 할 적에는 조금씩 조금씩 점진적
으로 나아가고 진실로 알고 실제로 터득하기를 한결같이 하면서도 백가
를 섭렵하며 박식을 힘쓰려 하지는 않았다. 성리의 원두(源頭)에 대해
침잠하여 묵묵히 이해해서 왕왕 격언을 남겼다. 어지러운 세상을 만나
옳고 그름이나 사람과 금수의 분변에 대해 지극히 삼갔고 사생과 영욕의
설에 현혹되지 않았으며, 또한 위태로운 발언이나 격론으로 화의 빌미를
만든 적도 없었다. 그러므로 혁혁한 명성으로 남에게 알려지지는 않았지
만 깊은 실덕이 은연중 천도에 부합되는 점이 절로 있었다. 아! 그러니
옛날 사람이 이른바 '군자다운 유자'라고 하는 사람이 아니겠는가.

　아들은 둘인데 장남은 용환(龍煥)이고, 차남 기환(器煥)은 일찍 죽었다.
부실의 아들은 대환(大煥)이다. 딸은 남원 양씨(南原梁氏) 양임환(梁壬煥)
에게 시집갔다.

　명은 다음과 같다.

　　하옥봉이란 선비 있었으니　　　　　　　　　　有士玉峯
　　그 사람됨이 옥과 같았네　　　　　　　　　　其人如玉
　　그곳에 노나라처럼 군자들 많아²¹　　　　　　魯多君子

---

20 니동서당(尼東書堂): 곽종석을 기리기 위해 현 경상남도 산청군 단성에 건립하였다.
21 노나라처럼……많아:『논어』「공야장」에 공자가 자천(子賤)을 군자답다고 칭찬하며,

부지런히 갈고 닦아 덕을 이루었네　　　磨礱成德
그의 위의는 온화하면서 엄숙하고　　　其儀溫栗
그의 행실은 치밀하고 주밀했네　　　其行縝密
지키는 것이 요약되면서도　　　所守者約
또한 베푸는 것이 넓었네[22]　　　亦能施博
조계산의 동쪽은　　　潮溪之東
군자가 잠든 곳　　　君子攸宅
내가 그의 사실을 모아서　　　我撫其實
먼 후일까지 환히 드러내네　　　昭示千億

안동 권재규(權載奎)가 지음.

墓碣銘 幷序

權載奎 撰

晉之西, 有隱君子曰玉峯 河君。以年六十六之癸酉五月二十五日歿。其生平知己河晦峯 謙鎭, 狀其行, 其子龍煥, 以狀謁墓銘於不佞。不佞亦嘗習君者, 不可辭。

君諱啓洛, 字道若, 晉陽人。高麗忠臣贈平章事諱拱辰爲上祖, 自是世燁赫。入我朝, 有諱淳敬, 以直講上疏斥佛, 至奉事。松岡諱恒、慕松齋諱仁尙父子, 幷享俎豆。曰禹範、曰慶七、曰斗源, 曾祖、祖、考諱, 而

　"노나라에 군자가 없었다면, 이사람이 달리 어디에서 이러한 점을 취했겠는가.[魯無君子者, 斯焉取斯.]"라고 하였다.

22 지키는……넓었네 : 『맹자』「진심 하」에 "말이 가까우면서도 뜻이 먼 것은 선한 말이고, 지킴이 요약되면서도 베품이 넓은 것은 선한 도이다.[言近而指遠者, 善言也. 守約而施博者, 善道也.]"라고 하였다.

迎日鄭氏妣也。

君生八歲, 喪鄭孺人, 事繼母柳氏, 克順無違。十七委禽於密陽朴氏,
沙村 圭浩之從姪而郭俛宇翁之甥女也。君於是, 有師事俛宇之志, 而俛
宇與沙村見君, 有可遠望, 眷愛慕重。晦峯及克齋 河憲鎭, 君之族親, 溪
齋 鄭濟鎔, 君之姊夫。自少, 遊從講討, 殆無虛月, 而甚相得也。

君嘗得脹症, 幾至危殆。大人公呼謂曰:“術者, 言‘禱之則立效’, 汝意何
如?”君對曰:“人命在天, 豈渠輩可得以制之? 天旣生我爲丈夫, 豈將遽
已耶?”大父公喜曰:“是也。吾言試之耳。”後果良已。

甲午, 東匪大熾, 閭里多離散亡去, 君不爲動, 日侍親側讀書。寇至則處
之有方。亂平, 與晦峯及河栢村 鳳壽, 南至露梁, 爲文祭李忠武公, 登錦山
望溟海, 搜奇勝。陪許后山、郭俛宇, 赴李寒洲 三峯書堂飮落之席, 拜尹
膠宇 冑夏、李大溪 承熙諸名勝。入武屹山觀寒岡先生遺躅, 歷探伽倻之
紅流、嘉樹之黃瀑以歸。乃築百源書塾, 深居簡出, 溫理舊學, 積十餘年,
造詣甚精。摹揭退陶先生“懲忿窒慾”、“思無邪”、“無不敬”十字於壁, 朝夕
觀省。月朔率諸生, 行相揖禮, 亢聲讀《白鹿洞規》、《藍田鄉約》, 以厲之。

乙丑避地, 寓雲谷之加德村, 所居甚湫隘, 處之能晏如。晚與十數同志,
築晚修堂于潮溪山中, 時一相聚講學。君素患咳喘, 喉舌致傷, 异還水谷
舊廬, 竟以是終。踰月而葬于晚修堂之東甲坐原。

君事親, 細大無或自專。夜寐必於親側, 伺其動息平否。或手捫背腹肌
膚, 審其爲衰枯, 不潤則憂, 形于色。及喪, 年至不毁而哀痛甚, 執禮不懈。
築愚谷亭, 以追先志, 累世墳塋, 具石儀, 置祭田。事寡姊撫諸弟, 恩愛幷
篤。師門有事, 誠力邁人, 尼東書堂之創建, 文集之剞劂, 率先拔例幫助,
克底于成。

君爲人, 守約而務實, 絶無夸大虛假之意。其存心行己也, 恐恐乎或踰
繩尺; 處家庭師友也, 懇懇乎務盡道理。其爲學也, 循循乎銖累寸積, 斷
斷乎眞知實得, 而不肯涉獵務博。至於性理源頭, 潛究默會, 往往有格言。
當亂世, 而致謹於邪正人禽之辨, 不惑於死生榮辱之說, 而亦未嘗危言激

論以觸禍機。是以, 雖無赫赫之名聲以知於人, 而自有淵淵之實德暗孚於天者。嗚呼! 古之所謂"君子儒"者, 非歟。

子男二人, 長龍煥, 次器煥早夭。副室一男大煥。南原 梁壬煥女壻也。

銘曰: "有士玉峯, 其人如玉。魯多君子, 磨礱成德。其儀溫栗, 其行縝密。所守者約, 亦能施博。潮溪之東, 君子攸宅。我摭其實, 昭示千億。"

安東 權載奎撰。

❖ 원문출전

河啓洛,『玉峯集』卷3 附錄, 權載奎 撰,「墓碣銘幷序」(경상대학교 문천각 古 D3B 하140)

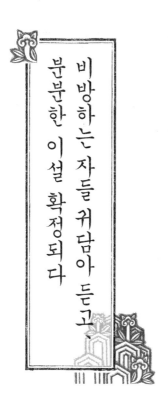

비방하는 자들 귀담아 듣고
분분한 이설 확정되다

최도섭(崔道燮) : 1868-1933. 자는 면부(勉夫), 호는 청강(聽江), 본관은 전주이다.
현 경상남도 고성군 개천면 청광리에서 태어났다. 1895년 현 경상남도 합천군 가회면
덕촌리 연동(淵洞) 마을로 이주하였고, 1905년 현 경상남도 산청군 단성면 자양리로
이주하였다. 박치복(朴致馥)·김흥락(金興洛)에게 수학하였고, 허유(許愈)·곽종석(郭
鍾錫) 등을 종유하였다.
저술로 6권 3책의 『청강집』이 있다.

청강(聽江) 최도섭(崔道燮)의 묘갈명 병서

김동진(金東鎭)[1] 지음

　선사(先師)[2]의 문하에서 심학(心學)의 바름을 터득한 사람으로는 반드시 옛 벗 최면부(崔勉夫) 공을 우선으로 꼽는다. 그런데 면부는 양친을 봉양하기 위해 부모님 곁을 멀리 떠날 겨를이 없어 일찍이 편지로 스승에게 학문을 질정하였으며, 부모님을 여읜 뒤에야 비로소 문하에 나아가 배알하였다. 얼마 후 나도 귀산조(龜山操)를 짓게 되었고,[3] 또 얼마 지나지 않아 면부가 세상을 떠났다. 나는 그를 한번 만나볼 기회를 끝내 잃어버려 한스러움이 적지 않았다. 그의 아우 진부(進夫)[4]가 노쇠한 몸을 이끌고 북쪽으로 5백 리나 달려와 나에게 면부의 묘갈명을 부탁하였는데, 내가 면부를 위해 이 일을 맡는다면 예전에 그를 만나보지 못한 한을 푸는 것이리라. 그리하여 사양하지 않았다.

1　김동진(金東鎭) : 1867~1952. 자는 국경(國卿), 호는 정산(貞山)·이직재(履直齋), 본관은 선성(宣城 : 禮安)이다. 김흥락(金興洛)에게 수학하였다. 일제에 항거하여 여러 활동을 하였으며, 후학 양성에도 힘썼다. 저술로 13권 7책의 『정산집』이 있다.

2　선사(先師) : 김흥락(1827~1899)이다. 자는 계맹(繼孟), 호는 서산(西山), 본관은 의성(義城)이고, 안동 출신이다. 김성일(金誠一)의 주손(胄孫)으로, 류치명(柳致明)에게 수학하였다. 저술로 32권 16책의 『서산집』이 있다.

3　귀산조(龜山操)……되었고 : 원문의 '귀산지조(龜山之操)', 즉 「귀산조(龜山操)」는 노나라 계씨(季氏)가 제(齊)나라의 여악(女樂)을 받아들인 것을 보고 공자가 노나라를 떠나며 "노나라를 바라보고자 하나, 귀산이 막고 있네. 손에 도끼가 없으니, 저 귀산을 어찌하랴.[予欲望魯兮, 龜山蔽之. 手無斧柯, 奈龜山何.]"라고 읊은 노래이다. 여기서는 고향을 떠나 떠돌이 생활을 한 것을 비유한 듯하다.

4　진부(進夫) : 최헌섭(崔憲燮)이다.

면부는 효도와 순종을 중시하는 세상에 태어나 도를 밝히고 넓히는 학업을 닦았는데, 가정에서 넉넉히 배운 것은 사랑하고 공경하는 실질이며, 스승과 벗에게서 강마한 것은 자신을 성찰하고 단속하는 요점이었다. 어려서 양친의 상을 치를 적에 예제를 지키는 것이 노성한 사람 같았고, 부모를 대신해 조부모를 봉양하는 것 또한 유순한 얼굴빛으로 기피하는 기색이 없었다.

여가에는 경전을 궁구하였는데, 은미한 말과 깊은 뜻을 깨닫지 못하면 그만두지 않았다. 가까이에서는 만성(晚醒) 박치복(朴致馥)[5] 공이 보살펴 성취시켜 주었고, 멀리서는 서산(西山) 김흥락(金興洛) 선생이 계도하여 열어주었는데, 심지를 지키는 것이 더욱 굳세어지고 실천하는 것이 더욱 확고해졌다. 하나의 종지(宗旨)는 단지 대본 달도(大本達道)[6]였으며, 성대하게 남쪽 지방 학자들의 으뜸이 되었다.

더욱이 성명(性命)・리기(理氣)에 있어서는 사소한 것이라도 반드시 신중하였다. 선유들은 그 지두(地頭)에 따라 설을 세운 것이 각자 달라서 주리(主理)에 치우치기도 하고 주기(主氣)에 치우치기도 하였다. 그러나 그 체단(體段)을 통합하여 논하면 어찌 일찍이 기를 떠나서 리를 말하며 리를 떠나서 기를 말하겠는가. 세상에서 명덕(明德)을 논하는 자들이 주기의 잘못을 구원하고자 하여 리 일변으로 치우치는 것은 또한 구부러

---

5 박치복(朴致馥) : 1824-1894. 자는 훈경(薰卿), 호는 만성, 본관은 밀양이며, 현 경상남도 함안에서 태어나 만년에 현 경상남도 합천군 가회면에 거주하였다. 류치명과 허전에게 수학하였으며, 저술로 16권 9책의 『만성집』이 있다.

6 대본 달도(大本達道) : 『중용장구』제1장 제3절의 "희로애락이 아직 발하지 않은 것을 중(中)이라 하고, 희로애락이 발하여 모두 절도에 맞은 것을 화(和)라고 하니, 중(中)이라 는 것은 천하의 큰 근본이고, 화(和)라는 것은 천하의 두루 통하는 도이다."라고 한 데서 나왔다. 칠정이 발하기 전에는 존양을 통해 마음이 항상 중도를 유지하고, 칠정이 발한 뒤에는 성찰을 통해 중도에 맞도록 하는 것, 즉 마음의 본체와 작용을 수양하는 공부를 가리켜 말한 것이다.

진 것을 바로잡으려다 곧은 것을 지나친 격이다. 면부는 여러 설을 널리 인용하여 조목조목 논파한 것이 매우 치밀하였다. 일찍이 "저들이 말한 대로라면 왕양명(王陽明)이 양지(良知)를 천리(天理)라고 인식한 것에 가깝지 않겠는가."라고 하였으니, 그가 이단을 물리친 공이 매우 크다.

면부의 휘는 도섭(道燮), 호는 청강(聽江)이며, 본관은 전주(全州)이다. 고려 때 문성공(文成公) 아(阿)가 완산(完山)에 봉해졌는데 자손들이 그대로 본관을 삼았다. 본조에 들어와 홍문관 응교를 지낸 수지(水智)는 호가 검재(儉齋)인데, 명나라에 사신 갔을 때 황제가 그의 문장을 보고서 후하게 상을 내리고 매우 좋아하였다. 5대를 내려와 의민공(義敏公) 균(均)은 호가 소호(蘇湖)로, 선조(宣祖) 때 임진왜란이 일어나자 창의하여 충성을 바쳤다. 또 4대를 내려와 휘 진추(震樞)는 호가 영모재(永慕齋)로, 조정에서 그 효성을 가상히 여겨 증직을 내려 포상하였다. 또 내려와 영모재의 손자 익대(益大)는 호가 산포(山圃)이고, 대산(大山)[7] 선생의 문하에서 수학하였다.

공의 고조부 규찬(奎燦)은 호가 고암(固庵)이다. 증조부 상갑(祥甲)은 진사이고 호가 구헌(懼軒)이다. 이분이 여섯 아들을 두었는데, 장남 운(澐)은 생원이고 호가 지와(止窩)이다. 차남 농(瀧)은 호가 하수(霞叟)이고, 백형을 따라 정재(定齋)[8] 선생의 문하에서 수학하였다. 이분이 동태(東泰)를 낳았는데 문장과 행의가 있었으나 일찍 세상을 떠났고, 부인 벽진 이씨(碧珍李氏)는 이승효(李承斅)의 딸로 순절하였는데, 이분들이 공의

---

7 대산(大山) : 이상정(李象靖, 1711-1781)이다. 자는 경문(景文), 호는 대산, 시호는 문경(文敬), 본관은 한산(韓山)이다. 현 경상북도 안동에 거주하였다. 외조부 이재(李栽)에게 수학하였다. 저술로 54권 27책의 『대산집』이 있다.

8 정재(定齋) : 류치명(柳致明, 1777-1861)이다. 자는 성백(誠伯), 호는 정재, 본관은 전주이다. 남한조(南漢朝)·류범휴(柳範休)·정종로(鄭宗魯)에게 수학하였다. 저술로 53권 27책의 『정재집』이 있다.

부친과 모친이다. 막내 홍(泓)이 동범(東範)을 낳았는데 부인은 광주 이
씨(廣州李氏) 이용운(李鎔運)의 딸로, 이분들이 공의 친부모이다.

면부는 고종(高宗) 무진년(1868)에 태어나 66년 후 계유년(1933)에 세상
을 떠났다. 자양동(紫陽洞)9 뇌수산(雷首山) 유좌(酉坐) 언덕의 넉 자 봉분
이 공의 묘소이다. 부인은 재령 이씨(載寧李氏) 이수보(李壽輔)의 딸이다.
아들 셋은 요절한 장남 강호(康鎬)와 차남 설호(卨鎬), 막내 형호(衡鎬)이
다. 사위 셋은 심상흔(沈相昕)·조용준(趙鏞俊)·이정구(李貞九)이다. 강호
의 후사는 희락(熺洛)이다. 설호의 아들은 출계한 희락, 홍락(洪洛), 출계
한 의락(義洛)이다. 형호의 후사는 의락이다. 심상흔의 아들은 심정환(沈
廷煥)·심경환(沈京煥)이고, 딸은 전모(田某)·안모(安某)·김모(金某)에게
시집갔다. 조용준의 아들은 조민제(趙敏濟)·조인제(趙仁濟)·조상제(趙尙
濟)·조임제(趙任濟)이고, 딸은 송모(宋某)·허모(許某)·신모(申某)에게 시
집갔다. 이정구의 아들은 이병두(李柄斗)이다.

명은 다음과 같다.

심법의 핵심을 분석하고	剖心詮之肯綮
예법의 요령을 깨달아	會禮律之要領
비방하는 자들이 귀담아 듣고	訾訾者聽
분분한 이설이 확정되었으니	悠悠者定
어느 것인들 체인하여 실천한 증거가 아니랴	孰非體認躬行之證也
후세 사람들로 하여금 길이 존모하게 할 만하네	可以使後人而高景也

선성(宣城:禮安) 김동진(金東鎭)이 삼가 지음.

---

9 자양동(紫陽洞) : 현 경상남도 산청군 단성면 자양리이다.

墓碣銘 幷序

金東鎭 撰

先師之門, 得心學之正者, 必以故友崔公 勉夫爲先。而勉夫嘗爲養, 不暇遠離省側, 嘗以書質業, 旣孤露, 始拜門。未幾龜山之操作矣, 又未幾勉夫又卽世矣。余所以遂失一觀之梯, 爲恨不細。其弟進夫强衰癃北走五百里, 責余以銘其碣者, 余爲勉夫執斯役, 庶幾或遂夙昔未觀之恨歟。因不辭。

勉夫生孝順之世, 居昭曠之業, 飽飫於家庭者, 愛敬之實也; 劑鬱於師友者, 省檢之要也。幼居二親喪, 守制如老成, 代養重闈, 亦執柔顔無忌。暇日窮經, 微辭奧旨, 不貫透不置。邇則晚醒 朴公俯以就之, 遠則西山 金先生啓以發之, 所守愈苦, 所履愈確。一副宗旨, 只是大本達道, 而蔚然爲南方學者之宗。

尤於性命理氣, 毫釐必謹。先儒氏就其地頭立說各異, 而或偏主理或偏主氣。然統論其體段, 則何嘗離氣言理, 離理言氣哉? 世之論明德者, 欲抹主氣之失, 而偏屬理一邊, 亦矯枉過直耳。勉夫廣引諸說, 條破甚密。嘗謂"若如云云不幾於王陽明認良知爲天理乎。"其闢異之功, 甚鉅。所著《禮輯》一部, 酌其疑變, 而不失其常, 亦有家之三尺也。

勉夫諱道燮, 號聽江, 其先出自全州。高麗時文成公阿, 胙土完山, 子孫因以爲氏。入本朝, 應敎水智, 號儉齋, 聘上京, 天子厚加賞賚寵其詞翰。五傳, 至義敏公 均, 號蘇湖, 穆陵壬辰, 倡義勤王。又四傳, 至諱震樞, 號永慕齋, 朝廷嘉其孝, 貤贈以褒之。又傳至孫益大, 號山圖, 遊大山先生之門。高祖奎燦, 號固庵。曾祖祥甲, 進士, 號懼軒。有六男, 長澐, 生員, 號止窩。次瀧, 號霞叟, 從伯兄, 遊定齋先生門。是生東泰, 有文行, 早世, 孺人碧珍李氏 承斅女, 殉節, 其考妣也。季泓是生東範, 孺人廣州 李鎔運女, 其本生也。

高宗戊辰, 勉夫生, 越六十六年, 癸酉卒。紫陽 雷首之原負兌而四尺者, 其衣舃之藏也。夫人載寧 李壽輔女。男三: 康鎬夭、崗鎬、衡鎬。壻三:

沈相昕、趙鏞俊、李貞九。康嗣男熺洛。卨男熺洛出、洪洛、義洛出。衢嗣男義洛。沈男廷煥、京煥, 女行田□□、安□□、金□□。趙男敏濟、仁濟、尚濟、任濟, 女行宋□□、許□□、申□□。李男柄斗。

銘曰：“剖心詮之肯綮, 會禮律之要領, 訾訾者聽, 悠悠者定, 孰非體認躬行之證也? 可以使後人而高景也。”

宣城 金東鎭謹撰。

❖ 원문출전

崔道燮, 『聽江集』 卷6 附錄, 金東鎭 撰, 「墓碣銘幷序」(경상대학교 남명학연구소 소장번호 1302)

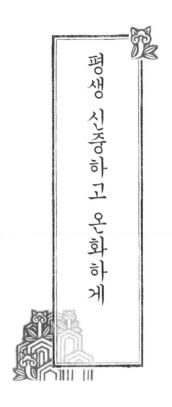

평생 신중하고 온화하게

이용(李鎔) : 1868-1940. 자는 자용(子庸), 호는 노계(老溪), 본관은 성주(星州)이며, 현 경상남도 진주시 수곡면(水谷面)에 거주하였다. 이수안(李壽安)을 종유하였고, 하봉수(河鳳壽)·하영태(河泳台)·하계락(河啓洛)·성환부(成煥孚)·한우석(韓禹錫) 등과 함께 조계산(曹溪山)에 만수당(晩修堂)을 짓고 학문하였다.
저술로 4권 1책의 『노계집』이 있다.

노계(老溪) 이용(李鎔)의 묘갈명 병서

성환혁(成煥赫)[1] 지음

　노계(老溪) 처사 이공(李公)이 세상을 떠난 지 10여 년 쯤에, 나는 공의 아들 윤직(允直) 씨의 청으로 공의 유고를 정리하고 교정하여 돌려주었다. 그로부터 또 10년 뒤에 윤직 씨가 손수 지은 공의 가장을 가지고와 나에게 보여주며 말하기를 "지난날 제 부친의 시문이 탈고 될 수 있었던 것은 그대의 노력 때문이었습니다. 삼가 또 생각건대 지금 세상에서 제 부친의 묘갈명을 지을 수 있는 분도 그대만한 적임자가 없습니다. 바라건대 과감히 그 일을 맡아 은혜를 끝까지 베풀어 주시는 것이 곧 저의 소원입니다."라고 하였다. 내가 비록 글재주는 없지만, 어릴 적부터 공을 종유하며 보살핌과 사랑을 받은 것이 많아 지금까지도 마음에 잊혀지지 않으니 의리상 감히 사양할 수 없는 점이 있었다. 드디어 그 가장을 살펴보고 또 평소 내가 보고 들은 것을 참조하여 다음과 같이 서술한다.
　공의 휘는 용(鎔), 자는 자용(子庸), 호는 노계(老溪)이다. 이씨(李氏)의 선계는 고려 때 성산 백(星山伯)을 지낸 휘 능일(能一)로부터 나왔는데, 그로 인해 본관을 삼았다. 고려 말 정언(正言)을 지낸 휘 여량(汝良)은 절의를 지키며[2] 자정(自靖)하였다. 이로부터 여러 대를 내려와 휘 복(馥)

1　성환혁(成煥赫) : 1908-1966. 자는 사첨(士瞻), 호는 우정(于亭), 본관은 창녕(昌寧)이며, 현 경상남도 진주시 수곡면 효자리(孝子里)에 거주하였다. 저술로 5권 2책의 『우정집』이 있다.

2　절의를 지키며 : 이여량은 고려 말에 사간원 좌정언을 역임하였다. 그는 조선이 건국되자 불사이군(不事二君)의 뜻을 품고 현 경상북도 구미시의 금오산 아래에 은둔하였다.

은 호가 양계(陽溪)이며, 일찍이 미수(眉叟) 허 문정공(許文正公)3에게 수
학하였다. 훗날 조정에 출사하여 형조 참의4를 지냈는데, 간언(諫言)하여
정사를 논한 것이 권세가의 비위를 거슬러 끝내 귀양지에서 생을 마쳤
다.5 이점을 고금의 인사들이 통분하고 있다.

이분의 아들 휘 수인(壽寅)은 진사였고, 호가 삼산(三山)인데, 이갈암
(李葛庵)6 선생을 사사하였다. 갈암 선생이 유배를 가게 되자, 삼산은 선
생을 위해 도내의 유생들을 창도하여 소장을 지어 그 원통함을 하소연
하였다. 이윽고 화를 피해 단성현(丹城縣) 단계(丹溪)7로 이거하였는데,
이분이 공의 고조부이다. 증조부의 휘는 몽설(夢枻)이고, 조부의 휘는 천
보(天保)이다. 부친 휘 사규(思奎)는 단계에서 진주 서쪽 조계리(潮溪里)8
로 이거하였다. 모친은 문화 유씨(文化柳氏) 유지원(柳之源)의 딸이다.

공의 체구는 일반인보다 조금 컸는데, 맑은 용모와 성긴 수염이 풍채
와 위의를 아름답게 하였다. 공은 어릴 적부터 침착하고 진중하였으며,
스승에게 나아가 배우기 시작해서는 능히 스스로 면려할 줄 알았다. 장
성해서는 더욱 공손하고 삼가서 예의가 있었다. 한 마디 말과 한 가지

---

3 허 문정공(許文正公) : 허목(許穆, 1595~1682)이다. 자는 문보(文甫) · 화보(和甫), 호는
   미수, 시호는 문정, 본관은 양천(陽川)이다. 정구(鄭逑)에게 수학하였으며, 저술로는 67권
   의 『기언(記言)』 등이 있다.
4 형조 참의 : 원문에 '이조 참의(吏曹參議)'로 되어 있으나, 『양계집』 부록의 김대진(金岱
   鎭)이 지은 「행장」에 의거하여 수정하였다.
5 권세가의……마쳤다 : 이복은 1679년 형조 참의가 되었는데, 윤휴(尹鑴) · 오정창(吳挺昌)
   의 당파로 몰려 탄핵을 받아 함경남도 삼수(三水)로 유배되었다가 1686년 홍양(興陽)으
   로 이배되어 그곳에서 세상을 떠났다.
6 이갈암(李葛庵) : 이현일(李玄逸, 1627~1704)이다. 자는 익승(翼升), 호는 갈암, 시호는
   문경(文敬)이며, 본관은 재령(載寧)이다. 이황의 학통을 계승한 대표적 산림으로 꼽힌다.
7 단계(丹溪) : 현 경상남도 산청군 신등면 단계리이다.
8 조계리(潮溪里) : 현 경상남도 진주시 수곡면 창촌리(昌村里) 조계 마을이다. 유종지(柳宗
   智)가 이곳 통뫼산에서 시묘살이를 하였는데, 그의 호를 따서 동명(洞名)을 지은 것이다.

행실이라도 불의하고 불선한 것에 관계된 것은 말하지도 않고 행하지도 않았다. 사람들이 공을 공경하고 존중하지 않음이 없었는데, 비록 그 마을의 젊은 사람 가운데 패륜을 행하기를 좋아하는 자일지라도 공에게는 감히 해코지하지 못하였다.

공은 나이 서른도 되기 전에 고아가 되어 집안일을 주관하느라 학문에 온전히 힘을 쏟지 못하였지만, 오히려 시간을 정해놓고 독서하고 암송하는 것으로 상규를 삼았다. 매당(梅堂) 이공(李公)[9]이 동화(東華)에 정자를 짓고 거처하게 되었는데, 공은 덕 있는 이웃 얻은 것을 기뻐하며 밤낮으로 종유하여 학문을 강론하는 커다란 즐거움이 있었다.

공의 성품은 편안하고 담박하며, 평소에는 침묵하여 사려와 성찰이 없는 듯하였다. 그러나 사람을 마주하고 이야기할 적에는 끊임없이 말을 하면서도 지칠 줄 몰랐다. 그 시문은 비록 매우 저명하지는 않지만 말하고자 하는 바를 표출하지 않음이 없었는데, 그로 인해 저절로 그 성정이 드러났다. 그 가산은 비록 매우 넉넉하지는 않지만 하고자 하는 바를 거행하지 않음이 없어서 능히 각각 그 마땅함을 얻었다.

더욱이 공은 벗에게 지극한 품성이 있었기 때문에 지역 내의 이름나고 훌륭한 인사들과 모두 교제하였다. 그중 가장 친하고 또 오래 교유한 사람으로는, 사곡(士谷)[10]에 나의 스승 회봉(晦峯)[11] 선생 및 백촌(柏村) 하봉수(河鳳壽)[12]·관료(寬寮) 하영태(河泳台)[13] 두 공이 있었고, 효리(孝里)[14]

---

9 이공(李公): 이수안(李壽安, 1859-1928)이다. 자는 가윤(可允), 호는 매당, 본관은 재령이다. 현 경상남도 진주시 대곡면 마진리(麻津里)에서 태어났고, 현 경상남도 산청군 단성면 남사리 남사(南沙) 마을에 살다가 별세하였다. 곽종석(郭鍾錫)에게 수학하였다. 하겸진(河謙鎭)·하헌진(河憲鎭)·박규호(朴圭浩)·하용제(河龍濟) 등과 교유하였다. 저술로 6권 3책의『매당집』이 있다.

10 사곡(士谷): 현 경상남도 진주시 수곡면 사곡리이다.

11 회봉(晦峯): 하겸진(1870-1946)이다. 자는 숙형(叔亨), 호는 회봉, 본관은 진양이다. 현 경상남도 진주시 수곡면에 거주했다. 저술로 50권 26책의『회봉집』이 있다.

에 옥봉(玉峰) 하계락(河啓洛)¹⁵ 공과 나의 부친이 있었으며, 청룡(靑龍)¹⁶
에 정곡(正谷) 성환부(成煥孚)¹⁷ 공이 있었고, 원당(元塘)¹⁸에 원곡(元谷) 한
우석(韓禹錫)¹⁹ 공이 있었는데, 사는 곳이 채 10리도 떨어져있지 않아 서
로 어울리며 매우 즐거워하였다.

여러 공들은 만년에 또 동지 몇 사람을 추가하여 감천(甘泉) 옛터에
만수당(晩修堂)을 지었다. 그 아래에 바로 공의 집이 있었고, 뇌연(雷淵)
이 그 집을 감싸고 있었다. 공이 뇌연 가에 돌을 쌓아 '조대(釣臺)'라 이름
을 붙였고, 회봉 선생이 조대의 기문²⁰을 지었다. 매년 봄과 가을에 만수
당의 모임을 가져 여러 공들이 술을 마신 뒤 흥이 무르익으면, 공은 반드
시 그들을 조대로 데려가 바람을 쐬며 시를 읊조리고서 돌아왔다.

나 또한 일찍이 공들의 뒤를 따라 그 사이에서 종유하며 마음속으로

---

12 하봉수(河鳳壽) : 1867-1939. 자는 채오(采五), 호는 백촌, 본관은 진양이다. 곽종석에게
　수학하였다. 저술로 10권4책의 『백촌집』이 있다.
13 하영태(河泳台) : 1875-1936. 자는 여해(汝海), 호는 관료, 본관은 진양이다. 현 경상남도
　진주시 수곡면에 거주하였다. 하겸진과 곽종석에게 수학하였다. 저술로 6권 3책의『관료
　집』이 있다.
14 효리(孝里) : 현 경상남도 진주시 수곡면 효자리이다. '효동(孝洞)'이라고도 하는데, 선조
　(宣祖) 때 하경휘(河鏡輝)가 효자로 불리게 된 것으로 동명(洞名)을 삼았다.
15 하계락(河啓洛) : 1868-1933. 자는 도약(道若), 호는 옥봉, 본관은 진양이다. 현 경상남도
　진주시 수곡면에 거주하였다. 곽종석에게 수학하였다. 하겸진과 우애가 돈독하여 만수당
　(晩修堂)을 지었다. 저술로 3권 2책의 『옥봉집』이 있다.
16 청룡(靑龍) : 현 경상남도 하동군 옥종면 청룡리이다.
17 성환부(成煥孚) : 1870-1947. 자는 인술(仁述), 호는 정곡, 본관은 창녕(昌寧)이며, 현 경
　상남도 진주시 수곡면 사곡리에 거주하였다. 하겸진·하계락·이용·한군서 등과 조계산
　(潮溪山)에 만수당을 짓고 자연을 즐기며 경사(經史)를 담론하였다. 저술로 4권 2책의
　『정곡유집』이 있다.
18 원당(元塘) : 현 경상남도 진주시 수곡면 원내리이다.
19 한우석(韓禹錫) : 1872-1947. 초명은 기석(蘷錫), 자는 군세(君世)·군서(君瑞), 호는 원산
　(圓山)·원곡, 본관은 청주(淸州)이다. 하겸진·정제용(鄭濟鎔)·하봉수·하계락·조현규·
　하유옥(韓愉玉) 등과 교유하였다. 최익현(崔益鉉)·곽종석(郭鍾錫) 등을 배알하였다.
20 조대의 기문 : 『회봉집』 권34 「뇌연조대기(雷淵釣臺記)」를 가리킨다.

선배들의 성대한 풍류를 흠모하였다. 그때부터 지금까지가 겨우 20여
년인데, 여러 공들은 차례차례 모두 세상을 떠나 만수당에 다시는 예전
의 풍류가 없다. 지금 공의 묘갈명을 지으면서 당시를 회상하니 붓을
멈추고 누차 탄식하지 않음이 없다.

공은 고종(高宗) 무진년(1868) 3월 16일에 태어나 경진년(1940) 11월
20일 별세하니, 향년 73세이다. 묘는 그 마을 동쪽 흑방산(黑方山) 간좌
(艮坐) 언덕에 있다.

부인 안동 권씨(安東權氏)는 권병정(權秉貞)의 딸이다. 아들 둘을 낳았
는데, 장남은 윤직(允直)이고, 차남은 홍직(弘直)이다. 강경건(姜涇鍵)과 권
칭용(權秤容)은 사위이다. 윤직의 아들은 진택(震澤)과 진태(震台)이고, 홍
직의 아들은 진훈(震纁)과 진규(震圭)이다.

명은 다음과 같다.

지난날 우리 회봉 선생께서	昔我晦翁
글을 지어 공을 제사지내며	祭公以文
공의 평생을 개괄하기를	槪其平生
신중하고 온화하다 하셨네	兢兢溫溫
내가 지금 명을 지으면서	余今爲銘
또한 달리 구할 것 없으니	亦不他求
그 말씀을 비석에 새겨	用此刻石
길이 후세에 드리우노라	永垂千秋

창산(昌山：昌寧) 성환혁(成煥赫)이 지음.

墓碣銘 并序

成煥赫 撰

老溪處士 李公之沒後十數年, 余因其嗣子允直氏請, 鳌訂公遺稿而歸之。又後十年, 允直氏以所爲家狀來示余曰: "前日吾先人詩文之得脫於稿者, 是子之力矣。竊又思之, 在今世, 可以銘吾先人者, 亦無如子宜。幸果爲之而卒其惠, 則不肖之願也。" 余雖不能文, 然自惟少從公遊, 多被眷愛, 至今不忘于心, 義有不敢以爲辭。遂按其狀, 而又參以平日所見聞者, 叙之曰:

公諱鎔, 字子庸, 老溪其號也。李氏之先, 出高麗 星山伯諱能一, 而因以爲貫。麗末正言諱汝良, 以節自靖。累傳而有諱馥, 號陽溪, 嘗學於眉叟 許文正公。後仕於朝, 爲吏曹參議, 以言事忤權貴, 竟卒謫所。爲今昔人士所痛惜。其子諱壽寅, 進士, 號三山, 師事李葛庵先生。及葛菴[21]流配, 爲之倡道儒, 草疏訟其寃。旣而避居丹城縣 丹溪, 是爲公高祖也。曾祖諱夢梣, 祖諱天保。考諱思奎, 自丹溪, 移寓于晉西之潮溪里。妣文化柳氏 之源女。

公體菫踰中人, 而淸貌疏髯美風儀。自幼沈重, 始就學, 能自知厲。長益恭飭, 有禮。一言一行之涉於非義與善者, 不言且不行。人無不敬重之, 而雖其里年少有好行悖人者, 至公不敢犯。

年未三十, 而孤以幹務, 雖不專力於問學, 而猶能刻時披誦以爲常。及梅堂 李公築亭東華以居, 公喜得其德隣, 日夕相從, 甚有講論之樂。

性恬淡, 平居斂默, 若無訾省。然至對人話, 亹亹不知倦。其詩文, 雖不甚著, 所欲道者, 無不出之, 而因自見其情; 其家貲, 雖不甚瞻, 所欲爲者, 無不擧之, 而能各得其宜。

尤於朋友, 有至性, 故盡交域中名碩。而其最親且久者, 士谷有吾先師

---

21 원문의 '암(菴)' 자는 '암(庵)' 자의 오기인 듯하다.

晦峯先生及河柏村、寬寮兩公, 孝里有玉峰 河公, 與余先君子, 青龍有正谷 成公, 元塘有元谷 韓公, 而相去率不十里, 招呼徵逐甚樂。諸公晚年又增同志幾人, 築晚修堂於甘泉之坊。其下卽公之家在, 而雷淵繞之。公就淵上築石, 名釣臺, 晦翁記之。每春秋, 修堂之會, 諸公酒後興爛, 公必携至釣臺, 風詠以歸。余亦嘗隨父師後, 遊其間, 心慕先輩風流之盛。而距其時, 堇二十餘年, 諸公次第盡沒, 修堂無復有曩昔之風流矣。今銘公之墓, 而追思之, 未嘗不停筆而屢興歎也。

公生於高宗戊辰三月十六日, 卒以庚辰十一月二十日, 享年七十三。墓在其村東黑方山艮坐之原。配安東權氏 秉貞女。生二子, 長卽允直, 次弘直。姜涇鍵、權秤容, 其女婿也。允直男: 震澤、震台, 弘直男: 震繢、震圭。

銘曰: "昔我晦翁, 祭公以文, 槪其平生, 兢兢溫溫。余今爲銘, 亦不他求, 用此刻石, 永垂千秋。"

昌山 成煥赫撰。

❖ 원문출전
李鎔, 『老溪集』 卷4 附錄, 成煥赫 撰, 「墓碣銘幷序」(경상대학교 문천각 古(아천) D3B 이66ㄴ)

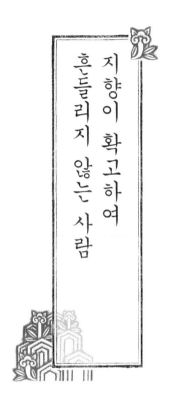

지향이 확고하여
흔들리지 않는 사람

정해영(鄭海榮) : 1868-1946. 자는 치일(致一), 호는 노강(魯岡)·해산(海山), 본관은 진양(晉陽)이다. 현 경상남도 하동군 금남면 대현리(大峴里)에서 태어났다. 곽종석(郭鍾錫)에게 수학하였고, 허유(許愈)·김진호(金鎭祜)·이승희(李承熙)·장석영(張錫英) 등과 교유하였다. 의릉 참봉(義陵參奉)을 지냈고, 개경에 고종의 어진(御眞)을 봉안할 때 배종한 공으로 6품에 올랐다.

저술로 4권 2책의 『해산집』이 있다.

해산(海山) 정해영(鄭海榮)의 묘갈명 병서

김황(金榥)[1] 지음

고 대한제국 의릉(義陵)[2] 참봉 승훈랑(承訓郎) 정공(鄭公)은 휘가 해영 (海榮), 자는 치일(致一)이다. 그 선대는 진양(晉陽)의 세족이었는데 중간 에 곤양(昆陽)의 대현리(大峴里)[3]로 옮겨왔으며, 10여 세 뒤에 공이 태어 났다. 공은 약관에 삼가(三嘉)의 삼산(三山)[4] 아래로 이주하였고 노년에 다시 대현리로 돌아와, 스스로 바닷가에 태어나 산속에서 늙어간다는 뜻으로 자기 집을 '해산(海山)'이라고 편액 하였다. 사우(士友)들이 이 때 문에 '해산'을 공의 호로 삼았다.

공은 성품이 효우에 독실하였다. 가정에 있을 때 부모님의 뜻을 잘 살펴 범절을 어기는 일이 없었다. 15세 때 부친상을 당해 슬퍼하면서도 예제를 지켰다. 맏형이 이미 세상을 떠나 중형 승선공(丞宣公)[5]을 따라 홀어머니를 봉양하였는데, 20여 년 동안 뜻을 받들고 음식을 봉양하기

---

1 김황(金榥) : 1896-1978. 자는 이회(而晦), 호는 중재(重齋), 본관은 의성이며, 현 경상남 도 산청군 신등면 평지리 문산 마을에 거주하였다. 김우옹(金宇顒)의 후손이고, 곽종석 (郭鍾錫)에게 수학하였다. 저술로 100권 48책의 『중재집』이 있다.

2 의릉(義陵) : 조선 태조의 할아버지인 도조(度祖)의 능으로, 함경남도 함흥군에 있다.

3 대현리(大峴里) : 현 경상남도 하동군 금남면 대현리이다.

4 삼산(三山) : 경상남도 합천군의 악견산(岳堅山), 금성산(金城山), 허굴산(墟堀山)을 아 울러 이르는 말이다.

5 승선공(丞宣公) : 정규영(鄭奎榮, 1860-1921)이다. 자는 치형(致亨), 호는 한재(韓齋)이 다. 허전(許傳)에게 수학하였다. 1907년 통정대부 비서감 승에 제수되었다. 1909년 현산 학교(峴山學校)를 설립하여 교육하였으며, 파리장서에 서명하였다. 저술로 8권 2책의 『한재집』이 있다.

를 인정과 예법에 맞게 하여 살아계실 때 봉양하고 돌아가셨을 때 장사하는 데 유감이 없게 하였다. 형제간에 서로 권면하고 우애함이 모두 지극하였다. 형제간에 학문을 연마하는 데 게을리하지 않아 행의(行誼)가 이미 갖추어져서 학문도 그로 인해 더욱 진보하였다.

그러나 공은 일찍부터 덕을 품고 기량을 자부하여 항상 개연히 세상에 나아가 집안의 명성을 떨치리라고 스스로 기대하였다. 그래서 향시에 한 번 합격하였으나 회시(會試)에는 낙방하였다. 그러다 35세에 처음 벼슬길에 나아가 의릉 참봉(義陵參奉)이 되었고, 이어서 어진(御眞)을 봉안할 때 배종한 공으로 6품에 올랐다.[6] 그런데 당시 정사가 이미 그릇되었고 외세의 침략 또한 날마다 급박하였다. 그래서 공은 드디어 귀향을 결심하고 오직 독서를 하고 의리를 구하는 것으로 지향을 삼았다.

공은 면우(俛宇) 곽 징군(郭徵君) 선생을 스승으로 섬겼는데, 선생 또한 확고하여 흔들리지 않는 사람이라고 공을 칭찬하였다. 당대 명석들 가운데 후산(后山) 허유(許愈),[7] 물천(勿川) 김진호(金鎭祜),[8] 대계(大溪) 이승희(李承熙),[9] 회당(晦堂) 장석영(張錫英)[10] 등은 모두 공이 종유한 분들이

---

6 어진(御眞)을……올랐다 : 1902년 6월 서경(西京)의 풍경궁(豐慶宮)으로 고종의 어진(御眞)과 황태자(皇太子)의 예진(睿眞)을 봉안할 때 정해영이 배종하여 9월 4일에 품계가 올랐다. (『承政院日記』高宗39年)

7 허유(許愈) : 1833-1904. 자는 퇴이(退而), 호는 후산·남려(南黎), 본관은 김해이며, 현 경상남도 합천군 가회면 오도리에서 출생했다. 저술로 19권 10책의 『후산집』이 있다.

8 김진호(金鎭祜) : 1845-1908. 자는 치수(致受), 호는 물천, 본관은 상산이며, 현 경상남도 산청군 신등면 평지리 법물 마을에 거주했다. 저술로 21권 11책의 『물천집』이 있다.

9 이승희(李承熙) : 1847-1916. 자는 계도(啓道), 호는 대계·한계(韓溪), 본관은 성산이며, 현 경상북도 성주 출신이다. 1905년 을사조약이 체결되자 유림의 서명을 받아 매국 5적신의 참형과 조약의 파기를 상소하고, 일본군 사령부에 항의문을 보냈다. 1908년 블라디보스톡에서 동포자녀의 교육 및 독립운동에 전념했다. 저술로 42권 20책의 『대계집』이 있다.

10 장석영(張錫英) : 1851-1929. 자는 순화(舜華), 호는 추관(秋觀)·회당, 본관은 인동(仁同)이며, 현 경상북도 칠곡군 약목면 각산리 출신이다. 이진상에게 수학하였다. 1919년

다. 한양에 있을 때는 판서를 지낸 석산(石山) 김익용(金益容),[11] 시랑(侍
郎)을 지낸 수당(修堂) 이남규(李南珪),[12] 성균관 유생 난곡(蘭谷) 이건방
(李建芳)[13] 등이 모두 공이 찾아뵙거나 교분을 맺은 분들이다. 그러니 공
의 평소 지향을 알 만하다.

집안 살림이 평소 넉넉하여 공은 스스로 재산을 불리지 않았다. 선조를
받들고 종친을 회합하거나, 곤궁한 사람을 구휼하고 이웃을 도와주거나,
사문에 일이 있고 친구에게 필요한 것이 있는 경우에도 일반적인 관례를
뛰어 넘어 자기 재산을 내어 베풀며 재물을 아끼려는 기색이 조금도 없었
다. 공이 재물을 경시하고 의리를 중시하니 사람들이 그 풍모를 사모하지
않는 이가 없었다. 시골의 백성이나 농부들이 종종 비석에 새겨 은덕을
칭송하였지만, 공은 오히려 베푼 것이 부족하다고 생각하였다.

처음에 공은 처가가 있는 삼가의 노파리(魯坡里)[14]에서 거주한 것이
수십 년이어서 '노강(魯岡)'이라 자호하였다. 따로 정자를 세워 '가둔재
(嘉遯齋)'라고 했다가 또 '수향정(漱香亭)'이라고 하였는데, 규모와 시설을
매우 넓고 화려하게 하였다. 날마다 훌륭한 명성을 지닌 이들을 맞이하
여 실컷 술을 마셨으니, 풍치가 흘러넘쳤다.

고향으로 돌아왔을 때 정자를 가져올 수 없어서 다시 땅을 살펴 정자
하나를 세우려고 하였다. 일을 맡겨 공사를 막 시작하려던 차에, 공이

3·1운동 때, 파리장서(巴里長書)를 초안하였다. 저술로 43권 21책의 『회당집』이 있다.
11 김익용(金益容) : 1820-? 자는 경수(敬受), 호는 석산, 본관은 선산(善山)이다. 이조 참판,
   형조 판서 등을 역임하였다. 허전(許傳)의 시장(諡狀)을 지었다.
12 이남규(李南珪) : 1855-1907. 자는 원팔(元八), 호는 산좌(汕左)·수당, 본관은 한산(韓
   山)이다. 허전에게 수학하였다. 1906년 병오의병 당시 홍주의병 민종식(閔宗植)을 숨겨
   준 일로 인해 1907년 공주옥에 투옥되었다가 아들 이충구(李忠求)와 함께 피살되었다.
13 이건방(李建芳) : 1861-1939. 자는 춘세(春世), 호는 난곡, 본관은 전주이다. 1885년 진사
   에 합격하였다. 저술로 13권의 『난곡존고(蘭谷存藁)』가 있다.
14 노파리(魯坡里) : 현 경상남도 합천군 봉산면 노파리이다.

갑자기 병이 들어 병술년(1946) 2월 19일에 대현(大峴)의 침실에서 세상을 떠났다. 공이 태어난 고종황제 무진년(1868)으로부터 79년 되는 해이다. 아들 재동(在東)이 공의 지향과 사업이 완성되지 못한 것을 애통해하여 공의 유해(遺骸)를 받들어 정자를 세우려던 뒷산 임좌(壬坐) 언덕에 안장하였다. 장사지내고 난 뒤 지으려던 정자를 곧장 완성하고 '해산정(海山亭)'이라 편액 하였으니, 공은 이에 유감이 없으리라.

내가 일찍이 재동 군의 부탁을 받고서 공의 새 정자에 기문을 썼는데,[15] 지금 재동 군이 다시 비석을 세워 공의 묘소를 단장하려고 하면서 나에게 묘갈명을 써주기를 요청하였다. 내가 그 일을 거절했지만 그의 요청은 더욱 정성스러웠다. 그러나 내가 어찌 그 부탁을 받들 수 있겠는가. 홀로 생각건대 공은 평생토록 명사(名士)와 교유하는 것을 가장 소중하게 여겼는데, 내 선군도 그 중 한 명에 해당한다. 못난 내가 이를 인연으로 공을 사사롭게 뵐 수 있었는데, 공이 자주 돌보고 사랑해주신 것이 지금까지도 또렷하게 기억이 난다. 그러니 정의와 친분을 생각해볼 때 어찌 감히 그의 요청을 거절할 수 있겠는가.

정씨(鄭氏)의 세계는 고려 은열공(殷烈公) 신열(臣烈)에서 나왔다. 곤양에 처음 거주한 사람은 참의에 추증된 대수(大壽)로 호는 오봉(鰲峯)이다. 그 뒤 교관에 추증된 태귀(泰龜)와 좌랑을 지낸 달진(達晉)이 모두 효행으로 정려가 내려졌는데, 공의 5세조와 고조부이다. 증조부 익헌(益獻)은 호가 경재(警齋)이고, 조부는 재환(載煥), 부친 원휘(元暉)는 호가 수은(睡隱)이다. 수은의 초취 부인 하씨(河氏) 역시 효행과 정열(貞烈)로 정려가 내려졌고, 재취 부인 진양 정씨(晉陽鄭氏)는 정택묵(鄭宅默)의 딸이다.

공의 부인 김씨(金氏)는 내 종선조(從先祖)인 상서공(尚書公) 광부(光富)

---

15 공의……썼는데 : 김황이 지은 「해산정기(海山亭記)」가 『해산집』 권4 부록에 실려 있다.

의 후손으로 거사(居士) 시용(峕鏞)의 딸이다. 공과 함께 합장했다. 1남
4녀를 두었는데, 아들이 바로 재동(在東)이고, 딸은 민원호(閔元鎬)·김상
효(金相孝)·권병현(權丙鉉)·허점구(許点九)에게 시집갔다. 김상효 군은
나와 가까이 살면서 매번 공이 집안을 다스린 행실을 자세히 말하였는데,
간절히 그리워하는 마음이 그지 없어서 나 또한 감동이 없을 수 없었다.
명은 다음과 같다.

깨끗하도다 공의 풍채여	灑乎其風采也
헌걸차도다 공의 모습이여	頎乎其儀容也
아름답구나	休休乎
현인을 좋아하고 선을 즐거워했던 충심이여	其好賢樂善之衷也
모두 거두어서 이곳으로 돌아왔는데	卷而歸之此
그 무덤이 겹겹이 서린 금오산에 있으니	其封有蜿金鰲重復重
나의 이 말 황종[16]에 질정해도 부끄러움 없네	我詞無愧質黃琮

문소(聞韶 : 義城) 김황(金榥)이 지음.

墓碣銘 幷序

金榥 撰

故韓 義陵參奉承訓郞鄭公, 諱海榮, 字致一。其先晉陽世族, 中徙昆陽
之大峴里, 十許世而公生。勝冠移住三嘉 三山下, 旣老復還大峴, 自以生

---

16 황종(黃琮) : 땅의 신에게 제사지낼 때 사용하는 황색 옥이다. 『주례』 춘관(春官) 「대종백
(大宗伯)」에 "푸른 옥으로 하늘에 예를 올리고 누런 옥으로 땅에 예를 올린다.[以蒼璧禮
天, 以黃琮禮地.]"라고 하였다. 여기서는 천지의 신을 가리킨다.

於瀕海而老於山中, 扁其堂曰“海山”。士友因以號之。

公性篤孝友。在家庭, 洞燭無違節。十五, 遭先公喪, 哀戚守制。伯氏已先沒, 從仲氏丞宣公, 奉養偏母, 二十餘年, 志體情文, 生死無憾。兄弟之間, 偲怡兼至。征邁不懈, 行誼旣備, 而問學亦由之長進。

然公早懷德才器, 常慨然以需世振家自待。嘗一應鄕試, 不成於禮圍。三十五始筮仕得陵衛, 繼以隨陪御眞奉安, 陞秩六品。則時政已非, 而外訌且日棘矣。遂決意賦歸, 惟以讀書求義理爲志。

師事俛宇 郭徵君先生, 先生亦以確然不撓稱之。一時名碩如許后山、金勿川、李大溪、張晦堂諸公, 皆其所從遊。其於漢京, 則石山 金尙書益容、修堂 李侍郞 南珪、蘭谷 李上庠 建芳, 俱有請謁結交之舊。其雅所意嚮, 可知。

家素豊裕, 而不以自封殖。奉先會宗, 周窮恤隣, 及至斯文有役, 親友有須, 拔例捐施, 略無恡色。輕財重義, 人莫不艶慕其風。村氓佃夫, 往往勒碑以頌德惠, 而公則意尙欿如也。

始公因聘館, 就居嘉之魯坡里者數十年, 自號魯岡。別置亭觀曰“嘉遯”, 亦曰“漱香”, 規橅施設, 極其閎麗。日延令名, 崇觴酬暢, 風致洽然。及其撤還故庄, 則亭隨以不有, 更相地營起一亭。屬役纔始, 而公遽疾作, 丙戌二月十九日考終於大峴寢室。距生大皇戊辰年壽爲七十九。遺孤在東慟其志事未就, 仍奉恒幹, 安厝于所營亭后山壬坐原。旣葬卽卒治亭完成, 扁以“海山”, 公於是, 可以無憾矣乎。

余嘗爲在東君記公新亭, 今玆在東復謀樹珉石, 以賁公墓, 而責我銘之。事左而志益勤。其何堪承? 旃獨惟念公平生最重名士交友, 而余先君與居其一。余不肖因緣獲私, 公亦蒙眷愛, 至今歷歷猶可記也。揆諸誼分, 何敢自外?

鄭氏系出高麗 殷烈公 臣烈。其始居于昆者曰贈參議大壽, 號鰲峯。其後有贈敎官泰龜、佐郞達晉, 俱以孝行蒙㫌, 於公五世、四世。曾祖益獻, 號警齋, 祖載煥, 考元暉, 號睡隱。前妣河氏亦以孝烈㫌閭, 妣晉城鄭氏,

宅默女。配金氏, 余從先祖尙書公光富之后, 居士甞鏞女。葬同穴。一男
卽在東, 四女適閔元鎬、金相孝、權丙鉉、許点九。相孝 金君與余同閈,
每備述公內行, 而申懇不已, 余又不能無感云。

銘曰：“灑乎其風采也, 頎乎其儀容也, 休休乎其好賢樂善之衷也。卷而
歸之此, 其封有蜿金鰲重復重, 我詞無愧質黃琮。”

聞韶 金檃撰。

❖ 원문출전

鄭海榮,『海山集』卷4 附錄, 金檃 撰,「墓碣銘幷序」(국립중앙도서관 BA3648-70-
295-1-2)

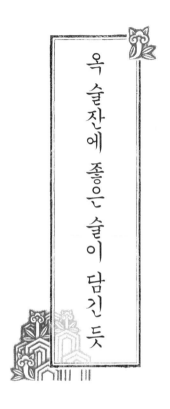

옥 술잔에 좋은 술이 담긴 듯

남정우(南廷瑀) : 1869~1947. 자는 사형(士珩), 호는 입암(立巖), 본관은 의령(宜寧)이다. 현 경상남도 의령군 유곡면 칠곡리 판곡 마을에 거주하였다. 처음에는 이두훈(李斗勳)에게 수학하였고, 이후 정재규(鄭載圭)와 정면규(鄭冕圭)에게 수학하였다. 권운환(權雲煥)·유원중(柳遠重)·권재규(權載奎) 등과 교유하였다.
저술로 21권 11책의 『입암집』이 있다.

입암(立巖) 남정우(南廷瑀)의 묘갈명 병서

권용현(權龍鉉)[1] 지음

입암(立巖) 선생 남공(南公)은 휘가 정우(廷瑀), 자는 사형(士珩)으로, 노백헌(老柏軒) 정 선생(鄭先生)[2]의 문인이다. 처음 정 선생이 물계(勿溪)[3] 가에서 도를 강론하실 적에 그 문하에서 배출된 사인들은 모두 영남 지역의 뛰어난 이들이었는데, 그 덕과 학문이 순수하게 잘 갖추어진 것에 대해 사람들이 일컬을 경우에는 반드시 공을 추존하여 그 첫 번째나 두 번째에 두었다.

공이 세상을 떠난 지 10여 년 만에 유집이 완성되었고, 또 몇 년 뒤 묘소에 비석을 세우게 되었다. 공의 손자 상은(相殷)이 사장(事狀)[4]을 가지고 찾아와 나에게 묘갈명을 지어달라고 청하였는데, 나는 감히 지을 수 없다고 사양하였다. 그러나 생각건대 어릴 때부터 인연이 있어 공의 덕을 본 지 오래되었으므로 공의 심오한 경지를 엿볼 수는 없었을지라도 공이 거동하고 응접하는 사이에서 보고 감화를 받은 것이 또한 깊지

---

1 권용현(權龍鉉) : 1899-1988. 자는 문현(文見), 호는 추연(秋淵), 본관은 안동으로, 현 경상남도 합천군 초계면 유하리에 거주하였다. 전우(田愚)에게 수학하였다. 만년에 태동서사(泰東書舍)를 지어 후학을 양성하였다. 저술로 44권 15책의 『추연집』이 있다.

2 정 선생(鄭先生) : 정재규(鄭載圭, 1843-1911)이다. 자는 영오(英五), 호는 노백헌·애산(艾山), 본관은 초계(草溪)이며, 경상남도 합천에 거주하였다. 기정진(奇正鎭)에게 수학하였다. 저술로 49권 25책의 『노백헌집』이 있다.

3 물계(勿溪) : 현 경상남도 합천군 쌍백면 육리 묵동(墨洞) 마을이다.

4 사장(事狀) : 유사(遺事)와 가장(家狀)을 합친 형태의 글로, 권우현(權友鉉)이 지은 사장이 『입암집』 부록에 실려 있다.

않다고 말할 수 없으니, 어찌 감히 도외시하여 끝내 사양하겠는가.

삼가 생각건대 세상에서 사인이 된 자들이 많은데, 학식이 크고 넓은 자도 있고, 문사가 찬란히 빛나는 자도 있고, 기상과 절개가 빼어난 자도 있다. 그러나 재주가 뛰어난 자는 간혹 남을 깔보거나 단계를 뛰어넘는 데에서 실패하고, 자질이 돈후한 자는 간혹 변화에 둔감하고 정체되는 데에서 병폐가 있고, 마음이 밖으로만 달려가는 자는 또한 잘난 척하는 것을 기뻐하니, 이는 그 정도(正道)를 얻기가 어렵기 때문이다.

오직 독실하고 돈후한 자질로 질박하고 성실한 공부를 하여 단계를 뛰어넘거나 구설에만 얽매이지 않고 실천과 안목이 함께 진보하여 은연 중 내면이 넉넉해져서 사람들이 공경하면서도 극진하지 못하다 여기게 되는 경우로는 공 같은 이에게 비길 사람이 드물 것이다. 『시경』에 "맑은 군자여, 그 몸가짐이 한결같네.[淑人君子 其儀一兮]"[5]라고 하였고, 또 "그가 내면에 갖추고 있는지라, 이 때문에 그와 같도다.[惟其有之 是以似之]"[6]라고 하였으니, 이는 아마도 공을 두고 한 말이리라.

공은 어려서 자질이 노둔하여 처음 공부를 할 적에 글의 뜻을 깨우치는 데 더뎠지만 사색하는 데는 독실하였다. 그래서 부지런히 힘써 영민하게 되었고, 곤궁히 생각하여 통달하게 되었다. 일찍이 과거공부를 싫어하여 오직 실질적인 학문을 탐구하였다. 정 선생(鄭先生)의 문하에 나아가게 되자 그 법도를 한결같이 준수하여 경서와 제자서로 명맥을 삼고 의리(義理)로 귀의할 곳을 삼아 남보다 백배 천배의 공부를 더 하였다. 천인성명(天人性命)의 근원으로부터 예의(禮儀)의 경례(經禮)·곡례(曲禮)에 관한 글에 이르기까지 의미를 끝까지 탐구하여 그 지극하고 마땅한 이치를 찾지 않음이 없었다. 주자(朱子)와 퇴계(退溪)의 글을 읽는

---

5 맑은……한결같네:『시경』 조풍(曹風)「시구(鳲鳩)」에 나오는 구절이다.
6 그가……같도다:『시경』 소아「상상자화(裳裳者華)」에 나오는 구절이다.

것을 더욱 좋아하여 심법(心法)의 기상을 묵묵히 깨달았고, 사물의 이치를 궁구하고 책을 송독하는 공부는 연로하여서도 그만두지 않았으니, 아마 막히면 꿰뚫어보지 않음이 없고 고심하면 익숙해지지 않음이 없어서 환히 이치에 통달한 것이리라. 일찍이 말씀하기를 "학문을 하는 것은 비유컨대 산을 오를 적에 그 높은 곳을 보지 않고 단지 앞만 보고 오르면 자기도 모르게 문득 정상에 도달하는 것과 같다."라고 하였으니, 이것은 대개 경험에서 나온 말로, 일생동안 학문에 정진한 절도가 된다.

공은 천성이 효성스럽고 우애로워 성의가 지극하였다. 어린 나이에 부친을 잃어서 애통해하고 사모하기를 세상을 떠날 때까지 분수로 여겼다. 엄정하면서도 공경한 마음으로 종가(宗家)를 섬기는 데 해이하지 않았다. 중형 소와(素窩) 남정섭(南廷燮),[7] 조카 이천(夷川) 남창희(南昌熙)[8]와 스승의 문하에서 함께 공부하였는데, 한 방에서 강학하고 토론하며 훈지(壎篪)[9]처럼 화락하되 산함(酸鹹)[10]처럼 서로 도움을 주고받는 유익함이 있었다. 집안사람들을 보살피고 종족에게 처신할 적에는 말을 하지 않아도 교화가 행해졌고 성의가 미더우며 정이 넉넉하였다. 겸허하고 온화하여 매번 자신을 굽혀 남에게 낮추었는데, 공의 위의를 접하고 그 덕에 감화된 사람들은 한결같이 추중하고 감복하지 않는 이가 없었

---

7 남정섭(南廷燮) : 1863~1913. 자는 장헌(章憲), 호는 소와, 본관은 의령(宜寧)이다. 현 경상남도 의령에 거주하였다. 정재규(鄭載圭)에게 수학하였다. 저술로 7권 4책의 『소와집』이 있다.

8 남창희(南昌熙) : 1870~1945. 자는 명중(明重), 호는 이천, 본관은 의령이다. 현 경상남도 의령에 거주하였다. 남정우의 백형 남정찬(南廷瓚)의 아들이다. 정재규에게 수학하였다. 저술로 19권 10책의 『이천집』이 있다.

9 훈지(壎篪) : 악기 이름으로 질나발[壎]과 저[篪]이다. 『시경』 소아 「하인사(何人斯)」의 "맏형은 훈을 불고 둘째형은 지를 분다.[伯氏吹壎, 仲氏吹篪.]"라는 말에서 나온 것으로, 형제 혹은 친구 사이의 화목과 조화를 비유한다.

10 산함(酸鹹) : 맛이 시고 짜다는 뜻으로, 사람들과 취향이 다른 것을 비유한다.

다. 제생들을 가르칠 적에는 자상함과 정성스러움이 모두 지극하여 사
람의 마음에 스며들었는데, 비록 어리석은 사람일지라도 반드시 개발되
게 하였다. 이것은 공이 자신을 수양하여 남에게 미친 덕행이다.

 공은 비록 평생 물러나 은거하였지만 세상사를 걱정하며 고심하는 것
은 잊은 적이 없었다. 을사년(1905)에 늑약이 체결되는 변고가 있어 정
선생과 최면암(崔勉庵) 선생이 노성(魯城)에서 회합을 가지니,[11] 공 또한
그 모임에 참여하였다. 경술년(1910)에 나라가 망하자 중국 요서(遼西)
지역으로 피난을 가고자하여 미리 가서 그 지역을 살펴보았는데, 연로
한 모친이 집에 계셔서 실행하지 못하였다. 묘적법(墓籍法)[12]의 강제 시
행을 거부하고, 고종(高宗)의 상복을 입지 말아야 한다는 설을 논변한
것은 모두 의리가 엄정하고 이치가 직절하였다.

 갑신년(1944) 고을 사람들이 문화(文禍)에 연루되는 일이 있었는데,[13]
일경(日警)이 공을 겁박하는 것이 매우 혹독하였다. 그러나 공은 의리에
의거하여 곧바로 그들을 꾸짖고 죽음을 맹세하며 굽히지 않아 꿋꿋하게
가을 서리처럼 엄하고 지주(砥柱)처럼 우뚝하였으니, 또한 의리를 지킴
이 평소 온축된 것이어서 한 때의 과격한 사람이 한순간 의리를 분발하
는 것에 비할 바가 아님을 알 수 있었다. 공이 학문을 논하고 이치를
논한 여러 설에 이르러서는 체험하고 자득하여 스승이 전한 것을 발휘

11 노성(魯城)에서……가지니 : 노성은 현 충청남도 논산시 노성면이다. 을사늑약이 체결되
  자 최익현(崔益鉉)이 노성의 궐리사(闕里祠)에 유회(儒會)를 설치하고 의병을 일으켜
  왜적을 토벌할 대책을 강구하였다.
12 묘적법(墓籍法) : 1912년 일제에 의해 제정된 '묘지·화장·화장장에 관한 취체규칙'을
  말하는데, 특별한 경우를 제외하고는 개인묘지의 설치를 절대로 허가하지 않아 당시
  심한 반발을 야기시켰다.
13 갑신년(1944)……있었는데 : 『입암집』 「사장(事狀)」에 "갑신년 사나운 무리들이 문화(文
  禍)를 빚어내어 근방의 사인들이 많이 구검되었는데, 선생이 그 말에 연루되어 일경 수십
  명이 와서 힐문하는 것이 매우 사나웠다."라고 하였다.

한 데에서 나오지 않은 것이 없었는데, 모두 유집에 실려 있어 살펴보고 고찰할 수 있다.

공은 정해년(1947) 정월 16일에 세상을 떠났으니, 태어난 홍릉(洪陵 : 高宗) 기사년(1869)으로부터 79년 되던 해였다. 장지는 마두리(馬頭里)[14] 오방곡(五方谷) 간좌(艮坐) 언덕에 있다. 부인 성산 이씨(星山李氏)는 이인한(李寅漢)의 딸로 공과 합장하였다.

남씨(南氏)는 의령(宜寧)의 세족으로, 판곡(板谷)[15]이 그들의 세거지이다. 고려 때 밀직부사(密直副使) 휘 군보(君甫)가 의령을 관향으로 삼은 시조이다. 조선의 상신(相臣) 충경공(忠景公) 휘 재(在)와 추계(秋溪) 휘 진(振)은 훈업(勳業)과 청절(淸節)로 이름이 났다. 공의 조부는 묵헌(默軒) 휘 필태(必泰)이고, 부친은 노주(蘆洲) 휘 구원(龜元)으로, 모두 유학을 본업으로 하였다. 전후 모친은 파평 윤씨(坡平尹氏), 재령 이씨(載寧李氏)이고, 공의 생모인 청주 한씨(淸州韓氏)이다.

공은 2남 1녀를 두었는데, 장남 규희(逵熙)는 숙부[16]의 후사가 되었고, 차남 숙희(驌熙)는 지행(志行)이 있었으나 먼저 죽었고, 딸은 정심화(鄭心和)에게 시집갔다. 손자는 상은(相殷), 상시(相時), 상종(相鍾), 출계한 상학(相學), 상조(相祖), 상중(相重)이고, 손녀는 전용갑(田溶甲), 강인희(姜仁熙)에게 시집갔다. 출계한 규희의 아들은 상발(相發), 상주(相周), 상석(相奭)이고, 딸은 안봉상(安鳳相)에게 시집갔다. 정심화의 아들은 정구용(鄭九容)이다. 증손자 몇 명이 있다.

명은 다음과 같다.

---

14 마두리(馬頭里) : 현 경상남도 의령군 유곡면 마두리이다.
15 판곡(板谷) : 현 경상남도 의령군 유곡면 칠곡리 판곡 마을이다.
16 숙부 : 남정우의 숙형(叔兄) 남정렬(南廷烈)이다.

아름다운 속마음에 우뚝한 의표 지녀　　　　　　休休其中嶷嶷表
지란처럼 향기롭고 송백처럼 굳세었네　　　　　芝蘭之薰松柏固
옥 술잔에 좋은 술[17] 예로부터 일컬었으니　　瑟瓚黃流古所稱
그 자품 아름다운 데다 도가 응축되었네　　　　有美其質道乃凝
연빙의 경계[18] 따라 조금씩 공력을 쌓아　　　淵氷之戒銖累功
한순간도 게을리하지 않다 죽어서야 그쳤네　　一息匪懈斃乃終
어둠 속에서 환히 살피고 온화함 속에 우뚝하니　闇裏鑑澈和中峙
깊이 함양하고 두터이 쌓은 것 어찌 빼앗으랴　養深積厚豈襲取
삶과 죽음 평탄함과 험난함을 한마음으로 보았으니　死生夷險一以視
일에는 대소가 있지만 이치는 둘이 아니기 때문이네　事有大小理無二
선을 지킴 매우 좋아하니 성인이 전한 바였고　篤好守善聖所傳
아름다운 이름으로 여생 마치니 누가 흠잡으랴　令譽令終孰間然
후인들은 문채 나는 군자를 잊을 수가 없으니　有斐君子不可諼
이 글을 비석에 새겨 영원히 후세에 전하네　刻詞于阡告無垠

공이 세상을 떠난 지 15년 후인 신축년(1961) 4월에 화산(花山 : 安東) 권용현(權龍鉉)이 지음.

---

17 옥……술:『시경』대아「한록(旱麓)」에 "치밀한 저 옥 술잔에 누런 술이 가운데 들어 있네. 화락한 군자여, 복록이 내리는 바로다.[瑟彼玉瓚, 黃流在中. 豈弟君子, 福祿攸降.]" 라는 구절이 있다.

18 연빙의 경계:『시경』소아「소민(小旻)」에 "전전긍긍하여 깊은 못에 임하듯 얇은 얼음을 밟듯 한다.[戰戰兢兢, 如臨深淵, 如履薄氷.]"라고 한 데서 나온 말이다.

墓碣銘 幷序

權龍鉉 撰

　立巖先生 南公諱廷瑀字士珩, 鄭老柏先生門人也。始鄭先生講道勿溪
之上, 士之出其門者, 盡東南賢碩, 而其德學純備, 人之稱之者, 必推公居
一二焉。其旣歿之十餘年遺集成, 又數年將竪碣于阡。其孫相殷以狀責
余以顯刻之辭, 余辭謝不敢。而顧念自少夤緣覿德者久, 縱未能窺閫奧之
深, 而其觀感於容止應接之間者, 亦不可謂不深, 則何敢自外而終辭?

　竊嘗謂世之爲士者多矣, 有學識之宏博者焉, 有文辭之焜耀者焉, 有氣
節之卓犖者焉。而才高者, 或失於凌躐; 質厚者, 或病於鈍滯; 騖外者, 又
喜於皎厲, 此所以難得其正也。惟其以篤厚資, 用朴實工, 不躐不滯, 足目
俱進, 闇然內腴, 而令人挹之, 若不盡者, 罕有如公比者。《詩》曰: “淑人
君子, 其儀一兮。” 又曰: “惟其有之, 是以似之。” 殆公之謂歟。

　公幼而質魯, 就學遲於悟而篤於思。故勤以當敏, 困而得通。早厭擧業,
惟實學是求。及登鄭先生門, 一遵其繩尺, 以經子爲命脈, 義理爲歸宿, 用
百千之工。自天人性命之原, 以至禮儀經曲之文, 無不極意探討, 以求其
至當。尤喜讀紫陽、退陶書, 默契乎心法氣象, 而窮格誦讀之功, 至老不
撤, 則殆無窒不透, 無苦不熟, 而怡然也。嘗曰: “譬如登山不見其高, 但
見其前, 則不覺其忽到頂上。” 此蓋自驗語, 而爲一生進學之節度也。

　性於孝友, 而誠意肫摯。以早孤而痛慕, 至沒齒以分。嚴而敬, 不弛事
宗。與仲兄素窩 廷燮、兄子夷川 昌熙, 同事師門, 而一室講討, 塤篪和而
酸鹹調。撫家衆, 處宗族, 不言而化行, 誠孚而情洽。謙虛和易, 每屈己下
人, 而人之接其儀, 薰其德者, 無不翕然推服。訓誨諸生, 詳懇幷至, 透達
人衷, 雖蒙愚, 必使開發。此其修於身及於人之德之行也。

　雖一生斂然退藏, 而憂世苦心, 未嘗忘也。乙巳勒約之變, 鄭先生與崔
勉庵先生, 有魯城之會, 則公亦從焉。庚戌國斬欲避地遼西, 往相厥地, 而
以母老在堂, 未果。拒墓籍之脅, 辨不服君之說, 皆義嚴而理直。

甲申鄕有文禍之網, 彼虜之操切公者甚酷。而據義直斥, 矢死不屈, 凜乎若秋霜嚴而砥柱峙, 則亦可見秉義之素所畜積, 而非一時矯激者比也。至其論學論理諸說, 無非出於體驗自得而發揮師傳者, 俱在遺集, 可按而考也。

公沒于丁亥正月十六日, 距生洪陵己巳, 享七十九算。葬在馬頭里 五方谷艮原。配星山李氏 寅漢女祔。南氏 宜寧之世, 而板谷其庄也。高麗密直副使君甫, 其始貫祖。國朝相臣忠景公 在, 秋溪 振, 以勳業淸節著。公之祖曰默軒 必泰, 考曰: 蘆洲 龜元, 俱業儒。前後妣曰: 坡平尹氏、載寧李氏, 而淸州韓氏, 其母也。二男逵熙出爲叔父後, 驪熙有志行前卒, 一女適鄭心和。孫男: 相殷、相時、相鍾、相學出后、相祖、相重, 女適田溶甲、姜仁熙。出後房男: 相發、相周、相奭, 女適安鳳相。鄭男九容。曾孫若干人。

銘曰: "休休其中巍巍表, 芝蘭之薰松柏固。瑟瓚黃流古所稱, 有美其質道乃凝。淵氷之戒銖累功, 一息匪懈斃乃終。闇裏鑑澈和中峙, 養深積厚豈襲取? 死生夷險一以視, 事有大小理無二。篤好守善聖所傳, 令譽令終孰間然? 有斐君子不可諼, 刻詞于阡告無垠。"

公歿後十五年辛丑孟夏, 花山 權龍鉉撰。

❖ **원문출전**

南廷瑀, 『立巖集』 卷21 附錄, 權龍鉉 撰, 「墓碣銘并序」(경상대학교 문천각 古 D3B H남730)

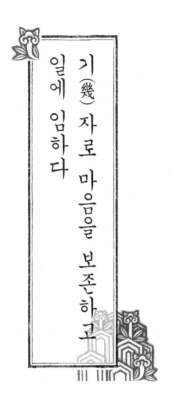

기(幾) 자로 마음을 보존하고 일에 임하다

김기용(金基鎔) : 1869~1947. 자는 경모(敬模), 호는 기헌(幾軒), 본관은 상산(商山)이며, 현 경상남도 산청군 신등면 평지리 법물 마을에서 태어나 거주하였다. 김진호(金鎭祜)·곽종석(郭鍾錫)에게 배웠고, 김극영(金克永)·송호곤(宋鎬坤) 등과 교유하였다. 저술로 6권 3책의 『기헌집』이 있다.

기헌(幾軒) 김기용(金基鎔)의 묘갈명 병서

김황(金榥)[1] 지음

  기헌(幾軒) 처사 김공(金公)의 휘는 기용(基鎔)이고 자는 경모(敬模)이다. 그 선대는 상산(商山)의 저명한 집안이었는데, 중세에 단성(丹城)의 법물리(法勿里)로 이거하여 유학(儒學)의 명가(名家)로 일컬어졌다.

  공은 어릴 적부터 집안 어른 물천(勿川)[2] 선생을 스승으로 섬겼다. 선생이 '기(幾)' 자를 집어 보여주고는, 마음을 보존하여 성실함과 거짓됨을 구분하고 일할 적에 미리 입장을 정하는 것이 모두 이 글자에 달려 있다고 하였다. 후에 면우(俛宇) 곽 선생(郭先生)[3]을 종유하면서 「기암명(幾庵銘)」[4]을 얻어, 벽에 걸어두고 늘 바라보았다. 그리고 공의 벗 정산(靖山) 송호곤(宋鎬坤)[5] 공이 공을 위해 「기헌설(幾軒說)」[6]을 지었다. 또한 공이 졸하자 집안의 아우 중헌(重軒) 김재수(金在洙)가 공의 행장에서 말하

---

1 김황(金榥) : 1896-1978. 자는 이회(而晦), 호는 중재(重齋), 본관은 의성이며, 현 경상남도 산청군 신득면 평지리 문산 마을에 거주하였다. 김우옹(金宇顒)의 후손이고, 곽종석(郭鍾錫)에게 수학하였다. 저술로 100권 48책의 『중재집』이 있다.

2 물천(勿川) : 김진호(金鎭祜, 1845-1908)이다. 자는 치수(致受), 호는 물천, 본관은 상산(商山)이다. 현 경상남도 산청군 신등면 평지리 법물 마을에서 태어났다. 박치복(朴致馥)·허전(許傳)·이진상(李震相) 등에게 수학하였다. 저술로 21권 11책의 『물천집』이 있다.

3 곽 선생(郭先生) : 곽종석(郭鍾錫, 1846-1919)이다. 자는 명원(鳴遠), 호는 면우, 본관은 현풍이다. 이진상에게 수학하였다. 저술로 182권 63책의 『면우집』이 있다.

4 기암명(幾庵銘) : 『면우집』 권143에 수록되어 있다.

5 송호곤(宋鎬坤) : 1865-1929. 자는 직부(直夫), 호는 항재(恒齋)·정산, 본관은 은진이며, 현 경상남도 합천군 삼가에 거주했다. 저술로 16권 8책의 『정산집』이 있다.

6 기헌설(幾軒說) : 송호곤의 문집인 『정산집』 권7에 수록되어 있는 작품으로, 「기암설(幾庵說)」이라고 되어 있다.

기를 '기암(幾庵) 선생'이라고 하였으니, 이는 대개 공이 일생동안 이룬
덕이 실로 이 글자에서 비롯되었기 때문이다. 그리고 '헌(軒)'과 '암(庵)'
은 단지 공이 우거하던 곳이다. 공의 묘소는 살던 곳과 가까운 삼가(三
嘉) 장전산(章田山) 곤좌(坤坐) 언덕에 있는데, 기헌 처사라는 명칭은 내
가 붙인 것이다.

　지금 돌이켜 보니, 공의 외관은 헌걸차고 컸으며 얼굴은 순수하고 윤
기가 났다. 우뚝한 광대뼈와 코에는 굳센 장부의 기상이 있었다. 담론과
행실은 진실되고 해박하였으며, 급박하고 위급한 상황에서도 학문을 좋
아하는 간절한 마음을 잊지 않았으니, 공과 같은 사람을 다시 볼 수 있겠
는가. 노성한 인물들이 날로 세상을 떠나 본받을 만한 인물들은 사라졌
으니, 세도(世道)의 변화를 지켜보는 내 슬픔을 이루다 말할 수 있겠는가.

　더욱이 내가 느낀 바로는 공과 내 선친은 인척으로 숙질의 항렬이고
나이는 여섯 살[7] 차이인데 교유할 때에는 서로 마음이 가장 잘 맞았다.
선친이 이 마을로 이거한 뒤로 공과 만나 강론하면서 조금도 헛되게 보
낸 날이 없었으며 밖으로 출입하며 다니면서 구경하기를 언제나 두 분
이 함께 했다. 선친은 매번 공의 박실함을 칭찬하였고, 공 또한 한결같이
선친을 믿어 의심하지 않았다. 일을 도모할 적에 비록 이해에 관계된
것일지라도 취사선택을 조금도 주저하거나 인색하게 하지 않았다. 세상
의 변화가 너무 심하여 탄식이 눈에 가득했지만 서로 대화할 적에는 반
드시 확고히 도를 붙들어 세우기를 기약하니 남들이 두 분을 이간할 수
없었다.

---

7 여섯 살 : 원문의 '견수(肩隨)'는 『예기』 「곡례 상」에 '5세 이상 10세 미만의 나이 차이가
　나는 경우, 나이 어린 사람이 연장자의 왼쪽이나 오른쪽에서 조금 뒤에 걷는다.[肩隨]'라
　고 한 데서 나온 말이다. 김황의 부친 김극영(金克永, 1863-1941)은 자가 순부(舜孚),
　호는 매서(梅西)·신고당(信古堂), 본관은 의성(義城)이다. 김극영과 김기용의 나이 차는
　6세가 난다.

선친이 먼저 돌아가셨을 적에 공이 눈물을 글썽이며 나에게 말하기를 "숙씨가 세상을 떠난 뒤로 나는 마음을 나눌 사람이 없구나."라고 하고, 눈물과 콧물이 얼굴을 뒤덮었다. 지금 생각해보니 그 광경이 아직도 눈앞에 삼삼하다. 내가 비록 못났지만 어찌 그때를 잊을 수 있겠는가. 아! 감개무량하다.

공이 처음 배울 적에는 재주가 퍽 노둔하였으나 오직 기질만은 남다르고 특별했다. 각고의 노력으로 터득하고 견고한 마음으로 그것을 지키는 데에 힘썼다. 날마다 과거 문장을 익혔는데, 어렵거나 쉬운 것에 구애되지 않았으며 혹시라도 공부하지 않는 날이 없었다. 그래서 스물 남짓한 나이에 이미 향시(鄕試)에 응시할 수 있었다. 비록 한성시(漢城試)에 합격하지는 못했지만 공의 학업이 장차 성취하여 효과가 있었음을 알 수 있었다.

가까운 친족 중에 단계옹(端磎翁)[8]이 있었고, 인근 고을에는 훌륭한 덕을 가진 박만성(朴晚醒)[9]・허후산(許后山)[10] 두 분이 있었다. 때로는 댁으로 찾아가 배우기도 하고, 때로는 강석으로 달려가 배우기도 하여 훈도(薰陶)와 계발(啓發)의 힘을 두루 입었다. 그리고 만성옹이 임종 시에 '경발진려(警發振厲)'[11] 네 글자를 공에게 주었으니, 크게 진보할 것으로 기

---

8 단계옹(端磎翁) : 김인섭(金麟燮, 1827-1903)이다. 자는 성부(聖夫), 호는 단계, 본관은 상산(商山)이다. 현 경상남도 산청군 신등면 단계리(丹溪里)에 거주하였다. 저술로 18권 10책의 『단계집』이 있다.

9 박만성(朴晚醒) : 박치복(朴致馥, 1824-1894)이다. 자는 훈경(薰卿), 호는 만성, 본관은 밀양이다. 본래 함안 사람인데 중년 이후 현 경상남도 합천군 가회면에서 살았다. 류치명(柳致明)・허전(許傳)에게 수학하였다. 저술로 16권 9책의 『만성집』이 있다.

10 허후산(許后山) : 허유(許愈, 1833-1904)이다. 자는 퇴이(退而), 호는 후산・남려(南黎), 본관은 김해이며, 현 경상남도 합천군 삼가에 거주하였다. 허전・이진상에게 수학하였다. 저술로 21권 10책의 『후산집』이 있다.

11 경발진려(警發振厲) : 박치복은 여러 인물들에게 각기 다른 네 글자의 부절을 주며 그것을 종신토록 실천하라는 당부를 하였는데, 김기용이 받은 네 글자가 '경발진려'였다. 허유는

대한 사실을 더욱 알 수 있다.

공의 학문은 자신의 몸과 마음 위에서 먼저 이해하여 앎과 행동이 함께 나아가고 움직이거나 멈출 적에는 때에 맞게 하였다. 가까이는 가정에서부터 시행하여 종족 및 벗들과 마을의 머슴이나 하인에게까지 미루어 나갔는데 항상 처신하는 데 잘못이 있을까 염려하였다. 성품은 인자하고 정성스러웠으며 불필요한 겉치레는 없게 하였다. 평이하고 단정하여 조금이라도 사악하거나 음흉한 생각을 용납하지 않았다.

서고에는 책이 많았다. 경서(經書)와 백가서(百家書)에 대해서는 그 요체를 깨닫지 못한 점이 없었다. 남들과 토론할 적에는 마치 말을 더듬거리며 충분히 설명할 수 없는 것 같았지만 법도에 따라 헤아리고 결단하여 마음속에서 정해진 결정을 바꿀 수 없는 점이 절로 있었다. 이것은 공이 현명한 스승과 좋은 벗들 사이에서 침잠하고 연마하면서 조금씩 쌓은 결과이지 귀로 듣고 입으로 말하면서 세월만 보낸 자들이 얻을 수 있는 경지가 아니다.

공이 가산을 다스리고 산업을 경영할 적에는 비록 작은 일이라도 부지런히 하지 않는 경우가 없었으며, 비록 쓰다가 남은 물건일지라도 차마 버리지 못했다. 어떤 사람은 공이 계산에 독실한 사람이라고 의심을 하였지만, 시비와 득실을 판단할 적에는 또한 욕망을 따르거나 마음을 속인 적이 없었다. 또한 이것이 공이 지닌 학문의 힘을 보여주는 하나의 증거이다.

무릇 공이 공처럼 훌륭한 사람이 된 것이 대개 이와 같은데 이 글에서 언급하지 않는 점들은 절로 이에 준하여 구할 수 있을 것이다. 아! 이를 오늘날의 사류들에게서 흔히 볼 수 있는가. 내가 공을 '처사'라고 불러도

「서김경모경발진려사자부후(書金敬模警發振勵四字符後)」를 지어 그 뜻을 부연하였다.

부끄럽지 않은 까닭이다.

상산 김씨의 먼 조상은 고려조에 보윤(甫尹)을 지낸 수(需)이다. 처음 단성에 거주한 분은 직제학을 지낸 후(後)인데, 이분이 단구재(丹邱齋) 선생이다. 그 후손들이 삼한림(三翰林)·팔군자(八君子)의 명성이 있었는데, 판관을 지낸 경인(景訒)이 공의 파조(派祖)이다.

증조부는 재한(在漢), 조부는 이귀(履龜), 부친은 용섭(龍變)인데, 모두 은덕이 있었다. 부친의 호는 조심헌(操心軒)인데, 의성 김씨(義城金氏) 김홍진(金弘鎭)의 딸에게 장가들었으나 일찍 세상을 떠나 자식이 없었다. 그래서 그 아우 괴정(槐庭) 우섭(遇變)의 아들인 공으로 대를 이었다. 공의 생모는 은진 임씨(恩津林氏)로 대군사부를 지낸 임진부(林眞怤)의 8대손 임호원(林灝源)의 딸이다.

공은 홍릉(洪陵 : 高宗) 기사년(1869)에 태어나서 79세 되던 정해년(1947) 정월 2일 법물(法勿)의 자택에서 별세하였다. 부인은 재령 이씨(載寧李氏)로 도정(都正)을 지낸 이재찬(李宰鑽)의 딸이다. 두 아들을 두었는데, 장남은 진태(鎭泰)이고 차남 진도(鎭陶)가 본생가의 제사를 받든다.[12] 두 딸은 권재남(權載南)과 하종원(河鍾源)의 처이다. 진태의 아들은 응숙(應淑)·상숙(尙淑)·주숙(周淑)이고, 진도의 아들은 창숙(昌淑)·갑숙(甲淑)이다. 권재남의 아들은 권위상(權渭相)·권갑성(權甲成)·권용석(權龍錫)이고, 하종원의 아들은 하계진(河啓晉)·하계엽(河啓曄)·하계홍(河啓洪)·하계택(河啓澤)이다. 나머지는 상세히 기록하지 않는다.

공에게는 유고 5권이 있었는데 여러 후손들이 나에게 편집을 맡겨 지금은 3책이 되었다. 문집을 간행하려 할 적에 다시 나에게 묘갈명을

---

12 차남……받든다 : 김기용의 생부는 김우섭이다. 김우섭은 2남 2녀를 낳았으나 장성한 아들로는 김기용만이 있었다. 그래서 김기용은 둘째 아들 진도에게 자기 본생가의 제사를 받들게 하였다.

부탁하여 문집에 부록하려 하였다. 공의 모친이 나에게는 집안 고모이
고 대대로 척분을 맺었으니, 의리상 도외시할 수 없었다. 이에 삼가 평소
공경하고 감복했던 점을 위와 같이 기록하였다. 또한 핵심을 모아 명을
다음과 같이 서술한다.

치자나 밀랍으로 꾸민다면	彼梔而蠟
거액을 받고 팔 수 있으리	售之可以百十
비가 내려 도랑이 되지만	彼雨而澮
물은 모이자마자 빠져버리네	其集立見其退
아! 도도한 물결은 막을 수가 없는데	嗟滔滔之莫挽
그 누가 개연히 돌릴 것을 생각하랴	夫孰能慨然而思反
나무가 한덩이로 무르녹았으나	有朴渾渾
조탁하기를 빌리지 않았네	不假雕鏤
소리가 거의 들리지 않았으나	有音正希
유장하게 울려 퍼졌네	亦疏其越
온몸이 예스럽게 빛났으며	通身古色
지닌 덕성은 지극히 곧았네	維德之貞
근본의 법칙이 있으면	本之則在
어떤 도가 생겨나지 않으리	何道不生
공의 정신을 그대로 묘사했지	傳神描寫
내가 꾸며낸 것은 아니라네	我非虎頭
그 증거가 아직도 있는 곳은	尙其有證
처사가 묻힌 언덕이라네	處士之邱

경자년(1960) 2월 의성(義城) 김황(金榥)이 삼가 지음.

墓碣銘 幷序

金櫶 撰

幾軒處士金公, 諱基鎔字敬模。其先商山著望, 中世居丹城之法勿里, 以儒學名家稱。公自少師事宗黨勿川先生。先生拈示幾字, 以爲操心, 誠僞之分, 及施諸事爲前定豫立, 皆在於此。後從俛宇 郭先生, 得《幾庵銘》, 揭以常目。而其友靖山 宋公鎬坤, 爲作《幾軒說》。及卒, 族弟重軒 在洙, 狀其行曰: "幾庵先生", 蓋公之始終成德, 實由乎此。而軒與庵, 唯其寓也。公之墓在其居近三嘉 章田山坐坤之原, 其曰"幾軒處士"者, 櫶余所題也。

在今追想, 其儀表頎碩, 顏貌粹澤。竦顀隆準, 毅然有丈夫氣像。而言談擧止, 孚尹旁達, 顚沛造次, 不忘好學之惓惓者, 可復見公其人耶。老成日徂, 典刑漠邈, 世道之悲, 可勝言哉。

尤余所感者, 公與余先君, 爲戚屬叔姪行, 而年紀差肩隨, 交游之際, 心氣最與相胒。自先君之移卜于玆, 會晤講討, 略無虛日, 而出入觀賞, 動輒與俱。先君每亟詡公樸實, 而公亦壹信先君, 無疑貳。凡有作爲, 雖利害所關, 舍從之不少留恡。世變百出, 嗟咄滿目, 而相語間, 必以確然扶豎爲期, 人不得而間焉。迨先君之旣喪, 而公索然向余言曰: "一自叔氏不世, 吾無與爲懷矣。"因涕淚被面。至今思之, 光景猶森然。雖余不肖, 亦惡得而忘諸? 嗚呼! 其可感也已。

公始受學, 才頗魯, 唯其性氣殊特。務在勤苦以得之, 堅靭以持之。日課時文, 不拘難易, 未或有闕。二十餘, 已能出應鄕試。京試雖不必雋, 而可見其將就有效也。近族有端磎翁, 隣鄕有朴晚醒、許后山二長德。或陪操杖几, 或趨隨牌拂, 倂被薰陶啓發之力。而晚醒翁臨終, 授以"警發振厲"四字, 其所期乎長進者, 尤可見。

其爲學也, 先從身心上理會, 知行兩進, 動靜以時。近自家庭, 推至宗族朋友、閭里僕隸, 常恐處之有失。仁愛懇惻, 祛邊削幅。平易白直, 絶不容豪分邪暗。

記府充實。經子百家, 靡不諦其體要。對人論辨, 若口吃不能盡言, 而權衡裁度, 自有內定不移者。此其浸涵磨礱於明師良友, 而銖積寸累, 要非耳口歲月之所可取辦也。

其於理家營産, 雖小物, 未或不勤, 雖殘餘, 不忍遺棄。或者疑其篤於計較, 而是非得失之判, 亦未嘗徇欲而欺心。亦其學力之一驗也。凡公之爲公, 大槪如是, 其所未及者, 自可准此而求得之。嗚呼! 此其可多見於今世之士者哉。余所以題之處士而無愧也。

商山之金, 遠祖高麗甫尹霱。其始居于丹者, 曰直提學後, 是爲丹邱齋先生。其后有三翰林、八君子之名, 而判官景訥, 爲公分派之祖。在漢、履龜、龍燮、曾祖、祖若考, 俱有隱德。考號操心軒, 聘義城 金氏 弘鎭之女, 蚤卒, 無育。以其弟槐庭 遇燮一子后之。生母恩津林氏, 師傅眞伫仍孫灝源女。

洪陵己巳, 公生, 七十九歲丁亥正月二日, 終于法勿世第。配載寧李氏, 都正宰鑽女。二子: 長鎭泰, 次鎭陶, 奉本生祀。二女, 權載南、河鍾源妻。鎭泰男: 應淑、尙淑、周淑, 鎭陶男: 昌淑、甲淑。權男: 渭相、甲成、龍錫, 河男: 啓晉、啓曄、啓洪、啓澤。餘不詳記。

公有遺藁五卷, 諸后人委余刪節, 今爲三冊。旣將印行, 復要余備阡刻之表, 以附于篇。公之妣, 於余爲族姑, 世世講戚, 義不容自外。迺竊記其平昔所敬服者如此。又最而爲之銘曰:

"彼柅而蠟, 售之可以百十。彼雨而澮, 其集立見其退。嗟滔滔之莫挽, 夫孰能慨然而思反? 有朴渾渾, 不假雕鏤。有晉正希, 亦疏其越。通身古色, 維德之貞。本之則在, 何道不生? 傳神描寫, 我非虎頭。尙其有證, 處士之邱。"

庚子中春, 義城 金榥謹撰。

❖ 원문출전

金基鎔,『幾軒集』卷6 附錄, 金榥 撰,「墓碣銘幷書」(경상대학교 문천각 古(아천) D3B 김19ㄱ)

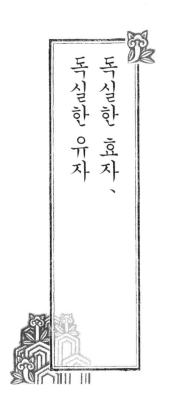

독실한 효자,
독실한 유자

조용상(曹庸相) : 1870-1930. 자는 이경(彛卿), 호는 현재(弦齋), 본관은 창녕이며, 현 경상남도 산청군 삼장면 대포리에 거주하였다. 최숙민(崔琡民)·곽종석(郭鍾錫)에 게 수학하였고, 하겸진(河謙鎭)·권재규(權載奎) 등과 교유하였다. 1910년에 부친의 유 지를 받들어 조식(曺植)의 『남명집(南冥集)』 중간을 주도하였다.
저술로 7권 2책의 『현재집』이 있다.

현재(弦齋) 조용상(曺庸相)의 묘지명 병서

이교우(李敎宇)[1] 지음

　　현재(弦齋) 조공(曺公)이 세상을 떠난 지 12년 되는 신사년(1941)에 공의 아들 동섭(東燮)이 선친의 유고를 안고 와서는 나에게 교열을 마무리하게 하고 또 묘지명을 청하였다. 나는 적임자가 아니라는 이유로 사양하였으나 끝내 거절하지 못하고 행장을 살펴 다음과 같이 서술한다.

　　공은 문정공(文貞公)[2] 선생의 10세손이고 복암공(復菴公)[3]의 자제이다. 복암공은 자질이 현명한 데다 학문이 있어서 남명 선생의 경의(敬義)의 본지를 능히 발휘하여 미진함이 없었다. 공 또한 가정교육을 게을리하지 않고 가학을 이어서 모든 일을 남명 선생과 연계시켰다. 한편으로는 복암공의 마음을 자신의 마음으로 삼아 남명학의 본지를 천명하고 무고하는 설을 변론하였는데, 남에게 핍박을 당하는 경우에 이르더라도 조금도 후회하지 않았다.

　　덕천서원(德川書院)에서 예전부터 최수우당(崔守愚堂)[4]을 배향했는데

1　이교우(李敎宇) : 1881-1944. 자는 치선(致善), 호는 과재(果齋), 본관은 전의(全義)이고, 현 경상남도 산청군 단성(丹城)에 거주하였다. 정재규(鄭載圭)에게 수학하였다. 저술로 28권 14책의 『과재집』이 있다.

2　문정공(文貞公) : 조식(曺植, 1501-1572)이다. 자는 건중(健中), 호는 남명(南冥), 시호는 문정, 본관은 창녕(昌寧)이다. 저술로 『남명집』이 있다.

3　복암공(復菴公) : 조원순(曺垣淳, 1850-1903)이다. 자는 형칠(衡七), 호는 복암, 본관은 창녕(昌寧)이다. 현 경상남도 산청군 삼장면 대포리에 거주하였다. 저술로 7권 3책의 『복암집』이 있다.

4　최수우당(崔守愚堂) : 최영경(崔永慶, 1529-1590)이다. 자는 효원(孝元), 호는 수우당, 본관은 화순(和順)으로, 한양 출신이다. 조식에게 수학하였다. 저술로 2권 1책의 『수우당실

서원을 중건함에 이르러 배향을 논의하게 되었다. 공은 '선생 문하에 덕
계(德溪)⁵와 한강(寒岡)⁶과 같은 현인이 있는데 수우당만 배향하는 것은
타당하지 않다.'고 말하였다. 이 일로 인해 사람들은 모두 공이 최수우당
을 출향했다고 여겼으니 이는 잘못이다. 조씨 문중 사람들은 일찍이 허
미수(許眉叟)⁷의 덕산비(德山碑)에 대해 불만을 갖고 있었는데, 배향 논의
에 앞서 공에게 의논하지도 않고 비석을 무너뜨렸다. 이 일로 인해 사람
들은 모두 공이 비석을 무너뜨렸다고 여겼으니 이것은 무함이다.

공의 사람됨은 겉으로는 간략하고 담박한 듯하지만 안으로는 실로 정
밀하고 상세하였다. 넓게 듣고 잘 기억하되 분명하지 않으면 그만두지
않았으며 인륜의 떳떳한 도리를 독실히 실천하였다. 복암공을 섬길 적
에는 그 마음을 기쁘게 하는 데 힘을 썼으며 병이 생기면 정성을 다해
간호하였다. 부친상을 당해서는 애통해함이 심하여 조문하는 사람이 그
를 걱정하였고, 모친상에는 노년의 나이도 잊은 채 예를 극진히 하였다.
합장할 적에 곡을 하면서 수백 리를 걸어갔는데 길 가던 사람들 중에
탄식하지 않은 자가 없었고, 기일에는 처음 상을 당했을 때처럼⁸ 울면서
그리워하였다. 날마다 반드시 새벽에 일어나 세수하고 빗질한 뒤 사당
을 배알하고, 물러나서는 좌정하고 책을 보았는데 60년을 한결같이 행

기』가 있다.
5 덕계(德溪) : 오건(吳健, 1521~1574)이다. 자는 자강(子强), 호는 덕계, 본관은 함양(咸陽)
  이다. 조식에게 수학하였으며, 저술로 10권 5책의 『덕계집』이 있다.
6 한강(寒岡) : 정구(鄭逑, 1543~1620)이다. 자는 도가(道可), 호는 한강, 본관은 청주(淸州)
  이다. 이황과 조식에게 수학하였다. 저술로 27권 11책의 『한강집』 등이 있다.
7 허미수(許眉叟) : 허목(許穆, 1595~1682)이다. 자는 문보(文甫)·화보(和甫), 호는 미수,
  본관은 양천(陽川)이다. 정구(鄭逑)에게 수학하였다. 저술로 67권의 『기언(記言)』 등이
  있다.
8 상을 … 때처럼 : 원문의 '단괄(袒括)'은 상을 당한 자가 2일째와 3일째에 행하는 예식으
  로, 옷을 벗어 왼쪽 어깨를 드러내고 관(冠)을 벗어 머리카락을 묶는 것이다.

동하였다.

동생들과는 우애롭게 지내서 곤궁한 처지를 도와줄 때에도 극진하였다. 매번 춘궁기가 되면 가난해서 요구하는 형제들을 도와주고 자기 집안의 살림은 때로 식량이 떨어지더라도 걱정하지 않았다. 손님을 대접하고 종들을 부리며 걸인을 도와줄 때에도 은혜로운 마음을 곡진히 하여서 그들의 마음을 기쁘게 했다. 이러한 것들은 모두 복암이 일찍이 집안에서 행했던 것인데 공도 능히 그렇게 행하였으니, 세상의 군자들이 독실한 효자이고 독실한 유자라고 공을 평하는 것은 이 때문일 것이다.

공의 휘는 용상(庸相), 자는 이경(彝卿)이며, 본관은 창녕이다. 문정 선생부터 비로소 진주(晉州)의 덕산(德山)9에 거주하게 되었다. 조부는 휘 석영(錫永), 증조부는 휘 이진(鯉振), 고조부는 지평에 추증된 휘 용현(龍現)이다. 부친 복암의 휘는 원순(垣淳)이고 문집이 있어 세상에 전한다. 어머니는 전주 최씨인데, 장령(掌令)을 지낸 최용(崔溶)의 딸이다.

공은 홍릉(洪陵 : 高宗) 경오년(1870)에 태어나 회갑이 되던 경오년(1930) 정월 27일에 세상을 떠났다. 진양군 정촌면(井村面) 학소곡(鶴巢谷)의 손좌(巽坐) 언덕에 장사지냈다. 능주 구씨(綾州具氏) 구학조(具鶴祖)의 딸, 밀양 손씨(密陽孫氏) 손경인(孫慶仁)의 딸, 여흥 민씨(驪興閔氏) 민치욱(閔致郁)의 딸이 세 부인이다. 아들 동섭(東燮)과 민영옥(閔泳玉)에게 시집간 딸은 구씨 소생이고, 권병도(權丙度)·정계환(鄭啓煥)·정현화(鄭炫和)에게 시집간 세 딸은 민씨 소생이다. 아들 계섭(啓燮)과 이현진(李鉉鎭)·정진(鄭榛)에게 시집간 딸은 측실인 김씨 소생이다.

공의 유고는 모두 6권인데 큰 요지는 모두 남명 선생의 학문의 본지를 천명한 것이다. 또 『성학집요(聖學輯要)』10·『기어(記語)』·『술어(述語)』

---

9 덕산(德山) : 현 경상남도 산청군 시천면 덕산이다.

10 성학집요(聖學輯要) : 『성학집요』는 원래 이이가 편찬한 서명인데, 여기서는 조용상의

등 여러 편이 작은 상자 안에 갈무리되어 있다고 한다.

　명은 다음과 같다.

아! 공의 학문은	猗歟公學
집안에서 근본하여	本乎家庭
오직 경의만을 말했네	曰維敬義
이 경의는	維此敬義
해와 달처럼 밝아	昭如日月
오래토록 실추되지 않았네	久而不墜
공이 이에 능히 계승하고	公乃克承
천명하고 변론하여	以闡以辨
유지를 어기지 않았네	不爽遺志
어찌 그리 말들이 많은지	夫何衆口
없던 일 가리켜 있었다 말하여	指無謂有
분분함이 한둘이 아니었네	紛紜不一
오랜 세월 지난 뒤에라도	百世在後
지혜로운 자는 그것을 알 것이니	知者知之
얼마나 부끄럽고 얼마나 두려우리	何愧何怵
그 실행에 최선을 다하여	最厥實行
젊어서부터 늙었을 때까지	自少暨老
조금도 착오나 실수가 없었네	罔或差失
독실한 효자요 독실한 유자라는 말	篤孝篤儒
내가 아부하는 사사로운 말 아니라	非余阿私
사람들의 평이 이와 같다네	月評如刻
학소곡에 공의 무덤 있는데	鶴巢有阡
그 안에 묘지명을 바쳐	納誌其中
영원히 전해지게 하노라	以詔無極

───────

『성학전수집요(聖學傳受輯要)』를 가리킨다.

신사년(1941) 유화절(流火節)[11]에 전의(全義) 이교우(李敎宇)가 삼가 지음.

墓誌銘 幷序

李敎宇 撰

弦齋 曺公卒後十有二年辛巳, 嗣子東燮, 抱來遺草, 俾余卒校, 旣又請誌。辭以非其人而不獲, 乃按狀, 而敍之曰:

公卽文貞先生十世孫, 復菴公之肖子也。復菴賢有學, 能發揮先生敬義之旨, 無餘蘊。而公又孺染不倦, 凡事係先生。一以復菴心爲心, 闡本旨, 辨誣說, 至見困迫於人, 而不少悔也。

德院, 舊配崔守愚, 及重建而議配也。公以爲先生門下有德溪、寒岡之賢, 單配未當。人咸以此爲公黜配, 則過矣。曺氏嘗不滿於眉碑, 前是, 不議於公而踣之。人咸以此爲公踣碑, 則誣矣。

公爲人, 外若簡淡, 而內實精詳。博聞强記, 弗明弗措, 篤於彝倫。事復菴, 務悅其心, 有癠, 竭誠調扶。丁憂, 哀戚甚, 弔者危之, 母夫人喪, 忘老盡禮。於其魯祔, 哭行數百里, 道路之人, 無不嗟歎, 忌辰, 號慕袒括。日必晨興, 盥櫛拜廟, 退坐觀書, 六十年如一。

友愛弟妹, 賙賑備至。每當窮節, 應給貧求, 自己中饋, 有時告乏而不恤。至於待賓客, 御婢僕, 酬丐乞, 曲盡恩意, 使各歡心。凡此皆復菴之所嘗行於家者, 而公能行之, 世之君子, 以篤孝篤儒歸公, 以是夫。

公諱庸相, 字彝卿, 其先本昌寧人。自文貞先生, 始爲晉州之德山人。祖曰錫永, 曾祖曰鯉振, 高祖曰龍現, 贈持平。復菴諱垣淳, 有文集, 行于

世。妣全州崔氏, 掌令溶女。

公以洪陵庚午生, 而卒於甲年正月二十七日。葬在郡之井村面 鶴巢谷
巽原。綾州 具鶴祖女、密陽 孫慶仁女、驪興 閔致郁女, 三配也。男東燮、
壻閔泳玉, 具氏出: 壻權丙度、鄭啓煥、鄭炫和, 閔氏出: 男啓燮, 壻李鉉
鎭、鄭榛, 副室金氏出。

公之遺草, 凡六卷, 而大要, 皆闡明文貞先生之旨者。又有《聖學輯要》、
《記語》、《述語》諸編, 藏在巾衍云。

銘曰: "猗歟公學, 本乎家庭, 曰維敬義。維此敬義, 昭如日月, 久而不
墜。公乃克承, 以闡以辨, 不爽遺志。夫何衆口? 指無謂有, 紛紜不一。百
世在後, 知者知之, 何愧何怵? 最厥實行, 自少暨老, 罔或差失。篤孝篤
儒, 非余阿私, 月評如刻。鶴巢有阡, 納誌其中, 以詔無極。"

辛巳流火節, 全義 李敎宇謹撰。

❖ 원문출전

曺庸相, 『弦齋集』卷7 附錄, 李敎宇 撰,「墓誌銘幷序」(경상대학교 문천각 古 D3B
조66ㅎ)

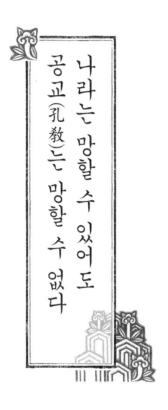

나라는 망할 수 있어도
공교(孔敎)는 망할 수 없다

이병헌(李炳憲) : 1870-1940. 자는 자명(子明), 호는 추연(秋淵)·진암(眞庵)·백운산인(白雲山人), 본관은 합천이다. 현 경상남도 함양군 병곡면 송평리(松坪里)에서 태어났다. 12대조인 이원(李源)의 강학처 구사재(九思齋)를 중건하였다. 곽종석(郭鍾錫)에게 수학하였고, 허유(許愈)·이두훈(李斗勳)·장석영(張錫英)·최익현(崔益鉉)·기우만(奇宇萬) 등을 종유하였다. 중국의 강유위(康有爲)와 교유하며 공교(孔敎)의 부흥을 위해 노력하였고, 공자(孔子)의 진상(眞像)과 진본 경전을 가져와 현 경상남도 산청군 단성면 사월리 배산서당(培山書堂)에 봉안하였다.

저술로『이병헌전집』·『중화유기(中華遊記)』·『유교복원론(儒敎復原論)』및 금문경(今文經) 관련 저술 등이 있다.

진암(眞庵) 이병헌(李炳憲)의 행장략[1]

이병헌(李炳憲)의 자는 자명(子明), 호는 추연(秋淵)·진암(眞庵)·백운산인(白雲山人), 본관은 합천(陜川)이다. 청향당(淸香堂) 이원(李源)의 12대손이다. 부친은 이정화(李正華)이고, 생부는 이만화(李晩華)이다. 모친은 진양 하씨 하대곤(河大坤)의 딸이다. 1870년 12월 18일 현 경상남도 함양군 병곡면(甁谷面) 송평리(松坪里)에서 태어났다.

1885년(16세) 섣달 그믐날 자신을 경책하는 시를 지어 다음과 같이 말하였다.

쇠는 녹일 수 있고 바위도 부술 수 있으니　　　惟鐵可銷惟石破
장부가 뜻을 세움은 더더욱 굳게 해야 한다　　丈夫立志尤當堅
삼백육십오일이 오늘밤에 다하니　　　　　　三百六旬今夜盡
어찌 이 순간의 생각이 다시 하늘을 속이리　　肯將此意復欺天

1894년(25세) 『한주집(寒洲集)』 교정 일 때문에 거창(居昌) 원천(原泉)에 와 있던 곽종석(郭鍾錫)을 찾아가 배알하였다.

1898년(29세) 곽종석에게 집지하였다. 남려(南黎) 허유(許愈), 홍와(弘窩) 이두훈(李斗勳), 회당(晦堂) 장석영(張錫英) 등의 여러 공들을 뵈었고, 성주(星州)의 삼봉서당(三峰書堂) 낙성연(落成宴)에 참가하였다. 또 아우 이병석(李炳奭)과 함께 호남을 유람하며 송사(松沙) 기우만(奇宇萬)을 만나고,

---

[1] 이 글은 권도용(權道溶)의 『추범집(秋帆集)』 권18에 실려 있는 「진암선생이공행장(眞庵先生李公行狀)」의 내용을 요약한 것이다. 『이병헌전집』 하권에 이병헌이 자신의 일대기를 연대순으로 정리한 「아력초(我歷抄)」가 있다.

광주의 서석산(瑞石山)을 유람하였다. 돌아올 적에 면암(勉菴) 최익현(崔益
鉉)을 찾아뵈었다.

1901년(32세) 곽종석을 모시고 남해 금산(錦山)을 유람하였다. 또 전주
에 가서 『이정전서(二程全書)』·『주자대전(朱子大全)』·『주자어류(朱子語
類)』·『성리대전(性理大全)』 등의 서적을 구입하였다. 정주학(程朱學)을 연
구해 보고서는 송유(宋儒)의 성리학이 원시 유학과 다른 점이 있음을 깨
달았다.

1902년(33세) 이원의 강학처인 구사재(九思齋)를 중건하였고, 도산서
원 향사 참여를 계기로 청량산(淸涼山)에 올라 오산당(吾山堂) 등 퇴계
유적을 답사하였다.

1903년(34세) 청(淸)나라 양계초(梁啓超)가 지은 『무술정변기(戊戌政變
記)』를 읽고서 동아시아 대국(大局)의 변천과 정황을 알았다. 또 강유위
(康有爲)가 세무(世務)에 능통한 유학자임을 듣게 되었고, 유학이 오로지
수구배외(守舊排外)를 본보기로 해서는 안 되는 것을 알았다.

을사늑약 이후로 교육을 가장 급선무로 여겨, 교육에 헌신할 마음을
발현해 통문을 돌리고 생도를 모집해 강학하였다.

1914년(45세) 압록강을 건너 중국 안동현(安東縣)에 당도하여 이미 망
명와 있던 안효제(安孝濟)·노상익(盧相益)을 방문하여 만주 한인(韓人)들
의 생활상을 들었다. 곡부(曲阜)로 가서 당시 중국 공교회(孔敎會)의 총무
인 소점(少霑) 공상림(孔祥林)을 방문하고, 공묘(孔廟)에 참배하였다. 홍콩
에 가서 강유위를 만났는데, 그가 "국가의 명맥은 민족의 정신에 달려
있는데, 민족을 단결시키고 정신을 유지하는 방법은 종교에 달려 있습
니다. 중국과 고려는 유교(儒敎)를 자국의 생명으로 삼아야하고, 유교를
구제하는 것을 구국(救國)의 전제로 삼는다면 망한 나라일지라도 희망이
있을 것입니다."라고 하였다.

1915년(46세) 항주(杭州)에 머물고 있는 강유위를 방문하였고, 다시 곡부로 가서 공교회(孔敎會)의 삭일참배례(朔日參拜禮)에 참석하였다. 또 안회(顔回)의 후손 안경육(顔景堉) 및 맹자의 종손 맹경당(孟敬棠)과 더불어 경전의 의리를 강론하였다. 회남(淮南)으로 가서 창강(滄江) 김택영(金澤榮)을 방문하여 자신이 저술한 『중화유기(中華遊記)』[2]를 교감 받았다.

한편 조선총독부에서 종교령(宗敎令)을 내려 유교를 종교에서 삭제하자, "나라는 망할 수 있어도 종교는 망할 수 없는 것이 진실로 자연 경쟁의 이치이고, 또한 세계 열국의 정례(定例)이다."라고 하였다.

1920년(51세) 강유위에게 자신이 저술한 『유교복원론(儒敎復原論)』을 바쳤고, 강유위는 『신학위경고(新學僞經考)』를 주며 유교 복원에 대해 말하였다.

일찍이 우리나라에 현재 봉안된 공자상은 진본이 아니므로 곡부의 연성공(衍聖公)에게 아뢰어 진상(眞像)을 모사하고 진본 경전을 구입하여 우리나라로 가져와 현 경상남도 산청군 단성면 사월리 배산서당(培山書堂)에 봉안하고자 하였다. 그리하여 배산서당 문묘(文廟)와 도동사(道東祠)가 1923년 1월에 차례로 준공되었고, 이해 9월 진상을 가지고 돌아왔다.

이후로 금문경(今文經) 연구에 잠심하여 『시경삼가설(詩經三家說)』, 『서경금문설고(書經今文說攷)』, 『역경금문고(易經今文攷)』 등을 저술하였다.

1940년 1월 20일 향년 72세로 별세하였고, 2월 함양군 북쪽 토산(兎山) 선영 아래에 장사지냈다.

부인 안동 권씨는 권준(權濬)의 딸이다. 3남 2녀를 두었는데 장남은 재교(在敎)이고, 차남 재위(在爲)는 출계하였고, 막내는 재귀(在龜)이다. 장녀는 하동 정씨(河東鄭氏) 정식현(鄭植鉉)에게, 차녀는 선산 김씨(善山金

---

2 중화유기(中華遊記) : 이병헌이 중화민국을 여행하고 기록한 것으로, 중국 남통(南通)의 한묵림서국(翰墨林書局)에서 출판하였다. 우리나라 최초의 중화민국 여행기로 평가된다.

氏) 김영태(金永泰)에게 시집갔다.

저술로 『이병헌전집(李炳憲全集)』 상·하 2책 및 금문경(今文經) 관련
서적 등이 있다.

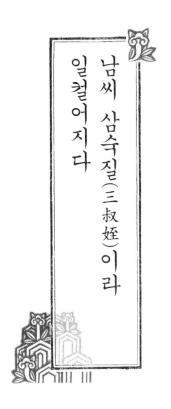

남씨 삼숙질(三叔姪)이라 일컬어지다

남창희(南昌熙) : 1870-1945. 자는 명중(明重)·명부(明夫), 호는 이천(夷川), 본관은 의령(宜寧)으로, 현 경상남도 의령군 유곡면 칠곡리 판곡(板谷) 마을에 거주하였다. 정재규(鄭載圭)·정면규(鄭冕圭)에게 수학하였다. 허유(許愈), 최숙민(崔琡民), 기우만(奇宇萬) 등을 종유하였다. 정재규의 문집 간행에 참여하였다.
저술로 19권 10책의 『이천집』이 있다.

이천(夷川) 남창희(南昌熙)의 행장략[1]

남창희(南昌熙)의 자는 명중(明重)·명부(明夫), 호는 이천(夷川), 본관은 의령(宜寧)이다. 대대로 의령의 판곡리(板谷里)[2]에 살았다. 마을 앞에 시내가 있었는데, 옛 이름이 소무이(小武夷)였다. 그래서 이천(夷川)이라 호를 지었다.

부친 니산(尼山) 남정찬(南廷瓚)은 의금부 도사를 지냈다. 모친은 현풍 곽씨(玄風郭氏)이다.

이천은 1870년 10월 14일 판곡리 집에서 태어났다. 마을 앞에 있던 시내 이름이 소무이였기 때문에 호를 이천이라고 지었다.

1885년 부친을 따라 현 경상남도 합천군 쌍백면 육리 묵동 마을에 우거하였다. 처족인 애산(艾山) 정재규(鄭載圭),[3] 농산(農山) 정면규(鄭冕圭)[4]를 종유하다가 정재규의 제자가 되었다. 숙부 소와(素窩) 남정섭(南廷爕),[5] 입암(立巖) 남정우(南廷瑀)[6]와 함께 정재규의 문하에 나아가 당시에

---

1 이글은 김황(金榥)이 지은 「이천선생남공행장(夷川先生南公行狀)」을 참고하여 작성하였다.

2 판곡리(板谷里) : 현 경상남도 의령군 유곡면 칠곡리 판곡 마을이다.

3 정재규(鄭載圭) : 1843-1911. 자는 영오(英五), 호는 노백헌(老柏軒)·애산, 본관은 초계(草溪)이며, 현 경상남도 합천에 거주하였다. 기정진(奇正鎭)에게 수학하였다. 저술로 49권 25책의『노백헌집』이 있다.

4 정면규(鄭冕圭) : 1850-1916. 자는 주윤(周允), 호는 농산, 본관은 초계(草溪)이며, 현 경상남도 합천에 거주하였다. 정재규(鄭載圭)의 사촌 아우이며, 기정진에게 수학하였다. 저술로 15책 8권의『농산집』이 있다.

5 남정섭(南廷爕) : 1863-1913. 자는 장헌(章憲), 호는 소와, 본관은 의령(宜寧)이다. 현 경상남도 의령에 거주하였다. 정재규·정면규에게 수학하였다. 저술로 7권 4책의『소와집』이 있다.

'남씨 삼숙질(南氏三叔姪)'이라 일컬어졌다. 이웃 고을의 허유(許愈) · 최숙민(崔琡民) · 기우만(奇宇萬) 등을 종유하였다.

1905년 아우 남태희(南台熙)와 함께 현 충청남도 청양군 목면 장구동(藏龜洞)[7]으로 면암(勉庵) 최익현(崔益鉉)을 찾아가 배알하고 집지하였다. 이듬해 최익현이 의병을 일으켰다 실패하고 대마도(對馬島)에 구금되자 편지를 보내 안부를 물었고, 최익현의 영구가 돌아왔을 때는 아우와 함께 현풍(玄風)의 관사에서 맞이하여 곡을 하고 장구동의 본댁으로 운구하였다. 이듬해 아우 남태희가 세상을 떠났다. 이에 집안일을 장남 남상엽(南相燁)에게 맡기고 조섭하는 것에 오로지 힘썼다.

1911년 정재규가 세상을 떠난 뒤 동문들과 노백서사(老柏書舍)에서 스승의 유집을 편집하고 간행하였다. 1916에 또 정면규가 세상을 떠나자 애산의 상례 때와 같이 하였다.

1921년 현 충청남도 논산시 가야곡면 병암리(屛巖里)에 이주할 계획으로 터를 잡았다가 얼마 뒤 다시 고향으로 돌아왔다. 1929년 진주(晉州)로 이거하고, 1933년 우거지 근처에 '둔천당(遯川堂)'을 지었다. 그곳에서 노년을 보내고자 하였으나 다시 고향으로 돌아왔다.

1945년 3월 7일 유연정(悠然亭)[8]에서 향년 76세로 별세하였다. 4월 21일 중장(中場)[9] 북창산(北倉山)의 자좌(子坐) 언덕에 장사지냈다가 1947년 발니산(跋尼山) 서쪽 유좌(酉坐) 언덕으로 이장하였다.

6　남정우(南廷瑀) : 1869~1947. 자는 사형(士珩), 호는 입암, 본관은 의령(宜寧)이다. 현 경상남도 의령에 거주하였다. 정재규 · 정면규에게 수학하였다. 저술로 21권 11책의 『입암집』이 있다.

7　장구동(藏龜洞) : 현 충청남도 청양군 목면 송암리 장구동이다.

8　유연정(悠然亭) : 부친 남정찬이 현 경상남도 의령군 유곡면 판곡 마을의 발니산(跋尼山) 아래에 지은 정자이다.

9　중장(中場) : 현 경상남도 의령군 유곡면 송산리 중장 마을이다.

부인은 초계 정씨(草溪鄭氏)로 서정(西亭) 정옥윤(鄭玉潤)의 후손인 정현필(鄭鉉弼)의 딸이다. 4남 3녀를 두었다. 아들은 남상엽(南相燁)·남상룡(南相龍)·남상일(南相一)·남상설(南相卨)이고, 사위는 정민규(鄭敏圭)·하봉식(河鳳植)·권삼현(權三鉉)이다.

저술로 19권 10책의 『이천집』이 있다.

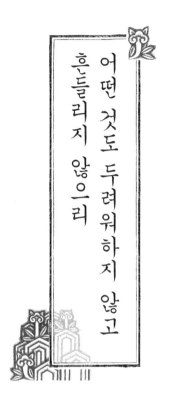

어떤 것도 두려워하지 않고
흔들리지 않으리

하겸진(河謙鎭) : 1870-1946. 자는 숙형(叔亨), 호는 회봉(晦峯), 본관은 진양(晉陽)이다. 현 경상남도 진주시 수곡면 사곡리에서 태어났다. 곽종석(郭鍾錫)에게 수학하였다. 이승희(李承熙)·장석영(張錫英)과 종유하였고, 송준필(宋浚弼)과 교유하였다. 저술로 50권 26책의 『회봉집』과 30권 3책의 『동유학안(東儒學案)』 등이 있다.

회봉(晦峰) 하겸진(河謙鎭)의 묘지명

이일해(李一海)[1] 지음

민국(民國)[2] 43년(1961) 4월 7일(갑인일), 회봉 선생의 묘소를 덕곡(德谷)[3] 마을 동쪽 기슭 간좌(艮坐) 언덕에 이장하고서 문인 하용환(河龍煥)[4]·하영기(河永箕)·성환혁(成煥赫) 등이 나에게 묘지명을 부탁하였다. 이보다 앞서 선생의 아들 영윤(泳允)이 병으로 세상을 떠나려할 적에 내게 유언으로 부탁하며 또 말하기를 "아, 선친께서 세상을 떠난 지 15년 만에 세상이 날로 격변하여 덕을 아는 이가 더욱 없어졌습니다. 몇몇 사람들이 굳이 직접 가르침을 받은 제자에게 묘지명을 부탁하려고 하는 것은 참으로 그만 둘 수 있는 일이 아닙니다."라고 하였다. 그렇게 하지 않았다면, 나같이 어리석고 비루한 사람이 어떻게 선생의 묘지명을 지을 수 있겠는가!

아! 선생의 휘는 겸진(謙鎭), 자는 숙형(叔亨), 자호는 회봉(晦峯)이다. 하씨(河氏)의 본관은 진양(晉陽)인데 고려와 조선 두 왕조에 문벌이 드러났다. 상서공부 시랑(尙書工部侍郎) 휘 공신(拱辰)이 비조(鼻祖)이다. 고조

---

1 이일해(李一海) : 1905-1987. 자는 여종(汝宗), 호는 굴천(屈川), 본관은 재령(載寧)이다. 곽종석과 하겸진에게 수학하였다. 『면우집(俛宇集)』 간행에 참여하고, 1970년 하겸진의 『동유학안(東儒學案)』을 간행하였다. 저술로 4권 2책의 『굴천집』이 있다.

2 민국(民國) : 대한민국에서 사용한 연호로, 독립선언을 하고 임시정부를 수립한 1919년이 대한민국 원년이다.

3 덕곡(德谷) : 현 경상남도 진주시 수곡면 사곡리 덕곡 마을이다.

4 하용환(河龍煥) : 1892-1961. 자는 자도(子圖), 호는 운석(雲石), 본관은 진양(晉陽)이며, 현 경상남도 진주 출신이다. 곽종석과 하겸진에게 수학하였다.

의 휘는 이태(以泰) 호는 함와(涵窩)이며, 증조의 휘는 정현(正賢), 조부의
휘는 학운(學運), 호는 만취(晩翠)이다. 부친의 휘는 재익(載翼)이며, 모친
은 김해 허씨(金海許氏) 허정(許湞)의 딸이다.

선생은 고종 경오년(1870) 1월 28일에 태어났다. 3세에 글자를 알았고,
9세에 긴 문장을 암송하였고, 20여 세에는 준재로 일컬어지며 식견을 깊게
하여 재목이 되었다. 그러나 오히려 각고의 노력을 그치지 않아 일찍이
한 달 동안 정좌하여 두꺼운 솜바지가 닳아 뚫어져 새것으로 바꾸어 입은
적이 세 번이나 되었다. 그러므로 옛 경전을 두루 읽고 성리설을 정밀히
연구하여, 학문을 축적한 큰 규모와 도에 나아간 깊은 조예가 사람들이
능히 측량할 수 없는 경지에 이르렀다. 그리고 저술을 겸하여 단련했는데,
시는 정절공(靖節公) 도연명(陶淵明)의 유음(遺音)이 있는 데다가 두보(杜
甫)의 의리와 소식(蘇軾)의 격조를 참작하였으며, 산문은 한유(韓愈), 구양
수(歐陽脩), 왕안석(王安石), 증공(曾鞏)의 사이를 출입하였다.

이때에 다산(茶山)[5]의 곽 징군 선생이 유학의 종장이었는데 선생을 국
기(國器)로 허여하여 자신를 이어 유학을 흥기시키리라 기대한 것이 매
우 성대했으며, 창강(滄江) 김택영(金澤榮),[6] 난곡(蘭谷) 이건방(李建芳),[7]
중국의 장건(張謇)[8] 등 또한 점차 그들이 능한 바로서 다른 사람을 통해

---

5 다산(茶山) : 곽종석이 거처했던 다전(茶田)으로, 현 경상남도 거창군 가북면 중촌리 다
　전 마을이다.

6 김택영(金澤榮) : 1850~1927. 자는 우림(于霖), 호는 창강, 본관은 화개(花開)이고, 황해북
　도 개성 출신이다. 이건창(李建昌)과 교유하였다. 1891년 진사시에 합격하였다. 을사늑약
　이 체결되자 1908년 중국으로 망명하였다. 저술로 15권 9책의 『소호당집』・『창강고』 등
　이 있다.

7 이건방(李建芳) : 1861~1939. 자는 춘세(春世), 호는 난곡, 본관은 전주이다. 경기도 강화
　에서 출생하였다. 그곳에서 후학을 양성하며 양명학에 심취하였으며, 정인보(鄭寅普)와
　최남선(崔南善)을 배출하였다. 저술로 13권 4책의 『난곡존고』가 있다.

8 장건(張謇) : 1853~1926. 중국 강소(江蘇) 남통(南通) 사람으로 자는 계직(季直), 호는 색
　암(嗇庵)이다. 1894년에 진사에 합격하였으나 청일전쟁으로 벼슬을 포기하고, 실업(實

교유를 청하였다.

국가의 사직이 무너질 즈음,[9] 선생은 이미 산림에서 중망을 받고 있었다. 기미년(1919) 이후 온 나라가 피로 물들었을 때에는 왜적의 정탐이 걸핏하면 선생 주위에 있었다. 파리장서 사건[10]으로 유림들이 옥에 갇혀 욕을 당했는데, 더러는 이듬해까지 이어졌다. 그러나 선생은 두려워하거나 동요하지 않을 뿐만 아니라, '도와 나라는 서로 표리가 된다. 지금 정학을 강론하고 대의를 밝혀 나라가 망한 상태에서 인심을 선하게 하고 장차 나라를 회복하려 할 적에 천리를 인도해야하니, 내가 아니면 누가 하겠는가!'라고 여겼다.

이에 중국과 우리나라의 유학자들의 고금의 학설을 모아 교감하면서 은미한 뜻을 분변하고 절충하여, 그것을 모아 「심위자모설(心爲字母說)」을 지었다. 또 당시 사람들의 윤리와 강상을 무너뜨리는 의론을 힘써 배척하여 물리쳤다. 만년이 되어서는 그 말씀이 날로 넉넉해져서, 선생의 한 몸에 사문의 중망이 달린 것이 대개 수십 년이나 되었다.

일찍이 관서 지방으로 가서 압록강을 건너 안동현(安東縣)[11]에 이르렀다. 후에 또 여러 번 이름난 산수를 유람하며 비분강개한 마음을 읊었는데, 풍류가 유장(悠長)하였다. 평상시에는 책을 보고 글씨를 쓰면서 조용히 앉아 종일토록 한마디 말도 하지 않았다. 때때로 정원을 산책할 적에는 작은 지팡이를 짚고 다녔는데 나라 잃은 백성의 감회, 도학이 실추된

業)으로 나라를 구하자고 주장하고 실천에 옮겼다.

9 국가의……즈음 : 1910년 경술국치를 이른다.

10 파리장서 사건 : 1919년 3·1운동 이후 유림은 독립 선언서에 서명한 인물들에 유림이 빠져 있다는 것을 수치로 여겼다. 이를 만회하기 위해 유림은 곽종석을 대표로 내세워 파리 강화 회의에 한국의 독립 요구를 밝히고 독립을 청원하기로 합의하였다. 파리강화회의에 보내는 서한에는 김천 지역을 비롯해 명망 있는 영남 유림들이 서명에 참여한 일이다.

11 안동현(安東縣) : 현재 중국 요령성(遼寧省) 단동시(丹東市) 지역으로 항일 독립운동 단체들이 항일 무장투쟁을 벌인 곳이다. 연보에 따르면 1913년에 갔다.

근심, 홀로 터득한 견해를 자신하는 기쁨 등이 머릿속에 번갈아 떠오르고 뒤엉켜, 아련히 돌아가기를 잊은 것이 오래었다.

제생이 학업을 청하면 반드시 그 사람이 가진 깊이와 장단을 살펴서 재단해줄 뿐, 현묘한 이치를 갑자기 끌어다 그가 미치지 못한 내용을 억지로 가르치지 않았다. 동년배들과 교유할 때도 또한 그러하였다.

향년 77세 때 목에 종양을 앓아 병술년(1946) 7월 11일 사곡리(士谷里) 집에서 세상을 떠났다. 다음 달 증산(甑山) 아래에 예로 장사를 지냈다. 선생이 세상을 떠나기 일 년 전 국권이 회복되었다.

선생은 작은 체구에 얼굴이 크고 이마는 네모나며, 눈에는 별빛 같은 광채가 있어 노년에 이르러 더욱 형형하였다. 마주앉아 얘기하며 혹 5일이나 7일 밤을 새도 피곤한 기색이 없었다. 그 타고난 기상의 빼어남이 이와 같았는데 기거(起居)를 신중히 하고 기욕(嗜慾)을 절제하여 수양이 극진해져서 화락한 기운이 넘쳐흘렀다. 사람들이 이로써 '선생은 마땅히 오래도록 살아계실 것'이라고 생각했는데, 끝내 그러시질 못하였으니 하늘이 버리신 것이다! 하늘이 버리신 것이다!

저술한 유서(遺書)가 50권이다. 그리고 『주자어류절요(朱子語類節要)』 20권, 『동시화(東詩話)』 2권은 『동유학안(東儒學案)』 30권과 함께 간행하였다. 『명사강목(明史綱目)』 약간 권은 정리하여 베껴두었으며, 수습하지 못한 유서의 간행은 폐기하였다. 한성의 정인보(鄭寅普)[12]가 잡저 몇 편을 보고 절하며 말하기를 "문장이 고인의 최고 경지에 이르렀으니 어찌 단지 성리학의 대가일 뿐이랴!"라고 하였다. 여러 시문을 모아 정선(精選)하여 별본을 만들기로 약속하였는데, 오래지 않아 6·25 동란이 일어

---

12 정인보(鄭寅普) : 1893-1950. 자는 경시(京施), 호는 위당(爲堂)·담원(薝園), 본관은 동래(東萊)이다. 이건방(李建芳)의 양명학을 전수받았다. 저술로 『조선사연구』·『양명학연론』·『담원정인보전집』 등이 있다.

나 정인보가 납북되었다.

부인은 진주 정씨(晉州鄭氏) 정태표(鄭太驃)의 딸이다. 묘는 이장하는 날 합장하였다. 1남은 영윤(泳允)이고, 2녀는 박덕종(朴德鍾), 이병각(李秉珏)에게 시집갔다. 손자는 원근(元根), 심근(樿根)이고, 증손자 병동(炳棟)은 원근의 소생이다.

선생은 처음에 구강(龜岡)에 장수(藏修)하는 공간을 가지고 있었는데, 와서 배우는 사람들이 그 좁고 누추한 것을 괴로워하자 덕곡서당(德谷書堂)으로 옮겼다. 선생이 돌아가신 뒤 이곳에서 일 년에 한 번 석전제를 지낸다. 지금은 묘역과 담장 하나 간격으로 가깝다. 동쪽 작은 문으로 나가 북쪽으로 꺾어 십여 보 올라가면 바로 묘소이다. 일어날 때나 앉아 있을 때, 나아갈 때나 물러날 때에 신도(神道)가 아주 가까이 보이니, 반드시 예전보다 남다른 감개가 있을 것이다.

명은 다음과 같다.

문이 도에서 갈라지고	文岐乎道
도 또한 도에서 나누어지네	道又道岐
유학의 도가 쇠퇴해져	儒之衰矣
서로 편협하여 지엽이 되었네	胥褊而枝
회봉 선생께서 태어나셨는데	惟先生生
하늘이 훌륭한 자질을 내려주셨네	天授其資
정밀하고 밝은 덕 내면에서 길러지고	精明內殖
화려하고 찬란한 재주 밖으로 베풀어졌네	彪炳外施
화려하고 찬란한 재주, 정밀하고 밝은 덕으로	彪炳精明
실추된 실마리를 부지하셨네	墜緒以扶
그래서 나는 군자라 말하지 않고	不曰君子
또한 성인의 무리라고 말하네	亦云聖徒
크나큰 천지의 조화	大化茫茫

누가 행하고 누가 폐하리	孰行孰廢
덕과 재주 거두어 구천으로 돌아가시니	斂歸土中
곧장 천년토록 영원하리	直千其載
송지의 언덕에	松旨之丘
넉 자 높이 묘소가 있는데	四尺有堂
견고하고 안온하리니	旣固旣安
이 묘지명을 그 안에 바칩니다	納此銘章

문인 재령(載寧) 이일해(李一海)가 삼가 지음.

墓誌銘

李一海 撰

民國四十三年四月甲寅, 改葬晦峯先生於德谷東麓艮坐原, 門人河龍
煥、河永箕、成煥赫等徵一海銘。 先是嗣君泳允病且死, 有遺囑, 亦云:
"嗚呼! 自先生旣歿十有五年, 世變日劇, 而知德者愈無人。二三子之必欲
徵銘於同其親炙者, 誠非得已也。" 不然如一海愚陋, 其烏足以銘先生哉!

噫! 先生諱謙鎭, 字叔亨, 別自號晦峯。河氏出晉陽, 著麗、韓二代。尚
書工部侍郎諱拱辰, 其鼻祖也。高祖諱以泰, 號涵窩, 曾祖諱正賢, 祖諱學
運, 號晚翠。考諱載翼, 妣盆城許氏 湞女。

高宗庚午正月二十八日先生生。三歲識字, 九歲背誦萬言, 二十餘號爲
雋才, 淵識成材矣。猶刻苦不輟, 嘗終月坐, 厚綿袴腐穿而易以新者三。
是以其包羅墳典, 研精性理, 績學之大, 造道之深, 至於人不能測知。而兼
工述製, 其詩有陶靖節遺音, 而參之以杜甫之義, 蘇軾之調; 文則出入於
昌黎、歐陽、王·曾之間。當是時茶山 郭徵君先生儒宗也, 許先生爲國

器, 所以屬望繼興者甚殷, 而<u>金滄江</u> 澤榮、<u>李蘭谷</u> 建芳及<u>華士張騫</u>諸公, 亦稍稍以其所能, 介人請交焉。

國社斬, 先生旣負重名於林下。而己未以還, 血濺全域, 則賊詗動在左右。長書儒林諸獄拘辱, 或至彌年。先生顧不懼不撓, 以爲"道與國互爲表裏。當今講正學, 明大義, 淑人心於旣亡, 導天理於將復, 非余其誰也?" 於是聚勘<u>中</u> 東群儒古今學說, 辨其微而折其衷, 會之爲《心爲字母說》。又力詆時人悖倫滅常之論而闢之。屬至晚節, 其言日富, 獨以一身繫斯文之望者, 蓋數十年矣。嘗西行過<u>鴨江</u>, 到<u>安東縣</u>。後又屢游名山水, 吟嘯慷慨, 風流悠永。而居平, 卽手卷肘硯, 澹坐竟晷, 無一語。有時步旋庭除, 細杖蠋地而行, 子遺之感, 喪墜之憂, 獨見自信之喜, 迭集交凝於眉宇之上, 窅然喪其所返者久之。諸生請業, 必視其人所操之淺深長短而裁之而已, 未嘗驟汲玄妙, 强其所不逮。於交輩亦然。

享年七十七患項核, 以丙戌七月十一日, 考終于<u>士谷里</u>第。逾月禮葬<u>甑山</u>下。前一歲國復。

先生短軀, 巨顱方顙, 眼有星彩, 至老益炯然。坐語或五七夜不色倦。其稟受絶人如此, 而愼起居節嗜慾, 修養極而沖和溢。人以是謂"先生且當久視於世。"而卒不然者, 其天喪之矣, 天喪之矣。

所著遺書五十卷。《朱子語類節要》二十卷、《東話》二卷, 幷刊行《東儒學案》三十卷。方謄寫《明史綱目》略干卷, 廢棄不自收遺書之刊也。<u>漢城</u> <u>鄭寅普</u>閱雜著數篇, 拜曰: "文章臻古人最高處, 豈第理學也?" 因約他日合諸詩文精選爲別本, 未幾北亂, 作絏<u>寅普</u>去。

配<u>晉州鄭氏</u> 太驥女。墓同日祔。一男泳允, 二女爲<u>朴德鍾</u>、<u>李秉珏</u>妻。孫男: <u>元根</u>、<u>樗根</u>、曾孫男炳棟, 元根出。始先生有藏修之室於<u>龜岡</u>, 來學者苦其狹陋, 移之爲<u>德谷書堂</u>。先生沒仍歲一釋奠於斯。今與塋域隔一墙而近。出東小門, 北折上十數步, 卽其地也。興跪進退之際, 顧瞻神道密邇, 其必有感慨之異於前也夫。

銘曰: "文岐乎道, 道又道岐。儒之衰矣, 胥禰而枝。惟先生生, 天授其資。

精明內殖, 彪炳外施。彪炳精明, 墜緒以扶。不曰"君子", 亦云"聖徒"。大
化茫茫, 孰行孰廢? 斂歸土中, 直千其載。<u>松旨</u>之丘, 四尺有堂, 旣固旣安,
納此銘章。"

　　門人<u>載寧</u> <u>李一海</u>謹撰。

❖ 원문출전

河謙鎭, 『晦峯先生年譜』 附錄, 李一海 撰, 「墓誌銘」(경상대학교 문천각 古(물천)
B91 하14ㅎ)

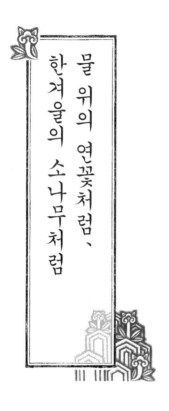

물 위의 연꽃처럼,
한겨울의 소나무처럼

권재규(權載奎) : 1870-1952. 자는 군오(君五), 호는 송산(松山)·이당(而堂), 본관은 안동(安東)이다. 현 경상남도 산청군 단성면 강루리 교동 마을에서 태어났다. 처음에 최숙민(崔琡民)에게 수학하였고, 후에 정재규(鄭載圭)·최익현(崔益鉉)에게 수학하였다. 1934년 인곡서당(仁谷書堂)을 세워 후학을 양성하였고, 1935년부터 소사동유(蕭寺同遊) 모임을 통해 강학 활동을 하였다.
저술로 46권 24책의 『이당집』이 있다.

송산(松山) 권재규(權載奎)의 묘갈명 병서

권용현(權龍鉉)[1] 지음

송산(松山) 선생 권공(權公)이 세상을 떠난 지 십수 년 후에 그의 아들 창현(昌鉉)이 공의 사적을 자세히 기술하여 가장(家狀)을 만들어서 나에게 찾아와 보여주며 말하기를 "선고의 묘소에 아직도 비석이 없습니다. 생각건대 선친과 덕을 같이한 원로들이 이미 다 돌아가셔서 글을 부탁할 만한 분이 없으니, 이 일을 맡아 주시기를 바랍니다."라고 하였다. 생각건대 선생의 도덕과 학문은 높고 심오하여 우활한 내가 능히 형용할 바가 아니니, 감히 맡을 수 없다고 사양하였다. 그러나 선생의 덕을 보고 감화를 받은 것이 오래되었고, 외람되게 공의 유집을 편찬하는 일에 일찍이 참여하여 그 지론(旨論)의 대강을 엿볼 수 있었다. 지금 이 가장에 또한 공의 언행을 상세하게 갖추어 놓았으니, 그것에 의거하여 뽑아 쓴다면 큰 오류가 없을 것이다.

공의 휘는 재규(載奎), 자는 군오(君五)이고, 처음에 송산(松山)이라 호를 지었다가 만년에 다시 이당(而堂)이라 일컬었다. 태어나면서부터 침착하고 명랑하여 천성이 도에 가까웠다. 처음 공부를 할 때부터 이미 각고의 노력을 하려는 의지가 있었다. 어려서 계남(溪南) 최숙민(崔琡民)[2]

---

1 권용현(權龍鉉) : 1899~1988. 자는 문현(文見), 호는 추연(秋淵), 본관은 안동으로, 경상남도 합천군 초계면 유하리에 거주하였다. 전우(田愚)에게 수학하였다. 만년에 태동서사(泰東書舍)를 지어 후학을 양성하였다. 저술로 44권 15책의 『추연집』이 있다.

2 최숙민(崔琡民) : 1837~1905. 자는 원칙(元則), 호는 계남, 본관은 전주이며, 현 경상남도 하동군 옥종면에 거주했다. 기정진(奇正鎭)에게 수학하였다. 저술로 30권 10책의 『계남

공에게 배웠는데 '『소학』대로 하는 사람'이라고 칭찬을 들었다.

관례를 치른 후 정노백(鄭老柏)³ 선생의 문하에 나아가 장려하는 말을 들었으니, 더욱 스스로 격앙되고 분발하여 위로는 옛 성현을 목표로 삼아 근소(近小)한 데에 국한되지 않았다. 사람들이 간혹 과거시험에 응시하라고 권하면, 과거시험이 혼탁하여 선비가 나아갈 바가 아니라고 사절하였다. 무릇 모든 외물에 대해 하나라도 그 마음을 얽매는 일이 없었다. 오직 경서와 제자서를 정밀히 연구하고 도의 묘리를 깊이 궁구하여 부지런히 날마다 진보하였다. 중간에 또 최면암(崔勉菴)⁴ 선생을 따르며 계발됨을 얻었다. 한 시대의 교유가 매우 성대하여 서로 절차탁마한 사람으로는 재능이 있고 식견이 넓은 선비들이 많았는데, 독실하고 정명함으로는 공을 추존하여 비교할 이가 드물다고 여기지 않는 사람들이 없었다. 노백헌 선생 또한 공을 믿고 존중함이 매우 지극하여 강론하고 논변할 적마다 반드시 함께 살펴보고 정정하였는데, 옳다고 인정하는 바가 많았다.

노백헌 선생이 세상을 떠난 후 세도의 변화가 날로 심해 유학의 도가 더욱 쇠락해지니, 공이 도를 강명하고 부지하는 책무를 자임하였는데 원근의 학자들이 한결같이 추중하였다. 문하에서 배우기를 청하는 사람들이 이르러 집에 모두 수용할 수 없었다. 이에 가르치는 조목을 세워서 훈도하였는데, 성의를 드러내 그들로 하여금 감발하고 흥기하여 나아갈 바를 잃지 않게 하기를 기약하였다. 향사(鄕社)나 선현의 재실에 모임이 있을 때마다 반드시 강회를 열고 예를 익혀 교화하고 격려하였다. 간혹

집』이 있다.

3 정노백(鄭老柏) : 정재규(鄭載圭, 1843-1911)이다. 자는 영오(英五), 호는 노백헌(老柏軒)·애산(艾山), 본관은 초계(草溪)이며, 경상남도 합천에 거주하였다. 기정진에게 수학하였다. 저술로 49권 25책의 『노백헌집』이 있다.

4 최면암(崔勉菴) : 최익현(崔益鉉, 1833-1906)이다. 자는 찬겸(贊謙), 호는 면암, 본관은 경주이다. 이항로에게 수학하였다. 저술로 46권 23책의 『면암집』이 있다.

동지들과 모임을 갖거나 산사(山寺)에서 강학을 하면 한 지방의 사람들로 하여금 추향하여 흠모하는 바가 있게 하고자 하였다. 무릇 끊어져 가는 도맥을 부지하거나 전현을 잇고 후학을 계몽하기 위해 계획하는 일에는 힘을 쏟지 않음이 없었는데, 정성스럽게 하여 방치하지 않았다. 더욱이 울분을 참고 자정(自靖)하는 의리와 그윽한 의지를 드높게 하여 향배(向背)를 구분하는 분수에 대해 거듭 제생들을 위해 설명하고 「속백사가(續百死歌)」,[5]로 의지를 드러내었으니, 선생의 분명한 마음가짐을 볼 수 있다.

공은 그 자품이 이미 아름다웠는데, 학문의 힘 또한 지극하여 사단(四端)을 확충하여 수양한 것은 심원하였고 몸소 실천한 것은 독실하였다. 일상에서 드러난 것은 어버이를 섬기고 형을 따르는 것에서부터 집안에 거처하고 남들을 대하는 것에 이르기까지 한결같이 참된 정성에서 나와 조금의 허위와 가식도 없었기 때문에 행실이 완성되고 덕이 미더웠다.

공은 성리(性理)의 깊은 이치에 대해 스승이 전해준 지결을 따르면서 더욱 궁구하고 발휘하여 그 정미하고 심오한 이치를 지극히 하였으며, 세상의 주장이 분열되어 논쟁이 심해지는 것을 깊이 징계하였다. 공의 지론은 항상 공평하고 공정하여 치우치거나 사사로운 것을 주장하지 않아 사람들은 그 공정한 마음에 감복하였다.

문사에 드러난 것은 전아하고 섬세하여 마음속의 기상을 증험할 만하였다. 마음을 보존하는 치밀함과 법도를 지키는 엄격함은 조금도 어긋나지 않아 처음부터 끝까지 한결같았다. 마침내 긍지를 가지는 마음은 순수하고 성숙하며 각고의 노력은 밝고 드넓었으니, 도에 나아간 공부는 대개 남들이 엿볼 수 없는 점이 있었다. 그러나 연로해서도 오히려 날마다 「경재잠(敬齋箴)」과 「숙흥야매잠(夙興夜寐箴)」을 암송하며 스스

---

5 속백사가(續百死歌): 『이당집』 권1에 수록된 노래로, 정몽주의 「백사가(百死歌)」를 본떠 당시 시대 상황을 개탄한 노래이다. 모두 4장(章)이다.

로 분발하였다. 병이 심해졌을 때 주자(朱子)가 조입지(曹立之)[6]에게 답한
편지의 깨우쳐 주는 말을 벽에 걸어두고 묵묵히 자성하였으니, 이른바
'한숨이라도 남아 있는 순간까지 게을리하지 않다가 죽은 뒤에야 그친
다.'[7]라는 것이 아니겠는가.

아, 성대하도다! 우리 권씨(權氏)는 안동(安東)을 관향으로 하는데, 계
보가 고려 태사 휘 행(幸)에서 나왔다. 조선에 이르러 상암(霜嵒) 선생
휘 준(濬)은 문과에 급제하여 목사를 지냈는데, 학문의 연원과 출처의
의리가 있었다. 이분이 우천(愚川) 휘 극유(克有)를 낳았는데, 참봉을 지
냈고 유림의 명망이 있었다.

그후 대대로 유학의 행실이 집안에 전해졌다. 증조부는 휘 서하(敍夏)
이고, 조부 휘 병천(秉天)은 호가 유와(幽窩)로 덕행과 학식이 있었다. 부
친 휘 장환(章煥)은 호가 서주(西洲)로, 수봉관(守奉官)을 지냈다. 모친 진
양 하씨(晉陽河氏)는 하경진(河慶縉)의 딸로, 부덕이 있었다. 부인 해주
정씨(海州鄭氏)는 군수 정홍교(鄭鴻教)의 딸로, 1남 3녀를 낳았다. 아들은
창현(昌鉉)이고, 딸은 민치재(閔致宰), 정원영(鄭元永), 노병근(盧炳謹)에게
시집갔다. 손자는 순만(淳萬)이고 나머지는 어려서 기록하지 않는다.

명은 다음과 같다.

---

6 조입지(曹立之): 조건(曹建)이다. 입지는 자이다. 주자의 제자로, 여러 학자들의 기대를
받았는데 37세에 병으로 죽었다.
7 한숨이라도……그친다:『논어』「태백」제7장에 "사(士)는 도량이 넓고 뜻이 굳세지 않으
면 안 된다. 책임이 무겁고 길이 멀기 때문이다. 인(仁)으로써 자기의 책임을 삼으니
또한 무겁지 않은가? 죽은 뒤에야 그치니 또한 멀지 않은가?"라고 한 것과 주자(朱子)
주의 "한숨이 아직 남아있는 동안에는 이 뜻이 조금이라도 해이해지는 것을 용납하지
않는다."라고 한 데서 나온 말이다.

좋은 옥과 순금 같은 자품으로	以良玉精金之資
다듬고 단련하는 공부를 더하였네	加琢磨鍛鍊之工
천인성명의 이치를 정밀히 연구하고	研精於天人性命之際
규구 승묵 같은 법도에 발을 들였네	着跟於規矩繩墨之中
정성스러웠도다	惓惓乎
도를 부지하고 이단 억제해 난세에 자강한 의리여	扶抑强艱之義
독실하였도다	慥慥乎
전전긍긍 심연에 임한 듯 살얼음 밟는 듯한 지행이여	戰兢臨履之志
학문의 진보는 정조와 심천에 차서가 있었고	其進則精粗深淺之有序
공력은 지행과 박문약례 모두 지극했네	其功則知行博約之幷至
환하게 물 위에 핀 연꽃 같은 향기 있었고	皎然出水之荷
우뚝하게 한겨울의 소나무 같은 지조 있었네	挺然寒歲之柏
후세 사람들 공의 책을 읽고 그 세상을 논하면	後之人讀其書論其世
증자의 지킴이 요약됨을 얻은 법도 있음을 알리니	
	尙知其有得於曾氏守約之規
백세 뒤의 현인을 기다려도 좋으리라	而可俟於來百

松山處士 權公 墓碣銘 幷序

權龍鉉 撰

松山先生 權公, 旣歿後十有數年, 嗣子昌鉉, 斤斤述事爲狀, 以畁龍鉉曰:"先人之墓, 尙未有顯刻。念先人同德老宿, 凋謝已盡, 無可以屬筆, 願有以任之。"竊惟先生德學崇深, 有非蕘啓所能形容, 則辭謝不敢。而惟覸德觀感之久, 妄嘗與於遺集編摩之役, 得窺其緖論之梗槩矣。今於是狀而又備得言行之詳矣, 據而撮之, 可得無大謬耶。

公諱載奎, 字君五, 始號以松山, 而晩又稱而堂。生而沈靜昭朗, 天資近道。自始上學, 已有刻苦之志。幼受學於溪南 崔公, 見稱以"《小學》樣子人"。旣冠, 登鄭老柏先生門, 聞其獎勵語, 則益自激昂奮志, 向上以古聖賢爲的, 不局於近小。人或勸以赴擧, 則辭以科路淆雜, 非士所宜出。凡於一切外至, 無一之累其心。惟研精經子, 潛究道妙, 亹亹日進。間又從崔勉菴先生, 得其啓發。一時交遊甚盛, 互相刮劘者, 多才識博洽之士, 而其篤實精明, 則莫不推公以爲罕與比者。老柏翁亦倚重甚至, 每有講辨, 必與商訂, 而多所頷可。

及老柏翁旣沒, 世變日甚, 斯道益以落莫, 則自任以講明扶植之責, 而遠近翕然推之。造門請業者至, 舍不能容。於是, 設敎條以振齊之, 誠意透露, 期使之感發興起, 而不迷趨向。每鄕社及先齋之有會, 必設講習禮, 以風勵之。或約會同志, 講磨於山寺, 欲使一方有所嚮慕。凡所以扶竪殘線, 而爲紹前啓後計者, 靡不致力, 而惓惓不置。尤於含忍自靖之義、喬幽向背之分, 申申爲諸生說, 而《續百死之歌》以示志, 則可見其炳炳血忱也。

蓋其資稟旣美, 學力又至, 充養者深, 而踐履者篤。見於日用者, 自事親從兄, 以至居室接人, 一出眞誠, 而無少虛假, 故行成而德孚。其於性理蘊奧, 因其師傳, 益加究索發揮者, 極其精深, 而深懲於世之門戶裂而競辨滋。持論常平正, 而不主偏私, 人服其公心。發於文辭者, 典雅縝密, 可驗其胸次氣象也。操存之密、繩尺之嚴, 毫忽不差, 終始如一。卒之矜持者純熟, 刻苦者昭曠, 則造道之功, 蓋有人莫之窺者。而到老猶日誦《敬齋》、《夙夜》二箴以自勵。疾革, 揭曹立之書牖語以默省, 則非所謂"一息不懈, 斃而後已"者耶。

嗚呼盛矣! 我權貫安東, 系出高麗太師諱幸。至國朝, 霜嵒先生諱濬, 文牧使, 有淵源學、出處義。是生愚川諱克有, 參奉有儒望。自後世以儒行傳家。曾祖諱叙夏, 祖諱秉天, 號幽窩, 有德學。考諱章煥, 號西洲, 守奉官。妣晉陽河氏 慶縉女, 有婦德。配海州鄭氏, 郡守鴻敎女, 生一男三女。男卽昌鉉, 女適閔致宰、鄭元永、盧炳謹。孫男淳萬, 幼餘不錄。

銘曰: "以良玉精金之資, 加琢磨鍛鍊之工。研精於天人性命之際, 着跟

於規矩繩墨之中。眷眷乎扶抑强艱之義, 慥慥乎戰兢臨履之志。其進則精
粗深淺之有序, 其功則知行博約之幷至。皎然出水之荷, 挺然寒歲之柏。
後之人讀其書論其世, 尙知其有得於曾氏守約之規, 而可俟於來百。"

❖ 원문출전

權載奎,『而堂集』附錄, 權龍鉉 撰,「松山處士權公墓碣銘幷序」(경상대학교 문천각
古(계남) D3B 권72○)

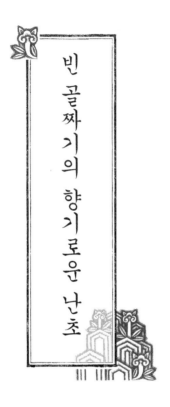

빈 골짜기의 향기로운 난초

강용섭(姜庸燮) : 1871-1918. 자는 자중(子中), 호는 송산(松山), 본관은 진양이며, 현 경상남도 사천시 곤명면 송림리 송림 마을에 거주하였다. 어려서 장인 정원항(鄭元恒)에게 배웠고, 하겸진(河謙鎭)·정은교(鄭誾敎)·하영태(河泳台) 등과 교유하였다. 1917년 곽종석(郭鍾錫)을 배알하고 가르침을 받았다.
저술로 3권 1책의 『송산유집』이 있다.

송산(松山) 강용섭(姜庸燮)의 묘갈명 병서

하겸진(河謙鎭)[1] 지음

처음에 강자중(姜子中) 군이 남암(南巖)의 산속 집으로 나를 찾아왔을 때 하룻밤을 묵고 작별하였는데, 자중의 모습은 매우 공손하였고 행동거지는 법도가 있었으며 어눌하여 말을 잘하지 못하는 듯하였다. 나는 비록 자중의 마음속에 온축된 바를 알지 못하였지만 그가 학문이 있는 집안의 사람이라는 것을 마음으로 알았다. 그 후 자중은 자주 편지를 보내 예를 표하였고, 또 한 해 걸러 한두 번 나의 집에 들렀다. 군이 찾아오면 종일토록 가까이 마주 앉아 이야기를 나누었다. 대개 편지 속의 말과 마주 앉았을 때 말하는 것은 다름이 아니라 모두 심지를 겸손히 하여 가르침을 청하는 일이었다.

아! 나의 보잘것없는 식견으로 그가 덕을 실천한 것을 몰라본 것이 분명하니, 어찌 자중에게 털끝만큼이라도 유익함이 있었겠는가. 자중은 아마도 나를 제대로 알지 못한 것이리라. 그러나 자중은 비록 나를 알지 못했지만, 나는 자중이 진실로 배움을 좋아함이 있다는 것을 알았다. 자중은 나 같은 사람과 종유하며 질문하는 것을 부끄럽게 여기지 않았으니, 나보다 현명한 사람은 자중이 아니고 누구이겠는가. 그는 나에게 선(善)을 고하기를 즐거워하였으니, 그 학문의 진보를 누가 막을 수 있었겠는가.

---

[1] 하겸진(河謙鎭) : 1870-1946. 자는 숙형(叔亨), 호는 회봉(晦峯), 본관은 진양(晉陽)이다. 현 경상남도 진주시 수곡면 사곡리에서 태어났다. 곽종석(郭鍾錫)에게 수학하였고, 이승희(李承熙)·장석영(張錫英)·송준필(宋浚弼)과 교유하였다. 저술로 50권 26책『회봉집』과 30권 3책의『동유학안(東儒學案)』등이 있다.

자중은 처음에 그의 장인인 교재(嘐齋) 정원항(鄭元恒)² 공에게 『소학』
을 배웠다. 얼마 후 사서와 육경을 모두 독파하였고 『심경』과 『근사록』
까지 두루 읽었다. 잠심하고 체인(體認)하여 마치 따라가지 못할까 두려
워하는 듯이 하였다.

자중은 글을 지을 때 오직 이치가 우세한 것을 취하고 화려한 수식을
일삼지 않았다. 집안을 다스릴 적에 사치하고 분수에 넘치는 것을 금지
하였으며, 갓 하나로 십년을 쓰고 짚신 한 켤레로 여러 달을 신기도 하였
다. 일찍이 자질(子姪)들을 경계하여 말하기를 "효우하고 근검함은 우리
집안에 대대로 전해오는 가훈이니, 너희들은 마음속에 새겨두어야 할
것이다."라고 하였다. 다른 사람들과 이야기할 적에는 남의 허물을 말하
는 사람을 보면 문득 안색을 바르게 하여 말하기를 "옛 사람의 아름다운
말씀과 선한 행실은 종신토록 말하더라도 부족함이 있는데, 어찌 굳이
남의 행동을 단속하겠는가."라고 하였다.

정사년(1917) 봄 가야산(伽倻山)을 지나가다가 도중에 곽 징군(郭徵君)³
선생을 배알하고서 마침내 제자가 되기를 마음으로 바랐다. 이때 징군
은 이미 노병을 앓고 있었고, 자중 또한 오래지 않아 병석에서 일어나지
못하였으니, 애석하도다. 때는 무오년(1918) 10월 8일로, 향년 48세였다.
거처하던 송림(松林)⁴ 팔음치(八音峙) 건좌(乾坐) 언덕에 장사지냈다.

군의 휘는 용섭(庸燮), 호는 송산(松山), 자중(子中)은 자이다. 강씨(姜氏)

---

2 정원항(鄭元恒) : 1823-1905. 자는 형칠(亨七), 호는 교재, 본관은 진양이다. 이진상(李震
   相)·하홍운(河洪運)·박치복(朴致馥)·조성가(趙性家)·허유(許愈) 등과 교유하였다. 저
   술로 3권 1책의 『교재집』이 있다.
3 곽 징군(郭徵君) : 곽종석(郭鍾錫, 1846-1919)이다. 자는 명원(鳴遠), 호는 면우(俛宇), 본
   관은 현풍(玄風)이다. 현 경상남도 산청군 단성 출신이다. 이진상(李震相)에게 수학하였
   다. 저술로 182권 63책의 『면우집』이 있다.
4 송림(松林) : 현 경상남도 사천시 곤명면 송림리 송림 마을이다.

의 선조 가운데 병부 상서를 지낸 은열공(殷烈公) 민첨(民瞻)은 고려 현종 (顯宗) 때 명신으로, 그 후손이 번창하여 나라 안의 저명한 집안이 되었다. 조선조에 이르러 유수 수명(壽明), 판서 원량(元亮), 현감 인보(仁輔)는 관직으로 현달하였고, 만송(晚松) 렴(濂), 송은(松隱) 익주(翊周), 찰방 림(琳) 은 유림의 명망으로써 일컬어졌다. 군의 조부는 제대(濟大), 부친은 종엽 (棕燁)이다. 모친은 남원 양씨(南原梁氏), 경주 김씨(慶州金氏)이고, 부인은 정씨(鄭氏)이다. 아들 셋은 재원(在元), 재형(在亨), 재영(在永)이다.

명은 다음과 같다.

여기서 끝났구나 자중이여	已矣子中
이곳에 향기로운 난초 있었는데	有芳蘭於此
쑥 덤불과 같지 않은데도	孰知其與蕭艾不同
빈 골짜기에 버려질 줄 누가 알았으며	委棄空谷
또 사나운 바람이 거듭 불어와	又重之以烈風
홀연히 도중에 꺾일 줄 누가 알았으리	忽焉中摧
여기서 끝났구나 자중이여	已矣子中

진산(晉山 : 晉陽) 하겸진(河謙鎭)이 지음.

墓碣銘 幷序

河謙鎭 撰

始姜君 子中訪余南巖山舍也, 一宿而別, 子中貌甚恭, 擧止有法, 訥訥 似不足於言。 余雖未識子中之中之所蘊, 而心知其類有學者。 其後子中 數數有書爲禮, 又間歲一再過焉。 至則竟日夕對坐交膝。 蓋書中辭與對

坐時所言, 無他言, 皆遜志請益事也。嗟乎! 以余之讘讘無聞, 其爲德之
棄也, 審矣, 惡有益子中絲毫哉? 子中蓋不知也。然而子中雖不知余, 余
知子中眞能有以好學矣。子中不恥從如余者而問焉, 則賢於余者, 誰不爲
子中? 樂告以善, 子中之學, 其進孰禦哉?

　子中始受《小學》于其妻父嘐齋 鄭公 元恒。旣而盡通四子六經, 旁及《心
經》、《近思錄》。潛心體認, 如恐有不及。其爲文, 惟取理勝, 不爲華藻。
治家, 禁止奢濫, 一冠可以十年, 一草履或至累月。嘗戒子姪曰:"孝友勤
儉, 吾世訓也, 爾曹宜刻骨。"與人言, 見有言人之過者, 輒正色曰:"古人之
嘉言善行, 終身言之, 而有不足, 何必檢佗人爲哉?"

　丁巳春, 道過伽倻山中, 謁郭徵君先生, 心願卒爲弟子。是時, 徵君已
老病, 子中亦未久而不起疾, 惜哉。時戊午十月八日, 享年四十八。葬所
居松林 八音峙乾坐之原。

　君諱庸爕, 號松山, 子中字也。姜氏之先, 有兵部尙書殷烈公 民瞻, 高麗
顯宗時名臣, 其苗裔蕃衍, 國中爲大族。至我朝, 留守壽明、判書元亮、
縣監仁輔, 以官職顯, 晚松 濂、松隱 翊周、察訪琳, 以儒望稱。曰濟大, 曰
棕燁, 則大父父也。妣曰南原梁氏、慶州金氏, 妻鄭氏。三男:在元、在
亨、在永?

　銘曰:"已矣子中, 有芳蘭於此, 孰知其與蕭艾不同, 委棄空谷, 又重之
以烈風, 忽焉中摧? 已矣子中。"

　晉山 河謙鎭撰。

❖ 원문출전

姜庸爕,『松山遺集』卷3 附錄, 河謙鎭 撰,「墓碣銘幷序」(경상대학교 문천각 古(아
천) D3B 강66ㅅ)

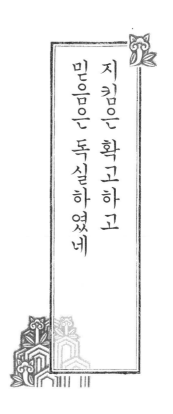

지킴은 확고하고
믿음은 독실하였네

안정려(安鼎呂) : 1871-1939. 자는 국중(國重), 호는 회산(晦山), 본관은 순흥(順興)이며, 현 경상남도 함안(咸安)에 거주하였다. 처음에는 족형 안정택(安鼎宅)에게 배웠고, 뒤에는 곽종석(郭鍾錫)에서 수학하였다. 1912년 현 경상남도 산청군 금서면 서하(西河) 마을로 이거하여, 엄천강(嚴川江) 가에 서재를 짓고 후학들을 가르쳤다. 1930년 다시 함안으로 옮겨와 취우정(聚友亭)에서 강학을 하였다. 허유(許愈)·이승희(李承熙) 등을 종유하였다.
저술로 9권 4책의 『회산집』이 있다.

회산(晦山) 안정려(安鼎呂)의 묘갈명 병서

김황(金榥)[1] 지음

함주(咸州:咸安)에서는 근세에 문학과 덕망이 있는 사류들이 성대하게 배출되었는데, 정명(精明)하고 독실한 이로는 오직 회산(晦山) 안공(安公)을 추중하였다. 대개 공은 평생토록 삼가고 겸손하여 자신의 지조를 지켰으며 겉으로 드러내어 잘난 척 하는 것을 좋아하지 않았는데, 시종일관 좇아서 실천한 것은 오로지 고인의 법도를 따르는 것이었다. 면우(俛宇) 곽 징군(郭徵君)[2] 선생을 스승으로 섬겼는데, 무릇 배운 바가 있으면 반드시 굳게 지켜서 잃지 않았다. 경의(經義)·예설(禮說)과 심성(心性)·리기(理氣)의 논변에 이르기까지 명확하게 이치를 꿰뚫어보아, 스승이 전한 것을 발휘하여 후학을 계도하기에 충분한 점이 있었다. 공이 저술한『이언(邇言)』십수 권 및『오서석의(五書釋義)』·『상변요의(常變要儀)』각 1권은 모두 전할 만하다.

공은 일찍이 나의 종숙부 전천공(前川公)[3]과 세교가 있었다. 그래서 나는 어릴 적부터 그 연분으로 공을 뵈었는데, 강독한 것을 시험해 보시고

---

1 김황(金榥) : 1896-1978. 자는 이회(而晦), 호는 중재(重齋), 본관은 의성(義城)이며, 현 경상남도 산청군 신등면 평지리 물산 마을에 거주하였다. 곽종석(郭鍾錫)에게 수학하였다. 저술로 100권 48책의『중재집』이 있다.

2 곽 징군(郭徵君) : 곽종석(1846-1919)이다. 자는 명원(鳴遠), 호는 면우(俛宇), 본관은 현풍(玄風)이다. 이진상(李震相)에게 수학하였다. 저술로 182권 63책의『면우집』이 있다.

3 전천공(前川公) : 김인락(金麟洛, 1845-1915)이다. 자는 석회(錫羲), 호는 전천, 본관은 의성(義城)이며, 현 경상남도 진주시 지수면 승산 마을에 거주하였다. 저술로 3권 1책의『전천유고』가 있다.

는 분에 넘치게 사랑해 주셨다. 다시 동문(同門)이 되어 종유한 뒤로는 의지하고 앙모함이 자못 두터웠다. 그러나 공의 깊은 학문적 조예는 오히려 유집이 간행된 뒤에야 비로소 알게 되었으니, 이는 내가 홀로 궁벽한 곳에 살아 중간에 소식이 끊어진 적이 많았고 또 공이 겸손하여 자신의 재주와 덕을 감추고서 마음속에 보존한 것을 남에게 드러내지 않았기 때문이었다.

지금 공의 장남 달(達)이 공의 제자들과 함께 공의 저술을 차례대로 간행하기를 도모하고 인하여 공의 언행의 대략을 손수 기록해 나에게 묘갈명을 부탁하였다. 그 정의와 분수를 헤아려 보면 어찌 사양할 수 있으랴.

공의 휘는 정려(鼎呂), 자는 국중(國重)이며, 회산(晦山)은 공의 별호로 면우(俛宇) 선생이 지어주신 것이다. 안씨는 순흥(順興)의 이름난 성씨로, 고려 문정공(文貞公) 근재(謹齋) 선생 축(軸)의 후손이다. 조선 중종 때 취우정(聚友亭) 관(灌)이 사화를 피해 남쪽으로 내려와 함안(咸安)으로 이주하였다. 4대를 내려와 명암(明庵) 부(俯)가 다시 함안의 기산(基山)으로 이주하였는데, 공의 7대조이다.

증조부는 희로(希魯)이고, 조부 평(泙)은 호가 각산(覺山)이다. 부친 상기(相琦)는 호가 후각당(後覺堂)으로, 박만성(朴晚醒)[4] 선생에게 배웠고 장자(長者)로 고을에서 칭송을 받았다. 진양 강씨(晉陽姜氏) 강봉택(姜鳳宅)의 딸에게 장가들어 고종(高宗) 신미년(1871)에 공을 낳았다.

공은 총명함과 지혜로움이 남들과 달라서 한 번 보고 들으면 기억하여 잊지 않았다. 경서나 제자서 등 여러 서책을 널리 읽어 막힘이 없었는

---

4 박만성(朴晚醒) : 박치복(朴致馥, 1824-1894)이다. 자는 훈경(薰卿), 호는 만성, 본관은 밀양이다. 현 경상남도 함안에서 태어났고 만년에는 현 경상남도 합천군 가회면에 거주하였다. 류치명(柳致明)·허전(許傳)에게 수학하였다. 저술로 16권 9책의『만성집』이 있다.

데, 의심나는 뜻을 논란할 때면 항상 선배들이 생각하지 못한 점을 말하였다. 처음에는 족형인 노천공(老川公) 안정택(安鼎宅)[5]에게 배웠는데, 노천공은 긍암(肯庵) 이 시랑(李侍郎)[6]의 제자로, 강좌(江左) 지역에서 서로 전해 온 학문에 이미 연원이 있었음을 알 수 있다.

공은 관례를 치른 후 허후산(許后山),[7] 곽면우(郭俛宇), 이대계(李大溪)[8] 세 선생을 종유하였는데, 한주(寒洲)[9]의 주리(主理)의 지결을 듣고는 마음으로 기뻐하여 따랐으며 마침내 면우(俛宇) 선생을 귀의처로 삼았다.

공은 논의할 적에 견해의 같고 다름에 구애되지 않고 오직 옳은 것만을 추구하며 말하기를 "편당(偏黨)을 짓거나 당색을 따지는 것은 결코 학자가 참여해야 할 바가 아니다. 도리는 원래 공평한 것인데, 공정한 이치로써 하지 않는다면 배운 것을 어디다 쓰겠는가."라고 하였으니, 그 목표의 바름을 여기에서 알 수 있다.

공은 중년에 산청(山淸)의 서하(西河)[10]로 이거하였다. 전후 20년 동안

5　안정택(安鼎宅) : 1842-1901. 자는 처인(處仁), 호는 노천, 본관은 순흥으로, 함안에 거주하였다. 저술로 4권 2책의 『노천집』이 있다.

6　이 시랑(李侍郎) : 이돈우(李敦禹, 1807-1884)이다. 자는 시능(始能), 호는 긍암, 본관은 한산(韓山)이며, 경북 안동 출신이다. 이상정(李象靖)의 현손(玄孫)이고, 류치명(柳致明)에게 수학하였다. 1850년 문과에 급제하여 이조 참판에 올랐다. 저술로 20권 11책의 『긍암집』이 있다.

7　허후산(許后山) : 허유(許愈, 1833-1904)이다. 자는 퇴이(退而), 호는 후산·남려(南黎), 본관은 김해(金海)이며, 현 경상남도 합천군 삼가에 거주하였다. 이진상(李震相)에게 수학하였다. 저술로 21권 10책의 『후산집』이 있다.

8　이대계(李大溪) : 이승희(李承熙, 1847-1916)이다. 자는 계도(啓道), 호는 대계·강재(剛齋)·한계(韓溪), 본관은 성산(星山)이며, 현 경상북도 성주군 월항면 대산리 한개 마을에 거주하였다. 이진상의 아들이다. 저술로 42권 20책의 『대계집』이 있다.

9　한주(寒洲) : 이진상(1818-1886)이다. 자는 여뢰(汝雷), 호는 한주, 본관은 성산이며, 현 현 경상북도 성주군 월항면 대산리 한개 마을에 거주하였다. 숙부 이원조(李源祚)에게 수학하였다. 저술로 45권 22책의 『한주집』이 있다.

10　서하(西河) : 현 경상남도 산청군 금서면 서하 마을이다.

전답과 가산을 거의 다 써버렸지만 탄식하거나 후회하는 마음이 없이 담담하였다. 오직 후학을 모아서 옛사람의 학문을 가르쳐 인도하는 것을 자신의 임무로 여겼다. 「엄강서당발문(嚴江書堂發問)」과 「관선재학규(觀善齋學規)」가 있는데, 이 두 서재는 모두 공이 세워서 강학하고 수양하던 곳이다.

공은 평소 거처할 적에 의관을 단정히 하고 앉아서 종일토록 나태한 용모를 보이지 않았다. 머리에 쓰는 건(巾)은 세속에서 말총으로 만든 망건을 썼으나 공은 그것이 천박하여 쓰기에 마땅치 않다고 여기고서 베나 비단으로 만들어 썼다. 종종 사람들이 해괴하게 여겼지만 공은 마음 쓰지 않았다. 눈병이 걸려 두 눈 모두 사물을 분별하지 못하였는데, 글을 대하면 아무리 작은 글자라도 반드시 환히 알아보아서 사람들이 모두 기이하게 여겼다.

경오년(1930) 산청(山淸)에서 가솔들을 데리고 고향으로 돌아와 선조의 취우정(聚友亭)11에 거처하며 제생들을 가르쳤다. 기묘년(1939) 4월 24일 병으로 세상을 떠났다. 세상을 떠나기 전날에도 오히려 남의 집안에서 부탁한 글을 구술하여 짓게 했으니, 그 정신이 이처럼 명료하여 어지럽지 않은 것이 또한 어찌 학문을 한 힘의 소치가 아니겠는가. 다음 달 내동(內洞) 안산(案山) 신좌(申坐) 언덕에 장사지냈는데, 수질(首絰)을 두르고 영결하는 문인들이 1백여 명에 이를 정도로 많았다.

부인 밀양 박씨(密陽朴氏)는 박봉채(朴鳳采)의 딸로, 3남 2녀를 두었다. 아들은 달(達), 각(㙷), 완(垸)이고, 딸은 김창연(金昌演), 조삼규(趙三奎)에게 시집갔다. 재취 부인 함안 조씨(咸安趙氏)는 조상규(趙尙奎)의 딸로, 2남 1녀를 두었다. 아들은 곤(坤), 균(均)이고, 딸은 조인제(趙仁濟)에게 시집갔

11 취우정(聚友亭) : 현 경상남도 함안군 가야읍 신음리에 있다. 안관(安灌)이 기묘사화를 피해 내려와 은거한 곳이다.

다. 달의 아들은 영상(泳商), 각의 아들은 상철(商喆), 완의 아들은 영상(英商), 철상(哲商), 종상(鍾商)이고, 김창연의 아들은 김용기(金龍基), 김세기(金世基), 김철기(金喆基)이다. 나머지는 어려서 다 기록하지 않는다.

　명은 다음과 같다.

구차하게 남의 설을 따르지도 않았고	不翕翕趨
태연히 남의 설을 취하지도 않았네	不舒舒儳
겸손하여 재능이 없는 듯하였지만	粥若無能
아무리 낮은들 어찌 넘을 수 있으랴	卑豈可蹴
예전 정자의 문하에서는	在昔程門
각자 분수대로 가르침 받았지[12]	群飲充量
지킴은 확고하고 믿음은 독실하니	守確信篤
화정[13]이 바로 그런 분이셨네	和靖是當
대개 공은 시종일관	槪公終始
화정과 크게 닮았네	大類乎是
이에 공의 묘갈명을 지어서	是庸作銘
여러분의 의론을 기다리네	公議之竢

---

12 각자……받았지 : 『근사록』에서 주자가 정이천(程伊川)과 정명도(程明道)에 대해 "선생의 말씀은 까다롭지 않고 쉬워서 어진 사람과 어리석은 사람이 모두 그 이익을 받았으며, 뭇사람들이 하수에서 물을 마시되 각기 자기 양을 채우는 것과 같았다.[先生之言, 平易易知, 賢愚皆獲其益, 如群飲於河, 各充其量.]"라고 평가하였다.

13 화정(和靖) : 윤돈(尹焞, 1071-1142)이다. 자는 언명(彦明)·덕충(德充), 호는 화정이며, 북송(北宋) 하남(河南)사람이다. 정이(程頤)에게 수학하였다. 저술로 『화정집』이 있다.

晦山 安公 墓碣銘 幷序 ○己丑

金榥 撰

咸州近歲, 文學德譽之士, 彬菀相望, 至其精明篤實, 獨推晦山 安公。蓋公平生謹拙自守, 不喜標揭以爲高, 而始終率履, 一循古人繩尺。師事俛宇 郭徵君先生, 凡有所聞, 必謹持之不失。至如經義禮說, 與夫心性理氣之辨, 鑿鑿中竅, 有足以發師傳而牖來學者。所著《邇言》十數卷, 及《五書釋義》、《常變要儀》各一卷, 皆可傳也。

公曾於余從叔父前川公爲通家。故余榥自幼少時, 因緣拜公, 見試講讀, 撫愛逾分。旣復追隨同門, 倚望頗重。然其學問造詣深處, 猶不能無待於遺卷之役而始悉焉, 雖其孤陋, 中多詒阻, 亦由公謙晦不出, 不以所存耀人故也。今公胤子達, 與及門諸徒, 謀次第刊行其所著, 而仍自手錄言行大者, 責余以題墓之文。揆諸誼分, 則何可言辭?

公諱鼎呂, 字國重, 晦山其別號, 而俛宇先生所錫也。安氏 順興著姓, 高麗 文貞公 謹齋先生 軸之后也。韓朝中廟時, 有聚友亭 灌避士禍南徙咸安。四傳而明庵 俯, 又徙郡之基山, 去公七世。曾祖希魯, 祖泙, 號覺山。考相琦, 號後覺堂, 從學朴晚醒先生, 以長者稱鄉黨。娶晉陽姜氏 鳳宅女, 以大皇辛未生公。

公聰慧異常, 一聞見, 記念不漏。其於經子群書, 博涉無滯, 而論難疑義, 常出前輩所不意。始受學于族兄老川公 鼎宅, 老川 肯庵 李侍郎之徒弟, 其於江左相傳之學, 已有淵源可稽。及公旣冠, 而從許后山、郭俛宇、李大溪三先生, 得聞洲上主理之旨, 而心悅服之, 卒乃以俛門爲依歸。其於論議之際, 不拘同異, 唯是是求曰: "偏黨色目, 決非學者所當與。道理自公平, 不以公理, 所學何事?" 其準之之正, 於此可見。

中年移卜山淸之西河。前後卄載之間, 所資田産, 耗落殆盡, 而泊然無嗟恨意。惟以收集後生, 教導古學, 爲己任。有《嚴江書堂發問》、《觀善齋學規》, 二齋皆公所實以藏修者也。居平, 冠衣端坐, 終日不設惰容。掠巾俗用鬃網, 獨以爲賤不宜尙, 改用布絹。往往被人駭怪而不恤。有目疾, 兩視俱不辨物, 而至對文字, 則雖細必燭, 人皆異之。

庚午, 自<u>山淸</u>, 挈家還故鄕, 居<u>聚友</u>先亭, 以受諸生。己卯四月二十四日病終。終前一日, 猶口授副人家請文, 其精神之了然不亂如此, 亦豈非學力所到哉? 踰月而葬<u>內洞</u>案山申坐, 門生加麻以送者, 多至百數。

配<u>密陽朴氏</u> <u>鳳采</u>女, 生三男: <u>達</u>、<u>墿</u>、<u>垸</u>, 二女適<u>金昌演</u>、<u>趙三奎</u>。繼配<u>咸安趙氏</u> <u>尙奎</u>女, 生二男: <u>坤</u>、<u>均</u>, 女適<u>趙仁濟</u>。<u>達</u>男<u>泳商</u>, <u>墿</u>男<u>商喆</u>, <u>垸</u>男: <u>英商</u>、<u>哲商</u>、<u>鍾商</u>, <u>金</u>男: <u>龍基</u>、<u>世基</u>、<u>喆基</u>。餘幼不盡錄。

銘曰:"不翕翕趨, 不舒舒偸。粥若無能, 卑豈可踰? 在昔<u>程</u>門, 群飮充量。守確信篤, <u>和靖</u>是當。槪公終始, 大類乎是。是庸作銘, 公議之竢。"

❖ **원문출전**

金榥,『重齋集』前集 卷60 碣表,「晦山安公墓碣銘幷序○己丑」(한국역대문집총서 2593)

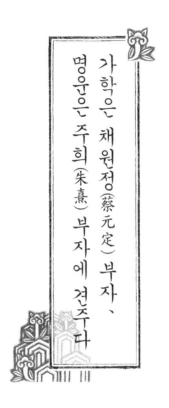

가학은 채원정(蔡元定) 부자、
명운은 주희(朱熹) 부자에 견주다

김대순(金大洵) : 1872-1907. 자는 양직(養直), 호는 여재(餘齋), 본관은 상산(商山)이며, 현 경상남도 산청군 신등면 평지리 법물(法勿) 마을에 거주하였다. 부친은 김진호(金鎭祜)이다. 허유(許愈)·곽종석(郭鍾錫)·이승희(李承熙)에게 수학하였다. 정백균(鄭伯均)·허영(許永) 등과 교유하였다.
저술로 3권 1책의 『여재유고』가 있다.

여재(餘齋) 김대순(金大洶)의 묘갈명 병서

김영시(金永蓍)[1] 지음

선사 물천(勿川)[2] 선생에게 선생을 닮은 아들이 있었는데 휘는 대순(大洶), 자는 양직(養直)이며, 어진데도 장수하지 못해[3] 광무(光武)[4] 정미년(1907)에 선생보다 먼저 세상을 떠났다. 임신년(1872)에 태어났으니 향년 36세였다. 그로부터 36년 뒤 고자(孤子) 상익(相益)이 묘소에 비석을 세우려 하면서 나에게 공의 덕을 드러내 새길 말을 구하니, 그 일을 감히 사양할 수 있겠는가.

공은 어려서부터 빼어나고 총명하였다. 겨우 말할 수 있게 되어서는 사람들이 물천 선생에게 나아가 글을 읽는 것을 보고, 조용히 듣고서 1백 자를 넘게 알았다. 서당에 가서는 증선지(曾先之)[5]의 『십팔사략(十八史略)』[6]을 날마다 몇 줄씩 배웠는데, 의심나고 난해한 곳이 있으면 반드

---

1 김영시(金永蓍) : 1875-1952. 자는 서구(瑞九), 호는 평곡(平谷), 본관은 상산(商山)이며, 현 경상남도 산청군 신등면 평지리 법물 마을에 거주하였다. 저술로 8권 1책의 『평곡집』이 있다.

2 물천(勿川) : 김진호(金鎭祜, 1845-1908)이다. 자는 치수(致受), 호는 물천, 본관은 상산이다. 현 경상남도 산청군 신등면 평지리 법물 마을에서 태어나 그곳에 거주하였다. 18세 때 박치복(朴致馥)에게 수학하였고, 21세 때 허전(許傳)에게 예학을 전수받았으며, 34세 때 이진상(李震相)에게 수학하였다. 저술로 16권 9책의 『물천집』이 있다.

3 어진데도……못해 : 『논어』 「옹야(雍也)」에 공자가 "어진 이는 오래 산다.[仁者壽]"라고 하였다.

4 광무(光武) : 1897년부터 1907년까지 사용한 대한제국 고종(高宗)의 연호이다.

5 증선지(曾先之) : 송나라 말기와 원나라 초기의 사가(史家)로, 자는 종야(從野)이다.

6 십팔사략(十八史略) : 증선지가 중국의 정사(正史) 18조에서 풍교(風敎)와 관계있는 말을 가려 뽑아 한 권의 책으로 만든 것이다.

시 해답을 찾고야 말았다. 14세 때 모친을 여의었는데, 어른처럼 제수를 받들고 상제(喪制)를 지켰다. 계모를 섬길 적에는 생모처럼 차별 없이 대하니, 사람들이 모두 칭찬하였다.

공이 집에 있을 적에는 한결같이 부친의 가르침대로 신중하고 성실하게 뜻을 어김이 없었다. 선을 행하기를 좋아하고 현인을 좋아하였는데, 오직 그에 미치지 못할까 걱정하였다.

부친의 명으로 후산(后山) 허유(許愈),[7] 면우(俛宇) 곽종석(郭鍾錫),[8] 대계(大溪) 이승희(李承熙)[9] 세 분 선생을 스승으로 섬겼다. 또 지역 내의 명망과 덕행이 있는 여러 사람들을 두루 교유하여 보고 느끼는 사이에서 얻은 것이 많았고, 몸소 터득하려는 것이 더욱 절실하였다.

집안일이 번잡하고 자질구레할지라도 법도 있게 대처하였고, 농사와 양잠과 나무하기와 가축 기르기를 몸소 단속하지 않음이 없었다. 그러나 배우고 익히는 공부를 일찍이 그런 일 때문에 조금도 게을리한 적이 없었고, "여력이 있으면 글을 배워야 한다.[餘力學文]"[10]는 공자(孔子)의 말씀을 취하여, 거처하는 곳을 "여재(餘齋)"라고 편액하였다. 면우 선생

---

7 허유(許愈) : 1833-1904. 자는 퇴이(退而), 호는 후산·남려(南黎), 본관은 김해(金海)이다. 현 경상남도 합천군 삼가면 오도리(吾道里)에 출생하였다. 이진상(李震相)에게 수학하였다. 저술로 21권 10책의 『후산집』이 있다.
8 곽종석(郭鍾錫) : 1846-1919. 자는 명원(鳴遠), 호는 면우, 본관은 현풍(玄風)이며, 현 경상남도 산청군 단성(丹城) 출신이다. 이진상에게 수학하였다. 저술로 182권 63책의 『면우집』이 있다.
9 이승희(李承熙) : 1847-1916. 일명은 대하(大夏), 자는 계도(啓道), 호는 대계·강재(剛齋)·한계(韓溪), 본관은 성산(星山)이다. 이진상(李震相)의 아들이다. 저술로 42권 20책의 『대계집』이 있다.
10 여력이……한다 : 『논어』 「학이」에 공자가 "제자가 들어가서는 효도하고 나와서는 공손하며, 행실을 삼가고 말을 진실하게 하며, 널리 사람들을 사랑하되 어진 이를 친히 해야 한다. 이것을 행하고 여력이 있으면 글을 배워야 한다.[弟子入則孝, 出則弟, 謹而信, 汎愛衆, 而親仁. 行有餘力, 則以學文.]"라고 한 데서 나온 말이다.

이 공을 위해 명(銘)을 지어 준 것[11]은 기대가 매우 커서였다.

가산이 넉넉하지 않았지만 부친을 봉양할 적에는 맛있는 음식을 갖추었고, 손님을 대접할 적에는 음식물을 넉넉하게 하여 가난하고 구차한 기색을 보인 적이 없었다. 또 조상의 묘소에 각각 석물들을 구비하여 환히 돋보이게 하였다. 일찍이 용문정사(龍門精舍)[12]를 지어 물천 선생의 강학처를 삼았는데, 그 비용을 넉넉히 마련하였다. 이는 모두 성심을 온축하여 일을 처리하는 방술이 있었던 것이다.

시나 글을 지을 적에 말은 간결하면서도 의미가 갖추어졌고, 순전하여 문장법칙에 위배되지 않았지만, 스스로 능숙하다고 여기지 않았다. 또 초고를 모으는 것을 달가워하지 않아 약간의 글만 남아 있을 뿐이지만, 또한 길이 전하기에 충분하다.

공의 성은 김씨이고, 본관은 상산(商山)이다. 고려 시대 보윤(甫尹)을 지낸 휘 수(需)가 시조이다. 이로부터 대대로 벼슬하였다. 정정공(貞靖公) 휘 식(湜), 청평공(淸平公) 휘 희일(希逸), 병부 전서(兵部典書) 휘 감(鑑)은 고려 조정과 더불어 운명을 같이 하였다.

직제학 휘 복(復)은 포은(圃隱) 정 문충공(鄭文忠公)[13]에게 수학하였다. 문충공이 세상을 떠나게 되자, 공은 시를 지어 곡하고서 마침내 멀리 두류산(頭流山) 아래 배록동(排祿洞)에 은둔하며 두 임금을 섬길 수 없다는 절개를 드러내어 의리를 취하고 인을 이룩하였다. 그로 인하여 '단구재(丹邱齋)'라고 자호하였다. 그 후 자손을 위한 계책으로 강성(江城)[14]에 물러나 거주하면서, 이름을 후(後)로 바꾸고 호를 은락재(隱樂齋)로 바꾸

---

11 명(銘)을……것:『면우집』권143에 실려 있는「여재명(餘齋銘)」을 가리킨다.

12 용문정사(龍門精舍): 법물 마을 동쪽에 지은 것으로, '물천서당'이라고도 한다.

13 정 문충공(鄭文忠公): 정몽주(鄭夢周, 1337~1392)이다. 자는 달가(達可), 호는 포은, 시호는 문충이며, 본관은 연일(延日)이다. 저술로 7권 4책의『포은집』이 있다.

14 강성(江城): 현 경상남도 산청군 단성(丹城)을 가리킨다.

었다.

조선조에 들어와 좌정언 휘 장(張)이 있는데, 이분이 박사 휘 정용(貞用)을 낳았다. 이분이 진사 휘 광려(光礪)를 낳았다. 이분이 한림 휘 달생(達生)을 낳았는데, 호가 수정당(水晶堂)이다. 이분이 진사 휘 준(浚)을 낳았는데, 호가 삼족재(三足齋)이고, 세상에서 '팔군자(八君子)'[15]라 일컫는 사람 중 한 분이다. 이분이 현감 휘 경눌(景訥)을 낳았는데, 문장으로 선조(宣祖)의 인정을 받았고, 선조가 『소학』 및 용연(龍硯)을 하사하며 남달리 총애하였다. 이분이 첨정 휘 응호(應虎)를 낳았는데, 임진왜란 때 곽충익공(郭忠翼公)[16]을 따라 창의하여 왜적을 토벌하였다. 이분이 휘 복문(復文)을 낳았는데 호가 둔재(遯齋)이다. 이분이 휘 상급(尙鍒)을 낳았는데 호가 괴정(槐亭)이며, 이분이 휘 세유(世有)를 낳았다. 이 두 분은 모두 문학으로 세상에 이름났다. 이분이 휘 창욱(昌勗)을 낳았는데 사복시 정(司僕寺正)에 추증되었다.

휘 남후(南垕)는 좌승지에 추증되었고, 공의 5세조이다. 고조부 휘 국명(國鳴)은 참판에 추증되었고, 증조부 휘 덕룡(德龍)은 수직(壽職)으로 지중추부사에 올랐으며, 호는 정헌(靜軒)이다. 조부 휘 성일(聲佾)은 호가 교은(郊隱)이다. 부친 휘 진호(鎭祜)는 물천 선생인데, 도학으로 당대의 유종(儒宗)이 되었다. 외조부는 함안 조씨(咸安趙氏) 조중식(趙仲植)과 전주 이씨(全州李氏) 이재용(李在容)이다.

부인은 밀양 변씨(密陽卞氏) 변준흠(卞濬欽)의 딸인데, 을미년(1895)에

---

15 팔군자(八君子) : 삼족재(三足齋) 김준(金浚), 삼청당(三淸堂) 김징(金澂), 급고재(汲古齋) 김담(金湛), 삼휴당(三休堂) 김렴(金濂), 삼매당(三梅堂) 김하(金澙), 눌민재(訥敏齋) 김람(金灠), 만각재(晩覺齋) 김숙(金潚), 양한재(養閒齋) 김곤(金滾)을 가리킨다.

16 곽 충익공(郭忠翼公) : 곽재우(郭再祐, 1552-1617)이다. 자는 계수(季綏), 호는 망우당(忘憂堂), 시호는 충익, 본관은 현풍(玄風)이며, 현 경상남도 의령 출신이다. 조식(曺植)에게 수학하였다. 저술로 5권 4책의 『망우당집』이 있다.

세상을 떠났다. 딸 하나는 신창 노씨(新昌盧氏)[17] 노규원(盧奎遠)에게 시
집갔다. 또 분성 허씨(盆城許氏) 허복(許馥)의 딸에게 장가들어 자식 넷을
낳았는데, 아들은 상익(相益)·상규(相奎)·상갑(相甲)이고, 딸은 팔계 정
씨(八溪鄭氏) 정한민(鄭漢民)에게 시집갔다. 내외 손자는 번다하여 기록
하지 않는다.

　　명은 다음과 같다.

안으로는 가정에서 훈도의 교화가 있었고	內有家庭薰染之化
밖으로는 사우들이 인도해준 공이 있었네	外有師友誘掖之功
그 영특하고 굳세며 독실한 자질로써	以若英毅篤實之資
성대히 그 진보가 무궁하였을 것인데	沛乎其進之無窮
하늘이 나이를 더 빌려주지 않아서	惟天之不假以年
품부 받은 큰 그릇을 채우지 못했네	而不充其所賦之豊
조상의 사업 계승할 만하다 하여	謂將繼述之有託
서산[18]의 아들 구봉[19]에 비견했네	擬以西山之九峯
어찌하여 타고난 명이 불운하여	奈何乎受之之厄
회암의 몸에 갑자기 닥친 것[20]과 같은가	遽及於晦庵之躬

17　신창 노씨(新昌盧氏) : 신창(新昌)은 현 충청남도 아산군 신창면이다. 신창 노씨는 교하
　　노씨(交河盧氏) 일세조(一世祖) 노강필(盧康弼)의 증손 노지유(盧智儒)가 고려 공민왕
　　때 무공을 세워 신창군(新昌君)에 봉해진 이후, 그의 후손들이 신창을 본관으로 삼아
　　세계를 이어왔다.

18　서산(西山) : 채원정(蔡元定, 1135-1198)이다. 자는 계통(季通), 호는 서산, 시호는 문절
　　(文節)이며, 중국 복건성 건양(建陽) 사람이다. 어려서 부친 채발(蔡發)에게 정자(程子)
　　의 학문을 배웠으며, 뒤에 주희(朱熹)를 찾아가 수학하였다. 그의 학문은 아들인 채침(蔡
　　沈) 등에게 계승되었다. 저술로 『홍범해(洪範解)』, 『팔진도설(八陳圖說)』 등이 있다.

19　구봉(九峯) : 채침(1167-1230)이다. 자는 중묵(仲默), 호는 구봉, 시호는 문정(文正)이다.
　　채원정의 아들이며, 주희에게 수학하였다. 저술로 『서집전(書集傳)』, 『홍범황극(洪範皇
　　極)』 등이 있다.

20　회암(晦庵)의 … 것 : '회암'은 주희의 호이다. 주희가 62세(1191) 때 장남 주숙(朱塾, 1153-
　　1191)이 39세의 나이로 세상을 떠났다. 여기서는 김진호의 나이 63세(1907) 때 아들 김대

임오년(1942) 춘분절에 족제(族弟) 김영시(金永蓍)가 삼가 지음.

墓碣銘 幷序

金永蓍 撰

先師勿川先生有肖子, 諱大洵, 字養直, 仁而不壽, 光武丁未先先生沒。
距其生壬申, 得年三十六。后三十六年, 其孤相益將竪珉于墓, 乞余顯銘,
其敢辭諸。

公幼而秀悟。甫能言, 見人就讀於先生, 潛聽識百餘字。及上學, 受曾
《史》日數行, 有疑難處, 必求解乃已。年十四, 喪母夫人, 奉奠持制如成
人。事繼妣, 無間於所生, 人咸稱之。

其在家, 一遵義敎, 洞屬無違。樂善好賢, 惟恐不及。以親命, 師事許后
山、郭俛宇、李大溪三先生。又遍遊域內諸名德之門, 得之觀感者深, 而
體認盆切。家務冗瑣, 處之有度, 農桑樵牧, 無不躬檢。然講學之工, 未嘗
以此而少懈, 取夫子"餘力學文"之語, 扁其居曰"餘齋"。俛宇先生爲作銘
辭, 期待甚重。

世資不贍, 奉親具甘旨, 待賓優供億, 未見有艱苟態。又於先墓, 各具
衛物, 煥然耀瞻。嘗築龍門精舍, 爲先生藏修, 而瞻其用。此皆積以誠心,
而綜理有術也。

作詩文, 辭約而意備, 純乎不背於典則, 而自不以爲能。又不屑收草, 只
有若干編, 亦足不朽也。

公姓金, 貫商山。高麗甫尹諱需, 爲始祖也。自是世襲軒冕。有貞靖公
諱湜、淸平公諱希逸、兵部典書諱鑑, 與麗朝相終始。直提學諱復, 受業

순이 36세의 나이로 세상을 떠난 것을 주희 부자의 일에 견준 것이다.

於圃隱 鄭文忠公。及公之歿也，公以詩哭之，遂遠遯于頭流山下排祿洞，以抗不二之節，而取其義成其仁焉。因自號曰“丹邱齋。”其后以爲子孫之計，遂退居江城，改諱後，改號隱樂齋。

入韓朝，有諱張左正言，生諱貞用博士。生諱光礪進士。生諱達生翰林，號水晶堂。生諱浚進士，號三足齋，世稱“八君子”之一也。生諱景訥縣監，以文章，被宣廟知，賜《小學》及龍硯，以寵異之。生諱應虎僉正，壬亂從郭忠翼公，倡義討賊。生諱復文，號遯齋。生諱尙鎏，號槐亭，生諱世有。皆以文學鳴世。生諱昌勗，贈司僕正。

諱南垕，贈左承旨，於公五世祖也。高祖諱國鳴，贈參判，曾祖諱德龍，壽典陞知中樞，號靜軒。祖諱聲佾，號郊隱。考諱鎭祜，勿川先生也，以道學爲當世儒宗。外大父咸安 趙仲植，全州 李在容。

配密陽 卞濬欽女，乙未卒。一女適新昌 盧奎遠。又娶盆城 許馥女，生四子，男：相益、相奎、相甲，女八溪 鄭漢民。內外孫煩不錄。

銘曰：“內有家庭薰染之化，外有師友誘掖之功。以若英毅篤實之資，沛乎其進之無窮，惟天之不假以年，而不充其所賦之豊。謂將繼述之有託，擬以西山之九峯。奈何乎受之之厄？遽及於晦庵之躬。”

壬午春分節，族弟永蓍謹撰。

❖ 원문출전

金大洵，『餘齋遺稿』卷下 附錄，金永蓍 撰，「墓碣銘幷序」(경상대학교 남명학연구소 소장번호 1639)

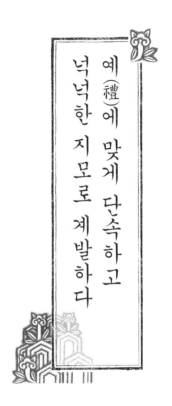

예(禮)에 맞게 단속하고
넉넉한 지모로 계발하다

강태수(姜台秀) : 1872-1949. 자는 극명(極明), 호는 우재(愚齋), 본관은 진양이다. 현 경상남도 진주시 수곡면 원당리에 거주하였다. 곽종석에게 수학하였고, 한유(韓愉)·하겸진(河謙鎭)·박태형(朴泰亨) 등과 교유하였다. 곽종석의 문집 간행에 참여하였다. 저술로 5권 2책의 『우재집』이 있다.

우재(愚齋) 강태수(姜台秀)의 묘갈명 병서

권도용(權道溶)[1] 지음

　독실하게 실천한 군자가 같은 시대를 살았는데 나보다 다섯 살 연장의 반열에 있어서 서로 알지 못하였다. 이에 그를 위하여 묘갈명을 지으려 하니, 잘 알지 못하여 만나지 못한 아쉬운 마음이 없을 수 있겠는가.

　우리 분양(汾陽)의 서쪽[2]에 사는 강 처사는 휘가 태수(台秀)이고 자는 극명(極明)이다. 강씨는 고려 때 은열공(殷烈公)[3]과 어사공(御史公)[4] 두 큰 문파가 있었는데 공은 어사공파의 후손이다. 어사공으로부터 3대를 내려오는 동안 벼슬을 지내고 시호를 받았다.[5]

　조선조에 들어와서는 통정공(通亭公)[6]으로부터 문경공(文景公) 형제[7]에

1　권도용(權道溶) : 1877-1963. 자는 호중(浩仲), 호는 추범(秋帆), 본관은 안동이다. 저술로 20권 11책의 『추범문원(秋帆文苑)』이 있다.

2　분양(汾陽)의 서쪽 : 분양은 현 경상남도 진주의 옛 이름이다. 분양의 서쪽은 현 경상남도 진주시 수곡면(水谷面)이다.

3　은열공(殷烈公) : 강민첨(姜民瞻, 963-1021)이다. 문과에 급제하였으나 무인으로서의 공을 많이 세웠다. 시호가 은열이다.

4　어사공(御史公) : 강사첨(姜師瞻)이다. 고려 충렬왕 때 전중감찰어사(殿中監察御史)를 역임하였다

5　어사공으로부터……받았다 : 삼대는 강창귀(姜昌貴)·강군보(姜君寶)·강시(姜蓍)이다. 강창귀는 문하시중을 지내고 진원부원군(晉原府院君)에 봉해졌다. 강군보는 정당문학을 지내고 봉산군(鳳山君)에 봉해졌으며 시호는 문경공(文敬公)이다. 강시는 진산부원군(晉山府院君)에 봉해졌고 시호는 공목(恭穆)이다.

6　통정공(通亭公) : 강회백(姜淮伯, 1357-1402)이다. 자는 백보(伯父), 호는 통정, 본관은 진양이다. 저술로 『통정집』이 있다.

7　문경공(文景公) 형제 : 강맹경(姜孟卿, 1410-1461)과 강숙경(姜叔卿, 1428-1481)으로 강회백의 손자들이다. 강맹경의 자는 자장(子章), 시호는 문경이고, 강숙경의 자는 경장(景

이르기까지 연이어 2품 이상의 관직을 지냈다. 문과에 급제한 연(演), 주부를 지낸 탁(倬)을 거치면서 벼슬이 끊이지 않았다.

휘 인주(麟周)·재문(載文)·정회(正會)·영가(永榎)에 이르러서는 모두 은둔하여 벼슬하지 않았는데, 그들이 공의 고조부[8]·증조부·조부·부친이다. 가선대부를 지낸 해주 오씨(海州吳氏) 오면용(吳勉鎔)이 공의 외조부이다.

공은 태어나면서 자질이 영민하고 인륜을 독실히 좋아하였다. 어버이를 섬길 적에는 순종하고 부지런히 하여 마음과 몸을 봉양함에 빠뜨림이 없었다. 부친이 병이 났을 때 변을 맛보아 병세를 파악하고 낫기를 빌면서 그 정성을 극진히 하였다. 아버지께서 돌아가시자 장례를 유감없이 하였는데 어머니를 보살펴 드리는 경우가 아니고서는 침소에 들어가지 않았다. 피눈물을 흘리며 삼년상을 치르고서 지팡이를 짚고 겨우 일어났다. 어머니가 돌아가셨을 때에도 또한 그렇게 하였다. 이것은 효로써 어버이를 섬긴 실상이다.

동생 필수(必秀)와 함께 면우(俛宇) 선생을 배알하고는 학문하는 큰 방도를 들었다. 뒤에 선생께 돌아가신 아버지의 묘표와 재실의 기문을 부탁하였다. 선생이 돌아가시자 급히 가서 장례를 도왔으며 또 한양으로 가 문집 간행의 일을 주선하였다. 이후 선생의 문집 중에서 관혼상제 등의 설을 뽑아내어 『사례유취(四禮類聚)』한 권을 만들었다. 평소 면우 선생이 일러주신 '진심으로 올바름을 구하라[實心求是]' 네 글자를 종신토록 실천할 부절로 삼았다. 이것은 성심으로 스승을 존숭한 실상이다.

우산(愚山) 한유(韓愉),[9] 회봉(晦峰) 하겸진(河謙鎭),[10] 간암(艮嵓) 박태형

章), 호는 수헌(守軒)이다.

8 고조부: 원문의 '현(玄)'은 「가장(家狀)」에 '고(高)'로 되어있다.
9 한유(韓愉): 1868~1911. 자는 희녕(希甯), 호는 우산, 본관은 청주이며, 현 경상남도 산청

(朴泰亨)[11] 등 여러 군자들과 종유하며 난해한 점을 질문하고 학문을 강마하면서 유익한 것을 취하여 얻는 바가 많았다. 또한 여러 벗들과 함께 이름난 산천을 두루 유람하면서 인지(仁智)를 체득하는 방법을 넓혔다. 때로는 산속의 절이나 강가의 정자를 함께 유람하면서 절개를 지키자는 맹세를 의탁하였다. 이것은 근면함으로 벗을 취한 실상이다.

평소 거처할 때에는 일찍 일어나 세수하고 빗질하고서 공경한 마음으로 책을 대했다. 일찍이 벽에다 '분수에 편안히 하고 천명을 안다[安分知命]', '성냄을 경계하고 욕심을 막는다[懲忿窒慾]' 등의 글자를 써서 걸어두고는 항상 자신을 살피는 바탕으로 삼았다. 만년에 중풍에 걸렸으나 항상 겉옷을 벗지 않았다. 이것은 공경한 마음으로 자신을 지탱한 실상이다.

을사년(1905) 이후에 나라의 세금이 나날이 증가하여 백성들이 그 명령을 감당할 수 없게 되자 마을의 극빈자 수십 호를 가려내어 돈을 마련해 그들을 도와주었다. 섣달 그믐날에는 나이 60세 이상인 자에게 고기 한 근씩을 보내주었으며, 가마와 말을 마련해 궁핍한 벗과 가난한 친족들로 하여금 길흉사에 필요한 경우 모두 빌려주었다. 친한 벗 한 사람이 돈 4백 냥을 빌려 쓰고는 이사를 가면서 집으로 대신 갚고 갔다. 몇 개월 뒤에 1천 냥으로 그 집을 매입하려는 자가 있자 옛 주인을 불러 직접 팔게 하고는 빌려준 본전만 받았다. 이것은 은혜로 남들을 구제한 실상이다.

군 단성면 백곡(柏谷)에 거주하였다. 조성가(趙性家)·전우(田愚)에게 수학하였다. 저술로 31권 16책의 『우산집』이 있다.

10 하겸진(河謙鎭) : 1870-1946. 자는 숙형(叔亨), 호는 회봉, 본관은 진양(晉陽)이다. 곽종석(郭鍾錫)에게 수학하였고, 이승희(李承熙)·장석영(張錫英)·송준필(宋浚弼) 등과 교유하였다. 저술로 50권 26책의 『회봉집』과 30권 3책의 『동유학안』이 있다.

11 박태형(朴泰亨) : 1864-1925. 자는 윤상(允常), 호는 간암, 본관은 함양(咸陽)이다. 송병선(宋秉璿)에게 수학하였고, 조재학(曺在學)·하경락(河經洛)·권명희(權命熙) 등과 교유하였다. 저술로 11권 5책의 『간암집』 등이 있다.

그 외에도 반야재(盤野齋)[12]를 중수하고 『목계집(木溪集)』[13]을 간행하
였으며, 청상과부인 누나에게 토지를 나누어주고 열부의 행실을 드러냈
으며, 분가하는 동생에게 재산을 넉넉하게 준 것과 같은 일들은 모두
효성을 미루어 행한 실상이다. 그러니 공과 같은 분은 『소학(小學)』의
「명륜(明倫)」한 편을 실천한 것이 거의 극진하여 동생들의 본보기가 된
사람이라고 할 만하다.

공은 일찍이 우재(愚齋) 처사라고 자호하였고 또 역암산인(櫟庵散人)이
라고도 하였는데 모두 스스로를 낮춘 겸사이다. 고종 임신년(1872) 정월
27일에 태어나 광복 후 4년 기축년(1949) 추석날 침소에서 일생을 마쳤
다. 진주의 서쪽 효자리(孝子里)[14] 마장동(馬場洞) 갑좌 경향(甲坐庚向) 언
덕에 장사지냈으니 선영의 좌향을 따른 것이다.

박지성(朴址成)의 딸에게 장가들어 다섯 명의 자식을 두었는데, 아들
은 대민(大珉)·대박(大璞)·대황(大璜)·대순(大珣)이고, 딸은 이한상(李翰
相)에게 시집갔다. 장남의 아들은 신중(信中)·판중(判中)이고 딸은 하용
식(河龍植)에게 시집갔다. 차남의 아들은 용중(龍中)·봉중(鳳中)·학중(鶴
中)[15]·서중(犀中)·권중(權中)인데 모두 중(中)으로 항렬자를 삼았으며,
두 딸은 이수웅(李秀雄)과 이무언(李武彦)에게 시집갔다. 삼남의 아들은
태중(泰中)이고 딸은 김덕규(金德圭)에게 시집갔다. 사남의 아들은 기중
(夔中)·표중(豹中)·헌중(憲中)·숙중(叔中)·화중(和中)이다. 손자와 손녀
들이 많이 번성하였다.

공의 아우 필수(必秀) 군이 가장(家狀) 한 편을 만들어 가지고 동상(東

---

12 반야재(盤野齋) : 현 경상남도 진주시 진성면 동산리(東山里)에 있다.
13 목계집(木溪集) : 강혼(姜渾, 1464-1519)의 『목계일고(木溪逸藁)』이다. 2권 1책이며 곽
   종석이 서문을 썼다.
14 효자리(孝子里) : 현 경상남도 진주시 수곡면 효자리이다.
15 학중(鶴中) : 원문의 '鴨(압)' 자는 다른 판본과 「행장」에 '鶴(학)' 자로 되어있다.

湘)의 산방으로 나를 찾아와 묘갈명을 부탁하였다. 가장을 읽어 보니 공
의 모습과 법도가 7할은 환히 보이는 듯하였다.

명은 다음과 같다.

타고난 성품	禀才性
효성스럽고 지혜로웠네	孝而慧
좋은 스승과 벗을 만나	得師友
예에 맞게 자신을 단속하였네	約之禮
그 지모가 넉넉하여	厥謨憮
자신을 계발한 바가 있었네	有攸啓
이에 비석에 새겨	鑱于石
환하게 후세에 전하노라	用昭揭

정유년(1957) 10월 초에 영가(永嘉 : 安東) 후인 권도용(權道溶)이 지음.

墓碣銘 幷序

權道溶 撰

有篤行君子幷世, 而在肩隨之列, 汔未相識。乃欲爲之銘其墓, 得無參
商之感乎。吾於汾西, 姜處士, 諱台秀, 字極明是已。姜氏勝國時, 有殷
烈、御史兩大族, 而公爲御史之裔。傳三世, 祈圭易名。入韓朝, 由通亭,
及文景昆季, 相繼爲卿宰, 歷文科演, 主簿偉, 冠冕不絶。至諱麟周、載
文、正會、永榎, 皆隱不仕, 寔公之玄、曾、祖、禰。嘉善大夫海州 吳公
勉鎔, 外祖也。

公生而資性穎敏, 篤好人倫。事親, 承順服勤, 志體之養, 無闕。父病,

嘗詀禱辰, 極盡其誠。 沒而二附無憾, 非省母, 不踐閾內。 泣血三霜, 杖而後起。 及母歿, 亦然。 此孝以事親也。

與弟必秀, 謁俛宇先生, 聞爲學大方。 後請先公墓文若齋記。 及捐館, 扶服相紼, 又往漢師, 周章於文集刊役。 後撮取集中冠昏喪祭等說, 爲《四禮類聚》一卷。 以平日所命實心求是四字, 爲終身佩符。 此誠以尊師也。

從遊韓愚山愉、 河晦峰謙鎭、 朴艮嵒泰亨諸君, 問難講劘, 多所取益。 又與諸友, 遍遊名山川, 以廣仁智之術。 或同遊衍於山寺江亭, 而託歲寒之盟。 此勤以取友也。

平居, 早起盥櫛, 敬對方策。 嘗書"安分知命"、 "懲忿窒慾"等字于壁, 以爲常目之資。 晚年, 罹風痺, 臥起不去小氅衣。 此敬以持身也。

乙巳以後, 國稅日增, 民不堪命, 抄出里中極貧者數十戶, 捐金以勘之。 當歲除, 年六十以上, 饋肉一斤, 備置轎馬, 使窮交貧族, 吉凶所須, 皆借乘之。 有親友一人, 借用金四百, 因移居而以家垈付之。 數月後, 有願以千金買者, 招舊主, 俾自賣之, 依本領金。 此惠以濟人也。

其外如重修盤野齋, 刊《木溪集》, 割土婿姊而闡其烈行, 析箸胞弟而優其産業之類, 皆孝之推也。 若公者, 可謂《小學》〈明倫〉一篇, 行之殆盡, 而爲叔季之模楷人也。

公嘗自號愚齋處士, 又曰"櫟庵散人", 皆自謙之辭也。 以洪陵壬申陬月廿七日生, 復國後四年己丑中秋節, 終于寢。 藏衣履于州西孝子里馬場洞抱庚之穴, 從先兆也。

聘夫人朴氏址成之女, 凡擧五子, 大珉、 大璞、 大璜、 大均, 男也, 李翰相妻, 女也。 長房男: 信中、 判中, 女河龍植。 次房男: 龍、 鳳、 鴨、 犀、 權, 皆中爲行, 女: 李秀雄、 李武彥。 三房男女泰及金德圭之妻。 季房男: 虁、 豹、 憲、 叔、 和。 孫男女, 方振振式蕃。 必秀君, 爲家狀一通, 訪余東湘文房, 委以顯刻之詞。 覽之, 怳然見公之七分顏範也。

銘曰: "禀才性, 孝而慧。 得師友, 約之禮。 厥謨膴, 有攸啓。 鑱于石, 用昭揭。"

丁酉十月之朏, <u>永嘉後人權道溶撰</u>。

❖ **원문출전**

姜台秀,『愚齋集』卷5 附錄, 權道溶 撰,「墓碣銘并序」(경상대학교 문천각 古 D3B
H강832○)

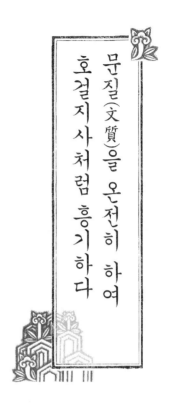

문질(文質)을 온전히 하여
호걸지사처럼 흥기하다

조긍섭(曺兢燮) : 1873-1933. 초명은 인섭(麟燮), 자는 노현(魯見) · 중근(仲謹), 호는 심재(深齋) · 암서(巖棲), 본관은 창녕(昌寧)이다. 현 경상남도 창녕군 고암면 원촌리(元村里)에 거주하였다. 곽종석(郭鍾錫) · 이종기(李種杞) · 장복추(張福樞) · 김흥락(金興洛) 등을 찾아다니며 두루 질의하였다. 하겸진(河謙鎭) · 한유(韓愉) 등과 현 경상남도 산청군 시천면 덕산(德山)에서 『남명집(南冥集)』 중간본 교정에 참여하였다. 1914년 현 대구광역시 달성군 가창면(嘉昌面) 정대리(停岱里)에 은거하며 정산서당(鼎山書堂)을 지었다. 1928년 현 대구광역시 달성군 유가면 쌍계리로 이거한 뒤 쌍계서당(雙溪書堂)을 지어 강학하였다. 문박(文樸) · 김황(金榥) · 이건창(李建昌) · 김택영(金澤榮) · 황현(黃玹) 등과 교유하였다.

저술로 37권 17책의 『암서집』이 있다.

심재(深齋) 조긍섭(曺兢燮)의 묘표(墓表)

이현규(李玄圭)[1] 지음

문(文)과 도(道)가 갈라진 지 오래되었다. 그 갈라짐이 오래될수록 문과 도가 모두 피폐해져 결국 합하여 하나가 될 수 없을 것이다. 세대가 내려올수록 사람들의 자품은 억지로 향상시킬 수 없는 점이 있어서, 끝내 고도(古道)를 회복할 수 없을 것이다.

심재(深齋) 선생 조공(曺公)은 대한제국 말엽에 태어나, 개연히 옛 선현의 도를 자신의 임무로 여겨 경서를 궁구하고 발휘하며 널리 본지를 찾고 멀리 고인의 설을 계승하여 거칠어진 학문풍토를 개선하고 허위의 설을 분변해 배척하였다. 그리하여 학문에 뜻을 둔 세상의 학자들이 종종 공의 유풍을 추향하면서, 문과 도가 갈라진 것은 하나가 될 수 없지 않고, 오늘날에도 옛날의 도를 회복할 수 없지 않다는 점을 명백히 알았다.

공은 춘추 겨우 61세에 별세하였다. 공이 세상을 떠난 지 15년 뒤, 문인들이 묘소에 표석을 세우고자 하면서 행장을 가져와 나에게 비문을 구하였다. 나는 사는 곳이 멀어 공을 만난 적이 없지만, 돌아보며 항상 고인처럼 경모하였고 또 외람되이 뜻이 맞는 벗[2]이라고 생각한 적도 있

1 이현규(李玄圭) : 1882-1949. 자는 현지(玄之), 호는 현산(玄山), 본관은 용인(龍仁)이다. 현 충청남도 부여군 부여읍 대왕리에서 태어났고, 현 대전광역시 서구 평촌동(坪村洞)에서 후학을 양성하였다. 정인보(鄭寅普)·김문옥(金文玉) 등과 교유하였다. 저술로 7권 3책의 『현산집』이 있다.

2 뜻이 맞는 벗 : 원문의 '성기(聲氣)'는 『주역』 건괘(乾卦) 「문언(文言)」의 "같은 소리끼리 서로 호응하고 같은 기운끼리 서로 찾는다.[同聲相應, 同氣相求.]"라고 한 데서 나온 말로, 지취(旨趣)와 애호(愛好)가 같은 벗을 가리킨다.

다. 지금 이런 부탁을 받고나니 나도 모르게 문득 살아있는 사람으로서
의 감개한 마음이 들어 글재주가 졸렬한 것으로 사양할 수 없었다.

공의 휘는 긍섭(兢燮), 자는 중근(仲謹), 심재(深齋)라고 자호하였으며,
본관은 창녕(昌寧)이다. 그의 선계는 신라 태사 휘 계룡(繼龍)에서 나왔
고, 고려조에서는 문하시중 평장사를 지낸 여덟 분이 있으며, 조선조에
서는 부사 휘 상겸(尚謙)이 가장 현달하였다. 증조부의 휘는 석량(錫良)이
고, 조부의 휘는 시영(時永)이다. 부친의 휘는 병의(柄義)이고 호는 소리
재(素履齋)이며, 문학과 행의로 고을사람들에게 중망을 받았다. 모친은
김해 김씨(金海金氏) 김성봉(金聲鳳)의 딸이다.

공은 어려서부터 총명하고 지혜로웠다. 10세를 조금 넘어 이미 여러
경전의 대의에 능통하였다. 얼마 뒤 면우(俛宇) 곽공(郭公)[3]을 배알하여
성리학의 명칭과 이치에 대해 분변하고 질정하며 여러 날을 궁구하였는
데, 곽공이 크게 놀라며 세상에 보기 드문 뛰어난 재주라고 여겼다. 그
후 영남지역의 이름난 여러 노숙(老宿)한 학자들을 두루 찾아다녀, 마침
내 크게 알려졌다. 당시 장사미헌(張四未軒)[4]·김병옹(金病翁)[5]·이만구(李
晚求)[6] 등 여러 공이 모두 강학하여 당대에 이름이 났다. 공은 그분들을

---

3 곽공(郭公): 곽종석(郭鍾錫, 1846-1919)이다. 자는 명원(鳴遠)·연길(淵吉), 호는 면우,
   본관은 현풍(玄風)이다. 현 경상남도 산청군 단성면 사월리 초포 마을에서 태어났다.
   이진상(李震相)에게 수학하였다. 파리장서 작성 및 서명자 대표를 맡았다. 저술로 176권
   62책의 『면우집』이 있다.
4 장사미헌(張四未軒): 장복추(張福樞, 1815-1900)이다. 자는 경하(景遐), 호는 사미헌, 본
   관은 인동(仁同)이다. 어릴 때부터 조부 장주(張儔)에게 수학하였다. 1890년 향리에 녹리
   서당(甪里書堂)을 세워 학문과 후진 양성에 전념하였다. 저술로 11권 6책의 『사미헌집』
   이 있다.
5 김병옹(金病翁): 김흥락(金興洛, 1827-1899)이다. 자는 계맹(繼孟), 호는 서산(西山)·병
   옹, 본관은 의성(義城)이다. 김성일(金誠一)의 12대 주손(冑孫)이며 안동에 거주했다. 류
   치명(柳致明)에게 수학하였다. 저술로 24권 12책의 『서산집』이 있다.
6 이만구(李晚求): 이종기(李種杞, 1837-1902)이다. 자는 기여(器汝), 호는 만구·다원거사

두루 찾아뵙고 반복해서 난해한 점을 질문하였는데, 여러 공들은 모두 국사(國士)가 될 것으로 기대하였다.

공은 배우기를 좋아하는 것이 유별나서, 특별한 일이 있지 않으면 경황이 없는 중에도 손에서 책을 놓지 않았다. 중년에 창녕(昌寧)에서 대구 정산(鼎山)[7]으로 이거하였다. 당시에는 운송하는 물품들이 사방에서 정산으로 모여들어, 시중의 점포에는 진귀한 서적들이 산더미처럼 쌓여있었다. 공의 문인이나 벗들이 공을 위해 그 책을 사서 가져가 한 방에 앉아 밤낮으로 펼쳐 읽었는데, 여러 경전의 주석서로부터 제자백가와 역사서에 이르기까지 맥락을 꿰뚫어 두루 통달하였으며 온갖 지식을 포괄하여 온축하였다. 사람들은 질문할 적에 답변이 궁색한 공의 모습을 보지 못했는데, 다만 공은 박식함으로 자부하지 않았다.

요컨대 공은 성현을 귀의처로 삼았고, 의리와 경설은 반드시 주자(朱子)의 설에 준거하였으며, 제가 학설의 동이(同異)에 대해서는 미미한 논변일지라도 흑백처럼 분명하게 분변하였다. 그러나 글을 지을 적에는 경전의 뜻에 근본하여 이치는 명백하고 문사는 통창해서 성대하고 전아하며 기굴하고 난삽한 말이 없었는데, 논변하는 설에 더욱 장점이 있었다.

공의 성품은 평탄하고 꾸밈이 없었다. 사람을 대접할 적에는 화기애애하게 대하다가도, 논의가 있어 자기의 설을 고수할 적에는 온 세상 사람들이 비방할지라도 흔들리지 않았다.

『곤언(困言)』[8]과 시문집 십수 권이 있어 평생의 대체를 알 수 있다.

(茶園居士), 본관은 전의(全義)이며, 현 경상북도 고령에 거주하였다. 저술로 20권 10책의 『만구집』이 있다.

7 정산(鼎山) : 현 대구광역시 달성군 가창면(嘉昌面) 정대리(停垈里)이다.

8 곤언(困言) : 조긍섭이 38세(1910) 때 『주역』 「곤괘(困卦)」의 "말을 하면 믿지 않으리라. [有言不信]"라는 말을 취하여 그 본성을 밝혀 공맹과 정주가 남긴 법을 이으려고 지은 것이다. 조긍섭의 제자 성순영(成純永)이 중국 강소성 남통시(南通市)에 있던 김택영(金

문하에 재주 있고 준걸한 이가 많았는데, 공의 가르침을 능히 계승하여 경의(經義)와 문사(文辭)를 전공해서 모두 자립하여 세상에 이름났다.

공은 계유년(1933) 윤5월 28일 현풍(玄風)의 쌍계(雙溪)⁹에서 별세하였고, 창녕(昌寧) 광덕산(光德山)¹⁰ 서쪽 황사등(黃蛇嶝) 갑좌(甲坐) 언덕에 장사지냈다. 부인 광주 노씨(光州盧氏)는 노기정(盧基正)의 딸이다. 후사가 없어, 종제 귀섭(龜燮)의 아들 정흠(廷欽)을 데려다 양자로 삼았다. 딸이 둘인데, 탐진 안씨(耽津安氏) 안영준(安永濬)과 재령 이씨(載寧李氏) 이현구(李鉉久)에게 시집갔다. 정흠의 아들은 찬구(纘九)이고, 딸은 채태석(蔡兌錫)에게 시집갔다. 사위 안영준의 아들은 안준상(安駿相)과 안원상(安源相)이다.

아! 경쟁적으로 강학하는 풍토가 근세와 같은 적이 없지만, 그 쇠미한 학문의 폐단도 근세와 같은 적이 없다. 사람들은 각자 자기의 사문(師門)을 으뜸으로 여겨 어지럽게 논쟁을 한다. 대개 자기의 스승이 도술을 창도하여 밝힌 것으로 자처하지만, 대부분 모두 전해지는 설을 표절하고 답습하여 발명한 것이 없다. 문사를 익힌 자들은 단지 성조(聲調)를 본뜨고 형식을 베낄 따름이니, 이른바 "고인이 글을 짓던 본래의 본지"라는 것은 없어진 것이다.

경학은 우리나라 영남 지방에서 성대하였다. 그러므로 근세에 이르러서도 여전히 찬란하였는데, 공이 더욱 뛰어났다. 공은 자질이 남달랐는데, 공부까지 독실하여 박문약례해서 거의 정미한 경지에까지 나아갔다. 그것이 발하여 화려한 문사가 된 것은 유향(劉向)¹¹과 증공(曾鞏)¹²의 문

澤榮)에게 부탁하여 「비공화론(非共和論)」과 「순천해(順天解)」를 합하여 1916년에 간행하였다.

9 쌍계(雙溪) : 현 대구광역시 달성군 유가면 쌍계리이다.

10 광덕산(光德山) : 현 경상남도 창녕군 고암면 원촌리에 있다.

11 유향(劉向) : 전한(前漢) 말기 인물이며, 자는 자정(子政)이다. 문장에 능통하고 경술(經

장이 천고에 끊어진 맥을 다시 잇게 한 것과 같게 되었다. 대개 수백 년 이래 문채와 바탕 둘 다 지극하고 온전한 경우로, 식자들은 오직 공을 추대하니 전례가 없는 일이다. 맹자가 "호걸지사는 문왕(文王)을 기다리지 않고서 오히려 흥기한다."[13]라고 하였는데, 한창려(韓昌黎)[14]가 "후인들은 고인들에게 미치지 못한다."[15]라고 한 것은 말을 알지 못한 것이 됨이 분명하다.

정해년(1947) 6월 중순에 용인(龍仁) 이현규(李玄圭)가 지음.

術)에 조예가 깊었다. 『신서(新序)』·『설원(說苑)』을 편찬하고 『열녀전(列女傳)』 등을 저술하였다.

12 증공(曾鞏) : 1019-1083. 자는 자고(子固), 호는 남풍(南豊), 시호는 문정(文定)이다. 문장의 수식을 반대하고 변려문을 사용하지 않는 등 구양수(歐陽脩)와 더불어 순정한 문체를 주장하였다. 유향의 『전국책』을 보완하여 편제를 새롭게 하였다. 유향의 문체를 본받으려 했던 당송팔대가의 한 사람이다.

13 호걸지사는……흥기한다 : 『맹자』「진심 상(盡心上)」에 "주(周)나라 문왕과 같은 성군(聖君)이 나오기를 기다린 뒤에야 흥기하는 자들은 일반 백성들이다. 호걸지사로 말하면 문왕이 없더라도 오히려 혼자서 흥기한다.[待文王而後興者, 凡民也. 若夫豪傑之士, 雖無文王猶興.]"라고 하였다.

14 한 창려(韓昌黎) : 한유(韓愈, 768-824)이다. 자는 퇴지(退之)이고 시호는 문공(文公)이다. 송(宋)대에 창려백(昌黎伯)에 추봉되었으므로 한 창려(韓昌黎)라고도 불린다. 당송팔대가의 한 사람이다.

15 후인들은……못한다 : 『고문진보』 권3 「송양거원소윤서(送楊巨源少尹序)」에서 한유가 세상 사람들이 늘 말하기를 "옛사람을 지금 사람들이 따르지 못한다.[古今人不相及]"라고 한 것을 변용한 듯하다.

墓表

李玄圭 撰

文與道之歧也久矣。其歧愈久, 而文與道俱弊, 果不可合而爲一也歟。將世代之降, 而人之材稟, 有不可得以强, 而終不可反之古歟。深齋先生曹公, 生韓季, 慨然以古道爲己任, 窮經著書, 旁搜遠紹, 開拓榛蕪, 辨闢虛僞。世之有志於學者, 往往嚮風趨響, 曉然知歧之無不可爲一, 而今之無不可反之古也。

春秋僅六十一而終。公沒十五年, 而門人將表于阡, 以狀求其辭于玄圭。玄圭居遠, 未與公接, 而顧常傾慕如古人, 亦嘗辱存聲氣。今於是囑也, 不覺忽忽感後死之慨, 不得以拙蕪辭。

公諱兢燮, 字仲謹, 深齋其自號也, 昌寧人。其先出新羅太師諱繼龍, 在麗有八平章事, 本朝府使諱尙謙最顯。曾祖諱錫良, 祖諱時永。考諱柄義, 號素履齋, 文學行誼, 重鄉里。妣金海金氏 聲鳳女。

公幼聰慧。逾十歲, 已能通諸經大義。既而謁俛宇郭公, 辨質名理, 窮數晝夜, 郭公驚詡, 以爲曠世逸才。廣譽於同省諸老宿, 名遂大起。時有張四未、金病翁、李晩求諸公, 皆講學名當世。公歷謁, 反復質難, 諸公幷期以國士。

公好學甚, 非有故, 造次不離於書。中歲, 自昌山, 寓于大邱鼎山中。時則運輸四湊, 市肆珍書山積。門人知舊, 亦能爲公致之, 坐一室, 日夜披哦, 自諸經義疏, 至子史百家, 貫穿賅博, 包羅停蓄。人叩之, 不見其窮, 顧公不以汎博自喜。要以聖賢爲歸, 義理經說, 必準於朱子, 至諸家同異, 雖微辨, 若白黑。然爲文章, 本之經訓, 理明辭暢, 豐茂典贍, 無嶄刻艱晦語, 尤於辨說爲長。

性坦易, 無矯飾。接人, 藹然以和遇, 有論議, 當執守, 擧世訛斥, 不爲撓。有《困言》、詩文集十數卷, 平生大全, 可以見矣。及門多材俊, 能承其指畫, 治經義文辭, 俱自樹立, 知名於世。

公以癸酉閏五月二十八日, 卒于玄風之雙溪, 葬昌寧 光德山西黃蛇嶝甲原。配光州盧氏 基正女。無嗣, 取從父弟龜燮子廷欽爲子。二女：耽津 安永濬, 載寧 李鉉久。廷欽男纉九, 女蔡兌錫。安男：駿相、源相。

嗚呼! 講學之競, 莫如近世, 而其衰弊也, 莫如近世。人各宗其門戶, 紛然爭辨。槪以倡明道術自居, 而類皆剽襲緒餘, 無所發明。治文辭者, 直是模擬聲采形似爾, 所謂"古人立言之旨"廢矣。經學我東嶺南爲盛。故至近世, 猶自彬彬, 而公尤秀拔。稟姿之異, 而用工篤摯, 旣博旣約, 殆造乎精微。發爲辭華, 爲劉向、曾鞏之文, 繼絶響於前古。蓋自數百年以來, 文質兩至而俱全者, 識者獨推公, 爲未曾有。孟子稱"豪傑之士, 不待文王猶興。"昌黎氏以謂"世代不相及。"爲未知言, 信哉。

丁亥季夏中浣, 龍仁 李玄圭識。

❖ 원문출전

曺兢燮,『深齋先生續集』卷10, 李玄圭 撰, 「墓表」(국립중앙도서관 청구기호 BA3648
-71-63-1-5)

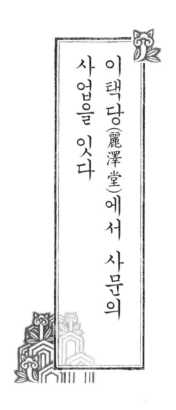

이택당(麗澤堂)에서 사문의
사업을 잇다

김재식(金在植) : 1873-1940. 자는 중연(仲衍), 호는 수재(修齋), 본관은 상산(商山)으로 현 경상남도 산청군 신등면 평지리 법물 마을에서 태어나 거주하였다. 어릴 적부터 김진호(金鎭祜)에게 배웠고, 허유(許愈)·곽종석(郭鍾錫)에게도 수학하였으며, 장복추(張福樞)·김인섭(金麟燮)·이승희(李承熙)·이종기(李種杞)·윤주하(尹胄夏) 등에게서 학문적 영향을 받았다.

저술로 불분권 1책의 『수재집』이 있다.

수재(修齋) 김재식(金在植)의 묘갈명 병서

최인찬(崔寅巑)[1] 지음

  수재(修齋) 선생 김공(金公)은 고종 계유년(1873)에 태어나 68세 되던 경진년(1940) 7월 3일 법물리(法勿里) 자택에서 세상을 떠났다. 다음 달 관곡(官谷)에 장사지냈고 이로부터 20년 지난 경자년(1960)에 같은 산등성이 간좌(艮坐) 언덕으로 이장하였다. 또 25년이 지난 을축년(1985) 봄에 효손 태원(泰元)이 그의 고모부 박문석(朴文錫)의 지극한 정성에 힘입어 비석을 세우고자 하여, 그의 족인 김인환(金麟煥)이 지은 행록을 가지고 나에게 묘갈명을 지어달라고 요청하였다. 나는 사양하였으나 뜻대로 되지 않아, 삼가 행록을 살펴보고 다음과 같이 쓴다.

  무릇 선비가 세상에 나아가고 물러나는 것은 오직 도가 융성한가 쇠퇴한가에 달려 있다. 도가 융성한 때를 만나면 지위를 얻어 도를 창도하여 백성들의 중망에 부응하고, 도가 쇠퇴한 때를 만나면 은거하여 드러내지 않고 학문을 즐기며 후학을 인도하여 다음 세대에 도가 부흥하기를 도모한다. 이 때문에 군자는 때를 만나지 못해도 근심하지 않고, 분수에 만족하며 도를 잘 간직할 따름이다.

  공은 일찍이 세상이 급변하여 도가 추락한 때를 만나, 이름이 크게 알려지지 못하고 행적이 세상에 드러나지 못했다. 그러나 초야에서 고요히 70년을 지내면서 부단히 힘써 함양하고 온축하며, 오직 후학을 계

---

1 최인찬(崔寅巑) : 1927-현존. 호는 회천(晦川), 본관은 삭녕(朔寧)이다. 저술로 19권 7책의 『복응당고(服膺堂稿)』 등이 있다.

도하고 저술하는 일을 자신의 임무로 삼았다. 큰 뜻을 품고서 도를 구제하였으니, 그 내면에 온축된 풍도와 덕화를 또한 미루어 알 수 있다. 공과 같은 사람이야말로 은둔하여 도를 즐긴 군자가 아니겠는가.

공은 타고난 자질이 매우 아름다웠는데, 옥처럼 깨끗하고 얼음처럼 맑았으며 단정하고 정중하여 위의가 있었다. 집에 들어가 어버이를 섬길 적에는 어버이의 몸과 마음을 잘 봉양하였고, 두 아우와는 함께 거처하고 공부하면서 농담을 주고받아 온화한 기운이 집안에 가득했다.[2] 밖에 나가면 남들과 허물없이 지내며 한결같이 충신(忠信)으로써 사귀어 공경하고 삼가는 안색이 집밖에서 화락하였다.

공의 학문은, 『중용』·『대학』·『심경』·『근사록』에 밝았으며 육경에 근본하였는데, 널리 제가들에 대해 훤히 이해하지 못하는 점이 없었다. 함양(涵養)하는 공부에 전념하여 수신(修身)·제가(齊家)에 힘을 쓰고 성명(性命)에 잠심하였는데, 항상 도가 무너진 시대에 자신을 감추는 것을 법으로 삼았다.

당시 같은 마을의 물천(勿川)[3] 선생이 이택당(麗澤堂)[4]에 강석(講席)을 열었는데, 공은 어려서부터 선생께 직접 나아가 배우며 게을리하지 않았고 탐구하기를 그만두지 않았다. 선생도 공이 크게 될 인물이라고 기

---

2 두……가득했다 : 어느 날 집안에 사람들로 붐빌 적에 둘째 아우가 푸른 감[靑柿實]을 따 가지고 들어왔다. 그래서 김재식이 아우에게 훈계하기를 "제철이 아니면 먹지 않는다.[不時不食]"라고 하였는데, 두 아우가 대답하기를 "감이 아니면 먹지 않겠습니다.[不柿不食]"라고 대답하여 집안에 있던 사람들이 박장대소했다고 한다.

3 물천(勿川) : 김진호(金鎭祜, 1845-1908)이다. 자는 치수(致受), 호는 물천, 본관은 상산(商山)이다. 현 경상남도 산청군 신등면 평지리 법물 마을에서 태어나 거주했다. 박치복(朴致馥)·허전(許傳)·이진상(李震相) 등에게 수학했다. 저술로 21권 11책의 『물천집』이 있다.

4 이택당(麗澤堂) : 현 경상남도 산청군 신등면 평지리에 있다. 박치복·김진호의 주도로 허전(許傳)의 문집 간행과 강학을 위해 지었다.

대하였다. 그 뒤로 후산(后山)·면우(俛宇) 두 선생을 사사하여 성리학(性
理學)의 지결을 얻고 예학(禮學)의 정수를 들었는데, 칭찬과 인정을 받는
일이 많았다.

　또한 당시의 명유 장사미헌(張四未軒),[5] 집안 어른 단계(端磎),[6] 이대계
(李大溪),[7] 이만구(李晩求),[8] 윤교우(尹膠宇)[9] 등 제현들을 두루 찾아다니면
서 배우기를 청하며 강론하고 질의하여 식견을 확충하였으니, 공이 성취
한 것은 확고히 온축되어 순수한 빛이 얼굴에 드러나고 온몸에 넘쳐났다.

　이로부터 공의 명성이 원근에 알려졌다. 영남의 유림 중에 공의 고장
을 지나가는 사람들은 도의로써 공과 사귀기를 기약하지 않은 이가 없
었으니, 대개 공이 우뚝하게 제자(諸子)의 반열에서 뛰어난 것이 어찌
까닭이 없겠는가.

　공은 세상의 영화와 곤궁에 대해서는 초연히 집착하는 일이 없었다.
그러나 오직 사문(斯文)에 일이 있으면 반드시 부지런히 힘을 다 바쳤다.
물천옹이 세상을 떠난 뒤에는 그가 남긴 글들을 수집하고 책판을 만들
어 간행하였다.[10] 또한 성재(性齋)[11] 선생의 영정을 이택당에 봉안하여

5　장사미헌(張四未軒) : 장복추(張福樞, 1815-1900)이다. 자는 경하(景遐), 호는 사미헌, 본
　관은 인동(仁同)이다. 현 경상북도 칠곡군 기산면에 거주하였다. 저술로 11권 6책의 『사
　미헌집』이 있다.
6　단계(端磎) : 김인섭(金麟燮, 1827-1903)이다. 자는 성부(聖夫), 호는 단계, 본관은 상산
　(商山)이다. 저술로 18권 10책의 『단계집』 등이 있다.
7　이대계(李大溪) : 이승희(李承熙, 1847-1916)이다. 자는 계도(啓道), 호는 강재(剛齋)·대
　계·한계(韓溪), 본관은 성산(星山)이다. 이진상(李震相)의 아들이다. 현 경상북도 성주
　군 월항면 대산리 한개 마을[大浦]에서 태어났다. 저술로 42권 20책의 『대계집』이 있다.
8　이만구(李晩求) : 이종기(李種杞, 1837-1902)이다. 자는 기여(器汝), 호는 만구, 본관은
　전의이다. 현 경상북도 고령에 거주하였다. 저술로 20권 10책의 『만구집』이 있다.
9　윤교우(尹膠宇) : 윤주하(尹冑夏, 1846-1906)이다. 자는 충여(忠汝), 호는 교우, 본관은
　파평(坡平)이고, 현 경상남도 거창군 남하면에서 태어나 합천군에 거주하였다. 이진상에
　게 수학하였다. 저술로 20권 10책의 『교우집』이 있다.
10　물천옹이……간행하였다 : 김재식은 1909년 곽종석에게 『물천집』의 교정을 부탁하였다.

그곳을 제사지내는 장소로 삼았다.

공의 평소 성품은 산수의 연하(煙霞)를 매우 좋아하여 때때로 연비어약(鳶飛魚躍)의 즐거움[12]을 구경함이 있었다. 때로는 선현이 남긴 자취를 답사하기도 하고, 때로는 명승지의 깊숙한 곳을 유람하기도 하였다. 가는 곳마다 마음을 터놓고 유창하게 서술한 글들이 한 질이나 될 정도로 많았으니, 이것이 바로 가슴에서 넘쳐나서 밖으로 드러난 것이라고 할 수 있다.

일찍이 사는 곳에 집 한 칸을 짓고, '몽천재(蒙泉齋)'라고 편액하였다. 공은 항상 그곳에 거처하면서 오직 정성스럽게 뜻한 바를 추구하였을 뿐 다시는 세상일에 마음을 두지 않았다. 다만 배움을 청하는 자들은 받아들여 그곳에서 넉넉히 노닐고 귀추를 온전하게 하였다.

아! 공의 정신과 실질적인 학문은 오직 남긴 글에 있으니, 그 순정한 정수는 백세 뒤를 기다려도 썩지 않을 만한 것임이 분명하다. 어찌 감히 군더더기 말을 덧붙이겠는가.

공의 휘는 재식(在植), 자는 중연(仲衍)이다. 김씨의 본관은 상산(商山)이다. 시조 휘 수(需) 이래로 고신(孤臣)도 있고 대신(大臣)도 있어 대대로 벼슬이 이어졌다. 휘 후(後)는 직제학을 지냈는데, 고려의 운수가 다하려 할 적에 강성(江城 : 丹城)에 물러나 살았기 때문에 세상 사람들이 '단구(丹邱) 선생'이라 불렀다. 휘 준(浚)은 진사이고 호가 삼족재(三足齋)인데, 여덟 종형제가 모두 문학으로 이름났다.

증조부는 두한(斗漢)이고, 조부는 이표(履杓)인데, 호가 상우당(尙友堂)

이며 유림의 명망이 있었다. 부친은 충섭(忠燮)으로, 호가 야당(野堂)이다.
모친은 안동 권씨 권재룡(權在龍)의 딸이다. 초취 부인은 팔계 정씨(八溪鄭
氏) 정방경(鄭邦曔)의 딸로 1남 1녀를 낳았는데 아들은 석신(錫臣)이고
딸은 성환혁(成煥赫)에게 시집갔다. 재취 부인은 순천 박씨(順天朴氏) 박희
현(朴熺鉉)의 딸인데, 출계한 아들 석민(錫民)을 낳았고, 딸 셋은 박판도(朴
判道)·권영우(權寧佑)·박문석(朴文錫)에게 시집갔다. 석신의 아들은 태
원(泰元)과 태형(泰亨)이고, 석민의 아들은 태열(泰烈)이다. 외손은 성증(成
增)·박식동(朴植東)·박윤동(朴潤東)·권오식(權五植)·박홍재(朴弘載)·
박원재(朴原載)이다. 나머지는 기록하지 않는다. 이어서 다음과 같이 명을
짓는다.

아, 선생이여	於惟先生
말세에 빼어난 자질을 지니시고	季世挺秀
몸은 비록 초야에 은거하셨으나	身雖肥遯
지향은 세상에 도를 펴는 것이었네	志則援枹
영특한 재주로 아름다운 글을 지어	含英生藻
품격있는 글이 샘솟듯 넘쳐났지만	風韻涌溢
영광을 얻고자 뜻을 바꾸지 않았고	不以榮易
칭송하는 말 때문에 기뻐하지도 않았네	不以譽悅
마침 도가 무너진 망극한 시대를 만나	適値罔極
사업이 비록 뜻대로 풀리지 않았지만	業雖未伸
후학들 깨우쳐 주기에 부지런히 힘쓰고	汲汲啓來
도를 지키는 일에 누구보다 앞장섰네	衛道絶倫
관곡의 울창한 저 선생의 무덤은	鬱彼官阡
공활하고 청량하게 구름이 걷혔는데	寥朗雲捲
손 모아 읍하면서 단정히 나아가니	拱揖端趨
마치 선생의 아름다운 위의를 뵙는 듯	令儀如覩
선생이 남긴 전범은 길이 떨치리니	典範長震

의당 스승의 표상이 되리　　　　　　　　　　宜爲師資
비석에 공덕을 크게 새긴 것이　　　　　　　　刻之大者
우뚝하게 서서 영원히 전해지리　　　　　　　　昭揭永示

광복 후 41년 을축년(1986) 춘분절에 삭녕(朔寧) 최인찬(崔寅巑)이 삼가
지음.

墓碣銘 幷序

崔寅巑 撰

修齋先生 金公, 生於高宗癸酉, 以年六十八庚辰七月初三日, 歿于法勿
里第。逾月而會葬于宜谷, 而後廿年庚子, 遷厝于同岡艮坐原。後廿五年
乙丑春, 孝孫泰元賴其姑夫朴文錫之殫誠, 將謀竪阡, 以其族麟煥所爲狀,
責銘於余。余辭不獲, 謹按狀而書之曰:
　夫士之行藏, 惟係於道之隆替焉。其値隆則得位而倡道, 以負蒼生之重
望, 其値替則隱居不見, 好學牖後, 以圖來世之興復焉。是以君子不遇時
而不患, 安分善道而已矣。
　公蚤値滄桑道墜之時, 名不顯揚, 行不著世。然靜居林下七十年, 懋懋
涵蓄, 惟以啓後著述爲己任。抱志以救道, 其風徽之蘊於中者, 亦可推而
知也。如公者, 豈非隱遁樂道之君子也哉?
　公生質甚美, 玉潔氷淸, 端重有儀。入則事親, 克養志體, 與二弟, 聯榻
唱酬, 和氣藹然于內。出則與人, 不設畦畛, 一以忠信交情, 恭謹之色, 闇
闇于外。其爲學也, 洞洞乎《庸》、《學》、《心經》、《近思》書, 根乎六
經, 而旁及百家, 靡不曉解。屬屬乎涵養之功, 用力修齊, 潛心性命, 常以
時晦爲法焉。

時族黨勿川先生設皐比于麗澤堂, 公自幼親炙不懈, 探究不措。先生亦期之以遠大。旣而師事后山、俛宇二先生, 得性理之訣, 聞禮學之粹, 多蒙獎詡。又遍拜當世名儒, 如張四未軒、族丈端磎、李大溪、李晩求、尹膠宇諸賢, 請益講質, 擴充見識, 則其所就凝然積聚, 粹然見於面而盎於體。自是聲譽聞於遠近。嶺儒之過此者, 莫不相期以道義交, 蓋公之嶢然出諸子之列者, 豈無所以哉?

其於世之榮悴, 超然無所操。而惟斯文有事, 則必黽勉竭力。勿川翁沒後, 蒐輯其遺書, 營造板刻而印出。奉安性齋先生影幀于麗堂, 以爲尸祝之所。

公之素性, 甚喫林泉之煙霞, 有時而觀鳶魚之樂。或踏先賢之遺躅, 或遊名勝之幽邃。到處披襟暢舒者, 多至成帙, 是可謂溢於胸而洩於外者也。嘗築一屋于所居, 扁曰"蒙泉齋"。公恒處于斯, 乃慥慥求志, 無復有意於世事。祗受請學者, 優游而全歸焉。嗚呼! 公之精神實學, 專在於遺文, 則其純正之髓, 可竢百世而不朽也, 審矣。何敢以容贅哉?

公諱在植, 字仲衍。金氏先商山人。始祖諱霝以降, 有孤有卿, 世世冠冕。至諱後, 官直提學, 麗運將訖, 退居江城, 世稱丹邱先生。諱浚, 進士, 號三足齋, 八從昆季, 皆以文學著。

曾祖曰斗漢, 祖曰履杓, 號尙友堂, 有儒望。考曰忠燮, 號野堂。妣安東權氏 在龍女。初配八溪 鄭邦曘女, 生男錫臣, 女適成煥赫。後配順天 朴熺鉉女, 生男錫民, 出系, 女適朴判道、權寧佑、朴文錫。錫臣男: 泰元、泰亨, 錫民男泰烈。外孫: 成增、朴植東、潤東、權五植、朴弘載、原載。餘不錄。系之以銘曰。

"於惟先生, 季世挺秀, 身雖肥遯, 志則援枹。含英生藻, 風韻涌溢, 不以榮易, 不以譽悅。適値罔極, 業雖未伸, 汲汲啓來, 衛道絶倫。鬱彼宜阡, 寥朗雲捲, 拱揖端趨, 令儀如覿。典範長震, 宜爲師資。刻之大者, 昭揭永示。"

光復四十一年乙丑春分節, 朔寧 崔寅巘謹撰。

❖ **원문출전**

金在植,『修齋集』附錄, 崔寅巑 撰,「墓碣銘幷序」(경상대학교 문천각 古(물천) D3B H김72ㅅ)

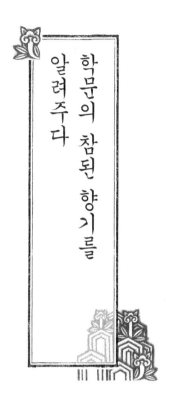

학문의 참된 향기를
알려주다

박헌수(朴憲脩) : 1873-1959. 자는 영숙(永叔), 호는 입암(立庵), 본관은 밀양이다.
현 경상남도 산청군 단성면 사월리(沙月里)에서 태어났다. 박규호(朴圭浩)·김진호(金鎭
祜)에게 수학하였고, 이승희(李承熙)·곽종석(郭鍾錫)·이두훈(李斗勳)에게도 학문에 대
해 질정하였다. 1895년 이진상(李震相)의 문집을 간행하는 일에 참여하였으며, 1898년
이진상을 향사하기 위한 성주의 삼봉서당(三峯書堂) 낙성식에 참여하였다.
저술로 5권 2책의 『입암집』이 있다.

입암(立庵) 박헌수(朴憲脩)의 행장략[1]

박헌수(朴憲脩)의 자는 영숙(永叔), 호는 입암(立庵), 본관은 밀양이다. 니계(尼溪) 박내오(朴來吾)의 후손이다. 부친은 구산(鳩山) 박상호(朴尙浩)이고, 모친 김해 허씨(金海許氏)는 창주(滄洲) 허돈(許燉)의 후손이다. 1873년 현 경상남도 산청군 단성면 사월리(沙月里)에서 태어났다.

입암은 처음에 사촌(沙村) 박규호(朴圭浩)에게 배웠으며, 뒤에는 물천(勿川) 김진호(金鎭祜)에게 수학하였다. 입암이 하직하고 집으로 돌아갈 적에 물천이 다음과 같은 시를 지어 주었다.

천지에 서리 내려 귤이 온통 익었는데　　　　海天霜落橘千黃
객들은 향기 맡고 보아도 맛을 보지 못하네　諸客鼻觀未敢嘗
그대 기다렸다 감귤 쪼개 크게 베어 먹으니　待子破甘仍大嚼
뱃속부터 진짜 향기를 도리어 알게 되었네　却從肚裏識眞香

1894년 동학난이 일어나자 부친의 형제를 삼가(三嘉)의 신지면(神旨面) 산속으로 모셨다. 1895년 거창(居昌)의 가조(加祚)에서 대계(大溪) 이승희(李承熙)를 배알하고 학업을 청하였고, 한주(寒洲) 이진상(李震相)의 문집을 간행하는 일에 참여하였다. 현 경상남도 거창군 가북면 중촌리 다전 마을에 우거하는 면우(俛宇) 곽종석(郭鍾錫)을 찾아가 배알하고, 학문에 대해 질의하였다.

1898년 이진상을 향사하기 위한 성주의 삼봉서당(三峯書堂)의 낙성식

---

1 이 행장략은 김황(金榥)이 지은 「행장」을 참조하여 작성하였다.

때 김진호·곽종석을 모시고 참석하였다. 당시 후산(后山) 허유(許愈)가 강장(講長)이었는데 심학(心學)과 주리(主理)가 우리 유학의 참된 지취라는 것을 알게 되었다. 고령(高靈)의 종산재(鍾山齋)에 가서 향음주례를 행하고 홍와(弘窩) 이두훈(李斗勳)을 배알하여 학문 연원의 전통을 들었다.

입암의 둘째 아들 박사종(朴師鍾)이 단성(丹城) 읍저에 우거지를 경영하자 그곳에 거처하며 자신의 방을 "오산조실(吾山調室)"이라 이름을 붙였다. 그곳에서 7년을 지내다가 고향으로 돌아왔다. 5년 뒤 1959년 2월 13일에 향년 87세로 세상을 떠났다. 그 다음 달에 동산의 묘좌 언덕에 장사지냈다.

입암이 벗들과 시를 지었는데, 시 말미에 모두 호를 써서 서명하였지만 자신은 호가 없다고 사양하였다. 벗들은 입암이 사는 곳에 선돌이 있으니 호를 '입암(立巖)'으로 하라고 하였다. 그러자 "내가 젊었을 때 물천 선생을 섬길 적에 선생께서 '의(毅)' 자를 집어서 보여주셨는데, 내가 유들유들하여 능히 의지를 세우지 못할 것이라고 생각하셨기 때문이었네. 지금 말한 '입(立)' 자는 선생의 가르침과 마침 들어맞으니 내게 실로 마땅하네. 다만 '암(巖)' 자를 '암(庵)'으로 고쳐서 여헌(旅軒) 장 선생이 뜻을 의탁한 장중함²을 삼가 피하는 것이 좋겠네."라고 하였다.

부인 진양 정씨(晉陽鄭氏)는 정동현(鄭東顯)의 딸로 3남 4녀를 두었다. 아들은 박기종(朴紀鍾)·박사종(朴師鍾)·박회종(朴會鍾)이고, 사위는 진양 강씨 강우현(姜禹鉉), 안동 권씨 권재문(權載文), 합천 이씨 이광현(李珖鉉), 진양 정씨 정호범(鄭鎬範)이다.

저술로 5권 2책의 『입암집』이 있다.

---

2 여헌(旅軒) … 장중함 : 병자호란 때 장현광이 의병활동을 하였으나 전쟁에 패한 뒤, 현 경상북도 포항시 죽장면 입암리로 은거하였다. 장현광이 그곳에 입암정사(立巖精舍)를 짓고 변함없는 바위처럼 오로지 학문에 몰두하겠다는 의지를 담은 것을 가리킨다.

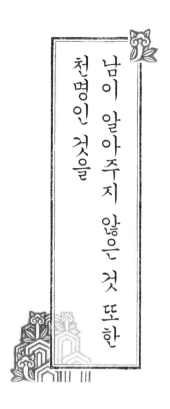

남이 알아주지 않은 것 또한

천명인 것을

하영태(河泳台) : 1875-1936. 자는 여해(汝海), 호는 관료(寬寮), 본관은 진양(晉陽)이
다. 현 경상남도 진주시 수곡면에 거주하였다. 15세부터 삼종숙 하겸진에게 수학하였
고, 이후 곽종석(郭鍾錫)에게 수학하였다. 동료들과 역락계(亦樂契)를 만들어 하겸진을
위한 덕곡서당(德谷書堂) 건립에 노력하였으며, 곽종석이 세상을 떠나자 니동서당(尼
東書堂) 건립과 『면우집』 간행에 참여하였다.
저술로 6권 3책의 『관료집』이 있다.

관료(寬寮) 하영태(河泳台)의 묘갈명 병서

하겸진(河謙鎭)[1] 지음

　선비로서 초야나 산골짜기에서 곤궁하게 지내며 자신을 숨겨 명성이 당대에 드러나지 않고 사업이 후세에 전해지는 것이 없어서 마침내 늙어 죽더라도 남들이 알아주지 않는 자가 예로부터 지금까지 어찌 헤아릴 수 있겠는가. 그 사람이 재주가 남과 같지 못하기 때문일까? 나는 그렇지 않다고 생각한다. 교격(膠鬲)[2]이 주(周)[3]나라에 귀의하지 않았다면 바닷가의 장사치로 살았을 따름이고, 영척(甯戚)[4]이 제 환공(齊桓公)을 만나지 않았다면 쇠뿔을 두드리며 노래나 부르고 살 뿐이었을 것이다. 양웅(揚雄)의 말 가운데 "군자가 때를 얻으면 자기의 도를 크게 행하고, 때를 얻지 못하면 용과 뱀처럼 자신을 숨긴다. 때를 얻고 얻지 못하는 것은 천명이니, 내가 힘을 쓸 바가 아니다."[5]라고 하였다. 이 때문에 군자는 천명이 있다는 것을 알아 외부에서 구하지 않으니, 이는 대체로 때를

1　하겸진(河謙鎭) : 1870-1946. 자는 숙형(叔亨), 호는 회봉(晦峯), 본관은 진양이다. 현 경상남도 진주시 수곡면에 거주하였다. 저술로 50권 26책의 『회봉집』 등이 있다.

2　교격(膠鬲) : 은(殷)나라의 현인이다. 은 말기에 세상이 어지러워지자 은둔하여 장사를 하며 생활을 하다가, 뒤에 주 문왕(周文王)의 신하로 등용되었다. (『史記』「管晏列傳」・『孟子』「告子下」)

3　주(周) : 원문의 '은(殷)'은 교격의 행적으로 볼 때 '주(周)'의 오기인 듯하다.

4　영척(甯戚) : 춘추시대 위(衛)나라 영척이 제(齊)나라에 가서 빈궁하게 지내며 소에게 꼴을 먹이다가 제 환공(齊桓公)을 만나 쇠뿔을 치며 자기의 신세를 한탄하는 슬픈 노래를 부르자, 환공이 그를 비범하게 여겨 수레에 태우고 와서 객경(客卿)에 임명한 고사가 있다. 그 노래를 일명 「반우가(飯牛歌)」라고 한다.(『古詩苑』「飯牛歌」・『淮南子』「道應訓」)

5　군자가……아니다 : 『전한서(前漢書)』 권87 상 「양웅전(揚雄傳)」에 나온다.

얻느냐 얻지 못하느냐로 자신의 도가 더하거나 줄어드는 것으로 생각하지 않기 때문이다.

내 삼종질 관료자(寬寮子) 영태(泳台) 여해(汝海)는 고종황제가 즉위한 지 12년 되던 을해년(1875)에 태어나서 62세에 세상을 떠나 대우곡(大愚谷) 국사산(國士山) 동쪽 간좌(艮坐) 언덕에 장사지냈다. 아! 여해는 어떤 연유로 이 세상에 태어나 어떤 연유로 끝내 이 정도에서 그치고 말았단 말인가?

여해가 어렸을 때 사람들은 그닥 명민하지는 못하다고 생각했다. 그런데 15, 6세가 되어 나를 따라 독서하고 학문을 하자 이때부터 총명과 예지가 샘솟듯 솟아나 육경과 사서를 두루 외웠고, 역대의 사전(史傳)과 정자(程子)·주자(朱子)의 저서에까지 널리 미쳐서 그 시말을 궁구하고 그 지취를 이해하지 않음이 없었다. 뒤에 또 곽 징군(郭徵君) 선생에게 배우면서 더욱 계발된 점이 있었다. 그러나 여해가 머리를 숙여 남을 따라 강론하고 질문하여 터득한 것은 여기에서 그쳤을 따름이다.

대저 그의 지혜는 얽히고설킨 일을 해결할 수 있고, 그의 말솜씨는 전대(專對)6를 맡을 수 있으며, 그의 예모는 예복을 갖춰 입고 소상(小相)이 될 만했던7 것과 같은 점은 여해만이 스스로 기이하게 여겼을 뿐 세상 사람들은 그를 능히 아는 자가 드물었다. 어찌 세상 사람들뿐이겠는가! 비록 곽 징군이라 할지라도 또한 그의 재능을 알지 못했다.

6 전대(專對): 나라에서 사신으로 보낼 적에 국서를 그에게 건네주기만 할 뿐, 국서 이외의 내용에 대해서 해야 할 말은 가르쳐주지를 않는데, 사신이 다른 나라에 가서 그때의 상황을 잘 파악하여 독자적으로 응대하며 일을 잘 처리하는 것을 말한다.
7 예복을……만했던: 『논어』 「선진」에서 각자의 뜻을 말해 보라는 공자의 말에 대해 공서적(公西赤)은 "종묘(宗廟)의 일 또는 회동(會同)에 단장보(端章甫) 차림으로 소상(小相)이 되고자 합니다."라고 하였다. 단장보는 현단복(玄端服)과 장보관(章甫冠)이고, 소상은 집례(執禮)를 돕는 사람이다.

그렇다면 여해가 초야나 산골짜기에서 곤궁하게 지내며 자신을 숨겨 명성이 당대에 드러나지 않고 사업이 후세에 전해짐이 없었던 것은 비록 이와 같은 시세(時世)에 말미암은 것이지만 또한 여해가 천명이 있는 것을 알아 남이 알아주기를 바라지 않아서 그렇게 된 것이다. 무릇 천명이 있는 것을 알아서 남이 알아주기를 바라지 않은 것 또한 어찌 천명이 아닌 줄 알겠는가.

여해의 집안 살림은 빈곤하였고 양친은 연로하며 여러 아우들은 어렸다. 자식과 손자들이 십여 명이나 되었는데, 머리를 땋은 동자들이 무릎에서 재롱을 부리기도 하며 장난질을 치며 소란스럽게 다투기도 하였지만, 위로는 부모를 봉양하고 아래로는 자식과 손자들을 어루만져주어 모두 그 환심을 얻었다. 찾아온 손님과 벗 중에는 더러 심취하여 여러 날 동안 지내면서 돌아갈 줄 모르는 사람도 있었다. 누나 하나가 일찍 과부가 되어 고개 너머에 살고 있어 날마다 가서 안부를 살폈는데, 비록 비바람이 불어도 그만둔 적이 없었다. 그 남겨진 생질들을 가엾게 여겨 자기 자식처럼 가르치고 키워서 성취시켰으니, 또한 그의 어진 성품이 이와 같음을 알 수 있다.

진양(晉陽)에 거주하는 우리 하씨(河氏)는 대대로 벼슬살이를 하여 나라 안에 명성이 드러났다. 형조 정랑을 지낸 송정(松亭)[8] 선생 이후로 벼슬한 분이 쇠미하였지만 유자로서의 명성이 끊이지 않았다. 함와(涵窩) 휘 이태(以泰), 고재(顧齋) 휘 경현(景賢)에 이르러 사람들이 석 만석군(石萬石君)의 가법[9]이 있다고 칭찬하였다. 부친 휘 두진(斗鎭)은 예암(豫庵) 휘 우현(友賢)

---

8 송정(松亭) : 하수일(河受一, 1553-1612)이다. 자는 태이(太易), 호는 송정, 본관은 진양이며, 현 경상남도 진주시 수곡면(水谷面) 출신이다. 하항(河沆)에게 수학하였으며, 저술로 8권 4책의 『송정집』이 있다.

9 석 만석군(石萬石君)의 가법 : 한(漢)나라 때 만석군 석분(石奮)은, 근신(謹愼)하기로 명성이 높았다. 석분이 일찍이 치사(致仕)하고 집에 있을 적에 자손들이 자신을 알현

의 증손으로 고재공(顧齋公)의 맏증손이 되었다. 이분이 교재(嘐齋) 정원항
(鄭元恒)의 딸에게 장가들어 아들 5명을 낳았는데, 여해가 맏이다. 부인
정씨(鄭氏)는 진사 정필우(鄭必佑)의 딸이다. 2남 2녀를 낳았는데, 아들은
회근(晦根)과 식근(湜根)이고, 딸은 한욱동(韓昱東)과 강백현(姜伯鉉)에게
시집갔다. 회근은 다섯 아들을 낳았고, 식근은 1남 2녀를 두었다.

　여해는 평소 글 짓는 것으로 자처하는 것을 기뻐하지 않았지만 유독
내 글을 매우 좋아했다. 그래서 나는 훗날 내가 죽은 뒤에 여해에게 글을
부탁해야겠다고 생각하였는데, 여해가 도리어 자기의 묘갈명을 나에게
맡길 줄 어찌 알았겠는가? 어찌 그리 혹독한가? 아, 슬프도다!

　명은 다음과 같다.

아, 여해여	嗟汝海兮
너의 자질은 풍부했는데	而賦之豐
너의 운명은 곤궁했도다	而命之屯
인간 세상 어느 시대였나	人間何世兮
네 태어난 때가 좋지 못했네	其生不辰
문득 지하로 돌아가서	奄忽歸于地底兮
영원토록 깨어나지 못하네	終古不晨
망자 따라 사라지지 않은 것이 있으니	惟其有不隨亡而化者兮
영원히 없어지지 않게 해야 하리	宜勿永湮
후세 사람 중 내가 지은 명 읽을 이 있으리니	後之人當有讀吾銘兮
반드시 개탄하며 그 사람됨을 상상하리라	必能慨然想其爲人

하러 올 때에도 항상 조복(朝服)을 차려 입고 그들을 접견하였고, 그의 네 아들인
석건(石建), 석갑(石甲), 석을(石乙), 석경(石慶)도 모두 효근(孝謹)으로 군국(郡國)에
명성이 자자하였다. 석분이 일찍이 이천석(二千石)의 벼슬을 했는데, 그의 네 아들
또한 모두 이천석에 이르렀으므로 그를 만석군이라고 불렀다 한다.(『史記』「萬石張
叔列傳」)

삼종숙 하겸진(河謙鎭)이 지음.

墓碣銘 幷序

河謙鎭 撰

士窮居自廢於草茅巖穴之間, 名聲不著于時, 事業無所傳於後, 卒老死而人不知者, 古今何限數哉? 其人者爲是其才不若人與? 曰: "非然也". 膠鬲不歸於殷, 則海上之販夫而已矣; 甯戚不遇於齊, 則叩角行歌而已矣. 揚雄之言曰: "君子得時則大行, 不得時則龍蛇. 得與不得命也, 無所用其吾力焉爾." 是以君子知其有命而不求於外, 蓋不以是爲加損也.

吾三從姪寬寮子 泳台 汝海, 生高宗帝卽位之十有二年乙亥, 年六十二而終, 葬大愚谷 國土山之東艮原. 嗚呼! 汝海胡然而生於此世, 胡然而其竟止於斯與?

汝海幼時, 人謂不甚警敏. 及十五六歲, 從余讀書爲學, 自是聰智若泉出, 徧誦六經、四子, 旁及歷代史傳、洛閩諸書, 無有不究其始末而領其趣要. 後又參郭徵君先生, 益有所啓發. 然汝海所從人屈首講問而得者, 止此而已.

若夫其智可以剖盤錯, 其辯可以任專對, 其禮容可以端章甫爲小相, 則汝海徒自奇耳, 世之人罕能知也. 豈惟世之人? 雖徵君亦不知也. 然則汝海之窮居自廢於草茅巖穴之間, 名聲不著於時, 事業無所傳於後, 雖由於時世如此, 而亦汝海知其有命而不求人知而致然也. 夫知其有命而不求人知, 是又安知非命也哉?

汝海家故寠貧, 二親老, 諸弟弱. 兒孫男女至十數人, 髫毛繞膝, 嬉戲喧爭, 能上奉下撫, 咸得其歡心. 賓友至, 或乃心醉而有累日不知歸者. 一姊早寡, 居一嶺之外, 逐日往候之, 雖風雨未嘗已焉. 恤其遺孤, 教養成就如己子, 亦見其仁性如此。

　吾河居晉陽, 世有衣冠著國中。自正郎<u>松亭</u>先生以後, 仕宦衰而不絶儒望。至<u>涵窩</u>諱以泰、<u>顧齋</u>諱景賢, 人稱有<u>石萬石</u>君家法。皇考諱<u>斗鎭</u>, 以<u>豫庵</u>諱<u>友賢</u>之曾孫, 爲<u>顧齋</u>公之家曾孫。是娶<u>嘐齋 鄭元恒</u>之女, 生五子, <u>汝海</u>其長也。妻鄭氏進士<u>必佑</u>女。子: <u>晦根</u>、<u>湜根</u>, 女適 <u>韓昱東</u>、<u>姜伯鉉</u>。<u>晦根</u>五男, <u>湜根</u>一男二女。

　<u>汝海</u>平生雖不喜以文辭自命, 然獨嘗甚愛吾文。吾謂他日當以後事累<u>汝海</u>, 豈知<u>汝海</u>反以其銘文累余? 何其毒與? 嗚呼悲已!

　銘曰:“嗟<u>汝海</u>兮! 而賦之豐, 而命之屯。人間何世兮? 其生不辰。奄忽歸于地底兮, 終古不晨。惟其有不隨亡而化者兮, 宜勿永湮。後之人當有讀吾銘兮, 必能慨然想其爲人。”

　三從叔<u>謙鎭</u>撰。

❖ 원문출전

河泳台,『寬寮集』卷6 附錄, 河謙鎭 撰,「墓碣銘幷序」(경상대학교 문천각 古(아천) D3B 하64ㄱ)

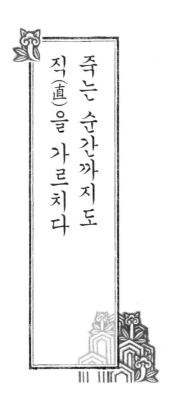

죽는 순간까지도
직(直)을 가르치다

하우식(河祐植) : 1875-1943. 자는 성락(聖洛), 호는 담산(澹山)·목재(木齋), 본관
은 진양이다. 현 경상남도 진주시 대곡면 단목리(丹牧里) 출신이다. 송병선(宋秉璿)·최
익현(崔益鉉)·전우(田愚)에게 수학하였으며, 정재규(鄭載圭)·조성가(趙性家)·한유
(韓愉) 등과 교유하였다. 1928년 성여신(成汝信)·한몽삼(韓夢參)의 자손들과 함께 서원
철폐령으로 훼철된 임천서원(臨川書院)을 중건하였다.
저술로 8권 4책의 『담산집』이 있다.

담산(澹山) 하우식(河祐植)의 묘갈명 병서

권용현(權龍鉉)[1] 지음

담산(澹山) 선생 하공(河公)이 세상을 떠나 장사를 지냈는데, 그의 동생 청식(淸植)씨가 나에게 와서 공의 아들 순봉(恂鳳)의 뜻을 전달하고 가장을 주면서 말하기를 "선형(先兄)을 장사지냈는데 아직 묘갈명이 없습니다. 선형이 당대의 사류들 중에 마음을 둘 만한 사람이 적었는데, 유독 그대가 학문에 뜻을 둔 것을 기뻐하고 칭찬하였으니, 우리 형님의 묘갈명을 지어줄 사람은 의당 그대만 한 사람이 없습니다."라고 하였다. 나는 주저하며 사양하였다. 다만 젊었을 때부터 공의 풍도를 익숙히 들었고, 근년에 또 공을 한 번 뵈었을 때 인정과 장려를 받은 것이 매우 두터웠으니, 공의 묘갈명을 짓는 일을 감당하지 못할까 두려울 뿐이었다. 그러니 인정상 내가 어찌 감히 도외시 하겠는가? 이에 가장을 살펴보고 평소 들은 것을 참조하여 다음과 같이 서술한다.

대개 세도가 쇠퇴한 뒤로부터 사류들의 추향(趨向)이 날로 혼탁해져서 바른 도를 듣지 않고 아첨하는 말을 서로 숭상해서, 휩쓸려 세속에 동화되는 쪽으로 흘러가 자립하는 사람이 없으니, 비록 문사(文辭)와 변설(辨說)로써 박식함을 삼고 천인(天人)·성명(性命)으로 고담준론을 하더라도 그들이 마음속으로 지키는 것과 실천하는 것을 살펴보면 호광(胡廣)의

---

1 권용현(權龍鉉) : 1899-1988. 자는 문현(文見), 호는 추연(秋淵), 본관은 안동이다. 현 경상남도 합천군 초계면 유하리에서 태어나 거주하였다. 20세 때 전우(田愚)에게 수학하였다. 만년에 태동서사(泰東書舍)에서 강학하며 후학을 양성하였다. 저술로 44권 15책의 『추연집』이 있다.

중용(中庸)[2]이나 세상에 아첨하는 향원(鄕愿)[3]이 되지 않을 자가 거의 드물 것이다. 이러한 때에 능히 개결한 자세로 휩쓸리지 않고 고결한 자세로 자신을 더럽히지 않고서 세속에 빼어나 쇠퇴한 세상에 우뚝 설 수 있다면, 아마도 『주역』에서 말한 '쇠퇴한 세상 속에 홀로 바른 도리를 행한다.'[4]는 것일 터이니, 공이 그런 사람이 아니겠는가.

공의 휘는 우식(祐植), 자는 성락(聖洛)이고 별호는 목재(木齋)이다. 어렸을 때 남다른 자질이 있었다. 겨우 이를 갈 무렵에 이미 걸음걸이를 똑바로 하고 시선을 단정히 하였는데 엄숙하여 구차하지 않았다. 일찍이 어른을 따라 백일장을 보러 갔다가 권세를 믿고 으스대는 귀한 집 자제를 면전에서 꾸짖었는데, 병마절도사 정기택(鄭基澤)[5] 공이 자주 그 일을 칭찬하였다.

조금 장성해서는 독서를 좋아하였고 보고 기억하는 것에 힘써 학업이 크게 성취되었다. 한 번 향시에 응시한 적이 있었는데 보여 달라고 간청하는 사람이 있자 곧바로 결연히 거절하고서 돌아왔다. 이로부터 과거 공부를 단호하게 포기하고 오로지 고인의 학문에 뜻을 두고는 제자백가의 책에 힘을 쏟았다.

또 큰 덕을 지닌 선배들을 종유하면서 날마다 부지런히 그들을 찾아갔

---

2 호광(胡廣)의 중용(中庸) : 호광은 후한(後漢) 때 사람으로 자는 백시(伯始)이다. 여섯 임금을 섬기는 동안 후한 예우를 받았으나 임기응변에 능했을 뿐 직언을 하지 않았으므로 세상 사람들이 '천하의 중용(中庸)'이라고 놀렸다.(『後漢書』 卷44 「胡廣列傳」)

3 세상에 아첨하는 향원(鄕愿) : 향원은 향리에서 근후(謹厚)하다고 일컬어지는 사람으로, 세상에 아첨하여 철저하게 위선(僞善)을 하는 사람을 가리키는데, 공자가 "내 문전을 지나면서 내 집에 들르지 않아도 내가 유감으로 여기지 않는 자는 오직 향원이로다. 향원은 덕의 적이다.[過我門而不入我室, 我不憾焉者, 其惟鄕愿乎. 鄕愿德之賊也.]"라고 하였다.(『孟子』 「盡心下」)

4 쇠퇴한……행한다 : 『주역』 「복괘(復卦) 육사(六四)」의 효사이다.

5 정기택(鄭基澤) : 경상도 병마절도사로 1886년 3월에 부임해서 1888년 2월에 체직되었다.

는데 고금의 치란의 자취와 인물의 선악의 분기(分岐)에 대해 더욱 관심
을 갖고 세 번씩이나 극진히 생각하였다. 그래서 세상에 쓰이고 실용에
응하는 바탕으로 삼아 치우치거나 외골수로 빠져 안주하려 하지 않았다.

당시 같은 고을에 우산(愚山) 한유(韓愉)[6] 공이 살고 있었는데 높은 재주
와 박식한 학문으로 알려졌다. 그가 공을 한 번 보고서 깊이 서로 마음이
맞아 함께 절차탁마하였다. 그래서 의리의 심오함과 성명(性命)의 근원으
로부터 천문·지리·율려(律呂)·범수(範數)[7] 등에 이르기까지 토론하고
연구하면서 점점 정밀하고 해박하게 이해하여 완전히 서로 합치되지 않
은 적이 없었다. 그리고서 한공과 함께 송연재(宋淵齋)[8]·최면암(崔勉菴)[9]·
전간재(田艮齋)[10]의 문하에 두루 배알하고서 나아가 학문을 질정하였다.
여러 선생들이 칭찬하고 기특하게 여기면서 쉽게 얻을 수 있는 사람이
아니라고 생각하지 않은 분이 없었는데, 간재옹에 대해서 열복하는 마음
이 더욱 깊어 서신으로 질문한 것이 한 해도 거른 적이 없었다. 그러나

---

6 한유(韓愉) : 1868-1911. 자는 희령(希甯), 호는 우산, 본관은 청주(淸州)이다. 현 경상남
  도 산청군 단성면 호리에 거주하였다. 송병선(宋秉璿)·최익현(崔益鉉)·전우(田愚) 등
  을 종유하며 성리학 연구에 힘을 쏟았다. 저술로 31권 16책의『우산집』이 있다.

7 범수(範數) : 송나라 채침(蔡沈)이 지은『홍범황극내편(洪範皇極內篇)』,「황극내편수(皇
  極內篇數)」에 나오는 역수(易數)를 말한다.

8 송연재(宋淵齋) : 송병선(宋秉璿, 1836-1905)이다. 자는 화옥(華玉), 호는 동방일사(東方
  一士)·연재, 본관은 은진(恩津)이며, 충청남도 회덕(懷德) 출신이다. 송시열의 9세손으
  로, 송병순(宋秉珣)의 형이다. 1905년 12월 30일에 국권피탈에 통분하여 자결하였다. 저
  술로 53권 23책『연재집』이 있다.

9 최면암(崔勉菴) : 최익현(崔益鉉, 1833-1906)이다. 자는 찬겸(贊謙), 호는 면암, 본관은
  경주(慶州)이며, 경기도 포천 출신이다. 이항로에게 수학하였다. 저술로 48권 24책의『면
  암집』이 있다.

10 전간재(田艮齋) : 전우(田愚, 1841-1922)이다. 자는 자명(子明), 호는 구산(臼山)·추담
  (秋潭)·간재, 본관은 담양(潭陽)으로, 전주 출신이다. 임헌회(任憲晦)에게 수학하였다.
  나라가 어지러워지자 도학(道學)을 일으켜 국권을 회복하겠다고 결심하여 작은 섬을
  옮겨 다니며 학문에 전념하였다. 저술로 74권 38책의『간재집』이 있다.

논의를 할 적에는 일찍이 의문을 숨기거나 구차하게 동조하지 않았다.

평생 율곡(栗谷)·우암(尤庵)으로부터 전해진 지론을 독실히 지켰다. 당시에 그런 지론과 다른 논의가 한쪽 지역에서 행해지고 있었으니, 사류들 중에는 휩쓸리듯 그 설을 추향하는 자들이 많았으나 공과 우산만은 유독 그 점을 깊이 걱정하며 통렬히 논변하였다. 그에 대해 비록 비방이 두루 일어났지만 돌아보지 않았다.

우산이 세상을 떠나자 공은 쓸쓸하게 더욱 외로워졌으니 오직 옛 학문을 닦아 밝히고 사풍(士風)을 진작시키는 것을 자기의 임무로 생각하였다. 말과 의론에 드러난 것은 준엄하고 단정하고 직절한 점이 많아 얼버무리거나 남의 의견에 구차하게 따른 적이 없었다. 그 때문에 사람들 중에는 공을 두려워하고 꺼리는 자들이 많았다.

공은 일찍이 세상의 학자들이 도리와 실제의 일을 두 가지로 생각하고 말과 행실이 서로 어긋나 끝내 허위의 학문이 되는 것을 병통으로 여겼다. 그러므로 오직 실사구시(實事求是)에 힘쓰며 구차하게 수식하는 자를 보기를 자신을 더럽히는 것처럼 여겼다. 매번 '직(直)' 자의 의미를 들어 배우는 자들에게 말씀하였는데 임종할 적에도 오히려 정성껏 타이르기를 그만두지 않았다. 대개 공이 평생 수용한 것이 이 '직' 자에 있을 것이다.

공이 집에 있을 적에는 효우가 독실하였고, 규범이 엄격하였다. 일에 임할 적에는 일을 다스리는 것이 치밀하였고, 도모하여 계획하는 것이 주밀하였다. 종족과 고을의 일을 처리하고 누대 선조의 사적을 수집하여 정리한 것, 모두 신중하게 정성을 쏟고 정연하게 조리가 있었다. 글을 지을 적에는 마음속에 품은 생각을 곧바로 쓰고 꾸미는 것을 일삼지 않았다. 주장하는 이론은 모두 경전의 뜻에 근거하여 간절하고 진실하여 전할 만하였다. 저술로 시문 몇 권과 『사례수록(士禮隨錄)』이 있는데 집안에 보관되어 있다. 공은 일찍이 백운동(白雲洞)의 산수가 맑고 그윽한 것을 사랑하여 우산과 함께 초가를 짓고 은거할 계획을 세웠으나 실행에 옮기지 못하였다. 뒤에 여러 사우들이 그곳에 정사(精舍)를 지을 것을 도모하였고 간재옹의 초상을 봉안하고 우산을 배향했다고 한다.[11]

공은 계미년(1943) 5월 29일에 세상을 떠났으니, 향년 69세였다. 장지는 의령(宜寧) 장등산(長嶝山) 자좌(子坐) 언덕에 있다.[12] 하씨(河氏)는 진양의 명망 높은 가문으로 고려 때 시랑을 지낸 공신(拱辰)이 시조이다. 본조에 창주(滄洲) 징(憕)은 진사인데 임천서원(臨川書院)[13]에 배향되었고, 생원 명(洺)은 송시열(宋時烈)·송준길(宋浚吉) 두 선생을 스승으로 섬겼으며, 사농와(士農窩) 익범(益範)은 성담(性潭) 송환기(宋煥箕)[14] 선생을 스승으로 섬겼는데, 모두 문학과 행실이 있었다. 증조부는 경진(慶縉)이고, 조부 복원(復源)은 호가 존암(存菴)이다. 부친 계룡(啓龍)은 호가 단파(丹坡)이고, 모친 초계 정씨(草溪鄭氏)는 정상규(鄭尙圭)의 딸이다. 공은 연일 정씨(延日鄭氏) 감역(監役) 정철기(鄭喆基)의 딸에게 장가들어 4남 4녀를 낳았다. 아들은 순봉(恂鳳)·순도(恂禱)·순보(恂寶)·순관(恂綰)이고, 사위는

11 뒤에……한다 : 한유가 백운동에 백운정사를 지으려고 하였는데, 계획을 이루기도 전에 세상을 떠났다. 그의 아우 한환(韓桓)이 현 경상남도 진주시 단성면 백운리 정촌 부근에 정사를 완성하고 전우에게 기문을 받았다. 후에 사림들이 이곳에 전우의 초상을 봉안하고 한유를 제향하였는데, 한국전쟁 당시 소실되었다고 한다. 청주 한씨 세거지가 현 경상남도 산청군 단성면 백곡으로 옮겨가 그곳에 자양서당(紫陽書堂)을 세우고, 백운정사 현판도 함께 걸었다.
12 장지는……있다 : 현 경상남도 의령군 용덕면(龍德面) 장치(長峙)에 있다.
13 임천서원(臨川書院) : 현 경상남도 진주시 금산면 가방리에 있다. 1702년 지방유림의 공의로 이준민(李俊民)·강응태(姜應台)·성여신(成汝信)·한몽삼(韓夢參)·하징(河憕) 등의 학문과 그 공적을 추모하기 위해 창건하였는데, 1869년 서원철폐령으로 훼철되었다가 1928년 복원하였다.
14 송환기(宋煥箕) : 1728-1807. 자는 자동(子東), 호는 심재(心齋)·성담이며, 본관은 은진(恩津)이다. 송시열(宋時烈)의 5대손이다. 이조 판서를 거쳐 우찬성(右贊成)에 이르렀다. 저술로 32권 16책의 『성담집』이 있다.

권순장(權淳長)·한승(韓昇)·민영복(閔泳馥)·권옥현(權玉鉉)이다. 순봉의
아들은 효준(孝俊)·효상(孝常)·효락(孝洛)이고, 딸은 구자경(具滋暻)에게
시집갔다. 순도의 딸은 문창주(文昶柱)에게 시집갔다. 순보의 아들은 효현
(孝玹)이다. 나머지는 모두 어리다.

　　명은 다음과 같다.

하늘에서 부여받은 것은	得於天者
순수하고 깨끗하였으며	粹而潔
학문에 바탕을 둔 것은	資之學者
바르고도 확고했네	正而確
식견과 취향이 밝아서	識趣之明
일 처리하고 사물 다스리기에 충분했고	足以綜事而理物
마음가짐과 행실이 독실하여	操履之篤
집안에 법도 있게 하고 풍속 장려하기에 충분했네	足以範家而勵俗
이는 군자가 본체 확립해 실용에 적합하게 한 것인데	
	是殆君子之體立用適
하물며 세상 밖에 우뚝 뛰어나고	況其亭亭於物表
혼탁한 세상에서 깨끗한 자에 있어서랴	皎皎於汚濁者
비록 지하에 묻혔지만	雖埋藏於地下
오히려 정밀한 광채를 드러내니	而猶見精光之燭
후인들이 공의 유고 읽어보면	後之人讀公遺篇
내 명이 거짓이 아님을 알리	尙知我銘之無作

　　갑신년(1944) 여름 화산(花山 : 安東) 권용현(權龍鉉)이 지음.

墓誌銘 幷序

權龍鉉 撰

澹山先生 河公旣沒而葬, 其弟淸植氏就余而致其孤恂鳳之意, 授之以狀曰: "先兄之葬, 未有銘。先兄於當世之士, 蓋少可意, 而獨喜稱子之志學, 銘吾兄, 宜莫如子。" 余逡巡辭謝。而顧自少習聞公風, 頃年亦嘗一承公眄, 辱知獎甚厚, 於公之役, 不堪是懼。誼豈敢自外? 乃按其狀, 而參以平日所聞, 以敍之。

蓋自世道之衰, 而士趨日汚, 直道之無聞, 而媕阿之相尙, 馴致委靡同流, 無以自立, 則雖文辭辨說以爲博, 天人性命以爲高, 而窺其中之所守所執, 不爲胡廣之中庸、媚世之鄕愿者, 幾希矣。于斯時, 能介然而不群, 皭然而不滓, 拔出於流俗而卓立於衰世, 則殆《易》所謂"中行獨復"者, 而公非其人耶。

公諱祐植, 字聖洛, 別字木齋。幼有異質。甫齔, 已能矩步端視, 斬斬不苟。嘗從長者觀白場試, 面折貴家子挾勢者, 節度鄭公 基澤亟稱之。稍長, 好讀書, 務記覽, 藝業蔚然。嘗一赴鄕試, 有要以干請者, 輒絶裾而歸。自是斷棄功令業, 專意古人之學, 肆力諸子百家書。又從先輩長德遊, 亹亹日進而尤於古今治亂之蹟、人物臧否之際, 三致意焉。以爲需世應用之資, 而不欲安於偏枯也。

時同州有愚山 韓公 愉, 以高才博學聞。一見公深相得, 與之琢磨浸灌。自義理之奧、性命之原, 以至天文、地理、律呂、範數之屬, 無不探討究賾, 駿駿精博而脗然相合也。因與歷謁宋淵齋、崔勉菴、田艮齋之門而就正焉。諸先生者, 無不賞異之, 以爲不易得, 而於艮翁, 悅服尤深, 書疏質疑, 殆無虛歲。然論議之間, 未嘗隱疑而苟同也。平生篤守栗、尤緒論。時有岐貳之論, 行於一邊, 則士多靡然趨之, 公與愚山獨深憂而痛辨之。雖訾謗環起而不顧也。

及愚山歿, 公踽踽然益孤矣, 則惟以修明舊學振起士風爲己任。發於言議者, 多峻整斬截, 未嘗含糊苟循。故人多畏憚。嘗病世之學者理事二致、言行相乖, 而卒之爲虛僞之學也。故惟務實事求是, 而視苟且塗澤若浼。每擧直字之訓以語學者, 而臨終猶眷眷不置。蓋公一生受用, 其在於此歟。

公居家, 孝友篤而規範嚴。臨事, 綜理密而謀慮周。措置宗族鄕里事, 葺理累世先蹟, 皆斤斤乎注誠而井井乎有條也。爲文, 直書所蘊, 不事彫琢。持論皆根據經訓, 愨實可傳。所著有詩文集若干卷及《士禮隨錄》, 藏於家。公嘗愛白雲洞泉石淸幽, 與愚山爲誅茅藏修計而未果。後謀諸士友築精舍, 中奉艮翁像而配以愚山云。

公歿以癸未五月二十九日, 亨年六十九。葬在宜寧 長嶝山子原。河氏晉陽望族, 高麗侍郞拱辰其上祖。本朝有滄洲 憕進士, 亨臨川院, 生員洺師兩宋先生, 士農窩 益範師宋性潭, 俱有文行。曾祖慶縉, 祖復源, 號存菴。考啓龍, 號丹坡, 妣草溪鄭氏, 尙圭女。公娶延日鄭氏監役喆基女, 生八子。恂鳳、恂禱、恂寶、恂縮, 男也, 權淳長、韓昇、閔泳馥、權玉鉉, 妻女也。長房男: 孝俊、孝常、孝洛, 女適具滋㬚。二房女適文昶杜。三房男孝玹。餘俱幼。

銘曰:“得於天者, 粹而潔, 資之學者, 正而確。識趣之明, 足以綜事而理物, 操履之篤, 足以範家而勵俗。是殆君子之體立用適, 況其亭亭於物表, 皎皎於汚濁者。雖埋藏於地下, 而猶見精光之燭, 後之人讀公遺篇, 尙知我銘之無作。”

甲申維夏, 花山 權龍鉉撰。

❖ 원문출전

河祐植,『滄山集』卷8 附錄, 權龍鉉 撰,「墓誌銘幷序」(경상대학교 문천각 古(우천) D3B 하67ㄷ)

행실로 동산 이이(東山二李)라 일컬어지다

이용수(李瑢秀) : 1875~1943. 자는 성여(性汝), 호는 성암(性庵), 본관은 전주(全州)이며, 현 경상남도 진주시 진성면 상촌리 예음(禮吟) 마을에 거주하였다. 조병규(趙昺奎)에게 수학하였으며, 하겸진(河謙鎭)·이보경(李輔景) 등과 교유하였다. 행실로 이름 나서 "동산 이이(東山二李)"라고 일컬어졌다.

저술로 2권 1책의 『성암집』이 있다.

성암(性庵) 이용수(李瑢秀)의 묘갈명 병서

하겸진(河謙鎭)[1] 지음

성암(性庵) 거사 용수(瑢秀)의 자는 성여(性汝)이고, 성은 이씨(李氏)로, 우리 태종대왕의 장자 양녕대군(讓寧大君) 휘 제(禔)의 후손이다. 양녕대 군은 주(周)나라 태백(太伯)[2]이 천하를 양보한 것과 같은 지극한 덕이 있 었기 때문에, 그 사당을 "지덕사(至德祠)"라 한다. 이분이 함양군(咸陽君) 희(譆)를 낳았다. 또 2대를 내려와 무성 부수(武城副守) 세영(世榮)이 한양 에서 남하해 진주(晉州)에 세거하여, 자손들이 진주 사람이 되었다. 조부 는 기선(杞善)이고 부친은 승준(承駿)이며, 모친은 양천 허씨(陽川許氏) 참 봉 허일(許馹)의 딸이다.

군은 어려서부터 온화하고 유순하고 단정하고 삼가서 단서가 절로 드 러났다. 조금 성장해서는 『소학』·『논어』·『맹자』 등 여러 책을 읽었는 데, 대의를 잠심해 궁구하여 몸소 징험하였다. 얼마 후 군의 부친이 밖에 별실을 마련하고서 집안일을 군에게 맡겼다. 열흘 만에 한 번 집에 들러, 군이 서책 공부에 시간을 허비하고 가산을 돌보는 데 전력하지 않은 것 에 노하여 준엄하게 견책하였는데 목소리와 안색이 모두 엄격하였다.

---

1 하겸진(河謙鎭): 1870~1946. 자는 숙형(叔亨), 호는 회봉(晦峯)·외재(畏齋), 본관은 진 양(晉陽)이다. 저술로 50권 26책의 『회봉집』이 있다.

2 태백(太伯): 주(周)나라 고공단보(古公亶父)의 장자(長子)로, 중옹(仲雍)과 계력(季歷) 의 형이다. 계력의 아들 문왕(文王) 창(昌)이 왕위를 계승할 수 있도록 아우 중옹과 함께 형만(荊蠻)으로 달아나 오(吳)나라의 시조가 되었고 형제간에 계승하였다. 오 태백(吳太 伯)이라고도 한다.

비록 그런 호된 꾸지람을 받았지만 군은 가산을 돌보는 데 진실로 소홀한 적이 없었다. 밭 갈고 김매며 가축을 기르는 데에 때를 놓치지 않았으며, 집안을 단정하고 엄숙하게 하고 실내를 깨끗이 청소하여 빛이 나게 하였다. 다만 저잣거리에 살면서 재물을 부유하게 늘리는 것을 하지 않았을 따름이었다.

군은 부친이 꾸지람하는 내내 한마디 말도 대꾸함이 없이 숨죽이며 삼가는 것이 중죄를 지은 듯이 하였다. 그러나 오랜 뒤에 부친은 비로소 자신의 잘못을 뉘우치고 깨달아 군에게 말씀하기를 "'도를 도모하고 먹을 것을 도모하지 않는다'[3]는 성현의 가르침이 분명함을 나는 네게서 깊이 새기니, 너는 네가 지향하는 바를 따르거라."라고 하였다. 이에 군은 크게 기뻐하며 고인의 학문에 더욱 발분하고 면려하였는데, 아침에 연역하고 저녁에 복습하며 손에서 책을 놓지 않았다.

군은 처음에 같은 마을에 사는 월강(月岡) 이상규(李祥奎)[4] 공에게 수학하였고, 일산(一山) 조병규(趙昺奎)[5] 공이 학문에 연원이 있음을 듣고 종유하면서 스승으로 삼았다. 만년에는 당세의 문인·현사들과 모두 교유하여 견문의 바탕을 삼았다. 군의 부친이 늙어서는 군에게 돌아와 봉양을 받았다. 군도 늙었지만, 혼정신성은 반드시 근실하게 하였고 맛있는 음식을 반드시 마련하여 결국엔 부친의 환심을 얻었다. 공자께서 민자건(閔子騫)을 칭찬하여 "사람들이 그 부모 형제의 말에 이의를 제기하

---

3 도를……않는다 : 『논어』 「위령공(衛靈公)」에 "군자는 도를 도모하고 먹을 것을 도모하지 않는다. 농사를 지어도 그중에 굶주림이 있는 법이요, 학문을 하여도 먹을 녹이 그 속에 있는 것이다. 그래서 군자는 도가 행해지지 못할까 근심하고 가난할까 근심하지 않는 것이다.[君子謀道不謀食. 耕也, 餒在其中矣, 學也, 祿在其中矣. 君子憂道不憂貧.]" 라고 하였다.

4 이상규(李祥奎) : 1839-1899. 자는 달오(達吾), 호는 월강, 본관은 재령(載寧)이다.

5 조병규(趙昺奎) : 1846-1931. 자는 응장(應章), 호는 일산, 본관은 함안(咸安)이며, 현 경상남도 함안에 거주하였다. 저술로 16권 9책의 『일산집』이 있다.

지 못하였다."[6]라고 하였으니, 대개 그의 부모 형제들이 민자건의 효성
과 우애를 칭찬한 것을 사람들이 모두 믿었다는 말이다.

만약 어버이에게 환심을 얻지 못할지라도 자식이 능히 그 도리를 다
한다면 또한 그 효성이 사람들에게 드러나고 알려지는 것이 있게 되니,
그런 일이 더욱 어렵다. 예컨대 맹자가 광장(匡章)을 예우한 것[7]과 주
선생(朱先生)이 『소학집주』「선행(善行)」에 설포(薛包)에 대해 특별히 쓴
것[8]이 그런 유형이다. 『예기』에 이르기를 "부모가 화가 나서 기뻐하지
않고 종아리를 쳐 피가 흘러도 감히 미워하거나 원망하지 않으며 더욱
공경하고 더욱 효도해야 한다."라고 하였으니, 이것이 바로 자식의 도리
를 극진히 하는 것이 되는데, 군에게 실로 그런 점이 있었다.

군은 평소 말을 빨리하거나 안색을 갑자기 바꾸지 않았고, 아무리 급
할 때나 바쁠 때일지라도 갓과 의복을 단정히 하였으며, 일찍이 나태하
거나 짝다리로 서거나 두 다리를 쭉 뻗고 앉는 모습이 없었다. 여러 아우
들에게는 우애하여 즐겁고 화목함을 극도로 하였고, 사람들과 교제할
적에는 마음에 선입견을 두지 않고 미소 띤 얼굴로 친절히 대하여 술을

---

6 사람들이……못하였다 : 『논어』「선진(先進)」에 "효성스럽다, 민자건이여. 그의 효성을
칭찬하는 부모 형제들의 말에 대해서 사람들이 이의를 제기하지 못하는구나.[孝哉, 閔子
騫. 人不間於其父母昆弟之言.]"라고 하였다.

7 맹자가……것 : 광장(匡章)은 전국 시대 제(齊)나라 사람이다. 당시 온 나라 사람들이 모
두 그를 불효한다고 일컬었지만, 맹자는 그를 예우(禮遇)하여 종유(從遊)하였다. 공도자
(公都子)가 맹자에게 그 까닭을 묻자, 맹자는 광장이 부모에게 불효했다고 할 만한 실상
은 전혀 없고, 다만 자식이 아버지에게 선을 권유하다가 사이가 나빠진 것일 뿐이라며
광장의 입장을 두둔해 주었다.(『孟子』「離婁下」第30章)

8 설포(薛包)에……것 : 설포는 동한(東漢) 여남(汝南) 사람으로 자는 맹상(孟嘗)이다. 계
모가 그를 미워하여 내쫓자 차마 나가지 못하다가 몽둥이로 맞고서 부득이 대문 밖에
움막을 짓고 살면서 새벽이면 들어와 마당을 쓸었고, 또 내쫓자 마을 어귀에 움막을
짓고 살면서 아침저녁으로 들어와 문안하였다. 1년 남짓 만에 부모가 반성하고 다시
들어와 살게 하였다. 부모가 돌아가신 뒤에는 재산을 분할하면서 자기는 나쁜 것을 갖고
좋은 것은 모두 동생들에게 나누어 주었다.

마신 듯이 온화하였으니, 군의 성품과 도량이 이와 같았다.

　군은 고종(高宗) 을해년(1875)에 태어나, 향년 69세에 별세하여, 살던 곳의 동산(東山)⁹ 간좌 곤향(艮坐坤向) 언덕에 장사지냈다. 나중에 진주 남쪽 문산면(文山面) 안전리(安全里)¹⁰ 안산(案山) 을좌(乙坐) 언덕에 이장하였다.

　부인은 인천 이씨(仁川李氏)이다. 아들이 넷인데 병륜(丙崙)·병근(丙勤)·병렬(丙烈)·병억(丙億)이다. 딸이 셋인데 전주 최씨 최승락(崔承洛), 진양 강씨 강위순(姜渭淳), 함안 이씨 이명환(李明煥)에게 시집갔다. 손자는 9명인데 진기(縉基)·창기(昌基)·홍기(鴻基)·익기(翊基)·찬기(燦基)·엽기(燁基)·풍기(豊基)·유기(庾基)·황기(晃基)이다.

　군은 안릉 이씨(安陵李氏) 이보경(李輔景)군과 형제처럼 서로 가장 사이가 좋았다. 보경은 문장으로 군은 행실로 모두 명성이 있어서, 고을사람들이 '동산 이이(東山二李)'라 일컬었다. 나는 이 두 사람과 모두 우의를 맺고 있었다. 군이 별세한 지 채 일 년도 되지 않아, 병렬이 보경이 지은 군의 행장을 가지고 상복을 입고서 나에게 찾아와 묘갈명을 청하였다.

　명은 다음과 같다.

효자가 친애함이 있었으니　　　　　　　　　　　孝子有愛
그 안색을 기쁘게 하였네¹¹　　　　　　　　　　其色之愉

9　동산(東山) : 현 경상남도 진주시 진성면 동산리이다.

10　안전리(安全里) : 현 경상남도 진주시 문산읍 안전리이다.

11　효자가……하였네 : 『논어』「위정(爲政)」에 자하(子夏)가 효(孝)에 대해서 물었을 때, 공자가 "얼굴색을 온화하게 하기 어렵다."라고 대답하였다. 그 주자(朱子) 주석에 "효자로서 어버이를 깊이 사랑하는 자는 반드시 온화한 기운이 생기게 되고, 온화한 기운이 생기면 반드시 기쁜 표정을 짓게 되며, 기쁜 표정을 짓게 되면 반드시 부드러운 태도를 지니게 된다.[孝子之有深愛者, 必有和氣, 有和氣者, 必有愉色, 有愉色者, 必有婉容.]"라고 하였다.

공손한 군자에게 온화한 덕 있었으니	恭人有溫
그 덕의 한 단면이네[12]	其德之隅
효자에겐 유익한 벗이 있었으니	麗澤有友
그 신의가 믿음직하였네	其信之孚
이 점을 비석에 새길 만하니	斯可以銘
어찌 내가 속이는 것이랴	豈余之誣

진양(晉陽) 하겸진(河謙鎭)이 지음.

墓碣銘 幷序

河謙鎭 撰

性庵居士 瑢秀, 字性汝, 姓李氏, 我太宗大王長子讓寧大君諱禔之後也。大君有周 太伯讓天下之至德, 故其祠曰"至德"。是生咸陽君 誦。又再傳, 世榮 武城副守, 自京南下, 晉州家焉, 子孫爲晉州人。大父杞善, 皇考承駿, 妣陽川許氏, 參奉馹之女。

君始幼, 溫柔端愿, 端緖自見。稍長 讀《小學》、《論》、《孟》諸書, 潛究大義, 體之于身。旣而父公置別室於外, 而委君以家事。間旬日, 一至其家, 怒君虛費日力於書冊工夫而不專於理産, 峻加責讓, 聲氣俱厲。雖然君理産, 實亦未嘗疏也。耕耘蓄牧, 不失其時, 門巷整肅, 牀榻拂拭有光。但不爲倚市門居, 積致富厚耳。

君終始無一辭爲辨, 屛氣踧踖, 如負重罪。然久之, 父公始悔悟, 謂曰: '謀道不謀食', 聖訓昭然, 我甚刻汝, 汝則從汝所志矣。"君於是大喜, 益發

---

12 덕의 한 단면이네: 『시경』 대아 「억(抑)」에 "치밀한 위의는 덕의 단면이니라.[抑抑威儀, 維德之隅.]"라고 하였다.

憤厲志于古人之學, 朝繹暮習, 手不釋卷。

君始受讀同閈月岡 李公 祥奎, 聞一山 趙公 昺奎, 學有淵源, 從而師焉。晚而盡交當世之文人賢士, 以資聞見。及父公大耋, 歸養於君。君亦老, 定省必謹, 甘旨必具, 終得其歡心。孔子稱閔騫, “人不間於其父母昆弟之言。” 蓋父母昆弟, 稱其孝友, 人皆信之之謂也。若或不得於親, 而子能盡其道焉, 則亦其孝著聞于人者有之, 其事尤難。如孟子禮貌匡章, 朱先生特書薛包於《小學》之編是也。《記》曰: “父母怒不悅, 而撻之流血, 不敢疾怨, 起敬起孝。” 其斯爲盡其道矣, 君實有焉。

君生平不疾言遽色, 雖造次顚沛, 整飭冠服, 未嘗有昏倦跛倚箕踞之容。友諸弟, 極其湛翕, 與人交, 不設畦畛, 色笑情親, 如飮醇酒溫溫也, 其性度如此。

君生高宗乙亥年, 六十九而終, 葬所居東山枕艮之原。後移窆于州南文山面 安全里案山乙坐原。配李氏, 貫仁川。四男: 丙崙、丙勤、丙烈、丙億。三女適全州 崔承洛、晉陽 姜渭淳、咸安 李明煥。孫男九人: 縉基、昌基、鴻基、翊基、燦基、爗基、豊基、庚基、晃基。

君最與安陵 李君 輔景相好, 如兄弟。輔景以文, 君以行, 俱有聲譽, 人稱 “東山二李。” 余皆得以友之。君歿未一朞, 丙烈持輔景所爲狀, 衰服造余門請銘。

銘曰: “孝子有愛, 其色之愉。恭人有溫, 其德之隅。麗澤有友, 其信之孚。斯可以銘, 豈余之諛。”

晉山 河謙鎭撰。

❖ 원문출전

李瑢秀, 『性庵集』 附錄, 河謙鎭 撰, 「墓碣銘幷序」(경상대학교 도서관 문천각 古(묵재) D3B 이66人)

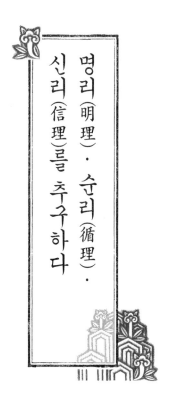

명리(明理) · 순리(循理) ·
신리(信理)를 추구하다

이태식(李泰植) : 1875-1951. 자는 자강(子剛), 호는 수산(壽山), 본관은 고성(固城)
이다. 현 경상남도 의령군 대의면(大義面) 행정리(杏亭里)에서 태어났다. 곽종석(郭鍾
錫)에게 수학하였으며, 조긍섭(曺兢燮)·허모(許模)·권상한(權相翰) 등과 교유하였다.
저술로 11권 6책의 『수산집』이 있다.

수산(壽山) 이태식(李泰植)의 묘갈명 병서

김황(金榥)[1] 지음

　다전(茶田) 선생[2]의 문하에 학자가 많은데 그 진실한 마음으로 복종해 섬기면서 시종 마음이 변치 않은 사람을 찾는다면 반드시 수산(壽山) 처사 이태식(李泰植) 공을 추천할 것이다. 대개 면우 선생께서는 사람을 가르치실 적에 매번 본원 위에서 이해시키고 변설과 문사는 우선시하는 것을 허여치 않으셨다.

　모든 일의 옳은 것이 리(理)이니 그 옳음을 강구하여 편벽되고 사사로운 것을 주장하지 않는 것, 이것이 곧 이른 바 '명리(明理)'인데 공은 그 스승의 서론(緖論)을 얻었다. 마음은 호방하기를 구하고 문장은 정밀히 살피기를 구하며, 규모는 근엄하되 편협한 쪽으로 빠지지 않고 위의는 익숙하게 하되 미세한 것까지 빠뜨리지 않는 것, 이것이 곧 이른 바 '순리(循理)'인데 공은 그 스승의 범위를 본받았다. 행실이 자기 마음에 부끄러움이 없는 것은 하늘이 알아주는 데서 구할 수 있다. 그러니 분명히 드러내어 스스로 자랑하지도 않고 몰래 감추어 스스로 가리지도 않으며, 곤궁하여 울적하더라도 안색이나 말에 드러내지 않고 훼방이 닥치더라

1　김황(金榥) : 1896-1978. 자는 이회(而晦), 호는 중재(重齋), 본관은 의성이며, 현 경상남도 산청군 신등면 평지리 물산 마을에 거주하였다. 김우옹(金宇顒)의 후손이고, 곽종석(郭鍾錫)에게 수학하였다. 저술로 100권 48책의 『중재집』이 있다.

2　다전(茶田) 선생 : 곽종석(1846-1919)이다. 자는 명원(鳴遠), 호는 면우(俛宇), 본관은 현풍(玄風)이다. 현 경상남도 산청군 단성(丹城) 출신이다. 이진상(李震相)에게 수학하였다. 저술로 182권 63책의 『면우집』 등이 있다. 1869년 현 경상남도 거창군 가북면 중촌리 다전으로 이거하였다.

도 분별하여 밝히기를 힘쓰지 않았다. 이것은 오직 이치를 믿는 자[3] 만이 할 수 있는 일인데 공은 실로 그 심법을 체득함이 있었다.

이 세 가지는 공이 선생에게 배운 것인데 그는 선생의 주리(主理)의 지결(旨訣)에 대해 대체(大體)를 먼저 확립한 것이라고 할 수 있겠다. 아, 이것이 바로 수산 선생이 되신 이유이다.

공의 휘는 태식(泰植), 자는 자강(子剛), 호는 수산(壽山)이다. 그 선조는 철성(鐵城)[4]의 세가였는데, 중간에 의령(宜寧)으로 이사하여 명망 있는 가문이 되었다. 시조는 철령군(鐵嶺君) 황(璜)이다. 백암(柏庵) 지(旨)와 괴당(槐堂) 만승(曼勝)이 대대로 충효와 큰 절개가 있었는데 공의 11대조와 10대조이다. 증조부는 관민(觀敏), 조부는 운락(雲洛)이며, 부친은 상모(尙模)이고, 모친 담양 전씨(潭陽田氏)는 전형목(田馨霂)의 딸이다.

공은 태어나면서부터 뛰어나고 남달라 스스로 학문을 할 줄 알았다. 12세에 부친을 잃고 집안이 점차 쇠락하였다. 장성하여 장가를 들었는데 처 또한 병이 들었다. 무릇 그에게 닥친 일은 남들이라면 감내할 수 없어 학문하는 데에 미칠 계책이 없을 것 같은 데까지 이르렀지만, 공은 능히 분수에 따라 그가 마땅히 해야 할 바를 다할 따름이었다. 또한 능히 그 여력으로 글을 읽고 유익한 벗을 만나 학문이 일취월장하여 크게 사우들의 칭송을 받았다.

이윽고 면우(俛宇) 곽 선생(郭先生)을 사사(師事)하고 나서는, 평생 귀의하여 숙명으로 삼은 것이 이 학문을 버리고는 어떤 방안도 없음을 더욱 알게 되었다. 스승을 배알하여 질문하거나 의문점을 기록한 편지를 주고받으며 한 해도 거르지 않았다. 공명선(公明宣)이 증자(曾子)에게 배운 것[5]을 가장 흠모하여 말 한마디 행동 하나도 반드시 마음에 새기고

---

3 이치를……자: 원문 '신자리(信者理)'는 문맥상 '신리자(信理者)'의 오류이다.
4 철성(鐵城): 현 경상남도 고성(固城)의 옛 지명이다.

몸으로 본받기를 구하였다.

거처할 적에는 반드시 공경히 하고 갓과 띠를 반드시 갖추었으며, 말과 얼굴빛은 삼가고 걸음걸이는 가지런히 하였다. 어버이를 모시거나 형제들과 우애함에 있어서는 반드시 환심을 얻었다. 상을 치르거나 제사를 받들 적에는 슬픔과 예제(禮制)를 다하였다. 날마다 반드시 일찍 일어나 가묘(家廟)를 배알하였는데 노년에도 해이하거나 그만두지 않았다. 그 절도(節度)에 있어서는 마치 온전하게 이루어짐이 있는 듯하였다. 사람들과 함께할 적에는 즐겁고 화평하며 그들의 마음을 잘 헤아렸으며, 일에 임하여서는 부지런히 힘써 능히 결단하였으며, 사람을 가르칠 적에는 몸소 행한 것으로써 솔선하였다.

글을 분석하고 마음속으로 새겨 읽기를 간절히 하여 게을리하지 않았다. 비록 몽매한 자가 보잘것없는 것을 구하여도 차마 내치고 거두지 않은 적이 없었으며, 비록 꽉 막힌 이가 속이거나 업신여길지라도 더불어 따지거나 다투지 않았다. 고금의 사리를 담론할 적에는 의견이 합치되지 않는 이가 있더라도 몸소 질정하여 이기려하지 않았다. 비록 공의 타고난 자질이 관대하고 아량이 있었다 할지라도 학문에서 얻은 공력임을 저버릴 수가 없다.

마을에 퇴계 선생의 유적이 있는데, 덕곡서당(德谷書堂)6의 중건과 '가

5 공명선(公明宣)……것 : 공명선은 증자(曾子)의 제자이다. 증자의 문하에 있으면서 3년 동안 책을 읽지 않자, 증자가 배우지 않는 이유를 물었다. 이에 공명선이 대답하기를 "어찌 감히 배우지 않았겠습니까. 선생님께서 부모님이 계실 때에는 개나 말도 꾸짖지 않으시기에 이것을 기꺼이 배웠고, 빈객을 응대하실 때에는 공손하고 검소하게 대하며 태만하지 않으시기에 이것을 기꺼이 배웠고, 조정에 계실 때에는 아랫사람에게 엄격하게 대하면서도 마음을 상하게 하지 않으시기에 이것을 기꺼이 배웠습니다. 제가 어찌 감히 배우지 않으면서 선생님의 문하에 있겠습니까."라고 하였다. (『小學集註』第4「稽古」)
6 덕곡서당(德谷書堂) : 현 경상남도 의령군 의령읍 하리에 있는 덕곡서원이다. 1656년 유림이 이황(李滉)의 학문과 덕행을 추모하기 위해 창건하였다. 서원철폐령으로 훼철되었

례통천(嘉禮洞天)'이란 석각(石刻)의 정비는 모두 공이 시작하고 도모한
것이다. 삼가(三嘉)의 사림들이 남명 선생의 뇌룡정(雷龍亭)을 새로 복원
하고서, 덕이 높고 뛰어난 사람들이 모여 강습하며 매달 강론을 하였다.
공은 매번 그곳에 나아가 강론의 내용을 기록하는 일을 맡았으니 공이
중임을 자처한 것이 이와 같음을 알 수 있다.

집안 선조인 도구옹(陶丘翁)[7]의 유허지에 계를 조직하여 한천정(寒泉亭)
을 세웠다. 오래도록 묵혀두었던 종선조(從先祖) 축암공(畜庵公)[8]의 『양병
심감(養病心鑑)』을 발간하였고, 집안 숙부 자동공(紫東公)[9]의 문집은 미완
성인 것을 이어 완성하였다. 한 손바닥으로 울리는 것은 처음에는 엉성한
듯하지만 의지와 정성이 이르면 끝내 성공을 거두게 되는데, 사람들이
모두 그 점을 어렵게 여긴다.

기미년(1919) 곽 선생이 파리장서를 보내는 일이 있었는데, 공이 그
일을 앞뒤로 주선하였다. 을축년(1925) 심산(心山) 김창숙(金昌淑) 공이 몰
래 유림을 회복하려는 일을 모의했는데,[10] 공이 더불어 서로 왕래하였다.
공이 어렵고 힘든 것을 피하지 않은 것은 단지 사우 관계 때문만 아니라
요컨대 의분(義憤)과 직기(直氣)가 있어 마음속에서 굴복하거나 두려워
하지 않는 것이 있어서다.

다가 뒤에 덕곡서원으로 중건되었다.

7 도구옹(陶丘翁) : 이제신(李濟臣, 1510-1582)이다. 자는 언우(彦遇), 호는 도구(陶丘), 본
  관은 철성(鐵城)이고, 의령(宜寧)에 거주하였다. 저술로 『도구실기』가 있다.

8 축암공(畜庵公) : 이보(李普, 1552-1573)이다. 자는 여확(汝擴), 호는 축암이다.

9 자동공(紫東公) : 이정모(李正模, 1846-1875)이다. 자는 성양(聖養), 호는 자동이다. 현
  경상남도 의령군 석곡리(石谷里)에서 태어났다

10 을축년……모의했는데 : 1925년 8월, 김창숙은 북경을 떠나 서울로 잠입하여 비밀결사
  '신건동맹단(新建同盟團)'을 조직하고는 직접 영남으로 내려가 자금 마련에 나섰다. 모금
  된 액수가 목표액에 크게 모자라 청년결사대를 국내에 잠입시키기로 하고 다시 상해로
  떠났는데, 이 사실을 알게 된 왜경이 관련 인사 600여 명을 무차별 구속하였다. 이것이
  제2차 유림단 사건이다.

스승의 상을 당해서 문인들이 상복을 입는 것은 배운 기간이 얼마냐에 따라 상복 입는 개월 수를 정하는 경우가 많았다. 그러나 공은 스스로 삼년복으로 정하고 소복을 입고 심상(心喪)하기를 마치 부모상처럼 하였다. 스승의 문집이 100여 권이 있는데 선사(繕寫)부터 간행에 이르기까지 공이 간여하지 않은 것이 없었다. 니동서당(尼東書堂)과 다천서당(茶川書堂)의 건립,11 강학과 석채례 및 스승과 관련된 여러 가지 일은 마땅히 힘써야할 일로 보지 않은 것이 없었으니, 공처럼 한결같이 정성을 다하는 이가 또 얼마나 되겠는가!

어질고 유익한 벗을 종유할 적에는 몇 번이고 그 마을로 찾아갔는데, 이루 다 기록할 수 없다. 안으로 자신을 단속하고 밖으로 자신을 다스린 상세한 행적은 행장에 들어있어 여기에서는 짐짓 간략히 하였다.

만년에 문하의 제생들이 임천정(臨川亭)을 지어 장수처(藏修處)를 제공하였다. 공은 향년 77세 되던 해인 신묘년(1951) 11월 23일, 임천정에서 세상을 떠났다. 이듬해 정월 사림이 예로써 모여 월현(月峴)의 감좌(坎坐) 언덕에 장사지냈다. 그리고 나서 유문(遺文)의 간행을 발의하여 삼년 만에 완성하였으니, 모두 11권이다.

부인은 여양 진씨(驪陽陳氏) 진식(陳栻)의 딸로 세 아들을 두었는데, 중기(重基)·영기(永基)·대기(大基)이고, 서자는 호기(祜基)이다. 손자 종덕(鍾德)과 권석현(權碩鉉)·김상근(金相根)·허을중(許乙中)의 처가 된 손녀 셋은 장남 중기의 소생이다. 종순(鍾淳)과 황모(黃某)·남모(南某)의 처가 된 손녀 둘은 영기의 소생이다. 종경(鍾慶)·종립(鍾立)·종홍(鍾弘)은 대기의 소생이다. 종모(鍾某)는 호기의 소생이다. 적증손(適曾孫)은 계영(啓永)이다.

---

11 니동서당(尼東書堂)과……건립 : 곽종석 사후에 그를 기리기 위해 현 경상남도 산청군 단성에 니동서당, 거창군에 다천서당을 세웠다.

공의 재종질 이경(李經)이 공의 사후 일을 주간하고 문집간행을 마친 뒤 손수 행장을 갖추어 나에게 묘갈명을 부탁하였다. 생각건대 나는 어려서부터 공에게 배우면서 세의(世誼)의 중함을 강론하였으며, 동문의 말석으로서 따라다녔다. 공의 상을 당해서는 호상(護喪)하였고, 그 문집을 간행할 적에는 교감하였다. 그러니 이제 또 어찌 감히 다른 사람에게 묘갈명 짓는 일을 맡겨 내 스스로 힘쓰지 않을 수 있겠는가! 이에 공을 위해 묘갈명을 짓는다.

명은 다음과 같다.

중도를 지켜 치우치지 않은 것이	中而不倚
군자다운 강함이요	君子之强
담박하되 싫증나지 않는 것이	淡而不厭
군자다운 문장이다	君子之章
현재 위치에 처해 분수 밖을 구하지 않은 것이	素位不外
군자다운 행실이요	君子之行
고상한 지절로 고종명한 것이	高郎令終
군자다운 정절이다	君子之貞
행양의 마을은	杏陽之里
군자가 살던 집이요	君子攸宅
월현의 언덕은	月峴之阡
군자가 묻힌 곳이네	君子于息
질박하여 꾸미지 않은 것이	質而不詞
군자의 묘갈명에 합당하니	宜君子銘
앞으로 백세토록	來者百世
군자들이 이 글에서 징험하리	君子是徵

壽山處士 李公 墓碣銘 幷序 ○乙未

金梶 撰

茶田先師之門, 學者多矣, 求其實心服事, 始卒無渝, 必推壽山處士 李公。蓋先師敎人, 每從本原上理會, 而辯說文詞, 不與先焉。凡事之是者, 是理, 講究其是, 不主偏私, 是卽所謂明理者, 而公得其緖論。心要洪放, 文要密察, 規模謹嚴而不涉於嶄隘, 威儀閑習而不遺乎細微, 是其所謂循理者, 而公像其範圍。行之無愧吾心者, 可以求諸天知。不的然以自衒, 不闇然以自蔽, 困衡拂鬱而不示色辭, 毁謗漂煦而不勞辨白。是惟所信者理, 而公實有以體得其心法。是三者, 公之所學於先生, 而其於主理之詮, 槪可謂先立乎大矣。噫, 其斯以爲壽山先生已乎!

公諱泰植, 字子剛, 壽山其別號也。其先鐵城世家, 中徙宜寧, 仍爲望族。始祖曰鐵嶺君 璜。柏庵 旨, 槐堂 曼勝, 世有忠孝大節, 其十一代十代祖也。曾祖觀敏, 祖雲洛, 考尙模, 妣潭陽田氏 馨霖女。

公生而秀異, 自知爲學。十二喪所恃, 家因旁落。及長娶妻, 妻亦病。凡其所遇, 至有人不可堪而若無計及於學者, 公惟能隨分自致其所當爲。亦能以其餘力, 讀書取益, 日月將就, 大爲士友稱譽。旣得師俛宇 郭先生, 則益知畢生依歸而爲命者, 舍是學無以也。其候謁問質, 箚記往復, 略無虛歲。而最慕公明宣之學於曾子, 一言一動, 必要心識而體倣之。

居處必恭, 冠帶必飭, 辭氣必愼, 行步必整。事親友弟, 必得歡心。居喪奉祭, 必致哀禮。日必早起謁家廟, 至老未或弛廢。其於節度, 若有渾成然者。與人, 樂易善恕; 臨事, 勤强能斷; 敎人, 以其所躬者先之。離釋意讀, 懇切不倦。雖蒙求淺蔑, 不忍委棄不收; 雖橫梗欺負, 不與計校爲競。譚論古今事理, 人或有不合者, 不要身質以求勝。雖其天資, 寬弘有雅量, 亦其所得於學問之功, 不可誣也。

鄕有退陶先生遺躅, 德谷書堂之起, "嘉禮洞天"之刻, 皆公所始與謀。三嘉士林, 新復南冥先生之雷龍亭, 長德英才, 聚課月講。公每時赴之, 任其載筆, 其取重類此, 可知。

族先祖陶丘翁遺址, 修契立寒泉亭。從先祖畜庵公《養病心鑑》, 發刊
於久滯; 族叔父紫東公文集, 續成其未完。隻掌鼓鳴, 始若落落, 而志誠
所到, 卒見收功, 人皆難之。

歲己未, 郭先生有巴黎恕書之擧, 公周旋先後。乙丑, 心山 金公, 潛謀
恢復于儒林, 公與相往來。其不避艱險, 不第爲師友之故, 要亦有義憤直
氣, 不懾不撓乎中者, 存焉爾。

先師之喪, 門人持服者, 多以淺深爲久近。而公自斷以三年, 素衣帶心
喪, 如天倫。厥有文集百餘卷, 自繕寫至印行, 公未或不與。尼東、茶川
兩書堂之建設, 與其講學舍栥, 及諸有關先師事者, 無不視爲當務, 其一
味殫誠如公者, 又多乎哉!

至若從遊會輔之賢, 幾遍鄉省, 不可勝記。內外行治之詳, 自有狀述,
此姑略之。晚年, 及門諸生, 爲築臨川亭, 以供藏修。七十七歲辛卯十一
月二十三日, 考終于亭。明年正月, 士林以禮, 會葬于月峴坎坐之原。仍
發遺文刊行之議, 三年而竣, 凡十一卷。

配陳氏驪陽士人栿女, 重基、永基、大基, 其三子, 餘男祜基。孫男鍾
德, 女: 權碩鉉、金相根、許乙中妻, 伯房出。鍾淳、黃某、南某妻, 仲房
出。鍾慶、鍾立、鍾弘, 叔房出。鍾某, 季房出。適曾孫, 啓永。

公有從姪經, 寔能幹公身後, 旣刊文集訖, 手具行述, 徵余以表墓之文。
念余自幼少, 習於公, 講世契之重, 追同門之後。其喪也則護之, 其集也則
歆之。今又何敢以諉諸有人而不自爲力! 迺爲之銘曰:

"中而不倚, 君子之强, 淡而不厭, 君子之章。素位不外, 君子之行, 高
郞令終, 君子之貞。杏陽之里, 君子攸宅, 月峴之阡, 君子于息。質而不
詞, 宜君子銘, 來子百世, 君子是徵。"

❖ 원문출전

李泰植,『壽山集』卷11 附錄, 金梡 撰,「墓碣銘并序」(경상대학교 문천각 古(아천) D3B 이832ㅅ)

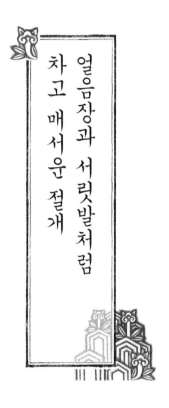

얼음장과 서릿발처럼

차고 매서운 절개

김영시(金永蓍) : 1875-1952. 자는 서구(瑞九), 호는 평곡(平谷), 본관은 상산(商山)
이며, 현 경상남도 산청군 신등면 평지리 법물 마을에 거주하였다. 박치복(朴致馥)·허
유(許愈)·곽종석(郭鍾錫)에게 수학하였다. 1919년 만세운동을 선도하였고, 파리장서
사건으로 옥에 갇히기도 하였다. 장승택(張升澤)·김상욱(金相頊)·정제용(鄭濟鎔)·하
겸진(河謙鎭) 등과 서신을 주고받았다.
저술로 8권 1책의 『평곡집』이 있다.

평곡(平谷) 김영시(金永蓍)의 묘갈명 병서

허형(許洞)[1] 지음

평곡(平谷) 선생이 세상을 떠난 지 32년이 지난 계해년(1983)에 맏손자 돈희(敦熙)가 선생의 묘갈명을 지어달라고 나에게 부탁하였다. 나는 정의상 글재주가 없다는 것으로 사양할 수 없어서, 삼가 선생의 행장을 살펴보고 다음과 같이 쓴다.

선생의 초명은 영숙(永淑)인데, 영시(永蓍)로 개명하였다. 김씨(金氏)의 선조는 신라에서 나왔다. 고려 때 보윤(甫尹) 휘 수(需)가 상산군(商山君)에 봉해져 시조가 되었다. 고려 말 절의를 지킨 신하 단구재(丹邱齋) 선생 휘 후(後)가 단성(丹城)에 은거하였다. 5대를 내려와 휘 준(浚)은 진사였고, 호가 삼족재(三足齋)이며, 세상에서 일컫는 "김씨 팔군자(金氏八君子)"[2]의 한 분이다.

이분이 휘 경근(景謹)을 낳았는데 호는 대하재(大瑕齋)이며, 산해(山海) 선생[3]을 사숙하였고, 임진왜란 때 왜적에 항거하였으며, 학문과 충절이

한 시대의 으뜸이었다. 이분이 선생의 11세조이다. 고조부 이형(履亨)은 호가 석포(石圃)이고, 증조부 각(珏)은 호가 오당(吾塘)이며, 조부 성률(聲律)은 호가 난석헌(蘭石軒)이고, 부친 삼현(三鉉)은 호가 모려(慕廬)이다. 모친 진양 강씨(晉陽姜氏)는 강인영(姜麟永)의 딸이다. 선생의 생부는 휘가 조현(肇鉉)이고 호는 만회(晩悔)이다. 생모 김해 허씨(金海許氏)는 허전(許佺)의 딸이다. 고종 을해년(1875) 3월 10일 법물리(法勿里)⁴의 대대로 살아온 집에서 선생을 낳았다.

선생은 성품이 정밀하고 순수하며, 지기(志氣)는 편안하고 고요하였다. 어려서부터 남달리 의젓한 면이 있어 동년배들과 어울려 놀지 않았으며, 스승을 따라 배워 학문의 길이 일찍 열렸다. 뛰어난 재주와 높은 식견이 있어서 부친이 매우 큰 그릇이 될 인물이라고 중히 여겼다. 당시 법물리의 상산 김씨(商山金氏) 집안은 약천옹(約泉翁)⁵ 이후로부터 영재들이 성대하게 배출되어 남쪽 지방 유림 중의 으뜸이 되었는데, 선생이 그 중에서 가장 빼어났다. 얼마 뒤 만성(晩醒) 박치복(朴致馥)⁶ 선생이 성균관에서 귀향하여 소당(小塘)의 이택당(麗澤堂)⁷에서 강좌를 열었는데, 원근의 빼어난 유생들이 모두 박 선생을 종유하며 배웠다. 선생은 고제(高弟)의 반열에 있으면서 퇴계·대산(大山)⁸ 선생 이래로 전해진 평상(坪

---

4 법물리(法勿里) : 현 경상남도 산청군 신등면 평지리 법물 마을이다.

5 약천옹(約泉翁) : 김진호(金鎭祜, 1845-1908)이다. 자는 치수(致受), 호는 물천(勿川)·약천, 본관은 상산(商山)이다. 허전(許傳)과 이진상(李震相)에게 수학하였다. 저술로 16권 9책의 『물천집』이 있다.

6 박치복(朴致馥) : 1824-1894. 자는 동경(董卿), 호는 만성, 본관은 밀양이다. 경상남도 함안군 안인(安仁)에서 태어났고, 만년에 현 경상남도 합천군 가회면에 거주하였다. 류치명·허전에게 수학하였다. 1882년에 진사가 되었고, 성균관 유생들이 약장(約長)으로 추천하였다. 저술로 16권 9책의 『만성집』이 있다.

7 이택당(麗澤堂) : 허전(許傳)의 영정을 모시기 위해 세운 사당으로, 현 경상남도 산청군 신등면 평지리 법물 마을에 있다.

8 대산(大山) : 이상정(李象靖, 1711-1781)이다. 자는 경문(景文), 호는 대산, 본관은 한산

上)⁹·냉동(冷洞)¹⁰의 명체적용(名體適用)의 학문을 듣고서 열복함이 깊어 구하기를 절실히 하였다. 스승으로부터 '입지가 견고하다[立志堅固]'는 네 글자의 부절을 받고서는 더욱 정성스럽게 가슴에 새겨 깊이 나아가 자득하였다.

간혹 허후산(許后山)¹¹·곽면우(郭俛宇)¹² 등 덕이 있는 여러 어른께 난해한 곳을 질정하고 의문점을 분변하여 재주가 더욱 통달하고 도량이 더욱 넓어졌다. 비록 그 학문의 종지가 평소 스승에게 들은 것과는 다른 점이 있었지만, 이설을 세워 논쟁한 적이 없었고, 조용히 자신의 설을 지키며 하나의 설을 고수하면서도 온화하게 처신하였다. 이에 덕이 있는 여러 어른들이 모두 깊이 인정하며 원대하게 성취할 것을 기대하였다.

일상의 떳떳한 인륜에 드러난 행실은 다음과 같다. 낳아주신 부모와 양부모를 섬길 적에 혼정신성(昏定晨省)하고 동온하청(冬溫夏淸)하며 곁에서 봉양하였는데, 지극한 정성에서 나온 것이었다. 부모의 상을 당해서

(韓山)이다. 퇴계 학통의 적전이다. 원문의 '호(湖)'자는 소호리(蘇湖里)로, 이상정이 태어난 현 경상북도 안동시 일직면 망호리를 가리킨다.

9 평상(坪上) : 류치명(柳致明, 1777-1861)이다. 자는 성백(誠伯), 호는 정재(定齋), 본관은 전주이다. 남한조(南漢朝)·정종로(鄭宗魯)에게 수학하였다. 원문의 '평상(坪上)'은 현 경상북도 안동군 임동면 수곡리 대평(大坪) 마을로, 현재 종택과 만우정(晚愚亭)이 있다. 저술로 53권 27책의 『정재집』이 있다.

10 냉동(冷洞) : 허전(許傳, 1797-1886)이다. 자는 이로(而老), 호는 성재(性齋)·냉천(冷泉), 본관은 양천이다. 현 서울시 서대문구 냉천동(冷泉洞)에 살았다. 기호(畿湖) 남인학자로서 퇴계학파를 계승한 류치명과 학문적으로 쌍벽을 이루었다. 1864년 김해 부사에 부임하여 영남 지역의 학풍을 진작시켰다. 저술로 45권 23책의 『성재집』과 『사의(士儀)』 등이 있다.

11 허후산(許后山) : 허유(許愈, 1833-1904)이다. 자는 퇴이(退而), 호는 후산·남려(南黎), 본관은 김해(金海)이다. 현 경상남도 합천군 가회면 오도리(吾道里)에서 태어났다. 저술로 21권 10책의 『후산집』이 있다.

12 곽면우(郭俛宇) : 곽종석(郭鍾錫, 1846-1919)이다. 자는 명원(鳴遠), 호는 면우, 본관은 현풍이다. 현 경상남도 산청군 단성(丹城) 출신이다. 이진상에게 수학하였다. 저술로 182권 63책의 『면우집』이 있다.

는 애통해하는 것이 예제보다 지나쳤으며, 상을 마칠 때까지 내당에 들어
가지 않았다. 극심한 추위나 폭우가 내릴지라도 날마다 꼭 묘소에 올라가
울부짖으며 통곡하였는데, 군자들도 그렇게 하기 어렵다고 여겼다.

형제와 종족과 고을 사람들을 대할 적에는 우애와 화목과 충신과 공
경의 마음을 미루어 그들에게 드러내었다. 대개 선생의 학문은 앎을 정
밀하게 하고 행실을 단속하는 것을 주로 삼아 정성으로 마음을 세워,
말은 신중하게 하고 행실은 정미하게 하여, 마치 맑은 얼음과 좋은 옥
같아서 지적할 만한 흠이 없고 거론할 만한 허물이 없었다. 이 때문에
사람들은 모두 선생을 외경하여, 만날 적에 반드시 옷깃을 여미고 무릎
을 꿇어앉았다.

선생은 내면을 중시하고 외면을 경시하는 것을 일찍이 분변하여 영화
에 대한 생각을 끊고 산림에서 자정(自靖)하였는데, 나라를 걱정하는 일
념만은 변치 않고 여전하였다. 면우옹(俛宇翁)이 을사년(1905)[13] 소명을
받고 상경[14]할 적에 선생이 수천 자의 상소를 지었는데, 충정이 늠름하
였다. 경술국치를 당해서는 울분을 그치지 못하였다. 기미년(1919) 국내
외의 3.1운동의거에 영합하여 유자(儒者)의 복장을 갖추어 입고서 고을
사람들을 거느리고 시가지에서 만세를 불렀다. 일본경찰들이 선생을 체
포하여 선창한 자가 누구인지를 따져 물었는데, 선생이 말씀하기를 "내
가 선창했으니, 다른 사람에게 물을 필요가 없다."라고 하였다. 이에 진
주감옥에 구금되었다.

얼마 후 면우옹의 파리장서 사건으로 연좌되어 달성(達城) 감옥에 간

---

13 을사년(1905) : 이순채(李淳采)가 지은 「행장」에 의거하면 원문의 '정유(丁酉)'는 '을사
(乙巳)'의 오기다.
14 면우옹(俛宇翁)이……상경 : 곽종석은 1905년 10월에 소명을 받아, 11월에 상경하였다.
상경 도중에 을사늑약의 소식을 듣고 적신을 주벌하고 천하의 공법(公法)에 호소할 것을
청하는 소를 올렸다.

혔는데, 위험하고 곤궁한 때에도 굴복하는 말과 안색을 조금도 드러내지 않았다. 감옥에서 풀려나 돌아온 뒤에 정사강(鄭士強)에게 답하는 편지[15]에서 말씀하기를 "시사를 차마 말할 수 없으니, 구차하게 이적과 금수의 세상에서 욕되이 살기보다는 차라리 몸을 깨끗이 하여 홀연히 죽고자 하는 것이 더 낫습니다."라고 하였으니, 그 지향은 바로 살신성인의 의리이다. 임진년(1952) 1월 26일 별세하니, 향년 78세였다. 사인(士人)들이 모여 거동(巨洞) 비파산(琵琶山) 자좌(子坐) 언덕에 장사지냈다.

부인 재령 이씨(載寧李氏)는 진사 이원모(李原模)의 딸이고, 3남 6녀를 낳았다. 아들은 상준(相峻)·상덕(相德)·상윤(相贇)이고, 사위는 안동 권씨 권주석(權疇錫), 진양 하씨 하종환(河鍾煥), 함안 이씨 이진홍(李鎭洪), 철성 이씨(鐵城李氏) 이좌기(李佐基), 월성 이씨(月城李氏) 이만희(李萬熙), 광주 이씨(廣州李氏) 이정재(李禎載)이다. 손자는 돈희(敦熙)·징희(徵熙)·동희(東熙)·병희(秉熙)·충희(忠熙)·찬희(贊熙)·명희(明熙)·성희(成熙)이다. 증손녀 1명은 김해 허씨(金海許氏) 허환(許桓)에게 시집갔다. 허환은 재주가 있었지만 요절하였는데, 바로 내 아들이다.

아! 선생이 세상에 태어난 것이 어찌 우연이겠는가? 학문의 연원은 바르고, 충효는 하늘에 근본하여 본성을 지극히 하였으며, 수신은 엄격하고 치밀하였다. 명망이 지역사회에 알려졌지만 자신은 천고를 거슬러 올라가 성현을 벗삼는 것에 만족하였다. 나는 어리석은 데다가 군더더기 말을 용납할 수 없어서, 단지 행장에서 세교에 더욱 절실하게 관계된 것을 뽑아서 위와 같이 기술하고 다음과 같이 명을 잇는다.

15 정사강(鄭士強)에게 답하는 편지: 『평곡집』 권4에 실려 있다. 정사강은 정종화(鄭鍾和, 1881-1938)이다. 자는 사강, 호는 희재(希齋), 본관은 진주이다.

아, 아름답도다! 선생이여	於休先生
타고난 기질은 청명하고	賦氣之淸
덕을 지킴은 온전하였네	秉德之全
정숙하고 공손하고 간결하고 침묵하며	靖恭簡默
엄숙하고 장엄하고 중도에 맞고 정직하여	齊莊中正
심학의 지결을 얻었네	得於心詮
천지인의 학문에 박학하여	博三才學
온갖 아름다운 행실을 갖추었는데	俱百美行
효가 그 급선무가 되었네	孝爲其先
효제를 실천한 뒤 글을 배우고	餘力攻文
문사를 닦아 의리를 세워서	修辭立義
옥처럼 윤택하고 쇠처럼 굳세었네	玉溫金剛
포의면서 나라를 걱정하였고	布衣憂國
위험한 지경에도 절개를 지켜서	臨危持節
얼음장과 서릿발처럼 늠름하였네	凜乎氷霜
명망과 실상이 모두 융성하여	望實俱隆
말세의 참된 유학자였고	叔季眞儒
우리 유림의 태산북두였네	吾林山斗
말씀은 서책에 남아있고	有言垂簡
덕행은 이 비석에 실려 있어	有德載珉
영원토록 높이 경모하리	高景悠久

시하생 김해 허형(許泂)이 삼가 지음.

墓碣銘 幷序

許洞 撰

平谷先生旣沒之三十二年癸亥, 嗣孫敦熙, 屬余以先生顯刻之銘。洞誼不可以不文辭, 謹按狀而書之曰：

先生初諱永淑, 改諱曰永蓍。金氏其先, 出自新羅。高麗甫尹諱霝, 封商山君, 爲始貫之祖。麗季節臣丹邱齋先生諱後, 遯居丹城。五傳諱浚進士, 號三足齋, 世稱"金氏八君子"之一。生諱景謹, 號大瑕齋, 私淑山海門, 抗賊龍蛇亂, 學問忠節, 冠絶一代。是爲先生十一世祖也。高祖曰石圃 履亨, 曾祖曰吾塘 珏, 蘭石軒 聲律, 慕廬 三鉉, 祖若考也。妣晉陽姜氏麟永女。本生考諱肇鉉, 號晚悔。妣金海許氏 佺女。高宗乙亥三月十日, 生先生于法勿世第。

先生質性精純, 志氣恬靜。自幼岐嶷有儀, 不與年輩作隊而遊, 就學穎迢早開。有高才卓見, 大人公甚器重之。時法勿 金氏, 自約泉翁以下, 英才蔚興, 爲南方文藪冠, 而先生秀拔焉。旣而晚醒 朴先生, 自泮宮歸, 設講座于小塘之麗澤堂, 遠近英髦咸從。先生在高弟列, 聞溪、湖以來, 坪上、冷洞明體適用之學, 悅之深而求之切。 及受"立志堅固"四字符於師席, 尤眷眷服膺, 而深造自得。

間從許后山、郭俛宇諸丈德, 質難辨疑, 材益達而度益廣。雖其學問宗旨, 與平日所聞于師者, 有挺楹者, 而未嘗立異而爭辯, 恬穆自守, 守一而處和。諸丈德, 皆深許以遠大期之。

及其著于日用彝倫之常。則事兩庭, 定省溫凊, 左右就養, 出於至誠。及遭艱, 哀痛逾禮, 終喪不入中門。雖祈寒甚雨, 日必上墓號哭, 君子難之。處昆弟宗族鄕黨, 友睦忠敬, 推此以達。蓋先生之學, 以精約爲主, 立心以誠, 言出於愼, 行成于精, 如淸氷良玉, 無瑕之可指, 無過之可擧。以是人皆敬畏, 必整襟斂膝于交遇之際。

先生早辨於內重外輕, 絶意榮途, 自靖林下, 而憂國一念, 炳然自在。俛宇翁之丁酉登對行也, 爲書數千言, 忠悃凜凜。當庚戌國恥, 憤不自已。己未, 迎合國內外三一運動義擧, 峨冠博帶, 率鄕群, 呼唱萬歲于市街上。且警捕詰先倡者誰某, 先生曰: "自我倡矣, 他不必問。" 乃囚繫于晉州監獄。

旣而以倪宇翁 巴里長書事, 連坐達城獄, 少未見降屈辭色於危困之際。及其解還, 答或人書曰: "時事不忍言, 與其苟且偸生於夷狄禽獸之世, 寧欲潔吾身溘然長逝之爲愈。" 其志則乃殺身成仁之義也。以壬辰正月二十六日考終, 享壽七十八。士林會葬于巨洞 琵琶山子坐原。

配載寧李氏進士原模女, 生三男六女。男: 相峻、相德、相贇, 女婿: 安東 權疇錫、晉陽 河鍾煥、咸安 李鎭洪、鐵城 李佐基、月城 李萬熙、廣州 李禎載。孫: 敦熙、徵熙、東熙、秉熙、忠熙、贊熙、明熙、成熙。曾孫女一人, 適金海 許桓。才而夭, 卽洞之男也。

嗚呼! 先生之生于世, 豈偶然哉? 學問淵源之正, 忠孝之根天至性, 自修之嚴厲縝密。騰於輿誦, 已自足千古。洞之愚, 無容更贅, 而但撮其行狀中關係世敎之尤切者, 撰次如右, 系之以銘曰:

"於休先生, 賦氣之淸, 秉德之全。靖恭簡默, 齊莊中正, 得於心詮。博三才學, 俱百美行, 孝爲其先。餘力攻文, 修辭立義, 玉溫金剛。布衣憂國, 臨危持節, 凜乎氷霜。望實俱隆, 叔季眞儒, 吾林山斗。有言垂簡, 有德載珉, 高景悠久。"

侍下生 盆城 許洞謹撰。

❖ 원문출전

金永著, 『平谷集』 卷9 附錄, 許洞 撰, 「墓碣銘幷序」(경상대학교 문천각 古(창제) D3B H김64ㅍ)

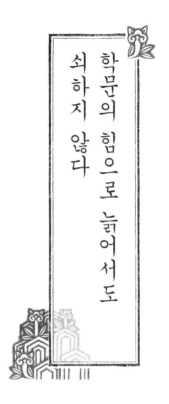

학문의 힘으로 늙어서도 쇠하지 않다

강수환(姜璲桓) : 1876-1929. 자는 원회(源會)·군경(君敬), 호는 설악(雪嶽), 본관은 진양(晉陽)이다. 현 경상남도 진주시 대곡면 설매리에 거주하였다. 이종기(李種杞)·곽종석(郭鍾錫)에게 수학하였고, 한유(韓愉)·송호곤(宋鎬坤) 등과 교유하였다.
저술로 4권 2책의 『설악집』이 있다. 이 속에 우리나라 역사와 진주의 역사에 대해 읊은 「해동악부(海東樂府)」와 「진양악부(晉陽樂府)」가 실려 있다.

설악(雪嶽) 강수환(姜璲桓)의 묘갈명 병서

하겸진(河謙鎭)[1] 지음

설악(雪嶽) 강원회(姜源會) 군은 기사년(1929) 7월 모일 54세 나이에 병으로 세상을 떠났다. 모산(某山) 모 언덕에 장사지냈는데,[2] 당시 나는 부친상을 당해서 군의 장례[3]에 참석하지 못하였다. 그래서 대상(大祥) 때 뇌문(誄文)을 지어 곡하였다.

8년 뒤 병자년(1936)에 군의 아들들이 내게 가장(家狀)을 가지고 와서 묘갈명을 청하였는데, 나는 "너희들이 찾아온 것은 마땅한 일이나 내 어찌 차마 너희 선친의 묘갈명을 지을 수 있겠느냐."라고 하였다.

나는 처음 강군을 만나자마자 평생지기로 인정하였다. 강군이 조석론(潮汐論)과 지구설(地球說)[4]을 지어서 나에게 보내 질정해주기를 요구하였다. 지구설은 오로지 서양학설을 분변하고 밝히기 위해 지은 것이었

---

1 하겸진(河謙鎭) : 1870~1946. 자는 숙형(叔亨), 호는 회봉(晦峯), 본관은 진양(晉陽)이다. 곽종석(郭鍾錫)에게 수학하였고, 이승희(李承熙)·장석영(張錫英)·송준필(宋浚弼) 등과 교유하였다. 저술로 50권 26책의 『회봉집』과 30권 3책의 『동유학안』이 있다.

2 7월……장사지냈는데 : 『설학집』 권4 부록의 「행록」·「행장」·「묘표」에 따르면, 강수환은 1929년 7월 1일 세상을 떠났고, 8월 2일 광석리(廣石里) 검암산(檢巖山)의 선영 왼쪽 기슭 유좌(酉坐)에 장사지냈다.

3 장례 : 원문의 '백마행(白馬行)'은 후한(後漢) 범식(范式)의 친구가 죽어 장례를 행할 때 상여가 움직이지 않다가, 소거(素車)에 백마(白馬)를 매고 범식이 찾아와 애도를 하자 비로소 상여가 움직였다는 고사에서 나온 것이다. (『後漢書』 獨行 「范式傳」)

4 조석론(潮汐論)과 지구설(地球說) : 『설학집』 권3 잡저에 「지구변(地球辨)」이 있는데, 이 글의 앞부분에서는 서구의 땅이 둥글다는 서양의 주장을 비판하였고, 뒷부분에서 조석(潮汐)의 이치에 대해 설명하였다.

는데, 내가 그것을 읽고 음미하며 한 통을 기록해서 보관해 두었다. 내가
또 중범(中範)과 역설(易說)[5] 등의 글을 구해 보려고 하니, 강군이 "조금
만 기다려주십시오. 제가 한창 다듬고 있는 중입니다."라고 하였는데,
강군이 하루아침에 이 지경에 이르러 그것이 완성되지 못한 글이 될 줄
누가 생각이나 했겠는가. 아, 내가 어찌 묘갈명을 짓겠는가!

강군은 10세에 부친상을 당했다. 15세에 조부상을 당하였는데, 승중손
(承重孫)으로 상례를 집행하고 집안일을 주관하는 것이 모두 노성한 사람
과 같았다. 집안일을 돌보면서 남은 힘으로 각고의 노력을 기울여 학문을
하였다. 친족 중에 강군이 파리하고 야위어서 병이 잘 드는 것을 보고
조금 느긋하게 독서하고 의원을 찾아 약을 써보라고 강군을 일깨우는
사람이 있었는데, 강군은 "글을 읽다가 병이 난 사람이 있다는 말을 어디
서 들었습니까? 마음을 다스리는 것이 곧 병을 다스리는 방법입니다."라
고 하며 더욱 더 독서에 힘썼다. 나이 40~50세가 되니 용모가 풍만해졌
다. 정부자(程夫子)께서 "배우지 않으면 바로 늙고 쇠약해진다."[6]라고 하
였는데, 내가 이 때문에 강군이 늙어도 쇠약하지 않은 것이 학문의 힘이
라는 것을 알게 되었다.

강군은 만구(晩求) 이종기(李種杞)[7]·면우(俛宇) 곽종석(郭鍾錫)[8] 두 선
생의 문하에서 종유하며 배웠는데, 면우 선생을 섬긴 날이 더 길었다.
일찍이 서신을 주고받으며 묻고 변론한 내용은 모두 천인(天人)·성명(性

---

5 중범(中範)과 역설(易說): 『설악집』 권4 부록 「행록」에 따르면 『가의(家儀)』 1책, 『주역연
  의(周易演義)』 2권이 있다고 하였고, 경술년(1910) 「중범(中範)」 한 편을 지었다고 하였다.
6 배우지……쇠약해진다: 『근사록』 권2에 나오는 말이다.
7 이종기(李種杞): 1837-1902. 자는 기여(器汝), 호는 만구·다원거사(茶園居士), 본관은
  전의(全義)이다. 현 경상북도 고령에 거주하였다. 저술로 20권 10책의 『만구집』이 있다.
8 곽종석(郭鍾錫): 1846-1919. 자는 명원(鳴遠), 호는 면우, 본관은 현풍이며, 현 경상남도
  산청군 단성 출신이다. 이진상에게 수학하였다. 저술로 182권 63책의 『면우집』이 있다.

命) 및 일상적인 인륜의 법칙이었는데, 핵심은 실득(實得)이 있어서 빈말이 아니었다.

글을 지을 때는 오직 평이하고 간결하며 질박함을 숭상하였고, 글씨를 잘 쓰는 것은 또한 자신의 사명으로 여기지 않았다. 일찍이 옛것에 집착하는 자는 시무(時務)를 소홀히 하고 새것을 배우는 자는 윤리를 해치니, 이 모두 치우침이 없을 수 없다고 여겼다. 그래서 호안정(胡安定) 공의 경의재(經義齋)와 치사재(治事齋)의 규범을 따라9 별도로 학원을 세워 한 지역의 학풍을 고무시키려 하였지만, 끝내 인심이 강군의 뜻과 같지 않아 그만두었다. 안타깝구나! 강군의 지향과 사업은 진실로 융통성 없는 유자들과 모두 달랐으니 유독 이 한 가지 일만이 그러할 뿐만은 아니었다. 강군이 끝내 성취한 것이 없었던 것은 시운(時運) 때문이니, 강군이 시운을 또한 어찌 하겠는가!

군의 휘는 수환(璲桓), 자는 원회(源會)이다. 본관은 진양(晉陽)이고, 고려 병부 상서 은열공(殷烈公) 강민첨(姜民瞻)의 후손이다. 중간에 휘 심(深)은 덕을 감추어 벼슬하지 않고서 설매(雪梅)의 시냇가에 임계정(臨溪亭)을 지어 제생들을 훈도하였고, 공조 참의에 추증되었다. 휘 덕룡(德龍)은 임진왜란 때 창의하여 남다른 공훈이 있어 원종공신 1등에 녹훈되었고, 행 장기현감(行長鬐縣監)을 지냈으며 병조 참판에 추증되었다. 부친의 휘는 영조(永祚)이다. 조부 휘 건(鍵)은 호가 매오(梅塢)이고, 의로운 행실이 있었다.

---

9 호안정(胡安定)……따라: 호안정은 송나라 호원(胡瑗, 993-1059)이다. 자는 익지(翼之), 호는 안정, 시호는 문소(文昭)이다. 저술로 『주역구의(周易口義)』, 『홍범구의(洪範口義)』 등이 있다. 경의는 경전의 뜻을 연구하는 것이며, 치사는 관청의 실무적인 일을 처리하는 것을 말한다. 호원이 호주(湖州)의 교수로 있을 때 경의재(經義齋)와 치사재(治事齋)를 설치하고 과목을 구분하여 각자의 재주와 능력에 맞게 교육하였다. (『宋史 卷432 「胡瑗列傳」)

군의 초취 부인 분성 허씨(盆城許氏)는 3남 1녀를 두었는데, 아들은 병창(炳昌)·병관(炳觀)·병도(炳度)이고, 사위는 상산 김씨(商山金氏) 김석진(金錫進)이다. 재취 부인 진양 하씨(晉陽河氏)는 2남 4녀를 두었는데, 아들은 병수(炳洙)·병호(炳昊)이고, 사위는 황희주(黃熙柱)·이채일(李采馹)이며 나머지는 아직 시집가지 않았다.

명은 다음과 같다.

말은 어눌해도 이치 분변하기는 분명했고	辭之訥而其辨理明
행실은 졸렬해도 심지 다잡기는 굳셌으며	行之拙而其秉志貞
사는 곳은 궁벽해도 학문의 규모 굉박했네	居之僻而其爲模宏
교만하지 아니하여 덕이 가득 찼으며	不兀兀而盈
천착하지 아니하여 학식이 정밀했네	不鑿鑿而精
아	嗚乎
그의 학덕 본받을 만하며	可以程
그의 행적 새길 만하구나	可以銘

진양(晉陽) 하겸진(河謙鎭)이 지음.

墓碣銘 幷序

河謙鎭 撰

雪嶽 姜君 源會以己巳七月某日, 年五十四疾不起。葬某山某原, 時余持父服, 不能爲白馬之行。乃於其終祥, 作誄文哭之。後八年丙子, 諸孤以狀來請墓銘, 余曰: "而來宜也, 雖然余何以忍銘君哉?"

始余與君相見, 卽許以平生。君以所著潮汐論、地球說寄余求訂正。地球說者, 專爲辨斁西說而作也, 余讀而味之, 錄其一通藏焉。余又求見中範、易說諸書, 君曰: "少竢之。吾方有修潤。" 孰謂君一朝至此, 而此爲未究之案。嗟乎! 余何以爲銘哉?

君十歲失怙。十五服祖考, 承重執禮幹家, 皆如老成。以餘力刻苦爲學。族親見君淸羸善病, 有以少寬讀書求醫藥開君者, 君曰: "安聞有讀書生病者乎? 治心乃所以治病也。" 愈益勉焉。及年四五十, 貌加豐。程夫子之言曰: "不學便老而衰。" 余以是知君之老而不衰學之力也。

君從學李晚求、郭俛宇二公先生之門, 而其事俛宇爲最久。所嘗往復問辨, 皆天人性命, 以及日用彝倫之則, 要之有實得而非空言。

爲文, 惟平易簡質爲尙, 工書墨, 亦不以是自命焉。嘗以爲泥古者闕時務, 學新者戕彝倫, 皆不能無偏也。欲倣胡安定公經義、治事齋之規, 別立學院, 以風勵一國, 竟以人心不同而止。嗟乎! 君所志所事, 固皆異於拘儒, 不獨此一事爲然。其卒之無成則時也, 君亦如之何哉!

君諱璿桓, 源會字也。世爲晉陽人, 高麗兵部尙書殷烈公之後也。中世有諱深, 隱德不仕, 作臨溪亭雪梅溪上, 訓迪諸生, 贈工曹參議。諱德龍, 壬辰之燹倡義有奇勳, 錄原從一等, 行長鬐縣監, 贈兵曹參判。考諱永祚。大父諱鍵, 號梅塢有行義。

君初娶許氏, 生三男: 炳昌、炳觀、炳度, 商山金錫進壻也。後娶河氏, 生二男: 炳洙、炳昊, 女適黃熙柱、李采馹, 餘未行。

銘曰: "辭之訥而其辨理明, 行之拙而其秉志貞, 居之僻而其爲模宏。不兀兀而盈, 不鑿鑿而精。嗚乎! 可以程, 可以銘。"

晉山河謙鎭撰。

❖ 원문출전

姜璿桓, 『雪嶽集』 卷4 附錄, 河謙鎭 撰, 「墓碣銘幷序」(경상대학교 문천각 古(오림) D3B 강57ㅅ)

유가의 단전밀부(單傳密付)는
신(愼)이다

심 렬(沈洌) : 1876-1941. 자는 찬규(贊奎), 호는 신암(愼菴), 본관은 청송(青松)이다. 현 경상남도 진주시 집현면 장흥리에 거주하였다가 1897년 현 경상남도 산청군 신안면 외고리 용흥 마을로 이주하였다. 최숙민(崔琡民)에게 수학하였고, 권세용(權世容)·권의현(權宜鉉)·이교우(李教宇)와 교유하였다.
저술로 2권 1책의 『신암유고』가 있다.

신암(愼菴) 심렬(沈洌)의 묘갈명 병서

이교관(李敎爟)[1] 지음

신암(愼菴) 심군(沈君)이 세상을 떠난 이듬해인 임오년(1942) 겨울, 군의 아들 상문(相文)이 그의 삼종형 상복(相福)이 지은 행장을 가지고 상복을 입은 몸으로 나를 찾아와 말하기를 "장차 비석을 만들어 저희 아버지의 묘소에 세우려 합니다. 어르신께서 저희 아버지와 친하셨기 때문에 감히 묘갈명을 청합니다."라고 하였다. 내가 비록 글재주는 없지만 생각건대 군이 약관에 나의 서재로 찾아와 독서하며 나와 의기가 서로 투합되었으니, 사양할 수 있겠는가.

군의 휘는 렬(洌), 자는 찬규(贊奎)이다. 청송 심씨(靑松沈氏)는 문임랑(文林郎) 휘 홍부(洪孚)가 시조이다. 3대를 내려와 악은(岳隱) 휘 원부(元符)는 고려가 망하자 두문불출하며 자정(自靖)하였다. 본조에 들어와 죽계(竹溪) 휘 의생(義生)은 임진왜란 때 의거에 참여하여 진주(晉州)로 갔다가 그곳에 살게 되었는데, 공의 9세조이다. 공의 고조부는 휘 인종(寅宗)이고, 증조부는 수졸재(守拙齋) 휘 용채(龍彩)이고, 조부는 휘 기순(基淳)이고, 부친은 의당(宜堂) 휘 응현(應鉉)이다. 경주 최씨(慶州崔氏) 최유원(崔有元)이 외조부이다.

군은 고종 병자년(1876) 4월 11일에 태어났다. 용모가 **빼어났으며** 눈

---

1 이교관(李敎爟) : 이교문(李敎文, 1878-1958)이다. 초명은 교관이며, 자는 명선(鳴璇), 호는 지재(止齋), 본관은 전의(全義)이다. 정재규(鄭載圭)에게 수학하였다. 저술로 6권 2책의 『지재집』이 있다.

빛이 빛나고 목소리가 명랑하였다. 과거공부를 할 적에 가는 곳마다 이름이 났는데, 부친의 훈계를 듣고서는 오로지 위기지학에 힘을 쏟았다. 군은 일찍이 말하기를 "'신(愼)' 자는 『중용』에 보이는데 우리 유가의 단전밀부(單傳密付)²이니, 써서 문 위에 걸어두고서 항상 바라보아야 한다." 라고 하였다. 또 말하기를 "『주역』의 '군자는 종일토록 힘쓰고 저녁까지 두려워한다'³는 것과 『시경』의 '깊은 못에 임하듯, 얇은 얼음을 밟는 듯이 한다'⁴는 것은 말은 비록 다르지만 뜻은 '신' 자와 매한가지이니, 이는 실로 앞 시대의 성인과 후대의 현인이 전수한 참된 지결이다."라고 하였다. 또 말하기를 "『맹자』에 선을 좋아함은 천하를 다스리는 데에 충분하다'⁵라고 하였으니, 맹자께서 어찌 나를 속였겠는가. 천하의 선을 모아서 나의 소유로 만들면 어찌 부족함이 있겠는가."라고 하였다.

때때로 계남(溪南) 최숙민(崔琡民)⁶ 공을 뵙고 배운 바를 질정하였는데, 최공이 크게 칭찬하고 장려하였다. 권세용(權世容)⁷·권의현(權宜鉉)⁸ 및

2 단전밀부(單傳密付) : 불가에서 스승이 법을 전할 때 한 제자에게만 전해주는 것을 단전(單傳)이라 하고, 대중 앞에서 공개적으로 전해주지 않고 비밀스럽게 부촉하는 것을 밀부(密付)라고 한다.
3 군자는……두려워한다 : 『주역』「건괘(乾卦)」구삼효(九三爻) 문언(文言)에 "군자가 종일토록 부지런히 힘쓰고 저녁까지도 두려워하면 위태로우나 허물이 없다.[君子終日乾乾 夕惕若, 厲, 無咎.]"라고 하였다.
4 깊은……한다 : 『시경』소아 「소민(小旻)」에 "전전 긍긍하여 깊은 못에 임하듯 얇은 얼음을 밟듯 한다.[戰戰兢兢, 如臨深淵, 如履薄氷.]"라고 하였다.
5 선을……충분하다 : 『맹자』「고자 하」제13장에 나오는 말이다.
6 최숙민(崔琡民) : 1837-1905. 자는 원칙(元則), 호는 계남(溪南), 본관은 전주이며, 현 경상남도 하동군 옥종면에 거주했다. 기정진(奇正鎭)에게 수학하였다. 저술로 30권 10책의 『계남집』이 있다.
7 권세용(權世容) : 1875-? 자는 후중(厚仲), 본관은 안동이다. 곽종석에게 수학하였으며, 현 경상남도 산청군 단성(丹城)에 거주하였다.
8 권의현(權宜鉉) : 1878-? 자는 익삼(益三), 본관은 안동이다. 정재규에게 수학하였으며, 현 경상남도 산청군 단성에 거주하였다.

나의 아우 이교우(李敎宇)[9]와 도의지교를 맺고서 왕래하며 학문을 강마하였는데, 서로 의지하고 도움을 받은 바가 매우 많았다.

군은 지극한 효성이 있었다. 모친이 일찍이 병에 걸리자 군이 먼 곳까지 약을 구하러 갔었다. 돌아올 무렵 날이 흐리고 밤이 깊어 도깨비불이 번쩍거리고 호랑이가 울부짖었다. 사람들이 모두 위태롭게 여겼지만 군은 꺼리는 기색이 없었다.

정유년(1897)에 단성(丹城)의 용흥(龍興)[10]으로 이사하였다. 몸소 낚시하고 땔나무를 하고 짚신을 삼고 돗자리를 짜서 부모님을 봉양하였다. 부모님의 상을 당하자 염습하고 장례지내는 일에 정성을 지극히 하여 유감이 없도록 하였다. 형과 아우가 모두 오래 살지 못하였는데, 고아가 된 조카들을 자기 자식처럼 보살펴 각각 힘을 쏟아 성취하여 자립하게 하였다. 여러 자식들이 점차 장성하자 다시는 구구하게 가산을 경영하지 않았다.

군은 산수 유람하기를 좋아하여 목멱산(木覓山)[11]을 오르고, 숭양서원(崧陽書院)[12]을 배알하고, 현해탄(玄海灘)을 건너는 등 장관을 모두 감상하였다. 군이 지은 시는 모두 경치를 마주하여 막힘없이 노래한 것으로, 말을 다듬고 꾸미는 것을 일삼지 않았다. 또한 군은 한가로이 남들을 따라다니는 것을 좋아하지 않았다. 그러나 벗들을 만날 때면 강개하고 답답한 마음을 종종 시를 읊조리며 드러내었다.

---

9 이교우(李敎宇) : 1881~1940. 자는 치선(致善), 호는 과재(果齋), 본관은 전의(全義)이다. 정재규에게 수학하였으며, 현 경상남도 산청군 단성에 거주하였다. 저술로 28권 14책의 『과재집』이 있다.

10 용흥(龍興) : 현 경상남도 산청군 신안면 외고리 용흥 마을이다.

11 목멱산(木覓山) : 서울 남산(南山)의 옛이름이다.

12 숭양서원(崧陽書院) : 개성특급시 선죽동에 있는 서원으로, 정몽주와 서경덕을 제향하였다. 1573년 창건하였고 1575년 사액되었다.

만년에 기침 때문에 고생을 하였는데, 하루는 여러 자식들을 불러 말하기를 "내가 이승에 있을 날이 얼마 남지 않은 듯하다. 죽기 전에 돌아가신 부모님의 묘소를 합장하고, 또 묘지명을 구해서 비석을 세워야겠다."라고 하였으니, 대개 선조를 받드는 정성이 세상을 떠날 때에 이르러서도 오히려 그치지 않은 것이다.

신사년(1941) 정월 18일에 세상을 떠나니, 향년 66세였다. 정수리(亭水里)[13]의 선영 아래 갑좌(甲坐) 언덕에 장사지냈다. 부인 김녕 김씨(金寧金氏)는 김옥성(金玉聲)의 딸이다. 4남 2녀를 두었는데, 아들은 상문(相文)·상무(相武)·상목(相睦)·상빈(相斌)이고, 딸은 권영구(權泳璆)·이수옥(李壽玉)에게 시집갔다. 상문의 아들은 호섭(琥燮)·창섭(昌燮)이고, 상무의 아들은 만섭(萬燮)이다.

명은 다음과 같다.

집안의 가르침 마음에 새기고 익혀	服習家訓
학문을 한 것이 실질에 가까웠네	近實爲學
항상 문 위의 신(愼) 자 바라보고서	常目扁楣
조심하고 힘쓰며 날마다 두려워하였네	臨履乾惕
나의 이 글 아부하는 것이 아니니	我銘不諛
공의 행적 후대까지 드리울 만하네	可垂來百

임오년(1942) 동짓날 전의(全義) 이교관(李敎爟)이 삼가 지음.

---

13 정수리(亭水里) : 현 경상남도 진주시 집현면 정수리이다.

墓碣銘 幷序

李敎燦 撰

愼菴 沈君旣沒之粤明年壬午冬, 其子相文以其三從兄相福狀, 曳衰造余曰: "將爲石以表吾父之墓. 以吾丈之切于吾父也, 敢請銘焉." 余雖不文, 念君弱冠來讀于鄙齋, 與余氣味相合, 可辭也哉.

按君諱洌, 字贊奎. 靑松 沈氏, 文林郎洪孚爲上祖. 三傳而岳隱 元符, 麗屋杜門自靖. 本朝, 竹溪 義生, 宣廟亂赴義入晉州因居焉, 於君九世也. 曰寅宗、曰守拙齋 龍彩、曰基淳、曰宜堂 應鉉, 高曾祖祖考也. 慶州 崔有元外祖也.

君以高宗丙子四月十一日生. 形貌秀朗, 眼熒聲亮. 爲公車業, 所至有聲譽, 及聞大人公戒, 專致力於爲己之學. 嘗曰: "愼之一字, 見於《思傳》, 而爲吾儒單傳密付, 書揭楣上, 以常目焉." 又曰: "《易》之'日乾夕惕', 《詩》之'臨深履薄', 言雖殊而義則一, 此實前聖後賢傳授之眞詮." 又曰: "'好善優於天下', 豈欺我哉! 集天下之善而爲吾所有, 則何用不足?" 間拜溪南 崔公, 以所學質之, 公大加稱獎. 而與權世容、權宜鉉及余弟敎宇爲道義交, 往來講磨, 資益甚多.

有至性. 母夫人嘗遘疾, 君問藥於遠方. 將還, 天陰夜深, 鬼燐虎嘯. 人皆危之而無難色. 丁酉, 移家于丹之龍興. 躬漁樵捆織以養親. 遭內外艱, 附身附棺, 極誠無憾. 兄若弟俱不壽, 撫諸孤若己出, 各致力而成立之. 諸子漸長, 不復規規營産. 好遊山水, 登木覔, 入崧陽, 涉玄海, 盡其壯觀. 所賦皆對境暢寫而不事雕繪. 不喜閒從逐. 然每遇知己, 慷慨於悒之氣, 往往發於吟詠之間.

晩年以喘嗽作苦, 日呼諸子曰: "吾於陽界似無幾. 未死前, 考妣山合窆也, 又求表阡文而竪碣." 蓋奉先之誠, 至死猶未已也. 以辛巳正月十八日沒, 得年六十六. 葬于亭水里先公兆下負甲原. 配金寧金氏 玉聲女. 四男: 相文、相武、相睦、相斌, 二女適權泳璆、李壽玉. 相文男琥爕、昌爕, 相武男萬爕。

　　銘曰: "服習家訓, 近實爲學。常目扁楣, 臨履乾惕。我銘不諛, 可垂來百。"

　　壬午南至, 全義 李敎爔謹撰。

❖ 원문출전

沈洌, 『愼菴遺稿』 卷2 附錄, 李敎爔 撰, 「墓碣銘幷序」(경상대학교 문천각 古 D3B H심64ㅅ)

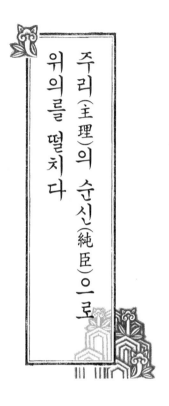

주리(主理)의 순신(純臣)으로
위의를 떨치다

하경락(河經洛) : 1876-1947. 자는 성권(聖權), 호는 제남(濟南), 본관은 진주이다. 현 경상남도 산청군 단성면 남사리에 거주하였다. 곽종석(郭鍾錫)에게 수학하였고, 하겸진(河謙鎭)·권도용(權道溶)·이교우(李敎宇) 등과 교유하였다. 저술로 8권 4책의 『제남집』이 있다.

제남(濟南) 하경락(河經洛)의 묘갈명 병서

김황(金榥)[1] 지음

나는 다산(茶山)[2]에 계시던 곽 선생[3] 문하에 선생 만년에 입문하였다. 선생이 돌아가신 뒤로 일삼은 것은 오직 선진 제공들을 종유하면서 그 도의 실마리를 얻어듣는 것 뿐이었다. 선생께서 미처 마무리하지 못한 부분을 추급해 연역하고 선생의 설을 독실히 믿으며, 그것을 지키는 데 문제가 있는 경우 확고하게 동요하지 않아서 말년에 의지할 만한 분으로는 매번 제남공(濟南公)을 추중하였다. 또 공의 거처가 돌아가신 선생의 고향 마을에 있어서 옛 유적을 수습하고 서당을 창건할 적에 크고 작은 일이 있을 경우 함께 참여하여 주선하지 않는 적이 없었다. 대체로 나만 그렇게 여겼을 뿐만 아니라 온 고을의 선비들도 공에게 의지하지 않는 사람이 없었고 엄정히 본받을 만한 점이 있었다.

아! 공이 돌아가신 지 지금 어느덧 십여 년이 지났다. 남아 있는 제자들의 초라함은 더욱 심해지고 스승이 전한 것을 강론하지도 않으니 끝내 어디로 돌아갈 것인가? 아아! 이런 지경에 이르렀으니 비록 공을 생

---

1 김황(金榥) : 1896-1978. 자는 이회(而晦), 호는 중재(重齋), 본관은 의성이다. 현 경상남도 산청군 신등면 평지리에 거주하였다. 김우옹(金宇顒)의 후손이며, 곽종석(郭鍾錫)에게 수학하였다. 저술로 100권 48책의 『중재집』 등이 있다.
2 다산(茶山) : 현 경상남도 거창군 가북면 중촌리 다산 마을로 다전(茶田)이라고도 한다. 곽종석이 1896년 부터 은거하여 학문하던 곳이다.
3 곽 선생 : 곽종석(郭鍾錫, 1846-1919)이다. 자는 명원(鳴遠), 호는 면우(俛宇), 본관은 현풍(玄風)이다. 현 경상남도 산청군 단성(丹城) 출신으로 이진상(李震相)에게 수학하였다. 저술로 182권 63책의 『면우집』 등이 있다.

각하지 않으려 해도 그럴 수 있겠는가?

공의 성은 하씨(河氏), 휘는 경락(經洛), 자는 성권(聖權)이며, 제남(濟南)은 그의 호이다. 관향은 진양이며, 남사(南沙)는 바로 대대로 거주하던 곳이다. 고려 때 원정공(元正公) 송헌(松軒) 즙(楫)이 계셨고, 조선 중엽에 사헌부 집의를 지낸 태계(台溪)[4] 선생 진(溍)이 계셨다. 태계 선생은 세 아들을 두었는데, 막내아들 해관(海寬)은 호가 일헌(一軒)이며 문정공(文正公) 미수(眉叟) 허목(許穆) 선생의 문인이다. 공은 그분의 종손이다. 증조부의 휘는 범행(範行)이고, 조부의 휘는 복명(福明)이다. 부친 휘 한철(漢澈)은 호가 니하(尼下)인데 일찍부터 가문의 규범을 지녔다. 안동 권씨를 아내로 맞았으나 자식이 없어서 다시 전주 최씨 최영순(崔永淳)의 딸에게 장가들었는데, 건양(建陽)[5] 원년 20년 전인 병자년(1876)에 공을 낳았다.

공은 어릴 적에 재주와 총명함과 예의와 법도로써 어른들에게 총애를 받았다. 16세 때 부친을 모시고 의령(宜寧) 향시에 나가게 되었는데 마침 홍수를 만났다. 밤이 되자 여관이 물에 잠겨 죽은 사람들이 뒤엉켰다. 그런데 부친께서 이보다 먼저 여관을 옮기자고 말씀하셔서 부자는 온전하였으니, 기이한 일이다.

이듬해 단성(丹城)의 이택당(麗澤堂)에서 박만성(朴晩醒)[6] 선생에게 시문(時文)을 배웠다. 당시 아직 어린 아이였지만 재능과 재예로 글을 잘 지어 장려를 받았다. 만성 선생이 돌아가시자 다시 김물천(金勿川)[7] 선생

---

4 태계(台溪) : 하진(河溍, 1597-1658)이다. 자는 진백(晉伯), 호는 태계, 본관은 진양이다. 어렸을 때 덕천서원에서 수학하였고, 관후한 성품으로 직언을 잘하였다. 저술로『태계집』 4책이 있다.

5 건양(建陽) : 조선시대 최초의 연호로 1896년(고종33)부터 1897년 7월까지 사용하였다.

6 박만성(朴晩醒) : 박치복(朴致馥, 1824-1894)이다. 자는 훈경(薰卿), 만성은 호이며, 본관은 밀양이다. 경상남도 함안에서 태어났고 만년에 현 경상남도 합천군 가회면에 거주하였다. 류치명(柳致明)과 허전에게 수학하였으며, 저술로 16권 9책의『만성집』이 있다.

7 김물천(金勿川) : 김진호(金鎭祜, 1845-1908)이다. 자는 치수(致受), 물천은 호이며, 본관

을 사사한 것이 여러 해였다. 그 뒤에 다시 허후산(許后山)[8] 선생을 뵙고
는 한주(寒洲)[9] 선생의 심즉리설의 지결을 듣고 마음속으로 환히 이해됨
이 있었다. 그 뒤에 또 나아가 우리 곽 선생의 가르침을 받고서, 배운
바가 어긋나지 않고 지극한 도는 다른 데서 구할 필요가 없다는 사실을
더욱 알게 되었다.

　공이 학문을 할 적에는 각고의 노력을 기울여 이른 새벽부터 밤늦게
까지 조금도 쉼이 없었으며, 때론 고요한 산사에서 독서하기도 하고 때
론 강론하는 자리에 나아가 질의하기도 하였다. 『논어』에 더욱 힘을 쏟
아 스스로 수십 년을 기약하고는 날마다 반드시 암송하였는데, 한 권을
마치면 자신에게 돌이켜 일상생활 속에서 스스로 살펴보고 조금이라도
이치를 따르지 않은 점이 있으면 반드시 징계하여 통렬하게 고쳤다. 그
「자경첩(自警帖)」[10]에 보이는 내용은 실제로 공이 평생 지켜온 것이다.

　을사년(1905) 겨울 나라에 늑약의 변고가 있었는데 곽 선생이 임금의
부름을 받고 한양으로 가셨다. 공은 선생을 따라가 유림의 논의를 수집
하여 각국 공관에 담판하는 일을 이어서 하려고 하였는데, 한양에 도착
했을 때 조약이 이미 체결되어 선생을 모시고 귀향하였다. 당시 허 선생

　은 상산(商山)이다. 허전과 이진상(李震相)에게 수학하였다. 저술로 16권 9책의 『물천집』
　이 있다.

8 허후산(許后山) : 허유(許愈, 1833-1904)이다. 자는 퇴이(退而), 호는 후산·남려(南黎)이
　며, 본관은 김해이다. 현 경상남도 합천군 가회면 오도리에서 태어났다. 이진상에게 수학
　하였다. 저술로 19권 9책의 『후산집』이 있다.

9 한주(寒洲) : 이진상(李震相, 1818-1886)이다. 자는 여뢰(汝雷), 호는 한주, 본관은 성산
　(星山)이다. 원문의 '한포(寒浦)'는 한개[大浦] 마을 출신이어서 유래한 명칭으로, 현 경상
　북도 성주군 월항면에 있다. 1849년 소과에 합격하였고, 문인으로는 곽종석(郭鍾錫)·허
　유 등 주문팔현(洲門八賢)이 있다. 저술로 49권 25책의 『한주집』과 22편 10책의 『이학종
　요(理學綜要)』가 있다.

10 자경첩(自警帖) : 『제남집』 권5 잡저에 「정유원조자경첩(丁酉元朝自警帖)」과 「자경첩임
　인(自警帖壬寅)」이 있다.

은 한 해 앞서 돌아가셨고, 김 선생도 몇 년 되지 않아 세상을 떠나셨다.

공은 국운이 쇠하고 인재들이 세상을 떠나는 변고에 대해 쓸쓸한 마음을 깊이 품고서 항상 탄식하며 마치 더 이상 억제할 수 없는 듯이 하였다. 출입하며 우러러 의지하는 분으로는 한결같이 곽 선생뿐이었으며 다른 이는 없었다. 곽 선생이 후학을 버리고 세상을 떠난 뒤 니동서당(尼東書堂)이 완성되자 공의 집이 담장 곁에 있어서 날마다 그 안에 거처하며 찾아와 배우는 자들을 가르치는 것으로 자임하면서 스승이 남긴 가르침을 실추시키지 않았다.

공의 말씀에 "곽 선생께서 '나라는 망할 수 있지만 도는 망할 수 없다'고 하셨으니 고인(古人)이 어찌 도를 그만둘 수 있었겠는가? 슬픔은 나라가 망한 것보다 더 슬픈 것이 없지만 그것은 오히려 한 때의 애통함일 뿐이고, 도가 망하는 것이 천 년의 근심거리이다."라고 하였다.

공의 도는 반드시 주리(主理)를 급무로 여겼다. 말씀하시기를 "성현이 성현 되는 까닭과 이단이 이단 되는 까닭은 단지 하나의 심(心) 자를 변론해 볼 뿐이다. 심(心)을 귀히 여기는 것은 그 본체로서 심(心)을 주재하는 것이 곧 이(理)이기 때문이다. 주리(主理)는 이것을 구할 뿐이니, 마음·몸·가정·국가·천하가 한가지인 것이다. 오늘날 세상이 오랑캐와 금수의 경지로 급변하는 것은, 그 근원을 살펴보면, 이 리(理)가 밝지 못하여 기(氣)가 그 주재의 권한을 빼앗기 때문이다."라고 하였다.

대개 공은 도(道)를 들은 것이 매우 일렀으며 그것을 의혹하지 않고 독실히 믿었다. 당시 덕망 높은 분들을 차례로 배알하고 명망 있는 벗들을 두루 교제할 적에는 항상 그들의 추향을 살펴서 자신의 진퇴로 삼고 차마 상대를 거짓으로 따르면서 자신의 명예를 취하지 않았다. 만년에 이르러서는 돌아가신 스승과 연원의 계통을 침범하는 말을 하는 자가 있으면 의기가 충천하여 몸소 맞서서 물러서지 않았다.

공의 도량은 평탄하고 솔직하며 겸손하게 자신을 낮추어 함양하였으며, 남들을 대할 적에는 온화함과 공경함을 잃지 않았다. 그러므로 끝내 남에게 원망을 사는 일이 없었고 사람들이 모두 대가의 모범으로서 추중하였다. 몸에 체험하는 것은 게으름을 피우지 않았고 집안에서 실행하는 것은 예교를 느슨하게 하지 않았다. 용모와 몸가짐은 훤칠하고 격조 높았으며 말씀과 문사는 천천히 하면서 조리가 있었다. 그래서 공을 보면 그 학문의 힘이 징험됨을 알 수 있었다.

애초 공은 진주(晉州) 성태리(省台里)[11]에서 태어났는데, 이곳은 또한 태계 선생이 대대로 살던 곳이다. 중년에 남사 마을로 이사하였다. 만년에 중풍에 걸렸는데 5, 6년이 지나자 가세도 기울었다. 집안사람들이 이 때문에 도모하여 다시 성태리에 가서 살다가 돌아가셨으니, 72세 되던 정해년(1947) 12월 28일이었다. 이듬해 정월 인근 산에 있는 선영 아래에 장사지냈는데, 뒤에 또 부인 재령 이씨를 합장하였다.

이씨 부인은 모은(茅隱)[12] 선생의 후손 이승규(李承奎)의 딸인데, 공보다 3년 앞에 태어나서 공보다 4년 뒤에 세상을 떠났다. 세 아들을 두었는데 용진(龍震)·용운(龍雲)·용문(龍雯)이고 딸은 안동 권씨 권상병(權相炳)에게 시집갔다. 용진의 아들은 정규(丁逵)이고 딸은 도형락(都亨洛)에게 시집갔다. 용운의 아들은 태규(泰逵)·승규(升逵)이고 딸들은 김홍식(金烘植)·허남경(許南京)·권삼용(權三容)·민영환(閔泳桓)에게 시집갔다. 용문의 아들은 대규(大逵)·재규(在逵) 준규(駿逵)이고 딸은 이양호(李良浩)에

11 성태리(省台里) : 현 경상남도 진주시 명석면(鳴石面) 관지리(觀旨里)로, 하진(河溍)의 고택이 있다.
12 모은(茅隱) : 이오(李午)이다. 호는 모은, 본관은 재령(載寧)이며, 현 경상남도 함안에 거주하였다. 정몽주(鄭夢周)와 이색(李穡)에게 수학하였다. 공양왕(恭讓王) 때 진사시에 합격했으나 벼슬하지 않았다. 고려가 망하자 두문동(杜門洞)에 들어갔고, 이후 경상남도 함안군의 모곡리(茅谷里)에 은거하였다.

게 시집갔다. 사위인 권상병의 아들은 권준용(權俊容)·권정용(權定容)이
다. 나머지 어려서 기록하지 않은 사람들은 차후에 기록하면 되겠다.

공이 돌아가시고 남긴 시문으로 10여 권의 『제남집』이 있다. 공의 아
들들이 내가 공과 서로 친하게 지낸 옛정이 있다는 이유로 한번 교열해
줄 것을 간절히 청하였는데 정의상 스스로 외면할 수 없었다. 정산(晶山)
이현덕(李鉉德)은 공의 매제인데, 실제로 이 문집을 편집하였고 그 생애
를 행장으로 지었으니 공이 의탁할 곳을 얻었다고 하겠다. 이에 다시
그 중 큰 행적에 의거하여 묘갈명을 지어서 공의 묘 앞에 세운다.

명은 다음과 같다.

공은 중후하면서도 침착하였고	重而淵
자질이 빼어나면서도 우뚝하였네	秀而嶷
도를 믿는 것이 독실하였고	信之篤
도를 지키는 것은 확고하였네	守之確
주리설의 종지를 진실하게 믿은 순신이어서	斷斷理宗之純臣
의지하기는 북문의 자물쇠[13]가 될 수 있었네	倚可爲北門之鎖鑰
급박하게 도가 쇠퇴하는 세상에서 위의를 길러	儼儼衰世之養威
도를 보위함이 산속의 천인에게까지 이르렀네	衛及於在山之藜藿
우리 고을의 덕 있는 분 돌아가심 슬퍼하며	嗟吾黨之日徂
저승으로 가신 분 그리나 일으키기 어렵네	思九原而難作
이 한 마디 말로 공의 덕 징험하니	徵之一言
거의 영원토록 전해지리라	庶幾來百

문소(聞韶 : 義城) 김황(金榥)이 지음.

---

13 북문의 자물쇠 : 중요한 직책을 말한다.(『春秋左氏傳』「僖公」 32年條)

墓碣銘 幷序

金榥 撰

不佞於茶山 郭先生門, 晚及爾。自喪所事, 唯從先進諸公, 得聞其緒論。追繹所未卒, 而至其篤信師說, 持之有故, 凝然不動, 可與倚靠於末路者, 每推濟南公。又其居, 在先師故里, 凡其收拾舊跡, 創起講舍, 大小有事, 無不與共周旋。蓋不惟不佞爲然, 一方之士, 莫不賴之, 儼然有津筏之望。嗚呼! 公之殁, 今且忽忽一紀有餘。餘子之瑣尾益甚, 而師傳之不講, 竟將何歸? 嗚呼! 至此而雖欲勿思公, 得乎?

公姓河氏, 諱經洛, 字聖權, 濟南其號也。貫居皆以晉陽, 而南沙卽其世莊也。高麗時, 有松軒 元正公 楫, 韓代中, 有執義台溪先生 澄。台溪三子, 季曰海寬, 號一軒, 眉叟 許文正先生門人。公其世冑也。曾祖範行, 祖福明。考漢徹, 號尼下, 夙有家範。是娶安東權氏, 無子, 繼聘全州崔氏 永淳女, 以建陽建元前二十年丙子生公。

在幼, 以才諝儀度, 爲長者所器愛。十六, 陪大人, 赴宜寧鄉試, 適値大水。夜至, 館邸漂沒, 死亡枕藉。而大人公先期命移館, 父子得全, 殆異事也。

明年, 從朴晚醒先生于丹城之麗澤堂, 學治時文。時尙童, 貫以能藝, 被奬進。晚醒沒, 復師事勿川 金公先生者, 數歲。旣復拜許先生 后山, 聞寒浦心理之詮, 而心犁然有會。然後又進, 承敎我郭先生, 益知所學之不差而至道之不假他求也。

其爲學也, 折節刻苦, 蚤夜無或休息, 或取靜山寺, 或就質講座。尤着力《論語》, 自約數十年, 每日必誦, 過一卷, 反而自省於日用, 一有不帥理, 必懲乂而痛改之。其所見《自警帖》者, 實平生之元符也。

乙巳冬, 國有脅約之變, 郭先生被召赴京。公隨集儒論, 將繼爲談判各國公館之擧, 至則調約已成矣, 遂陪先生歸。時則許先生已卒于前年, 而金先生又以未幾年謝世。公深懷索然於國瘁人亡之故, 居常嗟咄, 若不能按抑者。而出入瞻依, 一惟郭先生靡他。及郭先生棄後學而尼東書堂成,則公家于墻側, 日處其中, 以授來學自任, 以不墜遺緖。

其言以爲“國可亡也, 道不可亡也’, 古人豈得已哉? 悲莫悲於國亡, 而猶爲一時之痛, 道之亡, 則千載之憂也。” 其道, 必以主理爲急。曰: “聖賢之所以爲聖賢, 異端之所以爲異端, 只爭一心字看。所貴乎心者, 以其本體, 主宰之卽理也。主理者, 求是而已, 心與身與家與國與天下, 一也。今天下, 駸駸乎夷而獸者, 究其源, 則此理不明, 而氣奪其主宰之權故耳。”

蓋公聞道甚早, 而信之不惑。其所歷謁當世耆座; 遍交儕友有名者, 常視其趨饗以爲進退, 不忍詭隨以取名譽而止。至其晚年, 有語侵先師及淵源所自者, 意勃勃以身當之而不辭也。

惟其衿量坦率, 謙卑自牧, 待人不失和敬。故卒亦無所取怨於人, 而人皆推之以大方匡範。體之身者, 惰慢不設, 行之家者, 禮敎不弛。容儀軒昂, 言辭徐整。見之, 知其學力之驗也。

始公生於晉之省台里, 亦台溪先生之世奠也。中年, 移就南沙。晚而得中風疾, 五六年家亦困憊。族人爲之謀, 還居台洞以終, 七十二歲之丁亥十二月二十八日也。明年正月, 葬其近山先兆之次, 後又以其配載寧李夫人同塋。

李氏, 茅隱先生之後承奎女, 生先公三年, 其卒後公四年。有三男: 龍震、龍雲、龍雯, 一女, 爲安東 權相炳妻。龍震男, 丁達, 女適都亨洛。龍雲男: 泰達、升達, 女適金烘植、許南京、權三容、閔泳桓。龍雯男: 大達、在達、駿達, 女適李良浩。權相炳男: 俊容、定容。餘幼未艾者, 可次第錄也。

公卒, 而有遺詩文《濟南集》十餘卷。諸孤, 以余於公有相得之舊, 另懇以一行勘閱, 誼旣不可自外。晶山 李鉉德於公爲妹壻, 實編次是卷, 而狀其平生, 公可謂得所託矣。迺復据其大者而爲銘, 以揭之墓。

銘曰: “重而淵, 秀而嶷。信之篤, 守之確。斷斷理宗之純臣, 倚可爲北門之鎖鑰。儼儼衰世之養威, 衛及於在山之藜藿。嗟吾黨之日徂, 思九原而難作。徵之一言, 庶幾來百。”

聞詔 金槐撰。

❖ **원문출전**

河經洛, 『濟南集』, 卷8 附錄, 金槐 撰,「墓碣銘幷序」(경상대학교 문천각 古 D3B 하14ㅈ)

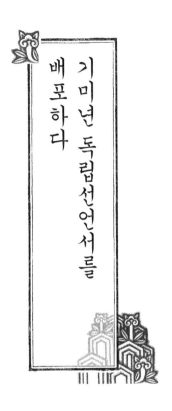

기미년 독립선언서를 배포하다

권도용(權道溶) : 1877~1963. 자는 호중(浩仲), 호는 추범(秋帆)·오은졸부(吳隱拙夫)·창남학인(滄南學人)이며, 본관은 안동이다. 현 경상남도 함양군 병곡면, 산청군 단성면 등지에 거주하였다. 권규(權逵)의 후손이고, 곽종석(郭鍾錫)에게 수학하였다. 장지연(張志淵)의 요청으로 경남일보의 주필을 맡았으며, 1919년 3·1운동 때에는 자신이 지은 「조선독립선언서(朝鮮獨立宣言書)」 등을 배포하다가 옥고를 치렀다. 공교(孔敎)를 통해 유림의 의식을 고쳐시키고자 하였다.
저술로 14책의 『추범문원(秋帆文苑)』이 있다.

추범(秋帆) 권도용(權道溶)의 약전(略傳)[1]

권도용(權道溶)의 자는 호중(浩仲), 호는 추범·오은졸부(吳隱拙夫)·창남학인(滄南學人)이며, 본관은 안동이다. 이황(李滉)·조식(曺植)과 교유했던 권규(權逵)[2]의 후손이며, 부친은 권재모(權在模)이고 모친은 진양 하씨 하석문(河錫文)의 딸이다. 권도용의 부친은 대대로 경상남도 산청군 단성면 입석리에 거주하였는데, 함양군 병곡면에 세거하던 하씨에게 장가들었다. 권도용은 1877년 2월 30일 경상남도 함양군 병곡면 우천리(愚川里)에서 태어났다. 권도용은 일생동안 외가와 친가를 오가며 살았다.

어려서 가정에서 수학하였고, 조금 자라서는 형 권정용(權正容)을 따라 과거공부를 하였다. 장년의 나이에 수도산(修道山) 아래에서 곽종석(郭鍾錫)을 배알하고[3] 심즉리설(心卽理說)을 들었다. 그리고 '공시(公是)'라는 두 글자를 배웠는데, 마음을 세울 적에는 '공'으로 근본을 삼고, 일을 처리할 적에는 '시'를 위주로 해야 한다는 말이다. 주희(朱熹)·이황(李滉)의 지결을 강구하면서 배운 것을 실천하지 않는 세태에 대해 강하게 비판하기도 하였다.

1912년경 장지연(張志淵)의 요청으로 경남일보의 주필을 맡았다가 8개월 만에 사임하였다. 그 뒤 안의(安義) 사림의 요청으로 향교에 설치된

---

1 이 약전은 권도용의 문인 허성헌(許性憲)이 지은 「추범선생전(秋帆先生傳)」을 참고하여 작성되었다.

2 권규(權逵) : 1496~1548. 자는 자유(子由), 호는 안분당(安分堂)이다.

3 수도산(修道山)……배알하고 : 수도산은 현 경상남도 거창군 가북면 중촌리와 경상북도 김천시 증산면에 걸쳐 있는 산이다. 곽종석은 1896년 수도산 자락에 은거하고, 그곳을 다전(茶田)이라고 불렀는데, 현 경상남도 거창군 가북면 중촌리 다전 지역이다.

한문강습소의 강사를 맡아 사서삼경을 강의하였다.

1919년 3·1운동 때에는 함양군 지곡면에서 자신이 한문으로 지은 「조선독립선언서(朝鮮獨立宣言書)」, 「조선독립책선문(朝鮮獨立責善文)」 등을 배포하다가 대구 감옥에 수감되어 옥고를 치렀다.

권도용은 일찍부터 공교(孔敎)에 관심을 가져 이를 통해 유림의 의식을 고취시키고자 하였다. 1917년 함양 향교를 수리하고 준공하는 자리에서 공교의 중요성을 강조하였고, 1924년에는 이병헌(李炳憲)의 유교복원론(儒敎復原論)에 적극 동조하였으며, 1939년에는 「공교범위만세론(孔敎範圍萬世論)」을 통해 종교적 기능을 부각시켰다.

중국의 강유위(康有爲)[4]·하진무(夏震武)[5]·진환장(陳煥章)[6]·노상부(盧湘父)[7] 등과 서신을 통해 교유하였다. 국내 인물로는 허유(許愈)[8]·이승희(李承熙)[9]·윤주하(尹冑夏)[10]·김진호(金鎭祜)[11]·송준필(宋浚弼)[12]·하겸진(河

---

4 강유위(康有爲) : 1858-1927. 자는 광하(廣廈), 호는 장소(長素)·명이(明夷)·갱생(更生)·서초산인(西樵山人) 등이다. 광동성 남해 출신이기 때문에 강남해(康南海)로도 불린다. 유학의 종교화에 힘썼다.
5 하진무(夏震武) : 1854-1930. 자는 백정(伯定), 호는 척암(滌庵)이며, 절강성 항주 부양(富陽) 영봉(靈峰) 출신이다. 고향에 영봉정사(靈峯精舍)를 지어 강학하여 하령봉으로도 불린다. 조선, 일본, 월남의 사류들과 널리 교유하였다.
6 진환장(陳煥章) : 1880-1933. 자는 중원(重遠)이며, 중국 광동성 고요(高要) 출신이다. 15세에 강유위 문하에 들어가 공교(孔敎) 운동에 적극 참여하였다.
7 노상부(盧湘父) : 1868-1970. 중국 광동성 신회(新會) 출신이다. 강유위의 제자이다.
8 허유(許愈) : 1833-1904. 자는 퇴이(退而), 호는 후산(后山)·남려(南黎), 본관은 김해이며, 현 경상남도 합천군 삼가에 거주하였다. 저술로 27권 10책의 『후산집』이 있다.
9 이승희(李承熙) : 1847-1916. 자는 계도(啓道), 호는 강재(剛齋)·대계(大溪)·한계(寒溪), 본관은 성산이다. 이진상(李震相)의 아들이다. 저술로 42권 20책의 『대계집』이 있다.
10 윤주하(尹冑夏) : 1846-1906. 자는 충여(忠汝), 호는 교우(膠宇), 본관은 파평이다. 현 경상남도 합천군에 거주했다. 이진상·장복추(張福樞)에게 수학했다. 저술로 30권 12책의 『교우집』이 있다.
11 김진호(金鎭祜) : 1845-1908. 자는 치수(致受), 호는 물천(勿川), 본관은 상산(商山)이다. 허전(許傳)과 이진상에게 수학하였다. 저술로 16권 9책의 『물천집』이 있다.

謙鎭)¹³·조긍섭(曺兢燮)¹⁴·이병헌(李炳憲)¹⁵ 등과 교유하였다.

1963년 별세하였고, 묘소는 함양군 병곡면 도천 마을 앞산에 있다.

12 송준필(宋浚弼) : 1869-1943. 자는 순좌(舜佐), 호는 공산(恭山), 본관은 야성(冶城)이다. 현 경상북도 성주(星州)에 거주하였는데 만년에 현 경상북도 김천(金泉)으로 이주하였다. 저술로 20권 10책의 『공산집(恭山集)』이 있다.

13 하겸진(河謙鎭) : 1870-1946. 자는 숙형(叔亨), 호는 회봉(晦峯), 본관은 진양(晉陽)이다. 저술로 50권 26책의 『회봉집』과 30권 3책의 『동유학안』이 있다.

14 조긍섭(曺兢燮) : 1873-1933. 자는 중근(仲謹), 호는 심재(深齋)·암서(巖棲), 본관은 창녕(昌寧)이다. 저술로 37권 17책의 『암서집』이 있다.

15 이병헌(李炳憲) : 1870-1940. 자는 자명(子明), 호는 진암(眞菴)·백운산인(白雲山人)이며, 본관은 합천(陜川)이다. 현 경상남도 함양 출신이다. 저술로 2권의 『진암전서』가 있다.

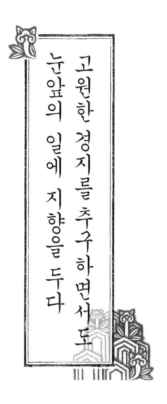

고원한 경지를 추구하면서도
눈앞의 일에 지향을 두다

심학환(沈鶴煥) : 1878-1945. 다른 이름은 보환(輔煥)이다. 자는 응장(應章), 호는 초산(蕉山), 본관은 청송(靑松)이고, 현 경상남도 합천군 대양면 대목리 이계 마을에 거주하였다. 허유(許愈)의 사위이자 문인이고, 곽종석(郭鍾錫)에게 수학하였다. 장복추(張福樞)·박치복(朴致馥)·정재규(鄭載圭) 등의 영향을 받았다.
저술로 4권 2책의 『초산집』이 있다.

초산(蕉山) 심학환(沈鶴煥)의 묘갈명

김황(金榥)[1] 지음

근래 합천에 살던 처사 심공(沈公)의 휘는 학환(鶴煥) 또는 보환(輔煥)이고, 자는 응장(應章)이며, 초산(蕉山)은 공의 자호이다. 또한 공의 서재에 '홍의(弘毅)'라 별도로 편액하였는데, 이는 만성(晚醒) 박옹(朴翁)[2]이 임종 무렵 지어 준 이름을 따른 것이다.

공은 타고난 자질이 빼어나고 영특하였으며, 처음 글을 배울 적에 한번 들으면 문득 잊지 않았다. 13세 때 후산(后山) 허 선생(許先生)[3]의 문하에 들어갔는데, 질의하고 응대하는 일들이 모두 스승의 의도에 부합하였다. 허 선생은 공을 크게 기특하게 여기고 사랑하여서 막내딸을 시집보냈다. 이는 대개 주 선생(朱先生)이 하신 부부(覆瓿)의 전함[4]에 비견된다.

공이 귀의할 곳을 정하고 나서는 한결같이 복종하고 섬기는 데에 뜻을 두었다. 그리고 학문 연원이 유래한 곳인 한주(寒洲) 이 선생(李先生)[5]의

---

1 김황(金榥) : 1896-1978. 자는 이회(而晦), 호는 중재(重齋), 본관은 의성이며, 현 경상남도 산청군 신등면 평지리 물산 마을에 거주하였다. 김우옹(金宇顒)의 후손이고, 곽종석(郭鍾錫)에게 수학하였다. 저술로 100권 48책의 『중재집』이 있다.
2 박옹(朴翁) : 박치복(朴致馥, 1824-1894)이다. 자는 훈경(薰卿), 호는 만성, 본관은 밀양이다. 경상남도 함안에서 태어났고, 만년에 현 경상남도 합천군 가회면에 거주하였다. 류치명(柳致明)·허전(許傳)에게 수학하였다. 저술로 16권 9책의 『만성집』이 있다.
3 허 선생(許先生) : 허유(許愈, 1833-1904)이다. 자는 퇴이(退而), 호는 후산·남려(南黎), 본관은 김해(金海)이다. 현 경상남도 합천군 삼가면 오도리(吾道里)에 출생하였다. 이진상에게 수학하였다. 저술로 21권 10책의 『후산집』이 있다.
4 부부(覆瓿)의 전함 : 주희(朱熹)가 황간(黃榦)을 사위로 삼는 과정에서 황간의 집안에 보낸 편지 가운데 관련 내용이 있다.(『회암집』 권85, 「회황씨정서(回黃氏定書)」 참조)

'운곡(雲谷 : 朱熹)을 근본하여 기술하고, 도산(陶山 : 李滉)을 본받아 드러낸다[祖雲憲陶]'는 심결(心訣)을 듣고서, 독실히 믿고 강론하여 밝혔다. 그런 뒤에 장사미헌(張四未軒)[6]·이만구(李晚求)[7]·박만성(朴晚醒)·정애산(鄭艾山)[8] 등 원근의 이름난 석학(碩學)들을 차례로 뵈었는데, 여러 현인들에게서 모두 계발되고 훈도되는 유익함을 얻었다. 그리고 한주의 아들 대계(大溪)[9] 및 한주의 고제 김약천(金約泉)[10]·윤교우(尹膠宇)[11]·곽면우(郭俛宇)[12]·장회당(張晦堂)[13] 등 여러 선생에 대해서는 모두 으레 존경하여 섬겼다.

5　이 선생(李先生) : 이진상(李震相, 1818-1886)이다. 자는 여뢰(汝雷), 호는 한주, 본관은 성산(星山)이다. 저술로 49권 25책의 『한주집』과 22편 10책의 『이학종요(理學綜要)』가 있다.

6　장사미헌(張四未軒) : 장복추(張福樞, 1815-1900)이다. 자는 경하(景遐), 호는 사미헌, 본관은 인동(仁同)이다. 현 경상북도 칠곡군 기산면에 거주했다. 저술로 11권 6책의 『사미헌집』이 있다.

7　이만구(李晚求) : 이종기(李種杞, 1837-1902)이다. 자는 기여(器汝), 호는 만구, 본관은 전의이다. 현 경상북도 고령에 거주했다. 저술로 20권 10책의 『만구집』이 있다.

8　정애산(鄭艾山) : 정재규(鄭載圭, 1843-1911)이다. 자는 영오(英五)·후윤(厚允), 호는 노백헌(老栢軒)·애산, 본관은 초계(草溪)이며, 현 경상남도 합천군 쌍백면 육리 묵동에 거주하였다. 기정진에게 수학하였다. 저술로 49권 25책의 『노백헌집』이 있다.

9　대계(大溪) : 이승희(李承熙, 1847-1916)이다. 자는 계도(啓道), 호는 강재(剛齋)·대계·한계(韓溪), 본관은 성산(星山)이다. 현 경상북도 성주군 월항면 대산리 한개 마을[大浦]에서 태어났다. 저술로 42권 20책의 『대계집』이 있다.

10　김약천(金約泉) : 김진호(金鎭祜, 1845-1908)이다. 자는 치수(致受), 호는 물천(勿川)·약천, 본관은 상산(商山)이다. 현 경상남도 산청군 신등면 평지리 법물 마을에서 태어났다. 박치복(朴致馥)·허전(許傳)·이진상(李震相) 등에게 수학했다. 저술로 21권 11책의 『물천집』이 있다.

11　윤교우(尹膠宇) : 윤주하(尹冑夏, 1846-1906)이다. 자는 충여(忠汝), 호는 교우, 본관은 파평(坡平)이고, 현 경상남도 거창군 남하면에서 태어나 합천군에 거주하였다. 이진상에게 수학하였다. 저술로 20권 10책의 『교우집』이 있다.

12　곽면우(郭俛宇) : 곽종석(郭鍾錫, 1846-1919)이다. 자는 명원(鳴遠), 호는 면우, 본관은 현풍이다. 이진상에게 수학했다. 저술로 182권 63책의 『면우집』이 있다.

13　장회당(張晦堂) : 장석영(張錫英, 1851-1929)이다. 자는 순화(舜華), 호는 추관(秋觀)·회당, 본관은 인동(仁同)이며, 현 경상북도 칠곡군 약목면 각산리 출신이다. 이진상에게 수학하였다. 저술로 43권 21책의 『회당집』이 있다.

이분들에게서 얻은 점이 있을 때마다 반드시 문서에 기록해 두었는데, 「지인록(指引錄)」이라고 이름을 붙였다.

안동에 사는 김서산(金西山)[14] 선생의 장례 때에, 도보로 가서 참석하여 지어 간 제문으로 제사를 올리고 경상좌도의 여러 명문가를 두루 유람하였다. 가는 곳마다 영재라는 칭찬이 있었는데, 공은 당시 23세였다. 돌아와서는 한결같이 기록한 글을 후산옹에게 올리고 교정을 받았는데, 후산옹이 그를 위해 책에 글을 써서 면려하고 표장하였으니, 실로 후산옹이 공에게 마음을 기울인 점을 또한 알 수 있다.

얼마 뒤 후산옹이 세상을 떠나자, 공은 특별한 대우에 감격하여 슬픔을 이길 수 없었다. 그래서 옹이 남긴 글을 수습하는 일을 홀로 맡아 여러 선배들과 도모하여 간행해서 사사(事斯)의 소원[15]을 끝마치려 하였다. 그러나 괴롭게도 가산이 넉넉하지 않은 때를 만나고, 종족과 유림에서 맡은 일이 많아, 고요히 앉아 마음먹은 일을 궁구할 수가 없었다. 그래서 공은 이 일을 끝마치지 못한 점을 매번 한스럽게 여겼고, 남들도 그것을 애석하게 여기는 이가 많았다.

기미년(1919) 면우 선생이 글을 지어 파리(巴里)의 만국평화회의에 보내 나라를 빼앗긴 억울함을 하소연하였다. 이 일로 왜놈들에게 구금을 당했다가 풀려난 뒤 오래지 않아 운명하셨는데, 공은 심히 애통해하였다. 면우 선생의 대상(大祥)이 되자 제문을 지어 당시의 심경을 서술하였는데, 그 글에 "해외의 여러 나라 사람들이 선생이 지은 글을 보고서

---

14 김서산(金西山) : 김흥락(金興洛, 1827-1899)이다. 자는 계맹(繼孟), 호는 서산, 본관은 의성(義城)이다. 김성일(金誠一)의 주손(胄孫)이다. 류치명에게 수학하였다. 저술로 32권 16책의 『서산집』이 있다.

15 사사(事斯)의 소원 : 스승의 가르침을 평생 따르고자 하는 의지를 표명한 말이다. 공자가 안연에게 사물(四勿)의 가르침을 내리자, 안연이 "제가 비록 불민하지만 이 말씀을 일삼기를 청합니다.[回雖不敏, 請事斯語矣.]"라고 답한 데서 유래한 말이다.(『논어』 「안연」)

놀라 눈이 휘둥그레졌네. 우리 선생의 노력에 힘입어 한국이 그나마 보존되었네."라는 구절이 있었다.

이때 왜놈들은 면우 선생에게 원한이 쌓여 있었는데, 그 글을 보고서 공이 부화뇌동할까 두려워하여 즉시 공을 체포해 감옥에 구금하였다. 공의 죄상을 논의하는 반년 동안 재판을 하였는데, 심문을 당할 적에는 가혹함이 극도로 심했다. 그래서 알선하기를 도모하려는 어떤 사람이, 공에게 거짓말을 해서라도 요행히 화를 면하라고 권유했는데, 공은 그의 말을 듣지 않고 말씀하기를 "나라를 위하고 스승을 위하여 내가 스스로 이와 같이 하였으니, 어찌 실정을 숨길 수 있겠는가."라고 하였다. 대개 공은 후산옹이 별세한 뒤로 즉시 면우옹을 오로지 사사하였다. 또한 을사늑약과 경술국치의 변고를 당하여 울분이 많이 쌓였는데, 이때에 이르러 그것을 쏟아낸 것이다.

형기를 마친 뒤 풀려나 돌아온 뒤에 「남관록(南冠錄)」을 지어 그 대강의 일을 기록하였다. 이때부터 문을 닫아걸고 바깥출입을 하지 않으며 시사를 알려고 하지 않았다. 이어서 하나뿐인 아들을 잃어 살아갈 낙이 사라졌으니, 더욱 더 쓸쓸히 스스로 세상사를 등진 것이 십수 년이었다. 을유년(1945) 9월 23일 이계(伊溪)[16]의 자택에서 병으로 돌아가셨으니, 향년 68세였다. 소회동(小回洞) 간좌(艮坐) 언덕에 장사지냈다.

심씨의 본관은 청송인데, 고려조에 문림랑(文林郞)을 지낸 홍부(洪孚)가 처음으로 족보에 기록되어 있다. 전리 판서(典理判書) 원부(元符)는 고려가 망하자 의리를 지켜 조선의 신하가 되지 않았다. 군자감 참봉 사충(思忠)이 처음으로 합천에 정착하였다. 훈련원 정(訓鍊院正) 자광(自光)은 병자호란 때 순절하였다. 이분의 호가 송호(松湖)이고 이계사(伊溪祠)에

---

16 이계(伊溪) : 현 경상남도 합천군 대양면 대목리 이계 마을이다.

서 향사를 지내고 있는데, 공의 8대조이다.

증조는 능백(能百)이고 호는 수암(修巖)인데, 농업에 힘써 집안을 일으
켰다. 이분의 은혜를 칭송하는 말이 고을 내에 퍼져 있다. 조부는 성로
(聖魯)이고 호는 요산(樂山)이며, 부친은 상린(相麟)이다. 모친은 하빈 이
씨(河濱李氏) 이한의(李翰義)의 딸이다. 공의 부인은 김해 허씨(金海許氏)
인데, 아들 재화(載華)를 낳았다. 손자는 규용(奎鏞)이다.

공이 일찍이 흩어져 있던 선대의 문적 중에 민멸되지 않은 것들을
찾아 모아 『청기세고(靑己世稿)』를 만들었다. 송호공(松湖公)이 일찍이
한양에 유람할 적에 경상도 35명의 현인과 계회를 결성하여 문건이 남
아 있었는데, 공이 그 집안의 후손들을 두루 방문하여 선대의 우호를
거듭 맺었다. 그리고 그 계회의 문건을 연속해 작성하며 해마다 돌아가
면서 모이자는 규칙을 정했다.

공은 처음에 종숙부 이산공(伊山公)[17]에게 배웠는데, 같은 집안 직와
(直窩) 건칠(建七),[18] 다천(茶泉) 치경(致敬),[19] 수강(守岡) 맹뢰(孟雷)[20] 등과
함께 이산공을 스승으로 섬기고 출입하며 추중을 받았다. 이산공이 돌
아가셨을 적에는 남긴 글들을 함께 초록하여 널리 볼 수 있게 하였다.
회당(晦堂) 장옹(張翁)이 「구례홀기(九禮笏記)」를 지었는데, 공이 우인에
게 힘을 써 간행하도록 권하였다. 공이 안팎에서 부지런히 힘쓴 일이
대체로 이 같은 것들이 많았다.

---

17 이산공(伊山公) : 심상길(沈相吉, 1858-1916)이다. 이산재(伊山齋)를 건립하여 마을의
　　자제들을 교육하였다.
18 건칠(建七) : 심두환(沈斗煥, 1867-1938)이다. 자는 건칠, 호는 직와, 본관은 청송이다. 세거
　　하던 현 경상남도 합천군 대양면 이계에서 태어나 거주하였다. 허유·이진상에게 배웠다.
19 치경(致敬) : 심기환(沈基煥)이다. 자는 치경, 호는 다천이다.
20 맹뢰(孟雷) : 심종환(沈鍾煥, 1876-1933)이다. 자는 맹뢰, 호는 수강, 본관은 청송이다.
　　세거하던 현 경상남도 합천군 대양면 이계에서 태어나 거주하였다. 저술로 4권 2책의
　　『수강집』이 있다.

지금 공이 돌아가신 지 이미 10여 년이 되었는데, 공의 집안사람들과 공을 아는 사우(士友)들이 한결같이 공의 행적이 세상에 전하지 않으면 안 된다고 여겨, 함께 글상자 속에 들어있던 단편적인 글들을 수습해 정성들여 베껴 써서 몇 책을 만들었다.

후산옹의 손자 허전(許銓)과 공의 종질 재현(載現)이 나에게 교정을 맡겼다. 그리고 연이어 집안 조카 재필(載弼)과 벗 손용수(孫容秀)가 남승우(南勝愚)【자는 경진(敬眞)】군이 지은 행장을 나에게 보여주며 공의 묘갈명 짓기를 요청하였다.

나는 예로부터 선대에 계를 맺었던 서른다섯 집안에 들어 있어서 자주 함께 세교를 다지며 왕래했던 데다가, 친하기로는 공과 동문의 같은 항렬이 되어 정의가 중첩되니, 비루하고 졸렬하다는 이유로 외면할 수가 없었다. 마침내 가지고 온 행장을 보고서 차례로 서술하고 명을 지어 뒤에 붙인다.

명은 다음과 같다.

어려서부터 총명하고 영특했으며	慧悟之夙
한결같이 표준을 지향하였네	準的之專
고원한 경지에 이르고자 하면서도	凌高踔遠
지향은 눈앞의 일에 있었네	指在眼前
어찌하여 운명이 온전치 못해서	何命之踦
은둔하다가 생을 마감하셨는가	而卒逃遭
한탄하고 슬퍼하는 여러분들은	百爾嗟惜
이 비석에 새겨진 글을 보시오	請視玆鑴

문소(聞韶 : 義城) 김황(金榥)이 지음.

墓碣銘

金梶 撰

　陜川近故處士, 沈公諱鶴煥, 亦曰輔煥, 字應章, 蕉山其自號。又別署其齋曰"弘毅", 從晚醒 朴翁臨命之贈也。公才稟秀異, 始受讀, 聞輒不忘。年十三, 登后山 許先生門, 請質應對, 具得師意。先生大奇愛之, 妻以季女。蓋擬諸朱先生覆瓿之傳也。

　公旣定依歸, 一意服事。因得與聞淵源所自, 寒洲 李先生祖雲憲陶之心訣, 而篤信之, 講明之。然後, 歷謁遠近名碩, 如張四未、李晩求、朴晩醒、鄭艾山數賢, 皆有啓發薰陶之益。而寒洲之子大溪, 及其高弟金約泉、尹膠宇、郭俛宇、張晦堂諸先生, 并依例尊事之。凡有所得, 必有記簿籍, 名曰《指引錄》。

　安東 金西山先生之葬, 徒步往會, 懷文酹告, 因遍遊江左諸名家。所至輒有英譽, 公時年二十三。歸則一以其所記者, 稟訂于后山翁, 翁爲書其卷, 而加勉以著, 實其屬意, 亦可知也。

　未幾, 而后山翁棄後徒, 公感激殊遇, 悲不自勝。另任收集遺文, 謀諸先輩而刊印之, 矢卒事斯之愿。而苦値家業不裕, 宗族儒林之間, 事多擔著, 不獲靜坐以究所志。公每自以爲恨, 而人亦多爲之憫惜者。

　己未, 俛宇先生爲書, 愬國冤于巴里公會。被旦虜拘囚, 歸且殞命, 公深以爲慟。迨其祥, 爲文以敍情景, 文中有"海外萬國, 執書驚瞠。賴我先生, 韓國猶存"之語。

　虜方積怨于郭先生, 見其文, 惡其緣附, 卽逮公致之獄。論律半年, 當其盤詰, 苟酷備至。有欲謀爲旋幹者, 道之使詭辭倖免, 公不聽曰: "爲國爲師, 吾自如是, 豈容諱情?" 蓋公自喪后山翁, 卽專師事俛翁。又於乙巳脅約、庚戌合邦之變, 多蓄憤鬱, 至是而方洩之也。

　旣律滿解還, 有《南冠錄》, 以識其槪。自是, 杜門屛處, 不與知時事。繼喪獨子, 生理護落, 益復索然自廢者, 十數年。乙酉九月二十三日, 病卒于伊溪居第, 年壽六十八。葬小回洞艮原。

沈氏舊籍靑松, 自高麗文林郎洪孚, 始著于譜。典理判書元符, 麗亡守義罔僕。軍資監參奉思忠, 始家陝川。訓鍊院正自光, 殉節南漢之亂。是號松湖, 享院祠, 於公八世祖。曾祖能百, 號修巖, 力田起家。惠誦洽于鄕鄰。祖聖魯, 號樂山, 考相麟。河濱李氏 翰義女, 妣也。公配許氏, 金海人, 生一子載華, 孫奎鏞。

公嘗掇輯先世文蹟散佚未泯者, 爲《靑己世稿》。松湖公曾遊漢師, 與同道三十五賢, 結契有案, 公周訪其家後人, 申講世好。而續成其案, 且歲定輪會之規。

公初受學于從叔伊山公, 門堂有直窩 建七、茶泉 致敬、守岡 孟雷諸氏, 同事師門, 出入推重。其卒也, 則幷爲之手抄遺文, 俾爲可行。晦堂 張翁, 有撰《九禮笏記》, 公勸起友人出力, 以付梓楮。其勤於內外, 類多如是。

今公之壙, 已十有餘年, 其諸門族及士友知公者, 咸以爲不可使公無傳於世, 相與搜拾篋衍片隻, 繕寫成數冊。后山翁之孫銓, 及公從侄載現, 委余校讐。繼而族子載弼, 友生孫容秀, 以南君 敬眞 勝愚之狀示余, 而請題公墓道。余舊在先契三十五家之列, 而亟與通家往來, 又親與公爲同門輩行, 誼分重疊, 不可以陋拙自外。遂就加敍次, 而爲銘以系之曰:

"慧悟之夙, 準的之專。凌高踔遠, 指在眼前。何命之踦, 而卒迬遭? 百爾嗟惜, 請視玆鐫。"

聞韶 金榥撰。

❖ 원문출전

沈鶴煥,『蕉山集』附錄, 金榥 撰,「墓碣銘」 경상대학교 문천각 古(물천) D3B 심91ㅊ)

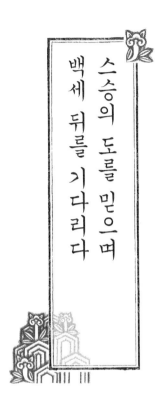

스승의 도를 믿으며
백세 뒤를 기다리다

이종홍(李鍾弘) : 1879~1936. 자는 도유(道唯), 호는 의재(毅齋)·구계(求溪), 본관은
여주(驪州)이며, 현 경상남도 고성(固城)에 거주하였다. 정재규(鄭載圭)에게 수학하였고,
뒤에 전우(田愚)·곽종석(郭鍾錫)·송병화(宋炳華)에게도 수학하였다. 이직현(李直鉉)·
박태형(朴泰亨) 등과 교유하였다. 1910년 나라가 망하자 '화엽도(花葉圖)'라는 달력을
만들어 사용했으며, 3·1운동 때는 고성의거(固城義擧)의 독립선언문을 작성하였다.
저술로 9권 4책의 『의재집』 등이 있다.

의재(毅齋) 이종홍(李鍾弘)의 묘지명 병서

이교우(李敎宇)[1] 지음

군의 휘는 종홍(鍾弘), 자는 도유(道唯), 호는 의재(毅齋)이며, 노백헌(老栢軒) 선생의 문도이다. 노백헌 선생은 주리(主理)의 학문으로 학자들을 창도하였는데, 군은 그 설을 듣고서 참되게 알고 실천하여 우뚝하게 남쪽 지방의 유종(儒宗)이 되었다. 군은 태극(太極)과 심성(心性)을 논하면서 한결같이 주자(朱子)의 가르침을 준수하여 스승의 뜻을 발휘하였다. 심(心)을 말한 것 중에 "심(心)이 이(理)가 되는 줄만 알고 기(氣)가 움직이는 작용을 살피지 않으면 이것은 본(本)만 거론하고 말(末)을 버리는 것이어서 참으로 잘못이고, 오로지 심(心)이 기(氣)가 되는 줄로만 안다면 말(末)을 거론하는 것일 뿐이어서 상하에 구별이 없고 주종에 분별이 없으니 어찌 옳겠는가? 반드시 이 심(心)의 법도와 준칙을 먼저 세우고 그 작용의 기미를 잘 살핀 뒤에라야 본과 말이 서로 제자리로 가서 한쪽으로 치우치는 데에 떨어지지 않을 것이다."라고 한 것[2]이 있는데, 군자들이 "적확하고도 올바른 견해이다."라고 하였다.

군은 어려서부터 지극한 성품을 지녔다. 8세 때 부친이 돌아가시자 시신 곁에서 애절하게 통곡하면서 법도에 맞게 상복을 갖추어 입고 조문객을 맞이하였는데 보는 사람들이 기이하게 여겼다. 장성하여서는 시

---

1 이교우(李敎宇) : 1881~1940. 자는 치선(致善), 호는 과재(果齋), 본관은 전의(全義)이다. 정재규(鄭載圭)에게 수학하였으며, 단성(丹城)에 거주하였다. 저술로 28권 14책의 『과재집』이 있다.

2 심(心)을……것 : 『의재집』 권6 잡저(雜著) 「독화도심설(讀華島心說)」이다.

문(詩文)을 일삼다가 어느 날 그것이 잘못된 것임을 깨닫고서 문중의 신암(信菴)[3] 어른을 따라 배우며 위기지학(爲己之學)에 전념하였다. 조부의 상을 치르면서 여러 예서(禮書)를 읽고는 스승의 문하에 질의하였다.

집이 매우 곤궁하였는데 모친이 밭일을 하시는 것을 보고 마음이 괴로워서 곧장 그 일을 대신하며 "자식은 편안히 있고 어머니께서 일하시는 것이 도리이겠습니까?"라고 말하였다. 한 동생이 요절해 고아가 된 조카가 가난하고 의지할 데가 없자 농사지을 땅과 집을 마련하여 살아갈 밑천을 마련해주었다. 대가 없이 노비를 풀어주고 사람의 재물로 삼지 않았다. 서양 달력 보는 것을 부끄럽게 여겨 「화엽도(花葉圖)」를 만들어서 걸어두고 보았다. 고종황제가 서거했다는 소식이 이르자 소찬을 들고 상복을 갖추어 입고서 「차노두견행(次老杜鵑行)」[4]을 지어 자신의 심지를 드러냈다.

일찍이 전간재(田艮齋)[5]·곽면우(郭俛宇)[6]·송약재(宋約齋)[7] 등 여러 학식 높은 분들을 찾아가서 배알하고는 예학 중에서 의심나는 부분을 강

---

3 신암(信菴): 이준구(李準九, 1851-1924)이다. 자는 평칙(平則), 호는 신암이다. 현 경상남도 함안에 거주하였다. 송병선(宋秉璿)·최익현(崔益鉉) 등에게 수학하였다.
4 차노두견행(次老杜鵑行):『의재집』권1에 실려 있다.
5 전간재(田艮齋): 전우(田愚, 1841-1922)이다. 자는 자명(子明), 호는 간재, 본관은 담양(潭陽)이다. 임헌회(任憲晦)에게 수학하였으며, 노론(老論) 학자들의 학통을 이어 이이(李珥)와 송시열(宋時烈)의 사상을 신봉하였다. 주리설과 주기설을 절충하는 이론을 세웠으며, 만년에는 전라도의 계화도(界火島)에서 후학을 가르쳤다. 저술로 74권 38책의『간재집』이 있다.
6 곽면우(郭俛宇): 곽종석(郭鍾錫, 1846-1919)이다. 자는 명원(鳴遠), 호는 면우, 본관은 현풍(玄風)이다. 현 경상남도 산청군 단성(丹城) 출신이다. 이진상(李震相)에게 수학하였다. 저술로 182권 63책의『면우집』이 있다.
7 송약재(宋約齋): 송병화(宋炳華, 1852-1916)이다. 자는 회경(晦卿), 호는 약재 또는 난곡(蘭谷)이며 본관은 은진(恩津)이다. 현 대전광역시 대덕구 산내면 소재 영귀대(詠歸臺)에서 후학을 양성하였으며, 전우(田愚)와 함께 이이(李珥)와 송시열(宋時烈)의 사상을 계승하였다.

론하고 질의하였다. 돌아와서는 '학문은 쌓아서 마음으로 터득하는 것이
니 어찌 구이지학(口耳之學)만 할 뿐이겠는가?'라고 생각하고서, 마침내
책을 챙겨 냉천산방(冷泉山房)에 들어갔다. 『소학』에서부터 사서(四書)와
육경(六經)에 이르기까지 자의(字義)와 구절을 연구하며 순차적으로 숙
독하고 반복하여 통달하지 않은 것이 없었는데, 『중용』과 『대학』에 대해
서 더욱 그렇게 하였다.

이시암(李是菴)[8]·박간암(朴艮嵒)[9] 등 여러 공들과 화양동(華陽洞)에 가
서 황제를 모신 사당[10]에 배알하고 한성으로 들어갔다. 동쪽으로 낙동강
에 배를 띄워 유람하였고 서쪽으로 두류산(頭流山)에 올랐다. 또한 궁벽
한 바닷가의 여러 고을을 유람하면서 고인을 조문하고 현실에 상심하며
답답한 심정을 글로 드러냈는데, 탄식하기를 "이후로는 갈만한 곳이 없
겠구나."라고 하였다.

병자년(1936) 윤3월 15일에 군은 질환으로 별세하였는데 성지산(聖智
山)[11] 묘좌(卯坐) 언덕에 묻혔다. 저술한 『의재집』 8권은 바야흐로 세상
에 간행되었으나, 『가향휘의(家鄕彙儀)』·『묘의(廟儀)』·『여소학(女小學)』
등 여러 편은 아직 상자 안에 보관되어 있다.

군의 성은 이씨(李氏), 본관은 여주(驪州)인데 고려시대 교위를 지낸

---

8 이시암(李是菴) : 이직현(李直鉉, 1850-1928)이다. 자는 필서(弼瑞), 시암은 호이며, 본관
   은 합천(陜川)이다. 현 경상남도 합천군 초계면(草溪面) 무릉(武陵)에 거주하였다. 저술
   로 22권 11책의 『시암집』이 있다.
9 박간암(朴艮嵒) : 박태형(朴泰亨, 1864-1925)이다. 자는 윤상(允常), 호는 간암, 본관은
   함양(咸陽)이다. 현 경상남도 진주시 진성면 동산리에서 태어났다. 송병선(宋秉璿)에게
   수학하였으며, 현 경상남도 진주시 진성면에 모로정(慕魯亭)을 짓고 강학하였다. 저술로
   11권 5책의 『간암집』과 2권 1책의 『간암집 부록』이 있다.
10 화양동(華陽洞)에……사당 : 현 충청북도 괴산군 청천면 화양리에 있는 만동묘(萬東廟)
   를 가리킨다.
11 성지산(聖智山) : 현 경상남도 고성군 마암면(馬岩面) 석마리(石馬里)에 있다.

휘 인덕(仁德)이 그 시조이다. 휘 고(皐)는 예문관 제학을 지내고 물러나 수원(水原)에 거주하였는데 호는 망천(忘川)이며, 우리 태조께서 여러 번 불렀으나 벼슬에 나아가지 않았다. 3대를 내려와 현손(賢孫) 휘 일(逸)은 집의를 지냈는데 단종이 왕위에서 쫓겨났을 때 남쪽으로 와 영남의 단성(丹城)에 은둔하였다. 그의 손자인 부사직 휘 란(鸞)에 이르러 함안(咸安)으로 옮겨와 살았다. 사직을 지낸 증손 휘 익형(益亨)은 호가 두곡(杜谷)인데 정한강(鄭寒岡)12을 종유하였다. 그의 아들 삼열당(三悅堂) 휘 경번(景蕃)은 이외재(李畏齋)13 문하에 출입하였으며 여양서원(廬陽書院)14에 제향되었다. 송천(松川) 휘 운용(運鏞)이 증조부인데 이때부터 고성(固城)에 살게 되었다. 통정대부 휘 우신(芋新)이 조부이고, 혁재(革齋) 휘 용학(容鶴)이 부친이다. 김해 허씨(金海許氏) 허경규(許慶奎)의 딸이 모친이다.

고종 기묘년(1879)은 군이 태어난 해이다. 부인은 전주 최씨(全州崔氏) 최필영(崔必永)의 딸로 3남 2녀를 두었는데, 아들은 정구(貞九)·찬구(纘九)·질구(質九)이고, 딸은 박기양(朴基陽)·하현석(河炫碩)에게 시집갔다. 정구의 아들은 병두(炳斗)이고, 찬구의 아들은 병선(炳銑)·병혁(炳赫)이다.

찬구가 군의 생질 곽종천(郭鍾千)15이 쓴 행장을 가지고 나에게 와서 묘지명을 부탁하였다. 나는 군과 동문이지만 사는 곳이 조금 멀어 얼굴을 마주한 것이 서너 차례에 불과했다. 뒷날 혹시라도 자주 만나기를

12 정한강(鄭寒岡) : 정구(鄭逑, 1543-1620)이다. 자는 도가(道可), 호는 한강, 본관은 청주(淸州)이다. 이황과 조식에게 수학하였다. 저술로 27권 11책의 『한강집』 등이 있다.
13 이외재(李畏齋) : 이후경(李厚慶, 1558-1630)이다. 자는 여무(汝懋), 호는 외재, 본관은 벽진(碧珍)이다. 정구(鄭逑)에게 수학하였다.
14 여양서원(廬陽書院) : 현 경상남도 함안군 두곡리(杜谷里) 광려산(匡廬山) 아래에 있다. 여주 이씨 이경번(李景蕃)과 이경무(李景茂)를 추숭하고자 1720년 창건되었다.
15 곽종천(郭鍾千) : 1895-1970. 자는 내성(乃成), 호는 정헌(靜軒), 본관은 현풍(玄風)이다. 현 경상남도 고성군에 거주하였다. 하겸진(河謙鎭)과 이종홍(李鍾弘)에게 수학하였다.

바랐는데 군이 갑자기 세상을 떠났다. 아! 지금 내가 친구의 요청을 차마 사양할 수 없어서 군이 스승의 문하에서 얻은 것을 차례대로 서술하여 군의 평생의 사업과 행실에 근본이 있음을 드러낸다. 이어서 아래와 같이 명을 짓는다.

저들은 장수하나 나는 단명하고	彼長而我短兮
저들은 넉넉한데 나는 궁핍하구나	彼嬴而我嗇
이는 모두 천명이 정한 것이어서	是皆命之所定兮
그 때문에 기뻐하거나 슬퍼할 필요 없네	不必爲之歡戚
스승의 문하에서 얻어 들은 도는	惟其得於師門兮
또한 스스로 믿고 백세를 기다리기에 충분했네	亦足自信而俟百
썩지 않을 군의 행적 여기에 있으니	君之不朽在玆兮
저 묘지명에 새긴 글을 보면 알리라	庸俟夫幽刻

기묘년(1939) 3월 2일(무자)에 전의(全義) 이교우(李敎宇)가 지음.

毅齋 李君 墓誌銘 幷序

李敎宇 撰

君諱鍾弘, 字道唯, 號毅齋, 老栢先生之徒也。先生以主理之學倡學者, 而君得聞其說, 眞知實踐, 蔚然爲南州一方之儒宗。其論太極心性, 一遵朱子之訓, 以發揮師旨。而心之說有曰: "認心爲理, 而不察氣機之作用, 則是擧本而遺末, 固失之, 而若專認爲氣, 則擧末而已, 上下無分主僕無別, 可乎? 必先立此心之權度準則, 檢其作用之機, 然後本末交迪, 不墜於一偏。" 君子曰: "的確正見。"

君自幼有至性。生八歲, 父卒, 哀號屍傍, 具衰拜賓, 見者異之。長業詩文, 一日悟其非, 從宗老信菴學專心爲己。居承重憂, 讀群禮, 質疑師門。

家甚窘, 見母耘, 心悶然, 卽代之曰："子安母勞, 道乎?"一弟夭, 孤姪貧無賴, 辦田宅, 以資之。白釋奴婢, 不以人貨。恥看異曆, 創《花葉圖》揭之。上皇凶報至, 食素成服, 作《杜鵑行》, 以示志。

嘗往拜田艮齋、郭俛宇、宋約齋諸老宿, 論質禮疑。歸則以爲學積心得, 豈徒以口耳? 遂携書, 入冷泉山房。自《小學》至四子六經, 字究句硏, 循環熟複, 靡不洞然, 而於《庸》、《學》, 尤焉。

與李是菴、朴艮嵒諸公, 謁皇廟於華陽, 因入漢城。東泛洛江, 西登頭流。又遊窮海諸州, 弔古傷今, 以寫湮鬱, 嘆曰："自後, 無可往矣。"

丙子閏三月十五日, 君以疾卒, 聖智山卯原, 卽其藏也。所著《毅齋集》八卷, 方印行于世,《家鄕彙儀》、《廟儀》、《女小學》諸篇, 貯在巾衍。

君姓李氏, 貫驪州, 高麗校尉仁德, 其始祖也。有曰皇, 官提學, 退居水原, 號忘川, 我太祖, 屢徵不起。三傳而賢孫逸, 執義, 端廟遜位, 南遯嶺之丹城。至孫副司直鸞, 移于咸安。司直曾孫益亨, 號杜谷, 從鄭寒岡遊。子三悅堂 景蕃, 出入李畏齋門, 享廬陽書院。松川 運鏞, 曾祖, 始爲固城人。通政芋新王父, 革齋 容鶴, 考也。金海 許慶奎女, 妣也。

高宗己卯, 君生年也。配全州 崔必永女, 三男：貞九、續九、質九, 二女：朴基陽、河炫碩。炳斗, 一房男, 炳銑、炳赫, 二房男。

續九以君姊子郭鍾千狀, 來謁幽銘。余於君同門也, 而居稍遠, 面不過三四接。擬後或者源源, 而君遽逝矣。噫! 今於續九之請, 不忍辭焉, 則首序其所得於師門者, 見生平事行之有所本焉。系之以銘曰：

"彼長而我短兮, 彼贏而我嗇。是皆命之所定兮, 不必爲之歡戚。惟其得於師門兮, 亦足自信而俟百。君之不朽在玆兮, 庸俟夫幽刻。"

己卯季春之戊子, 全義 李敎宇撰。

❖ **원문출전**

李敎宇,『果齋集』卷23,「毅齋李君墓誌銘幷序」(경상대학교 문천각 古 D3B 이16ㄱ)

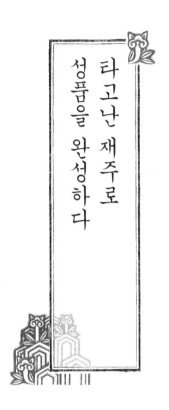

타고난 재주로
성품을 완성하다

이현욱(李鉉郁) : 1879-1948. 자는 보경(普卿), 호는 동암(東菴), 본관은 재령(載寧)이다. 현 경상남도 진주시 진성면 동산리(東山里)에서 태어났다. 곽종석(郭鍾錫)과 장석영(張錫英)에게 수학하였다.
저술로 8권 5책의 『동암집』이 있다.

동암(東菴) 이현욱(李鉉郁)의 묘갈명

이기수(李冀洙) 지음

　선생의 휘는 현욱(鉉郁), 자는 보경(普卿), 성은 이씨(李氏)이다. 애초
월성(月城)[1] 이씨였는데, 휘 우칭(禹偁)[2]에 이르러 재령(載寧)에 봉지를 받
고 마침내 본관을 재령으로 하였다. 대대로 현달한 관리와 뛰어나 인물
이 나왔다. 휘 오(午)[3]는 고려 말 진사로 조선조에 이르러 절개를 지켜
함안(咸安) 모곡(茅谷)[4]에 은거하였는데, 호가 모은(茅隱)이다. 휘 맹현(孟
賢)[5]과 중현(仲賢)[6]은 모두 과거에 급제하여 홍문관 대제학을 지냈다. 휘
계현(季賢)은 사마시에 합격하여 음보(蔭補)로 장례원 사의(掌隷院司議)를
지냈다. 4대를 내려와 휘 예훈(禮勛)은 국자감 내사(國子監內史)를 지냈는
데 선생의 11대조이다. 고조부의 휘는 협(峽), 증조부의 휘는 기묵(基默),
조부의 휘는 시영(時英), 부친의 휘는 상규(祥奎)인데 모두 문학과 덕행이
있었다. 모친은 연일 정씨(延日鄭氏)이다. 선생은 고종 기묘년(1879) 5월

1　월성(月城) : 현 경상북도 경주(慶州)의 옛 지명이다.

2　이우칭(李禹偁) : 본관은 경주(慶州)이다. 고려 때 문하시중을 지낸 후 재령군(載寧郡)에
　　봉해졌다. 이후 후손들이 재령을 본관으로 삼았다.

3　이오(李午) : 고려 말 이색(李穡)과 정몽주(鄭夢周)의 문인이다. 조선 개국을 거부하여
　　개성에서 남쪽으로 내려와 경상남도 함안군 모곡(茅谷)으로 들어갔다.

4　모곡(茅谷) : 현 경상남도 함안군 산인면(山仁面) 모곡리(茅谷里)이다.

5　이맹현(李孟賢) : 1436-1487. 자는 사성(師聲), 호는 근재(覲齋) 본관은 재령(載寧)이다.
　　1460년 문과에 급제하였고, 이조 참판을 지냈다. 『동국통감(東國通鑑)』을 편수하였고,
　　『경상도속찬지리지(慶尙道續撰地里誌)』를 편찬하였다.

6　이중현(李仲賢) : 1449-1508. 이맹현의 동생이며, 호는 율윤(栗潤)이다. 1476년에 문과에
　　급제하였다. 예문관 부제학을 지냈다.

17일에 태어났다.

선생은 특별한 재주를 타고나 어려서부터 열심히 공부하며 날마다 수천 자를 외고, 귀와 눈으로 한번 듣거나 본 것은 다시 잊어버리지 않았다. 그 문장의 흐름이 성대하고 굉박(宏博)하여 동료들 중에 능히 따를 자가 적었다.

부친께서 기특하게 여기고 사랑하여 "이 아이는 내 뜻을 잘 이룰 것이다."라고 하고서, 드디어 문학과 덕행과 경술로써 가르치며 조금도 게을리하지 않아 반드시 원대한 학문에 힘쓰게 하였다. 이윽고 고을의 선배 학자들을 두루 종유하며 학문을 하는 요점을 듣고 난 뒤 독서 구도(求道)의 지학(志學)이 더욱 확고해졌다.

방안을 소제하고 정좌하여 성현의 책을 읽으며 진지하게 알고 실제로 터득하기를 기약하였다. 이로부터 소견이 날로 더욱 고명해지고 조예가 날로 순수하고 확고해졌다. 교유하는 이들 또한 모두 당세에 알려진 명사들이었는데, 공과 함께 담화를 나누고는 탄복하지 않은 적이 없었고 자신들은 미치지 못한다고 여겼다. 그러나 선생의 마음은 조금도 만족한 적이 없었다.

비록 평범한 사람들의 선언(善言) 한마디를 들을지라도 반드시 가만히 그 의미를 되새겨본 뒤에야 그쳤다. 족당의 후생이 와서 질문하거나 배우는 경우 그 재주와 자품에 따라 설명하여 성인이 학생을 가르치는 차례로부터 앞 시대 성인의 훌륭한 언행에 이르기까지 정성스럽게 가르치면서도 피곤한 기색이 없었다.

날마다 반드시 일찍 일어나고, 일어나면 반드시 의관을 정제하여 거동 하나하나를 스스로 법도에서 벗어나지 않게 하였다. 집안이 매우 곤궁하여 끼니도 잇지 못한 적이 있었지만 마음은 매우 편안하였으며, 또 남들에게 구한 적이 없었다. 학우들이 보내준 물품이 있으면 반드시 큰집에

갖다 드렸다. 자신을 돌보기는 박하게 하고 형을 섬기기는 후하게 하였다.

흉금이 깨끗하여 매번 산수의 고요하고 한적한 곳을 만나면, 혹 술병을 들고 혼자 가기도 하고 혹 친구들과 함께 가기도 하여 소요하며 시를 읊조렸으니, 흉금을 활달하게 하고 성정을 기른 것이 이와 같은 점이 있었다.

향년 70세 되던 해인 무자년(1948) 12월 2일 세상을 떠났다. 사우들 중 장례를 치를 적에 삼베옷을 입은 이들이 많았다. 진성(晉城)의 동산(東山) 상곡(上谷) 술좌(戌坐) 언덕에 장사지냈다. 부인 진양 정씨(晉陽鄭氏)는 부도(婦道)를 잘 지켰으며, 선생이 돌아가신 3년 뒤 세상을 떠나 선생의 묘소 왼편에 합장하였다. 3남 1녀를 두었는데 아들은 용호(瑢浩)·출계(出系)한 봉호(琫浩)·광호(珖浩)이고, 딸은 조용기(趙鏞奇)에게 시집갔다. 손자 병식(秉式)·병근(秉謹)·병재(秉在)·병수(秉洙)·병채(秉采)와 강모의 처는 장남의 소생이다. 병종(秉種)·병룡(秉龍)·병걸(秉烋)과 이광순(李光淳)·김모(金某)·이모(李某)의 처는 차남의 소생이다. 병온(秉溫)은 막내의 소생이다.

선생의 성품은 간결하고 담박하고 화락하고 순수하였다. 그 의리를 배울 적에는 질문과 분변을 기다리지 않고도 이미 대체를 알았다. 성의(誠意)와 궁행(躬行)의 경우에는 온전하여 억지로 노력하는 의사가 보이지 않았으니 선생의 사람됨에 대해서는 "노력하지 않고도 완성된 분"이라고 말할 수 있겠다. 저술한 시문을 합하여 문집 5권으로 만들었다.

선생을 장사지낸 지 올해 10년째인데, 둘째 아들 봉호가 나에게 와서 말하기를 "선친의 묘에 표지석을 세우고자 하는데 부친을 아는 사람이 적어 글을 부탁할 데가 없습니다. 선생께서 저희 선친에게 배운 적이 있으니 어찌 보고 들으신 내용으로 저를 위해 써주지 않으시겠습니까?"라고 하였다. 내가 삼가 생각건대 일찍이 선생의 문하에서 종유한 적이

있었고, 선생 역시 나의 어리석고 유치함을 비루하다 않고 가르침을 주
시며 기대하고 허여함을 한결같이 하셨으니 모두 평범한 사람의 일이
아니다.

지금 다행히도 글을 부탁받아 묘소의 일을 도울 수 있게 되었다. 다만
그 일에 참가하지 못한 것이 한스러울 뿐이니 어찌 감히 사양하겠는가.
오직 내가 용렬하고 불초하여 선생이 기대했던 옛날 의도에 부합하지
못하였으니 어찌 능히 아름다운 덕을 드러내어 후세에 미덥게 보일 수
있겠는가. 이 점이 내가 사양하지 않을 수 없는 까닭이니, 일어나 절하며
감당하지 못한다고 사양하였다. 그런데 봉호가 거듭 큰 정의로써 책임
을 지워서 이에 끝내 사양할 수 없었다. 삼가 공의 행장을 살펴보고 또
기록해 놓은 것을 합하여 이와 같이 서술하고 인하여 명을 짓는다.

명은 다음과 같다.

하늘이 부여한 순수한 자질에다	天賦之粹
또 온화하면서 굳센 성품이었네	又溫以毅
도를 체득하고 덕을 이루었으니	體道成德
진실로 그것이 위대하도다	允矣其大
내가 선생을 떠올려보니	我思先生
황홀히 마주보고 있는 듯하네	怳若瞻對
이에 돌에 명을 새겨서	斯銘刻石
후세에 미덥게 보여주리라	用詎來世

무술년(1958) 12월 모일 문인 월성(月城) 이기수(李冀洙)가 삼가 지음.

墓碣銘

李冀洙 撰

先生諱鉉郁, 字普卿, 姓李氏。始貫我月城, 至諱禹偁食采於載寧, 遂移籍焉。世有達官巨人。諱午以麗季進士, 當本朝罔僕, 隱于咸安 茅谷, 號茅隱。有諱孟賢、仲賢俱擢高第爲玉署長。季賢陞司馬, 蔭補, 掌隷院司議。四傳諱禮勛國子內史, 至先生間十一世。高祖諱峽, 曾祖諱基默, 祖諱時英, 考諱祥奎, 皆有文行。妣延日鄭氏。以高宗己卯五月十七日生。

先生有奇才, 自幼强學, 日誦數千言, 耳目所接一過, 不復忘。其爲文滂沛閎闊, 有儕輩小能及者。大人公奇愛之曰: "是足以成吾志矣。" 遂教以文行經業, 不小懈而必使務其遠大。已而遍從鄕中儒先, 得聞爲學之要, 然後讀書求道之志, 愈益堅確。

掃室靜坐, 讀聖賢書, 要期以眞知實得。自是所見日益高明, 所造日益純固。所交遊, 亦皆當世知名士, 靡不與語嘆服, 自以爲不及。而先生之心, 未嘗小自足。雖聞常人有片言之善, 必從容咨扣而後已。至族黨後生來問學者, 則亦隨其才品爲說, 聖人教學門戶, 以及前言往行之懿, 娓娓無倦色。

日必早起, 起必冠帶, 不使一動自放繩墨之外。家甚窮空, 炊黍或不繼, 而處之甚安, 又未嘗求於人。學友有所惠貺, 則必以獻諸大宅。薄於自奉, 而厚於事兄。衿懷飄灑, 每遇山水幽閒之處, 或携壺獨往, 或命侶俱遊, 徜徉嘯詠, 有所以開豁心胸資養性情者, 如此。

行年七十, 以戊子十二月二日終。士友送葬加麻者衆。奉厝于晉城之東山上谷戌原。孺人晉陽鄭氏, 甚執婦道, 後先生三年卒祔左。三男一女, 男曰: 瑢浩、琫浩出系、珖浩, 女適趙鏞奇。 孫秉式、秉謹、秉在、秉洙、秉采、姜□□妻, 長房出。秉種、秉龍、秉烋、李光淳、金某、李某妻, 次房出。秉溫, 季房出。

先生簡淡和粹。其學於義理, 又皆不待問辨, 而已識其大者。若其誠意

躬行, 則又渾然不見其勉强之意, 先生之於爲人, 可謂"不勞而成"矣。所
著書詩合爲文集五卷。旣葬先生, 今十年, 琫浩來冀洙言曰: "先人墓, 方
欲刻石以立表, 而知者蓋小, 未有所屬筆。吾子嘗學於先人, 盍以所見聞
者爲我書之?" 冀洙竊念, 早得遊於先生之門, 而先生亦不鄙其愚稑, 所以
敎示一期許, 皆非常人之事。今乃幸得屬辭以相役。顧恨不獲, 其何敢
辭? 惟是蔑劣無似, 未有以副先生疇昔之意, 其何能究闡懿德, 信示後世?
此又冀洙之所以不得不辭者, 則起拜辭謝不敢當。而琫浩重責以大誼, 乃
不得終辭。而謹按其狀, 旣又幷我所有記, 敍之如此, 因爲銘。

銘曰: "天賦之粹, 又溫以毅。體道成德, 允矣其大。我思先生, 怳若瞻
對。斯銘刻石, 用亶來世。"

戊戌十二月日, 門人月城 李冀洙謹述。

❖ 원문출전
李鉉郁,『東菴集』卷6 附錄, 李冀洙 撰,「墓碣銘」(경상대학교 문천각 古(아천) D3B
이94ㄷ)

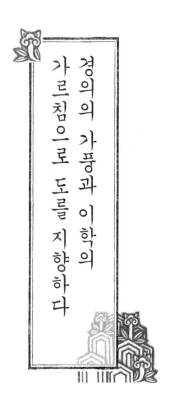

경의의 가풍과 이학의
가르침으로 도를 지향하다

조병희(曺秉憙) : 1880-1925. 자는 회중(晦仲), 호는 회와(晦窩), 본관은 창녕(昌寧)
이다. 현 경상남도 진주시 수곡면 원당리에서 태어났다. 조식(曺植)의 11세손이다. 곽종
석(郭鍾錫)에게 수학하였고, 하겸진(河謙鎭)·조긍섭(曺兢燮) 등을 종유하였다.
저술로 4권 2책 『회와집』이 있다.

회와(晦窩) 조병희(曺秉憙)의 묘갈명

김황(金榥)[1] 지음

    남명(南冥) 조 선생(曺先生)의 11세손 휘 병희(秉憙)는 자가 회중(晦仲)이고 호는 회와(晦窩)인데, 이는 대개 주자를 추앙하여 돌아보고 본받으려는 마음을 견준 것이다.

    공은 태어나면서부터 영민하고 지혜로웠다. 일찍 학업을 시작하여 십여 세에 이미 시를 짓고 문장을 짓는 데 능했다. 장성하여 면우(俛宇) 곽 선생(郭先生)을 찾아뵙고 성리설에 대해 들었는데 고민하던 난제와 의문이 오랜만에 환히 풀려 마음을 기울여 스승으로 섬겼다. 또 이웃 마을에 살고 있는 하회봉(河晦峯) 선생을 맨 먼저 찾아가 종유하며 질정을 청했는데 대략 하루도 허비함이 없었다. 심재(深齋) 조중근(曺仲謹)[2] 선생이 덕산(德山)을 왕래할 적에 공은 그분의 재주와 학문을 흠모하여 따르기를 미치지 못할까 두려운 듯이 하였다. 이 두 분 역시 면우 선생의 문도이니 공이 좌우로 도의 근원을 만나는 데 단지 선배로서 앞서갈 뿐만 아니고 실지로 근원으로 가는 길을 알게 해준 공이 있었다.

    공은 사람됨이 평이(平易)하고 소탈하였는데, 마음속에는 굳건하게 지

1 김황(金榥) : 1896-1978. 자는 이회(而晦), 호는 중재(重齋), 본관은 의성(義城)이다. 현 경상남도 산청군 신등면 평지리 물산 마을에 거주하였다. 곽종석(郭鍾錫)에게 수학하였다. 저술로 『동사략(東史略)』·『중재집』 등이 있다.

2 조중근(曺仲謹) : 조긍섭(曺兢燮, 1873-1933)이다. 자는 중근, 호는 심재(深齋)·암서(巖棲), 본관은 창녕(昌寧)이다. 저술로 37권 17책의 『암서집』과 41권 20책의 『심재집』 등이 있다.

키는 지조가 있었다. 대대로 지켜온 당색에 구애되지 않고 시세의 변화에 따른 향배에 얽매이지 않고서, 부지런히 날마다 학문에 힘쓸 따름이었다. 힘껏 역량을 다하여 경전에 함축된 깊은 뜻에 이르기를 구하였는데, 말을 하면 성대하게 드러내어 막을 수 없는 형세가 있었다.

스스로 기약한 것과 사우들이 기대한 것이 모두 가볍지 않고 무거웠는데 마침내 46세에 병이 들어 세상을 떠났으니, 아! 안타깝도다. 시문 몇 권이 사후에 남겨졌는데 그 중 태극도해(太極圖解), 인물성동이(人物性同異), 본연기질성(本然氣質性), 주재심(主宰心)을 논한 설은 식자들이 대부분 채택할 만하다고 여겼다. 또 심의(深衣), 상복(喪服), 규항(頍項),[3] 수질(首絰)을 논하였는데 주자의 설이 『주자대전(朱子大全)』과 『가례(家禮)』[4]에서 다른 부분이 있으면 『의례(儀禮)』와 『예기(禮記)』를 참고하였으니 또한 언급할 만한 점이 있고, 일찍이 스승에게 질문하여 비평을 받았으니 아울러 상고해 볼 만하다.

공의 선조는 본관이 창녕(昌寧)이다. 남명 선생으로부터 윗대는 대대로 저명하였다. 증조부 휘 학진(鶴振)이 처음으로 덕산에서 원당(元堂)[5]으로 이사하였는데 모두 옛 진주 지역이다. 조부는 대석(大錫), 부친은 의순(義淳)이고, 모친은 전주 이씨(全州李氏)이다.

공은 원당에서 태어나고 원당에서 별세하고 원당에 묻혔다. 경진년(1880) 10월 1일에 태어나 을축년(1925) 4월 26일에 세상을 떠났다. 와곡산(瓦谷山) 해좌(亥坐) 언덕에 장사지냈다. 부인은 문화 유씨(文化柳氏) 유대순(柳大淳)의 딸이다. 7남을 두었는데 인섭(麟燮)·용섭(龍燮)·귀섭(龜燮)·

---

3 규항(頍項) : 규는 머리를 감싸 관이 벗어지지 않도록 고정시키는 것이고, 항은 규의 끈을 턱 밑에 매는 것이다. 치포관(緇布冠)에는 관을 고정시키는 비녀가 없기 때문에 규를 사용해 고정시키고, 끈을 달아 턱 밑에 맨다.
4 가례(家禮) : 송나라 주희(朱熹)가 가정에서 일용하는 예절을 모아 엮은 책이다.
5 원당(元堂) : 현 경상남도 진주시 수곡면 원당리이다.

봉섭(鳳燮)·호섭(虎燮)·우섭(又燮)·칠섭(七燮)이다. 손자는 장성한 자가 10여 명이고 나머지는 아직 어려서 다 기록하지 않았다. 생각건대, 공이 비록 일찍 세상을 떠났지만 응축된 지향과 기개는 그 후손을 충분히 번성케 함이 있으리라! 이는 진실로 이치에 있어 그럴 듯하다.

인섭 군이 선친의 친구 잠재(潛齋) 하우(河寓)【자는 광숙(廣叔)이다】 어른이 지은 공의 행장을 가지고 와 나에게 공의 묘갈명을 부탁하였다. 나는 한 스승을 모시고 함께 공부했는데, 공의 평소의 일을 모른다는 이유로 사양하는 것이 합당치 않아 드디어 이를 위해 다음과 같이 명을 짓는다.

경의의 남명 선생 세계	敬義之世
이학의 면우 선생 문하	理學之門
안으로 가풍 잇고 밖으로 가르침 받아	內紹外受
도의 근원을 향해 달려갔네	有駛其源
날마다 드러난 행실 있었건만	日見之行
그 지향을 완수하지 못하였네	未了其志
여기에 못다한 원통함을 밝히니	式昭紆冤
후인들은 이 점을 살펴야 하리	來後宜視

문소(聞韶 : 義城) 김황(金榥)이 지음.

晦窩 曺秉憙 墓碣銘

金榥 撰

南冥 曺先生十一世孫, 有諱秉憙, 字晦仲, 而號以晦窩, 蓋宗仰朱子而擬之顧思也。公生而穎慧。夙詣, 十餘歲已能綴句作文。旣長謁俛宇 郭先生, 聞性理之說, 難疑究竅, 久乃渙然, 遂傾心而師事之。其在隣坊, 首得河先生 晦峯, 從遊請質, 略無虛日。深齋 曺仲謹先生之往來德山也, 公慕其才學, 追隨之如恐不及。二公蓋亦俛翁之徒, 而公之左右逢原。不第以其先輩前列, 實有得於啓淪疏流之功也。

爲人平易曠遠, 而中確然有操。不以世守黨色爲拘, 不以時變趣舍爲沮, 勸惟日俛焉。孳孳竭力, 以求其至涵蓄之深, 而發之沛然, 有莫禦之勢。其所自期, 與師友所期待者, 竝皆不輕以重, 而卒以年四十六, 遘疾殞逝, 噫乎! 其可惜也。有詩文數卷, 遺在身後, 其中所論太極圖解、人物性同異、本然氣質性、主宰心之說, 識者多以爲可采。又論深衣、喪服、頍項、首絰, 朱子說有《大全》、《家禮》之不同, 參諸《儀禮》、《戴記》, 亦有可言者, 嘗以質諸師門, 而受其評批者, 竝可考也。

公之先昌寧人。自先生以上, 世系已著。曾大父鶴振, 始自德山移元堂, 皆古晉州地也。大父大錫, 父義淳, 母全州李氏。公生卒葬俱在元堂。而庚辰十月一日, 乙丑四月二十六日, 則其晬與忌也。瓦谷山亥封其墓也。配文化 柳大淳女。有七男子: 麟燮、龍燮、龜燮、鳳燮、虎燮、又燮、七燮。孫男長成者十餘, 餘幼方未艾。意者, 公雖夭, 而志氣之凝, 有足數衍厥後者乎! 此固於理而可信也。

麟燮君以其先執潛齋 河丈 廣叔之狀, 求余銘公墓。以余事同一室, 不宜以未獲平日而辭, 遂爲之銘。

曰: “敬義之世, 理學之門。內紹外受, 有馱其源。日見之行, 未了其志。式昭紆冤, 來後宜視。”

聞韶 金榥撰。

❖ **원문출전**

曹秉憙, 『晦窩集』卷4 附錄, 金梡 撰, 「墓碣銘」(경상대학교 문천각 古(아천) D3B 조44ㅎ)

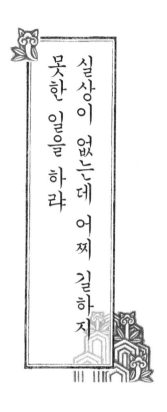

실상이 없는데 어찌 길하지 못한 일을 하랴

유잠(柳潛) : 1880~1951. 자는 회부(晦敷), 호는 택재(澤齋), 본관은 진주이며, 현 경상남도 산청군 신안면 하정리 상정 마을에서 살았다. 1926년 현 경상남도 진주시 상봉동 비봉산 아래 혼돈암(混沌菴)으로 이거하였고, 1934년 현 산청군 신안면 중촌리 백마산(白馬山) 아래 삼벽당(三蘗堂)으로 이거하였다. 『괴헌실기(槐軒實記)』·『청천가고(菁川家稿)』 등 선조의 문적을 간행하였고, 단성(丹城)의 향사(鄕史)를 수집하여 『단구성원(丹邱成苑)』을 편수하였다. 김진호(金鎭祜)·곽종석(郭鍾錫) 등에게 수학하였고, 하겸진(河謙鎭)·조긍섭(曺兢燮)·김택영(金澤榮)·이건승(李建昇)·권재규(權載奎)·하봉수(河鳳壽)·남창희(南昌熙) 등과 교유하였다.
저술로 5권 1책의 『택재집』이 있다.

택재(澤齋) 유잠(柳潛)의 묘갈명 병서

허형(許泂)[1] 지음

　택재(澤齋) 선생 유공(柳公)의 휘는 해엽(海曄) 또는 잠(潛)이고, 자는 회부(晦敷)이며, 본관은 진주이다. 고려 상장군 휘 정(挺)이 시조이다. 그의 손자 홍림(洪林)은 은청광록대부(銀靑光祿大夫) 호부 상서(戶部尙書)를 지냈다. 3대를 내려와 휘 번(藩)은 봉익대부(奉翊大夫) 동지밀직사사(同知密直司事)를 지냈는데, 고려가 망하자 절의를 지켜 두문동 제현에 참여하였다. 호는 벽은(僻隱)이며, 합천 노봉서원(魯峯書院)[2]에 제향되었다.

　조선조에 들어와 휘 연(淵)은 인종(仁宗)·명종(明宗) 연간에 벼슬하여 경기 수군절도사(京畿水軍節度使)에 이르렀다. 이분의 아들 만정(萬禎)은 무과에 급제하여 장기 현감(長鬐縣監)과 영산 현감(靈山縣監)을 역임하였으며, 이후 집안에 대대로 유학을 전하였다. 증조부는 서계(西溪) 의문(宜文)이고, 조부는 식호당(式好堂) 원휘(遠輝)이다. 부친의 휘는 현수(絢秀)이고, 호는 천우(川愚)이며, 문학과 덕행이 있었다. 모친 남원 양씨(南原梁氏)는 양치국(梁致國)의 딸이다. 고종 경진년(1880) 11월 4일, 공은 단성(丹城) 정태리(丁台里)[3] 대대로 살아온 집에서 태어났다.

1　허형(許泂) : 1908~1995. 자는 낙경(樂卿), 호는 진암(振菴), 본관은 김해이다. 김황(金榥)에게 수학하였다. 현 경상남도 합천군 가회면 오도리에 살다가 만년에 진주로 이거하였다. 저술로 10권 1책의 『진암집』이 있다.

2　노봉서원(魯峯書院) : 현 경상남도 합천군 묘산면 가산리에 있다. 1724년 유림의 공의로 창건하였다.

3　정태리(丁台里) : 현 경상남도 산청군 신안면 하정리 상정 마을이다.

공의 체구는 일반사람들보다 크지 않았지만 풍모와 위의는 단정하고 중후하였으며, 정채가 눈매에서 뿜어 나와 사람들이 바라보면 공경할 만하였다. 도량이 평탄하고 드넓어 시기와 탐욕이 마음속에서 싹트지 않았고, 사람들을 편 가르는 것을 입으로 발설하지 않았다. 일상의 담론은 소탈하고 시원하여 고상한 풍치가 있었다. 도의와 문예 밖의 시속에서 숭상하는 비루하고 번다한 일들은 일체 언급하지 않았다.

8세 때부터 배우기 시작하여 문리가 일찍 성취되었다. 18세 때 법물(法勿) 마을의 김약천(金約泉)[4] 선생에게 질정을 청하였는데, 뛰어난 재주와 밝은 식견으로 인정과 장려를 받았다. 22세 때 면우(俛宇) 곽 징군(郭徵君) 선생을 집지하고 배알하였다. 곽 선생은 공의 조예를 탐문하고서 매우 사랑하며 원대하게 성취할 것을 기대하였다. 공은 집으로 돌아와서는 더욱 분발하여 경서와 사서(史書)와 제자백가에 크게 힘을 쏟아 진한(秦漢)과 당송(唐宋)의 고문에까지 나아가 점점 문장가의 경지로 들어갔다. 공이 저술한 것은 사우들에게 칭송을 받고 영향을 끼쳤다.

부모를 섬길 적에는 살아계실 때나 돌아가셨을 때나 모두 효도를 극진히 하였다. 일찍이 부친의 장례를 치를 적에 가산이 매우 넉넉지 못하였는데 많은 돈을 써서 명당을 구하니, 사람들이 모두 혀를 내둘렀다.

묻혀있던 선조들의 역대 시문과 행적을 추급하고 남이 보관하던 오래된 서간이나 시첩 속에서 여러 해 동안 찾아내어 일일이 간행하여 세상에 드러내었는데, 『괴헌실기(槐軒實紀)』・『청천사세연방록(菁川四世聯芳錄)』・『청천가고(菁川家稿)』[5] 등이 모두 그것이다.

---

4 김약천(金約泉) : 김진호(金鎭祜, 1845-1908)이다. 자는 치수(致受), 호는 물천(勿川)・약천, 본관은 상산(商山)이다. 허전(許傳)과 이진상(李震相)에게 수학하였다. 저술로 16권 9책의 『물천집』이 있다.

5 청천가고(菁川家稿) : 하겸진(河謙鎭)이 지은 서문에 의하면 벗인 유만형(柳萬馨)과 유해엽(柳海曄)이 그들의 네 분 선조 목헌(木軒)・동천(東川)・심재(深齋)・남와(南窩)의

병인년(1926) 공은 진양의 대봉산(大鳳山)[6] 아래로 이거하고, 그 집을 '혼돈암(混沌菴)'이라고 편액하였는데, '은시(隱市)'[7]의 의리를 드러낸 것이었다. 몇 년 뒤, 나 또한 진양의 혼돈암 근방에 우거하게 되어, 비로소 공의 서재에서 공을 배알하였다.

공의 아들 기형(基馨) 군이 곁에서 모시고 있었다. 내가 보건대 공은 의젓하여 옛날의 군자다운 사람이었고, 기형 군은 단정하고 공손하며 참신하고 준수한 사인이었다. 그래서 나는 마음속으로 공의 부자(父子)를 종유하여 스승과 벗이 된다면 뜨내기인 나에게 행운일 것이라고 여겼다. 이후로 나는 날마다 공을 모시며 조용히 가르침을 받지 않음이 없었다. 또 기형 군과 더불어 한 방에 함께 거처하며 책상을 마주하고 서책을 강론하였는데, 계발의 유익함과 절차탁마의 즐거움이 있는 것으로 나라가 망한 날에 서로 위로하였다.

어느 날 공이 친구들이 보낸 편지글을 나에게 보여주며 말씀하기를 "우리들은 뜻을 얻지 못해 매우 곤궁했지만 학문은 그만둘 수 없어서 지향을 같이 하는 사람들에게 서로 도리를 구하였네."라고 하였다. 그 간찰첩을 열람해보니 왕복하며 주고받은 것으로 하회봉(河晦峰)[8]·조심재(曹深齋)[9]·김창강(金滄江)[10]·이경재(李耕齋)[11] 등 네 분과 주고받은 글

글을 모은 것이라 하였다. 유잠이 발문을 지었다. 진주(晉州)를 가리키는 이름 중 하나가
청천(菁川)이므로 이를 따서 이름하였다.

6 대봉산(大鳳山) : 현 경상남도 진주시 상봉동 비봉산(飛鳳山)의 옛 이름이다.

7 은시(隱市) : 조정이나 저재[朝市]에 있으면서도 뜻은 아주 고상한 데에 있는 것을 말한다. 진(晉)나라 왕강거(王康琚)의 「반초은(反招隱)」에 "소은은 산 속에 숨고 대은은 조시(朝市)에 숨는다.[小隱隱陵藪, 大隱隱朝市.]"라고 하였다.

8 하회봉(河晦峰) : 하겸진(河謙鎭, 1870-1946)이다. 자는 숙형(叔亨), 호는 회봉, 본관은 진양이다. 곽종석(郭鍾錫)에게 수학하였고, 이승희(李承熙)·장석영(張錫英)·송준필(宋浚弼) 등과 교유하였다. 저술로 50권 26책의 『회봉집』과 30권 3책의 『동유학안』 등이 있다.

9 조심재(曹深齋) : 조긍섭(曺兢燮, 1873-1933)이다. 자는 중근(仲謹), 호는 심재·암서(巖

이 가장 많은데, 모두 도의와 지기(志氣)로써 서로 추중하였다는 내용이
었다. 이 네 분은 큰 학문과 맑은 지조가 당대에 으뜸이었는데 그 속마음
을 서로 주고받은 것이 이와 같으니, 어찌 까닭이 없겠는가. 또한 공의
마음을 증명하는 10분의 7은 될 것이다.

갑술년(1934) 겨울 단성의 백마산성(白馬山城)¹² 아래로 이거하고, '삼
벽당(三璧堂)'이라 편액하였다. 날마다 백마산 위에 올라 소요하였는데,
"천길 벼랑 흰 바위 위에서 날마다 소요하니, 몸 주위에 구름 일어 내려
갔다 다시 떠오르네.[白石千頭日振衣 身邊雲出落還飛]"¹³라고 읊조린 시구
가 있다.

아우 우당공(嵎堂公)¹⁴과 평소 우애가 깊었는데, 이때에 이르러 더욱
화락하여 서로 떨어지지 않았다. 불행하게도 우당공이 먼저 세상을 떠
나니, 공은 크게 통곡하고 상심하며 거처하는 곳의 뒤편 언덕에 우당공
을 장사지냈다. 공은 당시 묘소 앞 바위 위에 올라 슬픔을 참지 못했는

棲), 본관은 창녕(昌寧)이다. 저술로 37권 17책의 『암서집』이 있다.

10 김창강(金滄江) : 김택영(金澤榮, 1850-1927)이다. 자는 우림(于霖), 호는 창강, 본관은
   화개(花開)로, 경기도 개성 출신이다. 이건창(李建昌)과 교유하였다. 을사늑약으로 국가
   의 장래를 통탄하다가 1908년 중국으로 망명하였다. 저술로 15권 7책의 『소호당집』·
   14권 6책의 『창강고』 등이 있다.

11 이경재(李耕齋) : 이건승(李建昇, 1858-1924)이다. 자는 보경(保卿), 호는 경재, 본관은
   전주이다. 강화도에 거주했다. 이건창의 동생이다. 저술로 2책의 『경재집』이 있다.

12 백마산성(白馬山城) : 백마산(白馬山)은 현 경상남도 산청군 신안면 중촌리에 있다. 이
   산에 백마산성이 있는데, 강산성(江山城)·강산석성(江山石城)·동산성(東山城)·단성
   산성(丹城山城)·동성산성(東城山城) 등으로 불렸다.

13 천길……떠오르네 : 『택재집』 권2 「중산만조(中山晚眺)」에 "천길 벼랑 흰 바위 위에서
   날마다 소요하니, 몸 주위에 구름 일어 내려갔다 다시 떠오르네. 가련하다 봄빛을 깊이
   인정하는 듯하더니, 다시 송화가 사립문으로 날아드는 것을.[白石千頭日振衣, 身邊雲出
   落還飛. 可憐春事深如許, 復有松花入小扉.]"이라고 하였다.

14 우당공(嵎堂公) : 유식(柳湜)이다. 자는 낙서(樂棲), 호는 낙오(樂吾)이며, 저술로 1책의
   『낙오실기』가 있다.

데, 그 바위를 '간운대(看雲臺)'라 이름하였다. 공이 천륜을 슬퍼한 정이
이와 같았다.

『단구향지(丹邱鄕誌)』의 편수가 폐지된 지 오래되었고, 빼어난 현인들
도 세상을 떠난 분이 많았다. 그래서 공이 사적(史蹟)을 수집하여 편차하
고 『단구성원(丹邱姓苑)』이라 명명하였는데, 범례는 『홍사(鴻史)』[15]를 따
랐다. 이 때문에 고을의 인사들이 공을 더욱 공경하고 존중하였다.

평소 문하에서 배우던 사람들이 공을 위해 몰래 하나의 계를 조직하여
기형 군에게 기금을 맡기고서 형편이 곤궁할 때 그 돈을 쓰게 한 것이
여러 해 되었다. 어느 날 공이 그 일을 탐지하고서, 곧바로 기형 군을
불러 말씀하기를 "고인이 말하기를 '사람에게 실상이 없으면 길하지 않
다.'[16]라고 하였다. 나는 사람들에게 덕망을 받을 만한 실상이 없는데,
이처럼 길하지 못한 일을 했단 말이냐. 너는 그 돈을 거절하고 그들에게
되돌려주어 내 마음을 편안케 해다오."라고 하였다. 기형 군이 그 명을
따랐다. 공이 세속에서 유행하는 폐단을 뽑아버린 것이 또 이와 같았다.

공은 향년 72세인 신묘년(1951) 8월 14일 삼벽당(三壁堂)에서 별세하였
는데, 다음 달 집 뒷산 유좌(酉坐) 언덕에 장사지냈다. 무오년(1978) 2월
24일 신안(新安)[17] 소이촌(所耳村) 남등(南嶝)에 이장하였다. 부인 능주 구

---

15 홍사(鴻史): 지광한(池光翰, 1659-1756)이 1731년 함안(咸安)의 안인촌(安仁村:현 경상
　남도 함안군 산인면)에서 지은 책이다. 『지씨홍사(池氏鴻史)』라고도 한다. 반고(盤古)에
　서부터 명(明)나라까지 제왕통기(帝王統紀) 16편, 열전 32편 등으로 편제되어 있다. 지광
　한의 자는 휘보(輝甫), 호는 설악(雪嶽)·대충와(大蟲窩), 본관은 충주이며, 현 충청북도
　청주시 와송리(臥松里)에서 출생하였다.
16 사람에게……않다: 『맹자』「이루 하」 제17장에 맹자가 말하기를 "천하 사람들의 말이
　실제로 길하지 못함이 없으니, 길하지 못함의 실제는 어진 이를 은폐하는 것이 이에
　해당된다.[言無實不祥, 不祥之實, 蔽賢者當之.]"라고 하였다. 이 주자주(朱子註)에 혹자
　가 말하기를 "말에 실상이 없는 것이 길하지 못함이다.[言而無實者, 不祥.]"라고 하였다.
17 신안(新安): 현 경상남도 산청군 신안면을 가리킨다.

씨(綾州具氏)는 구연주(具然疇)의 딸로, 공보다 2년 먼저 별세하였는데 공의 묘소에 합장하였다. 아들이 없어서 우당(嵎堂)의 아들 기형(基馨)을 후사로 삼았다. 딸 셋은 하광환(河光煥)·이수찬(李壽贊)·노기만(盧基萬)에게 시집갔다. 손자는 승우(承宇)·승주(承宙)·영두(永斗)이고, 외손자는 하만수(河萬壽)·이문석(李文錫)·노정두(盧正斗)·노원두(盧元斗)·노현두(盧現斗)·노승두(盧勝斗)·노찬두(盧贊斗)이다.

지난 기미년(1979) 기형 군이 진주의 우사(寓舍)로 나를 찾아와 공의 묘갈명을 청탁하며 말하기를 "저의 부친을 잘 아는 분은 그대만 한 사람이 없으니, 그대께서는 사양하지 마십시오."라고 하였다. 나는 그 청탁을 무겁게 여겨 승낙하기 어려웠는데, 2년 뒤에 기형 군이 갑자기 세상을 떠났다. 금년 임술년(1982) 여름에 공의 손자 승주 군이 나를 찾아와 또 자기 부친이 했던 청을 거듭하니, 애달프다! 무슨 말이 필요하랴?

나는 근래에 이 집안에 이루 다 말할 수 없는 좋은 소식을 들었다. 승우 군은 바야흐로 관세청장에 임용되었고, 영두 군은 또 문학박사로 대학교수가 되었고, 승주 군은 바야흐로 대학교수가 되어 문학박사 학위를 받았다. 공의 학술을 계승하고 조술하려는 바람이 사우들 사이에서 자자하니, 지하에 있는 승주 군의 조부와 부친의 영령이 위로되고 기뻐할 것이다.

내가 이에 나도 모르게 또 마음속에서 희비가 교차되어 오랜 뒤에야 감정을 안정시킬 수 있었다. 드디어 그 가장을 살펴보고 내가 평소 마음에서 느낀 것을 참조하여 위와 같이 짓고 명을 다음과 같이 잇는다.

사군자가 귀하게 여기는 것은	士之所貴
기국과 식견을 먼저 닦는 것이네[18]	先其器識
진실로 그런 점이 없으면	苟無此者

끝내 변변찮은 사람이 되리	終焉碌碌
위대하도다! 선생이여	偉哉先生
흉금이 소탈하고 광활했네	疏曠襟宇
지기를 굳게 하여 옛 도에 정심하여	亢志邃古
평범함과 고루함을 끊어버렸네	夐絶凡陋
평상시에 실천한 것은	惟其素履
충성 신의 효도 우애였네	忠信孝友
유학의 실천을 평탄한 대로처럼 여겨	坦坦周行
걱정하지도 않고 두려워하지도 않았네[19]	不憂不懼
발휘하여 문장을 지으면	發爲文章
사통팔달의 길을 활보하는 듯했네	闊步通衢
구차하게 문사를 수식하는 일은	區區雕鏤
원래 마음에 담아두지 않았네	元不心留
그 귀결의 지취를 요약하면	要其歸趣
호악(灝噩)[20]의 여류였네	灝噩餘流
외람되이 공의 알아줌을 받아	猥辱知遇
감히 나의 속마음을 펼치네	敢布私衷
이 글로 참되게 알아줄 이 기다리니	以待眞賞
백세 뒤에 양웅 같은 군자 있으리[21]	百世揚雄

18 기국과……것이네:『송사(宋史)』권340「유지열전(劉摯列傳)」에 의하면, 북송(北宋) 때 학자 유지(1030~1098)는 "선비는 마땅히 기국(器局)과 식견을 급선무로 여겨야 할 것이니, 한 번 문인으로 불리게 되면 볼 것이 없게 된다.[士當以器識爲先, 一號爲文人, 無足觀矣.]"라고 하며, 자손들에게 행실이 먼저요 문예는 나중이라고 가르치며 경계시켰다.

19 걱정하지도……않았네:『논어』「자한(子罕)」에, 공자가 "지혜로운 자는 의혹하지 않으며, 인(仁)한 자는 근심하지 않으며, 용맹한 자는 두려워하지 않는다.[知者不惑, 仁者不憂, 勇者不懼.]"라고 하였는데, 이는 학문의 순서를 말한 것이다.

20 호악(灝噩):양웅(揚雄)의『법언(法言)』에 "우하 시대의 글은 밝고 엄숙하며, 상서는 멀고 아득하며, 주서는 크고 너르다.[虞夏之書渾渾爾, 商書灝灝爾, 周書噩噩爾.]"라고 한 데서 나온 말로,『주서(周書)』·『상서(尙書)』같은 고문(古文)이란 뜻으로 쓰였다.

21 백세……있으리:후세에 공을 알아줄 사람이 있으리라는 말이다. 한(漢)나라 양웅(揚雄)이『태현경(太玄經)』을 지어 놓고, "후세에 나 자운(子雲) 같은 학자가 나오면 알 것이다."라고 한 데서 나왔다. 자운은 양웅의 자이다.

임술년(1982) 8월 김해(金海) 허형(許泂)이 삼가 지음.

柳澤齋先生 墓碣銘 幷序

許泂 撰

澤齋 柳公先生, 諱海曄, 又諱潛, 字晦敷, 其先晉州人。高麗上將軍挺爲始祖。孫洪林, 銀靑光祿大夫戶部尙書。三傳藩, 奉翊大夫同知密直司事, 麗亡, 秉節參杜門諸賢。號僻隱, 享陜川 魯峯院。入李朝, 諱淵仕仁宗、明宗年間, 至京畿水使。子萬禎登武科, 歷任長鬐、靈山二郡, 自後以儒業傳世。曾祖曰西溪 宜文, 祖曰式好堂 遠輝。考諱絢秀, 號川愚, 有文行。妣南原 梁氏 致國女。高宗庚辰十一月初四日, 公生于丹城之丁台世第。

公體不踰中人, 而風儀端重, 精英發于眉睫, 使人望之可敬。宇量平曠, 忮求不萌於意, 畦畛不設于口。日常談論疏爽, 有高致。道義文藝外, 時俗猥瑣, 則一不及也。

八歲就學, 文理夙就。十八請質於法勿 金約川先生, 以高才明識, 得推奬。二十二贄謁俛宇 郭徵君先生。先生叩其造詣, 甚愛之, 期以遠大。歸則益加奮發, 大肆力於經史百家, 以及于秦、漢、唐、宋, 駸駸入作家梱域。凡有所著, 爲士友所稱誦而艶嚮焉。

事父母, 生死俱盡孝道。嘗營父葬, 家不甚饒, 而以萬金求得名地, 人皆吐舌。追及先世累代文蹟之沈泯者, 積年搜探于人家之塵簡古帖中, 一一錄梓, 而公諸世, 《槐軒實紀》、《菁川四世聯芳錄》、《菁川家稿》等, 皆此也。

丙寅, 公移居于晉陽 大鳳山下, 扁其楣曰“混沌菴”, 寓隱市之義也。後幾年, 余亦寓晉陽傍混沌菴, 始拜公於牀下。公子基馨君侍側。余見公儼然古君子人, 君端恭新秀士也。心以爲從公父子爲師友, 則羈旅之幸也。

自後余無日不陪公從容受嘉訓。又與基馨同處一室，對案講書，啓發之
益，切磋之樂，相慰乎家國淪喪之日。一日示知舊書簡帖，曰："吾儕拓落
窮甚，不可但已，於同類相求。"閱其帖，往復酬唱，最多於河晦峯、曺深
齋、金滄江、李耕齋四公，而皆以道義志氣相推重。四公之碩學淸操，冠
絶當時，而其肝膽之相輸如此，豈無所以哉? 亦可以證公七分矣。

甲戌冬，筮居于丹城之白馬山城，扁其堂曰"三檗。"日逍遙山上，有吟
曰："白石千頭日振衣，身邊雲出落還飛。"與弟嵎堂公，素友愛絶倫，至是
尤怡怡，不相離。不幸嵎堂先卒，公大痛傷，葬于所居後岡。時登墓前巖
石上，悽愴不已，名其巖曰"看雲臺"。天倫惻怛之情如此。

《丹邱鄉誌》之修久廢，英賢多泯沒。公搜蹟而編次，名曰"《丹邱姓苑》"，
凡例依用《鴻史》。以是州之人士，尤敬重焉。平日受業于門下者，爲公
潛修一契，托契金于基馨，使經理拮据有年。日公探知，卽召基馨曰："古
人云:'人無實不祥。'我於人無推望之實，而爲此不祥之擧乎? 汝却而返
之，俾安吾心。"基馨從其命。拔出俗尙之委靡，又如此。

以享壽七十二歲之辛卯八月十四日，考終于三檗堂，踰月而葬屋後山
枕酉原。戊午二月二十四日，移窆于新安 所耳村南嶝。配綾州具氏 然疇
女，先公二年而卒，祔公墓。無男，以嵎堂子基馨爲嗣。三女適河光煥、
李壽贊、盧基萬。孫: 承宇、承宙、永斗，外孫: 河萬壽、李文錫、盧正
斗·元斗·現斗·勝斗·贊斗。

頃年己未，基馨君造余汾陽寓舍，請公墓上之銘，曰："知吾父深者莫如
子，子其無辭。"余重其請而難其應，經二芚而君遽沒。今年壬戌夏承宙
訪余，又申其父之請，傷哉何言? 余近聞此家不勝言其香烈。承宇君方任
稅關長，永斗君又居大學教授文學博士，而承宙方居大學教授，位擢文學
博士。繼述之望，藉藉于士友間，乃祖乃父，地下之靈，可以慰悅。余於是
又不覺其悲喜之交于中，久而後定情。遂按其家狀，而參以余平昔所感于
心者，如右撰次，系以銘曰:

"士之所貴，先其器識。苟無此者，終焉碌碌。偉哉先生! 疏曠襟宇。尤

志邃古, 夐絶凡陋。惟其素履, 忠信孝友。坦坦周行, 不憂不懼。發爲文章, 闊步通衢。區區雕鏤, 元不心留。要其歸趣, 灝噩餘流。猥辱知遇, 敢布私衷。以待眞賞, 百世揚雄。"

　壬戌仲秋, 盆城 許洞謹撰。

❖ 원문출전

柳潛,『澤齋集』附錄, 許洞 撰,「柳澤齋先生墓碣銘幷序」(경상대학교 문천각 古 D3B H류71ㅌ)

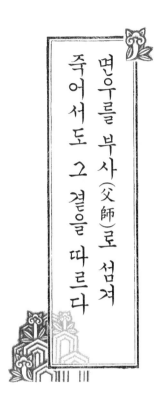

면우를 부사(父師)로 섬겨
죽어서도 그 곁을 따르다

곽윤(郭奫) : 1881-1927. 자는 대연(大淵), 호는 겸와(謙窩), 본관은 현풍이다. 숙부 곽종석(郭鍾錫)에게 수학하였다. 니동서당(尼東書堂)·다천서당(茶川書堂) 건립과 『면우집』 간행에 참여하였다.
저술로 4권 2책의 『겸와유고』가 있다.

겸와(謙窩) 곽윤(郭奫)의 묘갈명 병서

김재수(金在洙)[1] 지음

곽대연(郭大淵) 군의 묘는 모덕산(慕德山)[2]에 있다. 나는 무덤 앞에 찾아가 한 번 통곡한 적이 있는데, 어느새 지금 6년이 흘렀다. 매번 군의 뛰어난 재주와 빼어난 지취가 모두 흙속에 묻혀버린 것을 생각하며 하루도 잊은 적이 없었다. 김이회(金而晦)[3] 군이 바야흐로 군이 남긴 시문(詩文)과 여러 사람들이 군을 위해 지은 글을 수집하여 후세에 남기기를 도모하였는데, 묘소에 묘갈명이 없다고 하여 참봉 정재성(鄭載星)[4]이 지은 행장을 가지고 와서 나에게 서술해 줄 것을 부탁하였다. 그래서 내가 다음과 같이 기술한다.

군은 살아서는 징군(徵君)[5] 곽 선생(郭先生)을 숙부로 모셨고 죽어서는

---

1 김재수(金在洙) : 1878-1962. 자는 계원(啓源), 호는 중헌(重軒), 본관은 상산(商山)이다. 곽종석에게 수학하였다.

2 모덕산(慕德山) : 현 경상남도 거창군 가조면에 있는 산이다.

3 김이회(金而晦) : 김황(金榥, 1896-1978)이다. 자는 이회, 호는 중재(重齋), 본관은 의성(義城)이고, 현 경상남도 산청군 신등면 평지리 물산 마을에 거주하였다. 곽종석(郭鍾錫)에게 수학하였다. 독립운동과 관련하여 1, 2차 유림단사건에 연루되어 옥고를 치른 뒤 1928년 의령에서 경상남도 산청군 신등면 물산 마을로 옮겨 50년 동안 1천여 명의 문도를 길러냈다. 저술로 100권 48책의 『중재집』이 있다.

4 정재성(鄭載星) : 1863-1941. 자는 취오(聚五), 호는 구재(苟齋), 본관은 진양(晉陽)이다. 현 경상남도 거창군 가북면 중촌리 다전 마을에서 태어났다. 이진상(李震相)에게 수학하였고, 장복추(張福樞)·윤주하(尹胄夏)·이종기(李種杞) 등과 종유하였다. 1904년 정릉 참봉(貞陵參奉)에 제수되고 곧이어 영희전 참봉(永禧殿參奉), 경기전 참봉(慶基殿參奉) 등을 지냈으나 정사의 어지러움을 알고 그만두었다. 저술로 2권 1책의 『구재집』이 있다.

5 징군(徵君) : 곽종석(郭鍾錫, 1846-1919)을 가리킨다. '징군'은 임금의 부름을 받은 덕행

징군 선생의 묘역에 묻혔으니, 이것만으로도 절로 후세에 전하기에 충분한 일인데, 사람들이 군에게 통곡하는 것은 끝내 무엇 때문인가?

아! 군은 14세에 부친을 여의고 곧바로 징군에게 양육 되었다. 징군은 군에게 많은 학술을 가르쳤다. 군에게 성실한 자질이 있자 징군은『소학』에서 행실을 확립하는 것은 모두 효제(孝悌)로부터 시작된다는 점을 전수하였고, 군에게 정밀하고 민첩한 재주가 있자 징군은『대학』에서 학문에 나아가는 것은 격물치지로부터 말미암는다는 점을 가르쳐주었고, 군이 의문(儀文)과 절도를 좋아하자 징군은『의례(儀禮)』의 예는 근본이 있음을 귀하게 여긴다는 점을 가르쳤다. 차례대로 여러 경전을 읽히고 순서에 따라 인도하고 진취시키니, 땅을 북돋우자 뿌리를 깊이 내리고 물을 주자 꽃이 무성하게 피는 것과 같았다.

또 징군의 일상생활의 거동이 모두 지극한 가르침이었다. 그래서 군은 마음이 열리고 눈이 밝아지자 견해가 날로 영민하고 밝아졌다. 물러나 동문의 빼어난 벗들과 전수받은 것을 절차탁마하며 서로 의리의 문체를 증진시켰다.

군이 남에게 자신을 낮추고 스스로 자신을 기르며 많은 것을 덜어서 적은 것에 더해주는 데 바탕을 두자, 징군은 마음속으로 군을 사랑하여 크고 작은 일 할 것 없이 군의 의론을 수용하여 판단하는 경우가 많았다.

당시 징군의 명성이 막중하여 우환을 예측할 수 없었다. 그래서 자제의 직분을 행하기가 매우 어려워 집안일만 오로지 하고 외부 일을 경시할 수도 없었고 남의 뜻을 따르며 자기 뜻을 버릴 수도 없었는데, 군은 조용히 일을 주선하며 도리를 저버리지 않았다.

징군이 초야에 은거하면서 지취를 고상하게 할 때에는 합당한 복식이

___
과 학문이 겸비된 선비를 가리키는 말인데, 징사(徵士)라고도 한다. 후한(後漢) 때 황헌(黃憲)을 징사라 부른 데서부터 유래되었다.(『後漢書』卷53「黃憲列傳」)

아니면 입지 않고 정당하게 먹어야할 음식이 아니면 먹지 않으니, 여러 가지 일이 날로 늘어났다. 이러한 때에 자신을 돌보지 않고 징군을 도와 일을 처리하며 징군을 돌보고 봉양한 사람이 누구냐고 묻는다면, 바로 군이 그 사람이다. 징군이 만년에 나라가 망하여 거듭 감옥6에 들어갔는데, 이러한 때에 분주히 울부짖으며 외국 사람들을 감동시킨 사람이 누구냐고 묻는다면, 바로 군이 그런 사람이다.

징군이 세상을 떠나자 군은 1년 더 상복을 입어 은혜와 의리가 모두 중하다는 것을 드러냈다. 군은 남사(南泗) 마을에 니동서당(尼東書堂)7을 세우고, 천내(泉內) 마을에 다천서당(茶川書堂)8을 완성하였으며, 갑자년(1924)에 모덕산(慕德山)으로 징군을 이장하고, 을축년(1925) 한성관(漢城館)에서 징군의 유문 110권을 간행하였다.

과부가 된 누이동생이 생질을 키우고 있었는데, 은혜를 베풀고 사랑함이 있었다. 숙부인(淑夫人)9을 섬길 적에는 심지를 거스르지 않았고, 두 사촌 동생을 대할 때는 화락함을 우선하여 자기를 친하게 여겨 싫어하지 않게 하였다. 군은 성실로써 마음을 다잡았으며 화락하고 공경함으로 남을 대하였다. 자신을 비우고 겸허히 하여 한 가지 일도 능한 것이 없는 것처럼 하였다. 온갖 변화에 대응할 적에는 법도에 따라 질서정연하게 하였다. 대개 도리에 있어서 아버지와 스승의 법도를 편 것이 이미 반 이상이나 되었다. 당대 노숙한 도덕군자들이 다투어 군이 자기들 문

6 감옥: 원문의 '연옥(燕獄)'은 연경(燕京)의 감옥이다. 송나라 문천상(文天祥)이 원나라에 잡혀가 연경의 감옥에서 죽은 고사가 있다.(『송사(宋史)』)
7 니동서당(尼東書堂): 곽종석을 기리기 위해 유림과 제자들이 1920년에 건립한 서당으로, 현 경상남도 산청군 단성면 사월리에 있다.
8 다천서당(茶川書堂): 곽종석의 학덕을 기리기 위해 1921년 제자들이 현 경상남도 거창군 가북면 중촌리 다전 마을에 세운 서당이다.
9 숙부인(淑夫人): 곽종석의 부인을 말한다.

하에 들어오기를 기대하였으며, 국내의 영웅호걸들이 군의 명성을 듣고 한 번 만나기를 바랐으니, 그 이유가 바로 이 때문일 것이다.

　정묘년(1927) 정월 6일에 세상을 떠났고, 다음 달에 장사지냈다. 군이 태어난 신사년(1881)으로부터 겨우 47년 째 되던 해이다. 군의 휘는 윤(奫)이고, 자호는 겸와(謙窩)이다. 현풍 곽씨(玄風郭氏)는 정의공(正懿公) 휘 경(鏡)을 시조로 한다. 비승(秘丞)에 추증된 휘 수익(守翊)이 증조부이고, 참찬에 추증된 휘 원조(源兆)가 조부이다. 부친 휘 정석(珽錫)은 징군의 형이다. 모친은 밀양 손씨(密陽孫氏) 손동철(孫東轍)의 딸과 창원 황씨(昌原黃氏) 황철규(黃轍奎)의 딸인데, 모두 자식이 없었다. 군이 적통을 이어 부친의 제사를 받든 것은 징군이 명한 것이다. 박씨(朴氏)가 실제 군의 모친이다. 부인은 두 명으로 밀양 박씨(密陽朴氏) 박수종(朴秀宗)의 딸과 진양 강씨(晉陽姜氏) 강태희(姜泰熙)의 딸이다. 두 아들 순(錞)과 빈(馪)은 강씨 소생이다. 빈은 아직 어리다.

　명은 다음과 같다.

아름답구나 곽군의 덕이여	懿君之德
낮다고 해도 넘을 수 없네	卑不可踰
부사(父師)의 도를 계승하여 펼 적엔	凡所繼述
마음을 작게 하면서도 규모를 크게 했네	小心大模
하늘이 덕 있는 이를 돕는다 말한다면	謂天相之
군이 어찌 장수하지 않았겠는가	胡壽之無
이곳에 찾아올 이 누구인가	來者爲誰
나의 이 명은 아첨이 아니라네	我銘不諛

임신년(1932) 섣달에 김재수(金在洙)가 지음.

墓碣銘 幷序

金在洙 撰

　　郭君 大淵之葬于慕德也。余得臨穴一慟，忽忽今六年矣。每思其長才秀志，幷腐潰乎土中，未嘗一日有忘也。金君 而晦方收葺君遺詩文及諸家所爲君而作者，圖垂世，而謂其墓闕碣，持鄭寢郞 載星之狀，屬余敍之。

　　余曰：其生也以徵君先生爲叔父，其死也從徵君先生之兆，此自足傳，叫叫者竟何爲也？嗚呼！君十四而孤，卽爲徵君所收育。徵君敎君多術。君有誠信之質，徵君傳《小學》立行自孝悌始；君有精敏之才，徵君授《大學》進學由格致；君好儀文節度，徵君敎《儀禮》禮貴有本。次第讀群經，循序誘進，培杷植根本，浸灌發華滋。又徵君之日用語默，皆至敎也。心開目明，見解日敏昭。退與門友之英秀磨礱所傳，相尙以義理之文。資下人自牧衰多益寡，徵君心愛之，無巨細事，多容君論裁。

　　時徵君聲名之重，憂患之不測。爲子弟職甚難，不可專內輕外，不可循物寡己，君能從容屈伸，不倍於道理。方徵君之嚴處尙志，非其服弗服，非其食弗食，庶事日埤堆。於是乎問誰鞠瘁贊理顧養，是君也。及徵君之晚際，國淪重入燕獄，於是乎問誰奔走號泣感動異類，是君也。徵君歿，加服一期，以伸恩義兩重。南泗起尼東堂，泉內成茶川堂，甲子擧緬禮慕德山，乙丑刊遺文百十卷于漢城館。

　　僂妹畜孤甥，有惠而愛。事淑夫人不怫志，處二從弟先怡怡，使親己無厭。君操心以誠實，接人以和敬。虛己謙謙，若無一事之能。至酬酢萬變，繩尺森然。蓋繼述父師於道，已過半矣。當世宿德，爭願君出門下，海內英豪，聞君幸一見，其由是諸。

　　以丁卯正月六日終，踰月葬。距生辛巳，纔年四十七矣。君諱濬，謙窩自號也。苞山之世，自正懿公諱鏡始。贈秘丞守翊，贈參贊源兆，曾祖、祖也。考珽錫，徵君兄也。妣密陽孫氏 東轍女、昌原黃氏 轍奎女，皆無育。君陞嫡奉禰祀，徵君命也。朴姓實君母也。二配：密陽 朴秀宗女、晉

陽 姜泰熙女。醄、蠚二子, 姜氏出。蠚尙幼。

　銘曰: "懿君之德, 卑不可踰。凡所繼述, 小心大模。謂天相之, 胡壽之無? 來者爲誰? 我銘不諛。"

　壬申嘉平節, 金在洙撰。

❖ **원문출전**

郭㴐,『謙窩遺稿』卷4 附錄, 金在洙 撰,「墓碣銘幷序」(경상대학교 문천각 D3BH황225ㄱ)

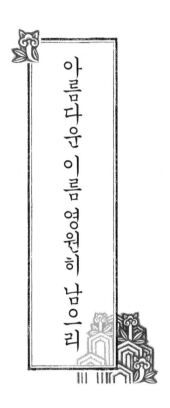

아름다운 이름 영원히 남으리

박희순(朴熙純) : 1881-1952. 자는 문일(文一), 호는 건재(健齋), 본관은 밀양이다.
현 경상남도 산청군 단성면에서 태어났다. 송병선(宋秉璿)·이도복(李道復) 등에게 수
학하였다. 정면규(鄭冕圭)·권운환(權雲煥) 등과 교유하였다.
저술로 1책 『건재유고』가 있다.

건재(健齋) 박희순(朴熙純)의 묘갈명 병서

송경환(宋瓊煥)[1] 지음

 박공(朴公)의 휘는 희순(熙純), 자는 문일(文一), 호는 건재(健齋)이며, 본관은 밀양이다. 신라왕자 밀성대군 휘 언침(彦忱)이 시조이다. 고려 태사 문하시중(門下侍中) 휘 언부(彦孚)가 중시조이다. 6대를 내려와 은산부원군(銀山府院君) 휘 영균(永均)은 판도판서를 지냈으며 시호는 문헌(文憲)이다. 그의 아들 익(翊)은 세자이부(世子貳傅)[2] 겸 중서령(中書令)을 지냈는데 고려가 망하자 절개와 의리를 굳게 지켰다. 조선 태조가 나라를 세워 여러 차례 불렀지만 나아가지 않았다. 시호는 충숙(忠肅)이다. 사림이 밀양의 덕남서원(德南書院)과 용강사(龍岡祠)와 신계서원(新溪書院)에 향사하였다. 세상에서 '송은(松隱) 선생'이라 불렀는데 중세의 현달한 조상이다. 송은 선생의 넷째 아들 졸당(拙堂) 휘 총(聰)은 효로써 천거되어 호조 정랑에 이르렀다. 이조 참판에 추증되었고 신계서원에 배향되었는데 곧 공의 파조이다. 고조부의 휘는 계륜(啓倫), 증조부의 휘는 치규(致奎), 조부의 휘는 상인(尙仁), 부친의 휘는 정화(禎和) 호는 월초(月樵)인데, 모두 유학자의 명망이 있었다.

 모친은 안동 권씨(安東權氏) 권주성(權柱成)의 딸이다. 계비는 밀양 손

---

1 송경환(宋瓊煥) : 1919-2012. 호는 경재(絅齋), 본관은 여산(礪山)이다. 현 경상남도 함양군 지곡면 상배면에 거주하였다. 정재경(鄭在璟)에게 수학하였다. 함양향교 전교를 역임할 적에 『함양향교지』를 번역하여 발행하였다.
2 세자이부(世子貳傅) : 고려의 관직이며, 조선 시대로 말하면 세자 시강원(侍講院)에서 두 번째로 높은 종1품직이다.

씨(密陽孫氏) 손경성(孫慶成)의 딸과 김해 김씨(金海金氏) 김상삼(金相三)
의 딸이다. 고종 신사년(1881) 10월 13일 권씨 부인이 옛 단성의 안봉리
(安峯里)³ 집에서 공을 낳았다.

공은 타고난 자질이 인후하고 총명하며 비범하였다. 부모를 섬길 적
에 사랑과 공경이 모두 지극하였다. 어려서 어머니를 잃고서 3년 상을
치를 적에 어른처럼 하였다. 계모를 봉양할 적에도 친모처럼 모셨는데
매번 공손히 따르며 거스르지 않고서 그 마음을 기쁘게 하는 데 힘썼다.
공은 5형제 중 장남으로 아우들과 우애가 매우 돈독하여 가정이 늘 화목
하였다.

의지를 굳건히 하여 독서에 힘을 쏟았는데 여러 책을 두루 섭렵하되
성리학에 더욱 진력하였다. 『심경(心經)』·『근사록(近思錄)』 등의 책을
은미하고 깊은 뜻까지 극진히 연구하여 이후산(李厚山)⁴ 선생에게 나아
가 질정하였다. 스승의 설을 돈독히 믿고 가슴에 새기고 잊지 않아 선생
이 깊이 장려하고 칭찬하였다. 간혹 정노백헌(鄭老柏軒)⁵·권명호(權明
湖)⁶·권송산(權松山)⁷ 등 제현들을 자주 찾아뵙고 가르침을 들어 계발된
것이 넓고 많았다. 또 동문의 제공들과 학문을 연마하고 서로 도움을
주고받으며 진실하게 노력한 것이 오래되어서 슬며시 날로 학덕이 드러

---

3 안봉리(安峯里) : 현 경상남도 산청군 신안면 안봉리이다.
4 이후산(李厚山) : 이도복(李道復, 1862-1938)이다. 자는 양래(陽來), 호는 후산, 본관은
  성주(星州)이다. 저술로 1책의 『후산집』이 있다.
5 정노백헌(鄭老柏軒) : 정재규(鄭載圭, 1843-1911)이다. 자는 영오(英五)·후윤(厚允), 호는
  노백헌·애산(艾山), 본관은 초계(草溪)이며, 현 경상남도 합천군 쌍백면 육리(陸里) 묵동
  (墨洞)에 거주하였다. 기정진에게 수학하였다. 저술로 49권 25책의 『노백헌집』이 있다.
6 권명호(權明湖) : 권운환(權雲煥, 1853-1918)이다. 자는 순경(舜卿), 호는 명호, 본관은
  안동이다. 저술로 19권 10책의 『명호집』이 있다.
7 권송산(權松山) : 권재규(權載奎, 1870-1952)이다. 자는 군오(君五), 호는 송산·이당(而
  堂), 본관은 안동이다. 경상남도 산청군 단성면 강루리(江樓里) 교동(校洞)에서 태어났
  다. 저술로 46권 23책의 『이당집』이 있다.

나 울창하게 유림의 **빼**어난 인물이 되었다.

만년에 진태리(進台里)[8] 옛집으로 돌아와 매일 신계정사(新溪精舍)에 거처하며 와서 배우는 자들을 권장하여 유학의 도를 한 가닥이라도 부지하는 데 정성을 다하였다. 과정을 엄정히 세워 추향을 바르게 하고 행실을 돈독히 하는 것을 주로 하였다. 근후한 선비들이 선생의 문하에서 많이 나와 당시 신안(新安)[9]・도천(道川)[10] 부근에 유학의 풍도가 부흥하였다.

광복 후 7년 임진년(1952) 4월 10일 침소에서 세상을 떠났으니 향년 72세였다. 사림들이 신안면(新安面) 중촌(中村) 창안곡(蒼安谷) 선영 아래 간좌(艮坐) 언덕에 장사지냈다. 와서 곡을 한 사람이 거의 수백여 명이나 되었는데 모두들 "선사(善士)가 돌아가셨다."고 말하며, 서로 탄식하고 애도하였다. 도덕과 의리가 자기 몸에 축적되어 남들의 마음을 깊이 감동시킨 사람이 아니라면 어찌 능히 이와 같을 수 있겠는가.

부인은 전주 이씨(全州李氏) 익안대군(益安大君)의 후손 이순식(李順植)의 딸로 사덕(四德)[11]을 두루 갖추었다. 묘는 중촌 모리포(毛里浦) 간좌(艮坐) 언덕에 있다. 5남 2녀를 두었는데 아들은 임규(琳奎)・형규(亨奎)・정규(貞奎)・승규(升奎)와 희삼(熙杉)의 양자가 된 양규(良奎)이다. 딸은 김영욱(金永旭)・이석조(李錫祖)에게 시집갔다. 임규의 아들은 종기(鍾驥)・종철(鍾喆)이고 형규의 아들은 종상(鍾上)・종진(鍾鎭)・종병(鍾丙)・종령(鍾令)・종대(鍾大)이고, 정규의 아들은 종승(鍾昇)・종흠(鍾欽)・종인(鍾仁)・종암(鍾岩)이며, 승규의 아들은 종문(鍾文)・종삼(鍾三)・종섭(鍾燮)이다. 나머지는 번거로워 기록하지 않는다.

---

8 진태리(進台里) : 현 경상남도 산청군 신안면 진태리이다.
9 신안(新安) : 현 경상남도 산청군 신안면 신안리이다.
10 도천(道川) : 현 경상남도 산청군 신안면 신안리 도천서원 부근을 가리킨다.
11 사덕(四德) : 『주례(周禮)』 「천관(天官) 구빈(九嬪)」에 나온 여자로서 갖추어야 할 4가지 품성으로 마음씨[德], 말씨[言], 맵시[容], 솜씨[工]를 말한다.

아! 공은 뛰어난 명문가에서 태어나 능히 선조의 아름다운 덕을 잇고
또 후산(厚山) 이도복(李道復) 선생을 사사하여 참된 지결을 얻어 잠심하
여 공부하고 깊이 생각하여 홀로 터득한 오묘함이 있었다. 송연재(宋淵
齋)[12] · 송심석재(宋心石齋)[13] · 최면암(崔勉庵) 세 선생의 학문을 사숙하고
귀의하였으니 근본이 바른 데다 연원에 적확함이 있다고 말할 수 있다.

저술한 시문이 대부분 병란에 유실되었으나 다행히 시고(詩稿) 1권이
남아 있다. 그 글을 읽어보니 모두 충담(沖澹)하고 전아(典雅)하여 성정의
바른 데에서 나온 것으로 덕을 지닌 분의 말이었다. 대개 사람을 논할
적에 증험할 것이 없으면 누가 능히 그것을 믿겠는가. 공은 먼저 효를
행하고 의리를 중시함이 연원이 있는 데에서 증험이 되고, 나중에는 행
실에 전할 만한 것이 있는 데서 징험이 되니 장차 백세 뒤에도 사라지지
않을 것이다. 그러니 어찌 위대하지 않으리오.

이제 손자 종기가 여러 사촌들과 함께 유고를 간행하려 하고 또 묘비
를 세워 후대에 전하려고 하면서 사문 정태수(鄭泰守)가 지은 행장을 가
지고 그의 족형 종락(鍾洛)과 함께 먼 곳으로 나를 찾아와 묘갈명을 청하
였다. 나는 그 효성에 감복하여 삼가 그 행장을 살펴보고서 간추려 위와
같이 서술한다.

명은 다음과 같다.

---

12 송연재(宋淵齋) : 송병선(宋秉璿, 1836-1905)이다. 자는 화옥(華玉), 호는 연재·동방일
　사(東方一士), 본관은 은진(恩津)이다. 대전시 회덕(懷德) 출신이다. 저술로 53권 24책의
　『연재집』과 『근사속록(近思續錄)』 등이 있다.
13 송심석재(宋心石齋) : 송병순(宋秉珣, 1839-1912)이다. 자는 동옥(東玉), 호는 심석재, 본
　관은 은진이다. 대전시 회덕 출신으로 송병선의 동생이다. 저술로 35권 15책의『심석재
　집』 등이 있다.

후산 선생의 고제로서	厚山高足
연재 선생을 사숙했네	淵翁私淑
학문은 깊은 경지에 이르렀고	學問之邃
윤리를 지킴은 독실하였네	倫常之篤
때를 만남이 이롭지 못하여	遭時不利
온축된 포부 펼치지 못하였네	蘊抱莫施
초야에 은거하여 수양하면서	晦養林泉
탐하지도 해치지도 않았네[14]	不求不忮
아름다운 명성 영원히 전해져	令名流長
많은 선비들이 추앙을 하리	多士仰止

계미년(1943) 7월 그믐에 여산(礪山) 송경환(宋瓊煥)이 삼가 지음.

墓碣銘 幷序

宋瓊煥 撰

密城 朴公, 諱熙純, 字文一, 健齋其號也。新羅王子密城大君, 諱彦忱
貫祖。高麗太師門下侍中諱彦孚中祖。六傳, 至諱永均, 版圖判書銀山府
院君, 諡文憲。子諱翊, 世子二傅兼中書令, 麗亡守罔僕義。太祖龍興, 累
徵不就。諡忠肅。士林俎豆于德南、龍岡及新溪書院。世稱"松隱先生",
是中世顯祖。先生之第四子諱聰, 號拙堂, 孝薦戶曹正郎。贈天官亞卿, 配
享新溪院, 卽派祖也。高祖諱啓倫, 曾祖諱致奎, 祖諱尙仁, 考諱禎和, 號
月樵, 幷有儒望。妣安東權氏 柱成女。繼妣密陽孫氏 慶成女, 金海金氏

---

14 탐하지도……않았네 : 『논어』 「자한(子罕)」에 공자가 "남을 해치지 않으며, 남의 것을 탐
   하지 않는다면 어찌 착하지 않겠는가?[不忮不求, 何用不臧。]"라고 하며, 자로(子路)를
   칭찬하였다.

相三女也。高宗辛巳十月十三日, 權夫人生公于舊丹城 安峯里第。

公天姿仁厚, 聰明非凡。事親, 愛敬兼至。早失慈恃, 執喪如成人。奉養繼母如親母, 而每年承順無違, 務悅其志。兄弟五人, 公序居長, 而與弟友愛尤篤, 家庭常雍睦焉。

勵志劬讀, 博涉群書, 而尤專力於性理。《心》、《近》等書, 究極微奧, 就正于李厚山先生。篤信師說, 而服膺不失, 先生甚獎詡焉。間又頻謁鄭老柏、權明湖及權松山諸賢, 聽其緒論, 啓發弘多。又與同門諸公, 磨礱浸灌, 眞積力久, 闇然日章, 蔚爲儒藪之翹楚矣。

晚年, 還于進台故里, 日處新溪精舍, 獎進來學, 惓惓於一線之扶。而嚴立課程, 以正趨向敦行實爲主。謹刺之士, 多出其門, 當時新安、道川之間, 儒風復興矣。

光復後七年壬辰四月十日, 考終于寢, 享年七十二。士林會葬于新安面中村 蒼安谷先塋下艮原。來哭者, 殆數百餘人, 而咸以善士云亡, 相傳嗟悼。非德義之積於己, 而入人深者, 烏能如是耶?

齊全州李氏 益安大君後順植女, 四德咸備。墓中村 毛里浦艮坐。有五男二女, 男: 琳奎、亨奎、貞奎、升奎、良奎出爲熙杉後。曰 金永旭、李錫祚二壻也。琳奎男: 鍾驥、鍾喆, 亨奎男: 鍾上、鍾鎭、鍾丙、鍾令、鍾大, 貞奎男: 鍾昇、鍾欽、鍾仁、鍾岩, 升奎男: 鍾文、鍾三、鍾燮也。餘煩不錄。

嗚呼! 公挺生名門, 克承先懿, 而又師事厚山得眞詮, 而潛心遊泳, 有深思獨得之妙。私淑依歸於宋淵齋、心石、崔勉庵三先生之學, 可謂本領旣正, 淵源有的矣。

所著詩文, 多佚於兵亂, 而幸存詩稿一卷。讀之, 皆沖淡典雅, 自出於性情之正, 是有德者之言也。蓋論人, 無所徵焉, 則誰能信之? 公之徵諸先孝義有自也, 徵諸後行誼有傳也, 則將百世不朽矣。豈不韙哉!

今肖孫鍾驥與諸從, 欲刊出遺詩, 又欲竪碑傳後, 以鄭斯文 泰守所撰行狀, 偕其族兄鍾洛, 遠來請銘於不侫。感其孝思, 謹按其狀, 略敍。

　銘曰: "<u>厚山</u>高足, <u>淵翁</u>私淑。學問之邃, 倫常之篤。遭時不利, 蘊抱莫施。晦養林泉, 不求不忮。令名流長, 多士仰止。"

　歲癸未鳴蜩月之晦, <u>礪山</u> 宋瓊煥謹撰。

❖ **원문출전**

朴熙純,『健齋遺稿』, 宋瓊煥 撰,「墓碣銘幷序」(경상대학교 문천각 古 D3B H박98ㄱ)

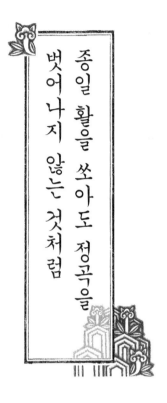

종일 활을 쏘아도 정곡을

벗어나지 않는 것처럼

김진문(金鎭文) : 1881-1957. 자는 치행(致行), 호는 홍암(弘庵), 본관은 상산(商山)이며, 현 경상남도 산청군 신등면 평지리 법물 마을에 거주하였다. 박치복(朴致馥)·김진호(金鎭祜)·허유(許愈)·곽종석(郭鍾錫)·이승희(李承熙)에게 수학하였고, 김기용(金基鎔)·김재식(金在植)·김영시(金永蓍)·김재수(金在洙) 등과 교유하였다. 저술로 5권 2책의 『홍암집』이 있다.

홍암(弘庵) 김진문(金鎭文)의 묘갈명 병서

김황(金榥)[1] 지음

　　홍암(弘庵) 처사 김치행(金致行) 공이 세상을 떠난 이듬해, 그의 여러 후학들과 조카 열순(烈洵), 사위 권승현(權承鉉) 등이 서로 더불어 논의하여 공이 남긴 저술과 흩어진 시문을 모아 몇 권을 만들고 나의 교감을 거쳐 간행하려고 하였다. 그리고서 공의 생애와 학문을 한 실상을 기록하여 묘갈명을 지어주기를 청하였다. 아! 나는 홍암 선생을 잘 아니, 어찌 감히 그 일을 도외시하겠는가.

　　대개 물천(勿川)[2] 선생이 성재(性齋)[3]와 한주(寒洲)[4]의 의발을 전수받아 한 지방의 학자들을 인도하면서부터 김씨 일문은 많은 사인(士人)이 나온 것으로 가장 알려졌다. 공은 물천옹의 막내 종제로, 어릴 때부터 총명함과 지혜로움이 또래보다 뛰어나 더욱 물천옹에게 사랑을 받았다. 처

1 　김황(金榥) : 1896-1978. 자는 이회(而晦), 호는 중재(重齋), 본관은 의성(義城)이며, 현 경상남도 산청군 신등면 평지리 물산 마을에 거주하였다. 곽종석(郭鍾錫)에게 수학하였다. 저술로 100권 48책의 『중재집』이 있다.

2 　물천(勿川) : 김진호(金鎭祜, 1845-1908)이다. 자는 치수(致受), 호는 약천(約泉)·물천, 본관은 상산(商山)이다. 박치복(朴致馥)·허전(許傳)·이진상(李震相)에게 수학하였다. 저술로 16권 9책의 『물천집』이 있다.

3 　성재(性齋) : 허전(許傳, 1797-1886)이다. 자는 이로(而老), 호는 성재, 본관은 양천(陽川), 시호는 문헌(文憲)이다. 만년에 서울 냉천(冷泉)에 살았다. 1835년 문과에 급제하였고, 1864년 김해 부사로 부임해 강우지역의 문풍을 진작시켰다. 저술로 45권 23책의 『성재집』이 있다.

4 　한주(寒洲) : 이진상(李震相, 1818-1886)이다. 자는 여뢰(汝雷), 호는 한주, 본관은 성산(星山)이며, 현 경상북도 성주군 월항면 대산리 한개 마을[大浦]에 거주하였다. 숙부 이원조(李源祚)에게 수학하였다. 저술로 45권 22책의 『한주집』이 있다.

음 배울 적에 말해주면 곧바로 깨닫고, 깨달으면 곧 빠뜨림 없이 굳게 지켰다.

당시 남쪽 고을의 인사들이 성재 선생의 문집을 새로 간행하고, 이어서 이택당(麗澤堂)을 세워 생도들을 모아 머물러 공부하게 하였다. 의금부 도사 박만성(朴晩醒)[5] 선생이 실로 강주(講主)가 되었으니, 또한 물천옹이 일찍이 스승으로 섬긴 분이었다. 공은 어린 아이로 학도들 중에 있었는데 만성이 그 재주를 사랑하여 자신의 재주를 믿지 말라는 말로써 면려하여 원대한 학자가 되기를 기약하는 뜻을 보여주었다.

얼마 후 만성이 세상을 떠나자 돌아와 다시 물천옹에게 배웠다. 날마다 절차탁마하여 수양함이 점점 두터워지고 학문으로 나아가는 길이 익숙해져서 법도가 혼연히 완성되었다. 또 널리 섭렵하고 잘 기억하여 말을 하면 근거가 있었다. 그러자 함께 배우는 자들 모두 스스로 미칠 수 없다고 여겼다. 중간에 허후산(許后山),[6] 곽면우(郭俛宇)[7] 두 선생을 종유하여 배운 바를 바로잡으니, 두 분은 모두 한주(寒洲) 문하의 고제(高弟)이자 물천옹과 마음이 합했던 분들이다. 일찍이 대포(大浦)의 삼봉서당(三峯書堂)[8]에서 『심경(心經)』의 요지 10여 조를 질문하여 원근의 학자들을 모아서 시험하였다.[9] 공은 약관도 되지 않았는데 그 질문에 응대한

---

5 박만성(朴晩醒) : 박치복(朴致馥, 1824-1894)이다. 자는 훈경(薰卿), 호는 만성, 본관은 밀양이다. 경상남도 함안에서 태어났고, 만년에 현 경상남도 합천군 가회면에 거주하였다. 류치명(柳致明)·허전(許傳)에게 수학하였다. 저술로 16권 9책의 『만성집』이 있다.

6 허후산(許后山) : 허유(許愈, 1833-1904)이다. 자는 퇴이(退而), 호는 후산·남려(南黎), 본관은 김해(金海)이며, 현 경상남도 합천군 삼가에 거주하였다. 이진상(李震相)에게 수학하였다. 저술로 21권 10책의 『후산집』이 있다.

7 곽면우(郭俛宇) : 곽종석(郭鍾錫, 1846-1919)이다. 자는 명원(鳴遠), 호는 면우, 본관은 현풍(玄風)이며, 단성(丹城) 출신이다. 이진상(李震相)에게 수학하였다. 저술로 182권 63책의 『면우집』이 있다.

8 삼봉서당(三峯書堂) : 경상북도 성주군 월항면 대산리에 있는 서당으로, 이진상(李震相)을 향사한다.

것이 모두 정미하여 자주 칭찬을 들었다.

물천옹이 세상을 떠나니, 모든 사후의 일은 큰일이든 작은 일이든 공을 의지하고 중시하지 않음이 없었는데, 당시 공의 나이는 28세였다. 공은 이에 귀의할 곳을 일찍 잃어 학업을 마칠 곳이 없음을 애통해하였다. 그래서 다시 면우 선생에게 나아가 물천옹처럼 섬겼는데, 독실하게 믿어 의심하지 않았다. 또 항상 이택당(麗澤堂), 물천당(勿川堂), 인지재(仁智齋)에 거처하며 찾아오는 학생들을 가르쳤다. 아울러 물천옹의 고사를 따라 앉은 자리 뒤쪽 벽에 '성(誠)은 백 가지 거짓을 없애고, 경(敬)은 천 가지 간사함을 대적한다.[誠消百僞 敬敵千邪]'라는 말을 나란히 써 두었는데, 대개 한주 선생이 예전에 전한 말씀을 서술하여 늘 이 문구를 돌아보면서 자신을 징험한 것이다.

공의 학문은 심(心)을 논하면 주재(主宰)를 우선하고, 예(禮)를 논하면 본원을 궁구하고, 경전을 논하면 이치와 의리를 밝히고, 역사를 논하면 왕도(王道)를 숭상하였는데, 요지는 모두 순수하여 한결같이 정도(正道)에서 나왔다. 문자를 변석하고 명물(名物)을 증명하는 것에 이르러서는 또한 각각 치밀하게 조리와 순서가 있어서 귀추가 뚜렷하였다. 애초 어렴풋이 흉내내고 흐리멍덩하게 얼버무리며 억지로 알지 못하는 것을 아는 체 하면서 입으로만 말하는 한 부류의 유자와는 견줄 바가 아니었다. 이런 학문 과정을 거쳤으니, 이로써 벗들을 대하면 통달한 말씀이 멈추지 않았고, 이로써 학생들을 가르치면 간절하고 자상하게 귓가에 들리고, 이로써 일상에서 행하면 몸소 체득하여 어김이 없었고, 이로써 사물에 응하면 판단하여 결정함에 빈틈이 없었다. 안으로는 가정과 규중에, 밖으로는 고을과 동네에서 능히 잘못된 일을 한 적이 없었다.

---

9 일찍이……시험하였다 : 1898년 4월 삼봉서당에 모여 강론할 때 허유·곽종석이 발문한 것으로, 『홍암집』 권2 잡저에 「심경발문대(心經發問對)」가 있다.

만년에 집안 살림이 점점 궁핍해지고 세상의 변화가 더욱 험해져 종종 매우 비상한 일을 당하였다. 그러나 항상 꼿꼿이 자신의 지조를 지키고 확고히 마음이 흔들리지 않았으며, 깊이 침잠하여 지내며 곤궁하고 실의에 빠진 기색을 절대로 보이지 않았으니, 대저 평소에 수양한 바가 아니라면 이와 같을 수 있겠는가.

공은 일찍이 나와 더불어 말씀하기를 "사(士)와 문인(文人)은 저절로 구별된다. 지금 혹자가 웅대한 문사와 기이한 작품으로 질탕하게 마구 써내려가며 장차 천하를 바꿀 듯이 하는데, 그를 일러 사라고 하는 것은 바른 명칭이 아니다."라고 하였다. 또 말씀하기를 "후생 학자를 처음 가르칠 적에 구두를 이해하지 못하면 그 사람은 종신토록 몽매함을 벗어나지 못한다."라고 하였다. 나는 항상 마음속에 그 말을 기억하여 잊지 않았다. 아! 사가 올바른 스승을 얻기도 어렵지만 사를 가르쳐 인재를 얻기도 쉽지 않으니, 어찌 우리 학문이 날로 무너지지 않겠는가. 또 공과 같은 사람은 누가 그 실상을 알아주겠는가. 나는 공의 그런 점을 알지만 잘 표현할 수 없으니, 또한 후생들을 어찌하겠는가. 생각을 거듭 할수록 답답할 뿐이다.

공의 휘는 진문(鎭文), 자는 치행(致行), 호는 홍암(弘菴)이다. 본관은 상산(商山)으로, 고려 때 보윤을 지낸 휘 수(需)가 그 시조이다. 고려 말에 직제학을 지낸 휘 후(後)가 단성(丹城)의 법물리(法勿里)[10]에 은거하였는데, 그로 인하여 단구재(丹邱齋)라고 호를 지었다. 그 후 대대로 문장가와 관리가 나와 고을의 명망있는 가문이 되었다. 증조부 국명(國鳴)은 참판에 추증되었고, 조부 덕룡(德龍)은 수직(壽職)으로 숭정(崇禎)의 품계에 올랐다. 부친 성표(聲杓)는 중추원 의관을 지냈고, 모친 청송 심씨(靑松沈

---

10 법물리(法勿里) : 현 경상남도 산청군 신등면 평지리 법물 마을이다.

氏)와 문경 송씨(聞慶宋氏)는 모두 숙부인에 봉해졌다. 공은 4형제 중 막내로, 송씨 부인 소생이다.

공은 광무(光武) 건원(建元) 전 16년 신사년(1881) 12월 29일에 태어나, 광복 후 13년 정유년(1957) 정월 4일에 별세하였으니, 향년 77세였다. 다음 달 마을 서쪽 지내(旨內)[11]의 안산(案山) 건좌(乾坐) 언덕에 장사지냈다. 부인 진양 강씨(晉陽姜氏)는 감역(監役) 강영환(姜永煥)의 딸로, 2남 3녀를 낳았다. 아들은 용순(瑢洵), 호순(灝洵)이고, 딸 셋은 권승현(權承鉉), 정상화(鄭尙和), 서병구(徐丙球)에게 시집갔다. 용순의 후사는 상만(相萬)이다.

다음과 같은 명을 붙인다.

빼어난 재능이 있으면서도	有穎脫之才
겸손하여 겉으로 드러내지 않았네	而隤然不見容聲
달관한 지식이 있으면서도	有貫總之識
간직하여 알려지길 일삼지 않았네	而斂焉不事知名
말을 입 밖으로 내지 않는 듯했으나	言若不出口
그 변론은 명확하였네	而其辯也明
행동은 남들과 다르지 않은 듯했으나	行若不異人
그 지조는 곧았네	而其操也貞
비유컨대 종일토록 과녁을 쏘아도	辟如射侯終日
정곡을 벗어나지 않는 것 같았네[12]	不出於正
우레가 땅을 치는 소리 들어도	聞靁撲地
조금도 놀람이 없었네	不爲之驚
이 세상에서 저 멀리	眇然斯世
훌쩍 먼 길을 떠나셨네	脩塗遐征

---

11 지내(旨內) : 현 경상남도 진주시 집현면 지내리이다.
12 종일토록……같았네 : 『시경』 제풍(齊風) 「의차(猗嗟)」에 "종일토록 과녁을 쏘지만, 정곡을 벗어나지 않네.[終日射侯, 不出正兮.]"라고 하였다.

외로운 군대 적에 대항하니 孤軍對敵
나라를 지킬 장수 누구인가 誰哉干城
이제 끝났구나 已矣夫
홍암 선생이시여 弘庵先生

의성(義城) 김황(金榥)이 삼가 지음.

墓碣銘 并序

金榥 撰

弘庵處士 金公 致行先生, 卒之明年, 其諸後人從子烈洵、女壻權承鉉
等, 相與議收輯遺著詩文爛稿, 爲若干卷, 屬余勘整爲可傳。仍請記其平
生行學之實, 用表墓道。嗚呼! 余知弘菴先生矣, 其敢自外於爲役哉! 蓋
自勿川先生承冷泉、寒浦衣鉢之傳, 以率一方學者, 金氏一門, 最號多士。
而公於勿翁, 其同堂季弟, 自幼聰慧出倫, 尤爲翁所器愛。始教, 言下卽
悟, 悟卽持之不遺。時南鄉人士新刊性齋先生文集, 而隨起麗澤講堂, 聚
徒居業。朴金吾 晚醒先生寔爲主教, 則亦勿翁所曾師事也。公以童子在
學徒中, 晚醒愛其才, 而勉以勿恃, 示所期者遠也。

未幾, 晚醒歿, 還復從勿翁教席。日月刮劘, 完養積厚, 門逕旣熟, 而規
矱渾成。又能博涉强記, 言之有據。同學者咸自以不及。間從許后山、郭
俛宇兩先生, 訂隲所學, 皆浦門高足, 而勿翁之心契也。嘗於浦之三峯堂,
發問《心經》要旨十餘條, 收試遠近學者。公年未弱冠, 以應對該精, 亟被
獎進。及勿翁去世, 則凡諸身後有事, 小大無不倚重公, 而公年爲二十八
矣。公於是自慟蚤失依歸, 卒業無地。乃更就俛宇先生, 而事之如勿翁,
篤信不貳。又常居處麗澤堂、勿川堂、仁智齋, 以受來學。并循勿翁故

事, 坐後雙書“誠消百僞, 敬敵千邪.” 蓋述寒浦舊傳, 而顧諟以自驗也.

其學, 論心則先主宰, 論禮則究本原, 論經則明理義, 論史則崇王道, 要皆粹然一出於正. 而至於辨析文字、指證名物, 亦各森然有條緖, 而歸趣歷落. 初非一等儒者, 依俙揣摸, 黯黮閃爍, 强其不知以爲知, 而取辦口舌者, 所與比擬也. 由是, 則以之對士友, 暢談不閡; 以之授學者, 懇詳入耳; 以之行乎日用, 身體而無違; 以之應乎事物, 裁決而無漏. 內而家庭閨門, 外而鄕黨里巷, 無能爲之疵點者. 晩年, 家計轉窮, 世變益險, 所値往往多非常. 而恒能介然自守, 確然不撓, 深湛以居, 絶不見有苟艱頹塌之色, 夫非所養之素而能若是哉.

公嘗與余言“士與文人自別. 今或雄詞奇作, 馳騁佚宕, 幾將易天下, 而謂之士, 則非名也.” 又曰: “後生學者初授, 句讀不得, 其人則終身不解蒙.” 余常心識之不忘. 噫! 士之難其人矣, 而敎養之未易得人, 其何不吾學之日趨披靡. 而如公者, 又孰得而知其實哉? 余乃知之而不能索言, 其又如來者何哉? 思之重爲惘然也已.

公諱鎭文, 致行其字, 而弘菴號也. 金氏 商山世貫, 高麗甫尹需, 其上祖. 麗末, 直提學諱後, 遯居丹城之法勿里, 因號丹邱齋. 自后世有文章科宦, 爲鄕望族. 曾祖國鳴, 贈參判, 祖德龍, 以上壽秩崇品. 考聲杓, 中樞院議官, 妣靑松沈氏、聞慶宋氏, 俱從淑夫人封. 公兄弟四人爲季, 宋氏出也. 光武建元前十六年辛巳十二月二十九日生, 卒國復十三年丁酉正月生明之翼, 享壽七十七. 踰月而葬里西旨內案山坐乾之原. 配晉陽姜氏監役永煥女, 二子: 瑢洵、灝洵, 三女: 權承鉉、鄭尙和、徐丙球妻. 瑢洵嗣男相萬.

系以銘曰: “有穎脫之才, 而隤然不見容聲. 有貫總之識, 而斂焉不事知名. 言若不出口, 而其辯也明. 行若不異人, 而其操也貞. 辟如射侯終日, 不出於正. 聞靐撲地, 不爲之驚. 眇然斯世, 翛摩遐征. 孤軍對敵, 誰哉干城. 已矣夫, 弘庵先生.”

義城 金梘謹撰.

❖ 원문출전 ....
金鎭文,『弘菴集』附錄, 金㮣 撰,「墓碣銘幷序」(경상대학교 문천각 古 D3B H김79ㅎ)

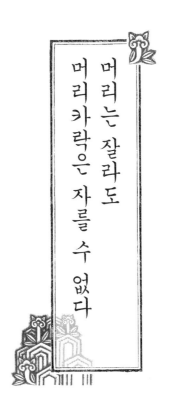

머리는 잘라도
머리카락은 자를 수 없다

최긍민(崔兢敏) : 1883-1970. 자는 시중(時仲), 호는 신암(愼庵), 본관은 삭녕(朔寧)
이다. 현 경상남도 사천시에서 태어났고 중간에 경상남도 하동군 옥종면에 이거하여
살았다. 고모부 곽종석(郭鍾錫)에게 수학하였다.
저술로 5권 2책의 『신암집』이 있다.

신암(愼庵) 최긍민(崔兢敏)의 행장

성재기(成在祺)[1] 지음

공은 휘가 긍민(兢敏), 자는 시중(時仲), 호는 신암(愼庵)이다. 성은 최씨이고 본관은 삭녕(朔寧)인데, 고려 때 평장사를 지낸 천로(天老)가 그 시조이다. 본조에 들어와서는 대사간을 지낸 휘 복린(卜麟)과 유일로 천거되어 지평(持平)을 지낸 휘 도원(道源)이 있다. 여러 대를 내려 와 휘 두남(斗南)에 이르러 임진왜란을 당했는데, 효도와 의리로 장악원 정(掌樂院正)에 추증되었다. 이분이 공의 9세조이다.

증조부의 휘는 윤진(允鎭)이고, 조부의 휘는 익상(益祥)이며, 부친의 휘는 효근(孝根)인데 호가 수정(洙亭)으로 문학과 덕행이 있었다. 모친은 진양 정씨 정도인(鄭道仁)의 딸로, 고종 20년 계미년(1883) 사천(泗川) 수청리(洙淸里)[2] 자택에서 공을 낳았다.

공은 타고난 자질과 성품이 단아하여 어려서부터 이미 성인(成人)의 위의와 절도가 있었다. 처음 배울 적에 일일이 훈계하지 않아도 스스로 힘써 노력하였다. 한번은 이웃 아이들과 윷놀이를 하고 있었는데, 부친이 그것을 보고 꾸짖으니 그 즉시 윷가락을 던지고 일어났다. 이때부터 일생동안 잡기(雜技) 종류를 가까이 하지 않았다. 13세 때에는 부친을 따라 진주의 운곡(雲谷)[3]으로 이거하였다.

경자년(1900) 조모상을 당했을 적에는 밤낮으로 부친의 여묘살이를 시중들며, 발걸음을 문밖으로 내딛은 적이 없었다. 이후로 집안 살림이 어려워져서 때로는 끼니를 잇기가 힘들었다. 삼형제 중에 공은 둘째였는데, 분가하여 살면서도 감히 재산을 사사로이 취하지 않았다. 형제들이 힘을 합쳐 때로 땔나무하고 때로는 물고기를 잡으면서 부모님 진지상에 맛난 음식을 빠뜨리지 않았다. 틈이 나면 형제들이 책상을 나란히 하고 글을 외고 읽으면서 훈(塤)과 지(篪)가 서로 어우러지듯 화목하게 지내, 한 집안에 온화한 기운이 가득하였다.

공이 일찍이 전염병에 감염되어 거의 죽을 지경에 이르자, 부친은 근심스런 기색을 얼굴에 드러냈다. 공은 조용히 부친을 우러러보고 안심시키며 말하기를 "어찌 장부의 양강(陽剛)한 몸으로 음사(陰邪)한 질병을 두려워하겠습니까."라고 하였다. 뒤에 과연 예전 상태로 회복되자 사람들이 모두 기이하게 여겼다.

장년(壯年)의 나이에 면우(俛宇) 곽 선생(郭先生)[4]을 따라 배웠다. 선생은 공의 고모부인 까닭에, 공을 친아들 같은 조카로 아끼며 매우 자상히 가르쳐 주었다. 공 또한 의지하여 따를 곳이 있음을 다행스럽게 여기며, 힘써 배우기를 게을리하지 않았다. 날마다 학문에 진보함이 있으니, 선생이 매번 가상히 여기고 격려하기를 그치지 않았다.

계축년(1913) 모친상을 당했고, 갑인년(1914)에 또 부친상을 만나 연이어 상을 치르게 되었는데, 예법대로 상례를 끝냈다. 경술년(1910) 나라가 망한 뒤에는 은거하여 문을 닫아걸고, 오직 경전(經典)과 사서(史書)를

---

3 운곡(雲谷) : 현 경남남도 하동군 옥종면 청룡리 일대이다.
4 곽 선생(郭先生) : 곽종석(1846-1919)이다. 자는 명원(鳴遠), 호는 면우, 본관은 현풍이다. 현 경상남도 산청군 단성면 사월리에서 태어났다. 곽종석의 초취 부인이 최궁민의 조부 최익상의 딸이다. 저술로 182권 63책의 『면우집』 등이 있다.

읽는 것을 일삼았다.

당시 단발령이 매우 엄혹하게 시행되자 공이 비분강개하며 사람들에게 말하기를 "나라는 망할 수 있어도 도는 망하지 않고, 머리는 자를 수 있어도 머리카락은 자르지 못한다."라고 하였다. 왜놈들이 그 말을 듣고 잡아가서 질책하였는데, 공은 항변하며 조금도 꺾이지 않았다. 풀려난 뒤에는 곧장 두류산 깊은 골짜기로 피신해서 후환을 면했다.

을유년(1945) 광복이 되자 시를 지어 지향을 드러내 보였다. 이후로 노환이 고질병이 되어 일어나 움직일 수 없었던 날이 거의 10년이 넘었다. 끝내 경술년(1970) 8월 7일 침소에서 세상을 떠났으니 향년 88세였다. 용수동(龍水洞) 유좌(酉坐)에 장례를 치렀는데, 모인 사람들이 1천 명에 이를 정도로 많았다.

부인 청주 한씨 한진완(韓鎭完)의 딸은 병사 한몽룡(韓夢龍)의 후손이다. 2남 3녀를 낳았는데, 아들은 인국(寅國)·인찬(寅矕)이고, 딸은 이기원(李己元)·박휴종(朴休鍾)·정무영(鄭武永)에게 시집갔다. 장남 인국의 아들은 춘경(春卿)이며, 나머지는 어리다.

공은 사람됨이 본성에 순응하여 진실하였고 곤궁하면서도 검소하였으며, 스스로 어질다고 여기지 않았고 또한 헛된 이름을 추구하지도 않았다. 정성스럽고 미더운 기상과 상서롭고 온화한 얼굴색이 마치 움켜잡을 수 있을 듯 분명히 드러나니, 이 때문에 사람들이 열복하지 않을 수가 없었다.

천성은 효성스럽고 우애가 있었다. 부모님을 섬길 적에는 부모님의 뜻과 몸을 편하게 해 드리는 봉양을 극진히 하였고, 부모님이 돌아가신 뒤에는 종신토록 아이처럼 그리워하였다. 매번 기일이 되면, 종일 곡하고 슬퍼하기를 마치 초상당한 날과 같이 하였다. 초하루와 보름날에는 반드시 부모님 산소를 살피고 소제하였는데, 일생동안 이 일을 그만두지 않았다.

만형 섬기기를 매우 조심스럽게 하여, 매번 외출하고 돌아올 때면 반드시 형님을 먼저 뵌 뒤에야 자신의 집으로 갔다. 만형이 매우 가난하였는데, 형을 위해 밭을 나누어 주고 음식을 보내어 생활을 편안히 하도록 하였다. 형제들과 계를 만들어 여러 해 동안 자금을 모아 남은 자금으로 인근에 선조를 기리는 정자를 지었는데, 건물이 매우 높고 전망이 좋았다. 해마다 봄이 되면 여러 사우들과 이곳에서 정기적으로 강회를 열었다. 빈객과 벗들이 모일 적에는 여러 날 동안 정성껏 접대하여 그 성의를 극진히 하였다. 선영(先塋)의 석물(石物)과 제전(祭田)에 대해서는 갖추지 않음이 없었다. 이것들은 대개 노력이 정성스럽고 주도면밀한 데에서 나온 것으로, 공의 경륜과 방략을 또한 미루어 알 수 있다.

공은 문학에 가장 뛰어났는데, 지극한 성품을 타고난 데다 일찍부터 어진 스승을 만나 문학의 방향이 이미 반듯하였으며, 자신의 몸에 체득하고 연구하여 자득한 묘리가 많았다. 『주자대전(朱子大全)』·『근사록(近思錄)』 및 선사의 문집을 즐겨 읽었는데, 반복해서 여러 번 숙독하여 거의 암송할 정도였다. 병석에 누워 있으면서도 손에서 책을 놓은 적이 없었다.

평생동안 저술하는 일에는 관심을 두지 않았지만, 더러 글을 지을 적에는 하나같이 모두 평이하고 박실하여 이치에 합당하기에 힘썼다. 세상 사람들 중에 문사는 화려하게 하면서 본질은 소략하게 하는 사람들의 글과 비교해보면 그 차이가 매우 크다.

나는 어려서부터 공의 인정과 장려를 받은 것이 매우 두터웠다. 내가 늦은 나이에 여러 번 공의 문하에 나아가니, 공은 그때마다 매우 기뻐하며 사람들에게 자신의 몸을 일으키게 하였다. 당시 공은 병으로 청각이 둔하여 필담으로 의사를 주고받을 수밖에 없었다. 그때 공이 나를 보살피고 아껴주시던 마음을 잊을 수 없는 점이 있다.

공이 고인이 된 뒤에, 인국(寅國) 군과 인찬(寅纘) 군이 나에게 행장을 지어달라고 부탁하였지만, 나는 이 일을 감당할 수 없었다. 그러나 평소 공을 깊이 우러러 사모하는 마음을 가지고 있었으니, 이 일을 어찌 감히 글재주 없다고 사양하겠는가. 공의 행적의 대강을 간략히 기록하여 훗날 덕을 아는 군자가 채택하기를 기다린다.

　　창산(昌山 : 昌寧) 성재기(成在祺)가 삼가 지음.

行狀

成在祺 撰

公諱兢敏, 字時仲, 號愼庵。姓崔氏, 朔寧人, 高麗平章事諱天老, 其始系之祖也。入本朝, 有諱卜麟, 大司諫, 諱道源, 逸持平。累傳而至諱斗南, 當壬辰亂, 以孝義贈掌樂院正。於公爲九世祖。曾祖諱允鎭, 祖諱益祥, 考諱孝根, 號洙亭, 有文行。妣晉陽鄭氏 道仁女, 以高宗二十年癸未, 生公于泗川 洙淸里第。

姿性端雅, 自幼已有成人儀度。始受學, 不煩教督, 能自勉力。嘗與隣兒戲柶, 父公見之呵嚇, 卽投而起。自是, 一生不近雜技之類。十三歲, 隨父公移寓晉州之雲谷。

庚子, 遭祖妣喪, 晝夜侍父公廬幕, 足跡未嘗出門外。自後家計剝落, 或至屢空。兄弟三人, 公序居仲, 至於異居, 而猶不敢私其財。兄弟并力, 或樵或漁, 無闕甘旨。暇則聯牀誦讀, 壎篪唱喏, 一家之內, 和氣雍如也。

嘗染疹疾, 幾至不救, 父公憂形於色。公從容仰譬曰 "豈以丈夫陽剛之身, 而畏陰邪之疾乎?" 後果復常, 人咸異之。年及壯, 從俛宇 郭先生受業。先生於公, 爲姑夫故, 愛公如親子姪, 誨諭甚悉。公亦自幸其依歸有所, 力學不懈。日有進益, 先生每嘉奬不已。

癸丑, 遭內艱, 甲寅, 又遭外艱, 連疊居憂, 能如禮以終制。庚戌, 社屋後, 隱居杜門, 惟以講誦經史爲事。時剃令甚酷, 公慨然語人曰:"國可亡道不亡, 頭可斷髮不斷。"倭虜聞之, 拿去詰責, 公抗辭不少撓。旣得釋, 卽避入頭流山深峽, 以免後禍。

乙酉光復, 有詩以見志。自後癃疾成痼, 不能起動者, 殆踰十年。竟以庚戌八月初七日, 考終于寢, 享年八十八。葬龍水洞酉坐, 士林會者, 多至千數。

配淸州韓氏 鎭完女, 兵使夢龍後。生二男三女, 男:寅國、寅巘, 女適李已元、朴休鍾、鄭武永。長房系春卿, 餘幼。

公爲人, 率性眞實, 固窮儉約, 不自賢, 亦不養望。誠信之氣、祥和之色, 若將可掬, 以故人無不悅服。天性孝友。事親能盡志體之養, 親沒終身孺慕。每當忌, 日哭泣悲哀, 如袒括之日。朔望必省掃親塋, 一生不廢。事伯兄甚謹, 每出外而還, 必先省伯氏而後至私宅。伯氏寠甚, 爲之割田資食, 俾安其生。與兄弟修稧, 積以歲年, 以其贏羨築先亭于傍近, 制極軒敞。每歲春節, 與諸士友, 定行講會。賓朋萃至, 留連款待, 極其誠意。至於累代石儀祭田, 無不備具。蓋出於心力之勤懇周悉, 而經綸謀略, 亦可類推而知也。

最於文學, 有至性, 早得賢師, 門路已正, 而體驗硏究, 多自得之妙。好讀《朱子大全》、《近思錄》及先師集, 循環熟複, 若將背誦。至病臥牀褥, 猶未嘗釋卷。平生不留意於述作, 而其或有作, 一皆平易質實, 務當於理。其視世之耀文辭而略本實者, 相去遠矣。

余自少, 蒙知奬甚厚。晚而累造公門, 公輒喜甚, 命人扶起。時病重聽, 則以筆話通意。其眷愛之情, 有不可忘者。及公已故, 寅國、寅巘君, 囑以狀行之文, 顧余不敢當是役。然以平日慕仰之深, 其於玆役, 烏敢以不文辭哉? 略綴大槪, 以俟夫知德君子採擇云。

昌山 成在祺謹撰。

❖ 원문출전

崔兢敏, 『愼庵集』 附錄, 成在祺 撰, 「行狀」(경상대학교 문천각 古(아천) D3B 최18人)

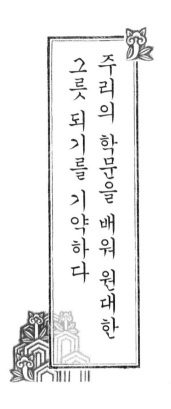

주리의 학문을 배워 원대한
그릇 되기를 기약하다

문존호(文存浩) : 1884-1957. 초명(初名)은 정호, 자는 양오(養吾), 호는 오강(吾岡), 본관은 남평(南平)이다. 현 경상남도 합천군 대병면(大幷面) 출신이다. 허유(許愈)에게 수학하였고, 뒤에 송호언(宋鎬彦)과 곽종석(郭鍾錫)에게도 수학하였다. 1919년 파리장서에 참여하였다가 발각되어 고초를 겪었다.
저술로 8권 4책의 『오강집』이 있다.

오강(吾岡) 문존호(文存浩)의 묘지명 병서

이기원(李基元)[1] 지음

내 일찍이 부친상을 당하여 상중에 있을 적에 흰칠한 존장자가 높은 갓을 쓰고 포의박대(襃衣縛帶)[2]를 하고서 서산(西山)[3]의 고사리 한 묶음을 가지고 와서는 영전에 제문을 바치고 애절하게 통곡하였다. 나는 후산 (后山) 허 선생(許先生)[4]의 고족인 겸산(謙山) 문공(文公)[5]임을 알고서 감격하여 마음에 깊이 새기고는 그를 흠모하였다.

내가 황계폭포(黃溪瀑布)[6]를 유람할 적에 공의 아들인 처사 양오(養吾)[7] 군이 도중에서 나를 맞이하였는데, 그가 가정에서 배운 행실이 있는 것을 살펴보니 가업을 대대로 전할 만하였다. 함께 옛 일을 말하며 정의를

---

1 이기원(李基元) : 1885-1982. 자는 자건(子乾), 본관은 성주(星州)이다. 이진상(李震相) 의 손자이며 이승희(李承熙)의 장남이다. 1919년 파리장서운동에 참여하였으며 지속적 으로 독립운동을 전개하였다.

2 포의박대(襃衣博帶) : 품이 넓은 옷과 폭이 넓은 띠라는 의미로, 유자의 복장을 말한다. 원문의 '보의(裒衣)'는 곧 '포의(襃衣)'이다.

3 서산(西山) : 현 경상남도 합천군 합천읍 서산리에 있다.

4 허 선생(許先生) : 허유(許愈, 1833-1904)이다. 자는 퇴이(退而), 호는 후산·남려(南黎), 본관은 김해(金海)이다. 현 경상남도 합천군 가회면 오도리(吾道里)에서 태어났다. 저술 로 21권 10책의 『후산집』이 있다.

5 문공(文公) : 문용(文鏞, 1861-1926)이다. 자는 사헌(士憲), 호는 겸산이며, 본관은 남평 (南平)이다. 현 경상남도 합천군 대병면 오동골[吾東洞]에서 태어났다. 양부는 문재욱(文 在郁), 생부는 문재화(文在和)이다. 1919년 파리장서운동에 연루되어 구금되었다. 저술 로 7권 4책의 『겸산집』이 있다.

6 황계폭포(黃溪瀑布) : 현 경상남도 합천군 용주면 황계리에 있다.

7 양오(養吾) : 문존호(文存浩)의 자이다.

논하면서 하루 종일 소요하다 그의 집을 방문하였는데 집안이 조용하고 깨끗하였으며 서적은 가지런히 정돈되어 있었다. 한 점의 티끌도 없으면서 또한 완비하고 아름답게 하여 집안을 잘 꾸리고 있었다.[8]

한 번 작별하고 난 뒤 수십 년이 지났기에 실로 서로 그리워하나 멀리 떨어져 사는 탄식이 있었다. 그의 아들 문백(文柏)이 상복을 입은 채로 여러 번 와서는 벗 김황(金榥)[9]이 편찬한 행장을 가져와 나에게 보여주며 묘지명을 청하였다. 아! 사람의 일은 쉽게 변하여 처사가 또 세상을 떠났으니 어찌 학문을 좋아하는 사람의 죽음이 애통하다고 말하지 않겠는가. 그러니 내가 어찌 감히 묘지명 짓는 것을 사양하겠는가.

살펴보건대 처사의 휘는 존호(存浩), 자는 양오(養吾), 호는 오강(吾岡)이다. 신라 태사 무성공(武成公) 휘 다성(多省)[10]이 남평 문씨(南平文氏)의 시조이다. 고려에는 평장사 충숙공(忠肅公) 휘 극겸(克謙)[11]이 역사에 이름을 드러냈다. 판도판서 휘 근(瑾)에 이르러서 비로소 합천에 거주하였고, 예문관 검열 휘 여령(汝寧)이 조선 초기에 현달하였다. 현감을 지낸 고사(孤查) 휘 덕수(德粹)[12]에 이르러 효행으로 정려를 받았으며, 그의 5세손 참봉

8 집안을……있었다 : 원문의 '선거(善居)'는 『논어』 「자로(子路)」에 "공자가 '위(衛)나라 공자(公子) 형(荊)이 집안 살림을 잘 한다'라고 하셨다.[子謂衛公子荊, 善居室.]"라고 한 데서 나온 말이다.

9 김황(金榥) : 1896-1978. 자는 이회(而晦), 호는 중재(重齋), 본관은 의성이며, 현 경상남도 산청군 신등면 평지리 물산 마을에 거주하였다. 김우옹(金宇顒)의 후손으로 곽종석(郭鍾錫)에게 수학하였다. 저술로 100권 48책의 『중재집』이 있다.

10 문다성(文多省) : 자는 명원(明遠), 호는 삼광(三光), 시호는 무성(武成)이다. 통일 신라 말기의 인물로 고려 초에 개국공신으로 남평군에 봉해졌다.

11 문극겸(文克謙) : 1122-1189. 자는 덕병(德柄), 시호는 충숙(忠肅)이다. 1183년에 중서시랑평장사(中書侍郎平章事)를 역임하였다.

12 문덕수(文德粹) : 1516-1595. 자는 경윤(景潤)이고, 호는 고사(孤查)이며, 본관은 남평(南平)이다. 저술로 2권 1책의 『고사실기』가 있으며, 오동 마을에 고사정(孤查亭)과 정려각이 있다.

휘 우장(宇章)이 오동(吾東)[13]으로 이거하였다. 증조부는 휘 주영(周永)이다. 조부는 휘 재욱(在郁)으로 동생인 오담(梧潭) 휘 재화(在和)의 아들 용(鏞)을 양자로 받아들여 후사로 삼았는데, 이분이 바로 처사의 부친인 겸산(謙山) 어른이다. 모친은 인천 이씨(仁川李氏) 이규석(李奎錫)의 딸이다. 처사는 고종 갑신년(1884) 윤5월 29일에 대대로 살던 집에서 태어났다.

공은 어려서부터 뛰어나고 남달라 여러 아이들과 함께 놀 때 항상 우두머리 노릇을 하였다. 공의 조부가 무릎위에 앉히고는 기특하게 여기고 사랑하면서 신체 및 인륜과 관련된 수백 자를 가르쳤다. 7세에 『효경』을 배웠는데 연달아 암송하며 의미를 풀이하였다. 당시에 부친이 후산(后山) 선생을 사사(師事)하고 있었는데 또한 부친이 공에게 명하여 후산의 문하에 나아가 배우게 해서 부자지간에 동문이 되었고, 세상 사람들은 서산가풍(西山家風)[14]이라고 일컬었다. 후산 선생이 세상을 떠나자 이재(履齋) 송호언(宋鎬彦)[15] 공에게 나아가 배웠고, 만년에는 면우(俛宇) 곽 선생(郭先生)[16]을 찾아뵙고 마침내 그에게 귀의하였다.

일찍이 공은 리(理)와 기(氣)에 대해 논하면서 "리기는 불상리(不相離)하기 때문에 혼륜(渾淪)으로써 그 점을 말할 수 있고, 불상잡(不相雜)하기 때문에 분개(分開)한다고 말할 수 있다. 리발(理發)이나 기발(氣發)이라고

---

13 오동(吾東) : 현 경상남도 합천군 대병면 성리 오동 마을[吾東洞]이다.

14 서산가풍(西山家風) : 서산(西山) 채원정(蔡元定, 1135-1198)과 그의 아들 채침(蔡沈, 1167-1230)이 모두 주자(朱子)에게 수학하였다. 여기서는 서산 부자의 일을 문존호 부자에 견주었다.

15 송호언(宋鎬彦) : 1865-1907. 자는 자경(子敬), 호는 이재이며, 본관은 은진(恩津)이다. 현 경상남도 합천군 대병면(大幷面) 출신이다. 이진상(李震相)과 외숙 윤주하(尹冑夏)에게 수학하였다. 저술로 『이재집』이 있는데 『유하연방집(柳下聯芳集)』에 실려 있다.

16 곽 선생(郭先生) : 곽종석(郭鍾錫, 1846-1919)이다. 자는 명원(鳴遠), 호는 면우이며, 본관은 현풍(玄風)이다. 현 경상남도 산청군 단성(丹城) 출신으로 이진상(李震相)에게 수학하였다. 저술로 182권 63책의 『면우집』이 있다.

말하는 것은 각각 주장한 바가 있는 것이다. 그러나 그 실상을 궁구해서 말하면, 사단(四端)과 칠정(七情)의 정(情)은 리가 기를 타고 발하는 것이 된다는 점에 있어서는 곧 한가지이다."라고 하였다.[17] 이런 설은 대개 우리 한주(寒洲)[18] 할아버지로부터 시작되어 허후산과 곽면우 두 선생이 그것을 추론해 밝힌 것인데, 공이 독실히 믿고 마음속에 새겼으니 이는 연원이 유래한 바가 있는 것이다.

공은 또 일찍이 세상사에 뜻을 두고서 비로소 신학(新學)을 공부하려고 하여, 지지(地誌)·역사(歷史)·산술(算術) 등의 책에 대해 섭렵하지 않은 분야가 없었다. 그러나 부친의 명으로 과감하게 실천하지는 못했지만 오히려 나라 걱정하는 마음을 항상 품고 살았다. 기미년(1919) 독립만세 운동 때 드디어 본 면의 여러 사람들을 창도하여 함께 호응하려는 계획을 세웠다. 당시 부친께서 파리장서사건에 연루되어 경찰서에 구속되었고 처사도 사찰대상에 이름이 올라 자유롭게 행동할 수 없었으나, 일의 기미를 따라 잘 주선하여 결국 무사할 수 있었다. 얼마 되지 않아 모친상을 당해 삼년상을 치르면서 예제를 극진히 하였다. 그 뒤로는 두문불출하고 자정(自靖)하면서 유림에 일이 생기면 반드시 달려갔다.

을축년(1925) 부친상을 당하자 삼년상을 잘 치르면서 슬퍼하는 것이 모두 지극하였다. 상을 마친 뒤에는 선대의 문집을 간행하고 묘역을 정비하였는데 정성을 다하여 차례대로 완성하였다. 또 이를 미루어나가 고사(孤査)·오담(梧潭)이 은둔하여 학문하던 장소까지 올라가 선대의 유적지를 잘 계승하고 보호할 방도를 갖추어 놓았다. 또 여러 친족들과

---

17 일찍이……하였다:『오강집』 권3 잡저「이기호발설(理氣互發說)」에 나온다.
18 한주(寒洲):이진상(李震相, 1818~1886)이다. 자는 여뢰(汝雷), 호는 한주, 본관은 성산(星山)이다. 현 경상북도 성주군 월항면 한개[大浦] 마을 출신이다. 문인으로 곽종석·허유 등 주문팔현(洲門八賢)이 있다. 저술로 49권 25책의『한주집』과 22편 10책의『이학종요(理學綜要)』가 있다.

더불어 마을 뒤편에 재실을 짓자고 제의하여 친척들의 재계하고 화목하는 장소로 삼았다. 날마다 그곳에 거처하며 좌우에 책을 두고 읽으면서 찾아와 배우는 자가 있으면 가르치기를 게을리하지 않았고, 손님이나 벗이 항상 찾아왔지만 술독이 비는 일이 없었다.

이른바 해방이 된 을유년(1945) 건국 초기에는 민심이 분산되어 국가와 사회에 기강이 없었다. 이에 말씀하기를 "나라는 하루라도 정부가 없을 수 없다."라고 하고서 그런 취지를 담은 글을 지어 온 면에 통지하여 자치(自治)할 계획을 세웠다. 나라의 당파가 더욱 분열되어 거의 수습하기 어려운 상황이 되자 바로 동지들과 함께 별도로 구존회(苟存會)를 만들어 성명(性命)을 보존하기를 도모하는 곳으로 삼았다. 아들 문백이 무고를 당하여 관아에 잡혀 들어갔으나 문책해도 실정이 없자 혐의가 풀려 귀가하였다. 그러나 이로부터 더욱 세상사에 뜻이 없어졌고 시류배와 접촉하는 것을 달갑게 여기지 않았다.

정유년(1957) 5월 26일 침소에서 생을 마쳤다. 용산(龍山)의 정좌 계향(丁坐癸向) 언덕에 장사지냈다. 부인은 안동 권씨(安東權氏) 권준희(權準熙)의 딸로 1남 2녀를 두었는데, 아들은 백(柏)이고 두 딸은 안동 권씨 권병현(權丙鉉)과 인천 이씨(仁川李氏) 이기영(李璣永)에게 시집갔다. 백의 아들은 병대(炳大)·병권(炳權)·병해(炳海)이고, 딸은 김창현(金昌鉉)에게 시집갔다.

아! 학문하는 정도를 이미 스승의 문하에서 터득하였으니 그가 완성된 사람이 되는 것을 기필할 수 있었으며 근세의 도가 점점 추락하는 것을 만회하였다. 이른바 유자(儒者)라는 사람들은 모두 현실의 상황에 우활하여 제가·치국의 도도 모르면서 도리어 시무를 알지 못하는 것을 고상하다고 여기다가 마침내 세상에 버려지게 되니, 아! 개탄할 만한 일이다.

처사의 행실을 살펴보면 꽉막힌 유자들이나 왜곡된 사인들과 비교할
대상이 아니다. 그는 타고난 자질이 민첩하고 지혜로워 실로 격물치지
의 학문에서 터득한 것이 있었다. 친구들이 농담 삼아 "살고 있는 동네
입구를 막으면 거기서 임금으로서의 정치를 이룰 수 있는 인물이다."라
고 말한 것을 보면, 공이 어떤 일을 계획한 것이 정연한 점을 미루어
상상할 수 있다. 이것이 현자의 슬기로움이니 어찌 실정이 없으면서 그
런 칭찬을 받을 수 있었겠는가?

내 일찍이 망령되게도 우리 도를 걱정하여 혹 부지해 세우려고 하였
다. 그래서 건국의 소식을 듣고 서울로 간 지 여러 해가 되었지만 끝내
이룬 것 없이 귀향하였다. 사람들과 만나지 않고 말을 삼간 뒤로부터는
내 신분이 미천함을 한탄하며 다시는 당시의 시사에 대해 남과 더불어
강론하거나 토론하지 않았다. 지금 벗 김황이 지은 행장을 보면서 저승
에 있는 처사를 일으켜 세우고 싶은 생각이 들었지만 그럴 수 없다. 그러
니 공이 남긴 자취를 모아 지향이 같고 정신적으로 교유한 벗의 자료로
만드는 일을 어찌 하지 않겠는가?

명은 다음과 같다.

주리의 학문을 배웠으니　　　　　　　主理之學
인을 이롭게 여기는 지혜로운 사람이었네　利仁之智
평탄한 길을 따라 실천하며　　　　　　坦履之行
응결하여 원대한 그릇 되길 기약했네　　凝遠之器
이 세상에서 다시 얻을 수 없으니　　不可復得於斯世
누가 공 같은 사람 되겠는가　　　　　　孰爲之類
아! 저 용산의 언덕에　　　　　　　　龍山之原
군자다운 공의 묘가 있네　　　　　　　君子之阡
나의 말은 아첨하는 것 아니니　　　　　我言非阿

현인이 지은 행장에 이미 갖추어있네	賢人之述已備
만일 그 사실 믿지 못하겠거든	如其不信
공이 살던 오동 마을을 보시게	請看吾東之里
촌로들이나 젖먹이는 아낙네들도	野老婦孺
오히려 공의 아름다운 덕을 말한다네	猶說之子之美

기해년(1959)[19] 단오에 성산(星山) 이기원(李基元)이 지음.

墓誌銘 幷序

李基元 撰

余曾在先君憂中, 有頎然長者, 峨冠衰衣, 持西山薇一束來, 奠文于靈几, 哭之甚痛。知謙山 文公, 爲后山 許先生高足, 感鑴而欽慕之。及余游黃瀑, 公之子處士養吾君, 中途而迎, 審其有得於家庭, 能世其業。相與敍舊論情, 竟日游泳, 因訪其室, 門欄蕭灑, 圖書齊整。無一點塵累, 且能完美, 儘善居也。一別數十載, 實有遠爾之歎。其子柏, 持衰服, 累然而至, 以金友 楑所撰狀, 示余而請幽堂之誌。嗚乎! 人事易變, 處士又不于世, 豈無云亡之痛乎? 余何敢辭?

按處士諱存浩, 字卽養吾, 號吾岡。新羅太師武成公 多省, 爲南平氏鼻祖。高麗有平章事忠肅公 克謙著於史。至版圖判書瑾, 始居陜川, 藝文檢閱汝寧, 顯于韓初。至縣監德粹, 以孝蒙旌, 號孤查, 五傳而參奉宇章, 移居吾東。曾祖周永。祖在郁, 取季氏在和號梧潭子鏞爲嗣, 卽處士之考謙山也。妣仁川李氏 奎錫女。高宗甲申閏五月二十九日, 處士生于世第。

---

19 기해년(1959): 고갑자(古甲子)에서 원문의 '도유(屠維)'는 '기(己)'이고, '대연헌(大淵獻)'은 '해(亥)'에 해당한다.

幼而秀異, 與群兒遊嬉, 常居指領。王考公奇愛之於膝上, 敎以身體及人倫所屬數百字。七歲, 受《孝經》, 連誦解意。時父公師事后山翁, 又命公就學, 父子同門, 人稱"西山家風"。先生沒, 就履齋 宋公 鎬彦學, 晚拜俛宇 郭先生, 終得依歸。

嘗論理氣, 以爲:"不相離, 故可以混淪言之, 不相雜, 故可以分開言之。謂之理發氣發, 各有所主。而究言其實, 則四七之情, 其爲理乘氣而發, 則一也。"此蓋自我祖考寒洲府君發之, 而許、郭兩先生, 推明之, 篤信而服膺, 寔淵源之有自也。

且嘗有志於世, 始擬從事於新學, 地誌、歷史、算術等書, 無不涉獵。而以親命未果就, 猶常抱憂國之志。己未, 獨立運動, 遂倡本面人衆, 相與呼應爲計。時父公以巴黎長書事株, 連被拘於警署, 處士亦名罷查察, 不得自由行動, 隨機周旋, 卒得無事。未幾, 遭內艱, 居喪盡禮。杜門自靖, 凡於斯文有事, 必往赴之。

乙丑, 遭外艱, 易戚備至。服闋, 刊先集治墓儀, 無不殫誠, 次第成之。推而上之孤查、梧潭之藏修, 俱贊劃守護之道。又與諸族, 議築齋于村後, 以爲齊睦之所。日處其中, 左右簡編, 有來學者, 誨之不倦, 賓朋常至, 樽酒不空。

至乙酉建國之始, 所謂解放, 民散無紀。乃曰:"國不可一日無政。"作趣旨書, 通告一面爲自治計。國中黨派, 轉成乖裂, 殆難收拾, 乃與同志, 別設"苟存會", 以爲圖存性命之地。子柏被誣受官, 詰以無實, 嫌解歸。然自是, 益無意於世, 不喜與時流接。

丁酉五月二十六日, 考終于寢。葬于龍山枕丁之原。配安東權氏 準熙女, 一男柏, 二女適安東 權丙鉉、仁川 李璣永。伯男: 炳大、炳權、炳海, 女金昌鉉。

嗚呼! 爲學之正, 已得於師門, 其爲成人也, 必矣, 挽近世道漸墜。所謂儒者, 擧闊於事情, 懵不知齊治之道, 反以不識時務爲高, 遂爲世棄, 吁可慨也。觀處士之行, 非拘儒曲士之可比。其天姿敏慧, 實有得於格致之學。

至有友人戲曰: "塞所居洞口, 則可成南面之治。" 其規劃之井井, 推可想
矣。此賢者之譿也, 豈可以無情而歸之也?

　余嘗妄憂斯道, 庶或扶豎。聞建國之報, 遊京有年, 竟無所成而歸。自
切人微言, 賤之歎恨, 不曾與講討於當日也。今觀金友之逑言, 思欲起處
士於九原, 而不可得。則無寧掇其遺蹟, 以爲志同神交之資耶。

　銘曰: "主理之學, 利仁之智。坦履之行, 凝遠之器。不可復得於斯世,
孰爲之類? 龍山之原, 君子之閟。我言非阿, 賢人之逑已備。如其不信,
請看吾東之里。野老婦孺, 猶說之子之美。"

　屠維大淵獻端陽節, 星山 李基元撰。

❖ 원문출전

文存浩,『吾岡集』卷8 附錄, 李基元 撰,「墓誌銘幷序」(경상대학교 문천각 古 D3B
H문75○)

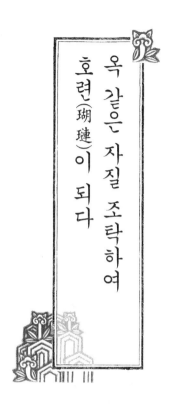

옥 같은 자질 조탁하여
호련(瑚璉)이 되다

안종화(安鍾和) : 1885-1937. 자는 예숙(禮叔), 호는 약재(約齋), 본관은 광주(廣州)
이며, 현 경상남도 함안(咸安)에 거주하였다. 족형 안종창(安鍾彰)과 장인 배문창(裵文
昶)의 가르침을 받은 뒤, 곽종석에게 수학하였다. 하겸진(河謙鎭)·하경락(河經洛)·이
종호(李鍾浩) 등과 교유하였다.
저술로 6권 3책의 『약재집』이 있다.

약재(約齋) 안종화(安鍾和)의 묘갈명 병서

하겸진(河謙鎭)[1] 지음

아! 약재(約齋) 안종화(安鍾和) 군은 자가 예숙(禮叔), 본관은 광주(廣州)
이다. 고려 시대 상장군을 지낸 휘 방걸(邦傑)의 후손이다. 한강(寒岡) 정
문목공(鄭文穆公)[2]의 문인이자 교관에 추증된 도곡(道谷)[3] 선생 휘 정(侹)
의 10세손이며, 구음(龜陰) 처사 휘 기원(冀遠)의 아들이다. 생모는 벽진
이씨(碧珍李氏)이고 계비(繼妣)는 밀양 박씨(密陽朴氏)이다.

군은 고종 을유년(1885) 11월 30일에 태어났다. 총명하고 지혜로웠으
며 남다른 자질이 있었다. 조금 성장한 뒤에는 독서를 좋아하였는데 시
문을 짓는 능력이 남보다 뛰어나 글을 지을 때면 붓을 들고 곧바로 써내
려갔다. 책상에 항상 당송 팔가(唐宋八家)의 글을 두고서 마음으로 옛 작
가들의 규범을 따르려고 생각하였다.

구음공이 경계하여 말씀하기를, "송유(宋儒)인 주돈이(周敦頤)[4]·장재

---

1 하겸진(河謙鎭) : 1870-1946. 자는 숙형(叔亨), 호는 회봉(晦峯), 본관은 진양(晉陽)이다.
곽종석(郭鍾錫)에게 수학하였고, 이승희(李承熙)·장석영(張錫英)·송준필(宋浚弼) 등과
교유하였다. 저술로 50권 26책의 『회봉집』과 30권 3책의 『동유학안(東儒學案)』이 있다.

2 정 문목공(鄭文穆公) : 정구(鄭逑, 1543-1620)이다. 자는 도가(道可), 호는 한강, 본관은
청주(淸州), 시호는 문목이다. 이황과 조식에게 수학하였다. 저술로 27권 11책의 『한강집』
등이 있다.

3 도곡(道谷) : 안정(安侹, 1574-1636)이다. 자는 자장(子長), 호는 도곡이다. 정구에게 수
학하였다. 조봉대부(朝奉大夫) 동몽교관(童蒙教官)에 추증되고 태양서원(泰陽書院)에
봉양되었다.

4 주돈이(周敦頤) : 1017-1073. 자는 무숙(茂叔), 호는 염계(濂溪)이며, 호남성(湖南省) 도
현(道縣) 사람이다. 염학(濂學)의 창시자이며, 저술로 『태극도설(太極圖說)』과 『통서(通

(張載)[5]·정자(程子)[6]·주자(朱子)의 글을 반드시 읽지는 않더라도, 우리나라의 선현인 퇴계(退溪) 이 선생의 말씀은 재도(載道)의 문장이고 경전(經傳)에 버금가는 글이다. 선생의 글이 비록 충담(沖澹)하여 매우 기이하고 화려하지는 않지만 오랫동안 보면 저절로 심오한 의미가 있게 되니, 어찌 잠심하여 완미하지 않느냐?"라고 하였다. 군은 이 말씀을 듣고 기쁘게 깨우친 바가 있어 진로를 바꾸기로 하고 말하기를 "학문은 위기지학(爲己之學)을 할 뿐이다. 한갓 문사(文辭)만 일삼는 것은 비루하니 귀히 여기기에 부족하다."라고 하였다.

　　당시에 족형인 희재(希齋) 안종창(安鍾彰)[7]과 장인인 정산(定山) 배문창(裵文昶)[8]이 나란히 유림에 이름을 날리고 있었다. 군은 밤낮으로 종유하며 감화를 입고서 올바른 가르침을 어기지 않았다. 얼마 뒤 징군(徵君) 곽 선생(郭先生)[9]이 아림(娥林)[10]의 다전(茶田)에서 도(道)를 강학한다는 말

書』 등이 있다.

5　장재(張載) : 1020-1077. 자는 자후(子厚), 호는 횡거(橫渠) 선생이며, 북송 봉상(鳳翔) 미현(郿縣) 사람이다. 관중(關中)에서 강학했기 때문에 그의 학문을 관학(關學)이라 부른다. 저술로 『정몽(正蒙)』 등이 있다.

6　정자(程子) : 북송의 학자인 정호(程顥, 1032-1085)와 정이(程頤, 1033-1107) 형제이다. 정호의 자는 백순(伯淳), 호는 명도(明道)이며, 정이의 자는 정숙(正叔), 호는 이천(伊川)으로 주돈이(周敦頤)에게 배워 북송 이학(理學)의 기초를 이룩하였다. 저술로 『정성서(定性書)』 및 후인이 편집한 『이정전서(二程全書)』 등이 있다.

7　안종창(安鍾彰) : 1865-1918. 자는 치행(致行), 호는 희재(希齋)이며, 본관은 광주(廣州)이다. 족숙 안기원(安豈遠)에게 수학하였고, 곽종석과 교유하였다. 저술로 8권 4책의 『희재집』이 있다.

8　배문창(裵文昶) : 1864-1928. 자는 성화(性和), 호는 정산(靜山) 또는 정산(定山)이다. 안종창과 함께 이종기(李鍾杞)·곽종석에게 수학하였고, 조정규(趙貞奎)·조병택(趙昺澤) 등과 교유하였다. 저술로 4권 2책의 『정산집』이 있다.

9　곽 선생(郭先生) : 곽종석(郭鍾錫, 1846-1919)이다. 자는 명원(鳴遠), 호는 면우(俛宇), 본관은 현풍(玄風)이다. 이진상에게 수학하였다. 조정에서 불렀으나 벼슬길에 나가지 않고 현 경상남도 거창군 가북면 중촌리 다전에 은거하며 강학하였기 때문에 징군(徵君)이라 불린다. 저술로 182권 63책의 『면우집』 등이 있다.

10　아림(娥林) : 현 경상남도 거창군의 옛 이름이다.

을 듣고는 수백 리 길을 멀다고 여기지 않고 걸어가 절하고서 가르침을
청했다. 징군이 기뻐하며 말씀하기를 "현자는 질박한 바탕이 이미 갖추
어져 있어 문채가 빛나니 우리 고을의 믿을 만한 후생이다. 현자와 같은
사람이 몇이나 있겠는가?"라고 하였다. 회당(晦堂) 장석영(張錫英),[11] 서천
(西川) 조정규(趙貞奎)[12] 공들도 모두 군의 됨됨이를 기특하게 여기며 뒤에
크게 될 인물로 기대하였다.

   징군이 돌아가시자 군이 글을 지어 조문하면서 "제가 스승의 문하에
출입한 지 10년이 되었습니다. 스승을 모시면서 태극(太極)에 관한 이론
에 대해 칭찬받았으며, 손수 글을 써주시면서 거경궁리(居敬窮理)의 요체
를 지적하셨습니다."라고 하였으니, 여기에서 학문을 전해 받은 단적인
사실을 살펴볼 수 있다.

   옛날 여원명(呂原明)[13]의 말에 "사람이 살아가면서 안으로 훌륭한 부
형(父兄)이 없고 밖으로 엄정한 사우(師友)가 없으면서 능히 성취함이 있
는 자는 적다."라고 하였다. 무릇 군은 민첩한 재주와 지혜, 순조로운
의지와 기상으로 집안의 가르침을 잘 익혀서 이미 학문의 바른 길을 얻
었고 사우와 대가들이 훈도해준 교화가 또한 이와 같았다. 만약 하늘이
군에게 몇 년을 더 살게 해주어 그 배우는 바를 다 궁구하게 했다면,
어찌 추락하려는 데서 유학을 부지하고 혼탁해지는 데서 유속(流俗)을

---

11 장석영(張錫英) : 1851-1929. 자는 순화(舜華), 호는 회당·추관(秋觀)이다. 본관은 인동
   (仁同)이며, 현 경상북도 칠곡군 약목면 각산리 출신이다. 이진상에게 수학하였다. 1919
   년 3·1운동 때 파리장서(巴里長書)를 초안하였다. 저술로 43권 21책의 『회당집』이 있다.
12 조정규(趙貞奎) : 1853-1920. 자는 태문(泰文), 호는 서천, 본관은 함안. 현 경상남도
   함안에 거주하였다. 저술로 5권 3책의 『서천집』이 있다.
13 여원명(呂原明) : 여희철(呂希哲, 1039-1116)이다. 자는 원명이다. 북송 때 수주(壽州) 사
   람이다. 손복(孫復)·호유(胡瑗)·석개(石介)에게 배우고 소옹(邵雍)·왕안석(王安石)에
   게도 배웠다. 정호(程顥)·정이(程頤)·장재(張載) 등과 교유하였다. 저술로 『여씨잡기
   (呂氏雜記)』·『영양공설(榮陽公說)』 등이 있다.

진정시켜 바른 데로 되돌리기에 충분하지 않았겠는가?

　군에게는 위로 두 명의 형이 있고 아래로 한 명의 동생이 있었는데 모두 불행히도 일찍 세상을 떠났다. 군 또한 정축년(1937) 4월 6일 향년 53세로 생을 마쳤으니 아! 이것은 운명이로구나.

　군의 세 아들은 인수(寅洙)·완수(完洙)·관수(寬洙)이다. 인수는 2남 3녀를 두었는데 아들은 병헌(柄憲)·병주(柄柱)이고 딸은 박현철(朴鉉哲)에게 시집갔으며, 나머지는 어리다. 관수는 1남 2녀를 두었는데 아들은 병상(柄祥)이고 딸들은 어리다.

　군의 묘소는 영동(榮東)[14]의 뒷산 축좌(丑坐) 언덕에 있다. 군이 남긴 저술은 내가 그 집안사람 종률(鍾律)과 원수(元洙) 두 사람의 요청으로 인해 대략 교열을 하였으며 다시 그 중에서 중요한 일과 행적을 뽑아 비석에 새길 묘갈명을 짓는다.

　명은 다음과 같다.

어찌 그 옥 나오는 곳이	豈其出玉
반드시 곤륜산 자락일 뿐이리	必崑之岡
솜씨 좋은 장인이 그것을 캐어	良工採之
나아가 문장을 조탁하였네	進琢其章
호련(瑚璉)[15] 같은 그릇이고	器之維瑚
황옥(璜玉) 같은 패옥이네	佩之維璜
이 옥 마땅히 바쳐질 곳	是宜獻于
왕실의 창고여야 하네	王府之藏
어찌하여 하루아침에	奈何一朝

14 영동(榮東) : 현 경상남도 함안군 칠북면 영동리이다.
15 호련(瑚璉) : 호(瑚)와 연(璉)은 주나라에서 종묘에 제사 지낼 때 기장을 담던 아름다운 그릇의 이름인데, 재능과 능력이 뛰어난 인물을 의미한다. 『논어』 「공야장(公冶長)」에 공자가 자공(子貢)을 호련에 비유하였다.

매몰되어 없어 졌나	埋沒而亡
장차 누구를 탓하리	是將誰尤
우리들의 상심이도다	吾徒之傷

진양(晉陽) 하겸진(河謙鎭)이 지음.

墓碣銘 幷序

河謙鎭 撰

嗚呼! 約齋 安君鍾和 禮叔, 本廣州人。高麗上將軍諱邦傑之後。寒岡
鄭文穆公門人, 贈敎官道谷先生, 諱侹之十世孫, 龜陰處士諱冀遠之子。妣
碧珍李氏, 繼妣密陽朴氏。

君以高宗乙酉十一月三十日生。聰慧有異姿。稍長, 喜讀書, 藻思過人,
爲文詞, 援筆立就。几案間, 常置唐宋八家文, 意欲追古作家軌範。

龜陰公戒之曰: "無庸宋儒周、張、程、朱, 我東先正退陶 李先生之言,
是載道之文, 經傳之流亞也。此雖若沖澹, 不甚奇麗, 而久看, 自有深意,
何不潛心玩味?" 君自是, 快然有悟, 回頭轉轍, 乃曰: "學所以爲己而已。
徒文辭焉者, 陋矣, 不足貴也。"

時則有族兄希齋 鍾彰、妻父裵定山 文昶, 竝著名儒林。君日夕從遊薰
沐, 不離典訓。旣而聞郭徵君先生講道娥林之茶田, 不遠數百里, 徒步往,
納拜請敎。徵君喜曰: "賢者, 坏樸已具, 文彩燁然, 吾黨後生可恃。如賢
者者, 能有幾人?" 晦堂 張公錫英、西川 趙公貞奎, 亦皆奇君之爲, 而以
遠大期之。

及徵君沒, 君爲文誄之曰: "小子出入門屛, 十年于玆。陪丈函而見獎於
太極之論, 賜手書而指的於居敬窮理之要。" 此見其授受端的也。

昔呂原明之言曰: "人生, 內無賢父兄, 外無嚴師友, 而能有成者, 少矣." 夫君才諝之敏, 志氣之馴, 服習家庭敎導, 固已得其門路之正, 而師友大方爐鞴之化, 又如此. 使天假之年, 而卒究其所學, 則豈不足以扶斯文於將墜, 鎭流俗之淆漓, 而返之正哉?

君上有二兄, 下有一弟, 皆不幸蚤世. 君亦以丁丑四月六日, 年五十三而終, 嗚呼! 其命矣.

夫君三子: 寅洙、完洙、寬洙。寅洙, 二男三女, 男: 柄憲、柄柱, 女朴鉉哲, 餘幼。寬洙, 一男二女, 男柄祥, 餘幼。墓在榮東後山丑坐之原。君遺著, 余因其族鍾律、元洙二君之請, 而略爲存刪, 復掇其事行, 而書于石.

其銘曰: "豈其出玉, 必崑之岡? 良工探之, 進琢其章. 器之維瑚, 佩之維璜. 是宜獻于, 王府之藏. 奈何一朝, 埋沒而亡. 是將誰尤? 吾徒之傷."

晉山 河謙鎭撰.

❖ 원문출전

安鍾和,『約齋集』卷6, 河謙鎭 撰,「墓碣銘幷序」(경상대학교 문천각 古 D3B H안75ㅇ)

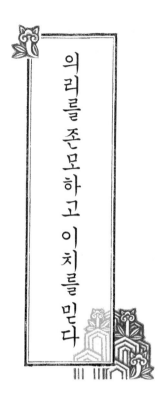

의리를 존모하고 이치를 믿다

정덕영(鄭德永) : 1885-1956. 자는 직부(直夫), 호는 위당(韋堂), 본관은 연일(延日) 이다. 출신지는 현 경상남도 진주시 진성면 동산리(東山里)이다. 하겸진(河謙鎭)·한유 (韓愉)에게 수학하였다. 남경락(南經洛)·박원종(朴遠鐘) 등과 교유하였다. 니동서당 (尼東書堂) 건립에 참여하였으며, 『면우집』에서 예의를 논한 것들을 초록하여 『예의문 답류편(禮疑問答類編)』을 간행하였다.
저술로 4권의 『위당유고』가 있다.

위당(韋堂) 정덕영(鄭德永)의 묘갈명 병서

김황(金榥)[1] 지음

고 위당(韋堂) 거사 정직부(鄭直夫)는 내가 젊은 시절부터 그가 새로 지은 남사(南沙) 마을의 사양정사(泗陽精舍)[2]에서 교제를 맺었는데, 같은 문하에서 교제하였기 때문에 서로 만나는 것이 매우 각별하였다. 면우 선생의 상을 마치고 나서 사림이 니동서당(尼東書堂)[3]을 건립할 적에 공이 마음을 합쳐 일을 주관하는 것을 보고서 날마다 함께 일하며 견문이 있는 분들을 찾아다녔는데, 이 사람 저 사람 모두 "직부가 일을 잘 주선한다."라고 하여, 내 마음이 그에게 경도되는 것을 더욱 느낄 수 있었다.

게다가 공의 집과 혼인 관계가 있어서 왕래하며 사이가 좋아 빈번하게 만나며 빈틈이 없었으니 전후 대개 40년이었다. 공이 세상을 떠난 뒤 집안의 훌륭했던 풍격이 따라 없어져 이곳을 지날 때 매번 쓸쓸한 감회가 일어남을 이길 수 없었다.

근자에 상중에 있던 조카 덕화(德和)가 책상자 안에 들어있던 공이 남긴 시문들을 가지고 나에게 보여주며 모아서 편집하여 책을 만들 계획을 말하였다. 아! 그동안 얼마나 적막하였던가. 또 얼마나 다행한 일인가.

---

1 김황(金榥) : 1896-1978. 자는 이회(而晦), 호는 중재(重齋), 본관은 의성이며, 현 경상남도 산청군 신등면 평지리 물산 마을에 거주하였다. 김우옹(金宇顒)의 후손이고, 곽종석(郭鍾錫)에게 수학하였다. 저술로 100권 48책의 『중재집』이 있다.
2 사양정사(泗陽精舍) : 현 경상남도 산청군 단성면 남사리에 있다. 정제용(鄭濟鎔)을 기리기 위해 지었다.
3 니동서당(尼東書堂) : 곽종석을 기리기 위해 1920년 현 경상남도 산청군 단성면 사월리에 지었다.

공의 휘는 덕영(德永), 자는 직부(直夫), 위당(韋堂)은 별호이다. 공은 오천 정씨(烏川鄭氏 : 연일 정씨) 포은(圃隱) 문충공(文忠公 : 정몽주)의 후손이다. 문충공의 손자 설곡(雪谷) 휘 보(保)는 세조 때 직절(直節)로 단성(丹城)에 유배되었는데[4] 영남의 포은 후손은 이분으로부터 비롯되었다. 학포(學圃)[5] 선생 휘 훤(暄)은 천거되어 현감에 제수되었는데 물러나 진주 대평(大坪) 마을에 고산정(孤山亭)을 짓고 여생을 마쳤다.

그 후 거주지를 옮겨 이리저리 이사를 다녔다. 조부 휘 석기(碩基)는 덕산(德山)의 석남촌(石南村)에 우거하였는데 효로서 동몽교관에 추증되었고, 정려가 내려졌다. 부친 계재(溪齋) 휘 제용(濟鎔)이 백곡(栢谷)으로 이사하였고, 공의 형제에 이르러 남사(南沙) 마을에 집을 지었다. 이곳은 모두 예전에는 진주 지역이었으나 지금은 산청(山淸)에 속한다. 계재공은 진양 하씨(晉陽河氏) 하두원(河斗源)의 딸과 혼인하여 모두 3남을 두었는데 공이 둘째이다. 공은 고종 을유년(1885)에 태어났다.

공은 태어나면서부터 기민하고 총명하여 재사(才思)가 있었다. 동년배 중에서 재주와 지혜로 추중을 받았다. 가정에서 가르침을 받은 뒤, 나가서 부친의 벗인 회봉(晦峯) 하겸진(河謙鎭)과 우산(愚山) 한유(韓愉)를 종유하며 배웠다. 그러나 처음부터 끝까지 가장 믿고 따른 사람은 회봉 선생이었다. 면우(俛宇) 곽 선생(郭先生)께는 비록 책을 가져가 학업을 청하지는 않았지만 아버지 때부터 스승의 도로 섬겼기에 공은 늘 귀의처로 삼고 끊임없이 달려가 모시며 질의를 청하여 적확한 것을 취하였다. 면우 선생이 돌아가신 후 서당의 건립과 문집의 간행에 있어서 모두 자기의 본분으

---

4 보(保)는……유배되었는데 : 정보(鄭保)는 단종 복위 사건이 일어나자 사육신의 무죄를 주장하였다가 유배되어 죽임을 당하였다.

5 학포(學圃) : 정훤(鄭暄, 1583~?)이다. 호는 학포, 본관은 연일이다. 광해군의 폭정에 휩쓸리기 싫어 향리에 은거하며 고산정(孤山亭)을 짓고 여생을 보냈다.

로 여기고 그 정성을 다하였다. 면우 선생의 문집은 고전과 동일시하여 한 마디 한 구절도 이외에서 구할 게 없는 듯이 하였다. 또 그 가운데 예를 논한 것과 관련된 것을 별도로 초록하여 차례대로 엮어 책을 만들어 『예의문답류편(禮疑問答類編)』이라는 이름으로 간행하고 여러 동호인에게 공포하였는데 나도 일찍이 그 일에 참여한 적이 있다.

공이 남사 마을에 살 적에 선부군을 추숭하기 위해 재실을 짓고 진영을 봉안하고서 '사양정사'라고 편액 하였다. 규모가 크고 넓어 마을에서 우뚝하게 보였으며, 긴 마루와 복실(複室)에는 빈객이 늘 가득했고 필요한 물건들이 넉넉하였다. 원근의 지나가는 사람들이 사양정사의 동쪽 길로 지나가지 않은 사람이 없었는데 공의 아름다운 풍취와 교우를 잘 하는 것을 흠모하였다. 제남(濟南) 하경락(河經洛),[6] 직암(直庵) 박원종(朴遠鍾),[7] 이당(頤堂) 이병화(李炳和)[8] 등 여러 공들과 서로 만나 담화하며 시를 짓는 것이 끊이지 않았다. 내가 매번 찾아가면 어느 때인들 자리를 함께 하지 않음이 없었다. 아! 이 모든 것이 아득한 옛일이 되고 말았으니, 그 회포에 쌓인 것을 이루 다 말할 수 있겠는가.

공은 문학과 역사에 대한 지식이 풍부하여 충분히 세상에 쓰일 수 있었고, 해서와 초서의 필체가 모두 아름다워 볼 만하였다. 성품은 젊어서부터 강직하고 꿋꿋하여, 한번 고집한 것이 있으면 남들이 되돌릴 수 없었다. 중년에 위당(韋堂)이라고 자호하여 고인의 패위(佩韋)의 경계[9]를

6 하경락(河經洛) : 1875-1947. 자는 성권(聖權), 호는 제남(濟南), 본관은 진주이다. 현 경상남도 산청군 단성면 남사리에 거주하였다. 곽종석(郭鍾錫)에게 수학하였다. 저술로 8권 4책의 『제남집』이 있다.
7 박원종(朴遠鍾) : 1887-1944. 자는 성진(聲振), 호는 직암, 본관은 밀양이다. 현 경상남도 산청군 단성면 사월리에 거주하였다. 저술로 4권 2책의 『진암유집』이 있다.
8 이병화(李炳和) : 1889-1955. 자는 탁여(卓汝), 호는 이당, 본관은 성주(星州)이다. 현 경상남도 산청군 단성(丹城)에서 거주하였다.
9 패위(佩韋)의 경계 : 춘추 시대 진(晉)나라 동안우(董安于)는 완만한 성격을 고치려고 허

취하였다. 또 계산에 정밀하여 수치에 착오가 없었다. 산업과 경제에 늘
여유가 있었지만, 한번 세상의 변화가 번갈아 닥치고 나서부터 갑자기
군색해졌다. 또 위정자가 대부분 공리(公理)를 따르지 않는 것을 보고서
자못 마음속으로 울분하여 불평하곤 하였다. 내가 매번 웃으면서 너그
럽게 비유를 들면 공 또한 흔쾌히 받아들였으니 세상의 정리에 통달하
지 않았다고 여기지 않는다.

병신년(1956) 12월 22일에 세상을 떠나 오룡동(五龍洞) 모좌 남사의 남
쪽 기슭에 장사 지냈다. 부인 하씨는 태계(台溪) 하진(河溍)의 후손인 현
감 하승락(河承洛)의 손자로 사용(司勇)을 지낸 하용희(河龍羲)의 딸이다.
묘는 합장하였다. 단지 딸 둘만 길렀는데 장녀는 내 형의 아들인 김창은
(金昌殷)에게, 차녀는 송정(松亭) 하수일(河受一)의 장손인 하병태(河炳台)
에게 시집갔다. 만년에 또 딸 둘을 두었는데[10] 이영수(李永洙)·박영래(朴
泳來)에게 시집갔다. 아들 재화(再和)는 맨 나중에 태어나 아직 성년이
되지 않았다.

아! 사람은 스스로 알아서 자신을 수립하기가 참으로 어렵지만 무엇에
의지하여 후세에 전할 수 있는 것은 오직 심력이 어떠한가에 달려 있다.
예컨대 공은 일찍 학문의 바른 길을 얻어 힘을 다해 전진하면서 생각마다
혹여 남에게 뒤처질까 두려워하신 분이니, 공이 죽더라도 학문은 민멸되
지 않으리라는 것은 요컨대 공리(公理)가 인정한 바이다. 나는 다만 공에
대해 아는 것이 깊어 한마디 말을 차마 하지 않을 수 없어서, 마침내
이와 같이 써서 묘에 새기게 하고 또 탄식하며 다음과 같이 명을 짓는다.

리에 활줄을 차고 다녔고, 전국 시대 서문표(西門豹)는 조급한 성격을 고치려고 허리에
무두질한 가죽을 차고 다녔다[佩韋]는 고사가 전한다.(『韓非子』「觀行」)
10 만년에⋯⋯두었는데: 행장에 따르면 만년에 태어난 1남 2녀는 재취 부인 밀양 손씨(密陽
孫氏)가 낳았다.

다 끝났구나!	已乎
그 밝고 빛나던 용모와	其燁燁之容
그 드높던 지향이여	昂昂之志
존모한 것은 의리요	所慕者義
믿은 것은 이치였으니	所信者理
어찌 단지 우리 고을 사람만 의지할 분이리	豈直吾黨之爲倚
또한 도가 쇠한 세상에 만나기 어려운 분이었네	抑亦衰世之難値
이와 같은 분인데 명예가 없게 한다면	俾也若人而無名
힘써 농사를 짓고도 늘 굶주리는 것과 어찌 다르리	奚異力田而長饑
내 말이 드러낸 것은	我言攸服
사사로운 정을 말미암은 것이 아니니	匪由情私
모든 군자들은	凡百君子
여기에 반복해서 생각을 극진히 함이 있어야 하리	宜必有反復致意於斯者矣乎

무신년(1968) 추분절에 인척이자 어릴 적 벗 의성(義城) 김황(金榥)이 지음.

韋堂 鄭德永 墓碣銘 幷序

金榥 撰

故韋堂居士 鄭公 直夫, 余自少日, 獲交於其南沙新寓, 以其契在同門, 相視殊別。及先師旣喪, 而士林起堂尼東, 則見公之幷心幹綜, 逐日相役, 尋訪見聞, 一則直夫, 二則直夫, 而余之傾倒尤可知也。仍復與爲婚姻, 往來結驩, 頻煩無虛隙, 前後蓋四十年于中間矣。自公沒後, 一家風徽, 隨以蕩掃, 經過指點, 每不勝悄然起感。玆者, 其總姪德和, 以其遺草詩文之墮在篋簏者示余, 爲袞輯成卷計。噫! 何其寂寥, 而又何其幸也。

公諱德永, 直夫其字, 而韋堂則別號。鄭 烏川氏, 圃隱 文忠公之后也。文忠公之孫雪谷 保, 當莊光際, 以直節謫配丹城。南鄕之有圃隱昆裔始此。學圃先生 暄, 被薦除縣監, 退築孤山亭于晉州之大坪以終。其后分處轉徙。大父碩基寓德山中石南村, 以孝贈敎官㫌閭。先公溪齋 濟鎔出移栢谷, 而至公兄弟, 又卜宅南沙。皆舊晉州地, 而今屬山淸。溪齋公娶晉陽河氏 斗源女, 擧三男, 公居中。太皇乙酉其生年也。

生而警悟, 有思致。在同輩中, 以才諝見推。旣受訓家庭, 出而從學河晦峯 謙鎭、韓愚山 愉, 以其爲父執也。而服事終始最於晦峯先生爲然。其於俛宇 郭先生, 則雖未及挾冊請業, 而自先公事之以師道, 故公常視爲依歸, 源源趨侍, 請質取的。以至身後之建堂鋟文, 一皆視爲己分, 而極其誠悃。尊閣文集, 視同古典, 一言一義, 若將無求於此外也。又別鈔其中之關於論禮者, 敍次成編名曰《禮疑問答類編》而印行, 以公諸同好, 亦余之所嘗與聞其役者也。

其在南沙, 爲追述先公, 實齋安眞, 曰“泗陽精舍”。規模宏敞, 聳瞻鄕里, 脩堂複室, 賓客常滿, 供具優洽。近遠行過者, 莫不借之東道, 而艶其風致隣交之善。有河濟南 經洛、朴直庵 遠鍾、李頤堂 炳和數公, 呼喚相聞, 吟酬不絶。比余每至, 無時不與之同座。嗟呼! 此皆依然成故事矣, 其爲懷又可勝言耶!

公於文史, 優得足用, 而筆札楷草, 俱朗姸可觀。性少剛亢, 一有所執, 人莫能回。中年自號, 取古人佩韋之誡也。又精於算計, 錙銖不錯。產業經濟, 常有餘裕, 一自世變迭逼, 猝値窘跲。且見爲政者, 多不循公理, 頗懷憤菀不平。余每笑而寬譬之, 則公亦忻然受之, 不以爲不達世情也。

卒丙申十二月二十二日, 葬五龍洞某坐南沙之南麓也。配河氏, 台溪 滔后縣監承洛孫司勇龍義女。墓同窆。只育二女, 長壻金昌殷, 卽余兄子, 次壻河炳台, 松亭 受一之世胄也。晩生二女, 適李永洙、朴泳來。男曰再和, 其最後出也, 今尙未成。

嗟呼! 人固難自知樹立, 而其可藉以傳於後者, 惟在心力如何。如公之蚤得門逕, 殫竭前進, 一念一念, 唯恐或後於人者, 其死而不宜泯沒, 要亦公理之所許也。余惟其知之深, 故不忍不爲之一言, 遂書此使表諸墓, 又從而嗟歎之。

曰: "已乎! 其燁燁之容, 昻昻之志。所慕者義, 所信者理, 豈直吾黨之爲倚? 抑亦衰世之難値。俾也若人而無名, 奚異力田而長饑? 我言攸服, 匪由情私, 凡百君子, 宜必有反復致意於斯者矣乎。"

歲戊申秋分節, 姻末少友義城 金榥撰。

❖ **원문출전**

鄭德永, 『韋堂遺藁』 卷4 附錄, 金榥 撰, 「墓碣銘幷序」(경상대학교 문천각 古(오림) D3B 정223○)

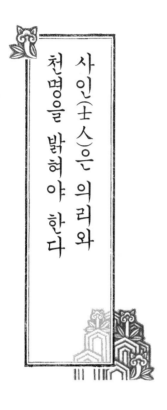

사인(士人)은 의리와
천명을 밝혀야 한다

이병화(李炳和) : 1889-1955. 자는 탁여(卓汝), 호는 이당(頤堂), 본관은 성주(星州)
이다. 현 경상남도 산청군 단성면에 거주하였다. 경술국치 후 한양의 명사들과 교유하였
다. 고향으로 돌아와서는 동약(洞約)을 맺었고, 부친 이호근(李鎬根)의 『모당집(某堂集)』
을 간행하고 『월연집(月淵集)』을 편수하였다. 하겸진(河謙鎭)에게 수학하였다. 교유인
물로 김황(金榥)·하원규(河元逵)·하상규(河祥逵)·오욱영(吳郁泳)·이해근(李海根)·최
원환(崔元煥)·최규환(崔奎煥) 등이 있다.
저술로 6권 3책의 『이당집』이 있다.

이당(頤堂) 이병화(李炳和)의 묘갈명 병서

이일해(李一海)[1] 지음

공의 휘는 병화(炳和), 자는 탁여(卓汝), 호는 이당(頤堂)이다. 이씨(李氏)의 선조로 홍안부원군(興安府院君) 휘 장경(長庚)이 성주(星州)에 세거하고 있었다. 당시 성주에 다섯 이씨가 있었는데, 홍안부원군 이제(李濟)가 원(元)나라 황제로부터 멀리 농서군공(隴西郡公)에 제수되었다. 후손들이 그로 인하여 농서(隴西)를 별도의 본관으로 삼아 관향을 스스로 달리하였다.

홍안부원군은 성산후(星山侯) 문열공(文烈公) 휘 조년(兆年)을 낳았다. 문열공은 경원공(敬元公) 휘 포(褒)를 낳았다. 경원공은 부원수 휘 인립(仁立)을 낳았다. 부원수는 조선개국일등공신 경무공(景武公) 휘 제(濟)를 낳았다. 제는 선조를 이어 홍안부원군에 봉해져, 무릇 5세가 모두 현달하고 존귀하였다. 경무공의 손자 부사직 휘 숙순(叔淳)이 장릉(莊陵 : 단종) 복위를 도모한 사육신의 화를 피해 남쪽지방 단성(丹城)으로 옮겨옴에[2] 이르러, 벼슬이 비로소 쇠퇴하였다.

---

1 이일해(李一海) : 1905-1987. 자는 여종(汝宗), 호는 굴천(屈川), 본관은 재령이다. 현 경상남도 산청군 단성면 남사리에서 태어났다. 하겸진(河謙鎭)과 곽종석(郭鍾錫)에게 수학하였다. 하동군 옥종면 안계 마을의 모한재(慕寒齋)에서 학문을 강마하였고, 1943년 현 경상남도 진주시 대곡면 마진리에 이거하였다. 저술로 4권의 『굴천집』이 있다.
2 숙순(叔淳)이……옮겨옴에 : 이봉흥(李鳳興, 1735-1810)의 『무산재유고(武山齋遺稿)』 「기성주이씨낙남사(記星州李氏落南事)」에 의하면, 이제(李濟)의 후손이 단성에 이주하게 된 것은 이숙순 형제가 단종 복위 사건에 연루되어 화를 당할까봐 단성에 둔거(遯居)한 것이라고 한다.

그러나 매월당(梅月堂) 이하생(李賀生),[3] 영모당(永慕堂) 이윤현(李胤玄),[4] 역락재(亦樂齋) 이백렬(李伯烈),[5] 경매헌(景梅軒) 이도연(李道淵),[6] 모당(某堂) 이호근(李鎬根)[7]은 모두 문학과 행실을 성대히 하여 남쪽지방에서 저명하였다.

공은 모당의 아들이다. 모당은 해주 정씨 감역 정택교(鄭宅敎)의 딸에게 장가들어, 고종 기축년(1889) 8월 9일 공을 낳았다.

공은 어려서부터 총명하고 지혜로워 글을 읽으면 글의 뜻을 잘 이해하였고, 또 글짓기 과제를 잘했다. 삼종조 월연(月淵) 이도추(李道樞)[8] 선생이 공을 매우 애지중지하였다. 그리고 후산(后山) 허유(許愈)[9] 선생과 징군 곽종석(郭鍾錫)[10] 선생이 번갈아 공에게 들러 독서한 것을 문난(問難)하고 지은 글을 품평하여 칭찬과 인정하는 의중을 보여주었다.

---

3 이하생(李賀生) : 1553-1619. 자는 극윤(克胤), 호는 매월당이다. 오건(吳健)·최영경(崔永慶)에게 수학하였다.

4 이윤현(李胤玄) : 1670-1694. 자는 시로(時老), 호는 영모당이다. 이하생의 증손이다. 『진양속지』 권6 「효행」에 의하면 1706년 효성으로 정려가 내려졌다.

5 이백렬(李伯烈) : 자는 문술(文述), 호는 역락재이다.

6 이도연(李道淵) : 1834-1877. 자는 희안(希顏), 호는 경매헌이다. 이하생의 9세손이다.

7 이호근(李鎬根) : 1859-1902. 자는 회주(晦周), 호는 모당이다. 허전(許傳)·박규상(朴奎祥)·박상태(朴尙台)에게 수학하였고, 곽종석(郭鍾錫)·박치복(朴致馥)·허유(許愈)·김진호(金鎭祜) 등과 교유하였다. 저술로 6권 2책의 『모당집』이 있다.

8 이도추(李道樞) : 1848-1922. 자는 경유(擎維), 호는 월연, 본관은 성주이며, 현 경상남도 산청군 단성면 남사리 남사(南沙) 마을에 거주하였다. 형 이도묵(李道默)과 더불어 사람들이 이정자(二程子)에 견주었다. 허유·곽종석·이승희·기우만(奇宇萬) 등과 교유하였다. 저술로 9권 5책의 『월연집』이 있다.

9 허유(許愈) : 1833-1904. 자는 퇴이(退而), 호는 후산·남려(南黎), 본관은 김해(金海)이며, 경상남도 삼가(三嘉)에서 태어나 그곳에 거주하였다. 이진상(李震相)에게 수학하였다. 박치복·김인섭(金麟燮)·정재규(鄭載圭)·곽종석·이승희·조성가(趙性家) 등과 교유하였다. 저술로 21권 10책의 『후산집』과 8권 2책의 『후산집 속집』이 있다.

10 곽종석(郭鍾錫) : 1846-1919. 자는 명원(鳴遠), 호는 면우(俛宇), 본관은 현풍(玄風)이다. 경상남도 단성(丹城) 출신이다. 이진상에게 수학하였다. 저술로 182권 63책의 『면우집』이 있다. 징군(徵君)은 임금의 부름을 받은 덕행과 학문이 겸비된 선비를 가리키는 말이다.

13세 때 우연히 병이나 오랫동안 학질을 앓았다. 모친께서 학문하는
데 방해될까 걱정하여 월연 선생을 찾아갔는데, 월연 선생이 모친을 위
해 위로하며 운운하였다.[11] 공이 그 말을 듣고 즉시 벌떡 일어나 대답하
여 말하기를 "어찌 학문하는 것 때문에 병이 심해지겠습니까? 저는 지
금 나았습니다. 원컨대 어머니께선 걱정하지 마십시오."라고 하였다. 10
여 년 동안 병이 누적되고 낫지 않아 체력이 약해졌으나, 학문은 또한
날로 진보하여 매우 넉넉하였다.

나라의 변고[12]가 있은 이후 한양에 가서 유학하며 이용후생과 부국강
병의 학술을 익히는 데 참여하여 여러 해 동안 마음을 기울였다. 대체로
"유자들이 진작 시무를 강론하지 않아 오늘날처럼 나라가 망한 일은 모
두에게 책임이 있다. 통분을 견딜 수 있겠는가. 비록 초야의 한미한 신분
인 내가 세상에 나온 것이 제때에 미치지 못하였지만 조금 시험해 보기
에 적합할 뿐이니, 집으로 돌아가 내가 좋아하는 것을 찾는 것이 해볼
만한 일이다."라고 생각하고서, 이에 문을 닫고 꼿꼿이 앉아 예전의 학
업을 다시 연구하였다. 경례(經禮)의 대지를 회봉(晦峯) 하겸진(河謙鎭)[13]
선생으로부터 바로 잡았다. 그 틈을 이용하여 예전의 동약(洞約)을 다시
이어서 편수하고 선친의 문집을 교정하여 간행하였다. 또 스승의 『월연
집(月淵集)』을 편수하였는데, 가르치고 인도해 준 은혜와 의리에 보답하

---

11 월연……운운하였다: 『이당집』 부록 「행장」에 의하면, 이도추(李道樞)가 웃으며 "종부
(宗婦)는 그의 학문이 완성되지 못함을 근심하지 마십시오. 부족한 것은 그의 체질이
약할 따름입니다.[惟宗婦無患某之學不成. 所欠者, 渠之體質脆弱耳.]"라고 하였다.
12 나라의 변고: 경술국치를 가리킨다. 『이당집』 부록의 이병목(李秉穆)이 지은 「행장」에
의하면 이병회는 경술년에 비분강개함을 견디지 못하여 한양을 유람하며 명사들과 널리
교유하였다고 한다.
13 하겸진(河謙鎭): 1870-1946. 자는 숙형(叔亨), 호는 회봉, 본관은 진양(晉陽)이다. 곽종
석에게 수학하였고, 이승희(李承熙)·장석영(張錫英)·송준필(宋浚弼) 등과 교유하였다.
저술로 50권 26책의 『회봉집』과 30권 3책의 『동유학안』이 있다.

고자 한 것이었다.

　을유년(1945) 가을 공은 광복의 기쁜 소식을 듣고 회봉 선생의 「취가행(醉歌行)」[14]에 화답하며 지취를 드러내었다. 얼마 뒤 적도들[15]이 혁신의 명분을 훔치고 무뢰한들의 손길을 재촉하여 출몰하면서 몰래 사람들을 해쳤다. 또 얼마 뒤 국토가 분단[16]되었다. 또 얼마 뒤 6·25 전쟁이 크게 일어났다.

　공은 진주에 우거하였는데, 집이 불타고 기물도 부서져 고향으로 돌아왔다. 당시 토지제도를 개혁하는 명령이 내려 마침내 생계를 영위할 방법이 없었다. 당시 공은 연로하였는데, 모친상을 만나자 부인과 자식들을 불러놓고 가르치기를 "너희들도 알다시피 난리를 만나 세상의 피폐함이 이와 같은데 목숨을 보전할 수 있는 것도 다행이니, 재산이 있든 없든 상관할 바가 되지 않는다."라고 하자, 부인과 자식들이 "알겠습니다."라고 하였다. 그리고선 참봉을 지낸 형 병곤(炳坤)·아우 병목(炳穆)과 더불어 여막을 굳게 지키며 태연히 세상사에 개의치 않는 듯이 하였다. 보는 사람들은 학문을 하여 정립된 힘이 있는 것에 탄복하였다.

　을미년(1955) 2월 8일 공이 별세하였고, 다음 달에 단성 서쪽 소구산(召鳩山) 건좌(乾坐) 언덕에 장사지냈다. 부인은 모친과 같은 해주 정씨(海州鄭氏)로 성균 진사 정태석(鄭泰奭)의 딸이다. 정숙하여 부녀자의 규범이 있었다. 공보다 15년 뒤인 기유년(1969) 1월 15일 별세하여, 공의 묘소 우측 산기슭 임좌(壬坐) 언덕에 장사지냈다. 딸 하나를 낳았는데, 김동한(金東漢)에게 시집갔다. 형의 아들 명규(明圭)를 양자로 들여 후사를 잇게

14　취가행(醉歌行) : 하겸진(河謙鎭)의 『회봉유서(晦峯遺書)』 권6에 실려 있다.

15　적도들 : 8·15 광복 이후 최초로 여운형(呂運亨)을 중심으로 하여 조직한 정치단체를 가리킨다.

16　분단 : 1945년 해방 이후 미국과 소련에 의한 신탁통치가 진행되어 북쪽에는 북조선로동당이 결성되었고, 남쪽에는 남한단독정부가 수립된 것을 가리킨다.

하였다. 명규는 2남 3녀를 낳았는데 아들은 원(垣)과 건(建)이고, 딸은 김두현(金斗鉉)에게 시집갔다. 사위 김동한은 5남 2녀를 낳았는데 아들은 김희성(金熙聲)·김희상(金熙相)·김희태(金熙泰)·김희중(金熙重)·김희대(金熙大)이며, 나머지는 어려서 기록하지 않는다.

공은 삼형제이다. 참봉을 지낸 형 병곤은 관대하고 후덕하며, 아우 병목은 호방하고 준일하며, 공은 단정하고 개결하며 문장가의 기상이 있었다. 비록 인품이 각자 달랐지만 지역사회에서 모두 높이 품평17 받아 "이씨 집안의 빼어난 인재들18[李家聯璧]"이라 지목되었다.

내가 일찍이 공의 형제를 자주 뵈었는데, 공에 대해서는 유독 선친의 벗이자 동문이기 때문에 더욱 앙모하였다. 지금 병목 씨가 공의 유문 6권을 간행하기 위해 나를 찾아와 묘갈명을 구하니, 내가 감히 사양할 수 있겠는가.

명은 다음과 같다.

효성과 우애를 본성대로 하고	性於孝友
가학19을 위주로 하였네	職耳禮詩
의리와 천명 밝히는 것을	燭義與命
사인(士人)의 마땅함으로 삼았네	爲士之宜
이에 묘소 비석에 이를 새기니	爰銘羨道

---

17 품평 : 원문의 '월단(月旦)'은 고을의 인물에 대한 평가한 '월단평(月旦評)을 가리킨다. 후한(後漢)의 허소(許劭)가 그 종형 허정(許靖)과 함께 향당의 인물을 품평하기 좋아하여 매달마다 그 품제(品題)를 고쳤던 데서 유래하였다.

18 빼어난 인재들 : 원문의 '연벽(聯璧)'은 한 쌍의 옥(玉)이란 뜻으로, 서로 재주와 학문이 뛰어난 것을 이르는 말이다.

19 가학 : 원문의 '시례(詩禮)'는 가학(家學)을 뜻한다. 『논어』「계씨(季氏)」에 공자의 아들 리(鯉)가 뜰에서 공자 앞을 빠른 걸음으로 지나가다 공자로부터 시(詩)와 예(禮)를 배웠느냐는 질문과 그것을 왜 배워야 하는지 설명을 듣고서 물러 나와 시와 예를 배웠던 고사가 있다.

공은 내가 잘 아는 분   公其余知
옛날에도 이런 말이 있었으니   古亦有云
거의 부끄러운 말이 없으리[20]   庶無愧辭

기유년(1969) 3월 재령(載寧) 이일해(李一海)가 지음.

墓碣銘 幷序

李一海 撰

公諱炳和, 字卓汝, 號頤堂。李氏之先, 有興安府院君 長庚, 世居星州。時星州有五李氏, 而府院君爲元帝遙授隴西郡公。後人因別貫隴西, 以自異焉。

府院君生星山侯 文烈公 兆年。文烈公生敬元公 襃。敬元公生副元帥 仁立。副元帥生朝鮮開國一等功臣景武公 濟。繼封興安府院君, 凡五世鼎貴。至景武公孫副司直叔淳, 辟莊陵六臣禍, 南遷丹城, 而仕宦始衰矣。然梅月堂 賀生、永慕齋 胤玄、亦樂齋 伯烈、景梅軒 道淵、某堂 鎬根, 皆盛於文學行誼, 著稱南鄉。公某堂子也。某堂娶海州鄭氏監役宅敎女, 生公于高宗己丑八月九日。

幼聰慧, 讀書善曉解, 且能課作。三從祖月淵先生道樞, 甚器重之。而許后山先生愈、郭徵君先生鍾錫迭過公, 難其所讀, 評其所作, 以示賞詡之意。

20 옛날에도……없으리 : 비명을 모두 진실 되게 지었기 때문에 마음속으로 부끄러울 것이 없다는 말이다.『후한서(後漢書)』권68「곽태열전(郭太列傳)」에 후한(後漢) 채옹(蔡邕)이 곽태(郭太)의 비문을 짓고 나서 노식(盧植)에게 "내가 비명을 많이 지었지만, 그때마다 모두 부끄러운 느낌을 가졌는데, 곽유도에 대해서만은 부끄러울 것이 없다.[吾爲碑銘多矣, 皆有慙德, 唯郭有道無愧色耳.]"라고 말한 고사가 전한다. 유도(有道)는 곽태의 자이다.

年十三, 偶嬰長瘧。母夫人憂其妨學, 見月淵, 月淵爲之解云云。公卽
蹶然起, 對曰: "安有由學而病加者乎? 兒今瘳矣。願勿憂也。"經十餘年,
崇積未祛, 體力羸弱, 而學亦日進, 甚裕如也。

國變後, 出游漢京, 參習利用厚生富强之術, 數歲歸其意。蓋以爲"儒者
不早講時務, 今日之事, 與有責焉。可勝痛哉。雖然山野微質, 出不及時,
適已少試, 則歸尋吾所好, 其可云爾也。"於是閉戶堅坐, 溫理舊業。經禮
大旨, 從河晦峰先生謙鎭取正。用其隙, 續修洞約, 校刊先集。又編修《月
淵集》, 蘄酬其敎導恩義。

乙酉秋, 聞光復之喜, 和晦峯先生《醉歌行》以見志。未幾, 賊徒竊革新
之名, 煽無賴之手, 出沒陰賊人。又未幾, 國土中折。又未幾, 兵亂大至。
公寓蟲城, 廬火器物毀, 還故里。時令改田制, 卒無以資生。時公已老, 新
遭母夫人喪, 乃招婦子誨曰: "若等識之亂瘼如此, 得保性命幸耳, 資產不
足爲有無。"婦子曰: "唯。"則與兄參奉炳坤弟炳穆, 固守苦次, 恬然若無
介於世。見者服其有定力矣。

乙未二月八日沒, 踰月葬召鳩山乾坐原。夫人亦海州鄭氏, 父曰成均進
士泰奭。貞淑有壼範。后公十五年, 己酉正月十五日沒, 葬公墓右麓壬坐
原。育一女, 適金東漢。系男明圭, 取諸兄子。明圭二男三女, 垣、建, 女適
金斗鉉。東漢五男二女, 男: 熙聲、熙相、熙泰、熙重、熙大, 餘幼不錄。

公兄弟三人。參奉寬厚, 炳穆豪逸, 而公端潔有翰墨氣像。雖人品各異,
而并高於月旦, 目爲"李家聯璧。"一海嘗屢見公兄弟, 於公獨以先友兼同
門, 尤慕仰之矣。今炳穆氏錄公遺巾衍六卷, 訖徵銘一海刻石墓下, 一海
其敢辭諸。

銘曰: "性於孝友, 職耳禮詩。燭義與命, 爲士之宜。爰銘羨道, 公其余
知。古亦有云, 庶無媿辭。"

己酉春三月, 載寧 李一海撰。

❖ 원문출전

李炳和, 『頤堂集』 附錄, 金梡 撰, 「墓碣銘幷序」(경인문화사 한국역대문집총서 2058)

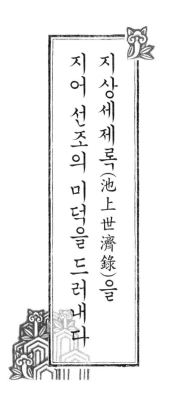

지상세제록(池上世濟錄)을
지어 선조의 미덕을 드러내다

하정근(河貞根) : 1889-1973. 자는 중호(重浩), 호는 묵재(默齋), 본관은 진양이며, 현 경상남도 진주시 대곡면 단목리 단목(丹牧) 마을에 거주하였다. 어려서는 부친 하계효(河啓涍)에게 가르침을 받았고, 삼종숙(三從叔) 하계휘(河啓輝)에게 수학하였다. 경상남도 하동군 옥종면 운곡(雲谷)의 다정(茶亭)에 살적에는 여러 문인들과 절차탁마하였고, 하겸진(河謙鎭)에게 지은 시를 품평받기도 하였다. 곽종석(郭鍾錫)에게도 수학하였다. '묵재(默齋)'라 편액하고서 평생 몸가짐의 법도로 삼았다. 1947년 다시 단목으로 돌아와 하협(河悏)을 사모하여 제월정(霽月亭)을 창건하였고, 하협 이하 12대 선조들의 유고를 모아 『지상세제록(池上世濟錄)』을 편찬하였다.
저술로 3권 2책의 『묵재집』이 있다.

묵재(默齋) 하정근(河貞根)의 묘지명 병서

이헌주(李憲柱)[1] 지음

하만관(河萬觀) 군이 선친 묵재공(默齋公)의 유고를 받들고 나에게 와서 말하기를 "지금 이 유고를 간행하고자 하여 여러 분들이 지은 글은 모두 갖추었는데 유독 묘지명만은 아직까지 갖추지 못하여 감히 그대께 청합니다. 그대께서 그 일을 도모해주십시오."라고 하였다. 그리고서 소매 속에서 가장을 꺼내 보여주며 묘지명을 짓는 데 참고하게 하였다.

나는 일찍이 진주(晉州)의 숙소에서 한두 번 공을 뵈었는데, 의관을 정제한 유학자로서 기상이 맑고 꼭 필요할 때만 말하여 옛날 장자(長者)의 풍모가 엄연히 있는 것을 보고서 마음이 청정해져 공경심이 일어났다. 공도 나를 어여삐 여겨 별도로 만나 주었는데, 술을 주고받을 적에 기대하고 인정하는 점이 있는 듯하였다.

몇 년 뒤 공이 별세하였는데, 나는 조문하지 못하여 평소 죄를 지은 듯하였다. 이제 나의 고루한 재주를 다해 이 일을 돕는다면 지난날의 잘못을 조금이나마 속죄할 수 있을 것이다. 이에 사양하지 않고 아래와 같이 서술한다.

공의 휘는 정근(貞根), 자는 중호(重浩), 호는 묵재(默齋)이다. 하씨(河氏)의 본관은 진양(晉陽)으로, 고려 시대 상서공부 시랑 하공신(河拱辰)의 후예이다. 조선 시대에 들어와 단지(丹池)[2] 선생 휘 협(悏)이 진주의 단목

---

1 이헌주(李憲柱) : 1911-2001. 호는 진와(進窩), 본관은 성산(星山)이고, 현 경상북도 고령군 고령읍 관동에 거주하였다. 김황에게 수학하였다. 저술로 12권 6책의 『진와집』이 있다.

(丹牧)[3]에 처음 터를 잡았다. 이로부터 10대에 이르기까지 명망과 덕행이 있는 사람들이 족보에 실려 있는데, 구이당(具邇堂) 하달영(河達永),[4] 만 향당(晩香堂) 하현(河灦),[5] 인재(忍齋) 하윤관(河潤寬),[6] 처사 하응회(河應 會),[7] 죽와(竹窩) 하일호(河一浩),[8] 국담(菊潭) 하진백(河鎭伯),[9] 낙옹(樂翁) 하태범(河泰範),[10] 만송(晩松) 하치룡(河致龍),[11] 처사 하석원(河錫源),[12] 월 호(月湖) 하계효(河啓涍)[13]와 같은 분이 그들이다.

월호공은 부인이 두 분인데, 초취 부인은 전주 이씨 이건표(李建杓)의 딸이고, 재취 부인은 의성 김씨 김진기(金鎭基)의 딸이다. 김씨 부인이 고종 기축년(1889) 3월 29일 단목의 대대로 살아온 집에서 공을 낳았다.

2　단지(丹池) : 하협(河悏, 1583-1625)이다. 자는 자기(子幾), 호는 단지이다. 성여신(成汝 信)·하홍도(河弘度) 등과 교유하였다. 저술로 2권 1책의 『단지집』이 있다.

3　단목(丹牧) : 현 경상남도 진주시 대곡면 단목리 단목 마을이다.

4　하달영(河達永) : 1611-1664. 자는 혼원(混源), 호는 구이당이다. 하협의 아들이다. 하홍 도(河弘度)·권극경(權克經) 등과 교유하였다. 저술로 13권 8책의 『구이당집』이 있다.

5　하현(河灦) : 1643-1689. 자는 여해(如海), 호는 만향당이다. 하협의 손자이다. 사람들이 그의 산소가 있는 곳을 '하효자(河孝子) 시묘골'이라 하며 효행을 칭송하였다. 저술로 『만향당유집』이 있다.

6　하윤관(河潤寬) : 1677-1754. 자는 택후(澤厚), 호는 인재이다. 하현의 아들이다. 이덕윤 (李德潤)·하필청(河必淸) 등과 교유하였다. 저술로 『인재집』이 있다.

7　하응회(河應會) : 1696-1747. 자는 응백(應伯), 호는 어은(漁隱)·초은(樵隱)이다. 하윤관 의 아들이다. 저술로 『처사공유집』이 있다.

8　하일호(河一浩) : 1717-1796. 자는 이보(履甫), 호는 죽와이며, 하응회의 아들이다. 저술 로 『죽와유집』이 있다.

9　하진백(河鎭伯) : 1741-1807. 초명은 진극(鎭極)이다. 자는 자추(子樞), 호는 국담이며, 하일호의 아들이다. 저술로 『국담문집』이 있다.

10　하태범(河泰範) : 1770-1814. 자는 태경(泰卿), 호는 낙옹이다. 저술로 『낙옹유고』가 있다.

11　하치룡(河致龍) : 1806-1884. 자는 주서(珠瑞), 호는 만송, 하태범의 아들이다. 저술로 『만 송유고』가 있다.

12　하석원(河錫源) : 1825-1858. 자는 우규(禹圭)이며, 하치룡의 아들이다. 저술로 『처사공 유고』가 있다.

13　하계효(河啓涍) : 1846-1907. 자는 해조(海潮)이다. 김도화(金道和)에게 수학하였다. 저 술로 『월호유집』이 있다.

공은 4세에 모친을 여의고 형수 안씨(安氏)에게 양육되었다. 대체로 의지할 데 없는 외로움과 살림살이의 어려움이 극에 달하였지만 능히 각고의 노력으로 학문하여 13세[14] 때 중국 15개 왕조의 통사(通史)에 모두 통달하였고, 15세 때 제자서(諸子書)를 대략 섭렵하여 사우들에게 자주 칭찬을 받았다.

얼마 뒤 가솔들을 데리고 운곡(雲谷)[15] 다정촌(茶亭村)에 이거하였다. 마을의 여러 이름난 석학들과 날마다 도를 강론하고 문장을 담론하여 유익함을 취하니, 견문이 날로 더욱 넓어지고 식견이 날로 더욱 정밀해졌다.

효우에 독실하여 부친을 섬길 적에 마음과 신체를 아울러 봉양하였다. 부친상을 당해서는 애통함과 예제가 모두 지극하였다. 공은 맏형을 섬기는 데 미치지 못한 것을 애통히 여겨, 형수 섬기기를 모친 섬기듯이 하였다. 그리고 맏형에게 후사가 없어 자기 자식을 양자로 들였다. 또 맏형 집 가사를 대신 다스려 곤란하고 위태로운 지경에 이르지 않게 하였다. 둘째 형과 셋째 형이 형세상 부득이한 일로 인하여 떨어져 살게 되었지만, 공은 한 달이나 한 철마다 서신을 보내 정의를 끊지 않고 형제 간의 화목함을 유지하였다.

선조를 섬기는 일에 있어서는 제월정(霽月亭)을 창건하여 단지(丹池) 선생을 사모하는 마음을 붙일 곳이 있게 하였다. 『지상세제록(池上世濟錄)』[16]을 간행하고 반포하여, 12대에 걸친 선조의 미덕이 전해지게 되었다. 이는 모두 공이 평생 동안 고심하여 완성한 것인데, 사람들이 그의

---

14 13세: 『예기』「내칙(內則)」에 "13세에는 음악을 배우고 시를 외우고 작(勺)에 맞춰 춤을 추며, 15세에는 상(象)에 맞춰 춤을 추고 활쏘기와 말 타기를 배운다.[十有三年學樂, 誦詩, 舞勺, 成童舞象, 學射御.]"라고 하였다.

15 운곡(雲谷): 현 경상남도 하동군 옥종면 운곡리이다.

16 지상세제록(池上世濟錄): 하협(河悏) 이하 12대까지의 유고(遺稿)를 모은 것이다.

정성은 남들이 미치기 어려운 것이라고 칭찬하였다.

만년에 아들들에게 가사를 맡기고 이름난 산수를 유람하기를 좋아하여 이르는 곳마다 시를 지어 그 일을 기록하였다. 봄과 가을에 향교 석전(釋奠)의 분정단자(分定單子)가 사방에서 오면 또한 모두 응하였는데 게을리하는 기색이 없었다. 대개 공은 여든 살이 넘었는데도 정신과 기력이 더욱 왕성하여 보고 듣는 것이 쇠하지 않았고, 앉을 때 반드시 허리를 세우고 길을 걸을 때 지팡이를 짚지 않았으니, 또한 그 기력을 안정시키는 데 평소 수양한 바가 있고 방도가 있음을 알겠다.

계축년(1973) 3월 자서전을 지었고, 이해 12월 2일 질병없이 별세하니 향년 85세였다. 단목 길교(吉橋)의 모 언덕에 장사지냈다.

부인 재령 이씨는 이수혁(李壽赫)의 딸이다. 아들이 넷인데 장남 만관(萬觀)은 백부에게 출계하였고, 차남은 만철(萬轍), 삼남은 만범(萬凡), 막내는 만소(萬召)이다. 딸이 둘인데 안동 권씨 권위현(權渭鉉)과 전주 최씨 최연석(崔然錫)에게 시집갔다. 만관의 아들은 순봉(舜鳳)·천봉(千鳳)·관봉(官鳳)·도봉(道鳳)이다. 만철의 아들은 우봉(羽鳳)·덕봉(德鳳)·기봉(岐鳳)이다. 만범의 아들은 강봉(崗鳳)이다. 만소의 아들은 신봉(信鳳)·윤봉(潤鳳)이다. 사위 권위현의 아들은 권영목(權永穆)·권영철(權永喆)·권영채(權永彩)이다. 최연석의 아들은 아무개이고, 나머지는 어리다.

내가 세상의 사인(士人)들을 관찰해보니 대개 귀로 듣고 입으로 말하는 것으로 학문을 하고 줏대 없이 남의 비위를 맞추는 것으로 행실을 하는 자들이 많은데, 공처럼 실질적으로 배우고 실체적으로 행동한 사람을 찾아보면 거의 드물 것이다. 지금 붓을 들고서 다시 볼 수 없는 저승으로 가신 공을 개탄하는 것을 어찌 그만둘 수 있겠는가? 어찌 그만둘 수 있겠는가?

명은 다음과 같다.

아! 처사여	吁嗟處士
학문도 있고 덕행도 있었네	有學有行
세상에 시험해보지는 못했지만	旣不試世
가정에서 정사를 행하였네[17]	家焉爲政
그 정사가 무엇인가	其政維何
효성과 우애가 그 근원이네	孝友是源
조상에게까지 미루어 나가서	推及祖宗
또한 정성과 공경을 다하였네	亦盡誠虔
노고가 한 몸에 다 이르러도	勞萃于躬
정신은 계책을 주도면밀히 했네	神周于籌
교화는 넉넉히 하기 어려웠으나	化艱爲裕
누가 공과 짝할 수 있으리	功孰與儔
후인들이 이 점을 생각한다면	後人念此
어찌 공을 잊을 수 있으리	其何可忘
내가 이 묘지명을 남기니	我遺以銘
먼 훗날까지 밝게 드러나리	昭視茫茫

정사년(1977) 12월 입춘에 성주(星州) 이헌주(李憲柱)가 지음.

---

17 가정에서……행하였네 : 『논어』 「위정」에 어떤 사람이 공자에게 왜 정치를 하지 않느냐
고 묻자, 공자가 대답하기를 "『서경』에 효에 대해 말하면서 '어버이에게 효도하고 형제간
에 우애가 있으며 그것을 정치에 미루어 행한다.'라고 하였으니, 이것도 정치를 하는
것이다. 어찌 꼭 벼슬을 해야만 정치를 하는 것이겠는가.[書云孝乎. 惟孝, 友于兄弟, 施於
有政. 是亦爲政, 奚其爲爲政.]"라고 하였다.

墓志銘 幷序

李憲柱 撰

河君 萬觀奉其先大人默齋公之遺稿, 來余言曰: "今將刊此, 而諸他撰
述之文皆具, 獨幽堂之誌尙闕, 敢以請吾子。子其圖之。"因袖示家狀, 藉
其發揮記。余嘗一再拜公於晉州之旅次, 見其褒衣博帶, 氣清而語時, 儼
然有古長者風, 心灑然起敬。而公亦眷愛, 有加接引, 酬酢之際, 若有所期
詡。後數年公歿, 而余未能弔哭, 尋常若負罪疚。今而飾其固陋以相玆役,
庶亦可以粗贖前愆。乃不辭而叙次之曰:

公諱貞根, 字重浩, 默齋其號。河氏籍晉陽, 高麗尙書工部侍郎拱辰之
裔。入李朝, 有丹池先生諱悏, 始宅于晉州之丹洞。自是至十世, 名德相望
於譜, 若具邇堂 達永、晚香堂 灝、忍齋 潤寬、處士應會、竹窩 一浩、菊
潭 鎭伯、樂翁 泰範、晚松 致龍、處士錫源、月湖 啓澤是已。月湖公有二
配, 前配曰全州李氏 建杓女, 後配曰義城金氏 鎭基女。金氏以高宗己丑
三月二十九日, 擧公于丹洞世第。

四歲而母夫人見背, 鞠於兄嫂安氏。蓋零丁艱厄極矣, 而能刻苦爲學,
舞勺盡通十五通史, 成童略涉諸子書, 亟被師友稱許。旣而挈家搬移于雲
谷 茶亭村。而與彼中諸名碩, 日講道譚文, 以取資益, 則耳目日益廣而識
解益精矣。

篤於孝友, 事大人公, 志體兼養。及喪哀禮備至。痛伯兄之不及逮事,
事伯嫂, 如事母。無子, 以己子子之。又攝理其家事, 俾不至艱危。仲叔
二兄, 雖爲勢故所迫, 不免於離居, 而時月之間, 書問不絶情, 怡怡如也。
於先事則霽月亭創建, 而丹池先生寓慕有所矣。《池上世濟錄》刊布, 而
十二代先徽有傳矣。此皆公之一生苦心以成之者, 而人稱其誠爲難及焉。

向晩, 委家事於諸子, 好遊名山水, 所至輒有題詠, 以紀其事。當春秋兩
節, 儒宮之薦圈四至, 則亦皆應之, 無倦色。蓋公年踰八旬, 而神氣益旺, 視
聽不衰, 坐必生腰, 行不扶杖, 亦見其定力之有素, 而修養之有道也。

癸丑三月, 作自叙傳, 以其年十二月初二日, 無疾而終, 享壽八十五。葬于<u>丹洞</u> <u>吉橋</u>之○原。配<u>載寧李氏</u> <u>壽赫</u>女。生四男, 長卽<u>萬觀</u>出, 次<u>萬轍</u>、<u>萬凡</u>、<u>萬召</u>。二女婿: <u>安東</u> <u>權渭鉉</u>、<u>全州</u> <u>崔然錫</u>。萬觀男: <u>舜鳳</u>、<u>千鳳</u>、<u>官鳳</u>、<u>道鳳</u>。萬轍男: <u>羽鳳</u>、<u>德鳳</u>、<u>岐鳳</u>。萬凡男<u>崗鳳</u>。萬召男: <u>信鳳</u>、<u>潤鳳</u>。權男: <u>永穆</u>、<u>永喆</u>、<u>永彩</u>。崔男○○, 餘幼。

余觀世之士, 槪多口耳以爲學, 勌骸以爲行, 而求如公之實學實行者, 則蓋鮮矣。今執筆爲此九原難作之慨, 烏可已乎? 烏可已乎?

銘曰: "吁嗟處士! 有學有行。旣不試世, 家焉爲政。其政維何? 孝友是源。推及祖宗, 亦盡誠虔。勞萃于躳, 神周于籌。化艱爲裕, 功孰與儔? 後人念此, 其何可忘? 我遺以銘, 昭視茫茫。"

丁巳臘月立春, <u>星山</u> <u>李憲柱</u>撰。

❖ 원문출전

河貞根, 『默齋集』附錄, 李憲柱 撰, 「墓誌銘幷序」(경상대학교 남명학연구소 소장번호 2354)

문학은 우리 집안의 명맥이다

하용환(河龍煥) : 1892-1961. 자는 자도(子圖), 호는 운석(雲石), 본관은 진양(晉陽)
이다. 현 경상남도 진주시 수곡면 효자리에 거주하였다. 하겸진(河謙鎭)·곽종석(郭鍾
錫)에게 수학하였고, 박응종(朴膺鍾)과 교유하였다. 하겸진의 행장을 지었다.
저술로 4권 2책의 『운석유고』가 있다.

운석(雲石) 하용환(河龍煥)의 행장

권태근(權泰根)[1] 지음

공의 휘는 용환(龍煥), 자는 자도(子圖), 호는 운석(雲石)이다. 하씨(河氏)는 진양을 관향으로 삼는데, 고려 충신 시랑공(侍郞公) 휘 공신(拱辰)이 시조이다. 그 후손이 대를 이어 귀하고 현달하였다. 조선조에 들어와 휘 항(恒)은 사용원 주부를 지냈는데 호는 송강(松岡)이다. 송강이 휘 인상(仁尙)을 낳았는데, 진사가 되었고 호는 모송재(慕松齋)이다. 2대가 모두 청계사(淸溪祠)[2]에 배향되었다.

고조부 휘 우범(禹範)은 호가 삼수헌(三守軒)이고, 증조부 휘 경칠(慶七)은 호가 농은(農隱)이고, 조부 휘 두원(斗源)은 호가 송담(松潭)이고, 부친 휘 계락(啓洛)은 호가 옥봉(玉峰)인데, 대대로 문학과 행실이 있었다. 모친 밀양 박씨는 송월당(松月堂) 박호원(朴好元)의 후손인 박인호(朴寅浩)의 딸인데, 부녀자로서의 덕성[3]을 갖추었다.

공은 어려서부터 정신이 안으로 응축되어 말과 웃음을 함부로 하지 않아 이미 다른 아이들과는 달랐다. 학문을 시작해서는 스스로 독서할 줄 알아서 번거롭게 감독하지 않아도 문리가 날로 진보하였다. 14세에

---

1 권태근(權泰根) : 본관은 안동, 하용환의 첫째 사위이다.

2 청계사(淸溪祠) : 현 경상남도 진주시 대평면 내촌리(內村里)있었던 사당이다. 정신열(鄭臣悅), 정밀(鄭密), 정승윤(鄭承尹), 정이심(鄭以諶), 하항(河恒), 하인상(河仁尙)을 배향하였다. 현 경상남도 진주시 본성동 진주성 안에 있다.

3 부녀자로서의 덕성 : 원문의 '임사(任似)'는 주(周)나라 문왕(文王)의 어머니인 태임(太任)과 무왕(武王)의 어머니인 태사(太似)를 가리킨다.

당시 면우(俛宇) 곽 징군(郭徵君)이 다산(茶山)⁴에 거주하고 있어서 공이
가서 배우고자 하였으나 부친이 길이 멀고 나이가 어리다는 이유로 허
락하지 않았다. 그러니 간곡하게 아뢰어 허락을 받은 뒤 책을 짊어지고
찾아가 학문을 하는 방법에 대해 들었는데 직접 보고 느끼면서 계발된
것이 많았다. 공은 집으로 돌아와서는 방 한 칸을 소제하고 낮에는 글을
읽고 밤에는 사색하였는데, 육경(六經)·사서(四書)로부터 제자백가에 이
르기까지 두루 통달하지 않은 것이 없었다. 간간이 집안의 형인 회봉(晦
峯)⁵ 선생에게 나아가 질정하였는데, 선생은 자주 칭찬하고 장려하면서
학문이 원대해지리라 기약하였다.

또 이당(易堂) 박응종(朴膺鍾)⁶과 더불어 식량을 싸가지고 니동서당(尼
東書堂)⁷과 낙수암(落水庵)⁸을 오가며 경전의 의리를 토론하고 문장 짓는
법을 겸하여 익히면서 서로 도움이 되는 유익한 공부를 하였다. 그래서
20세가 되기도 전에 학식이 이미 깊고 풍부해졌는데, 안으로 간직한 채
표출하지 않았으니 남들에게 찬란한 문채를 드러내고 싶지 않아서였다.
그 때문에 사람들이 그 경지를 엿볼 수 없었다.

공이 어버이를 섬길 적에는 정성스럽고 효성스러웠다. 낮에는 차실(次
室)에 거처하면서 집안일을 관리하였는데, 큰일이든 작은 일이든 반드시

---

4 다산(茶山): 현 경상남도 거창군 가북면 중촌리 다전(茶田) 마을이다.
5 회봉(晦峯): 하겸진(河謙鎭, 1870-1946)이다. 자는 숙형(叔亨), 호는 회봉, 본관은 진양(晉
陽)이다. 곽종석(郭鍾錫)에게 수학하였고, 이승희(李承熙)·장석영(張錫英)·송준필(宋浚
弼) 등과 교유하였다. 저술로 50권 26책의『회봉집』과 30권 3책의『동유학안』이 있다.
6 박응종(朴膺鍾): 1893-1919. 자는 경우(景愚), 호는 이당, 본관은 밀양이다. 현 경상남도
산청군 단성면 사월리에 살았다. 하겸진·곽종석에게 수학하였다. 저술로 3권 1책의『이
당집』이 있다.
7 니동서당(尼東書堂): 1919년 유림들이 곽종석을 추모하기 위하여 건립한 건물이다. 현
경상남도 산청군 단성면 사월리에 있다.
8 낙수암(落水庵): 현 경상남도 산청군 수곡면 사곡 마을에 있으며, 하수일(河受一)을 위
한 재실이다. 1909년에 중수하였다.

부모님께 여쭈었다. 밤에는 반드시 어버이 곁에서 자면서 추운지 따뜻
한지를 살피고 부모님의 기거를 살폈는데, 밤새도록 귀를 기울여 분부
를 기다리는 사람처럼 하였다. 집안을 다스릴 때는 법도가 있어서, 하인
들은 공의 앞에 와서는 감히 우러러보지 못하였고 물러나서도 원망함이
없었다.

공은 말이 드물고 성품이 과묵하여 남과 함께 앉아있을 때에는 안부
를 묻는 것 외에 다른 말을 하지 않았다. 오직 남의 말 듣기를 좋아하였
는데, 타당한 말은 미소를 지으면서 턱을 끄덕여 인정한다는 뜻을 보였
고, 가당치 않은 말은 또한 더불어 논쟁하지 않고 단지 의관을 바로잡고
몸가짐을 근엄하게 할 따름이었다. 그래서 사람들도 끝내 업신여기거나
무례하게 대하는 태도와 비루하고 인색한 말을 감히 공에게 하지 않았
다. 어쩔 수 없이 말을 해야 할 경우에는 요지를 잡고 두세 마디 말만
하고는 그만두었다. 그러므로 말을 많이 하거나 유창하게 말하는 사람
과 비교하면 듣는 사람들은 도리어 명문(銘文)이 마음속에 와 닿는 것
같은 공의 말을 좋아하였다.

회봉 선생을 존모하여 귀의처로 삼았다. 선생이 세상을 떠난 뒤로 기일
이 되면 반드시 음식을 장만해 가지고 가서 제수품으로 보탰고, 제사에
참여하기를 혹시라도 빠뜨린 적이 없었으며, 또 선생의 행장[9]을 지었다.
공은 평소 남의 시비를 말씀하지 않았다. 자제들이 하는 말 중에 혹 남의
장단점을 말하는 경우가 있으면 "사람 된 도리는 자기 자신을 스스로
책망해야 하니, 어느 겨를에 다른 사람을 책망하겠느냐?"라고 하였다.

만년에는 덕성이 더욱 순수하고 무르익었으니, 종일토록 우뚝하게 묵
묵히 앉아서 이치를 완미하며 사색공부를 하는 것 외에 한 가지 일도

---

9 행장:『운석집』권3에 「회봉선생행장(晦峰先生行狀)」이 실려 있다.

마음에 두는 것이 전혀 없었다. 비록 집안 살림이 기울어져 아침저녁 끼니도 잇지 못하였지만 걱정하는 말이 없었다. 당시에 아들을 불러 말씀하기를 "우리 집안이 종가를 계승한 것이 네게 이르면 8세가 된다. 그 사이에 살림이 100석 아래로 떨어진 적이 없었고, 대대로 문학과 행실이 있어 사우(士友)들 간에 칭송되었다. 지금 산업이 탕진된 것은 오히려 애석할 만한 것이 못되고, 네가 비록 시대풍조를 알고 신학문을 추향할지라도 옛 법도가 어떠한지를 전혀 돌아보지 않는 것이 개탄할 만한 일이다. 대저 빈부와 궁달은 정해진 운수가 있으니, 단지 부지런하고 검소함으로 자신을 지킬 뿐 애초 그것에 마음을 둘 것이 못 된다. 그러나 문학은 우리 집안의 명맥이니, 효우가 이를 통해서 생겨나고 집안의 명성이 이를 통해서 이루어진다. 예컨대 부귀하기만 하고 사람의 도리를 알지 못하는 것은 말과 소 같은 짐승에게 비녀를 지르고 옷을 입히는 것이니 그것이 옳겠느냐?"라고 하였다.

아! 공은 중후하고 과묵하고 통명(通明)하고 지혜로운 자질을 가지고 문헌이 전해지는 집안에서 태어나 어려서부터 가학을 전해 받은 것이 이미 많았다. 그런데 또 어진 사우를 종유하면서 정력을 쏟고 지취를 구하여 덕성과 학문이 일찍 완성되어 훌륭한 명성이 사방에 알려졌다. 그러니 찾아와서 공부하려는 이들을 받아들여 후학을 깨우쳐주는 책임을 자임한 것이 당연했다. 그러나 집안일이 매우 번다한데 그것을 주간할 다른 형제가 없었기 때문에 하루 동안 어지럽고 시끄러운 때는 항상 많고 한가하고 고요한 때는 항상 적었다. 그러나 물사(物事)에 따라 대응하면서 이해득실에 마음을 두지 않았기 때문에, 일이 이르면 대응하고 일이 지나가면 책을 펴 보는 것이 손에서 떠나지 않았고 읊조리는 것이 입에서 끊어지지 않았다. 그래서 공을 멀리서 바라보면 천근(千斤)의 중후함이 있었고, 가까이 다가가면 온화하고 소박한 모습이 있었다. 기뻐하고 성남을 안색에 드러내지 않았고, 말하고 웃는 것이 구차하지 않았다. 겉으로는 마치 노둔한 것 같았지만 안으로는 충실하여 정미한 깊은 뜻을 분석하였으며, 말은 어눌한 것 같았지만 한 마디 말 속에도 이치가 갖추어져 있었다.

공이 거처하는 방이 누추하고 좁아서 사람들은 더러 공이 지나치게 검소하다고 기롱하였지만 장구히 전해진 도가 이 방에 있다는 것을 알지 못하였다. 날마다 잡다한 일을 일삼았는데, 사람들은 더러 공이 그 일에 골몰한다고 염려하였지만 충담(沖澹)한 기상이 흉중에 있는 줄은 알지 못하였다. 이런 까닭으로 비록 수많은 바쁜 일이 있을지라도 좋은 벗이 찾아오면 높은 관과 넓은 띠를 착용한 채 기쁘게 영접하였다. 산과 들의 정자에서 시를 짓고 술을 마시며 정을 돈독하게 나누었는데, 해가 저문지도 밤이 새는지도 알지 못하여 마치 집안의 일에 대해 일삼는 것이 없는 사람 같았다. 그러나 그 마음을 붙잡고 지키는 것이 독실함은 굳세어 빼앗을 수 없는 점이 있었으니, 비록 천석(千石)의 부유함을 가지고서도 그의 의지를 조금도 더럽힐 수 없었다. 옷은 몸을 가릴 뿐이었고 음식은 배를 채울 뿐이었다.

공이 힘쓴 것은 제사를 받들고 손님을 접대하는 일이었는데, 역시 가난함 때문에 조금도 소홀히 한 적이 없었다. 공이 크게 군색할 적에 한 친한 사람이 자기 선조의 덕을 적어 가지고 공을 찾아와 묘갈명을 요청하였다. 공이 그 글에 실린 사실 중에 확실히 근거할 수 없는 내용이 있는 것을 보고서는 완곡한 말로 그 일을 사양하였다. 뒤에 다시 그 사람이 자기 손자를 시켜서 맛있는 바닷고기와 돈과 비단을 가지고 공을 찾아 가게 했는데 공의 여종이 매우 기뻐하며 그것을 받았다. 그때 마침 공이 밖에 나갔다 돌아와서 그 사실을 알고는 찾아온 사람을 불러서 가지고 돌아가게 하였다. 이러한 몇 가지는 공에게 비록 사소한 일이지만 역시 공의 인품을 개괄하기에 충분하다.

공은 임진년(1892)에 태어나 신축년(1961)에 세상을 떠났으니, 향년 70세
였다. 장지는 효남곡(孝南谷) 유좌(酉坐) 언덕에 있다. 부인 해주 정씨(海州
鄭氏)는 정기석(鄭琪錫)의 딸로 농포(農圃) 정문부(鄭文孚) 선생의 후손이
다. 여사(女士)의 행실이 있었다. 1남 4녀를 두었는데, 아들은 만기(萬驥)
이고, 사위는 권태근(權泰根)·정희근(鄭羲根)·정철수(鄭哲洙)·손영모(孫
永模)이다.

만기의 아들은 은구(銀九)·병구(昺九)·상구(尙九)·현구(炫九)이고, 사
위는 이상돈(李相敦)·서노수(徐魯洙)이다. 권태근의 아들은 권영복(權榮
福)·권영록(權榮祿)·권영조(權榮祖)이고, 사위는 이병기(李秉琪)·정진근
(鄭震根)·조효일(趙孝一)·강윤태(姜允泰)이다. 정희근의 아들은 정찬섭
(鄭瓚燮)·정진섭(鄭晉燮)·정동섭(鄭桐燮)이고, 정철수의 사위는 권병태
(權炳泰)이고, 나머지는 어리다.

공이 세상을 떠난 지 12년이 되었다. 그 아들 만기 군이 공의 사적과
행실을 기록하여 전하고자 하였는데, 내가 사위가 된 지 오래되었고 공
의 일생을 직접 보고 들은 것이 많다고 여겼기 때문에 전하여 기록하게
하였다. 나는 어리석고 졸렬하니 어찌 감히 공의 평생의 모습을 만분의
일이라도 형용할 수 있겠는가. 사절하였지만 이미 어쩔 수 없으니, 오직
평소 마음속에 기뻐하며 감복한 것 몇 가지 일을 추려서 삼가 이상과
같이 짓노라.

갑인년(1974) 11월 사위 안동(安東) 권태근(權泰根)이 삼가 지음.

行狀

權泰根 撰

公諱龍煥, 字子圖, 號雲石。河氏貫晉陽, 高麗忠臣侍郎公諱拱辰, 其上祖也。其後連世貴顯。入李朝, 有諱恒, 司饔院主簿號松岡。松岡生諱仁尙, 進士號慕松齋。兩世幷享淸溪祠。高祖諱禹範, 號三守軒, 曾祖諱慶七, 號農隱, 祖諱斗源, 號松潭, 考諱啓洛, 號玉峰, 世有文行。妣密陽朴氏, 松月堂好元之后寅浩之女, 有任、似之德。

公幼而神精內凝, 不妄言笑, 已異於凡兒。及上學, 自知讀書, 不煩提督, 而文理日進。年十四, 時俛宇郭徵君居茶山, 欲往學焉, 而庭命以路遠年幼不許。則委曲稟白, 負笈往造, 得聞爲學之方, 而觀感啓發者蓋多矣。歸則淨掃一室, 晝讀夜思, 自六經四子, 以及百家, 無不淹貫。間就正於宗兄晦峰先生, 先生亟加稱詡, 期以遠大。又與朴易堂膺鍾, 裹糧相從于尼東、落水之間, 講討經義, 兼習文法, 以收相資之益。年未二十, 學識已深富, 而內而不出, 不欲彪炳於人。故人莫得以窺其際焉。

事親誠孝。晝則處于次室, 管理家務, 而細大必稟。夜必寢于親側, 寒燠必審, 起居必察, 終夜若聳耳而待命者然。御家有法度, 婢僕當前不敢仰視, 而退而亦無怨懟。

語性罕默, 與人坐, 寒暄外無他說。惟好聽人言, 其可者, 則微笑而頷之, 以示相與之意, 不可者則亦不與爭辯, 但整衣冠, 謹威儀而已。而人亦終不敢以褻慢之態、鄙倍之語, 加諸公身。至其不得已而出言, 則執其要諦數三言而止。故比之多言宏辯者, 聽之者, 還好銘記而入念也。

尊慕晦峯先生, 爲依歸之所。至其沒後, 當忌日, 則必具饌品而往, 以助祭需, 而參祭未之或闕, 復撰行狀。平生不言人是非。子弟或有言涉於人之長短則曰: "爲人之道, 當自責其身, 奚暇及於他人哉?"

晚而德性益純熟, 則終日偉然默坐, 觀理索工之外, 了無一事掛慮。雖家産蕩敗, 朝晡不繼, 而無戚戚語。時呼其子謂之曰: "吾家承宗室, 汝爲

八世。其間産業無下於百石之時, 世世有文行, 稱於士友間。今産業之蕩
盡, 猶不足惜, 汝雖以識時趨新, 而全不顧舊章之爲何物, 是可慨歎者也。
夫貧富窮達有數存焉, 但當勤儉自持而已, 初不足以掛慮。然文學是吾家
命脈也, 孝友由是而生, 家聲由是而成。若徒富貴而不知人道, 是馬牛而
簪裾者, 其可乎哉?"

嗚乎! 公以重默通慧之資, 生於文獻之家, 自幼擩染者已多矣。又從賢
師友, 厲精求志, 德學早成, 令聞四達。宜其容受來學, 以任其覺後覺之責。
而家務浩繁, 無他兄弟以幹之, 故一日之間, 紛擾者恒多, 而閒靜者恒少。
然隨物應之, 不以利害得喪滯其心慮, 故事至則應, 事去則披覽不離於手,
吟咏不絶於口。望之, 有千斤之重; 就之, 有溫拙之態。喜怒不形, 言笑不
苟。外若魯而內實析於精微之蘊, 口若訥而事理備於片言之中。

居室陋隘, 人或譏其過儉, 而不知長久之道在於此也。日事冗務, 人或
慮其汨志而不知沖澹之氣存於胸也。以故雖百忙之中, 有好朋友至, 則峩
冠博帶欣然迎接。山亭野榭, 詩酒篤厚, 不知日之昃而夜之曉也, 若無所
事於家間事者。然其操守之篤, 則毅然有不可奪者, 雖以千石之富, 而無
所小淫。衣取蔽體, 食取充腹。

所務者, 奉祭祀接賓客之事也, 亦不以貧窶而有所小移。 方其大窘之
時, 有一所親狀其先德來求墓銘。公觀其所載事實有無可確據者, 則婉辭
辭之。 後更其人遣其孫持美海魚幷金帛而來, 婢子踊躍受之。 時適公出
外歸而知之, 呼來人使持而歸。此數者, 在公雖爲小事, 亦足可以槪公之
人品也已。

公生以壬辰, 卒以辛丑, 得壽七十。葬在孝南谷酉坐之原。配海州鄭氏
琪錫女, 農圃先生之後也。有女士行。生一男四女, 男萬驥, 女婿:權泰
根、鄭義根、鄭哲洙、孫永模。萬驥男: 銀九、昺九、尙九、炫九, 女:李
相敦、徐魯洙。權男; 榮福、榮祿、榮祖, 女:李秉琪、鄭震根、趙孝一、
姜允泰。鄭男:瓚燮、晉燮、桐燮, 鄭女權炳泰, 餘幼。

公卒十有二年。其孤萬驥君欲述傳公之事行, 而謂余小子在甥館久, 而

親聞見公之世者多, 故傳記之。小子以愚拙, 何敢形容公平生之萬分哉?
辭之旣不獲, 則惟撫其平日所悅服于中者數事, 謹撰次如右云。

　甲寅復陽節, 外甥安東 權泰根謹識。

❖ 원문출전

河龍煥,『雲石遺稿』卷4 附錄, 權泰根 撰,「行狀」(경상대학교 문천각 古(아천) D3B
하660)

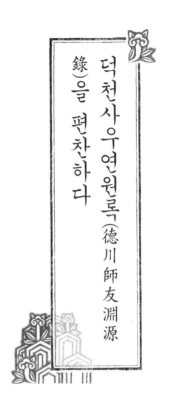

덕천사우연원록(德川師友淵源錄)을 편찬하다

하우선(河禹善) : 1894-1975. 자는 자도(子導), 호는 담헌(澹軒), 본관은 진양(晉陽)이다. 현 경상남도 하동군 옥종면 안계리 심방골에서 태어났다.

어려서는 조부 하응로(河應魯)에게 가르침을 받았고, 장성해서는 곽종석(郭鍾錫)의 문하에서 수학하였다. 1920년 하겸진(河謙鎭)이 모록산방(某鹿山房)에서 강론할 때 참석하였고, 조응규(趙應奎)·노상직(盧相稷)·권상익(權相翊)·조긍섭(曺兢燮) 등을 찾아가 학문을 질정하며 강론하였다. 『덕천사우연원록(德川師友淵源錄)』의 편찬을 주도하였다. 저술로 11권 4책의 『담헌집』이 있다.

담헌(澹軒) 하우선(河禹善)의 묘지명 병서

정직교(鄭直敎)[1] 지음

　담헌(澹軒) 선생이 세상을 떠난 지 10년 되던 을축년(1985)에 봉사손 유집(有楫)이 장차 선생의 유집을 간행하여 세상에 길이 전하고자 하면서 나에게 묘지명을 부탁하였다. 나는 일찍이 선생의 문하에서 수학하였고 또 인척간의 정의가 있었으니 의리상 감히 글재주가 없다고 끝내 사양할 수 없는 바가 있어 삼가 행장을 살펴보고 다음과 같이 서술한다.

　선생의 휘는 우선(禹善), 자는 자도(子導), 호는 담헌(澹軒)으로, 진양 하씨(晉陽河氏)이다. 고려 때 사직을 지낸 휘 진(珍)이 족보에 등재된 시조이다. 그 후로 이름나고 덕이 있는 이들이 대대로 배출되었다. 휘 즙(楫)은 호가 송헌(松軒)이고 시호는 원정(元正)으로, 진천군(晉川君)에 봉해졌다. 휘 윤원(允源)은 호가 고헌(苦軒)으로, 공민왕 때 홍건적을 토벌하는 데 공이 있어 진산군(晉山君)에 봉해졌다. 휘 자종(自宗)은 호가 목옹(木翁)으로 군부 상서를 지냈는데, 고려의 운이 장차 다해가는 것을 보고 망복(罔僕)의 의리를 지켜 두문불출하였다. 이분이 휘 결(潔)을 낳았는데, 조선조에서 벼슬을 하여 사간원 대사간이 되었으며 문효공(文孝公) 경재(敬齋) 선생 휘 연(演)의 아우이다. 여러 대를 내려와 휘 홍달(弘達)은 호가 낙와(樂窩)로 좌승지에 추증되었고, 백형 겸재(謙齋) 하홍도(河弘度)[2] 선생과 함께 경의(經義)를 강마하여 당시 '하남 백숙(河南伯叔)'[3]

1　정직교(鄭直敎) : 1916~2004. 호는 회정(晦汀), 본관은 연일(延日)이다. 현 경상남도 하동 군 옥종면에 거주하였다. 저술로 『회정유고』가 있다.

으로 일컬어졌다. 이분이 휘 철(澈)을 낳았는데, 호가 설창(雪牕)으로 사헌부 대사헌에 추증되었고 겸재 선생에게 수학하여 문학과 행의로 세상 사람들에게 추중되었다. 이분이 선생의 9대조이다. 증조부는 휘 상호(相灝)이고, 조부 휘 응로(應魯)는 호가 니곡(尼谷)이고, 부친 휘 재도(載圖)는 호가 사와(士窩)인데, 모두 문학과 행의로 고을에서 칭송을 받았다. 모친 강릉 김씨(江陵金氏)는 사인 김회경(金會卿)의 딸로, 덕행이 있는 부녀자의 행실이 있었다.

선생은 고종 갑오년(1894) 10월 8일 진주(晉州) 서쪽 사림산(士林山) 아래 심방리(尋芳里)⁴ 집에서 태어났다. 외모는 밝고 맑으며 재주는 빼어나고 민첩하였으며, 눈이 매우 밝아 낮에도 능히 별을 보았다. 약관이 되기도 전에 문리가 크게 진보하였는데, 곧 성현의 학문에 뜻을 두고 사서육경의 깊은 이치를 침잠하여 완미하였다. 몸소 깨닫고 마음으로 이해하고 날마다 그 실질을 궁구하여 마침내 학문이 크게 성취되었다. 조부 니곡공(尼谷公)⁵이 매우 사랑하여 어루만지며 말씀하기를 “이 아이는 우리 집안의 천리마가 될 것이다.”라고 하였다.

갑인년(1914) 봄에 다전(茶田)⁶으로 가서 징군 면우(俛宇) 곽종석(郭鍾錫) 선생을 스승의 예로 섬기고서 학문 하는 큰 방도를 들었다. 또 집안 어른인 회봉(晦峰) 하겸진(河謙鎭) 선생에게 나아가 배웠는데 칭찬과 인정을 자주 받았다.

---

2 하홍도(河弘度) : 1593-1666. 자는 중원(重遠), 호는 겸재, 본관은 진양이다. 하수일에게 수학하였다. 저술로 12권 6책의 『겸재집』이 있다.
3 하남 백숙(河南伯叔) : 중국 북송 때의 학자인 정호(程顥)와 정이(程頤)를 가리킨다.
4 심방리(尋芳里) : 현 경상남도 하동군 옥종면 안계리 심방골이다.
5 니곡공(尼谷公) : 하응로(河應魯, 1848-1916)이다. 초명은 성로(性魯), 자는 학부(學夫), 호는 니곡, 본관은 진양이다. 현 경상남도 하동군 옥종면 안계리에 거주하였다. 하달홍(河達弘)·허전(許傳)에게 수학하였다. 저술로 4권 2책의 『니곡집』이 있다.
6 다전(茶田) : 현 경상남도 거창군 가북면 중촌리 다전 마을이다.

선생은 성품이 엄정하여 자신을 단속하고 일을 처리할 적에는 법도를 넘지 않았다. 어버이를 섬길 적에는 마음과 몸의 봉양에 모두 힘을 쏟았고, 상례를 치를 적에는 예제를 지키는 것이 매우 엄격하였다. 남들을 대하거나 일을 접해서는 한결같이 성심과 신의로써 하였다. 무릇 집안 일을 주간하거나 서원에 일이 있으면 모두 선생을 추대하여 주관으로 삼았는데, 모한재(慕寒齋)에서 수속계(修續契)를 만들거나 『덕천사우연원록(德川師友淵源錄)』의 편찬 같은 일은 비록 온갖 어려움이 있었지만 끝내 업적을 이루었다. 일찍이 사문(斯文)을 부흥시키고 후생을 인도하는 것을 자기의 임무로 삼아 위기지학(爲己之學)과 효제지행(孝悌之行)을 쉬지 않고 정성스럽게 하였다. 고향의 사우 및 문하의 제생이 계를 맺어 여러 해 동안 노력하여 사는 곳 옆에 사산서당(士山書堂)을 지었는데, 만년에 강학하고 수양하는 곳으로 삼았다.

선생은 을묘년(1975) 9월 27일에 세상을 떠났으니, 향년 82세였다. 다음 달 동산(東山) 신좌(申坐) 언덕에 장사지냈는데, 제문을 지어 찾아와 곡하는 사우들이 매우 많았다. 근래 국내의 인사들이 유학사(儒學史)를 논할 적에는 반드시 선생을 추중하니, 선생의 덕업을 대개 알 만하다.

부인 함안 조씨(咸安趙氏)는 조용효(趙鏞斅)의 딸로, 대소헌(大笑軒) 조종도(趙宗道)의 후손이다. 3남 3녀를 두었는데, 장남은 태구(泰九), 차남은 태영(泰纓), 삼남은 태일(泰鎰)이다. 딸들은 성주 이씨(星州李氏) 이달근(李達根), 진양 정씨(晉陽鄭氏) 정동년(鄭東年), 진양 강씨(晉陽姜氏) 강주혁(姜周爀)에게 시집갔다. 태구의 아들은 유집(有楫)이고, 태영의 아들은 창집(昌楫)·이집(利楫)·필집(必楫)이고, 태일의 아들은 택집(擇楫)·정집(定楫)·해집(海楫)이다. 유집의 아들은 성옥(性鈺)이고, 나머지는 다 기록하지 않는다.

명은 다음과 같다.

단정하고 위엄있던 그 자태	端嚴其姿
장엄하고 중후하던 그 위의	莊重其儀
효성스럽고 우애있던 그 행실	孝悌其行
깊고 넓었던 그 학문	淵博其學
영재를 육성함이 성대하였고	育英其藹
뒤를 이은 자손들 번창하였네	后嗣其沃
아아	於乎
은거하시던 사림산의 운림은	士山雲林
만고토록 길이 푸르리라	萬古長青
지나가는 이 반드시 예를 표하니	過者必式
바로 군자가 묻히신 곳이라네	君子之藏

문하생 오천(烏川)[7] 정직교(鄭直教)가 삼가 지음.

墓誌銘 幷序

鄭直教 撰

澹軒先生旣歿之十年乙丑, 嗣孫有楫將鋟梓其遺集而壽於世, 屬余以玄藏之誌。余曾受學於先生之門, 而又爲姻婭之誼, 則義有所不敢以不文終辭者, 謹按狀而敍之曰:

先生諱禹善, 字子導, 號澹軒, 姓河氏, 晉陽人。以高麗司直諱珍, 爲登譜之祖。自後名公碩德, 聯世輩出。諱楫, 號松軒, 諡元正, 晉川君。諱允源, 號苦軒, 恭愍朝, 討紅巾賊有功, 封晉山君。諱自宗, 號木翁, 軍部尙書, 見麗運將訖, 守罔僕之義, 杜門不出。生諱潔, 仕李朝, 爲司諫院大司

諫, <u>文孝公</u> <u>敬齋先生</u> <u>演</u>之弟也。累傳, 至諱<u>弘達</u>, 號<u>樂窩</u>, 贈左承旨, 與伯氏<u>謙齋先生</u> <u>弘度</u>, 講磨經義, 時稱"<u>河南伯叔</u>"。生諱<u>澈</u>, 號<u>雪牕</u>, 贈司憲府大司憲, 受業于<u>謙齋先生</u>, 文學行義, 爲世推重。於先生間九代。曾祖諱<u>相灝</u>, 祖諱<u>應魯</u>, 號<u>尼谷</u>, 皇考諱<u>載圖</u>, 號<u>士窩</u>, 皆以文行, 見稱於鄉省。妣<u>江陵金氏</u>士人<u>會卿</u>女, 有女士行。

先生以<u>高宗</u>甲午十月八日生于<u>晉西士林山</u>下<u>尋芳里</u>第。姿貌瑩晶, 才思穎敏, 眼精甚明, 晝能見星。年未弱冠, 文理大進, 便有志於聖賢之學, 沈潛玩味於四子六經之奧。體認心會, 日究其實, 卒有大成。<u>尼谷公</u>甚愛之而撫曰:"此爲吾家千里駒也。"甲寅春, 往<u>茶田</u>, 贄謁<u>俛宇</u> <u>郭徵君先生</u> <u>鍾錫</u>, 聞爲學大方。又就正於宗老<u>晦峰先生</u> <u>謙鎮</u>, 亟蒙稱許。

先生性度嚴正, 律己制事, 不踰繩尺。事親, 務盡志體之養, 居喪, 守制甚嚴。至於待人接物, 一以誠信。凡宗門有幹, 儒院有事, 咸推先生爲主管, 如<u>慕寒齋</u>創修續契、《<u>德川師友淵源錄</u>》之編輯, 雖有萬難, 竟得底積。嘗以興復斯文、引進後生爲己任, 以爲己之學、孝悌之行, 惓惓不休。故鄉中士友及門諸生, 修契以拮据之數年, 築<u>士山書堂</u>于所居之傍, 爲晚年講學藏修之所。

卒以乙卯九月二十七日, 享壽八十二。踰月會獎于<u>東山</u>申坐原, 士友操文來哭者, 甚衆。挽近國內人士論儒學史, 則必推先生, 先生之德業, 槪可知也。配<u>咸安趙氏</u> <u>鏞斅</u>女, <u>大笑軒</u> <u>宗道</u>后。擧三男三女, 男:長<u>泰九</u>, 次<u>泰纓</u>, 季<u>泰鎰</u>。女適<u>星州</u> <u>李達根</u>、<u>晉陽</u> <u>鄭東年</u>、<u>晉陽</u> <u>姜周爀</u>。<u>泰九</u>男<u>有楫</u>, <u>泰纓</u>男:<u>昌楫</u>、<u>利楫</u>、<u>必楫</u>, <u>泰鎰</u>男:<u>擇楫</u>、<u>定楫</u>、<u>海楫</u>。<u>有楫</u>男<u>性鈺</u>, 餘不盡錄。

銘曰:"端嚴其姿, 莊重其儀。孝悌其行, 淵博其學。育英其藹, 后嗣其沃。於乎! <u>士山</u>雲林, 萬古長靑。過者必式, 君子之藏。"

門下生<u>烏川</u> <u>鄭直敎</u>謹撰。

❖ 원문출전

河禹善,『澹軒集』卷11 附錄, 鄭直敎 撰,「墓誌銘幷序」(경상대학교 문천각 古 D3B H하67ㄷ)

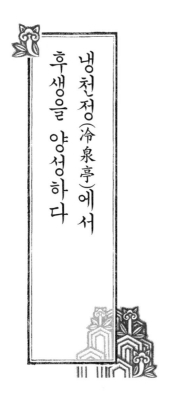

냉천정(冷泉亭)에서
후생을 양성하다

곽종천(郭鍾千) : 1895~1970. 자는 내성(乃成), 호는 정헌(靜軒), 본관은 현풍이며, 현 경상남도 고성군 구만면 효락리 효대 마을에 거주했다. 어릴 적부터 함안의 이정호(李正浩)와 외삼촌 이종홍(李鍾弘)에게 배웠고, 하겸진(河謙鎭)에게도 수학하였다. 부친이 건립한 냉천정(冷泉亭)에서 이종홍을 이어 인근의 자제들을 가르쳤다. 저술로 6권 3책의 『정헌집』이 있다.

정헌(靜軒) 곽종천(郭鍾千)의 묘갈명

이예중(李禮中)[1] 지음

　지난 경술년(1970) 9월 8일에 정헌 처사(靜軒處士) 곽내성(郭乃成) 군이 침소에서 세상을 떠났는데, 향년 76세였다. 그달 28일 계산(桂山) 아래 을좌(乙坐) 언덕에 장사지냈다. 나는 당시 종제의 참혹한 일을 만나 제때 만장을 지어 조문을 가지 못하다가, 이듬해 3월에 비로소 제문을 지어 가서 곡했다.

　군의 아들 호영(鎬泳)이 족숙 곽종안(郭鍾安) 군에게 군의 행장을 청했고, 나에게 묘갈명을 짓도록 부탁하였는데, 나는 감당할 수 없다고 사양하였다. 몇 개월 뒤 종안 군이 자신이 지은 행장을 가지고 와서 나에게 부탁하며 말하기를 "오늘날 시세의 변화가 날로 심하니, 공의 사후 일을 늦출 수 없습니다. 공을 아는 사람으로 그대만 한 분이 없으니, 묘갈문 청탁을 그대는 사양하지 마십시오"라고 하였다. 나는 다시 사양할 수가 없어서, 곧바로 행장을 살펴보고 내가 듣고 본 일을 덧붙여 다음과 같이 묘갈명을 짓는다.

　군의 휘는 종천(鍾千), 자는 내성(乃成), 호는 정헌(靜軒)이며, 본관은 현풍(玄風)이다. 시조 휘 경(鏡)은 중국에서 우리나라로 건너와 고려조에 벼슬하여 우군총제(右軍總制)를 지냈다. 시호는 정의(正懿)이고 포산군(苞山君)에 봉해졌는데, 포산은 지금의 현풍(玄風)이다. 이로부터 대대로 명

1　이예중(李禮中) : 1899~1986. 자는 경의(敬儀), 호는 구봉(九峯), 본관은 벽진(碧珍)이다. 현 경상남도 고성군에 거주했다. 저술로 4권의 『구봉집』이 있다.

신이 났다.

　조선조에 들어 와 휘 안방(安邦)은 군수(郡守)를 지냈고 청백리에 뽑혔다. 휘 간(趕)은 호가 죽재(竹齋)이고 양사(兩司)에서 벼슬하였다. 그 현손 휘 현(鉉)은 호가 송암(松菴)이고 호조 참의에 추증되었다. 이분이 처음으로 고성(固城)에 거주했는데, 군의 8대조이다. 조부는 휘 태석(泰碩)이고, 부친 휘 대곤(大坤)은 호가 남암(南菴)이다. 모친은 여주 이씨(驪州李氏) 이용학(李容鶴)의 딸이다.

　군은 태어나면서부터 뛰어난 자질이 있었다. 어릴 적에 떡과 과일을 가지고 나가 여러 아이들과 똑같이 나누어 먹자, 조부가 보고 기뻐하면서 크게 될 것이라 기대하였다. 글공부를 시작한 뒤로는 행동거지가 노성한 사람과 같아 글방 선생이 칭찬하였다.

　약관에 함안에 가서 서산(棲山) 이정호(李正浩)[2] 공에게 배웠다. 돌아와서는 군의 외삼촌 의재(毅齋) 이종홍(李鍾弘)[3] 공을 따라 배웠다. 군의 부친이 냉천(冷泉) 가에 정자 하나를 짓고 의재공을 초청하여 거기에 거처하게 하였다. 이때 배우려는 이들이 대거 몰려들어 집안에 다 수용할 수가 없을 지경이었는데, 군이 실로 주인이 되어 조처하는 데 방도가 있었다. 그러므로 냉천정(冷泉亭)의 이름이 원근에 알려졌다. 의재공이 돌아가신 뒤 군이 뒤를 이어 학생들을 가르쳤는데, 지역의 후생들로서 군의 지도를 받지 않은 사람이 한 사람도 없었다.

　당세의 유종(儒宗) 곽면우(郭俛宇)[4]·하회봉(河晦峯)[5]·조심재(曺深齋)[6] 등

─────────────

2 이정호(李正浩) : 1865-1941. 자는 정윤(貞允), 호는 서산(棲山), 본관은 재령이다.

3 이종홍(李鍾弘) : 1879-1936. 자는 도유(道唯), 호는 의재(毅齋), 본관은 여주이고, 현 경상남도 고성군에 거주하였다. 곽종천의 외조부 이용학의 아들이다. 이준구(李準九)·정재규(鄭載圭)에게 수학하였다.

4 곽면우(郭俛宇) : 곽종석(郭鍾錫, 1846-1919)이다. 자는 명원(鳴遠), 호는 면우, 본관은 현풍(玄風)이다. 현 경상남도 산청군 단성(丹城) 출신이다. 저술로 182권 63책의 『면우집』

여러 선생을 배알하고 강론하며 질의하지 않음이 없었는데, 격려와 인정을 많이 받았다. 그리고 끝내 하회봉에게 나아가 질정하였을 때에는 뵙고 사모하는 마음이 더욱 깊어져서 성심으로 배움을 구하여, 꿈에 스승을 모시고 강론하며 시를 읊조리는 경우도 있었다. 대개 회봉의 문하에 뛰어난 인물들이 많이 모여들었는데, 군을 공자(孔子) 문하의 염백우(冉伯牛)나 민자건(閔子騫)에 비유하였다.

군이 문장을 지을 적에는 조탁이나 수식을 일삼지 않고 생각나는 대로 써 내려갔는데, 저절로 법도에 맞았다. 일찍이 서산 이공(李公)을 제사지낼 적에 함안의 선배들이 군의 제문을 보고 칭찬하며 말하기를 "군은 서산 이공의 학문이 도달한 경지를 깊이 아는구나."라고 하였다고 한다.

성정(性情)이 매우 온화하고 평이하여 남의 선을 드러낼 적에는 마치 미치지 못할 듯이 하였으며, 남을 비방하는 말은 입 밖으로 낸 적이 없었다. 처세는 마치 특이한 점이 없는 듯하였으나, 의리(義理)가 걸려있는 일에는 결단코 그 지조를 바꾸지 않았다. 단발령(斷髮令)을 내려 독촉할 적에, 군은 초은시(招隱詩)을 부르며 스스로 상심하였는데, 당시 집권자가 억지로 집행할 수는 없어서 끝내 예전의 상투를 보존하였다.

부모님을 섬길 적에는 효성스러웠는데, 어려서 모친을 여읜 까닭에 어미닭과 새끼닭이 서로를 의지하는 모습을 보고서 시를 읊어 심지를 드러내었다. 병술년(1946) 여름 부친이 돌아가셨는데, 빈소를 차리기도 전에 집안사람들이 역병에 걸렸다. 열흘사이에 어른 아이 할 것 없이

등이 있다.

5 하회봉(河晦峯) : 하겸진(河謙鎭, 1870-1946)이다. 자는 숙형(叔亨), 호는 회봉, 본관은 진양(晉陽)이다. 곽종석에게 수학하였다. 저술로 50권 26책의 『회봉집』과 30권 3책의 『동유학안』이 있다.

6 조심재(曺深齋) : 조긍섭(曺兢燮, 1873-1933)이다. 자는 중근(仲謹), 호는 심재·암서(巖棲), 본관은 창녕(昌寧)이다. 저술로 37권 17책의 『암서집』이 있다.

죽은 사람이 매우 많았다. 집안에 제사 음식을 마련할 사람도 없었고, 관리들은 출입하는 사람들을 엄히 금지시켰다. 군이 두 아들에게 말하기를 "사람에게 급박한 환난이 있을 때에는 큰 담력을 가진 뒤에야 능히 환난을 극복할 수 있다."라고 하고는, 두 아들과 함께 염하고 장례 치르기를 한사람도 빠짐없이 하였으며, 손수 상복을 만들고 몸소 제사음식을 마련한 것이 70여 일이나 되었다. 처음으로 외부사람을 만났을 때에 사람들이 군의 용모와 기색을 보고서 군의 심지가 안정되고 담력이 있는 것에 감탄하지 않는 사람이 없었다고 한다.

집안 살림이 평소 가난하여 변변찮은 음식으로 겨우 끼니를 이었는데, 만년에는 더욱 몰락하여 보잘것없는 음식마저 자주 먹을 수 없었지만, 군은 본래 그러한 듯 대처하며 조금도 슬퍼하거나 탄식하는 기색이 없었다.

경인년(1950) 이후 산에 살 수가 없어, 군은 냉천정을 마을에 옮겨 짓고자 하였으나, 자금이 없는 점을 한스러워하였다. 일찍이 군을 따라 배우던 이들과 여러 벗들이 힘을 모아 옮겨 지었다. 이곳에 꽃과 나무를 심고 방정하게 정돈하여 한 포기도 어긋나지 않게 하였다. 정원을 깨끗이 쓸고 책상에 묵묵히 앉아 있었는데, 그 광경을 보면 군이 군자라는 것을 알 수 있었다.

상례(常禮)와 변례(變禮)에 더욱 정밀하였는데, 사람들이 길흉의 큰 일이 있을 적에, 반드시 군에게 자문하여 실행하였다. 그러므로 사람들 중에 군을 사모하는 이가 매우 많았다.

군이 돌아가셨을 적에는 고을에서 군을 아는 사람이라면 누구나 깊이 슬퍼하며 말하기를 "선인 처사(善人處士)가 돌아가셨구나!"라고 하였다. 아! 세상의 변화가 끝이 없는데, 고을 풍속이 순박하게 된 것은 군이 생존해 계신 데에 힘입었다. 오늘날 풍속이 날로 심하게 변하니, 장차 어떻게 하면 저승에서 군을 불러올 수 있을까. 이 점이 벗들이 더욱 슬퍼하고 탄식하는 부분이다.

　군은 김해 허씨(金海許氏) 허정민(許正旼)의 딸에게 장가들어 2남 1녀를 낳았다. 장남이 곧 호영(鎬泳)이고 차남은 사영(士泳)이며, 딸은 전주 최씨 최원호(崔元鎬)에게 시집갔다. 호영의 아들은 병찬(柄瓚)·병구(柄球)·병원(柄瑗)·병곤(柄琨)이고, 딸은 양천 허씨(陽川許氏) 허이(許貳)에게 시집갔다. 사영의 아들은 병욱(柄旭)이고, 최원호의 아들은 최낙승(崔洛升)·최낙경(崔洛卿)이다.

　명은 다음과 같다.

냉천정이 우뚝한데	冷亭斯屹
꽃과 나무 뜰에 가득하네	滿庭花木
한 선비가 이곳에 살았으니	爰有一士
이곳에서 소요하며 쉬었네	於焉遊息
반듯하게 심어진 나무들은	木之井井
사람의 행실이 방정한 것 같네	猶人行方
꽃이 내뿜는 짙은 향기는	花之芬馥
군이 지닌 덕의 향기같네	符德之香
저 꽃과 나무는	維彼花木
한철에 영화로울 뿐이지만	榮于一時
사람에게서 풍기는 향기는	維人有芳
영원토록 전해질 수 있네	百世可遺
구문에서 덕행으로 이름났고[7]	龜門德行
구계의 적전이었네	求溪適傳

---

7 구문에서……이름났고 : 구문(龜門)은 구강정사(龜岡精舍)에서 강학한 하겸진의 문하를 뜻하는 것으로 보인다. 공자 문하에서 덕행으로 일컬어지는 민자건·염백우와 같이, 곽종천이 하겸진의 문하에서 그러한 위상을 점한다는 말이다.

가슴에는 기복이 없으니	胸無夷險
하물며 어찌 치우침이 있으리	矧豈有偏
자신의 지조를 굳게 지키다가	堅執我守
이 동쪽 산언덕에 묻혔네	東崗在玆
남긴 글이 상자에 가득하니	遺文盈箱
후세에 남겨준 것이라네	來者是詒

벽진(碧珍) 이예중(李禮中)이 지음.

墓碣銘

李禮中 撰

往在庚戌九月初八日, 靜軒處士 郭君 乃成, 終于寢, 享年七十六。以其月二十八日, 葬于桂山下負乙原。余時遭從弟之慘, 未得挽誄以時, 越明年春三月, 始操文往哭焉。其孤鎬泳, 請君狀文于其族叔鍾安君, 而俾余爲顯刻之文, 余辭謝不堪。後數月, 鍾安君以其所著狀文委余曰: "今時變日甚, 公之後事, 不可緩也。而知公者, 莫子如也, 則墓文之託, 子其勿辭。"余不能復辭, 則因按狀而兼以所聞見者爲之言曰:

君諱鍾千, 乃成其字, 而靜軒號也, 其先玄風人。始祖曰鏡, 自中國東來, 仕高麗, 官右軍總制。謐正懿, 封苞山君, 苞山今玄風也。自是, 代有名宦。至本朝, 有諱安邦, 官郡事, 選淸白吏。至諱赳, 號竹齋, 官兩司。至其玄孫諱鉉, 號松菴, 贈戶議。始居固城, 於君間八代。祖諱泰碩, 考諱大坤, 號南菴。妣驪州 李容鶴女。

君生有異質。數歲指餠果出, 與群兒, 均分而食, 王大人見而喜, 期以遠大。及就學, 擧止如老成人, 塾師稱之。弱冠往咸州, 學於棲山 李公。及歸

從學於其內舅毅齋 李公。君之大人公, 建一亭于冷泉之上, 邀毅齋公居焉。於是, 學者坌集至, 室不能容, 而君實爲主, 處得有方。故冷泉之名, 播于遠近。及毅翁沒, 君繼執牌拂, 一方後進之士, 無一不出於君之拂下者矣。

至於當世儒宗郭俛宇、河晦峯、曺深齋諸先生, 莫不納拜講質, 多被獎與。而竟就正於河晦峯, 則見慕益深, 誠心求學, 至有夢侍師門講辯吟詠。蓋其門庭英彦相聚, 而以君比冉、閔云。

其爲文也, 不事雕刻, 隨意以行, 而自有中矩。嘗祭棲山 李公, 咸州先輩見其文而稱之曰: "君深知李公之學之所至"云。性情通和易, 揚人善如將不及, 毁人語曾不出口。處世若無崖異, 而義所當否, 斷然不易其所守。方薙髮令急, 君歌招隱以自傷, 而當路者, 不敢强侵, 竟保舊儀。

事親孝, 早喪母, 見子母鷄相依, 述詠以示志。丙戌夏, 大人公沒, 未成殯, 而家離癘疫。一旬之間, 大小家人, 死者甚衆。內無中饋, 而官吏嚴禁出入人。君謂二子曰: "人有急難, 有大擔力而後, 能排患難。"因與二子, 殮殯無漏, 手制喪服, 躬炊饋奠者, 七十餘日。始接外人, 人見其容顔氣色, 而莫不歎其有定力云。家素貧, 菽水僅繼, 而晚年尤濩落, 簞瓢屢空, 而處之若固然, 少無戚嗟之色。

庚變之後, 山居不能, 君欲移建泉亭于村中, 而恨無資。嘗從學者及諸友, 出力以移之。於是, 栽花植木, 方圓整齊, 一本不差。庭宇淨掃, 對案默坐, 望之, 知其爲君子人也。尤精於禮之常變, 人有吉凶大事, 必諮焉而行。故人尤多慕之者。及其沒也, 鄕省知君者, 莫不痛惜曰: "善人處士沒矣。"嗚乎! 世變罔極, 而鄕俗之淳, 賴君尙存。今俗渝日甚, 則將何以起君於九原也? 此友朋之所尤爲悼歎者矣。

君娶金海 許正旻女, 生二男一女。男長卽鎬泳, 次士泳, 女適全州 崔元鎬。鎬泳男: 柄瓚、柄球、柄瑗、柄琨, 女陽川 許貳。士泳男柄旭, 元鎬男:洛升、洛卿。

銘曰: "冷亭斯屹, 滿庭花木。爰有一士, 於焉遊息。木之井井, 猶人行方。花之芬馥, 符德之香。維彼花木, 榮于一時, 維人有芳, 百世可遺。龜

門德行, <u>求溪</u>適傳。胸無夷險, 矧豈有偏! 堅執我守, 東崗在玆。遺文盈
箱, 來者是詒。"

　　<u>碧珍</u> <u>李禮中</u>撰。

❖ 원문출전

郭鍾千,『靜軒集』附錄, 李禮中 撰,「墓碣銘」(경상대학교 문천각 古(계남) D3B 곽
75ㅊ)

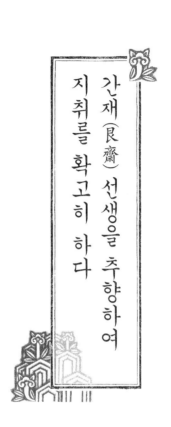

간재(艮齋) 선생을 추향하여
지취를 확고히 하다

정도현(鄭道鉉) : 1895-1977. 자는 경부(敬夫), 호는 여암(厲菴), 본관은 하동이다. 현 경상남도 함양에 거주하였다. 정여창(鄭汝昌)의 14세손이며, 전우(田愚)에게 수학하였다. 경양재(景陽齋)를 지어 학문을 연구하고 스승의 가르침을 따라 후진을 교육하였다. 저술로 14권 5책의 『여암집』이 있다.

여암(厲菴) 정도현(鄭道鉉)의 묘갈명

정관석(鄭瓘錫)[1] 지음

　오랜 벗 여암 처사(厲菴處士) 정공(鄭公)이 세상을 떠나고 난 그 이듬해 묘에 비석을 세우려 하면서 아들 순안(淳顏)이 공의 문인 박인서(朴仁緖) 군이 쓴 행장을 가지고 나를 찾아와서 말하기를 "제 선친의 동문으로 노숙한 분들이 거의 돌아가시어 글을 부탁할 만한 분이 없습니다. 오직 어르신께서 생존해 계셔 감히 부탁드리니 제 청을 거절하지 마십시오" 라고 하였다. 돌아보건대 나는 공과 동문으로서 서로 허여한 것이 깊었으니 이 일은 오직 살아남은 자의 책무이다. 그러니 어찌 몸이 쇠약하다는 이유로 글을 짓지 않겠는가.

　공의 휘는 도현(道鉉), 자는 경부(敬夫)이다. 선대는 고려 밀직부사 휘 국룡(國龍)에서 나왔는데, 문헌공(文獻公) 일두(一蠹) 선생 휘 여창(汝昌)[2] 은 세상의 유종(儒宗)이 되었다. 일두 선생이 문묘에 배향됨으로써 더욱 크게 이름이 났는데, 이후로 명성과 행실이 이어져 경상우도의 명문가가 되었다. 고조부 수헌(秀軒)의 휘는 덕해(德海)이고, 증조부의 휘는 동휴(東休)이며, 조부 미은(薇隱)의 휘는 환국(煥國)이고, 부친 화포(華圃)의

1　정관석(鄭瓘錫) : 1901-1982. 호는 겸재(謙齋), 본관은 진주이며, 현 경상남도 창원에 거주하였다. 전우(田愚)에게 수학하였으며, 정형규(鄭衡圭, 1880-1957) 등과 교유하였다. 구암서원(龜岩書院)에 배향되었다.

2　정여창(鄭汝昌) : 1450-1504. 자는 백욱(伯勖)·자욱(自勖), 호는 일두, 시호는 문헌이다. 김종직(金宗直)에게 수학하였고, 김굉필(金宏弼) 등과 교유하였다. 저술로 6권 2책의 『일두유집』이 있다.

휘는 재옥(在沃)인데, 모두 은군자의 덕이 있었다. 모친 풍천 노씨(豐川盧氏)는 송재(松齋) 노숙동(盧叔仝)의 후손 노창현(盧昌鉉)의 딸로 부인의 덕을 지녔다. 고종 을미년(1895) 7월 22일 공을 낳았다.

공은 어려서부터 총명하고 지혜로우며 단정하고 진실하여 큰 인물이될 자질을 이미 갖추었다. 의지를 굳건히 해서 배우기를 시작했는데 학업이 일취월장하여 약관에 이미 여러 원로들에게 인정을 받았다. 계화도(界火島)³로 우리 간옹(艮翁)⁴ 선생께 폐백을 가지고 가 배알하고는 덕성을 높이는 지결을 듣고 가슴 속에 새겼다. 그리고서 개연히 이러한 지향을 일삼음이 있었다. 그리하여 직접 찾아뵙고 여쭙거나 서신으로 질문하기를 해마다 빠뜨린 적이 없었다. 그리고 경례(經禮)의 깊은 의미와 성명(性命)의 본지에 대해 강구하여서 정밀하고 익숙하게 하지 않음이 없었다. 간재 선생이 더불어 학문을 함께 할 만한 인물이라고 자주 인정해 주었다. 여암(厲菴)이라는 호를 내려 주고 경양재(景陽齋)라는 서재 이름을 지어서 공에게 기대하고 허여하는 마음을 보여주었다.

이때부터 더욱 책임감이 막중하다고 여겨 살고 있던 마을 뒤편에 집한 채를 지어, 스승이 지어주신 '경양재'라는 현판을 내걸고 그 안에서 강학하며 스승께 전해 받은 요지를 실추시키지 않으리라 기약하였다. 후학들을 가르치면서 한결같이 사문(師門)의 절도를 준수하였는데 자신이 솔선하여 반드시 후학들로 하여금 보고 느껴 성취하도록 하였다.

공은 심성(心性)·리기(理氣)의 이론에 대해서 한결같이 스승의 설에 근본을 두고서 더욱 연구하고 사색하였다. 혹 스승의 설과 다른 설을

---

3 계화도(界火島) : 전라남도 부안군 행안면 계화리에 있었던 섬으로, 현재는 연륙도이다.
4 간옹(艮翁) : 전우(田愚, 1841~1922)이다. 자는 자명(子明), 호는 간재(艮齋), 본관은 담양(潭陽)이다. 임헌회(任憲晦)에게 수학하였다. 노론(老論) 학자들의 학통을 이어, 이이(李珥)와 송시열의 사상을 신봉하였다. 주리설과 주기설을 절충하는 이론을 세웠으며, 만년에는 전라도의 계화도(界火島)에서 후학을 가르쳤다. 저술로 74권 38책의 『간재집』이 있다.

주장하는 자가 있으면 반드시 분명하게 변별하여 깊이 배척하였고, 더욱이 교유(喬幽)[5]나 향배(向背)[6]의 분별에 있어서는 반드시 철벽같은 경계를 엄격하게 세워 통렬히 변별하는 데 힘을 다하였다. 전후로 간재 선생의 설에 복종하지 않는 논설은 크게 걱정하며 깊이 배척하였다. 당시 성균관에 있던 유생들 중에 여러 현인의 위패를 멋대로 퇴출시키려 하는 것[7]을 듣거나 또 간재 선생을 무고하는 자가 있는 경우에는 남계서원(灆溪書院)[8]의 유생들을 이끌고 통문을 돌려 성토하였다.

만년에 집을 지어 주자의 초상을 모셔두고 아침저녁으로 우러르고 절하면서 추모하는 마음을 부쳤다. 평소에 지낼 적에는 일찍 일어나 의관을 정제하고 사서(四書)를 반복해서 읽었는데 늙어서도 게을리하지 않았다. 이것이 공이 학문을 진보시키고 의리를 견지한 대략이 된다.

공은 내면과 행실이 잘 겸비되어 어버이를 섬기고 선조를 받드는 일에 모두 그 정성을 극진히 하였다. 다른 사람과 함께 있을 적에는 진실한 마음과 단정한 자세로 대하며 차별을 두지 않았기에 어진 사람이나 어리석은 사람이나 할 것 없이 모두 공에게 열복하였다.

글을 지을 적에는 평이하고 박실하고 우아하였으며 화려하게 꾸미기를 좋아하지 않아서 덕이 있는 사람의 말이 된다고 일컬어졌다. 남긴 문집 십수 편이 있어 세상에 전한다. 83세 되던 정사년(1977) 9월 16일에

---

5 교유(喬幽): 『시경』 소아 「벌목(伐木)」의 '나무 베는 소리 정정하니, 새 울음소리 앵앵하도다. 그윽한 골짜기에서 나와, 높은 나무로 옮겨가네.[伐木丁丁, 鳥鳴嚶嚶. 出自幽谷, 遷于喬木.]'에 나온다. 여기서는 세상에 나아가는 것과 은거하는 것을 의미한다.
6 향배(向背): 전우의 설을 따르는 것과 등지는 것을 의미한다.
7 당시……것: 1949년 문묘에 제향된 성현에 대해 조정작업이 있었는데, 동무(東廡)·서무(西廡)에 있던 위패 중에서 우리나라 18현의 위패는 대성전(大成殿) 안으로 옮기고 중국 현인 94위는 태워서 땅에 묻었다.
8 남계서원(灆溪書院): 현 경상남도 함양군 수동면 원평리에 있다. 정여창·강익(姜翼)·정온(鄭蘊)을 제향하였다.

별세하였다. 묘소는 백화산(白華山) 아래 유평촌(柳坪村) 앞쪽 모좌 언덕
에 있다.

　부인 풍천 노씨는 신고당(信古堂) 노우명(盧友明)[9]의 후손 노오수(盧五
壽)의 딸로 부덕이 있었는데 공보다 먼저 별세하였다. 2남 3녀를 두었는
데, 아들은 순안(淳顔)·순증(淳曾)이고 딸은 조종정(趙鍾政)·이벽우(李璧
雨)·민명식(閔明植)에게 시집갔다. 또 부실에게서 1남 1녀를 두었는데,
아들은 순맹(淳孟)이고 딸은 민순영(閔淳暎)에게 시집갔다. 순안의 아들은
태상(泰相)·익상(益相)·복상(復相)·이상(頥相)·진상(震相)·규상(暌相)
인데, 복상은 출계했다. 딸은 임용진(林龍進)·구원회(具元會)에게 시집갔
다. 순증은 조카 복상으로 대를 이었고, 순맹의 아들은 해상(解相)·환상
(渙相)이며 나머지는 기록하지 않는다.

　명은 다음과 같다.

학문은 무엇을 귀함으로 삼나	學孰爲貴
추향이 적확함을 귀히 여기네	趨向之的
선비는 무엇을 귀함으로 삼나	士孰爲貴
지취를 고수하는 확고함을 귀히 여기네	守志之確
공은 젊어서 스승을 얻어	公早得師
올바른 길에 발을 들여놓았네	正路立脚
진실하게 믿으며 일생을 마쳤으니	慥慥畢生
자하(子夏)처럼 믿음이 독실했네	夏信之篤
세도가 온갖 가지로 변했지만	世道百邊
자신의 지조 지키며 사특하지 않았네	我守靡忒
독실히 좋아해 도를 지키고 보존했으니	篤好守善
성현의 가르침에 부끄러움 없었네	聖訓無怍

---

9 노우명(盧友明) : 1471-1523. 자는 군량(君亮), 호는 신고당, 본관은 풍천(豊川)이다. 현
　경상남도 함양군에 거주하였으며, 정여창에게 수학하였다.

유평촌 양지 바른 언덕에	柳坪之陽
엄연히 공의 무덤 있네	有儼眞宅
이 묘갈명을 그 앞에 새기니	揭此銘詞
백년 뒤에도 질정할 수 있으리라	可質來百

진양(晉陽) 정관석(鄭瓘錫)이 지음.

墓碣銘

鄭瓘錫 撰

故友厲菴處士鄭公, 旣歿之, 粤明年, 將謀顯刻于阡, 嗣子淳顔, 以其門人朴君仁緒狀, 就余而言曰: "吾先人之同門老宿, 凋謝殆盡無可屬筆。而惟丈人在, 是以敢以請, 願無孤焉。" 顧託契同門, 相許者深, 是惟後死之責。豈可以癃殘不文辭?

公諱道鉉, 字敬夫。系出高麗密直副使國龍, 至文獻公 一蠹先生 汝昌, 爲世儒宗。配食聖廡, 益以大顯, 自後名行相承, 爲嶠右名家。曰德海, 號秀軒, 曰東休, 曰煥國, 號薇隱, 曰在沃, 號華圃, 高曾祖若考, 而皆有隱德。妣豊川盧氏, 松齋 叔仝后昌鉉女, 有閫德。生公于高宗乙未七月二十二日。

自幼聰慧端慤, 坏璞已具。勵志向學, 課業日就, 弱冠已爲諸長老所推許。因贄謁我艮翁先生于海上, 聞尊性之訣而服膺焉, 則慨然有事斯志。面稟書質, 課歲無虛。而其於經禮之奧性命之旨, 無不講究精熟。先生亟許以可與共學。錫號以厲菴, 名其齋以景陽, 以示期許意。

自是益念負荷之重, 乃築一室所居村后, 揭以師命, 講學其中, 期不墜傳授之旨。啓迪來學, 一遵師門節度, 而以身先之, 必使之觀感而成就。其於心性理氣之論, 一本於師說而益加究索。有或歧貳者, 必明辨而深斥之, 尤於喬幽向背之分, 必嚴立鐵限, 痛辨之不遺餘力。前後大恤深斥不

服之論。及聞時輩之居館學者, 擅黜諸賢之位, 又有誣毀艮翁者, 則倡濫
溪院儒, 而發文聲討。

晚而建閣, 奉朱子像, 朝夕瞻拜, 以寓羹墻。平居, 夙興冠帶, 循環讀四
子書, 至老不懈。此其爲進學秉義之槪也。

內行甚備, 事親奉先, 俱極其誠。與人處, 恂恂雅飭, 不設畦畛, 故無賢
愚, 俱說服焉。爲文, 平實典雅, 不尙華藻, 稱其爲有德之言也。有遺集十
數篇, 傳于世。卒以八十三之丁巳九月十六日。葬在白華山下柳坪村前
某坐原。

配豐川盧氏, 信古堂 友明后五壽女, 有婦德, 先公卒。有二男三女, 男:
淳顔、淳曾, 女適趙鍾政、李璧雨、閔明植。又有男女: 淳孟、閔淳暎。
顔男: 泰相、益相、復相出、頤相、震相、眹相。女:林龍進、具元會。曾
系男復相, 孟男: 解相、渙相, 餘不錄。

銘曰: "學孰爲貴? 趨向之的。士孰爲貴? 守志之確。公早得師, 正路立
脚。慥慥畢生, 夏信之篤。世道百變, 我守靡忒。篤好守善, 聖訓無怍。柳
坪之陽, 有儼眞宅。揭此銘詞, 可質來百。"

晉陽 鄭瑾錫撰。

❖ 원문출전

鄭道鉉, 『厲菴集』 附錄, 鄭瑾錫 撰, 「墓碣銘」 (경상대학교 문천각 D3B H정225ㄹ)

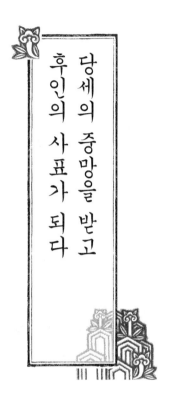

당세의 중망을 받고
후인의 사표가 되다

김황(金榥) : 1896-1978. 자는 이회(而晦), 호는 중재(重齋), 본관은 의성(義城)이다.
현 경상남도 의령군 궁류면 운계리에서 태어나, 경상남도 산청군 신등면 평지리 물산
마을에서 살았다. 김우옹(金宇顒)의 12대손이다. 곽종석(郭鍾錫)에게 수학하였다. 곽종
석이 파리장서를 지을 적에 영남 지역을 두루 다니며 민심을 모으다 발각되어 옥고를
치렀다. 곽종석 사후 니동서당(尼東書堂)을 창건하고, 『면우집』을 간행하는 데 참여하
였다. 1926년 2차 유림단 사건으로 대구 감옥에 구금되기도 하였다. 1928년부터 이택당
(麗澤堂)에서 후진을 양성하였다. 이진상(李震相)의 주리설을 계승하였다.
저술로 100권 48책의 『중재집』과 『동사략(東史略)』·등이 있다.

중재(重齋) 김황(金榥)의 묘갈명 병서

이헌주(李憲柱)[1] 지음

선생의 휘는 황(榥), 또는 우림(佑林)이다. 자는 이회(而晦)이며, 호는 중재(重齋)인데 면우(俛宇) 곽 선생(郭先生)이 지어준 것이다. 신라왕자 의성군(義城君) 석(錫)이 의성 김씨(義城金氏)의 시조이다. 조선 선조 때 문정공(文貞公) 동강(東岡) 김우옹(金宇顒)[2] 선생이 이름난 조상으로 선생의 12대조이다. 고조부의 휘는 휘운(輝運),[3] 호는 아호(鵝湖)이며, 성균관 생원이었다. 증조부의 휘는 영기(永耆), 호는 승암(勝菴)이다. 조부의 휘는 굉진(宏鎭)이다. 부친의 휘는 극영(克永), 호는 매서(梅西)이며, 문학으로 중망(重望)이 있었다. 모친은 청송 심씨(靑松沈氏) 심귀택(沈龜澤)의 딸이다. 선생은 고종 병신년(1896) 어촌(漁村)[4] 마을의 우거하던 집에서 태어났다. 모친이 선생을 잉태할 때 화려한 용이 책을 삼켰다가 토해내는 기이한 꿈을 꾸었다고 한다.

선생은 태어나면서부터 골격이 빼어나고 정신이 맑아 듣자마자 바로 외웠고 눈으로 본 것은 잊어버리지 않아 신동으로 불리었다. 13세에 이

---

1 이헌주(李憲柱) : 1911-2001. 호는 진와(進窩), 본관은 성산(星山)이고, 현 경상북도 고령군 고령읍 관동에 거주하였다. 김황에게 수학하였다. 저술로 12권 6책의 『진와집』이 있다.

2 김우옹(金宇顒) : 1540-1603. 자는 숙부(肅夫), 호는 동강(東岡), 본관은 의성(義城)이다. 저술로 『동강집』·『속자치통감강목(續資治通鑑綱目)』 등과 편저로 『경연강의(經筵講義)』가 있다.

3 김휘운(金輝運) : 1756-1819. 자는 치화(穉和), 호는 아호(鵝湖), 본관은 의성(義城)이다. 저술로 아들 김영기(金永耆)·김양기(金養耆)의 작품과 함께 실린 『아호유고』가 있다.

4 어촌(漁村) : 현 경상남도 의령군 궁류면 운계리 어촌 마을이다.

미 사서와 육경을 통하고 스스로 천하의 책을 다 읽을 수 있다고 여겼다. 백가의 서적을 두루 읽었는데, 섭렵하고 이해하여 통달하지 않은 것이 없었다. 이때부터 온축된 것이 더욱 풍부하여 명성이 사우들 간에 자자하였다.

임자년(1912) 가을에 부친의 명으로 면우 선생을 찾아뵙고는 귀의하기로 결정하고 왕래하며 질의하였는데 동학들에게 격려와 사랑을 깊이 받았다. 당시 영특하고 뛰어난 사람들이 많았지만 경술과 문예에서 선생보다 앞서지는 못하였다.

무오년(1918) 고종 황제가 승하하시자5 선생은 겸와(謙窩) 곽윤(郭奫)과 함께 장례식에 참여하여 곡하였다. 당시 파리에서 만국평화회의가 열렸는데, 다른 나라에 빼앗긴 약소국의 주권을 돌려주자는 것이었다. 면우 선생이 전국의 유림들을 이끌고 장서를 지어 억울함을 호소하였다. 선생을 영남의 각 지역으로 보내 성원하게 하였는데 당시 독립만세운동이 도처에서 봉기하자 왜놈들이 군사를 풀어 체포하여 도로로 다닐 수 없었다. 선생은 변복을 하고 샛길을 따라 가서 끝내 그 일을 성사시켰다.

얼마 뒤 일이 발각되어 면우 선생은 대구 감옥에 구금되고, 선생은 산청지서에 구금되어 온갖 고초를 다 겪은 뒤 십여 일 만에 풀려났다. 그해 6월 면우 선생이 병보석으로 풀려 집으로 돌아왔다. 선생은 그 소식을 듣자마자 곧장 달려가서 병문안을 하고 십여 일을 머물렀다. 돌아가겠다고 고하자 면우 선생이 말하기를 "내 소란스러운 것이 싫지만 자네는 며칠 더 머물러주게."라고 하였다. 그리고서 간곡하게 유학의 도를 부탁하였다. 면우 선생이 세상을 떠나자 선생은 동문의 제공들과 함께 예에 맞게 장례를 치렀다.

---

5 무오년(1918)⋯⋯승하하시자 : 고종의 승하는 기미년(1919) 1월인데, 음력을 적용한 것이다.

후에 또 동향의 사림들과 함께 니동서당(尼東書堂)6을 창건하여 매년 석채례를 행하기로 정하고 문집 1백여 권을 한양에서 간행하였다. 또 연보와 묘갈명, 급문록 등 면우 선생 사후의 일에 대해 정성을 다하여 완성하지 않은 것이 없었다.

병인년(1926) 2차 유림단 사건7이 다시 일어났을 때 선생은 체포되어 대구 감옥에 270여 일 동안 구금되었다. 가혹한 형벌을 받았으나 말과 기개가 조금도 꺾이지 않자, 저들 또한 선생을 의롭게 여겨 끝내 풀려나 돌아올 수 있었다. 그가 감옥에 있을 때, 『주역』 한 질을 구입하여, 침잠해 연구하고 상세히 연역하기를 그만둔 적이 없었다.

무진년(1928) 선생은 산청 만암(晩巖)에서 내당(內塘)으로 이거하였다. 이택당(麗澤堂)에서 문도들을 가르쳤는데 매월 초하루와 보름날에 규약을 만들고 강회를 열어 사풍이 크게 진작되었다. 동강(東岡) 선생이 일찍이 『속자치통감강목(續資治通鑑綱目)』을 지었는데 혹자는 명나라 때 원래 속편8이 있었으므로 동강이 지은 것이 아니라고 하였다. 선생이 그 의례(義例)의 다른 점과 사리에 합당치 않은 점을 분변하여 사실을 밝혀냈다.9

한주(寒洲) 이 선생(李先生)이 주리설(主理說)을 창도하여 밝혔는데, 면우 선생은 일생토록 독실히 믿고 의심치 않으며 규벽(圭璧)10처럼 받들었

---

6 니동서당(尼東書堂) : 현 경상남도 산청군 단성면 사월리에 있다. 곽종석(郭鍾錫)을 기리기 위해 문인과 유림이 1920년에 건립하였다.
7 2차 유림단 사건 : 1926년 상하이에 있던 김창숙이 독립운동 자금을 모집하려 비밀리 입국했다가 일부 자금만을 확보하고 1926년 3월 상해로 떠났는데, 그가 출국한 뒤 국내에서 그와 접촉했던 수백 명의 전국 유림들이 검거되었다. 이것이 '제2차 유림단 사건'이다. 김황도 유림 조직을 이용해 모금 활동에 적극 나섰다가 또 한 번 9개월 동안 옥고를 치렀다.
8 속편 : 명(明)나라 상로(商輅)가 편찬한 『속자치통감강목(續資治通鑑綱目)』을 말한다.
9 의례(義例)의……밝혀냈다 : 이 글은 『중재집』 권 414 「속강목의례고이(續綱目義例考異)」에 보인다.
10 규벽(圭璧) : 신에게 예물로 바치는 옥이다. 『시경』 「운한(雲漢)」에 "신들에게 제사를 드

다. 그런데 화도(華島)의 전씨(田氏)[11]가 비방하고 배척하며 심지어 육상산・왕양명의 학문에 견주기까지 하였다. 선생이 말씀하기를 "도가 밝지 못한 것은 이단이 그것을 해쳐서이다."라고 하며 극언을 꺼리지 않고 분변하여 물리쳤는데, 장황한 설이 수백 자에 이르렀다. 상세한 것은 문집 안에 있어 고찰할 수 있다. 선생은 심성리기론(心性理氣論)에 대해 공평히 듣고 서로 다른 설을 아울러 살펴보아 치우치거나 사사로운 견해를 따르지 않았다. 진실로 그 도를 해치고 이치를 거스르는 설은 반드시 분변하고 논핵하여 조금도 관용을 베풀지 않았다. 비록 이로 인해 비방을 많이 받았지만 걱정하지 않았다.

무오년(1978) 11월 15일 내당정사에서 세상을 떠났다. 부음을 듣고서 온 나라 사람들이 통탄하여 말하기를 "우리 도가 없어졌구나."라고 하였다. 가마곡(嘉馬谷) 해좌(亥坐) 언덕에 장사지냈다. 상복을 입고 참석한 문인들이 수백 명이었고, 장례에 참석한 사람들이 수천 명이었다. 후에 살던 곳 근처 진기(陳基) 건좌(乾坐) 언덕으로 이장하였다.

부인은 의령 남씨(宜寧南氏) 참봉 남태희(南台熙)의 딸로 부덕을 갖추었다. 2남 1녀를 낳았는데 아들은 창호(昌鎬)・창한(昌韓)이고, 딸은 송찬식(宋贊植)에게 시집갔다. 창호의 아들은 옥기(玉基)・옥견(玉堅)・옥중(玉重)・옥형(玉型)이고 딸은 곽재현(郭在現)에게 시집갔다. 창한의 아들은 옥규(玉奎)・옥성(玉星)이고 딸은 성인기(成仁基)・정인태(鄭寅兌)에게 시집갔다. 송찬식의 아들은 송양섭(宋亮燮)・송상준(宋相俊)이다. 나머지는 기록하지 않는다.

리지 않음이 없고 이 희생물을 아끼지 않아, 규벽을 이미 다 바쳤거늘 어찌 나의 호소를 들어주시지 않나? [靡神不擧, 靡愛斯牲, 圭璧旣卒, 寧莫我聽.]

11 화도(華島)의 전씨(田氏) : 전우(田愚, 1841-1922)이다. 전우는 현 전라북도 부안의 계화도(界火島)에 정착하였는데, 중화를 잇는다는 뜻으로 계화도(繼華島)라고 불렀다.

선생은 청명한 자질을 타고난 데다 절세의 재주까지 겸하였다. 훌륭한 부형이 있는[12] 가문에서 태어나 대현의 문하에서 종유하였다. 서적은 읽지 않은 책이 없었는데 반드시 경전에 근본하여 정자와 주자의 여러 책을 참고하였다. 가슴 속에 온축된 것은 강과 바다처럼 깊었으며, 글로 표현한 것은 해와 별처럼 빛났다. 약관이 되기 전부터 명성이 한 시대에 크게 알려졌다. 노년에 이르러 명망이 더욱 융성하여 온 나라 사람들이 그를 태산북두처럼 우러러보았다.

아! 선생 같은 분은 수백 년 만에 한 번 나올 만한 분이라고 할 만하다. 그런데 불행히도 망극한 세상을 만나 그 포부를 펼칠 수 없어서 초야에 은거하였으며 끝내 액운을 만나 곤궁하게 살다가 세상을 떠나셨으니 애석하지 않을 수 있겠는가!

선생은 어버이를 섬기고 형제간에 우애함에도 지극한 행실이 있었으며, 자식과 문도들을 가르칠 적에도 한결같이 의로운 법도가 있었다. 붕우와 종족에게도 또한 기록할 만한 아름다운 것이 많았다. 그러나 여기에 상세히 드러내지 않는 것은 선생의 성대한 도와 큰 업적은 천고의 세월 동안 저절로 넉넉할 것이니 다른 것은 생략할 만해서이다.

선생이 돌아가신 지 14년이 지났지만 아직도 묘비가 없다. 맏아들 창호 군이 묘비를 세우려고 행장을 가지고 나에게 묘갈명을 부탁하였다. 돌아보건대 나는 문하를 출입하며 은혜와 가르침을 받은 것이 적지 않지만 어리석고 역량이 부족하여 그 지극한 의도에 부합할 수 없었다. 이제 붓을 들고 글을 지으려니, 부끄러움과 후회가 함께 밀려와 무슨

---

12 훌륭한……있는: 원문 '낙유(樂有)'는 『맹자』 「이루 하(離婁下)」에 "정도에 맞는 자가 맞지 않는 자를 길러 주며, 재주 있는 자가 재주 없는 자를 길러 준다. 그러므로 사람들은 훌륭한 부형이 있는 것을 즐거워한다.[中也養不中, 才也養不才. 故人樂有賢父兄也.]"라고 하였다.

말을 해야 할지 모르겠다. 그래서 다음과 같이 명을 짓는다.

옛날 우리 한주 선생께서	昔我寒爺
남방에 도를 창도하셨네	倡道南服
주리설의 깊은 지결	主理奧詮
해처럼 밝게 드러났네	其揭如日
그 가르침에 적확함 있어	有的其緒
면우 선생이 그를 이으셨네	俛翁是繼
그 온축된 의미를 발휘하여	發其餘蘊
확장하고 장대하게 했네	以張以大
아, 우리 선생께서는	猗歟先生
일찍이 스스로 스승을 택하여	早自擇師
부화하고 허탄함을 끊어버리고	絶去浮虛
오직 도를 바탕으로 삼으셨네	惟道是資
경전과 백가의 글을 읽고서	經傳百家
가슴에 새기고 입으로 되뇌었네	胸呑口嚼
학문이 이미 깊고도 넓어져서	旣深旣博
이에 약례하는 데로 돌아갔네	乃歸于約
당세의 중망을 받았고	當世之望
후인의 사표가 되었네	後人之師
태산이 무너지고 들보가 꺾여[13]	山梁頹折
우리 고을사람들 의지할 데 없어졌네	吾黨無依
후인들은 어느 해에나	來者何年
다시 이런 현인을 만나리	復有若賢
아 슬프구나 애통한 마음	嗚呼噫矣
끝이 없네	無有乎已

---

13 태산이……꺾여 : 스승을 잃은 슬픔을 비유한 말이다. 『예기』 「단궁 상(檀弓上)」에 공자
가 장차 자신의 죽음을 예견하고 노래하기를 "태산이 무너지고, 대들보가 꺾이고, 철인이
쓰러질 것이다.[泰山其頹乎! 梁木其壞乎! 哲人其萎乎!]"라고 하였다.

임신년(1992) 소만절(小滿節)에 문하생 성산(星山) 이헌주(李憲株)가 삼
가 지음.

重齋先生 墓碣銘 幷序

李憲柱 撰

先生諱榥, 又佑林。字而晦, 號曰重齋者, 俛宇 郭先生所錫也。金氏以
新羅王子義城君 錫爲受貫之祖。至韓 宣祖朝, 有文貞公 東岡先生 宇顥,
是其名祖, 而於先生間十二世。高祖輝運, 號鵝湖, 成均生員。曾祖永耆,
號勝菴。祖宏鎭, 考克永, 號梅西, 有文學重望。妣靑松沈氏 龜澤女。以
高宗丙申, 擧先生于漁村寓第。方其孕也, 夢有"文螭呑書吐出之異"云。

先生生而骨秀神淸, 有聞輒誦, 過目不忘, 有神童之稱。年十三, 旣通四
子六經, 自以爲天下書可盡讀。汎濫百家, 無不涉躐而會通之。自是所蓄
益富, 而聲譽益蔚然於士友間。壬子秋, 以親命贄謁俛宇先生, 而定爲依
歸, 往來問質, 深被獎愛同學者。多一時英俊, 而經術文藝, 莫有先先生者。

戊午, 太上皇崩, 先生同謙窩 郭奫參哭因山。時萬國開平和會於巴里,
復弱小國之被人呑倂者。俛翁率全國儒林, 爲長書訴寃。使先生往南鄕各
地, 以爲聲援, 時則獨立萬歲聲, 處處蜂起, 旦虜發兵逮捕, 道路不通。先生
以微服從間道行, 終成其事。旣而事覺, 俛翁拘繫大邱獄, 先生囚於山淸,
備經困苦, 至旬餘見放。是年六月俛翁以病解歸。先生聞卽往診, 留十餘
日。而告歸, 俛翁謂曰: "吾方厭擾眠, 然君則可更留幾日。" 眷眷焉, 以斯
道爲囑。及俛翁歿, 先生與同門諸公, 治喪葬如禮。後又同鄕省士林, 創建
尼東書堂, 定以每歲舍菜之禮, 刊文集百餘卷於漢陽。且於年譜、碑碣、
及門錄, 凡俛翁之後事, 罔不盡誠, 以底于成。

丙寅, 儒林團事再起, 先生被逮達狴, 前後二百七十餘日。酷受苛刑,

而辭氣不少挫, 彼亦義之, 卒得解還。其在獄也, 購《周易》一部, 潛究細
繹, 未嘗廢也。

戊辰, 先生自山淸 晚巖, 移寓內塘。授徒于麗澤堂, 每朔望設規行講,
士風丕振矣。東岡先生曾撰《續綱目》, 而或者謂明朝元有續編, 而非東
岡作也。先生辨其義例之殊異、事理之未當者, 以明其實。寒洲 李先生
倡明主理之說, 俛翁一生篤信不疑, 奉之如圭璧。而華島 田氏詆斥之, 至
擬於陸、王之學。先生曰: "道之不明, 異端害之也。" 不憚極言, 以辨闢
之, 縷縷至數百言。詳在遺集中, 可考也。先生於心性理氣之論, 公聽幷
觀, 不倚偏私。苟其害道悖理者, 必辨之覈之, 不少假貸。雖以此多被詬
謗, 而不恤也。

戊午至月十五日, 易簀于精舍。訃聞一國痛曰: "吾道喪矣。" 藏嘉馬谷
亥原。門人加麻者數百, 士林會葬者數千。後遷厝于居近陳基乾坐。配宜
寧南氏參奉台熙女, 有婦德。生二男: 昌鎬、昌韓, 一女適宋贊植。昌鎬
子: 玉基、玉堅、玉重、玉型, 女郭在現妻。昌韓子: 玉奎、玉星, 女: 成
仁基、鄭寅兌妻。宋男: 亮燮、相俊。餘不錄。

先生稟淸明之姿, 而兼絶世之才。生樂有之庭, 而遊大賢之門。於書無
所不讀, 而必本於經傳, 參以洛、閩諸書。存乎中者, 如江海之涵滀, 發乎
文者, 如日星之光輝。自其未弱冠, 而聲名已大馳於一時。及其年老而望
愈隆, 則一國仰之如泰斗。

嗚呼! 若先生, 可謂數百年而一有者也。不幸值世罔極, 未能展其所抱,
屛居草茅, 卒窮阨以歿世, 可不惜哉! 先生於事親友兄, 幷有至行; 教子授
徒, 率有義法。朋友宗族, 亦多可記之美。然此不詳著者, 以先生之盛道
大業, 自足以千古, 則他可略也。

先生沒後, 十有四年, 尙闕阡刻。允子昌鎬君, 將伐石表之, 以狀徵文
於憲柱。顧余出入門下, 蒙恩愛教晦, 不爲不多, 而愚駑不力, 未能奉副其
至意。今援筆爲文, 愧悔來幷, 不知所云也。因爲之銘曰:

"昔我寒爺, 倡道南服。主理奧詮, 其揭如日。有的其緖, 俛翁是繼。發

其餘蘊, 以張以大。猗歟先生, 早自擇師, 絶去浮虛, 惟道是賚。經傳百
家, 胸呑口嚼。旣深旣博, 乃歸于約。當世之望, 後人之師。山梁頹折, 吾
黨無依。來者何年, 復有若賢? 嗚呼噫矣! 無有乎已。"

歲壬申小滿節, 及門生星山 李憲柱謹撰。

❖ 원문출전

金梡,『重齋集』卷12 附錄, 李憲柱 撰,「重齋先生墓碣銘幷序」(경상대학교 문천각
古(물천) D3B H김96ㅈ)

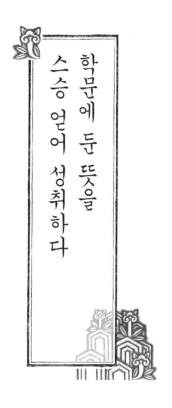

학문에 둔 뜻을
스승 얻어 성취하다

남정호(南廷浩) : 1898-1948. 자는 인선(仁善), 호는 정재(靖齋), 본관은 의령(宜寧)
이다. 현 경상남도 진주시 진성면 두소 마을에 거주하였다. 외숙 박태형(朴泰亨)에게
수학하였다. 하겸진(河謙鎭)에게 수학할 적에 「정재기(靖齋記)」를 받았으며, 하겸진의
문집을 간행할 때 유문 수집을 담당하였다. 강성중(姜聖中)·곽종천(郭鍾千) 등과 교유
하였다.
저술로 6권 4책의 『정재집』이 있다.

정재(靖齋) 남정호(南廷浩)의 묘갈명 병서

성환혁(成煥赫)[1] 지음

아! 정재(靖齋) 남공(南公)이 세상을 떠난 지 14년이 되었다. 나는 공의 아들 정희(正熙)의 요청으로 묘비에 명을 쓰게 되었으니, 먼저 그의 세계(世系)와 행적과 경력을 서술하여 다음과 같이 쓴다.

공의 휘는 정호(廷浩), 자는 인선(仁善), 호는 정재(靖齋)이다. 남씨(南氏)의 시조 휘 민(敏)은 신라 시대에 당(唐)나라로부터 와서 영양(英陽)에 거주하였고, 시호는 영의(英毅)이다. 고려 밀직부사 휘 군보(君甫)에 와서 의령(宜寧)을 식읍으로 받아 후손들이 이로 인해 의령을 관향으로 삼았다. 조선 시대 단종(端宗)이 양위하고 세조(世祖)가 찬위(簒位)한 때 휘 기(裿)가 관직을 버리고 남쪽 지방으로 내려와 진주(晉州) 두소동(杜蘇洞)[2]에 은거하면서 호를 지곡(止谷)이라 하였다.

여러 대를 내려와 휘 대유(大有)는 구암(龜巖) 이정(李楨)[3]에게 수학하였고, 호는 청연(淸淵)이다. 또 여러 대를 내려와 휘 국문(國文)은 제산(霽山) 김성탁(金聖鐸)[4]에게 배웠는데, 호는 남계(藍溪)이다. 이분이 공의 6세

---

1 성환혁(成煥赫) : 1908-1966. 호는 우정(于亭), 본관은 창녕(昌寧)이다. 하겸진(河謙鎭)에게 수학하였다. 저술로 5권 3책의 『우정집』이 있다.

2 두소동(杜蘇洞) : 현 경상남도 진주시 진성면 두소 마을이다.

3 이정(李楨) : 1512-1571. 자는 강이(剛而), 호는 구암(龜巖), 본관은 사천(泗川)이다. 이황과 교유하였으며, 병조 참의, 대사간 등을 역임하였다. 저술로 6권 3책의 『구암집』이 있다.

4 김성탁(金聖鐸) : 1684-1747. 자는 진백(振伯), 호는 제산(霽山), 본관은 의성이다. 사헌부 지평을 지내고, 사간원 정언, 홍문관 수찬 등을 역임하였다. 저술로 18권 9책의 『제산집』이 있다.

조이다. 증조부 휘 소철(召喆)은 수직으로 가선대부에 올랐고, 조부의 휘
는 진극(鎭極)이고, 부친 휘 기원(祺元)은 호가 두와(杜窩)이다. 모친은 함
양 박씨(咸陽朴氏)이다.

공은 고종 무술년(1898) 2월 15일에 태어났다. 어려서부터 영특하고
남달랐다. 겨우 15세였을 때 외숙 간암(艮嵒) 박태형(朴泰亨)5 공을 따라
『소학』과 사서(四書)를 배우면서 학문의 요체가 위기지학에 있다는 것을
알고 거기에 힘을 쏟았다. 뒤에 집으로 돌아가 거처할 적에 가난 때문에
간간이 비루한 일을 하기도 하였지만 싫증내지 않고 "선비에게는 본디
이와 같은 일이 있다."라고 하였다. 간암의 상을 당해서는 그의 어린 아
들을 대신해서 조문을 받았다. 또한 간암의 유문을 간행하고 서당을 중
건하였다. 사람들은 공의 이러한 처사를 훌륭하게 여겼지만 공의 마음
은 항상 막연하여 귀의할 곳이 없는 것 같았다.

오랜 뒤에 공은 벗 이당(梨堂) 강성중(姜聖中)6을 따라 덕곡(德谷)으로
가서 회봉(晦峯)7 선생을 배알하고서 마음속으로 크게 기뻐하며 자신이
이제야 귀의할 곳이 있다는 것을 알게 되었다고 생각하였다. 얼마 뒤
회봉 선생이 지은 심설(心說)을 읽고는 또 크게 기뻐하며 심학(心學)이
이제부터 귀의하여 정해진 곳이 있음을 알게 되었다고 생각하였다. 이로
부터 직접 질의하거나 서신을 통해 질문하여 가르침을 청한 것이 매우

---

5 박태형(朴泰亨) : 1864-1925. 자는 문행(文幸), 호는 간암, 본관은 함양(咸陽)이다. 현 경
  상남도 진주에 거주하였다. 저술로 11권 5책의 『간암집』과 부록 2권 1책이 전한다.
6 강성중(姜聖中) : 1898-1939. 자는 상현(尚見), 호는 이당, 본관은 진양(晉陽)이다. 현 경
  상남도 진주 이곡(梨谷)에 거주하였다. 하홍도에게 수학하였다. 저술로 4권 2책의 『이당
  유고』가 있다.
7 회봉(晦峯) : 하겸진(河謙鎭, 1870-1946)이다. 자는 숙형(叔亨), 호는 회봉, 본관은 진양
  (晉陽)이다. 곽종석(郭鍾錫)에게 수학하였고, 이승희(李承熙)·장석영(張錫英)·송준필
  (宋浚弼) 등과 교유하였다. 저술로 50권 26책의 『회봉집』과 30권 3책의 『동유학안』이
  있다.

부지런하고도 간절하였다. 선생이 공을 위해 「정재기(靖齋記)」[8]를 지어주고 면려하였다. 그 뒤 선생이 세상을 떠나니 공이 상례와 장례의 여러 일들을 살폈는데 정성과 예의를 극진히 하여 조금도 유감이 없었다.

회봉 선생의 유고를 간행하게 되자 글을 수집하는 책임을 자기가 맡아, 어렵사리 여러 지역을 돌아다니면서 더위와 추위, 장마와 폭설에도 쉴 줄 모르다가 마침내 기이한 병을 얻어 낫지 못하고 51세 되던 무자년(1948) 4월 28일에 세상을 떠났다. 다음 달에 두소동(杜蘇洞) 뒷산 계좌(癸坐) 언덕에 장사지냈다. 슬프도다! 예로부터 백성은 임금과 스승과 부친 덕에 사니 섬기는 것도 동일하게 해야 한다고 하였다. 그러나 스승을 섬기는 도리에 이르러서는 능히 섬김을 동일하게 행하는 자가 더욱 드물건만, 공과 같은 분은 능히 그 도리를 행한 분이라 이를 만하다. 그러나 결국 이 때문에 병을 얻어 세상을 떠났으니, 또한 운명이구나!

공은 지조와 절개가 있고 강직함으로 자신을 이루어 의리가 아닌 것으로써 그에게 강요할 수 없었다. 그러나 안으로 어버이를 섬기고 형을 따르며, 밖으로 남을 대하거나 일에 응할 때는 인자하고 효성스럽고 은애하는 마음이 넘쳐났다. 내가 일찍이 그의 사람됨에 감복하였는데 종유한 지 겨우 10년 만에 갑자기 세상을 떠나게 되었으니 슬퍼하는 마음이 어떠하겠는가. 그리하여 사문에 일이 있을 때마다 일찍이 그를 더욱 그리워하지 않은 적이 없었다.

공은 전주 최씨(全州崔氏) 최규돈(崔圭敦)의 딸에게 장가들어 2남 1녀를 낳았는데, 장남은 바로 정희(正熙)이고 차남은 중희(仲熙)이다. 사위는 해주 정씨(海州鄭氏) 정태천(鄭泰仟)이다.

명은 다음과 같다.

---

8 정재기(靖齋記) : 『회봉선생유서(晦峯先生遺書)』 권35에 실려 있다.

선비가 학문에 뜻을 두는 건 어려운 일이지만　　　　　士志於學難矣
스승 만나 성취하기란 더욱 어려운 일이라네　　　　尤難其得師而成就之
학문에 뜻을 두고 스승 얻어 성취한 분 있는데　有此志學而得師成就之
궁극에 이르지 못해 영원히 우리들에게 슬픔을 남기네

　　　　　　　　　　　　　　　　　　不底於極永貽吾黨之悲思

창산(昌山 : 昌寧) 성환혁(成煥赫)이 지음.

墓碣銘 幷序

成煥赫 撰

嗚呼! 靖齋 南公沒十有四年。余因其子正熙之請, 以銘于墓, 則先敍其
世系、行治、經歷而書之曰:

公諱廷浩, 字仁善, 靖齋其號也。南氏之先, 有諱敏, 新羅時, 自唐來,
居英陽, 諡英毅。至高麗密直副使諱君甫, 食采宜寧, 後世因以爲貫。李
朝 莊、光之際, 諱祹, 棄官南下, 隱居晉州 杜蘇洞, 號止谷。屢傳而諱大
有, 學於李龜巖, 號淸淵。又屢傳而諱國文, 學於金霽山, 號藍溪。是爲公
六世祖也。曾祖召喆, 壽嘉善, 祖鎭極, 考禔元, 號杜窩。妣咸陽朴氏。

公以高宗戊戌二月十五日生。幼而穎異。甫成童, 從其舅艮嵒 朴公, 受
讀《小學》、四子書, 知學之要在爲己而致力焉。後歸家居, 以貧故間執
鄙事, 不厭曰: "士固有如是矣。" 逮喪艮嵒, 攝其幼孤受弔。且其遺文之
刊行, 書堂之重建。人多公之爲, 而其意常漠然無所嚮。

久之, 因其友姜梨堂 聖中, 謁晦峯先生於德谷, 心大悅, 以爲吾今而知
有所依歸矣。已而得讀先生所著心說, 又大悅以爲心學今而知有所歸定
矣。自是面質書問請敎, 甚勤且切。先生爲作《靖齋記》以勉之。其後先

生棄世, 則公視喪葬諸事, 盡誠盡禮, 無少有憾。

及刊遺書, 以蒐文之責在己, 艱關驅馳於嶺海之間, 雖暑潦寒雪, 不知休, 遂得奇疾不治, 以年五十一之戊子四月二十八日卒。踰月葬杜蘇後山癸坐原。悲夫! 古稱民生於三事之如一。然至於事師之道, 則尤鮮其能行者, 若公可謂能行矣。而竟以此致疾而不起, 亦其命矣哉!

公有志節, 亢直自遂, 不可干以非義。然而內之事親從兄, 外之接人應物, 仁孝恩愛之意, 油油然也。余嘗服其爲人, 從遊菫十年, 而遽見相棄, 其爲嗟惜, 顧當何如? 而至斯文有事, 未嘗不益爲之思也。公娶全州崔氏 圭敦女, 生二男, 長卽正熙, 次仲熙。一女海州 鄭泰任, 其婿也。

銘曰:"士志於學難矣, 尤難其得師而成就之。有此志學而得師成就之, 不底於極永貽吾黨之悲思。"

昌山 成煥赫撰。

❖ **원문출전**

南廷浩,『靖齋集』卷5 附錄1, 成煥赫 撰,「墓碣銘幷序」(경상대학교 문천각 D3B 남 73ㅈ)

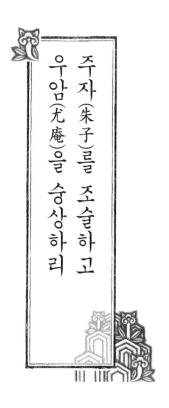

주자(朱子)를 조술하고
우암(尤庵)을 숭상하리

권용현(權龍鉉) : 1899-1987. 자는 문현(文見), 호는 추연(秋淵), 본관은 안동이다. 현 경상남도 합천에 거주하였다. 전우(田愚)・김복한(金福漢) 등에게 수학하였다. 운화당(雲華堂)・태동서사(泰東書舍)를 짓고 학문하였다. 오진영(吳震泳)・최병심(崔秉心)・성기운(成璣運) 등과 교유하였다. 저술로 44권 15책의 『추연집』이 있다.

추연(秋淵) 권용현(權龍鉉)의 약전[1]

　권용현(權龍鉉)의 자는 문현(文見), 호는 추연(秋淵), 본관은 안동이다.
시조는 고려 태사 권행(權幸)이다. 조선 시대 권준(權濬)의 호는 상암(霜巖)
인데 한강(寒岡) 정구(鄭逑)의 문인이다. 그의 증손 권우형(權宇亨)은 호가
매헌(梅軒)인데 송시열의 문인으로 문과에 급제하였다. 이때 초계(草溪)
의 유하리(柳下里)[2]로 이사하였다. 증조부는 권병준(權秉準), 조부는 권도
희(權度熙), 부친은 만송(晩松) 권재직(權載直), 모친은 초계 정씨(草溪鄭氏)
정방윤(鄭邦潤)의 딸이다.

　일찍이 계화도[3]로 간재(艮齋)[4] 선생을 찾아뵙고 심(心)·성(性)의 뜻에
대해 질의와 강론을 하였다. 김복한(金福漢) 선생을 뵈었는데 선생은 공
을 한번 보고 평소에 가졌던 뜻과 처세하는 시의를 거듭 말해 주었다.
또 오진영(吳震泳)·최병심(崔秉心)·성기운(成璣運) 등의 제현들과 교유
하였다.

　그 뒤 늘 산방에서 조용히 거처하며 성현을 배우는 것을 목표로 삼고
사서육경과 『이정전서(二程全書)』, 『주자전서(朱子全書)』, 『성리대전(性理
大全)』 등을 공부하였고 만년에는 오직 『주자어류(朱子語類)』에 진력하였

1　이 글은 『추연집』 부록에 실려 있는 권옥현(權玉鉉)이 지은 행장을 참고하여 서술하였다.
2　유하리(柳下里) : 현 경상남도 합천군 초계면 유하리이다.
3　계화도(界火島) : 현 전라북도 부안군 계화면에 있다.
4　간재(艮齋) : 전우(田愚, 1841-1922)이다. 자는 자명(子明), 호는 간재, 본관은 담양(潭陽)
　　이다. 임헌회(任憲晦)에게 수학하였다. 노론(老論) 학자들의 학통을 이어, 이이(李珥)와
　　송시열의 사상을 신봉하였다. 주리설과 주기설을 절충하는 이론을 세웠으며, 만년에는
　　전라도의 계화도(界火島)에서 후학을 가르쳤다. 저술로 74권 38책의 『간재집』이 있다.

다. 선유들이 논의했던 리기(理氣)의 선후와 사단칠정(四端七情)과 심성리기(心性理氣)에 관한 학설을 절충하여 변론과 해석을 더하였고, 옛날과 오늘날의 전례를 고증하여 학설을 세워 후학들에게 나아갈 방향을 제시하였다.

추연은 존주양이(尊周攘夷)하는 의리에 더욱 엄격하여 창씨개명과 단발령에 맞서며 예전의 제도를 지켰다. 운둔하려는 의지를 갖고 운현산(雲峴山) 아래에 운화당(雲華堂)을 짓고 '이윤(伊尹)의 지향에 뜻을 두고 안회(顏回)의 학문을 배우며 운곡(雲谷)[5]의 학문을 조술하고 화양(華陽)[6]을 높인다.[志伊學顏祖雲宗華]'라는 여덟 글자를 벽에다 걸어두고 더욱 학문에 힘을 쏟았다.

문인들은 유하리 앞에 집을 짓고 태동서사(泰東書舍)라 편액하고, 추연이 학문을 연마할 수 있도록 해주었다. 이곳에서 찾아오는 학도들을 재량에 따라 가르쳤다.

1987년 11월 19일에 세상을 떠나 행정(杏亭) 뒷산 임좌(壬坐) 언덕에 장사지냈다. 부인은 여주 이씨(驪州李氏) 이종경(李鍾慶)의 딸이다.

아들은 순도(淳道), 순의(淳義), 순표(淳杓), 순정(淳正)이며, 사위는 이양섭(李陽燮)·김종후(金鍾厚)이다. 후실 진양 하씨(晉陽河氏)가 낳은 아들은 순태(淳兌)이며, 사위는 강병찬(姜秉贊), 임석원(林碩元)이다.

저술로 44권 15책의 『추연집』이 있다.

---

5 운곡(雲谷) : 주자이다. 주자가 복건성 건양현 서쪽 노봉산의 회암초당을 짓고 글을 읽었는데, 그곳을 '운곡'이라 고쳤다.

6 화양(華陽) : 송시열을 가리킨다. 송시열을 기리기 위해 현 충청북도 괴산군 화양동에 화양서원을 세웠다.

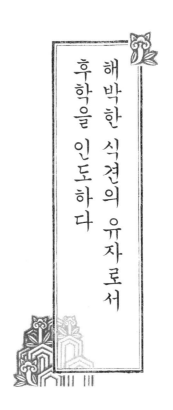

해박한 식견의 유자로서
후학을 인도하다

권택용(權宅容) : 1903-1987. 자는 안선(安善), 호는 척와(惕窩), 본관은 안동이며, 현 경상남도 산청군 단성면 입석리에 거주하였다. 14세부터 하겸진(河謙鎭)과 권재규(權在奎)에게 수학하였으며, 김황(金榥)・하영윤(河泳允)・권창현(權昌鉉)・이일해(李一海)・박태곤(朴泰坤) 등과 교유하였다.
저술로 3권 3책의 『척와유고』가 있다.

504

척와(惕窩) 권택용(權宅容)의 묘갈명 병서

하동근(河東根) 지음

공의 휘는 택용(宅容), 자는 안선(安善), 본관은 안동(安東)이며, 호는 척와(惕窩)이다. 시조 권행(權幸)¹은 신라의 왕족이었는데 고려 건국에 공이 있어 권씨 성과 식읍 안동을 하사받았다. 9대를 내려와 휘 수홍(守洪)은 상서 좌복야를 지냈다. 또 3대를 내려와 휘 한공(漢功)은 호가 일재(一齋)인데 도첨의정승을 지냈으며 시호는 문탄(文坦)이고 문장으로 이름이 드러났다. 그가 휘 중달(仲達)을 낳았는데 화원군(花原君)에 봉해졌으며 시호는 충헌(忠憲)이다.

이씨 조선에 들어와 안분당(安分堂) 선생 휘 규(逵)는 징소되어 능참봉에 제수되었으나 벼슬에 나아가지 않았다. 퇴계(退溪)·남명(南冥) 두 선생과 도의지교를 맺었다. 이분이 휘 문임(文任)을 낳았는데 호는 원당(源塘)이며 문과에 급제하여 천거를 받아 예문관 검열에 제수되었고 남명 선생을 사사(師事) 하였다. 부자가 모두 문산서원(文山書院)²에 제향되었다. 휘 중후(重垕)에 이르러 무과에 급제하여 권관(權管)³을 지냈는데 공의 6대조이다. 고조부 휘 성락(成洛)은 호가 석고(石皐)이고, 증조부 휘

---

1 권행(權幸) : 신라 왕실의 후손으로 본명은 김행(金幸)이다. 안동 지방의 수령으로서 왕건(王建)이 후백제군을 무찌를 때 참여하여 큰 공을 세웠고 이로 인해 권씨 성을 하사받았다.

2 문산서원(文山書院) : 현 경상남도 산청군 단성면 입석리 증촌에 있다. 1843년 설립되었으며 권규와 권문임을 제향하였다.

3 권관(權管) : 조선 시대 변경의 각 진(鎭)에 둔 종구품의 무관을 가리킨다.

여추(輿樞)는 호가 와실(蝸室)이며, 조부 휘 헌기(憲璣)는 호가 석범(石帆)인데 대대로 유학을 업으로 삼았으며 문집이 있다. 부친은 휘가 상정(相政)이고 호는 학산(學山)이다. 모친은 상산 김씨(商山金氏)인데 외조부는 김병현(金秉鉉)으로 대하재(大瑕齋) 김경근(金景謹)⁴의 후손이다. 공은 고종 계묘년(1903) 9월 초4일 입석(立石)⁵의 대대로 살아오던 집에서 태어났다.

공은 나면서부터 남다른 자질이 있어 보통 아이들과 어울려 노는 것을 즐기지 않았다. 눈은 깨끗하고 맑았으며 몸가짐은 단정하고 고아했고 재주는 총명하고 명민했다. 조모 해주 정씨(海州鄭氏)에게 말을 배우고 글자를 익혔는데 한 번 들으면 바로 기억했다. 부친 학산공에게 처음 글을 배웠는데 10세에 『효경(孝經)』과 중국 역사책을 두루 읽고서 문리가 일찍 트여 사람들이 재주 있는 아이라고 일컬었다. 장성해서는 밖으로 회봉(晦峰) 하겸진(河謙鎭)⁶과 송산(松山) 권재규(權載奎)⁷ 두 선생의 문하에 나아갔는데, 글을 외우며 부지런히 공부하고 유가 경전과 제자백가를 두루 섭렵하여 학문적 성취를 크게 하였다. 학업을 마칠 무렵에는 동년배들 중에서 명성이 특출했으며, 당시 이름난 석학인 중재(重齋) 김황(金榥)⁸ · 백당(栢堂) 하영윤(河泳允)⁹ · 심재(心齋) 권창현(權昌鉉)¹⁰ · 굴천

4 김경근(金景謹) : 1559~1597. 자는 이신(而信), 호는 대하재이며, 현 경상남도 산청군 단성면 입석리 출신이다. 하항(河沆)에게 수학하였다. 저술로 3권 1책의 『대하재실기』가 있다.
5 입석(立石) : 현 경상남도 산청군 단성면 입석리이다.
6 하겸진(河謙鎭) : 1870~1946. 자는 숙형(叔亨), 호는 회봉, 본관은 진양(晉陽)이다. 곽종석(郭鍾錫)에게 수학하였고, 이승희(李承熙) · 장석영(張錫英) · 송준필(宋浚弼) 등과 교유하였다. 저술로 50권 26책의 『회봉집』과 30권 3책의 『동유학안』이 있다.
7 권재규(權載奎) : 1870~1952. 자는 군오(君五), 호는 송산 · 이당(而堂), 본관은 안동이다. 권준(權濬)의 후손이며, 현 경상남도 산청군 단성면 강루리 교동에서 태어났다. 저술로 46권 23책의 『이당집』이 있다.
8 김황(金榥) : 1896~1978. 자는 이회(而晦), 호는 중재, 본관은 의성이다. 현 경상남도 산청

(屈川) 이일해(李一海)[11]·소당(笑堂) 박태곤(朴泰坤)[12]·용암(龍庵) 도현규
(都炫圭)[13]·우정(于亭) 성환혁(成煥赫)[14] 등과 절차탁마하여 그들로 인해
학문에 도움 받은 것이 많았다.

경술년(1910) 나라가 망하자 세상에 뜻이 없어졌다. 날마다 상우정(尚
友亭)에 거처하면서 이치를 음미하고 완색하며 후생들을 가르치고 인도
하였는데 문하에 찾아오는 사람이 많았다.[15] 정축년(1937)에 부인이 죽자
재취하지 않았는데 자신의 묵은 병을 다스리기 위해서였다. 임신년
(1932)에 부친상을 당하고 계유년(1933)에 모친상을 당했는데 몸이 상할
정도로 슬퍼하면서도 예법대로 장례절차를 준수하였다. 중간에 청암(靑
岩)의 학동(鶴洞)[16]으로 이거하였으나 오래 거처할 수 없었기에 곧 예전
의 문을(文乙) 마을[17]로 되돌아왔다.

군 신등면 평지리 물산 마을에 거주하였다. 김우옹(金宇顒)의 후손이며, 곽종석에게 수학
하였다. 저술로 100권 48책의『중재집』등이 있다.

9 하영윤(河泳允) : 1902-1961. 자는 극중(克中), 호는 백당·청백당(聽栢堂), 본관은 진양
이다. 하겸진의 아들이며, 저술로『청백당집』이 있다.

10 권창현(權昌鉉) : 1900-1976. 자는 회경(晦卿), 호는 심재, 본관은 안동이다. 권준(權濬)
의 후손으로 권재규(權載奎)의 아들이다. 저술로 10권 4책의『심재집』이 있다.

11 이일해(李一海) : 1905-1987. 자는 여종(汝宗), 호는 굴천, 본관은 재령(載寧)이다. 현 경
상남도 산청군 단성면 남사리에 거주하였다. 정산 이현덕(李鉉德)의 아들이며 하겸진에
게 수학하였다. 저술로 4권 2책의『굴천집』이 있다.

12 박태곤(朴泰坤) : 1902-1988. 자는 이조(而祖), 호는 소당, 본관은 밀양(密陽)이다. 저술
로 6권 3책의『소당문집』이 있다.

13 도현규(都炫圭) : 1905-1995. 자는 상행(尚行), 호는 용암, 본관은 성주(星州)이다. 저술
로 3권 1책의『용암유고』가 있다.

14 성환혁(成煥赫) : 1908-1966. 호는 우정, 본관은 창녕(昌寧)이다. 저술로 5권 3책의『우정
집』이 있다.

15 경술년(1910)……많았다 :『척와유고』에 실린 종질 권녕집(權寧緝)의「행장」에 의하면,
권택용은 20대 후반에서 30대 초반에 상우정에서 강학하였다. 본문의 '경술년'은 척암이
8세 되던 해에 해당하므로 착오인 듯하다.

16 학동(鶴洞) : 현 경상남도 하동군 청암면 묵계리(默溪里)이다.

17 문을(文乙) 마을 : 현 경상남도 산청군 단성면 입석리에 있는 마을이다.

공은 몸이 비록 허약했지만 내면에 강한 의지가 있어서 봉래산(蓬萊山)·방장산(方丈山)·한라산(漢拏山) 같은 국내의 이름난 산수를 두루 답사하였다. 한라산 정상에 올라 백록담(白鹿潭)을 내려다보고서 기행문을 남겼으며[18] 혼자 읊조리거나 수창한 시문이 모두 8권이다.

대한민국 정묘년(1987) 8월 21일에 별세하였는데 향년 85세였다. 장지는 석대산(石坮山) 동쪽 기슭 문을 마을 뒷산 건좌(乾坐) 언덕에 있는데 사우들이 모여 그곳에 장사지냈다. 1남 1녀를 낳았는데 아들은 영우(寧釪)이고, 딸은 포은(圃隱) 선생의 후손인 연일 정씨(延日鄭氏) 정영화(鄭榮和)에게 시집갔다. 영우의 아들은 섬현(暹鉉)·웅현(熊鉉)이고, 사위 정영화의 아들은 정연수(鄭然壽)이며 나머지는 기록하지 않는다.

아! 공은 집에 거처할 때 손에서 책을 놓지 않았으며 옛 두발과 의관을 능히 보존하여 전통 유자의 전형을 지켰다. 견문과 식견이 높고 명확하여 담론을 하면 해박하지 않은 적이 없었고, 어려운 것을 묻거나 강론하고 질의할 적에도 모든 조목에 응답하지 못하는 경우가 없었다. 공의 박학하고 전아한 면을 오늘날 세상에서 찾아본다면 공과 같은 분이 거의 드물 것이다.

몇 년 전 공의 문하생 몇몇이 공을 위해 모임을 만들어 '상덕계(尙德契)'라 이름하고는 자금 마련을 위해 노력하였다. 올해 무진년(1988) 여름에 장자인 영우(寧釪)와 문하생 4, 5명이 상자 속에 있던 책을 꺼내 인쇄하여 출판하고자 그 원고를 싸가지고 와서 나에게 보여주며 교정하는 일을 부탁하였다. 나는 감당할 수 없어서 사양하였으나 허락받지 못하였기에 원고를 정중히 받아 열람하고는 잘못된 것을 대략 바로잡아 인쇄에 부쳤다. 또 묘도문자를 부탁하였기에 공의 종질 권영집(權寧執)이 지은 행장을

---

18 한라산……남겼으며: 『척와유고』 권2 잡저에 「등한라산백록담기(登漢拏山白鹿潭記)」가 있다.

삼가 살펴보고서 위와 같이 서술하고 묘갈명을 이어서 쓴다.
명은 다음과 같다.

재능과 지혜 총명하고 영특하여	才諝聰穎
제자백가의 글을 두루 섭렵하였네	百家涉躐
견문과 식견은 높고 명확했으며	見識高明
갖추고 쌓은 지식 해박하였네	府庫博洽
몸으로 행함은 중도를 넘지 않았고	軆不踰中
마음으로는 도리를 굳게 지켰네	宅心堅執
손에서 책을 놓지 않고서	手不釋卷
이치를 완색하며 익숙하게 하였네	玩索爲習
성품이 산수를 매우 좋아해	性癖山水
가보지 않은 명승이 없었네	無不足踏
후생 교육을 자신의 임무로 여겨	敎迪己任
후학들이 의지하는 곳 되었네	爲後屛幪
큰 어른이 잠드신 곳	碩人攸藏
네 자의 봉분이 우뚝하네	四尺其崇
문을 마을의 남쪽이고	文乙之陽
석대산의 동쪽이네	石臺之東
내 공의 묘갈명을 지어	我詞揭阡
영원토록 밝게 드러내네	昭示無窮

광복 후 무진년(1988) 11월 10일 성균관 전의 진양(晉陽) 하동근(河東根)이 삼가 지음.

惕窩處士 安東權公 墓碣銘 幷序

河東根 撰

公諱宅容, 字安善, 權姓安東氏, 而惕窩其號也。鼻祖諱幸, 新羅宗姓, 高麗建國有功, 賜姓權食邑安東。九傳諱守洪, 尙書左僕射。又三傳諱漢功, 號一齋, 右相, 謚文坦, 文章顯。生諱仲達, 封花原君, 謚忠憲。

入李韓朝, 有諱逵 安分堂先生, 徵寢郎不就。退陶、南冥兩先生, 爲道義交。生諱文任, 號源塘, 文科薦受檢閱, 師事南冥先生。父子幷享文山書院。至諱重垕, 武權管, 於公六代。諱成洛號石皇, 諱興樞號蝸室, 諱憲機號石帆, 世業儒術有文集, 諱相政號學山, 高、曾、祖、若考。妣商山金氏, 外王父曰秉鉉, 大瑕齋 景謹后。公高宗癸卯九月初四日, 生立石世第。

生而有異質, 不與凡兒游嬉。眉目淸澈, 儀表端雅, 才誚明敏。學語受文字于祖母海州鄭氏, 一聞輒記。始學于先公學山, 甫十歲編讀《孝經》、通史, 文理夙就, 人稱"才童。"及長, 出就外傅河晦峰、權松山兩先生之門, 吃吃用工, 博涉經傳百家諸子, 大爲成就。卒業, 名聲出於儕類, 與一時名碩金重齋 棍、河栢堂 泳允、權心齋 昌鉉、李屈川 一海、朴笑堂 泰坤、都龍庵 炫圭、成于亭 煥赫, 切偲講磨, 多資益焉。

及庚戌社屋, 無意於世。日處尙友亭, 溫理玩索, 敎迪後生, 及門者多焉。歲在丁丑喪耦, 不爲續絃, 爲其頤養沈疴故也。其丁外內憂, 在其年壬申癸酉, 而哀毁守制如禮。中移靑岩之鶴洞, 不可爲久居, 故未幾還故文乙。

體幹雖弱, 有內剛之志, 編踏域中名山水如蓬萊、方丈、漢挐山。而登絶頂, 俯白鹿潭, 皆有記行文, 而吟哦應酬之詩文, 凡八卷。

卒民國丁卯八月二十一日, 享壽八十五。葬在石岾山東麓文乙之后山乾坐原, 而士友會葬焉。生二男女, 男寧釪, 女適延日 鄭榮和, 圃隱先生之后。寧男: 暹鉉、熊鉉, 鄭男然壽, 餘不錄。

嗚呼! 公居家, 手不釋卷, 能保古髮古衣冠, 守古儒之典型。見識高明, 談論靡不該博, 問難講質, 無有不答咸目。公博雅, 顧今之世, 若公者幾希哉。

曾年, 及門諸子, 爲公設一契, 名曰"尙德", 拮据爲資。今歲戊辰夏, 肖嗣寧釪及門四五人, 出其在巾衍者, 將欲爲付梓問世, 齎其稿而來, 示東根屬其爲丁乙之役。不敢當辭不獲, 謹受而閱之, 略加正誤付印。而又屬美道之文, 謹按其從姪寧執所爲狀, 而叙之如右, 系以銘曰:

"才諝聰穎, 百家涉躐。見識高明, 府庫博洽。體不踰中, 宅心堅執。手不釋卷, 玩索爲習。性癖山水, 無不足踏。敎迪己任, 爲後屛幪。碩人攸藏, 四尺其崇。文乙之陽, 石臺之東。我詞揭阡, 昭示無窮。"

歲光復后戊辰至月十日, 成均館典儀晋山 河東根謹撰。

❖ 원문출전

權宅容,『惕窩遺稿』卷3 附錄, 河東根 撰,「惕窩處士安東權公墓碣銘幷序」(경상대학교 문천각 古(우천) D3B 권832ㅊ)

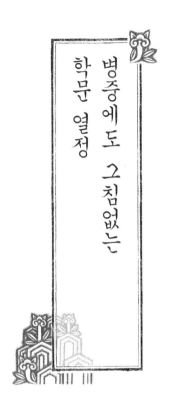

병중에도 그침없는

학문 열정

성재기(成在祺) : 1912-1979. 자는 백경(伯景), 호는 정헌(定軒), 본관은 창녕(昌寧)이다. 현 경상남도 진주시 금산면(琴山面)에 거주하였다. 김인섭(金麟燮)의 외증손이다. 권도용(權道溶)·김황(金榥)에게 수학하였다. 선조 성여신(成汝信)과 성황(成鎤)을 위해 경성재(景惺齋)와 강학당을 세웠다.
저술로 4권 2책의 『정헌집』이 있다.

정헌(定軒) 성재기(成在祺)의 묘갈명 병서

허형(許洞)[1] 지음

군의 휘는 재기(在祺), 자는 백경(伯景)이고, 중재(重齋) 김황(金榥)[2] 선생이 '정헌(定軒)'이라 호를 지어주었다. 성씨(成氏)의 관향은 창녕(昌寧)이고, 고려 시대 중윤(中尹)을 지낸 휘 인보(仁輔)가 시조이다. 이로부터 명망과 덕행이 드러나 한 지역의 저명한 가문이 되었다. 고려 말 판도판서(版圖判書)를 지낸 휘 만용(萬庸)이 절개를 지키며 조선조에 벼슬을 하지 않았다. 그의 손자 좌사간(左司諫) 휘 자량(自諒)이 벼슬에서 물러나 거창(居昌)의 용산(龍山)에서 지냈고, 그의 아들 부사(副使) 휘 우(祐)가 진주로 옮겨 살았다. 이로부터 성씨(成氏)가 진주의 명문가가 되었다. 그의 현손 부사(浮査) 선생 휘 여신(汝信)[3]이 남명(南冥) 조식(曺植)의 문하에서 경의학(敬義學)을 전수받아 남쪽 지역의 사유(師儒)가 되어 물계서원(勿溪書院)[4]과 임천서원(臨川書院)[5] 두 곳에 제향되었으니, 군의 13대조이다.

1 허형(許洞) : 1908-1995. 자는 낙경(樂卿), 호는 진암(振菴), 본관은 김해이다. 김황(金榥)에게 수학하였다. 현 경상남도 합천군 가회면 오도리에 살다가 만년에 진주로 이거하였다. 저술로 10권 1책의 『진암집』이 있다.

2 김황(金榥) : 1896-1978. 자는 이회(而晦), 호는 중재, 본관은 의성이다. 현 경상남도 산청군 신등면 평지리 물산 마을에 거주하였다. 김우옹(金宇顒)의 후손이고, 곽종석(郭鍾錫)에게 수학하였다. 저술로 100권 48책의 『중재집』이 있다.

3 성여신(成汝信) : 1546-1632. 자는 공실(公實), 호는 부사, 본관은 창녕이다. 조식(曺植)에게 수학하였다. 1609년 사마시에 합격하였다. 1622년에 진주의 유림들과 『진양지(晉陽誌)』를 편찬하였다. 저술로 8권 4책의 『부사집』이 있다.

4 물계서원(勿溪書院) : 현 경상남도 창녕군 대지면 모산리에 있는 서원이다. 1712년 성송국(成松國)·성삼문(成三問)·성담수(成聃壽)·성수침(成守琛)·성운(成運)·성제원(成悌

증조부 휘 경철(慶喆)은 호가 금원(琴園)이고, 조부 휘 석근(石根)은 호가 금고(琴皐)이고, 부친 휘 환귀(煥龜)는 호가 후금(後琴)이다. 모친 상산 김씨(商山金氏)는 단계(端磎) 선생 김인섭(金麟燮)[6]의 손녀이며 농계(農溪) 김기로(金基老)[7]의 딸이다. 대한제국이 멸망한 지 2년 뒤 임자년(1912) 12월 17일에 대대로 살던 금동(琴洞)[8]의 집에서 공을 낳았다.

군은 용모와 거동이 단정하고 장중하였으며, 성품은 침착하고 고요하였다. 어려서부터 행동거지가 여느 아이들과는 달랐다. 처음에 조부 금고공(琴皐公)에게 배웠는데, 금고공은 군의 지혜의 문이 일찍 열리고 전아하고 온순한 태도가 도에 가까운 것을 보고서 큰 그릇으로 여기고 사랑하면서 말씀하기를 "이 아이는 훗날 반드시 가업을 이룰 것이다."라고 하였다.

군은 날마다 공부에 힘써, 10세에 소미(少微)의 『통감절요(通鑑節要)』[9]와 『소학』을 배웠고, 13세에는 『논어』·『맹자』·『대학』·『중용』을 두루 읽었다. 15세에 추범(秋帆) 권도용(權道溶)[10] 공의 문하에 나아가 고금의

元)·성혼(成渾)·성윤해(成允諧) 등의 학문과 덕행을 추모하기 위해 창건하였다. 그 뒤 성여환(成汝完)·성희(成熺)·성수경(成守慶)·성문준(成文濬)·성람(成灠)·성여신(成汝信) 등을 추가 배향하고, 1814년 성안의(成安義), 1857년 성준득(成準得)을 추가 배향하였다. 서원철폐령으로 훼철되었으며, 1995년에 복원하였다.

5 임천서원(臨川書院) : 현 경상남도 진주시 금산면 가방리에 있는 서원으로, 세칭 진주 오현(五賢)서원 이라고 불린다. 1702년 유림의 공의로 창건해 1719년 이준민(李俊民)·강응태(姜應台)·성여신(成汝信)·하징(河憕)·한몽삼(韓夢參)의 위패를 봉안했다. 서원 철폐령으로 훼철되었으며, 1935년 원래 서원 터 우측에 복원하였다.

6 김인섭(金麟燮) : 1827-1903. 자는 성부(聖夫), 호는 단계, 본관은 상산(商山)이다. 류치명(柳致明)에게 수학하였으며, 허전(許傳)의 제자로 『성재집』을 교정하였다. 현 경상남도 진주시 집현면에 대암정사(大嵒精舍)를 짓고 후학을 양성하였다. 저술로 18권 10책의 『단계집』 등이 있다.

7 김기로(金基老) : 1859-1881. 자는 경유(景柔), 호는 농계이고, 본관은 상산이다. 김인섭의 차남이다.

8 금동(琴洞) : 현 경상남도 진주시 금산을 가리킨다.

9 소미(少微)의 통감절요(通鑑節要) : 소미는 송(宋)나라 때 처사로서 소미(少微) 선생이란 호를 하사받은 강지(江贄)이다. 『자치통감』을 줄여 50권의 『통감절요』를 만들었다.

글을 강독하고 질의하니, 권공은 군의 식견이 고아하고 조예가 일찍 성취한 것을 칭찬하였다.

약관이 지나서 여러 경전과 당송(唐宋) 및 우리나라 제가들의 문집을 두루 읽어서 그 지취를 넓혔고, 또 나라 안의 명산대천을 두루 관람하여 그 기상을 드높였다. 이로 말미암아 지은 시문(詩文)들은 거의 전아하여 속되지 않았다. 32세 때인 계미년(1943)에 비로소 중재(重齋) 선생을 배알하여 천인(天人)·성명(性命)의 깊은 뜻과 성현들이 서로 전한 심법(心法)에 대해 듣고 차례차례 깨달았다. 선생은 원대한 학문을 이룰 그릇으로 여겼으며, 군 또한 독실하게 선생을 믿어 의심하지 않고서 종사(宗師)로 받들며 귀의하였다.

집안에 거처할 적에는 마음을 보존하고 행실을 삼갔는데, '새벽에 일찍 일어나고 밤에는 늦게 자서 너를 낳아 준 부모를 욕됨이 없게 하라.[夙興夜寐無忝爾所生]'[11]라는 8자를 좌우명으로 써서 걸어두고 항상 보며 경계하고 반성하였다. 어버이를 섬길 적에 사랑과 공경을 모두 극진히 하였으며, 아침저녁으로 문안드리고 겨울에는 따뜻하게 여름에는 시원하게 해 드리는 것이 절도에 어김이 없었다. 어버이의 상을 당해서는 애통해함이 남을 감동시켰다. 상을 치를 적에 모든 일을 한결같이 고례(古禮)를 따랐다. 선친의 기일이 되면 반드시 목욕재계하고서 살아 계실 때와 같은 정성을 다하였다.

군은 엄격함으로 집안을 다스려서 세상에서 전하는 법도를 조금도 어긴 적이 없었다. 무릇 남을 접대하거나 일을 처리할 적에는 정성스러운 마음과 신중한 의리를 함께 행하여 어긋남이 없었다. 좋아하고 싫어하

10 권도용(權道溶) : 1877~1963. 자는 호중(浩仲), 호는 추범, 본관은 안동이다. 저술로 14책의 『추범문원(秋帆文苑)』이 있다.
11 새벽에……하라 : 『시경』 「소완(小宛)」에 나온다.

는 개인적인 감정으로 취하고 버리는 공적인 일에 미혹되지 않았다.

　사업에 드러난 군이 시행한 일을 보면 다음과 같다. 선영을 가꾸는 데 노력한 것이 많아 선대에 겨를이 없어 세우지 못했던 비석들을 군이 모두 갖추었다. 부친과 조부의 유문이 상자 속에 남아 있는 것을 군이 날마다 교감하고 정사(淨寫)하여 세상에 간행해 배포하였다. 여러 집안 사람들을 움직여 그 선조 성성재(惺惺齋)[12] 공을 위하여 마을 곁에 경성재(景惺齋)를 창건하였고, 부사 선생을 기리기 위하여 남성(南星)[13]의 옛 터에 강학당을 중수하였다. 『진양지(晉陽誌)』[14]는 부사 옹으로부터 만들기 시작하였는데 정미년(1967) 중간할 적에 고을의 인사들이 시속을 따르면서 선대의 법규를 바꾸려고 하자 군은 강경하게 의리에 따라 중의(衆議)를 극력 배척하여 끝내 고인의 뜻을 잃지 않게 하였으니, 군은 선대의 사업을 이루었다고 할 수 있겠다.

　옛날 광해군 경신년(1620)에 우리 선조 창주(滄洲)[15] 공이 부사 옹 외 17현과 함께 하동(河東)의 쌍계사(雙溪寺)를 유람하며 시를 지었는데, 18현[16] 모두 당대의 봉황(鳳凰)이요 경성(景星)이었다.[17] 그 성대한 일을 민

12　성성재(惺惺齋) : 성황(成鎤, 1595-?)이다. 자는 이화(而和), 호는 성성재이고, 성여신의 아들이다.

13　남성(南星) : 현 경상남도 진주시 금산면 가방리 남성 마을이다.

14　진양지(晉陽誌) : 1622-1632년에 걸쳐 성여신(成汝信)이 편찬한 경상도 진주목의 읍지이다.

15　창주(滄洲) : 허돈(許燉, 1586-1632)이다. 자는 덕휘(德輝), 호는 창주, 본관은 김해이다. 노흠(盧欽)과 이흘(李屹)에게 수학하였다. 1616년 문과에 급제하여 성균관 박사, 예조 정랑 등을 역임했다. 저술로 4권 2책의 『창주집』이 있다.

16　18현 : 부사(浮査) 성여신(成汝信, 1546-1632), 노파(蘆坡) 이흘(李屹, 1557-1627), 창주(滄洲) 하징(河憕, 1563-1624), 사호(思湖) 오장(吳長, 1565-1617), 능허(凌虛) 박민(朴敏, 1566-1630), 봉강(鳳岡) 조겸(趙璥, 1569-1652), 매죽헌(梅竹軒) 성박(成鎛, 1571-1618), 동계(東溪) 권도(權濤, 1575-1644), 매촌(梅村) 문홍운(文弘運, 1577-1640), 송대(松臺) 하선(河璿, 1583-1650), 동산(東山) 권극량(權克亮, 1584-1631), 간송(澗松) 조임도(趙任道, 1585-1664), 임곡(林谷) 임진부(林眞怤, 1586-1657), 창주(滄洲) 허돈(許燉, 1586-1632), 조은(釣隱) 한몽삼(韓夢參, 1589-1662), 강재(彊齋) 성호정(成好正, 1589-1639),

몰시킬 수 없었기에 나는 군과 함께 계를 하나 만들고자 도모하였는데, 군이 기꺼이 내 의견을 따랐다. 여러 집안의 후예들을 창도해 돈을 모아 그 일을 완성하여 '세강계(世講契)'라고 이름을 붙이고 18현의 시를 큰 비석에 새겨서 당시 시를 주고받았던 옛 터에 세웠다. 그리고 매년 봄가을에 모여 선대의 정의(情誼)를 강구하였는데, 대개 군의 공이 남들보다 많았지만 군은 자처하지 않았으니, 아, 현명하도다!

군의 학문과 행적과 사업 가운데 거론할 만한 것이 이와 같다. 그러나 신해년(1971) 봄에 불행히 고질병에 걸리더니, 68세가 되던 기미년(1979) 윤6월 4일에 세상을 떠났다. 병상에 있은 지가 9년이었지만 하루라도 깊이 생각하고 자세히 연구하는 공부에 힘을 쏟지 않은 날이 없었다. 중재 선생이 사람들에게 "백경(伯景)이 병중에 진보한 것은 예전에 비할 바가 아니다."라고 말씀하셨으니, 이 말을 통해 보면 군은 확고한 의지력을 본바탕에 갖추고 있어서 보통사람들의 경우에는 쉽게 얻을 수 있는 점이 아니라는 것을 알 수 있다. 만약 몇 년을 더 살게 해서 그의 자품과 의지를 확충하게 했다면 그가 성취한 학문이 또한 어떠하다고 말할 수 있을까? 아, 애석하도다! 그의 장지는 금동(琴洞) 뒷산 경좌(庚坐) 언덕에 있다. 사우들이 만사를 지어 상복을 입고[18] 달려와 곡하고 영결하면서 애통해 마지않았다.

부인 진양 강씨(晉陽姜氏)는 참봉 강효순(姜孝淳)의 딸이다. 군보다 20년 앞서 세상을 떠났는데 같은 산에 장사지냈다. 4남 1녀를 두었는데, 아들은 규석(圭錫)・대석(大錫)・진석(晉錫)・기석(基錫)이고, 사위는 허정우(許

겸재(謙齋) 하홍도(河弘度, 1593-1666), 추담(秋潭) 정외(鄭頠, 1599-1657)이다.

17 봉황(鳳凰)이요 경성(景星)이었다 : 모두 태평한 시대에 나타나는 상서이다. 경성은 도가 있는 나라에 나타난다는 별이다.

18 상복을 입고 : 원문의 '가마(加麻)'는 스승이나 벗의 죽음에 입는 상복으로, 정식 상복은 아니다.

禎祐)이다. 손자가 7명인데, 태윤(泰潤)과 태복(泰復)은 규석의 아들이고, 태선(泰善)은 대석의 아들이고, 태조(泰祚)·태우(泰祐)·태정(泰禎)은 진석의 아들이고, 태종(泰宗)은 기석의 아들이다. 규석이 최인찬(崔寅巑) 군이 지은 행장을 가지고 와서 나에게 보여주며 묘비에 새길 글을 청하였다. 나는 군과 스승도 같고 계도 함께 하였으니, 정의상 사양할 수 없었다. 이에 행장을 살펴보고 평소 느낀 점을 더하여 위와 같이 차례로 기술하고 명을 붙인다.

명은 다음과 같다.

공손하면서도 엄숙하였으니	恭而肅
군자에게 그런 위의가 있고	君子有其儀
온유하면서도 의지를 확립했으니	柔而立
무도한 세속도 그 뜻 빼앗을 수 없었네	邪世不能移
도를 구하는 데 뜻을 두어서	志乎道
아침 일찍부터 밤늦게까지 구했네	蚤夜以求
그가 진보하는 것은 보았어도	見其進
그가 멈추는 것은 보지 못했네	不見其休
하늘이 수명을 더해주지 않아	天不假年
중도에 그만 세상을 떠났네	中途遽摧
스승 우러르며 높은 경지에 미치기 전에	鑽仰未及
스승을 따라 황천으로 떠났네	從師泉臺
벗이 한 편의 글 지어 영원토록 그대를 전하니	故人一筆傳君千古
정령께서는 강림하여 이 글을 밝게 비추소서	庶精靈之陟降鑑照

갑자년(1984) 정월 동문의 벗 분성(盆城 : 金海) 허형(許泂)이 지음.

墓碣銘 幷序

許洞 撰

君諱在祺, 字伯景, 重齋 金先生命號曰"定軒". 成氏貫昌寧, 高麗中尹仁輔爲始祖. 自後名德斑斑, 爲域中著閥. 麗季版圖判書萬庸, 守節不仕李朝. 孫左司諫自諒, 退居居昌之龍山, 子副使祐徙居晉州. 自是以來, 成爲晉之名族. 玄孫浮查先生 汝信, 遂敬義學於山海門, 爲南方師儒, 而享勿溪、臨川兩院, 於君間十三代. 曾祖曰琴園 慶喆, 祖曰琴皐 石根, 考曰後琴 煥龜. 妣商山金氏, 端磎先生 麟燮孫, 農溪 基老女. 國變後二年壬子十二月十七日, 生君于琴洞世第.

君容儀端莊, 姿性沈靜. 自幼動作異凡兒. 始學于王父琴皐公, 琴皐公見其慧竇早開, 雅馴近道, 甚器愛之曰: "此兒異日必克家." 君逐日勤課, 十歲受少微《史》及《小學》, 舞勺通讀《語》、《孟》、《庸》、《學》. 成童及權公 秋帆門, 講質古今書, 權公稱歎其見識之雅造詣之夙.

既冠瀏灠群經及唐、宋、我東諸家, 以博其趣, 又周觀國中大瀆名山, 以暢其氣. 由是所著詩文, 殆典雅不俗. 三十二歲癸未, 始拜重齋先生, 聞天人性命之奧, 及聖賢相傳心法, 次第開悟. 先生期以遠大, 而君亦篤信不貳, 崇宗而依歸焉.

其居家, 存心飭行, 則書揭"凤興夜寐無忝爾所生"八字于座右, 常目警省. 事二親, 愛敬俱至, 定省溫凊, 無違節度. 丁內外艱, 哀痛感人. 居喪, 凡百一遵古禮. 遇先忌, 必齊沐, 以致如在之誠.

御家以嚴, 未曾以毫毛違越世傳軌度. 凡接人處事, 款款之情, 斤斤之義, 并行而無悖. 不以好惡之私, 而迷其取捨之公. 至若其施爲之著於事業. 則治先壟多辦, 先世所未遑儀物咸備. 父祖遺文之留在巾箱者, 君日月勘校淨寫, 而刊布于世. 動諸族, 爲其先祖惺惺齋公創建景惺齋于里側, 爲浮查先生重修講學之堂於南星故址.《晉陽誌》始自浮查翁, 而丁未重刊, 州人士欲從時而變先規, 君亢亢執義力排衆議, 竟不喪古人, 謂君

克世矣。

在昔光海庚申, 吾先祖滄洲公同浮查翁以外十七賢, 風詠于河東之雙溪, 皆一代鳳凰景星。其盛事不可以泯沒, 故余謀及君欲設一契, 君樂從之。唱動諸家後裔, 募金以成其事, 名之曰"世講契", 刻十八賢詩于大石碑, 竪唱酬遺墟。每歲春秋會講先誼, 蓋君之功有加于人, 而君不自居, 吁其賢哉!

君之學問、行治、事業可擧者如是。而不幸得貞疾於辛亥春, 終于六十八歲之己未閏六月初四日。委身床玆者凡九年, 而無一日不用力於尋思紬繹之工。重齋先生向人言: "伯景病中所進, 非前時可比。"卽此而可見君定力之有素, 而非易得於人人者也。若得年加長, 充其姿志, 則其所就之學業, 又何如云爾哉? 嗚乎惜哉! 其葬在琴洞後山庚坐原。士友操文加麻, 而哭訣嗟痛不已。

配晉陽姜氏參奉孝淳女。先君二十年而卒, 窆同岡。四男: 圭錫、大錫、晉錫、基錫, 女婿許禎祐。孫男七: 泰潤、泰復, 長房出, 泰善、大錫男, 泰祚、泰祐、泰禎, 晉錫男, 泰宗, 基錫男。圭錫以崔君 寅巘所撰行狀示余, 而請顯刻之詞。余於君, 同師而同契, 誼不可辭。乃按狀而兼平昔所感, 撰次如右, 系之以銘曰:

"恭而肅, 君子有其儀, 柔而立, 邪世不能移。志乎道, 蚤夜以求。見其進, 不見其休。天不假年, 中途遽摧。鑽仰未及, 從師泉臺。故人一筆傳君千古, 庶精靈之陟降鑑照。"

甲子正元, 同門友盆城許涧撰。

❖ 원문출전

成在祺,『定軒集』卷4 附錄, 許涧 撰,「墓碣銘幷序」(경상대학교 문천각 古 D3B H성72ㅈ)

【부록】 19세기 경상우도 학자들 上·中·下 인물 개요

연번	저자	생몰년	자	호	본관	거주	師承관계	문집명	참조
1	李佑贇	1792-1855	禹爾	月浦	星州	山淸 南沙	李志容	月浦集	上卷
2	河範運	1792-1858	熙汝	竹塢	晉州	晉州	柳尋春	竹塢集	上卷
3	許傳	1797-1886	而老	性齋	陽川	抱川	黃德吉	性齋集	上卷
4	柳厚祚	1798-1875	載可	梅山 洛坡	豊山	尙州		洛坡集	上卷
5	河達弘	1809-1877	潤汝	月村 無名亭	晉陽	河東 玉宗	河弘度 私淑	月村集	上卷
6	成釆奎	1812-1891	天擧	悔山	昌寧	山淸 德山		悔山集	上卷
7	梁湜永	1816-1870	淵老	竹坡	南原	德山		竹坡集	上卷
8	鄭奎元	1818-1877	國喬	芝窩	海州	晉州 琴山	洪直弼	芝窩集	上卷
9	李震相	1818-1886	汝雷	寒洲	星州	星州 大浦	李源祚	寒州集	上卷
10	趙性宙	1821-1919	季豪	月山	咸安	河東 玉宗	奇正鎭	月山遺稿	上卷
11	金琦浩	1822-1902	文範	小山	金寧	昌原	許傳	小山集	上卷
12	河夾運	1823-1906	漢瑞	未惺	晉陽	晉州 水谷	河學運	未惺遺稿	上卷
13	朴致馥	1824-1894	薰卿	晚醒	密陽	咸安 陜川 三嘉	許傳	晚醒集	上卷
14	趙性家	1824-1904	直教	月皐	咸安	河東 玉宗	奇正鎭	月皐遺稿	上卷
15	李根玉	1824-1909	聖涵	吃窩	全義	宜寧	許傳	吃窩集	上卷
16	河兼洛	1825-1904	禹碩	思軒	晉陽	山淸 南沙	李佑贇	思軒遺集	上卷
17	文鎭英	1826-1879	聖仲	囂囂齋	南平	陜川	柳致明 許傳	囂囂齋集	上卷
18	趙性宅	1827-1890	仁叟	橫溝	咸安	河東 玉宗		橫溝集	上卷
19	金麟燮	1827-1903	聖夫	端磎	商山	山淸 法坪	柳致明 許傳	端磎集	上卷

20	許元栻	1828-1891	舜弼	三元堂	河陽	咸陽	許傳	三元堂集	上卷
21	朴東奕	1829-1889	舜仲	病窩	密陽	山淸 咸陽 南原 雲峯		病窩遺稿	上卷
22	權章煥	1830-1892	文叟	西洲	安東	山淸 丹城		西洲遺稿	上卷
23	河載文	1830-1894	義允	東寮	晉陽	晉州 水谷	李震相 河達弘	東寮遺稿	上卷
24	河仁壽	1830-1904	千之	梨谷	晉陽	河東 玉宗	河達弘 奇正鎭	梨谷集	上卷
25	崔植民	1831-1891	舜皡	橘下 省窩	全州	河東 玉宗 山淸 丹城		橘下遺稿	上卷
26	許愈	1833-1904	退而	后山 南黎	金海	陜川 三嘉	李震相	后山集	上卷
27	姜趾皡	1834-1903	揚汝	鳳菴	晉陽	山淸 正谷	許傳	鳳菴遺稿	中卷
28	權憲璣	1835-1893	汝舜	石帆	安東	山淸		石帆集	上卷
29	趙性濂	1836-1886	洛彦	心齋	咸安	咸安 壽洞	許傳	心齋集	上卷
30	許薰	1836-1907	舜歌	舫山	金海	慶北 龜尾 慶北 金泉 慶北 靑松	許傳	舫山集	上卷
31	崔琡民	1837-1905	元則	溪南	全州	河東 玉宗	河達弘 奇正鎭	溪南集	上卷
32	朴尙台	1838-1900	光遠	鶴山	密陽	山淸 丹溪	許傳	鶴山集	上卷
33	張升澤	1838-1916	義伯	農山	仁同	慶北 漆谷	張福樞	農山集	上卷
34	姜柄周	1839-1909	學叟	玉村 斗山	晉州	泗川 昆明	河達弘 許傳	斗山集	上卷
35	張錫藎	1841-1923	舜鳴	果齋 一帆	仁同	慶北 星州	張福樞	果齋集	上卷
36	鄭載圭	1843-1911	厚允	老柏軒 艾山	草溪	陜川 三嘉	奇正鎭	老柏軒集	上卷
37	李道默	1843-1916	致維	南川	星州	山淸 南沙	李佑贇	南川集	上卷
38	姜永墀	1844-1915	乃亨	睡齋	晉陽	河東 北川		睡齋集	上卷

39	金鎭祜	1845-1908	致受	勿川	商山	山淸 法勿	朴致馥 許傳 李震相	勿川集	上卷
40	金麟洛	1845-1915	錫義	前川	義城	晉州 智水	朴致馥 許愈	前川遺蘽	上卷
41	李正模	1846-1875	聖養	紫東	固城	宜寧 正谷	朴致馥 李震相	紫東集	上卷
42	尹胄夏	1846-1906	忠汝	膠宇	坡平	陜川	許傳 李震相 張福樞	膠宇集	上卷
43	郭鍾錫	1846-1919	鳴遠 淵吉	俛宇	玄風	居昌 茶田	李震相	俛宇集	中卷
44	李祥奎	1846-1921	明賚	惠山	咸安	山淸 丹城	許傳	惠山集	上卷
45	趙昺奎	1846-1931	應章	一山	咸安	咸安 立谷	許傳	一山集	中卷
46	李承熙	1847-1916	啓道	剛齋 大溪 韓溪	星州	慶北 星州 大浦	李震相	韓溪集	中卷
47	河應魯	1848-1916	學夫	尼谷	晉陽	河東 玉宗 安溪	河達弘 許傳	尼谷集	中卷
48	李道樞	1848-1922	擎維	月淵	星州	山淸 南沙	許傳	月淵集	中卷
49	曺垣淳	1850-1903	衡七	復菴	昌寧	山淸	許傳 李震相	復菴集	中卷
50	安益濟	1850-1909	義謙	西岡 素農	耽津	宜寧 雪山		西岡遺稿	中卷
51	權奎集	1850-1916	學揆	兼山	安東	山淸 丹城	權璞容	兼山集	下卷
52	鄭冕圭	1850-1916	周允	農山	草溪	陜川 墨洞	奇正鎭 鄭載圭	農山集	中卷
53	安孝濟	1850-1916	舜仲	守坡	耽津	宜寧 立山	金興洛 李種杞	守坡集	中卷
54	許𤋱	1850-1932	泰見	素窩	陽川	宜寧	許傳	素窩集	中卷
55	鄭闓敎	1850-1933	致學	竹醒	海州	河東 玉宗 晉州 佳谷	朴性陽 蘇輝冕	竹醒集	中卷
56	李準九	1851-1924	聖五	信菴	驪州	咸安	鄭載圭	信菴集	中卷

57	張錫英	1851-1926	舜華	晦堂	仁同	慶北 漆谷	李震相 張福樞 許愈	晦堂集	中卷
58	鄭宅中	1851-1927	應辰	菊圃	晉陽	泗川 昆陽		菊圃遺稿	中卷
59	河啓龍	1851-1932	致見	丹坡	晉陽	晉州 丹牧	宋秉璿	丹坡遺稿	中卷
60	權雲煥	1853-1918	舜卿	明湖	安東	山清 新安	奇正鎭	明湖集	中卷
61	趙貞奎	1853-1920	泰文	西川	咸安	咸安 群北	許傳	西川集	中卷
62	安彦浩	1853-1934	益天	禮岡	廣州	金海 詩禮	許傳	禮岡集	中卷
63	金宗宇	1854-1900	周胥	正齋	慶州	山清 丹城		正齋遺稿	中卷
64	河龍濟	1854-1919	殷巨	約軒	晉陽	山清 南沙	郭鍾錫	約軒集	中卷
65	趙鎬來	1854-1920	泰兢	霞峯 連齋	咸安	山清 丹城	許傳	霞峯集	中卷
66	李宅煥	1854-1924	亨洛	晦山	星州	山清 新安	崔益鉉	晦山集	中卷
67	金基堯	1854-1933	君弼	小塘	商山	山清 法勿		小塘集	中卷
68	李之榮	1855-1931	致允	訥菴	慶州	山清		訥菴集	中卷
69	盧相稷	1855-1931	致八	小訥	光州	密陽	許傳	小訥集	中卷
70	鄭敦均	1855-1941	國章	海史	晉陽	河東 玉宗	河達弘	海史集	中卷
71	姜永祉	1857-1916	洛中	南湖	晉陽	晉州	崔琡民	南湖遺稿	中卷
72	權相纘	1857-1929	慶七	于石	安東	山清 立石	權憲璣 張福樞	于石遺稿	中卷
73	安有商	1857-1929	汝衡	陶川	順興	咸安	安鼎宅 李震相	陶川集	中卷
74	金相頊	1857-1938	仁叔	勿窩	商山	昌原 石山	金興洛 李種杞 張福樞	勿窩集	下卷
75	姜起八	1858-1920	文一	稽黎	晉州	山清 正谷		稽黎遺稿	中卷
76	李鎬根	1859-1902	晦周	某堂	星州	山清 南沙	許傳 朴奎祥 朴尙台	某堂集	中卷
77	河憲鎭	1859-1921	孟汝	克齋	晉陽	晉州 士谷	河載文 河達弘 郭鍾錫	克齋遺集	中卷

78	李熏浩	1859-1932	泰規	芋山	載寧	咸安 葛田	朴致馥	芋山集	中卷
79	文晉鎬	1860-1901	國元	石田	江城	河東 北川		石田遺稿	中卷
80	鄭奎榮	1860-1921	致亨	韓齋	晉陽	河東 金南	許傳	韓齋集	中卷
81	盧應奎	1861-1907	聖五	愼菴	光州	咸陽 安義	許傳	愼菴遺稿	中卷
82	文鏞	1861-1926	士憲	謙山	南平	陜川 大幷	許愈 郭鍾錫	謙山集	中卷
83	金柄璘	1861-1940	謙膺	訥齋	金海	昌原 曲木	李種杞	訥齋集	中卷
84	曺在學	1861-1943	公習	迂堂	昌寧	宜寧 華井	崔益鉉 宋秉璿	迂堂集	中卷
85	柳遠重	1861-1943	希興	愚軒 西岡	晉州	陜川 三嘉	鄭載圭	西岡集	下卷
86	宋鎬文	1862-1907	子三	受齋	恩津	陜川	尹胄夏	受齋集	中卷
87	李道復	1862-1938	陽來	厚山	星州	山清 新安	宋秉璿	厚山集	中卷
88	南廷燮	1863-1913	章憲	素窩	宜寧	宜寧	鄭載圭	素窩集	中卷
89	宋鎬完	1863-1919	愚若	毅齋	恩津	陜川 大幷	郭鍾錫	毅齋集	中卷
90	金克永	1863-1941	舜孚	梅西	義城	陜川 山清 法勿	金榥	信古堂集	下卷
91	鄭載星	1863-1941	聚五	苟齋	晉陽	居昌 加北	李震相 郭鍾錫	苟齋集	下卷
92	朴熙珵	1864-1918	玉汝	貞山	密陽	山清 新安	鄭載圭	貞山集	下卷
93	李尙鎬	1864-1919	周應	愚山	陜川	山清 丹城	金麟燮	愚山集	下卷
94	張志淵	1864-1921	舜韶	韋庵 嵩陽山人	仁同	慶北 尙州 慶南 晉州 慶南 馬山		韋庵集	下卷
95	朴泰亨	1864-1925	允常	艮邑	咸陽	晉州	宋秉璿	艮邑集	下卷
96	鄭濟鎔	1865-1907	亨櫓	溪齋	延日	山清 南沙	許愈 郭鍾錫	溪齋集	下卷
97	宋鎬坤	1865-1929	直夫	靖山 恒齋	恩津	陜川 三嘉	尹胄夏 許愈 郭鍾錫	靖山集	下卷
98	鄭漢溶	1865-1935	學櫓	直齋	延日	晉州	崔益鉉	直齋集	下卷

99	韓愉	1868-1911	希審	愚山	清州	山清 丹城	趙性家 田愚	愚山集	下卷
100	崔東翼	1868-1912	汝敬	晴溪	全州	固城	金興洛	晴溪集	下卷
101	崔道燮	1868-1933	勉夫	聽江	全州	固城 清光 陜川 三嘉 山清 丹城	朴致馥 金興洛	聽江集	下卷
102	河啓洛	1868-1933	道若	玉峯	晉陽	晉州 水谷	郭鍾錫	玉峰集	下卷
103	李鎔	1868-1940	子庸	老溪	星州	晉州 水谷	李壽安	老溪集	下卷
104	鄭海榮	1868-1946	致一	魯岡 海山	晉陽	河東 金南	郭鍾錫	海山集	下卷
105	金基鎔	1869-1947	敬模	幾軒	商山	山清 法勿	金鎭祜 郭鍾錫	幾軒集	下卷
106	南廷瑀	1869-1947	士珩	立巖	宜寧	宜寧 柳谷	李斗勳 鄭載圭 鄭冕圭	立巖集	下卷
107	曹庸相	1870-1930	彛卿	弦齋	昌寧	山清 三壯	崔琡民 郭鍾錫	弦齋遺草	下卷
108	李炳憲	1870-1940	子明	眞庵 白雲山人	陜川	咸陽 松坪	郭鍾錫	眞菴集	下卷
109	南昌熙	1870-1945	明重 明夫	夷川	宜寧	宜寧 柳谷	鄭載圭 鄭冕圭	夷川集	下卷
110	河謙鎭	1870-1946	叔亨	晦峯	晉陽	晉州 水谷	郭鍾錫	晦峯集	下卷
111	權載奎	1870-1952	君五	松山 而堂	安東	山清 丹城	崔琡民 鄭載圭 崔益鉉	而堂集	下卷
112	姜庸燮	1871-1918	子中	松山	晉州	泗川 昆明	郭鍾錫	松山集	下卷
113	安鼎呂	1871-1939	國重	晦山	順興	咸安 山清 西河	郭鍾錫	晦山集	下卷
114	金大洞	1872-1907	養直	餘齋	商山	山清 法勿	許愈 郭鍾錫 李承熙	餘齋遺稿	下卷
115	姜台秀	1872-1949	極明	愚齋	晉陽	晉州 水谷	郭鍾錫	愚齋集	下卷

116	曺兢燮	1873-1933	魯見 仲謹	深齋 巖棲	昌寧	昌寧 元村 達城 嘉昌	郭鍾錫 李種杞 張福樞 金興洛	深齋集 巖棲集	下卷
117	金在植	1873-1940	仲衍	修齋	商山	山清 法勿	金鎭祜 許愈 郭鍾錫	修齋集	下卷
118	朴憲脩	1873-1959	永叔	立庵	密陽	山清 丹城	朴圭浩 金鎭祜	立庵集	下卷
119	河泳台	1875-1936	汝海	寬寮	晉陽	晉州 水谷	河謙鎭 郭鍾錫	寬寮集	下卷
120	李瑢秀	1875-1943	性汝	性庵	全州	晉州 晉城	趙昺奎	性菴集	下卷
121	河祐植	1875-1943	聖洛	澹山 木齋	晉陽	晉州 丹牧	宋秉璿 崔益鉉 田愚	澹山集	下卷
122	李泰植	1875-1951	子剛	壽山	固城	宜寧 大義	郭鍾錫	壽山集	下卷
123	金永蓍	1875-1952	瑞九	平谷	商山	山清 法勿	朴致馥 許愈 郭鍾錫	平谷集	下卷
124	姜璈桓	1876-1929	源會 君敬	雪嶽	晉陽	晉州 大谷	李種杞 郭鍾錫	雪嶽集	下卷
125	沈洌	1876-1941	贊奎	愼菴	青松	晉州 集賢	崔琡民	愼菴遺稿	下卷
126	河經洛	1876-1947	聖權	濟南	晉陽	山清 南沙	郭鍾錫	濟南集	下卷
127	權道溶	1877-1963	浩仲	秋帆 吳隱拙夫 滄南學人	安東	咸陽 瓶谷 山清 丹城	郭鍾錫	秋帆文苑	下卷
128	沈鶴煥	1878-1945	應章	蕉山	青松	陝川 大目	許愈 郭鍾錫	蕉山集	下卷
129	李鍾弘	1879-1936	道唯	毅齋 求溪	驪州	固城	鄭載圭 田愚 郭鍾錫 宋炳華	毅齋集	下卷
130	李鉉郁	1879-1948	普卿	東菴	載寧	晉州 晉城 東山	郭鍾錫 張錫英	東庵集	下卷

131	曺秉憙	1880-1938	晦仲	晦窩	昌寧	晉州 水谷	郭鍾錫 河謙鎭	晦窩集	下卷
132	柳潛	1880-1951	晦敷	澤齋	晉州	山淸 新安 晉州	金鎭祜 郭鍾錫	澤齋集	下卷
133	郭𡣕	1881-1927	大淵	謙窩	玄風	居昌	郭鍾錫	謙窩集	下卷
134	朴熙純	1881-1952	文一	健齋	密陽	山淸 丹城	宋秉璿 李道復	健齋遺稿	下卷
135	金鎭文	1881-1957	致行	弘菴	商山	山淸 法勿	朴致馥 金鎭祜 許愈 郭鍾錫 李承熙	弘菴集	下卷
136	崔兢敏	1883-1970	時仲	愼庵	朔寧	泗川 河東 玉宗	郭鍾錫	愼菴集	下卷
137	文存浩	1884-1957	養吾	吾岡	南平	陜川 大幷	許愈 宋鎬彦 郭鍾錫	吾岡集	下卷
138	安種和	1885-1937	禮叔	約齋	廣州	咸安	安鍾彰 裵文昶 郭鍾錫	約齋集	下卷
139	鄭德永	1885-1956	直夫	韋堂	延日	晉州 晉城	河謙鎭 韓愉	韋堂遺藁	下卷
140	李炳和	1889-1955	卓汝	頤堂	星州	山淸 丹城	河謙鎭	頤堂集	下卷
141	河貞根	1889-1973	重浩	默齋	晉陽	晉州 丹牧	河啓輝	默齋集	下卷
142	河龍煥	1892-1961	子圖	雲石	晉陽	晉州 水谷	河謙鎭 郭鍾錫	雲石集	下卷
143	河禹善	1894-1975	子導	澹軒	晉陽	河東 玉宗	河應魯 郭鍾錫	澹軒集	下卷
144	郭鍾千	1895-1970	乃成	靜軒	玄風	固城 九萬	李正浩 李鍾弘 河謙鎭	靜軒集	下卷
145	鄭道鉉	1895-1977	敬夫	厲菴	河東	咸陽	田愚	厲菴集	下卷
146	金梘	1896-1978	而晦	重齋	義城	山淸 坪地	郭鍾錫	重齋集	下卷

147	南廷浩	1898-1948	仁善	靖齋	宜寧	晉州 晉城	朴泰亨 河謙鎭	靖齋集	下卷
148	權龍鉉	1899-1987	文見	秋淵	安東	陜川 草溪	田愚 金福漢	秋淵集	下卷
149	權宅容	1903-1987	安善	惕窩	安東	山淸 立石	河謙鎭 權載奎	惕窩遺稿	下卷
150	成在祺	1912-1979	伯景	定軒	昌寧	晉州 琴山	權道溶 金榥	定軒集	下卷

※ 경상우도 학자와 긴밀한 연관이 있는 경상좌도 학자도 포함되어 있다.

찾아보기

저자 프로필

최석기(崔錫起)

성균관대학교 한문교육과 졸업. 동 대학교 문학박사
현 경상대학교 한문학과 교수

김현진(金炫鎭)

경상대학교 한문학과 졸업. 동 대학교 박사과정 수료
현 경상대학교 한문학과 외래강사

구경아(丘京阿)

안동대학교 국학부 한문학전공 졸업. 경상대학교 한문학과 박사과정 수료
현 경상대학교 한문학과 외래강사

강현진(姜顯陳)

경상대학교 한문학과 졸업. 동 대학교 박사과정 수료

구진성(具珍成)

경상대학교 한문학과 졸업. 동 대학교 문학박사
현 경상대학교 한문학과 외래강사

권난희(權蘭姬)

부산대학교 한문학과 졸업. 경상대학교 한문학과 박사과정 수료
현 경상대학교 한문학과 외래강사

김성희(金成姬)

순천대학교 중문학과 졸업
경상대학교 한문학과 박사과정 수료

19세기 경상우도 학자들 下

2016년 11월 25일 초판 1쇄 펴냄

지은이 최석기 외
펴낸이 김흥국
펴낸곳 도서출판 보고사

책임편집 이순민
표지디자인 윤인희

등록 1990년 12월 13일 제6-0429호
주소 경기도 파주시 회동길 337-15 보고사 2층
전화 031-955-9797(대표), 02-922-5120~1(편집), 02-922-2246(영업)
팩스 02-922-6990
메일 kanapub3@naver.com / bogosabooks@naver.com
http://www.bogosabooks.co.kr

ISBN 979-11-5516-597-3
        978-89-8433-479-3 94810(세트)
ⓒ 최석기 외, 2016

정가 32,000원

이 도서의 국립중앙도서관 출판예정도서목록(CIP)은 서지정보유통지원시스템 홈페이지
(http://seoji.nl.go.kr)와 국가자료공동목록시스템(http://www.nl.go.kr/kolisnet)에서
이용하실 수 있습니다.(CIP제어번호 : CIP2016027009)